Über dieses Buch

Isadora Wing, die selbstkritische junge Amerikanerin, ist eine der vergnügtesten und rührendsten Heldinnen der Gegenwartsliteratur – eine entwaffnende und hinreißende Anti-Heldin.
Immer auf der Suche nach Erlösern, Sinneslust und Sicherheit, ständig auf Trab und von einer Angst in die andere fallend, versucht sie sich Klarheit zu verschaffen, wer sie ist, was sie will, was sie noch lieber will, und woran es liegt, daß selten geht, was sie am liebsten will.
Die Geschichte beginnt mit Isadoras Angst im Flugzeug auf dem Weg von New York zu einem Psychoanalytikerkongreß nach Wien, an dem ihr Mann teilnehmen und über den sie einen Artikel schreiben wird. Die Maschine ist vollbesetzt mit Psychoanalytikern. Bei sechs von ihnen war Isadora schon in Behandlung, mit dem siebten ist sie verheiratet und mit einem achten wird sie in Wien eine heftige Affäre haben. Hin und her gerissen zwischen dem achten, Adrian, und dem siebten, Ehemann Bennett, erlebt Isadora bei ihrer Odyssee kreuz und quer durch Europa alle Wonnen und Qualen der Leidenschaft, um am Ende zu erkennen, daß auch das totale Ausleben aller sexuellen Tag- und Nachtträume noch niemanden zu einem freien Menschen macht.
Über Isadoras sexuelle Abenteuer und Mißgeschicke berichtet Erica Jong mit Witz, furiosem Temperament und einer Freimütigkeit, wie sie bisher männlichen Autoren vorbehalten schien.
Von Henry Miller, John Updike und der internationalen Kritik als literarisches Ereignis gefeiert, hat der Roman in den USA Auflagen in Millionenhöhe erreicht und eroberte auch in Europa die Spitzenplätze der Bestsellerlisten.

Die Autorin

Erica Jong wurde 1942 in Manhattan geboren, wuchs in New York auf und studierte an der Columbia University Englische Literatur. Von 1966 bis 1969 lebte sie mit ihrem zweiten Mann, einem Facharzt für Kinderpsychiatrie, in Heidelberg. Sie schrieb Zeitschriftenartikel, publizierte drei Lyrikbändchen und wurde mit ihrem ersten Roman »Angst vorm Fliegen«, der im Herbst 1973 in Amerika erschien, mit einem Schlag berühmt. Ihr zweiter Roman »Rette sich wer kann«, der die Geschichte der Isadora Wing weiterspinnt, erschien 1978 bei S. Fischer in deutscher Übersetzung (Fischer Taschenbuch Verlag Bd. 2457), ebenso ihr neuester Roman ›Fanny‹. Erica Jong lebt heute als freie Schriftstellerin in New York.

Erica Jong

Angst vorm Fliegen

Roman

Fischer Taschenbuch Verlag

Aus dem Amerikanischen von Kai Molvig

Fischer Taschenbuch Verlag
1.– 60. Tausend: Februar 1979
61.–100. Tausend: Februar 1979
101.–140. Tausend: Mai 1979
141.–190. Tausend: August 1979
191.–220. Tausend: November 1979
221.–250. Tausend: April 1980
251.–280. Tausend: April 1981
Ungekürzte Ausgabe

Umschlagentwurf: Hannes Jähn

Fischer Taschenbuch Verlag GmbH, Frankfurt am Main
Lizenzausgabe mit freundlicher Genehmigung der
S. Fischer Verlag GmbH, Frankfurt am Main
Die Originalausgabe erschien unter dem Titel ›Fear of Flying‹
bei Holt, Rinehart and Winston, New York, Chicago, San Francisco

Gesamtherstellung: Hanseatische Druckanstalt GmbH, Hamburg
Printed in Germany
780-ISBN-3-596-22080-7

Ich danke meinen unerschrockenen Verlegern Aaron Asher und Jennifer Josephy, ebenso wie der *National Endowment for the Arts* für ihre finanzielle Unterstützung. Ich danke Betty Anne Clark, Anita Gross, Ruth Sullivan, Mimi Bailin und Linda Bogin. Und insbesondere danke ich meiner männlichen Muse, die mir von Anfang an ein eigenes Zimmer in ihrer Wohnung zur Verfügung stellte.

Für Grace Darling Griffin und für meinen
Großvater Samuel Mirsky

DON JUAN v. *Byron*
2. Gesang, Vers 199/200/201

Und ach! des Weibes Liebe! – sie kann sein
Lieblich und furchtbar in Vereinigung;
Ihr Alles setzt auf diesen Wurf sie ein;
Verliert er, so ist hin des Lebens Schwung,
Und was da bleibt, ist nur ein leerer Schein,
Und ihre Rach' ist wie des Tigers Sprung,
Schnell, tödlich und zermalmend; doch erträgt
Sie selbst die Qual der Wunden, die sie schlägt.

Sie haben recht! Der Mann tut oft dem Mann
Unrecht, dem Weibe stets; nur ein Gefängnis
Und statt Vertr'aun Verrat – das ist ihr Bann;
Und über ihrer Lieb' in stummer Bängnis
Wehklagen sie, bis reich're Wollust dann
Ins Ehejoch sie kauft – dann ihr Verhängnis? –
Ein harter Mann, ein treuloser Galan,
Putz, Säugen, Beten – und es ist getan.

Die eine trinkt, die andre geht zur Predigt,
Die macht sich Arbeit, jene gute Tage,
Die läuft hinweg, wodurch ihr Ruf geschädigt
Und selten abgestellt wird Not und Klage;
Durch Änderung wird nicht die Sach' erledigt,
Denn stets ist unnatürlich ihre Lage,
Im Hüttenschmutz, im Prunksaal; ein'ge stellen
Den Teufel vor, und schreiben dann Novellen.

Auf dem Weg zum Kongreß der Träume oder Die Traumnummer

Bigamie heißt, einen Mann zuviel haben.
Monogamie heißt dasselbe.

– Anonym (von einer Frau)

In der Pan Am-Maschine nach Wien befanden sich 117 Psychoanalytiker, und mindestens sechs von ihnen hatten mich behandelt. Einen siebenten hatte ich geheiratet. Gott allein weiß, ob ich es der Unfähigkeit der Analytiker oder meiner eigenen fabelhaften Un-Analysierbarkeit zu verdanken hatte – jedenfalls hatte ich jetzt, wenn möglich, noch mehr Angst vorm Fliegen, als damals, vor etwa 13 Jahren, als ich mit meinen analytischen Abenteuern begann.
Beim Start nahm mein Mann meine Hand mit therapeutischem Griff in die seine.
»Mein Gott ... eiskalt«, sagte er. Er sollte die Symptome inzwischen kennen, da er meine Hand schon während vieler anderer Flüge gehalten hatte. Meine Finger (und Zehen) werden zu Eis, mein Magen macht einen Sprung, bis hinauf in den Brustkasten, die Temperatur meiner Nasenspitze entspricht augenblicklich der meiner Fingerspitzen, meine Brustwarzen richten sich auf und stehen sozusagen stramm vor der Innenseite meines BHs (in diesem Falle meines Kleides, da ich keinen BH trage), und eine grelle Minute lang sind mein Herz und die Triebwerke eins, beim neuerlichen Versuch des Menschen zu beweisen, daß die Gesetze der Aerodynamik nicht bloß auf läppischem Aberglauben beruhen – obwohl ich im Grunde meines Herzens *weiß*, daß sie das tun. Was immer an diabolischen Erklärungen über die Tragfähigkeit von Flugzeugen in der mehrsprachigen INFORMATION TO PASSENGERS stehen mag – ich persönlich bin davon überzeugt, daß nur meine eigene Konzentration (und die meiner Mutter, die fest damit zu rechnen scheint, daß ihre Kinder bei einem Flugzeugabsturz umkommen) diesen Vogel in den Lüften halten. Ich beglückwünsche mich zu jedem gelungenen Start, jedoch nicht allzu enthusiastisch, denn es gehört ebenso zu meiner persönlichen Überzeugung, daß ich glaube, sobald man sich *zu* lässig in Sicherheit wiegt, die Maschine im nächsten Augenblick abstürzt. Immerwährende Wachsamkeit, das ist meine Devise. Eine Art zurückhaltender Optimismus sollte vorherrschen.
Doch mein Gemütszustand wäre treffender als zurückhaltender Pessimismus zu bezeichnen. Okay, sage ich mir, es *scheint*, daß wir die Erde verlassen haben und uns in den Wolken befinden, doch ist die Gefahr nicht gebannt. Denn dies ist die allergefährlichste Ecke, hier, hoch oben über der Bucht von Jamaika, wo die Maschine in Schräglage geht und ihren neuen Kurs einschlägt und das ›No Smoking‹-Zeichen verlöscht. Es könnte durchaus sein, daß wir gerade hier in Tausenden von lichterloh brennenden Fetzen in die Tiefe sausen. Also konzentriere ich mich aufs äußerste und helfe dem Piloten (eine beruhigend-ermutigende Stimme mit dem Akzent des

Mittelwestens namens Donnelly), seine 250 Passagiere fassende Scheißmaschine in der Luft zu halten. Gedankt sei Gott für seinen Bürstenhaarschnitt und seinen Akzent. Ich als New Yorkerin würde einem Piloten, der spricht wie ich, niemals Vertrauen schenken. Sobald auch das ›Fasten Seat-belt‹-Zeichen verlöscht und Bewegung in die Leute kommt, sehe ich mich nervös um, wer alles mitfliegt. Dort sitzt die vollbusige Psychoanalytikerin Rose Schwamm-Lipkin, die ich kürzlich aufgesucht habe, um mit ihr zu beraten, ob ich meinen derzeitigen Analytiker (der gottlob nicht anwesend zu sein scheint) aufgeben soll oder nicht; dort Dr. Thomas Frommer, der harsche teutonische Experte auf dem Gebiet der pubertären Magersucht, der erste Analytiker meines Mannes. Dort drüben, das ist der freundliche, rundliche Dr. Arthur Feet jr., der dritte (und letzte) Psychoanalytiker meiner Freundin Pia, und der dort der kleine Dr. Raymond Schrift, der auf seine verkrampfte Art eine blonde Stewardeß (namens Nanci) heranwinkt, als sei sie ein Taxi. (Mit 14 ging ich ein denkwürdiges Jahr lang zu Dr. Schrift, weil ich im Begriff war, mich zu Tode zu hungern, als selbst auferlegte Buße dafür, daß ich auf der Wohnzimmercouch meiner Eltern onaniert hatte. Er bestand darauf, daß das Pferd, von dem ich träumte, mein Vater wäre und daß meine Periode wiederkehren würde, wenn ich es bloß ›akzeptierte, Frau zu sein‹.) Dort sitzt der lächelnde kahlköpfige Dr. Harvey Smucker, den ich aufsuchte, als mein erster Ehemann zu dem Schluß kam, er sei Jesus Christus, und mir düster ankündigte, auf dem See im Central Park wandeln zu wollen; dort der stutzerhafte Dr. Ernest Klumpner (im maßgeschneiderten Anzug), der angeblich ›brillante Theoretiker‹, der als letztes eine psychoanalytische Studie über John Knox geschrieben hat, und dort der schwarzbärtige Dr. Stanton Rappoport-Rosen, der kürzlich in den entsprechenden Kreisen New Yorks ins Gerede kam, als er nach Denver übersiedelte und dort etwas aufzog, was er ›Gelände-Gruppentherapie auf Skiern‹ nannte. Und der dort ist Dr. Arnold Aaronson, der so tut, als spiele er mit seiner neuen Frau (bis voriges Jahr seine Patientin, der Sängerin Judy Rose) Schach auf einem magnetischen Schachbrett. Beide schauen sich verstohlen um, ob sie auch die Aufmerksamkeit auf sich ziehen – und für einen kurzen Moment kreuzen sich unsere Blicke, Judys und die meinen. In den fünfziger Jahren wurde Judy durch Plattenaufnahmen von satirischen Balladen über das pseudo-intellektuelle Leben New Yorks berühmt. Mit weinerlicher und gewollt unmelodischer Stimme sang sie die Geschichte eines jüdischen Mädchens, das Kurse in der *New School* belegt hat, die Bibel ihrer herrlichen

Sprache wegen liest, sich im Bett über Martin Buber unterhält und sich in ihren Analytiker verliebt. Inzwischen ist sie die von ihr kreierte Figur auch im Privatleben.

Außer den Psychoanalytikern, deren Frauen, der Crew und einigen wenigen bedauernswerten Nicht-Fachleuten waren auch etliche von ihren Eltern auf die Reise mitgenommene Jugendliche an Bord – die Söhne meist mißmutig blickende Jünglinge mit schulterlangem Haar und in ausgestellten Hosen, die ihre Eltern mit einer so zynischen Geringschätzung ansahen, daß es fast mit Händen zu greifen war. Ich mußte daran denken, daß ich mich als Teenager immer bemühte, wenn ich mit meinen Eltern auf Reisen war, so zu tun, als wären sie gar nicht da. Im Louvre versuchte ich, sie aus den Augen zu verlieren! In den Uffizien, ihnen aus dem Wege zu gehen! In Paris saß ich im Café allein an einem Tisch hinter einer Cola, starrte träumerisch vor mich hin und tat, als wären die lauten Leute am Nebentisch nicht meine Eltern – obwohl sie es ganz unbestreitbar waren. (Verstehen Sie: Ich spielte mir vor, ich gehörte zur Verlorenen Generation und befände mich in Verbannung, während meine Eltern einen Meter von mir entfernt saßen.) Und nun befand ich mich hier wieder in meiner eigenen Vergangenheit oder in einem bösen Traum oder einem schlechten Film: *Psychoanalytiker* und *Sohn des Psychoanalytikers*. Ein ganzes Flugzeug voller Psychoanalytiker und mein Heranreifen sozusagen um mich herum. Freischwebend im Äther, über dem Atlantik gestrandet mit 117 Analytikern, von denen viele meine lange, traurige Geschichte gehört und wieder vergessen hatten: ein idealer Anfang für den Alptraum, zu dem diese Reise werden sollte.

Wir flogen nach Wien; es war ein historischer Augenblick. Vor Jahrhunderten und etlichen Kriegen, im Jahre 1938, floh Freud, als die Nazis seine Familie bedrohten, aus seinem berühmten Sprechzimmer in der Berggasse. Während des Dritten Reiches war in Deutschland jede Erwähnung seines Namens untersagt und Psychoanalytiker wurden ausgewiesen (wenn sie Glück hatten) oder (wenn sie keines hatten) vergast. Nun hieß Wien die Psychoanalytiker erneut feierlich willkommen. Es wurde sogar ein Freud-Museum in seinem alten Sprechzimmer eröffnet. Der Bürgermeister von Wien würde zur Begrüßung erscheinen und im pseudo-gotischen Rathaus einen Empfang geben. Als weitere Verlockungen wurden freie Verpflegung inklusive Getränke, Lustfahrten auf der Donau, Ausflüge in Weinberge, Gesang, Tanz und andere Kurzweil, Ansprachen und hochgelehrte Vorträge sowie eine steuerlich absetzbare Rundreise durch Europa geboten. Doch in der Hauptsache ging es um ein reichliches Angebot von guter, alter österreichischer ›K. u. K.-Gemütlichkeit‹. Die Leute, die das (und den) Schmalz (und die Krematorien) erfunden haben, würden den Psychoanalytikern demonstrieren, wie willkommen sie nun wieder waren. Willkommen! Willkommen! Zumindest diejenigen unter Ihnen, die Auschwitz, Bergen-Belsen, die Luftangriffe auf London und den Kriegseintritt Amerikas überlebt haben. *Küß die Hand!* Österreicher sind sehr charmant.

Ob dieser Kongreß in Wien abzuhalten sei oder nicht, war jahrelang Gegenstand hitziger Diskussionen gewesen, und viele der anwesenden Analytiker hatten sich nur widerstrebend zur Teilnahme bereit gefunden. Es ging dabei nicht nur um das Problem des Antisemitismus – es war außerdem zu befürchten, daß radikale Studenten der Wiener Universität Demonstrationen inszenieren würden. Die Psychoanalyse war bei der Neuen Linken als zu ›individualistisch‹ in Ungnade gefallen. Sie trüge nichts dazu bei, so sagten sie, den ›weltweiten Kampf für den Kommunismus‹ zu fördern.

Ich war von einer neugegründeten Zeitschrift aufgefordert worden, als kritischer Beobachter des ganzen Trubels und Traras an dem Kongreß teilzunehmen und dann einen satirischen Artikel darüber zu schreiben. Ich begann mit meinen Recherchen bei Dr. Smucker, der in der Nähe der Pantry stand und sich von einer der Stewardessen Kaffee servieren ließ. Er erkannte mich offensichtlich kaum wieder.

»Was halten Sie von der Rückkehr der Psychoanalyse nach Wien?« fragte ich in meinem muntersten Interviewer-Tonfall. Dr. Smucker schien bestürzt über die schockierende Direktheit meiner Frage. Er sah mich lange und forschend an.

»Ich schreibe einen Artikel für eine neue Zeitschrift. Sie heißt *Voyeur*«, sagte ich. Ich nahm an, daß er zumindest über diesen Namen würde feixen müssen.

»Ha«, sagte Dr. Smucker ungerührt, »was halten *Sie* davon?« Und er watschelte fort, zurück zu seiner kleinwüchsigen, blondgebleichten Frau im blauen Strickkleid mit einem winzigen grünen Alligator über ihrer rechten (blauen) Brust.

Ich hätte es wissen müssen. Warum beantworten Psychoanalytiker eine Frage immer mit einer Gegenfrage? Und warum sollte dieser Abend sich von irgendeinem anderen Abend unterscheiden – unbeschadet der Tatsache, daß wir in einer 747 durch die Luft fliegen und nicht-koscheres Essen zu uns nehmen?

»Der jüdische Dreh«, wie Antisemiten das nennen. Stell jede Frage auf den Kopf und stoß sie dem Fragenden in den Hals zurück.

Psychoanalytiker scheinen alle Talmudisten zu sein, die schon im ersten Jahr aus dem Seminar rausgeflogen sind. Ich mußte an einen Lieblingsscherz meines Großvaters denken:
Frage: »Warum beantwortet ein Jude eine Frage immer mit einer Frage?«
Antwort: »Und warum sollte ein Jude eine Frage *nicht* mit einer Frage beantworten?«
Letzten Endes jedoch war es die Phantasielosigkeit der meisten Psychoanalytiker, die mich so deprimierte. Okay, mein erster – der Deutsche, der jetzt in Wien ein Referat halten würde – hatte mir schon weitergeholfen, doch er war ein seltener Vogel: witzig und amüsant, voller Selbstironie und ohne jede Überheblichkeit. Nichts von dem schwerfälligen, starren Buchstabenglauben, der selbst die brillantesten Analytiker so hochgestochen erscheinen läßt. Doch die anderen, mit denen ich zu tun hatte, waren alle so erstaunlich buchstabengläubig. Das Pferd, von dem Sie träumen, ist Ihr Vater. Der Küchenherd, von dem Sie träumen, ist Ihre Mutter. Der Haufen Scheiße, von dem Sie träumen, ist in Wirklichkeit Ihr Analytiker. Das nennt man Transferenz oder Übertragung. Nicht wahr?
Sie träumen, daß Sie sich beim Skilaufen das Bein gebrochen haben. Sie haben sich tatsächlich gerade beim Skilaufen das Bein gebrochen und liegen auf der Couch, mit einem zentnerschweren Gipsverband, der Sie für Wochen ans Haus fesselt, Ihnen aber auch zu einer wundervollen neuen Wertschätzung Ihrer Fußzehen und der bürgerlichen Rechte eines Querschnittsgelähmten verholfen hat. Das gebrochene Bein im Traum jedoch steht für Ihr ›verstümmeltes Geschlecht‹. Sie wollten immer einen Penis besitzen und nun fühlen Sie sich schuldig, weil Sie sich *vorsätzlich* das Bein gebrochen haben, um sich das Vergnügen eines Gipsverbandes zu gönnen, nicht wahr?
Nein!
Okay, lassen wir die Sache mit dem ›verstümmelten Geschlecht‹ beiseite. Das ist ohnehin ein zu Tode gehetzter Gaul. Und vergessen Sie Ihre Mutter, den Küchenherd und Ihren Therapeuten, den Scheißhaufen. Was ist uns außer dem Gestank geblieben? Ich rede nicht von den ersten Jahren der Analyse, in denen Sie hart daran arbeiten, Ihre eigene Verrücktheit zu entdecken, damit Sie noch etwas anderes tun können, als Ihr *gesamtes* Leben Ihrer Neurose zu widmen. Ich rede von Folgendem: Wenn Sie und Ihr Mann sich seit undenklichen Zeiten analysieren lassen und der Punkt erreicht ist, an dem keine Entscheidung, auch die unwichtigste nicht, getroffen

werden kann, ohne daß beide Analytiker – auf einer Wolke über Ihren Köpfen thronend (bildlich gesprochen) – Rat halten. Sie kommen sich ungefähr wie die trojanischen Krieger in der *Ilias* vor, über deren Köpfen, hoch oben, sich Zeus und Hera streiten. Ich rede von dem Zeitpunkt, an dem Ihre Ehe zu einer *menage à quatre* geworden ist. Sie, er, Ihr Analytiker, sein Analytiker. Vier in einem Bett. Dieser Film ist für Jugendliche unter achtzehn strikt verboten.

In diesem Stadium befanden wir uns seit gut einem Jahr. Jede Entscheidung wurde dem Psychoanalytiker, respektive dem Verlauf der Analyse, überlassen. Sollen wir uns eine größere Wohnung nehmen? »Lieber erst abwarten, wie sich die Sache entwickelt.« (Bennetts Euphemismus für ›Zurück auf die Couch‹.) Sollen wir ein Baby bekommen? »Lieber erst die Sache durcharbeiten.« Sollen wir den Tennisclub wechseln? »Lieber erst sehn, wie sich alles entwikkelt.« Sollen wir uns scheiden lassen? »Lieber erst die *unterbewußte Bedeutung* der Ehescheidung durcharbeiten.«

Es war nun soweit. Wir waren in jene kritische Phase eingetreten (fünf Jahre Ehe – die Bettlaken, die man als Hochzeitsgeschenk bekommen hat, sind inzwischen fast zerschlissen), in der man sich entweder dazu entschließen muß, neue Laken zu kaufen, vielleicht ein Kind zu haben und für immer mit der Verrücktheit des anderen zusammenzuleben – oder die Ehe ihren natürlichen Tod sterben zu lassen (die Laken wegwerfen) und wieder von vorn damit anzufangen, ›Bäumchen, wechsle dich‹ zu spielen.

Die Entscheidung wurde natürlich durch die Analyse zusätzlich erschwert, denn die Grundvoraussetzung für eine Analyse (auch wenn aller Augenschein dagegen spricht) ist, daß man mit der Zeit immer normaler wird. Der Refrain lautet ungefähr so:

»O-ich-war-so-selbstzerstörerisch-als-ich-dich-heiratete-Baby-aber-jetzt-bin-ich-soooo-viel-gesünder.«

(Was besagt, daß sie sich unter Umständen einen Besseren sucht, einen, der attraktiver, zärtlicher, intelligenter ist und vielleicht sogar mehr Glück an der Börse hat.)

Worauf er erwidern könnte:

»O-ich-haßte-alle-Frauen-bevor-ich-mich-in-dich-verliebte-Baby-aber-jetzt-bin-ich-soooo-viel-gesünder.«

(Was besagt, daß er sich unter Umständen eine Bessere sucht, eine, die zärtlicher und hübscher und eine perfekte Köchin ist und vielleicht sogar eines Tages einen Haufen Geld von ihrem Vater erbt.)

»Immer langsam, Bennett, alter Junge«, sagte ich dann (wann

immer ich ihn in Verdacht hatte, solchen Gedanken nachzuhängen), »du würdest wahrscheinlich jemanden heiraten, der noch phallischer und narzißtischer ist als ich, mit einem noch größeren Kastrationskomplex.« (Als Frau eines Psychoanalytikers kommt es vor allem darauf an, ihm im passenden Moment seine eigene Terminologie an den Kopf zu werfen.)
Doch ich hatte solche Gedanken ebenfalls; wenn Bennett das wußte, so ließ er es sich jedenfalls nicht anmerken. Irgend etwas in unserer Ehe schien total verkehrt zu sein. Sein und mein Leben liefen parallel – wie Bahngeleise. Bennett verbrachte den Tag in seiner Praxis, seinem Krankenhaus, bei seinem Analytiker und die Abende wieder in seiner Praxis, meistens bis neun oder zehn Uhr. Ich unterrichtete einige Tage in der Woche und verbrachte den Rest der Zeit mit Schreiben. Meine Schulstunden waren nicht weiter anstrengend, das Schreiben dagegen erschöpfte mich, und wenn Bennett nach Hause kam, war ich bereit, auszugehen und auf die Pauke zu hauen. Ich hatte jede Menge Alleinsein hinter mir, viele lange Stunden allein mit meiner Schreibmaschine und meinen Phantasien. Und überall stieß ich auf Männer. Die Welt schien randvoll mit verfügbaren, interessanten Männern zu sein, wie sie das vor meiner Heirat nie gewesen war.
Was hat es denn nun eigentlich mit der Ehe auf sich? Selbst wenn man seinen Mann liebt, kommt unweigerlich die Zeit, wo das Ficken so fade wie Schmelzkäse wird, zwar sättigend, vielleicht sogar dick machend, doch gänzlich reizlos für die Geschmacksnerven, kein bittersüßes Ingredienz, keine Gefahr. Und man sehnt sich nach einem überreifen Camembert, nach einem raren Ziegenkäse: vollmundig, üppig, sahnig, bockshufig.
Ich war nicht gegen die Ehe. Ich glaubte sogar an sie. Man muß einen besten Freund in dieser feindlichen Welt haben, einen Menschen, dem gegenüber man sich, was auch immer geschieht, loyal und anständig verhält, einen Menschen, der diese Loyalität erwidert. Doch was wird mit all jenen anderen Sehnsüchten, dem Verlangen, das die Ehe nach einer gewissen Zeit nicht mehr stillen kann? Die Ruhelosigkeit, der Hunger, das Pochen im Bauch, das Pochen in der Möse, das süchtige Verlangen danach, zugestopft, in jede Körperöffnung gefickt zu werden, der Hunger nach trockenem Sekt und feuchten Küssen, nach dem Duft von Päonien auf einer Dachterrasse in einer Juninacht, nach dem Licht am Ende des Piers in *Gatsby* ... Verlangen nicht *wirklich* nach all dem – denn ich wußte, daß die sehr Reichen fader und stumpfer sind als Sie und ich –, doch nach dem, was diese Dinge in einem *wachrufen*. Die ironischen, bittersü-

ßen Liebesworte in den Songs von Cole Porter, die schwermütigen, in Gefühlen schwelgenden Texte von Rodgers und Hart, all der romantische Unsinn, nach dem sich die eine Hälfte des Herzens sehnt, während die andere bitter darüber spottet.

Als weibliches Wesen in Amerika aufzuwachsen. Welche Verpflichtungen! Die Ohren randvoll mit Kosmetikreklame, Schnulzen, ganzen Kolumnen von Ratschlägen und Tips, Horoskopen, Hollywood-Klatsch und moralischen Problemen auf dem Niveau von TV-Seifenopern. Welche Litaneien die Vertreter für das ›gute Leben‹ einem einblasen! Welch sonderbarer Katechismus!

»*Ein* Wisch – körperfrisch!« »Erröten Sie mit unserer Hilfe.« »Verwöhnen Sie Ihr Haar.« »Wollen Sie eine tadellose Figur? Wir verhelfen Ihnen dazu.« »Das Leuchten auf Ihrem Gesicht sollte von *ihm* kommen, nicht von Ihrer Haut.« »Frau Königin, Ihr seid die Schönste hier, aber ...« »Wie bezirze ich die Männer aller Tierkreiszeichen?« »Die Sterne und Ihr sinnliches Ich.« »Harte Männer trinken Cutty Sark.« »Ein Diamant – ein Juwel fürs Leben.« »Wenn Sie Kummer mit Ihrer intimen Körperpflege haben ...« »Lang und kühl – das Geheimnis unserer Menthol-Zigarette!« »Wie ich das Problem meiner intimen Gerüche löste.« »Bleiben Sie *cool.*« »Alle Frauen der Welt lieben Chanel Nr. 5.« »Was verhilft einem schüchternen Mädchen zur Liebe?« »*Femme.* Wir haben es nach *Ihnen* genannt!«

Und was ließen all diese Reklamen und Horoskope durchblicken? Wenn Sie Ihrem Narzißmus die Zügel schießen lassen, wenn Sie sich genügend um Ihre Gerüche kümmern, um Ihre Brüste, Ihre Wimpern, Ihre Achselhöhlen, Ihre intime Körperpflege, um Ihre Sterne, Ihr Haar und um die richtige Whiskymarke in der richtigen Bar, dann lernen Sie einen schönen, kraftvollen, potenten und reichen Mann kennen, der jedes Verlangen befriedrigt, jedes Loch stopft, der Ihr Herz hüpfen (oder aussetzen) läßt, bis Ihnen schwummrig wird, und mit Ihnen zum Mond fliegt (vorzugsweise auf Altweibersommerfäden), wo Sie dann, rundherum glücklich, mit ihm leben, für immer.

Und das Verrückte daran: Selbst wenn man nicht dumm war, selbst wenn man einen Großteil seiner Jugend mit dem Lesen von John Donne und Shaw zugebracht hatte, wenn man Geschichte oder Zoologie oder Physik studiert hatte und hoffte, sein Leben einem verantwortungsvollen, alle Kräfte mobilisierenden Beruf zu widmen – selbst *dann* hatte man den Kopf noch voll mit all diesen mulschigen Sehnsüchten, in denen jedes Schulmädchen bis zum Hals drinsteckte. Verstehen Sie, es machte keinen Unterschied, ob man nun einen IQ von 170 oder einen von 70 hatte – der Gehirnwäsche entging man nicht. Die Sache war nur ein wenig anders aufgezogen. Was man so redete, war ein wenig ›gehobener‹, ein wenig ›intellektueller‹. Doch unter dieser Tünche sehnte man sich danach, von der Liebe überwältigt, von ihr zunichte gemacht zu werden, von einem Riesenschwanz ausgefüllt zu werden, der Sperma, Seifenblasen, Samt und Seide und, natürlich, Geld verspritzte. Niemand machte sich die Mühe, einem zu sagen, was es mit der Ehe wirklich auf sich hatte. Es stand einem nicht einmal, wie europäischen Mädchen, eine zynische, realistische Lebensphilosophie zu Gebote. Man erwartete, daß man nach der Heirat keinen anderen Mann begehrte, ebenso wie man erwartete, daß der eigene Mann keine andere Frau begehrte. Dann kamen die Wünsche und Begierden, und panischer Selbsthaß war die Folge. Was für eine verworfene Frau du doch bist! Wie ist es bloß möglich, daß fremde Männer dich nach wie vor reizen und erregen? Wie kannst du so gebannt auf die Ausbuchtung ihrer Hose starren? Wie kannst du in einer Versammlung sitzen und dir ausmalen, auf welche Weise jeder der anwesenden Männer dich vögeln würde? Wie kannst du im Zug sitzen und dich in Gedanken mit völlig Fremden im Bett herumwälzen? Wie kannst du deinem Mann das bloß antun? Hat Ihnen je einer gesagt, daß das vielleicht mit Ihrem Mann überhaupt nichts zu tun hat?

Und die anderen Wünsche und Sehnsüchte, die die Ehe unterdrückte? Der Wunsch, von Zeit zu Zeit auszubrechen, festzustellen, ob man immer noch imstande ist, allein in seinem eigenen Kopf zu leben, festzustellen, ob man es fertigbringt, allein in einer Hütte im Wald zu leben, ohne den Verstand zu verlieren, kurz, ob man noch ›ganz‹ ist, nachdem man so viele Jahre nur die Hälfte von etwas war (wie die Hinterbeine einer Pferde-Imitation als komische Nummer).

Fünf Jahre Ehe hatten mich lüstern nach all diesen Dingen gemacht: lüstern nach Männern und lüstern nach Einsamkeit. Lüstern nach Sex und lüstern nach dem Leben eines Einsiedlers. Ich wußte, daß meine Gelüste widersprüchlich waren, und das machte die Sache nur schlimmer. Ich wußte, daß meine Gelüste unamerikanisch waren – und das machte die Sache *noch* schlimmer. In Amerika ist es gleichbedeutend mit Ketzerei, sein Leben – welches auch immer – nicht als die Hälfte eines Paars zu führen. ›Alleinsein‹ ist unamerikanisch. Einem Mann mag es noch nachgesehen werden – besonders dann, wenn er ein ›begehrter Junggeselle‹ ist, der in der jeweils kurzen Zeit zwischen seinen Ehen ›Verabredungen mit Starlets‹

hat. Bei einer Frau jedoch wird immer angenommen, sie sei nicht aus freiem Willen allein, sondern weil sie verlassen worden ist. Und so wird sie behandelt: wie ein Paria. Es gibt für eine Frau einfach keine Möglichkeit, allein ein achtbares Leben zu führen. Oh, sie kann sich vielleicht finanziell durchschlagen (obwohl nicht annähernd so gut wie ein Mann), doch emotionell läßt man ihr keine Ruhe. Ihre Freunde, ihre Familie, ihre Kollegen lassen sie nie vergessen, daß ihr Junggesellentum, ihre Kinderlosigkeit – kurz, ihr *Egoismus* – ein Makel ist, eine Schande für den amerikanischen *way of life*.

Um dem Kern der Sache noch näher zu kommen: Die Frau (obwohl sie weiß, daß ihre verheirateten Freundinnen unglücklich sind) läßt *sich selbst* keine Ruhe. Sie lebt, als stünde die ›Große Erfüllung‹ vor der Tür. Als warte sie auf den Märchenprinzen, der sie von ›all dem‹ befreit und mit sich nimmt. Wovon befreit? Von der Einsamkeit, die sie mit ihrem Innenleben teilt? Von der Gewißheit, sie selbst zu sein, statt die Hälfte von irgend etwas anderem?

Meine Antwort darauf war nicht (noch nicht), eine Affäre mit jemand anzufangen und nicht (noch nicht) auszubrechen, sondern meine Phantasien von der Traumnummer (die ich in Gedanken den ›Spontanfick‹ oder den ›Fick auf Anhieb‹ nannte) weiterzuentwikkeln. Der Spontanfick war mehr als ein gewöhnlicher Fick. Er war sozusagen ein platonisches Ideal. Die Reißverschlüsse lösen sich wie fallende Rosenblätter, die Unterwäsche weht davon wie Löwenzahnflocken. Die Zungen verschmelzen in Feuchte. Deine Seele strömt durch deine Zunge in dem Mund deines Liebhabers.

Die Voraussetzung für den wahren, optimalen Spontanfick: Man sollte den Partner nicht zu genau kennenlernen. Ich habe beispielsweise festgestellt, daß jede Betörtheit sich verflüchtigt, sobald ich mich einem Mann befreundet fühle, an seinen Problemen teilnehme, ihm zuhöre, wenn er sich über seine Frau oder seine gewesenen Frauen, seine Mutter, seine Kinder auslabert. Danach könnte ich ihn mögen, vielleicht sogar lieben – doch ohne Leidenschaft. Und gerade die Leidenschaft war es doch, die ich suchte. Ich war dahintergekommen, daß eine Betörtheit sich am besten austreiben läßt, wenn man über jemanden *schreibt*, seine Ticks und Marotten beobachtet, seine Persönlichkeit zerlegt und typisiert. Dann ist er nur noch ein Insekt auf einer Stecknadel, ein Zeitungsausschnitt unter einer Plastikfolie. Ich kann mich an seiner Gesellschaft erfreuen, ihn sogar augenblicksweise bewundern, doch er hat nicht mehr die Macht, mich mitten in der Nacht zitternd auffahren zu lassen. Ich träume nicht mehr von ihm. Er hat ein Gesicht.

So ist die zweite Voraussetzung für den Spontanfick die Kürze der Beziehung. Und Anonymität macht die Sache noch besser.
Während der Zeit, die ich in Heidelberg verbrachte, fuhr ich viermal die Woche nach Frankfurt zu meinem Analytiker. Die Fahrt dauerte eine Stunde – eine Stunde hin, eine zurück – und Eisenbahnzüge wurden zu einem wesentlichen Bestandteil meiner Phantasie. Immer wieder lernte ich im Zug beeindruckende, schöne Männer kennen, Männer, die kaum englisch sprachen, Männer, deren Banalitäten mir bei meiner Unkenntnis der französischen oder italienischen oder selbst der deutschen Sprache entgingen. So schwer es mir fällt, das einzuräumen – es *gibt* schöne Männer in Deutschland, eine ganze Menge sogar.
Ein bestimmtes Szenarium des Spontanficks ist möglicherweise von einem italienischen Film inspiriert worden, den ich vor Jahren gesehen habe. Mit der Zeit schmückte ich das Filmgeschehen aus, um es meiner Phantasie noch schmackhafter zu machen. Immer wieder ließ ich – während ich hin und her pendelte, von Heidelberg nach Frankfurt, von Frankfurt nach Heidelberg – die Szene in meinem Kopf abrollen:

Ein schmutziges, südeuropäisches Zugabteil (2. Klasse). Die harten Sitze sind mit Kunstleder bezogen. Eine Schiebetür führt auf den Gang. Olivenbäume huschen am Fenster vorbei. Auf der einen Seite sitzen zwei sizilianische Bauersfrauen, die ein Kind zwischen sich haben. Offenbar Mutter, Großmutter und Enkelin. Beide Frauen wetteifern miteinander, dem kleinen Mädchen den Mund mit Essen vollzustopfen. Ihnen gegenüber, auf dem Fensterplatz, sitzt eine hübsche junge Witwe mit einem zurückgeschlagenen dichten, schwarzen Schleier in einem engen, schwarzen Kleid, das ihre üppige Figur betont. Sie schwitzt sehr und ihre Augen sind geschwollen. Der Mittelplatz ist leer. Den Platz am Gang nimmt eine ungeheuer dicke Frau mit einem Schnurrbart ein. Ihr gewaltiges Gesäß beansprucht zusätzlich fast die Hälfte des mittleren Sitzplatzes. Sie liest in einem Comic-Heft, in dem die Personen von Fotomodellen dargestellt werden und der Dialog in kleinen Wölkchen über ihren Köpfen erscheint.

So rumpeln die fünf eine Weile dahin; die Witwe und die dicke Frau schweigen, während Mutter und Großmutter mit dem Kind und miteinander über das Essen reden. Und dann hält der Zug kreischend in einer Stadt, die (vielleicht) CORLEONE heißt. Ein langer, schlaksiger, gleichgültig blickender Soldat, unrasiert, jedoch mit einem prächtigen Haarschopf, gespaltenem Kinn und ein wenig diabolischen, trägen Augen, betritt das Abteil, sieht mit überheblichem Ausdruck in die Runde, erblickt den freien (halben) Platz zwischen der dicken Frau und der Witwe und setzt sich unter vielen liebenswürdig-charmanten Entschuldigungen. Obwohl verschwitzt und ungepflegt, ist er doch ein prachtvolles Stück Mann, bloß ein wenig ranzig von der Hitze. Der Zug verläßt quietschend die Station.

Dann gibt es nur noch das Rattern des Zuges und den Rhythmus, in dem sich die Schenkel des Soldaten an den Schenkeln der Witwe scheuern. Natürlich scheuern sie auch am Gesäß der dicken Dame – und sie versucht, von ihm abzurücken, was gänzlich überflüssig ist, da er ihr Gesäß überhaupt nicht wahrnimmt. Er starrt auf das große goldene Kreuz, das in dem tiefen Spalt zwischen den Brüsten der Witwe hin und her pendelt. Bums. Pause. Bums. Es schlägt gegen die eine feuchte Brust und dann gegen die andere. In der Mitte scheint es zu zögern, als befinde es sich im Kraftfeld zweier einander entgegenwirkender Magneten. *Wassergrube und Pendel.* Er ist wie hypnotisiert. Sie sieht aus dem Fenster und betrachtet jeden Olivenbaum, als habe sie noch nie zuvor Olivenbäume gesehen. Er steht ungeschickt auf und öffnet, nach einer kleinen Verbeugung zu den Damen hin, mit einiger Mühe das Fenster. Als er sich wieder hinsetzt, streift sein Arm zufällig den Bauch der Witwe. Sie scheint es nicht zu bemerken. Er legt seine linke Hand auf den Sitz zwischen seinen und ihren Schenkeln, und seine geschmeidigen Finger schließen sich um das weiche Fleisch ihres Schenkels und schieben sich dann darunter. Sie starrt weiterhin jeden Olivenbaum an, als sei sie Gott, hätte die Bäume soeben erschaffen, und überlege nun, welchen Namen sie ihnen geben solle.

Inzwischen verstaut die ungeheuer dicke Dame ihr Comic-Heft in einem schillernd-grünen Plastiknetz, das mit stinkigem Käse und überreifen, schwärzlichen Bananen gefüllt ist. Und die Großmutter wickelt Salamizipfel in fettiges Zeitungspapier. Die Mutter zieht dem Kind seine Strickjacke an und wischt ihm mit einem Taschentuch, liebevoll mit mütterlichem Speichel befeuchtet, übers Gesicht. Der Zug hält kreischend in einer Stadt, die (vielleicht) PRIZZI heißt, und die dicke Frau, die Mutter, die Großmutter und das kleine Mädchen verlassen das Abteil. Dann setzt der Zug sich erneut in Bewegung. Das goldene Kreuz beginnt wieder zwischen den feuchten Brüsten der Witwe hin und her zu pendeln, die Finger schleichen sich unter den Schenkel der Witwe, die Witwe starrt weiterhin auf die Olivenbäume. Dann drängen sich die Finger zwischen ihre Schenkel, vergrößern den Spalt und bewegen sich aufwärts, hin zu der fleischigen Lücke zwischen ihren schwarzen Baumwollstrümpfen und dem Hüftgürtel, und sie gleiten weiter und unter den Hüftgürtel, hinein in die unbedeckte feuchte Wärme zwischen ihren Beinen.

Der Zug fährt in einen Tunnel ein und in dem Halbdunkel wird die Symbolik zur Tat. Der Stiefel des Soldaten in der Luft, die dunklen Wände des Tunnels, das hypnotische Schüttern des Zuges und der lange, hohe Pfiff, als er schließlich wieder ans Tageslicht kommt.

Sie steigt wortlos aus, an einer Station, die, vielleicht, BIVONA heißt. Sie überquert die Geleise, steigt in ihren schmalen schwarzen Schuhen und den schwarzen Baumwollstrümpfen vorsichtig über sie hinweg. Er starrt ihr nach, als sei er Adam und gehe mit sich zu Rate, welchen Namen er ihr geben solle. Dann springt er auf und stürzt aus dem Zug, ihr nach. Im gleichen Augenblick fährt ein langer Güterzug durch den Bahnhof und versperrt ihm Blick und Weg. Fünfundzwanzig Güterwagen später ist sie für immer verschwunden.

Ein Szenarium des Spontanficks.
Ob Knöpfe am Hosenschlitz (wie die europäischen Männer sie bevorzugen) oder Reißverschluß – das spielt keine Rolle. Auch nicht, ob die Partner umwerfend attraktiv sind. Der schnelle Ablauf des Intermezzos hat die komprimierte Dichte eines Traumes und zieht anscheinend keinerlei Reue oder Schuldgefühl nach sich, da weder über ihren verstorbenen Ehemann noch über seine Verlobte gesprochen, noch die Ratio bemüht wird – da überhaupt nicht gesprochen wird. Die Traumnummer oder der Spontanfick ist von äußerster Reinheit, da ohne jede Nebenabsicht. Es findet kein Machtkampf statt. Der Mann ›nimmt‹ nicht, und die Frau ›gibt‹ nicht. Niemand hat den Ehrgeiz, einem Ehemann Hörner aufzusetzen oder eine Ehefrau zu demütigen. Keiner von beiden versucht, irgend etwas zu ›beweisen‹, noch den anderen in irgendeiner Weise zu übervorteilen. Der Spontanfick ist das sauberste, was es gibt. Und er ist seltener als das Einhorn. Mir ist er nie beschieden gewesen. Wann immer es so schien, als sei ich nahe dran, entdeckte ich ein Pferd mit einem Horn aus Pappmaché oder zwei Clowns in einem Einhorn-Kostüm. Alessandro, der Florentiner, wär's fast gewesen. Doch letzten Endes handelte es sich bei ihm um *einen* als Einhorn verkleideten Clown.
Sehen Sie sich diesen Gobelin, mein Leben, einmal genauer an.

»Frauen fliegen auf Faschisten«

Frauen fliegen auf Faschisten
auf den Stiefel im Gesicht,
auf das unmenschliche Herz
einer Bestie wie du.
– Sylvia Plath

Um 6 Uhr morgens landeten wir auf dem Frankfurter Flughafen, kletterten aus der Maschine und schoben uns in die mit einem gummiartigen Kunststoff ausgelegte Halle, die mich, trotz ihrer blitzblanken Neuheit, an Todeslager und Deportationen denken ließ. Dort warteten wir eine Stunde, während unsere 747 aufgetankt wurde. Alle Psychoanalytiker saßen stocksteif auf Fiberglassitzen, die in starren, monotonen Reihen ausgerichtet waren: grau, gelb, grau, gelb, grau, gelb ... Die Freudlosigkeit der Farbzusammenstellung wurde nur noch von der Freudlosigkeit ihrer Mienen übertroffen.

Die meisten von ihnen hatten teure Kameras bei sich, und trotz nicht mehr ganz kurzgeschnittener Haare, schüchterner Bärte, stahlgeränderter Brillen (und trotz ihrer Frauen mit einem für sie gerade noch vertretbaren bürgerlichen Anflug von Bohème: rindslederne Sandaletten, mexikanische Schals, handgearbeiteter Silberschmuck aus Greenwich Village), strahlten sie Achtbarkeit aus. Die trübsinnige Quintessenz des Mittelmaßes. Wenn ich darüber nachdachte, war es das, was ich gegen Psychoanalytiker hatte. Sie akzeptierten die soziale Ordnung, ohne sie je in Frage zu stellen. Ihre linksangehauchten politischen Ansichten, das Unterschreiben von Friedensdeklarationen und die Ausschmückung ihrer Sprechzimmer mit Drucken von *Guernica,* das alles war nichts als Tarnung. Sobald es um die *entscheidenden* Dinge ging: die Familie, die Stellung der Frau, die reibungslose Abwicklung der Honorarfrage, waren sie Reaktionäre. Genauso unerbittlich eigennützig, wie die Sozial-Darwinisten des Viktorianischen Zeitalters.

»Aber Frauen sind *immer* die Macht hinter dem Thron«, hatte mein letzter Analytiker gesagt, als ich ihm zu erklären versuchte, wie unredlich ich mir dabei vorkäme, wenn ich meine Verführungskünste spielen ließ, um bei Männern zu erreichen, was ich wollte. Unseren letzten Krach hatten wir einige Wochen vor dieser Reise nach Wien. Ich hatte Kolner ohnehin nie so recht vertraut, doch ich ging weiterhin zu ihm, in der Annahme, daß das *mein* Problem sei.

»Aber begreifen Sie denn nicht«, rief ich ihm von der Couch her zu, »das *ist* ja gerade das Schlimme daran. Frauen, die ihren Sex-Appeal einsetzen, um die Männer zu manipulieren, die ihre Wut unterdrücken und nie offen und ehrlich sind –«

Doch Dr. Kolner verstand lediglich etwas, das leicht nach *Women's Lib* als neurotisches Problem roch. Jeder Protest gegen das konventionelle Verhalten der Frau hatte ›phallisch‹ und ›aggressiv‹ zu sein. Wir hatten uns schon lange wegen dieser Dinge in den Haaren gelegen, doch war es seine ›Macht hinter dem Thron‹-Masche, die mir endlich die Augen öffnete, wie ich hier eingeordnet wurde.

»Ich *glaube* nicht an das, woran Sie glauben«, schrie ich, »ich respektiere es auch nicht, und ich respektiere *Sie* nicht, weil Sie diese Überzeugung haben. Wenn Sie im Ernst so etwas sagen können, wie das mit der Macht hinter dem Thron, wie können Sie dann auch nur das Geringste von mir oder den Dingen verstehen, mit denen ich mich herumschlage? Ich *will* nicht nach Ihren Maßstäben leben. Ich *will* diese Art Leben nicht, und ich sehe nicht ein, warum ich mich diesem Maßstab unterwerfen soll. Außerdem glaube ich, daß Sie weniger als nichts von Frauen verstehen.«

»Vielleicht verstehen *Sie* nicht, was es heißt, Frau zu sein«, konterte er.

»O Gott. Jetzt kommen Sie mir auch noch *damit*. Wissen Sie denn nicht, daß die männliche Definition des Wesens der Frau schon immer davon bestimmt wurde, wie sie die Frauen am besten unterdrücken konnten? Und warum sollte ich auf *Sie* hören, um zu wissen, was es heißt, Frau zu sein? Sind Sie eine Frau? Warum sollte ich nicht zur Abwechslung einmal auf *mich* hören? Und auf andere Frauen? Ich rede mit ihnen. Sie erzählen mir von sich und verdammt viele von ihnen empfinden genauso wie ich – auch wenn der Verband amerikanischer Psychoanalytiker ihnen dafür nicht das Prädikat ›beste Hausfrau‹ verleiht.«

So ging es eine ganze Weile hin und her; wir schrien uns gegenseitig an. Ich verabscheute mich selbst, weil meine Argumente klangen, als stammten sie aus einer obskuren Aufklärungsschrift, und weil ich mich von ihm in eine Position hatte drängen lassen, die zu so einfältigen, eingleisigen Aussagen führte. Ich wußte, daß ich die subtileren Komponenten unterschlug. Ich wußte, daß es andere Psychoanalytiker gab – meinen deutschen Analytiker zum Beispiel –, die nicht diese weiberfeindliche Tour ritten. Doch ich verabscheute auch Kolner – wegen seiner Engstirnigkeit und weil er mir meine Zeit und mein Geld mit aufgewärmten Gemeinplätzen über die ›Stellung der Frau‹ stahl. Wem war *damit* gedient? *Das* konnte man auch von jeder Kartenlegerin haben. Und brauchte dafür nicht 40 Dollar für fünfzig Minuten zu bezahlen.

»Wenn das wirklich Ihre Meinung von mir ist, versteh ich nicht, warum Sie nicht abhauen«, stieß Kolner hervor. »Warum sollen Sie sich dann weiter all diesen Scheißdreck von mir anhören?«

Das war typisch Kolner. Wenn er sich angegriffen fühlte, wurde er gehässig und scheute auch vor einem Kraftausdruck nicht zurück, nur um zu beweisen, wie unkonventionell er war.

»Typischer Komplex des zu klein Geratenen«, murmelte ich vor mich hin.
»Was war das eben?«
»Ach, nichts.«
»Los, ich will es hören. Ich werd's schon verkraften.« Der große, tapfere Psychoanalytiker.
»Ich dachte gerade, Dr. Kolner, daß Sie unter dem leiden, was in der Psychiatrie unter dem Namen ›Komplex des zu klein Geratenen‹ bekannt ist. Sie sind gereizt und werfen mit Kraftausdrücken um sich, sobald jemand durchblicken läßt, daß Sie nicht der Allmächtige sind. Ich weiß, es muß Sie ziemlich hart ankommen, nur einen Meter sechzig groß zu sein – aber höchstwahrscheinlich sind auch Sie analysiert worden, und das sollte Ihnen die Sache eigentlich erleichtern.«
»Stahl und Eisen kann mich brechen, ein Wort aber nicht«, knurrte Kolner. Er war nun wieder der kleine Schuljunge von ehedem. Er hielt sich wohl für äußerst witzig.
»Hören Sie zu: wieso soll ich mir von *Ihnen* abgestandene Gemeinplätze an den Kopf werfen lassen – und auch noch *dankbar* für Ihre überragenden Erkenntnisse sein und Ihnen auch noch *Geld* dafür bezahlen? Und wenn *ich* das gleiche tue – was zweifellos mein Recht ist, wenn man an all den Kies denkt, den ich Ihnen in den Rachen werfe – dann werden Sie wütend und reden daher wie ein gehässiger kleiner Junge von sieben Jahren.«
»Ich hab bloß gesagt, daß Sie gehen sollen, wenn Sie so über mich denken. Gehen Sie. Hauen Sie ab. Knallen Sie die Tür hinter sich zu. Schicken Sie mich zum Teufel.«
»Ich soll mir also eingestehen, daß die vergangenen zwei Jahre und die Tausende von Dollar, die ihren Besitzer gewechselt haben, für die Katz waren? Vielleicht können *Sie* das auf diese Weise abschreiben – *mir* liegt nun mal viel an der Illusion, daß hier etwas Positives vor sich gegangen ist.«
»Das können Sie alles mit Ihrem nächsten Analytiker aufarbeiten«, sagte Kolner. »Sie werden dann herausfinden, was Ihrer Meinung nach hier zwischen uns schiefgelaufen ist ...«
»*Meiner* Meinung nach! Begreifen Sie denn nicht, warum es so vielen Leuten zum Hals raushängt, sich analysieren zu lassen? Daran seid nur ihr dämlichen Psychoanalytiker schuld. Bei euch geht's so ähnlich zu wie im Film ›Catch 22‹. Der Patient kommt und kommt und kommt und zahlt und zahlt, und wenn ihr Burschen zu beschränkt seid, um rauszukriegen, was eigentlich los ist, oder wenn ihr merkt, daß ihr dem Patienten nicht helfen könnt, erhöht

ihr einfach die erforderliche Behandlungsdauer um einige Jahre oder ihr sagt ihm, er soll zu einem *anderen* Analytiker gehen, um rauszukriegen, was mit dem *ersten* Analytiker schiefgelaufen ist. Fällt nicht sogar *Ihnen* auf, wie absurd das ist?«

»Es fällt mir allerdings auf, wie absurd es ist, hier zu sitzen und mir diese Tirade anzuhören. Ich kann also nur noch einmal wiederholen, was ich bereits gesagt habe. Wenn es Ihnen nicht paßt, warum hauen Sie nicht ab?«

Wie im Traum (ich hätte mir das nie zugetraut) erhob ich mich von der Couch (wie viele Jahre hatte ich dort gelegen?), griff nach meiner Handtasche und ging (nein, direkt ›schlendern‹ tat ich nicht, obwohl ich es gern getan hätte) zur Tür hinaus, die ich leise hinter mir schloß. Kein Türenschlagen à la Nora, um den Effekt zu erhöhen. Leben Sie wohl, Kolner. Im Fahrstuhl war ich einen Augenblick lang nahe dran zu weinen.

Nachdem ich die Madison Avenue zwei Blocks weit hinuntergegangen war, jubilierte ich innerlich. Keine 8-Uhr-Sitzungen mehr! Keine bange Frage mehr, wenn ich jeden Monat den Scheck mit der Riesensumme ausfüllte, ob es mir wohl hilft! Kein Herumstreiten mit Kolner mehr, als sei ich ein Parteiführer! Ich war frei! Und dazu all das Geld, das ich nun für mich behalten konnte! Ich verschwand in einem Schuhgeschäft und ließ sofort 40 Dollar für ein Paar weiße Sandaletten mit Goldkettchen springen. Sie vermittelten mir ein erhebenderes Gefühl, als fünfzig Minuten Behandlung bei Kolner das je getan hatten. Okay, so war ich also doch nicht wirklich frei (ich mußte mich noch mit Einkäufen trösten), doch zumindest war ich von Kolner befreit. Jedenfalls war es ein Anfang.

Ich trug die Sandaletten während des Fluges nach Wien und hielt den Blick auf sie gerichtet, als wir hintereinander die Maschine wieder bestiegen. Mußte man das Flugzeug mit dem rechten oder mit dem linken Fuß zuerst betreten, damit es nicht abstürzt? Wie konnte ich den Absturz verhindern, wenn mir sogar *das* entfallen war? »Mutter«, murmelte ich. Ich murmle immer ›Mutter‹, wenn ich Angst habe. Das Komische daran ist, daß ich sie gar nicht Mutter nenne und es auch nie getan habe. Sie gab mir die Namen Isadora Zelda, aber von Zelda mache ich nach Möglichkeit keinen Gebrauch. (Es heißt, daß sie damals auch Olympia [Griechenland!] und Justine [de Sade] in Erwägung zog.) Als Gegenleistung für diese lebenslange Verpflichtung nenne ich sie Jiddy. Ihr richtiger Name ist Judith. Niemand außer meiner jüngsten Schwester nennt sie Mommy.

Wien. Schon der Name allein beschwört Walzerseligkeit. Doch ich konnte die Stadt nie ausstehen. Sie kommt mir tot vor. Einbalsamiert.
Wir kamen um 9 Uhr morgens an – der Flughafen erwachte gerade erst zum Leben. WILLKOMMEN IN WIEN stand da zu lesen. Wir latschten, unsere Koffer schleppend, übermüdet und benommen von der mehr oder weniger schlaflosen Nacht, durch den Zoll. Das Flughafengebäude war blitzsauber, wie frisch geschrubbt. Ich dachte an das Maß von Unordnung, Schmutz und Chaos, an das die New Yorker sich wohl oder übel gewöhnt haben. Die Rückkehr nach Europa war immer so eine Art Schock. Die Straßen machten einen unnatürlich sauberen Eindruck, in den Parks gab es unnatürlich viele intakte, von Vandalismus verschonte Bänke, Spring- und Trinkbrunnen und Rosenbüsche. Die öffentlichen Blumenanlagen wirkten unnatürlich gepflegt. Sogar die Telefonzellen funktionierten.
Die Zollbeamten warfen nur einen Blick auf unsere Koffer, und in weniger als zwanzig Minuten bestiegen wir einen Bus, den das Wiener Institut für Psychiatrie für uns gemietet hatte, mit der naiven Hoffnung, in ein paar Minuten im Hotel zu sein und schlafen zu können. Wir wußten nicht, daß der Bus durch die Straßen von Wien schleichen und an sieben Hotels halten würde, ehe er, fast drei Stunden später, endlich das unsrige erreichen sollte.
Diese Fahrt glich einem jener Träume, in denen man dringend ein Ziel erreichen muß, bevor etwas Schreckliches passiert, doch der Wagen hat unerklärlicherweise eine Panne nach der anderen oder er fährt rückwärts. Jedenfalls war ich verstimmt, gereizt und benommen, und alles und jedes irritierte mich an diesem Morgen.
Zum Teil lag das wohl auch an der Panik, die mich jedesmal überfiel, wenn ich wieder in das ehemalige ›Groß-Deutschland‹ kam. Ich hatte länger in Heidelberg gelebt als in irgendeiner anderen Stadt, abgesehen von New York, und so war Deutschland (wie auch Österreich) so eine Art zweite Heimat für mich geworden. Ich beherrschte die Sprache recht gut – besser als die verschiedenen Sprachen, die ich in der Schule gelernt hatte – und alles war mir hier vertraut: das Essen, die Weine, die Markennamen, die Ladenschlußzeiten, die Kleidung, die volkstümliche Musik, die umgangssprachlichen Redewendungen, die besonderen Eigenheiten ... Alles, als hätte ich meine Kindheit in Deutschland verbracht oder als seien meine Eltern Deutsche. Doch ich wurde 1942 geboren, und wären meine Eltern deutsche, und nicht amerikanische, Juden gewesen, so wäre ich in einem Konzentrationslager zur Welt

gekommen (und höchstwahrscheinlich auch gestorben) – trotz meiner blonden Haare, blauen Augen und meiner polnischen Bauernnase. Auch das konnte ich nie vergessen. Deutschland war wie eine Stiefmutter: zutiefst vertraut, zutiefst verachtet. Noch mehr verachtet, weil so vertraut.

Ich sah aus dem Busfenster auf die rotbäckigen alten Damen in ihren ›vernünftigen‹ beigefarbenen Schuhen, unförmige Tirolerhüte auf dem Kopf. Ich sah auf ihre unförmigen Beine und unförmigen Hinterteile. Ich haßte sie. Ich sah ein Plakat: SEI GUT ZU DEINEM MAGEN, und ich haßte die Deutschen dafür, daß sie immer an ihre verdammten Mägen denken, an ihre *Gesundheit* – als hätten sie Gesundheit, Hygiene und Hypochondrie erfunden. Ich haßte ihre fanatische Besessenheit, mit der sie die Illusion von Sauberkeit aufrechterhielten. Illusion, wohlgemerkt, denn die Deutschen sind nicht wirklich sauber. Die weißen Spitzengardinen, die Steppdekken, die zum Lüften aus den Fenstern hängen, die Hausfrauen, die den Bürgersteig vor ihrem Haus schrubben und die ihre Schaufenster putzenden Ladeninhaber – all das gehört zu einer sorgfältig ausgetüftelten Fassade, dazu bestimmt, Ausländer mittels aufdringlich rühriger deutscher Tüchtigkeit und ›Normalität‹ einzuschüchtern. Aber betreten Sie mal in Deutschland eine öffentliche Toilette, und Sie werden eine Anlage vorfinden, wie es sie sonst auf der Welt nicht gibt. Die reizende, für die fallende Scheiße bestimmte kleine Porzellanplatte (damit Sie erstere begutachten können, bevor sie auf Nimmerwiedersehen in den gurgelnden Schlund wirbelt) ist so gut wie trocken, ehe Sie ziehen. Infolgedessen stinken deutsche Toiletten stärker nach Scheiße als sonstige Toiletten, wo auch immer. (Ich sage das als erfahrene, abgehärtete Weltreisende.) Ferner gibt es einen dreckigen Lumpen als Handtuch – eines für alle –, das über einem winzigen Waschbecken hängt, welches lediglich einen Kaltwasserhahn aufzuweisen hat (unter dem Sie sich kaltes Wasser über Ihre rechte Hand tröpfeln lassen können – oder welche Hand Sie zu benutzen pflegen).

Ich beschäftigte mich in Gedanken ziemlich häufig mit Toiletten, als ich in Europa lebte. (So *meschugge* hatte Deutschland mich gemacht.) Einmal versuchte ich sogar die verschiedenen Nationen aufgrund ihrer Toiletten zu klassifizieren.

»Die Weltgeschichte, gesehen durch die Toilettenbrille« (schrieb ich voller Optimismus oben auf eine unbenutzte Seite meiner Kladde), »ein episches Gedicht???«

Großbritannien:
Britisches Toilettenpapier. (Fast) eine Weltanschauung. Imprägniert. Nicht saugend, unnachgiebig, bretthart. Lerne leiden ohne zu klagen. Oft staatliches Eigentum. Im Wohlfahrtsstaat schlechthin ist sogar das Toilettenpapier mit Werbesprüchen bedruckt.
Die britischen Klosetts als letztes Refugium des Kolonialismus. Über Ihnen rauscht Wasser wie die Victoria-Fälle; darunter Sie als Afrika-Forscher, Sprühregen im Gesicht. Für einen kurzen Augenblick (während Sie ziehen) beherrscht Britannia wieder die Wogen.
Die Zugkette ist vornehm und geschmackvoll. Ein Klingelzug in einem herrschaftlichen Landsitz (sonntags, gegen geringen Eintrittspreis, für das Publikum geöffnet).

Deutschland:
Deutsche Toiletten sind klassenbewußt. In 3. Klasse-Wagen: rauhes, braunes Papier. In der 1. Klasse: weißes P. genannt *Spezial Krepp*. Doch das deutsche Klosett ist einmalig wegen der kleinen Bühne (die ganze Welt ist eine), auf die die Scheiße fällt. Dies ermöglicht es Ihnen, dieselbe eingehend zu betrachten, sich für einen parteipolitischen Kandidaten zu entscheiden und sich einfallen zu lassen, was Sie Ihrem Psychoanalytiker erzählen werden. Vorzüglich geeignet für Diamanten schmuggelnde Minenarbeiter, die die edlen Steine in ihren Eingeweiden transportieren. Deutsche Toiletten sind in Wahrheit der Schlüssel zu den Greueln des Dritten Reiches. Menschen, die imstande sind, Toiletten dieser Art zu konstruieren, sind zu allem fähig.

Italien:
Zuweilen können Sie Bruchstücke des *Corriere della Sera* lesen, bevor Sie sich mit den neuesten Nachrichten den Hintern wischen. Da die Spülung im allgemeinen rasant funktioniert, ist die Scheiße schon lange verschwunden, bevor Sie aufspringen und sich umdrehen können, um sie zu bewundern. Daher die Bildende Kunst der Italiener. Die Deutschen haben ihre eigene Scheiße zum Bewundern. In Ermangelung dessen erschaffen die Italiener Skulpturen und Gemälde.

Frankreich:
Die alten Pariser Hotels mit je einem eisernen Fußabdruck eines Riesen zu beiden Seiten eines stinkenden Loches. In Versailles Orangenbäume, gepflanzt, um gegen Senkgrubengerüche abzuschirmen. *Il est defendu de faire pipi dans la chambre du Roi.* Das Licht in Pariser Toiletten, das erst aufglimmt, wenn Sie die Tür verschließen.
Im Hinblick auf die Einstellung der Franzosen zu *merde* bleibt mir die französische Philosophie und Literatur irgendwie unverständlich. Franzosen sind höchst abstrakte Denker – doch haben sie andererseits einen so esoterischen Dichter wie Ponge hervorgebracht, der ein episches Poem über Seife schrieb. Wie läßt sich das mit französischen Toiletten vereinbaren?

Japan:
Das Hocken als Grundhaltung des Lebens im Fernen Osten. Klosettschüssel im Fußboden versenkt. Dahinter Blumenarrangements. Dieses hat irgendwas mit Zen zu tun (vgl. Suzuki).

Es ging schon auf halb eins, als wir endlich in unserem Hotel ankamen und feststellten, daß für uns ein winziges Zimmer im obersten Stock reserviert war. Ich wollte reklamieren, doch Bennett lag mehr daran, sich auszuruhen. Wir ließen also wegen der Mittagssonne die Jalousien runter, zogen uns aus und fielen neben unseren ungeöffneten Koffern ins Bett. Ungeachtet der fremden Umgebung schlief Bennett sofort ein. Ich schlug mich mit dem Federbett herum, bis ich einnickte, gepeinigt von Träumen von Nazis und Flugzeugabstürzen. Immer wieder fuhr ich aus dem Schlaf, mit klopfendem Herzen und klappernden Zähnen. Es war die übliche Panik, die mich immer am ersten Tag an einem fremden Ort überfällt; und daß wir wieder in Großdeutschland waren, machte es noch schlimmer. Ich wünschte bereits, wir wären nicht wiedergekommen.
Gegen halb vier wachten wir auf und bumsten mehr oder weniger lustlos in einem der beiden getrennt stehenden Betten. Ich hatte das Gefühl, immer noch zu träumen, und stellte mir vor, Bennett sei jemand anderer. Aber wer? Ich konnte mir kein rechtes Bild von ihm machen. Ich konnte es nie. Wer oder was war dieses Phantom, das mein Leben so hartnäckig überschattete? Mein Vater? Mein deutscher Analytiker? Meine Traumnummer? Warum nahm sein Gesicht nie scharfe Konturen an?
Gegen vier saßen wir in der Straßenbahn, auf dem Wege zur Wiener Universität, um uns als Kongreßteilnehmer registrieren zu lassen. Das Wetter hatte sich aufgeklärt, der Himmel war blau und mit flaumigen, weißen Bilderbuchwölkchen betupft. Und ich klapperte auf meinen hochhackigen Sandaletten die Straße entlang, haßte alles Deutsche und haßte Bennett, weil er kein Fremder in einem Zugabteil war, weil er nicht lächelte, weil er so gut im Bett war, mich aber nie küßte, weil er die Termine beim Analytiker und für die gynäkologische Krebsvorsorge-Untersuchung für mich ausmachte, eine teure elektrische Schreibmaschine für mich kaufte, mir aber niemals Blumen mitbrachte. Und nicht mit mir sprach. Und mich nie mehr an den Hintern packte. Und mich nie leckte, niemals. Was soll man nach fünf Jahren Ehe schon erwarten? Gekicher im Dunkeln? An den Hintern gepackt zu werden? Ausgeleckt zu werden? Nun, zumindest hin und wieder. Was wollt ihr Frauen eigentlich? Freud hat sich darüber den Kopf zerbrochen und

doch nicht allzu viel herausgebracht. Wie wollt ihr Damen denn umgelegt werden? Wollt ihr einen Mann, der euch leckt, wenn ihr eure Tage habt? Einen Mann, der euch küßt, bevor ihr euch morgens die Zähne geputzt habt, und der dann nicht *Iiiiihh* macht? Einen Mann, der mit euch lacht, wenn der Strom ausfällt?
Einen steifen Schwanz, sagte Freud, in der Annahme, daß Frauen Wert darauf legen, weil die Männer Wert darauf legen. Einen großen, sagte Freud, in der Annahme, daß *ihre* Zwangsvorstellung die *unsere* sei.
Phallozentrisch, hat jemand von Freud gesagt. Er glaubte, die Sonne kreise um den Penis. Und seine Tochter ebenfalls.
Und wer konnte protestieren? Bevor Frauen anfingen, Bücher zu schreiben, gab es nur die eine Seite der Medaille. Solange man zurückdenken kann, wurden Bücher mit Sperma geschrieben, nicht mit Menstrualblut. Bis zu meinem 21. Lebensjahr maß ich meine Orgasmen an denen der Lady Chatterley und fragte mich, was wohl bei mir nicht stimme. Ist mir je der Gedanke gekommen, daß Lady Chatterley in Wirklichkeit ein Mann war? Daß sie in Wirklichkeit D. H. Lawrence war?
Phallozentrisch. Das männliche Problem ist auch das weibliche Problem. Eine Freundin von mir fand kürzlich folgende Weisheit in einem Knallbonbon:

DAS PROBLEM DES MANNES: MÄNNER.
DAS PROBLEM DER FRAU: MÄNNER.

Einmal, bloß um auf Bennett Eindruck zu machen, erzählte ich von der Aufnahmezeremonie der *Hell's Angels*. Den Teil davon, in dem der Neuling sein Mädchen auslecken muß, wenn sie ihre Periode hat, während alle seine Kumpel zusehen.
Bennett blieb stumm.
Ich ließ nicht locker. »Ist das nicht interessant? Ist das nicht'n dolles Ding?«
Schweigen.
Ich bohrte weiter.
»Warum kaufst du dir nicht einen Hund und dressierst ihn dir«, sagte er schließlich.
»Ich sollte dich beim Verband amerikanischer Psychoanalytiker anzeigen«, sagte ich.

Das Gebäude der Medizinischen Fakultät der Wiener Universität ist voller Säulen, kalt und höhlenartig. Wir keuchten unendlich viele Stufen hinauf. Oben drängten sich Dutzende von Psychoanalytikern vor dem Anmeldetresen.

Eine geschäftig-wichtigtuende junge Österreicherin (rotes Dirndl, modische Glitzerbrille) machte jedermann wegen seiner Beglaubigungsschreiben alle nur denkbaren Schwierigkeiten. Sie sprach ein bemühtes Schul-Englisch. Sicherlich war sie die Frau eines österreichischen Teilnehmers. Sie konnte kaum älter als fünfundzwanzig sein, doch lächelte sie mit der ganzen Überheblichkeit einer ›Frau Doktor‹.

Ich legte ihr meinen Brief vom *Voyeur* vor, doch sie wollte mich nicht einschreiben.

»Warum nicht?«

»Weil die Presse nicht zugelassen ist«, sagte sie, Hohn in der Stimme.

»Es tut mir wirklich außerordentlich leid.«

»Das kann ich mir vorstellen.«

Ich spürte Wut in mir aufsteigen und sich in meinem Kopf wie Dampf in einem Schnellkochtopf sammeln. Diese Nazihexe, dachte ich, diese gottverdammte ›Krauttucke‹.

Bennett warf mir einen Blick zu, und der hieß: *immer mit der Ruhe.* Er haßt es, wenn ich mich in der Öffentlichkeit mit Leuten anlege. Doch der Versuch, mich zurückzuhalten, machte mich noch wütender.

»Hören Sie zu – wenn Sie mich nicht reinlassen, werde ich auch *darüber* schreiben.« Ich wußte, daß ich auch ohne Anstecknadel hineingehen konnte, sobald die Konferenz begonnen hatte – also war das Ganze eigentlich recht unwichtig. Außerdem war ich im Grunde gar nicht so erpicht darauf, diesen Artikel zu schreiben. Ich war ein Spion aus der Außenwelt. Ein Spion im Haus der Psychoanalyse.

»Sie wollen doch sicher nicht, daß ich darüber schreibe, daß die Psychoanalytiker *Angst* vor Journalisten haben, nicht wahr?«

»Es tut mir *so* leid«, wiederholte die österreichische Schlampe. »Aber ich darf Sie wirklich nicht hineinlassen ...«

»Sie folgen bloß Ihren Anweisungen, nehme ich an.«

»Ich muß mich nach meinen Instruktionen richten.«

»Sie und Eichmann.«

»Wie bitte?«

Sie hatte mich nicht verstanden.

Jemand anderer *hatte* es verstanden. Ich drehte mich um und sah diesen blonden, zottelhaarigen Engländer mit einer Pfeife im Mundwinkel.

»Wenn Sie nur eine Minute lang Ihre Paranoia zügeln und Charme statt Brachialgewalt einsetzen würden, könnte Ihnen sicherlich

niemand widerstehen«, sagte er. Er lächelte mich an, wie ein Mann lächelt, wenn er noch auf einem draufliegt – nach einem besonders gelungenen Fick.
»Sie müssen Psychoanalytiker sein«, sagte ich, »sonst würden Sie nicht so lässig mit dem Wort Paranoia um sich werfen.«
Er grinste.
Er trug eine sehr dünne, baumwollene, weiße indische *kurtah*, und ich sah darunter sein rotblondes gekräuseltes Brusthaar.
»Kesses Miststück«, sagte er. Dann packte er sich eine Handvoll von meinem Hintern und drückte genüßlich zu.
»Sie haben einen herrlichen Hintern«, sagte er. »Jetzt sorg' ich erst einmal dafür, daß Sie reinkommen.«
Natürlich stellte sich später heraus, daß er in dieser Angelegenheit hier gar nichts zu melden hatte, doch das wußte ich noch nicht. Er tat so geschäftlich und amtlich, daß man meinen konnte, er wäre der Kopf des ganzen Kongresses. In Wirklichkeit war er der Vorsitzende eines Ausschusses, doch was die Presse betraf, hatte er weniger als nichts zu sagen. Aber Presse hin, Presse her – ich wollte bloß, daß er meinen Hintern noch einmal preßte. Ich wäre ihm überallhin gefolgt, nach Dachau, nach Auschwitz, überallhin. Ich warf einen Blick über den Anmeldetresen und sah Bennett in ein ernsthaftes Gespräch mit einem New Yorker Kollegen vertieft.
Der Engländer hatte sich durch die Menge gedrängt und knöpfte sich nun (in meinem Interesse) die Österreicherin vor. Dann kam er zu mir zurück.
»Passen Sie auf – sie sagt, daß Sie warten müssen und mit Rodney Lehmann sprechen. Er ist ein Freund von mir, aus London, und muß jede Minute kommen, also gehen wir doch rüber ins Café, trinken ein Bier und lauern ihm auf.«
»Ich sag's nur rasch meinem Mann«, sagte ich. Das sollte in den kommenden Tagen zu einer Art Kehrreim werden.
Er schien erfreut, daß ich einen Mann hatte, oder doch zumindest nicht unangenehm berührt.
Ich fragte Bennett, ob er nachher auch zu uns ins Café rüberkommen würde (natürlich in der Hoffnung, daß er nicht zu rasch käme), aber er winkte ungeduldig ab. Er unterhielt sich eifrig über Gegenübertragung.
Ich folgte dem Rauch aus der Pfeife des Engländers die Treppe hinunter und über die Straße. Er paffte vor sich hin wie eine Dampflok; die Pfeife schien ihn vorwärts zu treiben. Ich war selig, sein Tender zu sein.
Wir pflanzten uns ins Café – ein Viertel Weißwein für mich, ein Bier

für ihn. Er trug indische Sandalen, dazu dreckige Fußnägel. Er hatte nichts von einem Seelendoktor an sich.
»Wo kommen Sie her?« fragte er.
»Aus New York.«
»Ich meine, Ihre Familie?«
»Warum wollen Sie das wissen?«
»Warum weichen Sie meiner Frage aus?«
»Ich bin nicht verpflichtet, auf Ihre Frage zu antworten.«
»Ich weiß.«
Er paffte an seiner Pfeife und sah in die Ferne. In seinen Augenwinkeln saßen hundert winzige Fältchen, und seine Lippen kräuselten sich zu einer Art Lächeln, auch wenn er gar nicht lächelte. Ich wußte, daß ich zu allem, worum er mich bat, ja sagen würde. Meine einzige Sorge war, daß er nicht rasch genug darum bitten würde.
»Polnische Juden von der einen Seite her, russische von der anderen.«
»Das dachte ich mir. Sie sehen aus wie eine Jüdin.«
»Und Sie sehen aus wie ein britischer Antisemit.«
»Aber nicht doch – ich mag Juden *gern* ...«
»Einige Ihrer besten Freunde ...«
»Jüdinnen sind nämlich so verdammt gut im Bett.«
Mir wollte ums Verrecken keine witzige Entgegnung einfallen. Liebster Jesus, dachte ich, nun ist es soweit. Meine Traumnummer. Der Spontanfick *par excellence.* Worauf in Gottes Namen warteten wir denn noch? Doch sicher nicht auf Rodney Lehmann.
»Ich mag auch Chinesen«, sagte er, »und Sie haben einen gutaussehenden, sympathischen Mann.«
»Vielleicht sollte ich euch verkuppeln, schließlich seid ihr beide Psychoanalytiker. Ihr hättet viel Gemeinsames. Ihr könntet einander unter einem Bild von Freud in den Arsch ficken.«
»Votze«, sagte er. »Aber eigentlich sind's eher Chines*innen,* die mir gefallen – doch Jüdinnen aus New York, die einem guten Clinch nicht abgeneigt sind, sind für mich auch äußerst sexy. Jede Frau, die solchen Krach schlagen kann, wie Sie vorhin, ist ziemlich vielversprechend.«
»Danke.« Zumindest kann ich ein Kompliment als solches erkennen, wenn mir eines gemacht wird. Mein Höschen war feucht genug, um die Straßen von Wien damit aufzuwischen.
»Sie sind der erste, der findet, daß ich jüdisch aussehe«, sagte ich, um die Unterhaltung auf ein neutraleres Gebiet zurückzuführen. (Genug von Sex. Zurück zur Scheinheiligkeit.) Daß er fand, ich sähe jüdisch aus, erregte mich. Gott allein weiß, warum.

»Hören Sie zu – ich bin kein Antisemit, aber *Sie* sind es. Wieso glauben Sie, daß Sie *nicht* jüdisch aussehen?«
»Weil die Leute immer annehmen, ich sei Deutsche – und ich habe mein halbes Leben damit verbracht, Leuten zuzuhören, die jüdische Witze erzählten, in der Annahme, daß ich keine –«
»Genau das ist es, was ich an den Juden hasse«, sagte er. »Sie sind die einzigen, die jüdische Witze erzählen dürfen. Das ist verdammt unfair. Warum sollte *ich* des Vergnügens an masochistischem jüdischen Humor beraubt werden, nur weil ich ein Goi bin?«
Es klang so gojisch, als er Goi sagte.
»Sie sprechen es nicht richtig aus.«
»Was? Goi?«
»Nein, das ist okay, ich meine *masochistisch.*« (Er sagte *mä*sochistisch, wie eben ein Engländer.) »Sie müssen darauf achten, wie Sie jiddische Worte wie *masochistisch* aussprechen«, sagte ich. »Wir Juden sind da sehr empfindlich.«
Wir bestellten jeder eine zweite Runde. Er tat weiterhin so, als hielte er Ausschau nach Rodney Lehmann, und ich ließ ein höchst professionelles Gerede vom Stapel, über den Artikel, den ich schreiben würde. Fast hätte ich mich von neuem selbst überzeugt. Das ist eines meiner größten Probleme. Wenn ich erst mal loslege, um andere Leute zu überzeugen, gelingt mir das zwar nicht immer, doch ich überzeuge mich unweigerlich selbst. Als Angeberin bin ich eine völlige Niete.
»Sie haben wirklich einen amerikanischen Akzent«, sagte er und lächelte sein Schlafzimmerlächeln.
»Ich hab keinen Akzent – *Sie* haben einen –«
»Äck-ssent«, äffte er mich nach.
»Sie können mich mal.«
»Gar keine schlechte Idee.«
»Wie sagten Sie, daß Sie heißen?« (Welcher Satz, wie Sie sich vielleicht erinnern, in Strindbergs *Fräulein Julie* die Klimax einleitet.)
»Adrian Goodlove«, sagte er. Dann wandte er sich plötzlich um und schüttete mir sein ganzes Bier in den Schoß.
»Entschuldigen Sie vielmals«, sagte er immer wieder und wischte mit seinem schmutzigen Taschentuch, mit der Hand und schließlich mit seinem indischen Hemd über den Tisch – das er dann auszog, zusammenknüllte und mir gab, damit ich mein Kleid damit abtupfen konnte. Welche Ritterlichkeit! Doch ich saß bloß da, starrte auf seine rotblonden, gelockten Brusthaare und spürte, wie mir das Bier zwischen die Beine tropfte.

»Es macht wirklich gar nichts«, sagte ich. Was nicht stimmte. Ich fand es himmlisch.

Goodlove, Goodall, Goodbar, Goodbody, Goodchild, Goodeve, Goodfellow, Goodford, Goodfleisch, Goodfriend, Goodgame, Goodhart, Goodhue, Gooding, Goodlet, Goodson, Goodridge, Goodspeed, Goodtree, Goodwine.

Man kann nicht Isadora White Wing (geborene Weiss – mein Vater hatte kurz nach meiner Geburt *Weiss* zu *White* geläutert) heißen, ohne einen Gutteil seines Lebens über Namen nachzudenken.
Adrian Goodlove. Seine Mutter hatte ihm den Namen Hadrian gegeben, und dann hatte sein Vater sie dazu gezwungen, Adrian daraus zu machen, weil das ›englischer‹ klang. Sein Vater legte großen Wert darauf, als Engländer zu gelten.
»Typisch verkniffener, kleinkarierter englischer Mittelstand«, sagte Adrian von seinen Erzeugern. »Sie würden sie gräßlich finden. Ihr ganzes Leben widmen sie dem Bemühen um geregelten Stuhlgang – zu Ehren der Queen. Aber auch da kämpfen sie auf verlorenem Posten. Ihre Arschlöcher sind ständig wie zugegipst.«
Sozusagen zur Bekräftigung des Gesagten ließ er einen lauten Furz. Er grinste. Ich sah ihn starr vor Staunen an. »Sie sind ein waschechter Primitiver«, sagte ich von oben herab, »ein unverbildeter Naturmensch.«
Doch Adrian grinste weiter. Beide wußten wir, daß mir – endlich! – meine Traumnummer über den Weg gelaufen war.

Okay. Ich gebe also zu, daß mein Geschmack, was Männer angeht, fragwürdig ist. Dafür werden weitere Belege in großer Zahl folgen. Doch läßt sich über Geschmack streiten? Und wer kann einem anderen schon wirklich vermitteln, was ihn anzieht, reizt, betört? Es ist, als würde man versuchen, den Geschmack von *mousse au chocolat* zu beschreiben, oder einen Sonnenuntergang, oder wieso man stundenlang vor seinem eigenen Baby sitzen und Gesichter schneiden kann ... Gibt es wohl jemanden, der all das überzeugend zu Papier bringt? Wir nehmen Romeo auf Treu und Glauben hin, und Julian Sorel und den Grafen Wronsky, und selbst Mellors, den Wildhüter. Das Lächeln, das zottige Haar, der Geruch nach Pfeifentabak und Schweiß, die zynische Rede, das verschüttete Bier, der laute Furz im Café .. Mein Mann hat einen wunderbaren Schopf schwarzer Haare und lange, schlanke Finger. Am ersten Abend, als wir uns kennenlernten, packte auch er meinen Hintern (während er sich über neue Tendenzen in der Psychotherapie verbreitete). Im

allgemeinen gefallen mir offenbar Männer, die diesen schnellen Übergang vom Geist zur Materie schaffen. Warum Zeit verlieren, wenn die Attraktion in greifbarer Nähe ist? Doch wenn ein Mann, der mir *nicht* gefällt, mich am Hintern packte, wäre ich wahrscheinlich außer mir, vielleicht sogar angewidert. Und wer kann erklären, warum die gleiche Handlung einen in dem einen Falle anwidert und im anderen wohlig erschauern läßt? Und wer kann die Kriterien der Auswahl ›erklären‹? Spinnrige Astrologen versuchen es. Und Psychoanalytiker ebenfalls. Doch ihren Erklärungen scheint immer irgend etwas zu fehlen. Als hätten sie das Wesentlichste ausgelassen.
Nachdem die Betörung vorbei ist, tritt die Ratio wieder in ihre Rechte. Ich war einmal verrückt nach einem Dirigenten mit Schnittlauchhaaren, der nie badete und ein vollkommener Versager im Hinternwischen war. Er hinterließ immer braune Spuren (sozusagen Bremsspuren) auf meinem Bettlaken. Normalerweise stehe ich nicht auf so was, doch bei ihm war es okay – warum, weiß ich bis heute nicht. In Bennett verliebte ich mich zum Teil deswegen, weil er die appetitlichsten Eier hat, die ich je im Mund hatte. Unbehaart und er schwitzt so gut wie nie. Sie könnten (wenn Sie das wollten) aus seinem Arschloch essen (wie vom Fußboden meiner Großmutter). Ich bin also, was meine Fetische angeht, keineswegs festgelegt. Andrerseits werden meine Obsessionen dadurch noch unverständlicher.
Doch Bennett sah in allem das ›Muster‹.
»Dieser Engländer, mit dem du dich da unterhalten hast«, sagte er, als wir wieder in unserm Hotelzimmer waren, »der war ja ganz verrückt nach dir –«
»Wie kommst du darauf?«
Er warf mir einen zynischen Blick zu.
»Na, wie der dich dauernd betatscht hat und so weiter ...«
»Er war der aufdringlichste Dreckskerl, der mir je begegnet ist.« Zum Teil stimmte das sogar.
»Genau – aber du findest aufdringliche Männer immer attraktiv.«
»Wie dich, zum Beispiel?«
Er zog mich an sich und begann, mich zu entkleiden. Ich spürte die sexuelle Erregung, die die unverfrorenen Attacken von Adrian in ihm ausgelöst hatten. Und ich selbst verspürte sie ebenfalls. Dann trieben wir es sozusagen Adrians Schatten zuliebe. Glücklicher Adrian. Vorne mich und Bennett von hinten.
Die Weltgeschichte als Mega-Fick. Ins Bett gehen. Die alte Leier.

Das ergäbe eine noch bessere, weitaus umfassendere Chronik als die Weltgeschichte, gesehen durch die Toilettenbrille. Denn was läuft letzten Endes nicht aufs Ficken hinaus?
Bennett und ich hatten es nicht immer mit Phantomen getrieben. Es gab eine Zeit, da er es mit mir und ich es mit ihm trieb.
Als ich ihn kennenlernte, war ich dreiundzwanzig und bereits geschieden. Er war einunddreißig und noch nie verheiratet gewesen. Der schweigsamste Mann, dem ich je begegnet war. Und der liebevollste. Zumindest hielt ich ihn damals dafür. Was weiß man schon über schweigsame Menschen? Ich stamme aus einer Familie, bei der die am Mittagstisch herrschende Phonstärke einem das Trommelfell für immer lädieren konnte. Und es vielleicht auch getan hat.
Bennett und ich begegneten uns auf einer Party in Greenwich Village. Beide waren wir von anderen Leuten mitgenommen worden, und beide kannten wir die Gastgeberin nicht. Alles fabelhaft und stromlinig, im Schick der sechziger Jahre. Die Gastgeberin war schwarz (man sagte damals noch ›farbig‹) und hatte irgendeinen ebenfalls schicken lukrativen Beruf, irgendwas mit Werbung. Sie war – Modellkleid, goldene Lidschatten – ganz groß aufgemacht. Es wimmelte von Psychoklempnern und Werbeleuten und Sozialarbeitern und Professoren von der New Yorker Uni, die aussahen wie Psychoklempner. 1965: Vor-Hippie- und Vor-*black-is-beautiful*-Zeit. Die Psychoanalytiker und Werbeleute und Professoren trugen noch kurzes Haar und Schildpattbrillen. Sie rasierten sich noch. Die Renommier-Neger ließen sich noch ihre krausen Haare glätten. (O Erinnerung an Vergangenes!)
Ein Freund hatte mich mitgebracht, und bei Bennett war es ebenso. Da mein erster Mann ein Psychopath gewesen war, schien es nur natürlich, daß ich das zweite Mal einen Psychoanalytiker heiraten wollte. Als Gegengift, könnte man sagen. Ein zweites Mal sollte so etwas *mir* nicht passieren. Dieses Mal würde ich jemanden auftreiben, der den Schlüssel zum Unbewußten besaß. Also trieb ich mich mit Psychoklempnern herum. Sie faszinierten mich, da ich annahm, sie wüßten alles, was zu wissen sich lohnt. Und ich faszinierte sie, da sie annahmen, daß ich ein ›schöpferischer Mensch‹ sei (was die Tatsache bezeugte, daß ich auf dem Bildschirm, Kanal 13, erschienen war und eigene Gedichte gelesen hatte – braucht ein Analytiker noch einen anderen Beweis für Kreativität?).
Wenn ich auf mein noch nicht einunddreißigjähriges Leben zurückblicke, sehe ich alle meine Liebhaber paarweise Rücken an Rücken sitzen, wie bei dem Spiel ›Die Reise nach Jerusalem‹. Jeder ein

Gegengift für seinen Vorgänger. Jeder eine Reaktion, jeder ein Rückschlag, jeder eine Enttäuschung.

Brian Stollerman (mein erster Liebhaber und erster Ehemann) war sehr klein, behaart und dunkel und neigte zu einem Bauch. Im übrigen war er ein Bulldozer in Menschengestalt und ein Nonstop-Redner. Immer in Bewegung, immer fünfsilbige Wörter hervorsprudelnd. Er war Mediävist, und bevor man ›Albigenserkriege‹ sagen konnte, erzählte er einem bereits mit übertrieben minuziöser Genauigkeit seine Lebensgeschichte. Brian machte den Eindruck, als höre er nie auf zu reden. Das stimmte allerdings nicht ganz, denn wenn er schlief, war er still. Doch als er schließlich überschnappte (wie wir uns im engsten Familienkreis höflich ausdrückten) oder Anzeichen von Schizophrenie zeigte (wie einer seiner vielen Analytiker sich ausdrückte) oder den tieferen Sinn seines Lebens erkannte (wie er selbst sich ausdrückte) oder einen nervösen Zusammenbruch erlitt (wie sein Doktorvater sich ausdrückte) oder sich-in-einem-Erschöpfungszustand-befand-als-Folge-seiner-Ehe-mit-dieser-jüdischen-Prinzessin-aus-New-York (wie seine Eltern sich ausdrückten) – hörte er nicht einmal auf zu reden, um gelegentlich zu schlafen. Statt dessen verzichtete er auf den Schlaf und hielt auch mich die ganze Nacht mit der Wiederkehr Christi wach und damit, daß Jesus dieses Mal durchaus als jüdischer, am Riverside Drive lebender Mediävist zurückkommen könne.

Wir lebten allerdings am Riverside Drive und Brian war ein faszinierender Unterhalter. Ich war immerhin so sehr mitverstrickt in seine Phantasien, ein so williger Mitspieler in einer *folie à deux*, daß es sieben schlafloser Nächte des Zuhörens bedurfte, ehe mir dämmerte, daß Brian höchstpersönlich Anspruch darauf erhob, der wiedergekehrte Christus zu sein. Auch nahm er es nicht sehr freundlich auf, als ich ihn darauf hinwies, dies sei möglicherweise eine Wahnvorstellung; er hätte mich wegen dieses meines Beitrags zur Unterhaltung fast erwürgt. Nachdem ich wieder zu Atem gekommen war (ich stelle dies hier ein wenig harmloser dar, als es war, damit die Sache weitergeht), versuchte er sich in allerlei Dingen, wie zum Fenster hinaus zu fliegen und auf dem See im Central Park zu wandeln, und schließlich mußte man ihn mit Gewalt in die geschlossene Abteilung bringen und ihn mit Hilfe von Thoracin, Compacin, Stelacin und was den Leuten sonst noch einfiel, ruhigstellen. Anschließend brach *ich* vor Erschöpfung zusammen, zog mich zu einer Liegekur zu meinen Eltern zurück (die angesichts des lodernden Irrsinns von Brian erstaunlich normal geworden waren) und weinte etwa einen Monat lang. Bis ich eines

Morgens erleichtert in der Stille unserer verlassenen Wohnung am Riverside Drive erwachte und mir klar wurde, daß es mir vier Jahre lang nicht möglich gewesen war, mich selbst denken zu hören. Ich wußte jetzt, daß ich nie wieder mit Brian zusammenleben würde – ob er nun weiterhin glaubte, Jesus Christus zu sein oder nicht.

Gatte *numero uno* geht ab. Eine seltsame Prozession von Gegenspielern tritt auf. Doch ich wußte zumindest, wie ich mir *numero due* dachte: als gütige, verläßliche Vaterfigur – als Psychoanalytiker (anstelle eines Psychopathen), als diesseitigen, potenten Beischläfer (als Gegenmittel gegen Brians religiösen Wahn, der das Ficken auszuschließen schien), als schweigsamen Mann (anstelle eines lärmenden Vielredners), als geistig gesunden Nichtjuden (anstelle eines verrückten Juden).

Als Bennett Wing in mein Leben trat – Wing! Flügel! –, war mir, als träumte ich. Er kam sozusagen auf Flügeln des Traumes. Groß, schlank, gut aussehend; dazu fernöstlich-unergründlich. Lange schmale Finger, unbehaarter Sack, die wunderbarsten Hüft-Rotationen beim Vögeln, worin er einfach unermüdlich war. Doch er war auch stumm, und damals war seine Schweigsamkeit Musik für meine Ohren. Woher sollte ich wissen, daß ich ein paar Jahre später das Gefühl haben würde, ich triebe es mit Helen Keller?

Wing. Schon Bennetts Familiennamen fand ich wunderbar. Und es war auch, als hätte er Flügel. Keine Flügel an den Knöcheln, dafür aber einen beschwingten Schwanz. Beim Vögeln glitt er halb schwebend dahin, stieß herab und schraubte sich in mich hinein. Er blieb immer hart und war der einzige Mann, den ich kannte, der nie im Bett versagte, selbst dann nicht, wenn er deprimiert oder verärgert war. Aber warum küßte er mich nie? Und warum sagte er nichts? Ich kam und kam und kam und jeder Orgasmus schien wie aus Eis.

War es zu Beginn anders? Ich glaube schon. Damals betörte mich seine Schweigsamkeit, wie Brians ausufernder Redefluß mich dereinst überwältigt hatte. Kurz vor Bennett gab es jenen Dirigenten, der seinen Taktstock liebte, sich jedoch nie den Hintern wischte, einen florentinischen Weiberhelden (Alessandro der Schwerbestückte), einen blutschänderischen arabischen Schwager (später, später), einen Professor der Philosophie (Universität von Californien) und jede Menge von Einnachtsfliegen. Dem Dirigenten war ich quer durch Europa gefolgt; ich trug ihm seine Partituren hinterher und sah ihm bei seinen Konzerten zu, bis er abhaute und mich wegen einer früheren Pariser Freundin sitzen ließ. So hatten also Musik, Irrsinn und Promiskuität mir seelische Wunden geschlagen. Und der schweigende Bennett war mein Heilmittel. Arzt für meinen Kopf und Psychoanalytiker für meine Möse. Er vögelte und vögelte in ohrenzerreißendem Schweigen. Er hörte zu. Er war ein guter Analytiker. Er kannte alle Symptome von Brian, bevor ich sie nannte. Er wußte, was ich durchgemacht hatte. Und das Erstaunlichste war – er wollte mich, nachdem ich ihm von mir erzählt hatte, immer noch heiraten.

»Such dir lieber ein nettes chinesisches Mädchen«, riet ich ihm. Das hatte nichts mit Rassismus zu tun – ich scheute innerlich wie ein Pferd, wenn ich an die Ehe dachte. Etwas so Dauerhaftes versetzte mich in Schrecken. Sogar das erste Mal, mit Brian, hatte es mich geschreckt, und ich hatte wider besseres Wissen geheiratet.

»Ich will kein nettes chinesisches Mädchen«, sagte Bennett. »Ich will dich.«

(Es stellte sich heraus, daß Bennett in seinem ganzen Leben keine Chinesin ausgeführt, geschweige denn gebumst hatte. Er stand ein für allemal auf Jüdinnen. Solche Männer scheinen mein Schicksal zu sein.)

»Ich bin froh, daß du mich willst«, sagte ich. Dankbar. Ich war ihm wirklich dankbar.

Wann hatte ich damit begonnen, mir vorzustellen, Bennett sei jemand anderer? Irgendwann am Ende unseres dritten Ehejahres. Und warum? Das hatte niemand mir sagen können.

Frage: »Lieber Dr. Reuben: Warum wird das Ficken mit der Zeit immer so fade wie Schmelzkäse?«

Antwort: »Sie scheinen an Nahrungsfetischismus zu leiden, oder was in der Psychoanalyse als ›orale Fixierung‹ bekannt ist. Haben Sie je daran gedacht, sich in entsprechende Behandlung zu begeben?«

Ich schloß meine Augen ganz fest und stellte mir vor, Bennett sei Adrian. Wer B sagt, kann auch A sagen. Wir kamen beide – erst ich, dann Bennett – und lagen dann schwitzend auf dem gräßlichen Hotelbett. Bennett lächelte. Mir war jämmerlich zumute. Was für eine Betrügerin ich doch war! Tatsächlicher Ehebruch konnte nicht schlimmer sein als dieser allnächtliche Betrug. Mit einem Mann schlafen und dabei an einen anderen denken und diesen Betrug verheimlichen – das war weit, weit schlimmer, als es vor den Augen seines eigenen Mannes mit einem anderen zu treiben. Es war dem schlimmsten Treuebruch, dem schlimmsten Verrat an die Seite zu stellen. »Eine Phantasievorstellung, nichts weiter«, würde Bennett wahrscheinlich sagen. »Eine Phantasievorstellung ist nur eine

Phantasievorstellung, und *jeder* Mensch hat Phantasievorstellungen. Nur Psychopathen setzen ihre Phantasievorstellungen in die Tat um, normale Menschen tun das nicht.«

Doch *ich* achte die Phantasie höher. Du bist, was du träumst. Das gilt auch für deine Wachträume. Masters' und Johnsons Tabellen und Diagramme und Zahlenwerte und Blinklichter und Plastikschwänze sagen uns alles über Sex und sagen uns doch nichts darüber. Weil Sex sich ganz und gar im Kopf abspielt. Pulsfrequenzen und Sekretionen haben nichts damit zu tun. Und darum sind auch all die wie wild gekauften Sex-Leitfäden ein solcher Schwindel. Sie bringen den Leuten das Ficken per Unterleib bei, nicht durch den Kopf.

Was spielte es für eine Rolle, daß ich de facto Bennett ›treu‹ war? Was spielte es für eine Rolle, daß ich, seit ich ihn kennengelernt hatte, mit keinem anderen Kerl im Bett war? Ich war ihm mindestens zehnmal die Woche in Gedanken untreu – und mindestens fünfmal davon war ich ihm untreu, während wir vögelten.

Vielleicht stellte sich Bennett ebenfalls vor, ich sei jemand anderer. Das war *sein* Problem. Zweifellos ficken 99% aller Menschen Phantome. Oder doch höchstwahrscheinlich. Das tröstete mich jedoch in keiner Weise. Ich verachtete meine eigene Falschheit, und ich verachtete mich selbst. Im Geiste war ich längst eine Ehebrecherin, ich zögerte bloß mit der Ausführung – aus Feigheit. Das machte aus mir eine Ehebrecherin *und* einen Feigling (Feiglingin?). Wenn ich mit Adrian vögelte, wäre ich zumindest nur eine Ehebrecherin – wie Fontanes L'Adultera (adult?).

Poch, Poch

Wie ich schon sagte, kann Sex unter den drei folgenden Begriffen zusammengefaßt werden: Zeugung, Lust, Stolz. Auf weite Sicht gesehen – die wir immer in unsere Überlegungen mit einbeziehen sollten – ist die Zeugung das Wichtigste, denn ohne Zeugung gäbe es keinen Fortbestand der Menschheit ... So ist also der weibliche Orgasmus nichts als die nervliche Klimax des Sexualverkehrs ... und als solcher vergleichsweise ein beträchtlicher Luxus, den die Natur sich leistet. Man könnte es als eine Art von Lust-Preis betrachten, wie ein Sammelbild in einer Packung Haferflocken. Um so besser, wenn die Zugabe dabei ist, doch die Haferflocken sind auch ohne sie wertvoll und nahrhaft.

– Madeline Gray, Die normale Frau (sic), 1967

Im Traum befand ich mich auf dem Spielplatz im Central Park, wo ich als Kind oft hinging. Adrian und Bennett saßen auf einer Wippschaukel und schwebten auf und nieder.
»Vielleicht sollte sie sich in England analysieren lassen«, sagte Bennett, während sein Ende der Wippe sich hoch in die Luft erhob. »Ich werde Ihnen Reise- und Impfpaß von ihr geben.« Adrians Füße berührten nun den Boden und er begann an der Wippe zu rütteln, wie ein bösartiger großer Junge auf einem Spielplatz für kleine Kinder.
»Hör auf!« schrie ich. »Du tust ihm weh!« Doch Adrian grinste nur und rüttelte weiter. »Siehst du denn nicht, daß du ihm *weh* tust! Hör auf!« wollte ich schreien, doch die Worte blieben unverständlich, wie immer in meinen Träumen. Ich hatte entsetzliche Angst davor, daß Adrian Bennett zu Boden stürzen lassen und ihm dabei das Rückgrat brechen würde. »Bitte, bitte, hör auf!« flehte ich.
»Was ist?« murmelte Bennett. Ich hatte ihn aufgeweckt. Ich sprach immer im Schlaf, und er antwortete mir immer.
»Was ist los?«
»Du hast mit jemand auf einer Wippschaukel gesessen. Ich hatte solche Angst.«
»Ach so.« Er drehte sich auf die andere Seite. Üblicherweise hätte Bennett seine Arme um mich geschlungen, doch jeder von uns lag in seinem eigenen schmalen Bett, getrennt vom anderen, und so schlief Bennett wieder ein.
Ich lag nun hellwach da und hörte die Vögel im Garten hinter dem Hotel lärmen. Zunächst beruhigte und tröstete mich das. Dann fiel mir ein, daß diese Vögel deutsch sangen und schon war ich wieder deprimiert. Im stillen hasse ich das Reisen. Zu Hause bin ich ruhelos, aber kaum fahre ich irgendwo hin, spüre ich über meinen alltäglichsten Verrichtungen ein drohendes Verhängnis lasten. Warum war ich überhaupt nach Europa zurückgekommen? Mein ganzes Leben lag in Scherben. Zwei Jahre lang hatte ich mit Bennett im Bett gelegen und an andere Männer gedacht. Zwei Jahre lang hatte ich mit mir gerungen, ob ich schwanger werden oder für eine Weile meiner Wege gehen und noch etwas mehr von der Welt kennenlernen sollte, bevor ich mich auf etwas von solcher Dauer einrichtete. Wie entschließen sich Frauen zu einem Kind, fragte ich mich. Es ist ein so furchterregender, verantwortungsvoller Entschluß. Und irgendwie auch so ein *anmaßender* Entschluß. Die Verantwortung für ein neues Leben zu übernehmen, wenn man doch gar nicht wissen kann, wie dieses Leben verlaufen wird. Ich nahm an, daß die meisten Frauen schwanger wurden, ohne weiter

darüber nachzudenken, denn wenn sie je erwägen würden, was es bedeutet, kämen ihnen sicherlich die schwersten Bedenken. Ich hatte nie den blinden Glauben daran, daß das Schicksal mir gewogen sei, den andere Frauen offenbar haben. Ich wollte für mein Schicksal immer selbst verantwortlich sein. Schwangerschaft erschien mir wie ein schwerwiegender Verzicht auf Selbstbestimmung. In dir wächst etwas heran, das schließlich von deinem Leben Besitz ergreifen wird. Ich hatte wie zwanghaft so lange Zeit ein Pessar benutzt, daß eine Zufallsschwangerschaft sich für mich ausschloß. Und während der zwei Jahre, in denen ich die Pille nahm, habe ich keinen einzigen Tag übersprungen. So schlampig ich in allen anderen Dingen war – auf diesem Gebiet herrschte bei mir Ordnung. Ich war tatsächlich unter meinen Freundinnen die einzige, die nie abgetrieben hatte. Was stimmte bei mir nicht? War ich ›unnatürlich‹? Mir fehlte bloß der übliche unwiderstehliche weibliche Trieb, den Bauch voll zu kriegen. Das einzige, woran ich dachte, war ich selbst – ich mit meiner Ruhelosigkeit, mit meinen süchtigen Wünschen nach dem Spontanfick und dem Fremden in der Eisenbahn, und dann an ein Baby gebunden! Wie konnte ich einem Baby *das* wünschen?

»Wenn du nicht gewesen wärst, wäre ich heute eine berühmte Künstlerin«, verkündete meine furiose rothaarige Mutter immer wieder. Sie hatte in Paris ein Kunststudium absolviert, hatte sich mit Anatomie und Zeichnen nach Gipsabdrücken, Aquarellmalerei und Graphik beschäftigt, und sogar gelernt, ihre eigenen Farben zu reiben. Sie hatte berühmte Künstler und berühmte Schriftsteller und berühmte Musiker und deren berühmte Schmarotzer kennengelernt (sagte sie). Sie hatte im Bois de Boulogne Nackttänze aufgeführt, in einem schwarzen Samtmantel in *Les Deux Magots* gesessen (sagte sie), war auf den Kotflügeln von Bugattis durch die Straßen von Paris gefahren (sagte sie), war fünfunddreißig Jahre vor Jacqueline Kennedy Onassis auf den griechischen Inseln gewesen (sagte sie), und dann war sie nach Hause zurückgekehrt, hatte einen aus den Appalachen stammenden Alleinunterhalter geheiratet, der im Begriff stand, in der *Tzatzka*-Branche mit allerlei Kitsch-Souvenirs ein Vermögen zu machen und hatte vier Töchter zur Welt gebracht, die alle höchst poetische Namen erhielten: Gundra Miranda, Isadora Zelda, Lalah Justine und Chloe Camille.

War irgend etwas davon meine Schuld?

Mein ganzes Leben lang hatte ich das Gefühl, daß dem so sei. Und vielleicht war ich in gewisser Weise wirklich schuld. Die Nabelschnur verbindet Mutter und Kind nicht nur im Mutterleib. Sie

bleiben weiterhin durch geheimnisvolle Kräfte miteinander verbunden. Wenn meine Generation schon so viel Zeit damit verbringt, an ihren Eltern herumzukritteln, dann sollten wir unseren Eltern vielleicht das gleiche Recht zubilligen.
»Ich wäre eine berühmte Künstlerin geworden, wenn ihr Kinder nicht gewesen wäret«, sagte meine Mutter. Und die längste Zeit habe ich das geglaubt.
Natürlich gab es für sie immer noch das Problem mit ihrem eigenen Vater; er war auch Künstler und über die Maßen eifersüchtig auf ihr Talent. Sie war nach Paris gegangen, um ihm zu entrinnen, warum kam sie also zurück nach New York, zog zu ihm und lebte bei ihm bis zu ihrem vierzigsten Lebensjahr? Sie hatten ein gemeinsames Atelier, und von Zeit zu Zeit übermalte er ihre Bilder (natürlich nur dann, wenn er gerade keine unbenutzte Leinwand zur Hand hatte). Sie hatte sich in Paris dem Kubismus verschrieben und war nun auf dem Wege, einen eigenen, zeitgenössisch beeinflußten Stil zu entwickeln, doch Papa, für den die Malerei mit Rembrandt begann und endete, zog sie so lange damit auf, bis sie ihre Experimente resigniert einstellte und sich aufs Kinderkriegen beschränkte.
»Verdammte moderne Schmiererei«, sagte Papa. »Hochgestochener Quatsch.«
Warum zog sie nicht aus? Ich stellte diese Frage, ohne die schwerwiegende Konsequenz für mich zu vergessen, denn dann wäre ich vielleicht nie geboren worden.
Wir wuchsen in einer weitläufigen, westlich vom Central Park gelegenen 14-Zimmer-Wohnung auf. Das Dach war undicht (wir bewohnten das oberste Stockwerk), alle Sicherungen knallten durch, wenn man das Brot in den Toaster schob, die Badewannen hatten Klauenfüße und die Installation war rostig und vergammelt, der Küchenherd sah aus wie aus einem TV-Werbespot für Eingemachtes nach Großmutterart, und die Fensterrahmen waren so altersschwach und ausgeleiert, daß der Wind hindurchpfiff. Doch es war ein ›Stanford White-Haus‹ mit ›zwei Ateliers (Fenster nach Norden)‹; die Bibliothek war ›holzgetäfelt‹, hatte ›in Blei gefaßte Fensterscheiben‹ und die zwölf Meter hohe Decke im Wohnzimmer war mit ›echtem Blattgold belegt‹. Diese Immobilienmakler-Schlagworte geisterten durch meine Kindheit. Blattgold. Goldblatt. Ein goldenes Blatt. Ich stellte mir ein Ahornblatt aus Gold vor. Aber wie befestigten sie die Blätter an der Decke? Und warum sah es nicht aus wie Blätter? Vielleicht wurden sie zermahlen und Farbe daraus gemacht? Wo aber konnte man ein goldenes Blatt pflücken? Ob sie auf Bäumen aus echtem Gold wuchsen? Mit goldenem Geäst? (Ich

gehörte zu den Kindern, denen Worte wie ›Geäst‹ geläufig waren.)
In der Bibliothek meiner Eltern gab es ein dickes, in großen altmodischen Lettern gedrucktes Buch mit dem Titel *Der goldene Zweig*. Immer wieder blätterte ich vergebens darin, um irgend etwas über ›echtes Blattgold‹ zu finden. Dafür stand eine Menge Zeug über Sex drin. (Das war um die Zeit, als ich *Liebe ohne Furcht* in meiner Kommodenschublade versteckt hielt – unter meinen Unterhemden.)
So blieben wir also bei Mama und Papa (meinen Großeltern) wohnen – wegen der ›nach Norden gelegenen Atelierfenster‹ und des ›echten Blattgoldes‹. Zumindest sagte meine Mutter das. Und unterdessen reiste mein Vater in seinen Tzatzka-Geschäften um die Welt, und meine Mutter blieb zu Hause und kriegte Kinder und schrie mit ihren Eltern herum. Mein Vater entwarf Sektkühler, die aussahen wie Bierkrüge, und Bierkrüge, die aussahen wie Sektkühler. Er entwarf ganze Familien von Keramik-Tieren, die mit dünnen goldenen Kettchen aneinandergekettet waren. Und – erstaunlich genug – er verdiente eine Menge Geld damit. Wir hätten uns leicht eine andere Wohnung nehmen können, doch meine Mutter wollte oder konnte das nicht. Eine dünne Goldkette kettete meine Mutter an ihre Mutter und mich an meine Mutter. Alle hingen wir mit unseren persönlichen Problemen und Schwierigkeiten an ein und derselben (rasch oxidierenden) Goldkette.
Natürlich hatte meine Mutter für all das eine rationale Erklärung – die altehrwürdige Selbstrechtfertigung der Frauen, die vor Talent und Ehrgeiz bersten und ein ums andere Mal schwanger werden.
»Beides kann eine Frau nicht«, sagte sie, »sie muß sich entscheiden. Entweder Künstlerin sein oder Kinder in die Welt setzen.«
Mit einem Namen wie Isadora Zelda lag es auf der Hand, wofür ich mich erwartungsgemäß entscheiden sollte: für all das, was sich ihr geboten und worauf sie verzichtet hatte. Wie konnte ich also mein Pessar ad acta legen und schwanger werden? Was andere Frauen tun, ohne weiter darüber nachzudenken, war für mich ein schwerwiegender Entschluß von großer Tragweite. Es wäre eine Verleugnung meines Namens und meiner Mutter gewesen.
Meine Schwestern waren da anders. Gundra Miranda nannte sich ›Randy‹ und heiratete mit achtzehn. Und zwar einen libanesischen Physiker in Berkeley, Californien, wo sie ihm vier Söhne gebar und dann mit ihrer Familie nach Beirut übersiedelte, wo sie weitere fünf Kinder zur Welt brachte, alles Töchter. Trotz der scheinbaren Aufsässigkeit, die darin lag, daß ein wohlerzogenes, hübsches,

jüdisches junges Mädchen aus Central Park West einen ›Kameltreiber‹ heiratete, führte sie in Beirut das normalste Familienleben der Welt. Die drei großen K's – Kinder, Küche, Kirche – waren sozusagen ihr Lebensinhalt, besonders die katholische Kirche, die sie besuchte, um den Arabern nachdrücklich vor Augen zu führen, daß sie nicht Jüdin sei. Nicht, daß die Araber den Katholizismus so besonders geschätzt hätten, aber es war immer noch besser als die andere Alternative. Sowohl meine Schwester als auch mein Schwager Pierre glaubten an Robert Ardrey, Konrad Lorenz und Lionel Tiger, als seien sie Jesus, Buddha und Mohammed. »Instinkt!« sagten sie verächtlich, »nichts als animalischer Instinkt!« Sie verabscheuten inzwischen die Berkeley-Beatniks ihrer Collegezeit und predigten nun das Territorialitätsprinzip, die Unmoral der Empfängnisverhütung und Abtreibung und die Allgegenwärtigkeit des Kampfes. Zuweilen schienen sie tatsächlich an das Ausleseprinzip und das Gottesgnadentum der Könige zu glauben. Im übrigen pflanzten sie sich eifrig fort.

(»Warum sollten Menschen mit *überragenden* Genen Verhütungsmittel benutzen, wenn all die *Unerwünschten* die Welt zu Tode bevölkern?« – dies der ständige Kehrreim, so oft Randy eine neue Schwangerschaft ankündigte.)

Lalah (die zweite, ›mittlere‹, nach mir geborene Tochter) war vier Jahre jünger und hatte einen Neger geheiratet. Doch wie bei Randy war diese unkonventionelle Wahl irreführend. Lalah ging nach Oberlin, wo sie Robert Goddard kennenlernte, wohl der angepaßteste aller angepaßten Neger, seitdem man überhaupt von der Anpassung der Farbigen spricht. Mein Schwager Bob ist zwar schokoladenbraun, doch sein Gemüt ist so weiß wie das Glied eines Ku-Klux-Klan-Mitgliedes. Über Bobs Glied weiß ich allerdings nichts. Daß er auf ein College wie Oberlin geriet, ist für mich einigermaßen verblüffend, wie es vielleicht auch ihn verblüffte. Nach dem College ging er an die Medizinische Fakultät nach Harvard und steuerte bald kurzentschlossen auf das zu, was Geld versprach: auf die orthopädische Chirurgie. Heute verbringt er vier Tage der Woche damit, gebrochene Beine einzurichten und Hüften zu nageln (und enorme Honorare von Unfallversicherungen einzuheimsen). Die restlichen drei Tage wird in einem exklusiven Club geritten, im schicken, jedoch integrierten Vorort von Boston, in dem sie leben.

Und wie sie leben! Umgeben von dem umfassendsten Aufgebot an elektrifiziertem Krimskrams, das sich denken läßt: Eiszerkleinerungsmaschinen, Weinkühler, künstliche Brandungsgeräusche erzeugende Apparate neben dem Bett, automatische Eierköpfer, Luft-

*be*feuchter, Luft*ent*feuchter, automatische Cocktailshaker, ferngesteuerte, auf phantastische Formen programmierte Rasenmäher, Heckenbeschneidungsmaschinen, Apparate, die das Badewasser strudeln lassen, Bidets mit Rücktrittbremse, in denen es wirbelt, gluckst und sprudelt, aus der Wand schießende Rasierspiegel mit Innenbeleuchtung, Farbfernseher, verborgen hinter gerahmten Reproduktionen abgedroschenster moderner Graphik und eine Hausbar in der Halle, die sich selbsttätig aus der Wand schiebt, sobald auf die Türklingel gedrückt wird. Übrigens spielt diese die ersten Takte von ›When the Saints Come Marching In‹ – Bobs einzige Konzession an seine Rassenzugehörigkeit.

Wegen all dieser Apparate und Pferde und Wagen (je einen für sie und ihren Mann und einen dritten für die weiße südamerikanische Haushälterin) nahmen wir alle an, daß ihnen keine Zeit bliebe, es auch nur in *Erwägung* zu ziehen, sich Kinder anzuschaffen – zur Erleichterung meiner Eltern, wie ich glaube. Schon arabische Enkelkinder sind eine Sache für sich, aber die haben zumindest glattes Haar.

Doch wir irrten uns. Lalah hatte zwei Jahre lang Hormonpräparate geschluckt (wie sie später uns und die gesamte Presse wissen ließ) und brachte im vergangenen Jahr Fünflinge zur Welt. Alles andere ist allgemein bekannt. Vielleicht haben Sie sogar einen Artikel im *Time*-Magazin über die ›Goddard-Fünflinge‹ gelesen, in dem sie als »niedlich und kaffeebraun – ein ganzer Arm voll« beschrieben werden.

»Bruch!« hatte Mutter Lalah Justine Goddard (geb. White), 24, geäußert, als ihr mitgeteilt wurde, sie hätte Fünflinge geboren.

Und nun haben Lalah und Bob die Hände voll zu tun, mit gebrochenen Knochen, elektrischen Apparaten, Pferden, sozialem Aufstieg und ihren Fünflingen (denen sie, nebenbei bemerkt, die allergängigsten Namen gaben, die ihnen einfielen: Timmy, Susie, Annie, Jennie und Johnnie). Und Dr. Bob machte mehr Geld als je zuvor, da Mulatten-Fünflinge offenbar der sicherste Weg zum Aufbau einer florierenden ärztlichen Praxis seit der Erfindung der Vitamin-B-Spritzen sind. Was Lalah angeht, so schreibt sie mir einmal im Jahr, warum ich nicht mit dieser ›poetischen Rumfurzerei‹ Schluß mache und statt dessen ›etwas Sinnvolles‹ tue, wie zum Beispiel Fünflinge kriegen.

Nach Randys Araber und Lalahs Neger und der inneren Überzeugung meines ersten Mannes, er sei Jesus Christus, waren meine Eltern doch recht erleichtert, als ich Bennett heiratete. Sie hatten nicht das mindeste gegen seine Rasse, doch um so mehr gegen seine

Religion, die Psychoanalyse. Die (irrige) Annahme, Bennett könne ihre Gedanken lesen, bedrückte sie schwer. Dabei dachte er, wenn er so recht bedeutend und undurchdringlich aussah und sie mit den Blicken zu durchbohren schien, meistens daran, daß der Wagen einen Ölwechsel nötig habe, oder an eine Hühnerbrühe mit Nudeln zum Lunch, oder daran, daß er eigentlich kacken müsse. Doch davon konnte ich sie nie überzeugen. Sie bildeten sich hartnäckig ein, daß er tief in ihre Seelen hineinsehen und all die garstigen Geheimnisse entdecken könne, die sie selbst vergessen wollten.
Bleibt noch Chloe Camille, geboren 1948 und sechs Jahre jünger als ich. Das Nesthäkchen. Chloe mit ihrem scharfen Verstand und ihrer scharfen Zunge und ihrem trägen Unvermögen, irgend etwas damit anzufangen. Schöne, mollige Chloe, mit braunem Haar, blauen Augen und einem makellosen Teint. Mit dem einzigen wirklich wunderbaren Paar Brüste in einer mehr oder weniger flachbrüstigen Familie. Chloe heiratete natürlich einen Juden. Keinen einheimischen Juden etwa, sondern einen Import. (Kein weibliches Familienmitglied würde sich soweit herablassen, den ›Jungen von nebenan‹ zu ehelichen.) Chloes Mann, Abel, ist Israeli deutschjüdischer Abstammung. (Verwandte von ihm besaßen dereinst das Spielkasino von Baden-Baden.) Und Abel trat natürlich in das Tzatzka-Geschäft meines Vaters ein. In ein Geschäft, in dem frühere Alleinunterhalter aus den Appalachen den Ton angaben, brachte er seine im Wharton-College erworbenen Kenntnisse ein. Zunächst protestierten meine Eltern, doch dann, als alle reich und reicher wurden, adoptierten sie ihn. Abel und Chloe hatten einen Sohn, Adam, blond und blauäugig und ganz offensichtlich der Lieblings-Enkel. Zu Weihnachten, wenn alle Familienmitglieder sich in der Wohnung meiner Eltern zusammenfanden, sah Adam aus wie der einzige Arier auf einem Kinderspielplatz der dritten Welt.
So war ich also die einzige kinderlose Schwester, und nie ließ man mich das vergessen. Als Pierre und Randy das letzte Mal mit ihrer Brut zu Besuch in New York waren, kam gerade mein erstes Buch heraus. Mitten in einer unserer üblichen lärmenden Streitereien (über irgend etwas so Idiotisches, daß es das Nachdenken nicht lohnt, worum es ging), nannte Randy meine Gedichte ›onanistisch und exhibitionistisch‹ und warf mir meine ›Sterilität‹ vor.
»Du tust gerade so, als sei Schreiben das Wichtigste auf der Welt«, brüllte sie.
Ich hatte mir vorgenommen, diese eine Woche lang ruhig und abgeklärt und psychologisch weise auf meine Familie zu reagieren,

und setzte alles daran, die fällige Explosion hintan zu halten.
»Randy«, bat ich flehentlich, »ich *muß* daran glauben, daß Schreiben das Wichtigste auf der Welt ist, schon, um überhaupt weiter schreiben zu können, aber niemand verlangt von dir, daß du meine fixe Idee teilst, also warum sollte ich die deine teilen?«
»Schon gut, aber es kommt nicht in Frage, daß ich und mein Mann und meine Kinder in deinen dreckigen Büchern auftauchen, hast du gehört? Ich bring dich um, wenn du mich auch nur darin *erwähnst*. Und wenn *ich* dich nicht umbringe, tut Pierre es. Hast du verstanden?«
Es folgte eine lange, ohrenbetäubende Diskussion über den Gegensatz zwischen Autobiographie und frei erfundener Dichtung, in deren Verlauf ich Hemingway, Fitzgerald, Boswell, Proust und James Joyce anführte – offenbar ohne jeden Erfolg.
»Du kannst deine ekelhaften Drecksbücher nach dem Tode veröffentlichen«, kreischte Randy, »wenn darin auch nur mit *einem* Wort jemand erwähnt wird, der mir im *entferntesten* ähnelt!«
»Ich nehme an, daß du mich jetzt umbringst, um die Veröffentlichung nicht zu verzögern.«
»Ich meine, nachdem *wir* tot sind, nicht du.«
»Ist das eine Einladung zur Enthauptung?«
»Ach, steck dir doch deine literarischen Anspielungen sonstwo rein. Du hältst dich wohl für ungeheuer klug, wie? Bloß, weil du so'n Streber warst und die Nase schon immer in Bücher gesteckt hast und in der Schule gut vorwärtsgekommen bist. Bloß weil du so ehrgeizig bist und mit diesen gräßlichen Intellektuellen und sonstigen Angebern herumtust. Ich hätte genauso viel Talent zum Schreiben gehabt wie du, und das weißt du auch genau, aber ich würde mich doch nie so weit *erniedrigen* und mich der Welt nackt zeigen, wie du das tust. Ich würde nicht *wollen*, daß die Leute meine geheimsten Träume kennen. Ich bin einfach nicht so'ne widerliche *Exhibitionistin* wie du, das ist es ... Und jetzt mach, daß du rauskommst! Raus mit dir! Hast du verstanden?«
»Dies ist zufällig Jiddys und Daddys Wohnung – nicht die deine.«
»Raus! Jetzt hab ich die entsetzlichsten Kopfschmerzen, und du bist schuld!«
Die flachen Hände an die Schläfen gepreßt, rannte Randy ins Badezimmer.
Es war das gute, alte, psychosomatische Ausweichmanöver. Jeder in meiner Familie bedient sich seiner bei jeder sich bietenden Gelegenheit. Ich habe die entsetzlichsten Kopfschmerzen, und du bist schuld! Jetzt habe ich Bauchschmerzen, und du bist schuld! Ich hab

Mösenfäule, und du bist schuld! Ich hab Gehörhalluzinationen, und du bist schuld! Jetzt krieg ich 'nen Herzanfall, und du bist schuld! Ich hab Krebs, und du bist schuld!

Randy kam mit geschmerztem Gesicht aus dem Badezimmer zurück. Sie hatte sich wieder in der Gewalt. Jetzt versuchte sie es mit Toleranz.

»Ich wollte mich nicht mit dir streiten«, sagte sie.

»Ha.«

»Nein, wirklich. Bloß ... du bist immer noch meine kleine Schwester, und ich glaube wirklich, daß du dich auf dem falschen Weg befindest. Ich meine ... ehrlich, du solltest das Schreiben aufgeben und ein Kind haben. Du wirst sehen, es wird dir eine so viel größere Befriedigung und Erfüllung geben als das Schreiben ...«

»Vielleicht hab' ich gerade davor Angst.«

»Wie meinst du das?«

»Sieh mal, Randy, das mag jemandem, der neun Kinder hat, absurd erscheinen, aber ich *entbehre* wirklich nichts, weil ich keine Kinder habe. Ich meine ... ich *liebe* deine Kinder, und auch Chloes und Lalahs Kinder, aber meine Arbeit macht mich zur Zeit glücklich und zufrieden, und ich *möchte* im Augenblick keine andere Befriedigung oder Erfüllung. Es hat *Jahre* gedauert, bis ich gelernt habe, länger als jeweils zwei Minuten am Schreibtisch sitzen zu bleiben, bis ich gelernt habe, mich mit der Einsamkeit und der Angst vor dem Versagen einzurichten, mit der furchtbaren Stille um mich her und dem leeren, weißen Papier vor mir. Und nun, da ich all dem gewachsen bin ... nun, da ich *endlich* so weit bin ... jetzt geht es einfach mit mir durch. Ich *will* im Augenblick keinerlei Störung. Herrgottnochmal! Es hat so lange gedauert, bis ich diesen Punkt erreicht habe ...«

»Hast du im Ernst vor, den Rest deines Lebens auf diese Art zu verbringen? In einem Zimmer hocken und Gedichte schreiben?«

»Warum denn nicht? Ist das schlimmer, als neun Kinder zu haben?«

Sie sah mich verächtlich an. »Von Kindern verstehst *du* weniger als nichts.«

»Und du nichts vom Schreiben.« Ich war mir selbst zuwider, weil das so kindisch klang. Randy gab mir immer das Gefühl, wieder fünf Jahre alt zu sein.

»Aber du würdest es wunderbar finden, Kinder zu haben«, insistierte sie, »glaube mir, wirklich.«

»Ja doch, wahrscheinlich hast du sogar recht! Aber *eine* Ethel Kennedy langt für eine Familie – wozu müssen bei uns denn immer *noch* mehr Kinder her? Und warum sollte gerade *ich* welche haben, wo mir so vieles daran *so* fragwürdig erscheint? Warum soll ich mich dazu *zwingen*? Wem ist damit gedient? Dir? Mir? Den ungeborenen Kindern? Die menschliche Rasse wird nicht gleich aussterben, wenn ich *keine* Kinder kriege.«

»Aber bist du denn gar nicht neugierig darauf, das wenigstens *einmal* zu erleben?«

»Vielleicht schon ... aber diese Neugier bringt mich nicht gerade um. Außerdem, ich hab ja Zeit ...«

»Du bist fast dreißig. Du hast nicht mehr so viel Zeit, wie du glaubst.«

»O Gott«, sagte ich, »du kannst es offenbar wirklich nicht ertragen, daß jemand etwas anders handhabt als du. Warum muß ich das gleiche Leben führen und die gleichen Fehler machen wie du? Darf ich denn verdammtnochmal nicht meine *eigenen* Fehler machen?«

»Was für Fehler?«

»Zum Beispiel, daß du deine Kinder in dem Glauben erziehst, sie seien Katholiken, und ihnen und dir selbst da was vorlügst, daß du verleugnest, wer und was du bist ...«

»Ich bring dich um!« kreischte Randy und stürzte mit erhobenen Armen auf mich zu. Ich rettete mich durch die Halle in die Kleiderkammer, wie ich das als Kind so oft getan hatte. Es kam damals immer wieder vor, daß Randy mich regelrecht verprügelte. (Eines steht fest: wenn ich je Kinder haben sollte, werde *ich* nie den Fehler begehen, mehr als eines zu bekommen. Es heißt zwar, daß ein Einzelkind seinen Status psychologisch schwer verkraftet, doch war es genau das, was ich mir als Kind glühend gewünscht habe – das einzige Kind meiner Eltern zu sein.)

»PIERRE!« hörte ich Randy vor der Kammer brüllen. Ich schloß die Tür ab und machte Licht. Dann kroch ich unter den Zobelpelz meiner Mutter (der nach altem *Joy* und muffigem *Diorissimo* roch) und ließ mich im Türkensitz zwischen all den Schuhen und Stiefeln nieder. Über mir befanden sich noch zwei weitere Kleiderstangen mit Mänteln, bis hoch zur Decke hinauf. Alte Pelzmäntel, englische Kindermäntel mit kniehohen Ledergamaschen, Anoraks für den Wintersport, Regencapes, Trenchcoats, mit Unterschriften bekritzelte lange Regenmäntel aus unseren Zeltlagertagen, Blazer aus der Schulzeit mit eingenähtem Namensschild unter dem Aufhänger und vergessenen Schlittschuhschlüsseln in den Taschen, Abendmäntel aus Samt, Brokatmäntel, Kamelhaarmäntel, Nerzmäntel ... fünfunddreißig Jahre wechselnder Mode und vier erwachsene

Töchter ... fünfunddreißig Jahre des Kaufens und Verschwendens und des Kinder-Aufziehens und des Herumschreiens ... und was hatte meine Mutter dafür vorzuweisen? Ihren Zobel, ihren Nerz und ihren heimlichen Groll?

»Isadora!« Jetzt war es Pierre. Er klopfte an die Tür.

Ich saß, die Arme um die Knie geschlungen, auf dem Boden und wiegte mich vor und zurück. Dieser wunderbare Geruch nach Mottenkugeln und *Joy*.

»Isadora!«

Manchmal hätte ich wirklich gern ein Kind, dachte ich. Ein sehr gescheites, verständiges und amüsantes kleines Mädchen, das zu der Frau aufwachsen würde, die ich nicht sein konnte. Ein sehr selbständiges kleines Mädchen ohne Schrammen im Hirn oder in der Psyche, ein Kind, das weder abstoßend unterwürfig ist, noch sich unter Einsatz weiblicher Waffen einzuschmeicheln sucht. Ein kleines Mädchen, das sagt, was es meint, und meint, was es sagt, das weder biestig noch servil ist, da es weder sich selbst noch seine Mutter haßt.

»Isadora!«

Was ich wirklich wollte, war, *mich selbst* gebären – das kleine Mädchen, das ich in einer anderen Familie, in einer anderen Umwelt hätte werden können. Ich umschlang mit beiden Armen meine Knie. Hier fühlte ich mich auf merkwürdige Weise sicher – hier, unter dem Pelzmantel meiner Mutter.

»Isadora!«

Warum mußten sie mich immerzu bedrängen und es darauf anlegen, mich in die gleichen Verhaltensmuster zu pferchen, die sie selbst so unglücklich gemacht hatten? Ich würde ein Kind haben, wenn ich innerlich dazu bereit war. Und wenn diese Bereitschaft sich nicht einstellte, dann eben nicht. Ist ein Kind etwa eine Garantie dafür, daß einem Einsamkeit oder Leid erspart bleibt? Gab es das überhaupt? Wenn sie mit ihrem Leben so zufrieden waren, warum versuchten sie dann immerfort, einen zu bekehren? Warum bestanden sie darauf, daß jeder sich an ihnen ein Beispiel nimmt? Warum dieser gottverdammte missionarische Eifer?

»Isadora!«

Warum hatten meine Schwestern und meine Mutter sich offenbar verschworen, über meine Leistungen zu spotten und mir einzureden, sie stünden mir nur im Wege. Ich hatte einen Band Gedichte veröffentlicht, die sogar ich selbst immer noch akzeptieren konnte. Sechs Jahre schreiben und verwerfen, schreiben und ändern, im redlichen Bemühen, tief und immer tiefer in sich selbst einzudringen. Und Leser hatten mir Briefe geschrieben und mich mitten in der Nacht angerufen, um mir zu sagen, daß das Buch von Belang, daß es mutig und ehrlich sei, daß *ich* mutig und ehrlich sei. Mutig! Und ich kauerte hier in einer Kleiderkammer! Doch für meine Angehörigen war ich ein Versager, weil ich keine Kinder hatte. Es war absurd. Ich wußte, daß es absurd war. Doch etwas in mir repetierte diesen (ihren) Katechismus. Etwas in mir entschuldigte sich bei all den Menschen, die mich zu meinen Gedichten beglückwünschten, etwas in mir sagte: »*Oh, aber vergessen Sie nicht ... ich habe keine Kinder.*«

»Isadora!«

Fast dreißig. Fremde halten mich zuweilen für fünfundzwanzig, doch mir selbst entgehen die unbarmherzigen Anzeichen des nahenden Alters nicht, das Sich-Nähern des Todes, die schrittweise Vorbereitung auf die Nicht-Existenz. Schon weist meine Stirn feine Furchen auf. Ich kann sie mit den Fingern glätten, doch gleich darauf sind sie wieder da. Unter den Augen macht sich ein Gespinst von haarfeinen Linien bemerkbar: hauchzarte Fältchen, ein Miniaturhalbmond beginnt sich abzuzeichnen. In meinen Augenwinkeln eine, zwei, drei spinnwebdünne Linien, wie von einer spitzen Zeichenfeder gezogen, mit unsichtbarer Tinte. Kaum wahrnehmbar – außer für den Künstler selbst. Und die Bewegungen des Mundes sind festgelegter, als sie es waren. Ein Lächeln braucht mehr Zeit, um zu schwinden. Als ob das Altern sich vor allem in zunehmender Starre ausdrücke. Das Gerinnen des Mienenspiels zu vorbestimmten Mustern, als würfe die Todesstarre ihre grauen Schatten voraus. Oh, an der Kinn-Hals-Linie ist noch nichts zu bemängeln ... aber läuft da nicht eine feine, fast unsichtbare Kette rings um den Hals? Die Brüste sind noch fest, aber wie lange noch? Und die Möse? Die wird sich am längsten halten. Die wird noch allen Anforderungen gewachsen sein, wenn auf den Rest niemand mehr den geringsten Wert legt.

Es ist sonderbar, wie ich, trotz meines Widerstandes gegen eine Schwangerschaft, in meiner eigenen Möse zu leben scheine. Alles, was in meinem Körper an Veränderungen vor sich geht, beschäftigt mich. Nichts bleibt unbemerkt. Zum Beispiel weiß ich offenbar genau, wann bei mir der Eisprung eintritt. In der zweiten Woche des Zyklus verspüre ich ein leises *Ping* und dann eine Art von kribbelndem Schmerz im Unterleib. Einige Tage später entdecke ich öfters einen winzigen Blutfleck in der kleinen Gummimulde meines Pessars. Ein leuchtend roter Punkt, die einzig sichtbare Spur des Eies, aus dem ein Baby hätte werden können. Dann wallt Trauer in

mir auf, Trauer, die sich fast nicht beschreiben läßt. Trauer und Erleichterung. Ist es wirklich besser, nicht geboren zu sein?
Das Pessar ist für mich so etwas wie ein Fetisch geworden, ein geheiligter Gegenstand, eine Schranke zwischen meinem Schoß und dem Mann. Irgendwie empört mich die Vorstellung, *sein* Kind gebären zu müssen. Soll er sein Kind doch selbst gebären. Wenn ich ein Baby bekomme, soll es ganz und gar *mein* Baby sein. Ein Mädchen wie ich, aber vollkommener. Ein Mädchen, das irgendwann seine eigenen Babys wird haben können. Es ist nicht das Kinderkriegen als solches, das mir so unfair vorkommt, sondern daß es für den Mann geschieht. Kinder, die *seinen* Namen bekommen. Kinder, die einen durch die Mutterliebe an einen Mann ketten, dem man, bei Strafe des Verlassenwerdens, zu Gefallen und dienstbar zu sein hat. Und Liebe ist schließlich das stärkste Band, das Band, das am meisten scheuert und am längsten hält. Und dann säße ich endgültig in der Falle. Die Geisel meiner eigenen Gefühle und meines eigenen Kindes.
»Isadora!«
Doch vielleicht war ich bereits eine Geisel, die Geisel meiner Phantasie. Die Geisel meiner Ängste. Die Geisel meiner Fehlurteile. Was heißt es denn, eine Frau zu sein? Wenn es das hieß, was Randy oder meine Mutter waren, dann wollte ich das nicht sein. Wenn damit brodelnder Groll und Vorträge über die Freuden des Kinderkriegens gemeint waren, dann wollte ich das nicht sein. Dann schon viel lieber eine intellektuelle Nonne.
Doch der Status der intellektuellen Nonne macht auch keinen rechten Spaß. Sie läuft Gefahr zu vertrocknen. Und welche Möglichkeiten gab es sonst? Warum wies mich keiner auf sie hin? Ich hob den Kopf, und mein Kinn streifte den Saum des Zobelpelzes meiner Mutter.
»Isadora!«
»Okay. Ich komme.«
Ich trat aus der Kammer und vor mir stand Pierre.
»Entschuldige dich bei Randy!« sagte er. Es klang wie ein Befehl.
»Wofür?«
»Für all die ekelhaften Gemeinheiten, die du mir gesagt hast!« schrie Randy mit gellender Stimme. »Entschuldige dich!«
»Ich hab nur gesagt, daß du verleugnest, wer und was du bist und daß ich nicht so sein möchte wie du. Wieso bedarf es da einer Entschuldigung?«
»Entschuldige dich!« brüllte sie.
»Wieso?«

»Seit wann legst du so großen Wert darauf, Jüdin zu sein? Seit wann bist du so gottverdammt fromm?«

»Ich bin nicht so besonders fromm«, sagte ich.

»Warum machst du dann so'n Wirbel?« Pierre bediente sich nun seines melodischsten nah-östlich-französischen Akzents.

»Ich habe diesen heiligen Kreuzzug zur höheren Ehre des wahren Glaubens ja nicht begonnen – das habt *ihr* getan. *Ich* versuche nicht, euch zu irgend etwas zu bekehren. Ich versuche bloß, mein eigenes Leben zu führen – soweit sich das in diesem ganzen Tohuwabohu überhaupt machen läßt.«

»Aber Isadora«, schmeichelte Pierre, »darum geht es ja – wir versuchen doch, dir dabei zu *helfen.*«

In der Nähe des Schwarzwaldes

Kinder im zarten Alter wurden unweigerlich liquidiert, da sie aufgrund ihrer Jugend unfähig waren zu arbeiten ... Sehr oft versteckten Frauen ihre Kinder unter ihrer Kleidung, doch wenn wir sie entdeckten, wurden diese Kinder selbstverständlich ebenfalls liquidiert. Wir waren angewiesen, diese Liquidierungen in aller Heimlichkeit durchzuführen, doch der üble, ekelerregende Gestank, den die ständigen Leichenverbrennungen hervorriefen, verpestete die gesamte Umgebung, und die Bevölkerung der umliegenden Ortschaften wußte, daß in Auschwitz Liquidierungen vorgenommen wurden.

Eidesstattliche Erklärung des SS-Obersturmführers Rudolf Höß
5. April 1946, Nürnberg

8.29 nach Frankfurt
Europa: staubiger Plüsch,
Erste-Klasse-Wagen
mit erklassigem Staub.
Und der Schaffner
gleicht einem rosa
Marzipanschwein
und geht
im Stechschritt
den Gang hinunter.
FRÄULEIN!
Vier Umlaute treffen mein Ohr,
und der rote Lacklederriemen
schräg über seiner Brust
macht ein zuschnappendes Geräusch
wie ein zurückschnellendes Gummiband.
Und der Schirm seiner Dienstmütze
sticht zu wie ein Horn.
Die Mütze:
eine päpstliche Krone,
eine himmelwärts ragende Tiara,
die absolute Autorität
für sich beansprucht,
das Gottesgnadentum
der Bundesbahnschaffner.
FRÄULEIN!
E pericoloso sporgersi.
Nicht hinauslehnen.
Il est dangereux ...
unermüdlich wiederholen es
die Räder.
Doch so dumm bin ich nicht.
Ich weiß, wo die Geleise enden
und der Zug sich im Schweigen verliert.
Ich weiß, die Station wird
keinen Namen haben.
Mein Haar ist so arisch
wie Haar es nur sein kann,
mein Name: Erica – *Heidekraut.*
Mein Paß, meine Augen
sind blauer als der
bayrische Himmel.
Doch er sieht
den Davidsstern
in meinem Nabel.
Lasziv. Bauchtanz.
Ich trage ihn
für den letzten Strip-tease.
FRÄULEIN!

Jemand rüttelt mich wach.
Meine feige Hand,
fast hätte sie
vor dieser
bedrohlichen kleinen Uniform
von einem Mann salutiert.
Schönes Wetter heute,
sagt er und nickt
in Richtung der
verschleierten Bauernhöfe,
weit jenseits der Fenster.
Ein leises Knacken –
er knipst meine Fahrkarte,
dann lächelt sein Mopsgesicht
auf mich herunter
im Licht der Sonne,
das plötzlich sanft
und milde ist
wie Hühnerbrühe.

Bevor ich in Heidelberg lebte, machte es mir eigentlich nichts aus, Jüdin zu sein. Oh, an gewissen Erinnerungen fehlt es nicht: meine Großmutter, die meine Hände einseifte und sagte, sie wasche ›die Nazibazis‹ weg, womit sie die Bazillen meinte. Meine Schwester Randy dachte sich ein Spiel aus, das ›Vor den Deutschen davonlaufen‹ hieß. Wir zogen unsere wärmsten Sachen an, packten unsere kleine Schwester Chloe in den Puppenwagen und machten uns Brote mit Apfelmus, die wir dann, in der duftenden Tiefe des Wäscheschrankes hockend, verspeisten, in der Hoffnung, daß unsere Vorräte so lange reichen würden, bis der Krieg vorbei wäre und die Alliierten kämen. Dazu eine flüchtige Erinnerung an meine Intima Gillian Battcock (5), deren Eltern zur Anglikanischen Kirche gehörten und die einmal sagte, sie könne nicht mit mir in einer Wanne baden, weil »Juden immer Pipi ins Badewasser machen«. Doch im großen und ganzen hatte ich eine recht ›ökumenische‹ Kindheit. Die Freunde meiner Eltern waren von verschiedenster Hautfarbe, Konfession und Rasse – wie die meinen. Ich muß den Ausdruck ›Family of Man‹ schon gekannt haben, bevor meine Windeln trocken waren. Obwohl bei uns zu Hause hin und wieder jüdisch gesprochen wurde, so doch nur als eine Art Geheimsprache, falls das Dienstmädchen etwas nicht verstehen sollte. Manchmal sprachen die Erwachsenen auch jiddisch, um uns Kinder irrezuführen, doch wir, mit dem stark entwickelten Gespür der meisten Kinder begabt, errieten den Inhalt, auch wenn wir die einzelnen Worte nicht verstanden. Die Folge davon war, daß wir fast kein Jiddisch lernten. Ich mußte erst *Goodbye, Columbus* lesen, um das Wort Schmonzes, und *Das Zauberfaß*, um etwas von der Zeitung *The Forward* zu hören. Ich war vierzehn, als ich zum erstenmal an einem *Bar-Mizwah* teilnahm (es handelte sich um einen Vetter in Spring Valley, N.Y.) und meine Mutter mit Kopfschmerzen zu Hause blieb. Mein Großvater, ein ehemaliger Marxist, der daran glaubte, daß Religion Opium für das Volk sei, verbot meiner Großmutter jedweden ›religiösen Quatsch‹, und dann (als Achtziger und rührseliger Zionist) beschuldigte er mich, eine ›gottverdammte Antisemitin‹ zu sein. Natürlich war ich keine Antisemitin. Ich empfand mich bloß nicht als sonderlich jüdisch und konnte nicht verstehen, warum ausgerechnet *er* plötzlich daherredete wie Chaim Weizmann. Meine Jungmädchenzeit (verbracht im Ferienlager der Hochschule für Musik und bildende Kunst, sowie als Freizeitbetreuerin, angestellt von der Ferienstiftung des *Herald Tribune*) fiel in die glorreichen Tage, als unweigerlich ein Farbiger zum Klassensprecher der Oberstufe gewählt wurde und es den gesellschaftlichen

Status ungeheuer hob, andersrassige Freunde und Flirts zu haben. Nicht, daß ich die Heuchelei dieser Diskriminierung mit umgekehrtem Vorzeichen nicht durchschaut hätte – aber trotzdem trug ich das meine an ehrlich gemeinter Integration bei. Ich betrachtete mich als Anhängerin des Internationalismus und Fabianische Sozialistin, als Freund der Menschheit (die damals ausschließlich aus Männern zu bestehen schien) – kurz: als Philanthropin. Ich wand mich innerlich, wenn ich bornierte jüdische Chauvinisten darüber palavern hörte, daß Marx und Freud und Einstein alle Juden waren und daß Juden die überlegenen Gene und Gehirne hätten. Mir war es klar, daß man minderwertig ist, sobald man sich besser dünkt als andere, und daß es ein sicheres Zeichen für Durchschnittlichkeit ist, wenn man sich selbst für *über*durchschnittlich hält.
Seit meinem zweiten Lebensjahr hatten wir jede Weihnachten einen Christbaum. Bloß, daß wir nicht die Geburt Christi feierten, sondern (wie meine Mutter sagte) die ›Wintersonnenwende‹, das Julfest. Gillian, die unter *ihrem* Weihnachtsbaum eine Krippe stehen hatte (seine Spitze zierte der Stern von Bethlehem), brach deswegen eine hitzige Kontroverse mit mir vom Zaun. »Die Wintersonnenwende gab es schon *vor* Jesus Christus«, plapperte ich beherzt meiner Mutter nach. Die arme, unaufgeklärte Person, Gillians Mutter, hatte auf ihr Jesuskind und der jungfräulichen Geburt bestanden. Zu Ostern suchten wir gefärbte Eier, doch wir feierten nicht die Auferstehung Christi, sondern ›das Frühlings-Äquinoktium‹ – die Wiedergeburt des Lebens, die Frühlingsriten. Wenn man meiner Mutter so zuhörte, hätte man uns für Druiden halten können.
»Was wird mit den Menschen, wenn sie sterben?« fragte ich sie.
»Sie sterben nicht wirklich«, sagte sie. »Sie werden wieder zu Erde, und nach einer Weile werden sie wiedergeboren, als Gras oder vielleicht sogar als Tomaten.« Das war höchst sonderbar und beunruhigend. Zwar war es in gewisser Weise tröstlich, sie sagen zu hören »sie sterben nicht wirklich«, aber wer wollte schon eine *Tomate* sein? War mir *das* vorherbestimmt? Eine Tomate zu werden, mit all diesen glitschigen Kernen?
Aber wie dem auch sei: es war die einzige Religion, die ich kannte. Wir waren nicht wirklich Juden, wir waren Heiden und Pantheisten. Wir glaubten an die Reinkarnation, an die Seele von Tomaten und sogar (und das in den vierziger Jahren!) an Ökologie. Und trotz all dem begann ich mich von dem Augenblick an, da ich mich auf deutschem Boden befand, ganz intensiv als Jüdin zu fühlen – und dazu reichlich paranoid (ist das vielleicht dasselbe?).

Plötzlich fuhren die Leute im Bus nicht einfach nach Hause, sondern zu Häusern, in denen sie heimlich schmucke, kleine Sammlungen von Goldzähnen und Trauringen hüteten ... Die Lampenschirme im *Hotel Europa* waren so verdächtig fein genarbt ... Die Seife in der Toilette vom *Silbernen Hirsch* roch sonderbar ... Die makellos sauberen Eisenbahnwagen waren in Wirklichkeit dunkle, enge, übelriechende Viehwagen ... Der Schaffner mit seinem Gesicht wie ein rosafarbenes Marzipanschweinchen würde mich nicht aussteigen lassen ... Der Stationsvorsteher mit seiner bedrohlich aufragenden Mütze würde unter irgendeinem Vorwand meine Papiere kontrollieren und mich dann eiligst einem jener Polizisten in grünem Mantel und schwarzen Lederstiefeln mit dazu passender Peitsche überantworten ... Der Zollbeamte an der Grenze würde mich sicherlich aufhalten, meinen kleinen versteckten Vorrat von Lomotil, schmerzstillenden Mitteln, Schwefeltabletten, V-Cillin und Librium aus der Army-Apotheke entdecken – die übliche Versorgung mit Naschwerk für eine Reise nach Italien – und mich in eine versteckte Höhle unter den Alpen bringen, wo ich auf grausam-raffinierte Weise gefoltert werden würde, bis ich gestand, daß an mir – abgesehen von meinem Heidentum, meinem Pantheismus und meiner profunden Kenntnis der englischen Poesie – jeder Zoll so jüdisch sei wie an Anne Frank.

Im Rückblick gesehen liegt es auf der Hand, daß Bennett und ich unseren Aufenthalt in Heidelberg und auch unsere Heirat den Machenschaften verdankten, mit denen die Regierung die amerikanische Öffentlichkeit hinters Licht geführt hatte – was die *Pentagon Papiere* später an den Tag brachten. Mit anderen Worten: wir heirateten als direkte Folge davon, daß Bennett eingezogen wurde – und eingezogen wurde er als direkte Folge der Aufstockung des Truppenkontingents für Vietnam in den Jahren 1965/66, was wiederum die direkte Folge davon war, daß die Regierung die amerikanische Öffentlichkeit hintergangen hatte. Doch wer wußte das damals? Wir argwöhnten es zwar, doch hatten wir keine Beweise. Statt dessen gab es ironischerweise Schlagzeilen, die uns versicherten, daß die Aufstockung der Truppen »den Krieg beenden und den dauernden Frieden sichern« würde. Es gab lapidare Nachrichten, wie zum Beispiel: »Die Siedlung mußte zerstört werden, um sie vor dem Untergang zu bewahren.« Wir hatten ebenso redegewandte Aktivisten wie alle die, die später auftauchten. Doch einen Beweis – schwarz auf weiß auf der Titelseite der *Times* –, den hatten wir nicht.

Bennett, ein Kinderpsychiater, der seine Ausbildung zum Psychoanalytiker erst zur Hälfte hinter sich hatte, wurde also mit einunddreißig eingezogen. Wir kannten einander drei Monate. Beiderseitige unglückliche Liebesaffären hatten uns einander in die Arme getrieben. Dazu kam bei mir eine unter katastrophalen Umständen in die Brüche gegangene erste Ehe. Wir hatten es gründlich satt, allein durch die Welt zu stolpern, wir hatten Angst vor der Einsamkeit, wir verstanden uns blendend im Bett, wir fürchteten uns vor der Zukunft, wir heirateten einen Tag, bevor Bennett nach Fort Sam Houston einrücken mußte.

Unsere Ehe war von Anfang an absonderlich. Wir hatten uns beide Rettung erhofft. Und nun klammerten wir uns aneinander und drohten beide zu ertrinken. Schon in wenigen Tagen standen wir uns feindlich gegenüber. Von Verbalinjurien gingen wir rasch zu tödlichem Schweigen über, unterbrochen von leidenschaftlichen Umarmungen (erstaunlicherweise blieb unsere Bettbeziehung davon unberührt). Beide wußten wir nicht so recht, in was wir da hineingeschlittert waren, und warum.

Bevor wir nach Heidelberg kamen, war das Drum und Dran der beiden ersten Monate unserer Ehe ebenso sonderbar wie die Gründe, die uns zu dieser Heirat bewogen hatten. Da waren wir nun, zwei verschreckte, geradewegs von Manhattan nach San Antonio, Texas, verpflanzte Großstädter. Bennett wurden die Haare geschoren, man steckte ihn in Army-Grün und er war gezwungen, sich Stunde um Stunde anzuhören, wie und was ein Militärarzt zu sein habe – etwas, was er von ganzem Herzen verabscheute.

Ich blieb ›zu Hause‹, in einem sterilen Motel außerhalb von San Antonio, sah fern, pusselte an meinen Gedichten herum und in mir ballte sich ohnmächtige Wut. Wie die meisten New Yorker Mädchen hatte ich nie Autofahren gelernt. Ich war vierundzwanzig und in einem Motel in Texas gestrandet, vor mir einen von der Sonne ausgedörrten Streifen der Schnellstraße San Antonio – Austin. Ich schlief bis halb elf, stand auf, sah mit einem Auge fern, während ich mein Gesicht sorgfältig zurechtmachte (für wen?), ging hinunter und stopfte mich mit einem texanischen *brunch* voll (Pfannkuchen, Würstchen und Hafergrütze), zog meinen Badeanzug an (der mir knapp und knapper wurde) und ließ mich etwa zwei Stunden von der Sonne braten. Anschließend schwamm ich fünf Minuten im Swimming-pool und ging wieder hinauf, um mich meinem ›Werk‹ zu stellen. Doch es war mir fast unmöglich zu arbeiten. Die Einsamkeit des Schreibens machte mir Angst. Jeder Vorwand, dem zu entrinnen, war mir recht. Ich hatte kein Gefühl dafür, ob ich nun wirklich eine Schriftstellerin war, ich glaubte nicht an meine diesbezüglichen Fähigkeiten. Es war mir damals nicht klar, daß ich mein ganzes Leben lang ›geschrieben‹ hatte. Mit acht hatte ich damit begonnen, mir kleine Geschichten auszudenken, sie zu Papier zu bringen und zu illustrieren. Seit ich zehn war, führte ich ein Tagebuch. Ab dreizehn war ich eine eifrige und sarkastische Briefschreiberin, und während meiner Jungmädchenzeit imitierte ich vorsätzlich die Briefe von Keats und G.B.S. Mit siebzehn, als ich mit meinen Eltern und meinen Schwestern in Japan war, schleppte ich meine Olivetti-Reiseschreibmaschine mit und trug jeden Abend die Eindrücke des Tages in ein Ringbuch ein. Während meines Senior-Jahres im College (wo ich die meisten Preise für Lyrik gewann und das literarische Magazin herausgab) begann ich, Gedichte in kleinen literarischen Zeitschriften zu veröffentlichen. Und doch ... ungeachtet der augenfälligen Tatsache, daß ich vom Schreiben wie besessen war, ungeachtet der Briefe von literarischen Agenten, die anfragten, ob »ich an einem Roman arbeite«, glaubte ich keineswegs wirklich an die Ernsthaftigkeit meiner Berufung.

Statt dessen ließ ich mich dazu breitschlagen, meinen Doktor zu machen. Der Doktor wurde als todsichere Sache betrachtet, als etwas ›fürs Leben‹ (wie ein Baby?) – bevor man sich der Dichtkunst hingab. Was für ein aufgelegter Schwindel – wie ich es heute sehe! Doch damals erschien es als ein vernünftiger, kluger und verantwortungsbewußter Schritt. Ich war so zwanghaft eifrig und lernbegierig, daß meine Professoren mich immerzu mit Stipendien köderten. Wie gern hätte ich das abgelehnt, aber ich hatte nicht den Mumm dazu. Und so verschwendete ich zweieinhalb Jahre an den *Master of Arts* und einen Teil des Dr. phil., bevor mir aufging, daß das Studium meinem Bildungsgang entschieden im Wege stand.

Die Heirat mit Bennett befreite mich aus diesem Dilemma. Ich unterbrach mein Studium, um ihm zur Army zu folgen. Was konnte ich anderes tun? Nicht daß ich mein Stipendium hätte aufgeben wollen – es war die geschichtliche Entwicklung, die mir einen Tritt in den Hintern versetzte. Durch die Heirat mit Bennett entkam ich New York, entkam ich meiner Mutter und der Englischen Fakultät der Columbia-Universität, entkam ich meinem Ex-Gatten und meinen Ex-Beischläfern – die inzwischen für mich alle irgendwie identisch miteinander waren. Ich wollte raus aus dem Ganzen, fliehen. Und Bennett war, unter anderem, das Mittel zum Zweck. Diese Tatsache belastete schon den Beginn unserer Ehe erheblich.

In Heidelberg richteten wir uns häuslich ein, in einer trostlosen amerikanischen Neubausiedlung in einem kurz nach dem Kriege entstandenen Stadtviertel (weitab von der wunderschönen Altstadt unterhalb des Schlosses, die die Touristen zu sehen bekommen). Fast alle unsere Nachbarn waren Captains in der Army und deren Anhang. Mit einigen wenigen bemerkenswerten Ausnahmen waren es die aufmerksamsten, rücksichtsvollsten Menschen, unter denen ich je gelebt habe. Die Kinder waren aufreizend freundlich und höflich. Die Ehemänner eilten einem galant zu Hilfe, um den in einer Schneewehe steckengebliebenen Wagen wieder flottzumachen, oder sie trugen einem schwere Kartons die Treppe hinauf. Um so erstaunlicher war es dann, sie sagen zu hören, daß das Leben in Asien billig sei, daß die amerikanischen Bomber dem Viet Cong die Hölle heiß machen sollten, und nicht zu knapp, und, schließlich, daß Soldaten dazu da seien, ihren Job gut zu machen, und nicht, um politische Meinungen zu haben. Sie betrachteten Bennett und mich wie Wesen von einem andern Stern und so ähnlich kamen wir uns auch vor.
In nächster Nähe lebten unsere anderen Nachbarn, die Deutschen. 1945, als sie noch Militaristen waren, hatten sie die Amerikaner gehaßt, weil sie den Krieg gewonnen hatten. Jetzt, 1966, waren die Deutschen Pazifisten (zumindest soweit es um andere Nationen ging) und haßten die Amerikaner wegen ihres Engagements in Vietnam. Die Ironie der Situation nahm rasch ein Ausmaß an, das kaum noch zu verarbeiten war. Wenn das Leben in San Antonio schon sonderbar genug gewesen war, so war es in Heidelberg noch tausendmal sonderbarer. Wir lebten zwischen zwei Gruppen von Feinden und waren beide so unglücklich, daß auch wir einander feind wurden.
Wenn ich die Augen schließe, kann ich mir die Mittagsstunde in Mark Twain Village, Heidelberg, mit allen Einzelheiten ins Gedächtnis zurückrufen. Der Geruch nach Fertigmahlzeiten in den Gängen. Der AFN, der die letzten *football*-Ergebnisse und die (nach oben hin manipulierte) Verlustziffer des Viet Cong auf der anderen Seite der Erdkugel in die Gegend plärrt. Kreischende Kinder. Fünfundzwanzigjährige sommersprossige Matronen aus Kansas, die, den Kopf voller Lockenwickel, im Morgenrock umhergehen und Tag für Tag auf den Großen Abend warten, der die Lockenpracht wert sein würde. Er kommt nie. Statt dessen kommen die Händler, die sich durch die Hausflure heranpirschen und an den Türen klingeln und alles nur Denkbare an den Mann bringen wollen, von Versicherungen aller Arten und illustrierten Konver-

sationslexika (mit leicht verständlichem Text) bis zu orientalischen Teppichen. Neben amerikanischen Gammlern und englischen Dropouts und pakistanischen Studenten, die ›unter der Hand‹ etwas verkaufen wollen, gibt es eine ganze Armee von zwergenhaften Deutschen, die alles nur mögliche verhökern, angefangen von ›handgemalten‹ Ölgemälden mit verzuckerten Berggipfeln und rosenrotem Alpenglühen über Bierkrüge, die ›God Bless America‹ spielen bis hin zu Schwarzwälder Kuckucksuhren, die ununterbrochen schlagen. Und die Army-Leute kaufen und kaufen und kaufen. Die Ehefrauen kaufen, um ihr leeres Leben aufzufüllen, um in ihren tristen Unterkünften die Illusion eines ›Heims‹ zu schaffen, um mit ihrem amerikanischen Geld um sich zu werfen. Die Kinder kaufen Helme und Kriegsspielzeug und Khaki-Overalls, um ihr Lieblingsspiel – Viet Cong gegen Green Berets – zu spielen und sich damit auf ihre Zukunft vorzubereiten. Die Männer kaufen elektrische Bohrmaschinen mit den verschiedensten Aufsätzen, um das Gefühl ihrer Ohnmacht zu kompensieren. Und alle kaufen sie Uhren, als seien diese ein Sinnbild dafür, daß die Army ihnen Stunde um Stunde und Jahr um Jahr ihres Lebens stiehlt.
Irgend jemand hatte das Gerücht aufgebracht, daß Kuckuckuhren im ›Land des Großen PX‹ ein Vermögen einbrächten, und so ließ jeder Captain oder Sergeant oder Lieutenant es sich angelegen sein, mindestens dreißig dieser Uhren nach Hause zurückzubringen. Sie sammelten sich im Laufe von zwei Jahren an seinen Wänden, kuckuckten in unregelmäßigen Abständen vor sich hin und machten Frau und Kinder ebenso verrückt wie die Army ihn. Und da die Wände papierdünn waren, wurden auch Mieter ohne Kuckucksuhren (wie wir) den lieben langen Tag mit einem Sperrfeuer von Kuckucksrufen belegt. Wenn es nicht die Kuckucke nebenan waren, so spielte irgendwo ein unmusikalisches Kind das (unspielbare) ›Star Spangled Banner‹ auf einer Hammondorgel (die in bequemen monatlichen Raten abgezahlt wurde – das Unerträgliche daran war nur, sich das *anhören* zu müssen), oder irgendein Officer vom Dienst brüllte über das Geviert des Hofes hinweg nach seinen beiden Jungen (Zwillinge namens Wayne und Dwayne – im übrigen ›das Ungeziefer‹ genannt). Wenn das pausenlose ›Kuckuck‹ mich nicht gerade rasend machte, amüsierte ich mich über den Symbolgehalt dieser Uhren. Jedermann in der Army zählte immerzu die Tage und Minuten: noch acht Monate, bis ich abgelöst werde, noch drei Monate, bis mein Mann nach Vietnam muß, noch zwei Jahre, bis ich mit meiner Beförderung rechnen kann, noch drei Monate, bis ich Frau und Kinder nachkommen lassen kann ... Die Kuckucke

registrierten jede Minute einer jeden Stunde des langen, mühevollen Weges zur Nichtexistenz.
Abgesehen davon, daß wir keine Kuckucksuhren hatten, unterschied sich unsere Wohnung nur wenig von der typischen Wohnung eines jungen Officer in dieser gefängnisähnlichen Siedlung. Die Einrichtung bestand aus jenen gräßlichen, ausschweifend gepolsterten Möbeln, kurz nach Kriegsende von den Deutschen hergestellt und den Amerikanern als Teil der Reparationsleistungen überlassen. Zweifellos waren sie deshalb noch häßlicher als sonst – aus Rache. Das ursprüngliche, abstoßend schwindsüchtige Beige der Bezüge hatte sich, nach zwanzig Dienstjahren, in ein fleckiges, verschmutztes Uringelb verwandelt, das die Spuren von vielen Haustieren und Kindern und – nach nächtlichen Biergelagen – frühmorgens Erbrochenem aufwies. Wir hatten unser Bestes getan, um diese nilpferdähnlichen Couchen und Elefantiasis-Sessel unter leuchtendbunten Schärpen und Tüchern und Kissen und Dekorationsstoffen zu verstecken, hatten die Wände mit Postern vollgehängt und viele Topfpflanzen auf die Fensterbänke gestellt. Die Regale hatten wir mit dem größten Teil unserer eigenen Bücher (unter erheblichen, von der Regierung getragenen Kosten herübergeschafft) gefüllt. Doch der Gesamteindruck war und blieb bedrükkend. Heidelberg als Ort war trostlos. Eine wunderschöne Stadt, in der es zehn Monate im Jahr regnet. Die Sonne versucht tagelang, sich durch die Wolken zu kämpfen, scheint dann etwa eine Stunde lang und verschwindet wieder. Und wir lebten in einer Art Gefängnis, in einem seelischen und intellektuellen Getto, aus dem wir buchstäblich nicht fort konnten, ohne tatsächlich im Gefängnis zu landen. Bennett hatte sich verloren – in der Army sowohl wie in seiner Depression. Er konnte mir keine Hilfe bieten. Ich konnte ihm keine Hilfe bieten. Ich ging häufig im Regen allein durch die Straßen der Altstadt. Stundenlang wanderte ich durch Kaufhäuser, nahm diesen und jenen Gegenstand in die Hand, obwohl ich wußte, daß ich ihn nie kaufen würde, träumte in der Menschenmenge vor mich hin, hörte um mich herum die Leute lange Unterhaltungen führen, von denen ich anfangs nur hier und da ein Wort verstand, hörte die Werbeweiber lauthals die Vorzüge ihrer Kunstfaser-Perücken, künstlichen Fingernägel, Tranchiergabeln und -messer, Fleischwölfe und Hackbretter anpreisen . . . »Meine Damen und Herren . . .«, damit fangen sie an, und jeder längere Satz ist gespickt mit dieser Wendung. Nach einer Weile kriegt man sie nicht mehr aus dem Ohr.
All die kartoffelförmigen Damen standen als graue Lodenwand um

mich herum. In Deutschland gibt es ganze Armeen von Frauen in grauen Mänteln, mit Tirolerhüten und derbem, praktischem Schuhwerk (sogenannten Gesundheitsschuhen) und hochroten Wangen voller geplatzter Kapillaren. Aus der Nähe betrachtet sehen ihre Backen aus wie die Momentaufnahme eines winzigen Feuerwerks im Augenblick des Abbrennens. Diese rüstigen Witwen sind überall anzutreffen: sie tragen Einkaufsnetze mit herausragenden Bananen, fahren, breitärschig auf winzigen Sätteln thronend, mit dem Fahrrad durch die Gegend, reisen in vom Regen streifigen Zügen von München nach Hamburg, von Nürnberg nach Freiburg. Eine Welt voller Witwen. Die Endlösung, die der Nazi-Traum verhieß: eine judenlose Welt ohne Männer.

Manchmal, wenn ich ziellos umherwanderte, mit der Straßenbahn fuhr, in einem Café Bier und Salzbrezeln bestellte, oder Kaffee und Kuchen in einer Konditorei, überfiel mich die Vorstellung, ich sei der Geist eines Juden, der am selben Tag in einem Konzentrationslager ermordet wurde, als ich zur Welt kam. Wer konnte mir beweisen, daß dem nicht so war? Ich entwarf im Geiste komplizierte Handlungsabläufe, die, wie ich mir einredete, lediglich surrealistische ›Geschichten‹ seien und demnächst von mir zu Papier gebracht werden würden. Aber es waren mehr als ›Geschichten‹, und ich brachte zu der Zeit überhaupt nichts zu Papier. Zuweilen dachte ich, ich würde verrückt. Zum erstenmal in meinem Leben verspürte ich ein brennendes Interesse an der Geschichte der Juden und der des Dritten Reiches. Ich ging zur USIS, der *Special Service*-Bibliothek und vertiefte mich in Bücher, die ausführlich vom Grauen der Deportationen und der Todeslager berichteten. Ich las über die ›Einsatzgruppen‹ und stellte mir vor, wie ich mein eigenes Grab aushebe und, mein Baby umklammernd, am Rand einer tiefen Grube stehe, während die Nazi-Schergen ihre Maschinenpistolen schußbereit halten. Ich hörte im Geiste die Entsetzensschreie und das Geräusch stürzender Leiber. Ich stellte mir vor, ich sei schwer verwundet und rollte hinunter in die Grube mit den zuckenden Körpern, während von oben Erde auf mich fiele. Wie hätte ich beteuern können, daß ich keine Jüdin sei, sondern Pantheistin? Wie konnte ich die Feier der Wintersonnenwende und der Frühlingsriten zu meinen Gunsten in die Waagschale werfen? Für die Pläne der Nazis war ich so jüdisch wie jeder andere Jude. Würde ich wieder zu Erde werden und als Blume oder Frucht neu erstehen? War das den Seelen all der Juden geschehen, die an dem Tag, als ich zur Welt kam, ermordet wurden?

An den seltenen sonnigen Tagen trieb ich mich auf den Märkten herum. Die diabolische Schönheit der deutschen Obst- und Gemüsemärkte faszinierte mich. Es gab einen Samstagsmarkt hinter der Heiliggeistkirche, auf einem Platz aus dem 17. Jahrhundert: rot-weiß gestreifte Markisen und Berge von Früchten, rot-blutend wie von Menschenblut, Himbeeren, Erdbeeren, violette Pflaumen, Blaubeeren. Wahre Massen von Rosen und Päonien. Alles blutfarben und blutfarben blutend, hinein in die hölzernen Blumenkästen und hinunter auf die Holzbretter der Stände. Waren die Seelen der toten jüdischen Kinder *hier* zu finden? War es *das* hier, was mich an der Leidenschaft der Deutschen für Blumenzucht und Gartenarbeit so verstörte? All diese Wertschätzung des geheiligten Lebens am falschen Ort? So viel Liebe, die sich in der Aufzucht von Pflanzen und Tieren ihr Ventil sucht? *Aber wir haben doch nichts davon gewußt, was mit den Juden geschah,* sagten sie immer und immer wieder. *Es stand nicht in der Zeitung. Ich war ja damals erst zwölf.* Und einerseits glaubte ich ihnen sogar. Einerseits verstand ich sie sogar. Und andererseits hätte ich mich an dem Anblick weiden mögen, wie sie alle einen langen, qualvollen Tod sterben. Es war die blutrünstige, höllische Schönheit der Märkte – die alten Weiber, die all diese blutenden Früchte auswogen, die derben, blonden, jungen Frauen, die den Kunden die Rosen abzählten –, die unweigerlich meine heftigsten Empfindungen gegen Deutschland wachrief.

Später war ich fähig, über diese Dinge zu schreiben und damit die Dämonen zu bannen – zumindest zum Teil. Später war ich fähig, mich mit Deutschen anzufreunden und sogar Liebenswertes an der Sprache und der deutschen Dichtung zu entdecken. Doch in jenem ersten, einsamen Jahr war ich unfähig zu schreiben, und ich kannte fast keinen Menschen. Ich lebte wie ein Einsiedler, las, ging spazieren und hatte das Gefühl, meine Seele sei mir entschlüpft und die Seele eines Menschen, der statt meiner gestorben war, hätte sich in meinem Körper eingenistet.

Ich kundschaftete Heidelberg aus wie ein Spion und entdeckte all die Wahrzeichen des Dritten Reiches, die mein Reisehandbuch geflissentlich unterschlug. Ich entdeckte den Ort, an dem sich die Synagoge befand, bevor sie niedergebrannt wurde. Nachdem ich meinen Führerschein gemacht hatte und nun auch die weitere Umgebung der Stadt für mich erreichbar war, stieß ich auf ein stillgelegtes Nebengleis der Eisenbahn mit einem alten Güterwagen, auf dem REICHSBAHN zu lesen stand. (Auf all den blitzblanken neuen Waggons stand BUNDESBAHN.) Ich kam mir vor wie einer von jenen fanatischen Israelis auf den Spuren von Nazis in Argentinien. Bloß, daß ich im Grunde meiner eigenen Vergangenheit nachspürte, meinem Judentum, an das ich bisher wirklich hatte glauben können. Was mich wohl am allermeisten aufbrachte, war die Art und Weise, in der die Deutschen ihre Schutzfärbung veränderten, die Art und Weise, mit der sie über Frieden und Nächstenliebe sprachen, und wie sie alle behaupteten, an der russischen Front gekämpft zu haben. Die *Heuchelei* war es, die mich so anwiderte. Wenn sie sich offen dazu bekannt und gesagt hätten: *Wir haben Hitler geliebt*, so hätte man ihre menschliche Schwäche und ihre Ehrlichkeit gegeneinander abwägen und ihnen vielleicht vergeben können. In den drei Jahren, die ich in Deutschland verbrachte, bin ich nur *einem* Mann begegnet, der es offen zugab. Er war Nazi gewesen und wurde mein Freund.

Horst Hummel leitete (von einem winzigen Büro in der Altstadt aus) eine eigene kleine Druckerei. Auf seinem Schreibtisch türmten sich Bücher, Zeitungen, Papiere und allerlei Krimskrams. Wenn er nicht am Telefon hing, schrie er seinen sogenannten Assistenten, drei verschüchterten Männern, irgendwelche Anweisungen zu. Er maß nur etwa 1,55 m, hatte einen stattlichen Bauch und trug eine dicke Brille mit bräunlich getönten Gläsern, die die Ringe unter seinen Augen hervorhoben. Nachdem Bennett ihn das erstemal gesehen hatte, nannte er ihn nur noch den Gnom. Im großen und ganzen sprach Herr Hummel (wie ich ihn anfangs nannte) recht gut englisch. Doch gelegentlich unterlief ihm ein so grober Schnitzer, daß die Geläufigkeit, mit der er sich sonst ausdrückte, äußerst fragwürdig wurde. Als ich ihm eines Tages sagte, ich müsse jetzt fort, um Bennett etwas zu essen zu machen, sagte er: »Wenn Ihr Mann hungrig ist, dann gehen Sie nach Hause und kochen Sie ihn.«

Hummel druckte alles, von Speisekarten über Handzettel bis zum *The Heidelberg Officers' Wives' Club Newsletter* – ein 4seitiges, kleinformatiges Blatt auf Glanzpapier, das von Druckfehlern wimmelte. Der Inhalt bestand aus scherzhaften Reimen über das traurige Los der Army-Ehefrau, nebst Fotos einiger dieser Damen: Matronen, angetan mit Blumenhüten und von Rheinkieseln glitzernden Phantasiebrillen, eine lebende Orchidee am Busen. Immerzu verliehen sie einander irgendwelche Preise – für die verschiedensten gemeinnützigen Aktivitäten.

Zu seinem eigenen Vergnügen druckte Hummel auch ein wöchentlich erscheinendes Blättchen, genannt *Heidelberg Alt und Neu*. Es bestand im wesentlichen aus Anzeigen für Gaststätten und Hotels, einem Zug-Fahrplan, dem laufenden Kinoprogramm und ähnlichem. Doch gelegentlich schrieb Hummel (der im Kriege als Kriegsberichterstatter an der Schlacht von Anzio teilgenommen hatte) einen kleinen Leitartikel über dieses oder jenes strittige kommunale Problem, und von Zeit zu Zeit interviewte er, nur so zum Spaß, irgendeine Lokalgröße oder einen illustren Gast auf der Durchreise.

Nachdem ich in Heidelberg ein Jahr lang Nazis nachgespürt (und die ausgefallensten Gelegenheitsarbeiten, die meine Depression nur noch verstärkten, übernommen) hatte, lief ich Hummel über den Weg, der mir vorschlug, sein ›amerikanischer Schriftleiter‹ zu werden und ihm damit eine größere Anzahl englisch sprechender Leser für *Heidelberg Alt und Neu* zu verschaffen. Die Absicht war, diese Leser mit einem Artikel über irgendeine touristische Attraktion zu ködern und ihnen gleichzeitig die Produkte seiner Inserenten unterzujubeln: Rosenthal-Porzellan, Hummel-Figuren (eine zufällige Namensgleichheit), Haushaltsgeräte, einheimische Weine und Biere. Ich sollte für DM 25,– (gleich 7 $) jede Woche einen Artikel schreiben und Hummel würde die Fotos dazu liefern und den von ihm ins Deutsche übersetzten Text auf der gegenüberliegenden Seite bringen. Ich könne über alles schreiben, was mich interessiere, ohne Einschränkung. Natürlich ging ich auf seinen Vorschlag ein.

Zunächst schrieb ich über ›ungefährliche‹ Dinge – über Burgruinen, Weinmärkte, historische Gaststätten, über dies und jenes Authentische oder auch über unbeglaubigte Begebenheiten aus Heidelbergs Geschichte. Ich benutzte diesen Job dazu, mich zu informieren. Er bot mir die Gelegenheit, mich an Orten oder bei irgendwelchen Veranstaltungen umzusehen, die mir sonst entgangen wären. Zuweilen zog ich meine Artikel satirisch auf und machte mich über Veranstaltungen wie die Deutsch-Amerikanische Freundschaftswoche oder den Faschingsball in der Stadthalle lustig. Dann wieder besprach ich Kunstausstellungen und Opernaufführungen, ließ mich über Architektur und Musik aus oder erzählte etwas über historische Persönlichkeiten, die Heidelberg besucht hatten, wie Goethe und Mark Twain. Ich erfuhr allerlei Interessantes über die Stadt, schnappte eine ganze Menge Umgangsdeutsch auf, wurde mit der Zeit so eine Art von kleiner Lokalberühmtheit (sowohl bei den Heidelbergern wie bei den Army-Leuten) und wurde von den Heidelberger Restaurateuren, die lobend von mir erwähnt werden wollten, üppig bewirtet (inklusive Wein). Doch zwischen meinen sprühenden Artikeln über die Vorzüge von Heidelberg und meinen wahren Gefühlen Deutschland gegenüber bestand ein schreiendes Mißverhältnis. Nach und nach wurde ich mutiger und es gelang mir, wenn auch mit Mühe, meine Empfindungen und das, was ich schrieb, irgendwie zu koordinieren. Was ich anhand meiner Artikel für Hummels Blättchen lernte, war sozusagen eine Vorbereitung auf das ›richtige Schreiben‹, das ich später lernen sollte. Zunächst war ich gewitzt, oberflächlich und unehrlich. Nach und nach wurde ich, wie gesagt, mutiger. Nach und nach gab ich den Versuch auf, mich zu verstellen. Ich ließ die Masken Stück für Stück fallen: die ironische Maske, die Klugscheißer-Maske, die Maske der Pseudo-Welterfahrenheit, die Maske der Gleichgültigkeit.

Auf meiner Suche nach Spuren der Vergangenheit hatte ich die bis jetzt handfesteste Spur entdeckt – ein Nazi-Amphitheater, versteckt in dem hügeligen Gelände oberhalb der Stadt. Dorthin zu fahren, wurde für mich zur Manie. Es schien, als wolle kein Mensch in Heidelberg die Existenz dieser Anlage gelten lassen, und diese allgemeine Verleugnung verlieh dem Amphitheater einen zusätzlichen Reiz. Vielleicht existierte es auch wirklich nur in meinem Kopf. Immer und immer wieder kehrte ich dorthin zurück.

1934 oder 1935 vom Reichsarbeitsdienst errichtet (ich sah sie vor mir: blond, mit nacktem Oberkörper; sie türmen rötliche Sandsteinquader aus dem Neckartal aufeinander und singen dabei ›Deutschland, Deutschland über alles‹, während breithüftige rotbackige Rheintöchter Maßkrüge mit pißfarbenem Bier herbeischleppen), schmiegte sich das Freilichttheater in eine Schlucht des Heiligenberges, wo sich, wie es heißt, einst ein dem Wotan geweihtes Heiligtum befand. Um das Amphitheater zu erreichen, überquerte ich, von der Altstadt kommend, den Fluß, fuhr dann eine breite Straße hinunter, die zu den Vororten der Stadt führte, und, den Hinweisschildern zu der Ruine der St.-Michaels-Basilika folgend, weiter den Heiligenberg hinauf. Für das Freilichttheater als solches gab es – merkwürdig genug – keinerlei Hinweise. Die Straße schlängelte sich durch den Wald aufwärts, das Tageslicht sickerte spärlich durch die schwarzgrünen Föhren, und ich war Gretel in einem hustenden, prustenden Volkswagen, doch niemand ließ hinter mir Brotkrumen fallen. Wenn ich mich so hocharbeitete und an all die grausamen deutschen Märchen mit ihren verängstigten kleinen Mädchen und dunklen Wäldern dachte, blieb der Wagen meist im dritten Gang stehen. Da ich fürchtete, rückwärts den Berg hinunterzurollen, schaltete ich den zweiten Gang ein und der Wagen blieb nach kurzer Zeit erneut stehen. Schließlich mußte ich im ersten Gang weiterschleichen.

Auf dem Gipfel des Heiligenberges stand ein kleiner Turm aus rotem Sandstein, mit moosigen ausgetretenen Stufen, die sich zu einer Aussichtsplattform hinaufwanden. Ich erkletterte die glitschigen Stufen, um einen Blick auf das Panorama tief unter mir zu werfen: auf den glitzernden Fluß, die buntscheckigen Wälder, die rötliche, ungefüge Masse des Schlosses. Warum sparen die Chronisten des Dritten Reiches die Tatsache aus, daß Deutschland ein schönes Land ist? Ist das, vom moralischen Standpunkt aus gesehen, zu problematisch? Die Schönheit der Landschaft und die Häßlichkeit der Menschen? Sind wir der Ironie der Sache nicht gewachsen?

Ich stieg wieder hinunter und fuhr tiefer in den Wald hinein, vorbei an einem kleinen Lokal mit dem Namen ›Waldschenke‹, wo im Sommer dickärschige Bürger im Freien Bier tranken und im Winter in der Gaststube Glühwein. Dort mußte ich den Wagen stehenlassen und zu Fuß weiterklettern (raschelnde Blätter unter den Füßen, sich neigende Föhren über mir, die Sonne verdunkelt von Laubwerk). Da die Sitzreihen in die Flanke des Berges eingehauen waren, befand sich der Eingang oben. Plötzlich lag das Theater wie ein gähnender Riesenmund unter mir – Reihe um Reihe um Reihe steinerner Sitze, verunziert von Unkraut, Glasscherben, Präservativen und Bonbonpapieren. Ganz unten befand sich die weit in den Zuschauerraum hineinragende Bühne, flankiert von Flaggenmasten für das Hakenkreuz oder den Deutschen Adler, dazu zu beiden Seiten Auftrittsmöglichkeiten für Redner (umgeben von Leibwachen in Braunhemden).

Doch am verblüffendsten war die einmalige Lage und Anordnung des Ganzen: eine riesige, von Föhren gesäumte Mulde, eingebettet in die unirdische Stille dieses Märchenwaldes. Der Boden war heilig. Hier war Wotan verehrt worden, dann Christus und dann Hitler. Ich sprang die Sitzreihen hinunter, stand dann in der Mitte der verlassenen Bühne und rezitierte meine eigenen Gedichte für ein Publikum von Echos.

Eines Tages sagte ich Horst, daß ich über das Amphitheater schreiben wolle.

»Warum?« fragte er.

»Weil jeder so tut, als gäbe es das gar nicht.«

»Glauben Sie, daß das Grund genug ist?«

»Ja.«

Ich ging in die Heidelberger Stadtbibliothek und blätterte in den verschiedenen Handbüchern. Die meisten waren Schablone: leuchtendbunte Aufnahmen des Schlosses und alte Stiche mit den teigigen Gesichtern der pfälzischen Kurfürsten. Schließlich stieß ich auf ein Handbuch in Bibliothekseinband – englisch-deutsch, billiges

vergilbtes Papier, Schwarz-Weiß-Fotos, Frakturschrift –, erschienen 1937. Etwa alle zehn Seiten waren ein ganzer Absatz oder auch nur wenige Zeilen oder ein Foto mit braunem Klebestreifen überklebt. Diese braunen Rechtecke saßen so fest, daß man nicht einmal eine Ecke davon hätte zurückbiegen können. Doch ich wußte sofort, daß ich nicht ruhen würde, bis ich sie alle abgelöst und festgestellt hatte, was sich darunter verbarg.
Ich lieh mir das Buch aus (und dazu noch vier andere, damit der Bibliothekar nicht mißtrauisch wurde) und stürmte nach Hause, wo ich die inkriminierten Buchseiten über die Tülle eines dampfenden Wasserkessels hielt.
Es war höchst interessant zu sehen, was der Zensor zu zensieren für nötig gehalten hatte:

Eine Fotografie des Amphitheaters (damals *Thingstätte* genannt) in seiner ganzen Herrlichkeit: im Winde flatternde Fahnen, ein Meer von im Nazi-Gruß erhobenen Händen, Hunderte von kleinen Lichtflecken: arische Köpfe – oder vielleicht arische Hirne?
Einen Absatz, der das Amphitheater folgendermaßen beschrieb: Einer der Monumentalbauten des Dritten Reiches, ein gigantisches Freilichttheater, um Tausende von Volksgenossen in festlichen Feierstunden im Gemeinschaftserlebnis der Treuebekundung zum Vaterland inmitten einer erhabenen Natur zu vereinen.
Einen Absatz über die Autobahn Heidelberg–Frankfurt (heute ausgefahren und holprig): »... eine gigantische und monumentale Schöpfung des verheißungsvollen Neuen Zeitalters.«
Einen Absatz, in dem Deutschland wie folgt beschrieben wurde: »Die Nation, der die Vorsehung gewogen ist, führend in der Reihe der großen, mächtigen Nationen ...«
Ein Foto der alten Aula der Universität mit Hakenkreuzen in jedem gotischen Bogenzwickel ...
Ein Foto der Mensa mit Hakenkreuzen in jedem romanischen Bogenzwickel ...

Und so weiter und so weiter.
Ich war außer mir vor Zorn und moralischer Entrüstung. Ich setzte mich an meinen Schreibtisch und schrieb in wilder Hast einen wütenden Artikel über Aufrichtigkeit, Unaufrichtigkeit und die Allmacht der geschichtlichen Wahrheit. Ich forderte kategorisch Wahrheit, historische Wahrheit statt Schönfärberei, vor allem aber Aufrichtigkeit. Ich kochte vor Zorn und feuerte aus allen Rohren. Ich wies auf die anstößigen Überkleber hin, als Beispiel für all das, was im Leben und in der Kunst hassenswert ist – wie viktorianische Feigenblätter auf griechischen Skulpturen oder mit Kleidern aus dem 19. Jahrhundert übermalte erotische Fresken des Quattrocento. Ich wies auf Ruskin hin, der Turners Bilder von veneziani-

schen Bordellen verbrannt hatte, und darauf, wie Boswells Urenkel die anstößigen Stellen seiner Tagebücher zu unterdrücken suchten, und stellte das dem Versuch der Deutschen an die Seite, ihre eigene Geschichte zu leugnen. Welche Unterlassungssünde! Und wie sinnlos! Nichts Menschliches sollte geleugnet werden. Selbst wenn es unaussprechlich häßlich ist, können wir daraus lernen, nicht wahr? Oder? Doch das hätte ich zu der Zeit nie in Frage gestellt. Die Wahrheit – ich war da ganz sicher – würde uns frei machen.

Am nächsten Morgen haute ich mein Elaborat mit zwei Fingern in die Maschine und stürmte in die Stadt, um es Horst zu übergeben. Dann ging ich rasch wieder fort. Drei Stunden später rief er mich an.

»Wollen Sie wirklich, daß ich das übersetze?« fragte er.

»Ja.« Und in einem Zornesausbruch erinnerte ich ihn daran, daß er versprochen habe, mir nicht in meine Arbeit hineinzureden.

»Ich werde mein Wort halten«, sagte er, »aber Sie sind jung und Sie *verstehen* die Deutschen nicht, wirklich nicht.«

»Was wollen Sie damit sagen?«

»Die Deutschen *liebten* Hitler«, erwiderte er ruhig. »Wenn sie aufrichtig wären, so würde Ihnen das, was Sie dann zu hören bekämen, keineswegs zusagen. Aber sie sind nicht aufrichtig. Sie sind es seit fünfundzwanzig Jahren nicht. Sie haben nie um ihre im Krieg Gefallenen geweint und sie haben nie um Hitler geweint. Sie haben alles unter den Teppich gekehrt. Sogar sie selbst kennen ihre wirklichen Gefühle nicht. Wenn sie ehrlich wären, so wäre Ihnen ihre Ehrlichkeit noch mehr zuwider als ihre Heuchelei.«

Dann erzählte er mir, wie das war, in der Hitlerzeit als Kriegsberichterstatter zu arbeiten. Es war ein quasi-militärischer Status, und alle Nachrichten wurden von oben zensiert. Die Presseleute wußten eine Menge Dinge, die der Öffentlichkeit vorenthalten wurden, und hielten diese Dinge vorsätzlich geheim. Sie wußten Bescheid über die Todeslager und Deportationen. Sie wußten es, aber trotzdem stießen sie ins Propagandahorn.

»Aber wie brachten Sie das bloß fertig?« schrie ich.

»Was hätte ich denn anderes tun sollen?«

»Sie hätten Deutschland verlassen können, Sie hätten sich der Widerstandsbewegung anschließen können, Sie hätten ... Sie hätten ... Sie hätten *irgendwas* tun können!«

»Aber ich war kein Held und ich wollte nicht als Emigrant im Ausland leben. Ich war Journalist, das war mein Beruf.«

»Na und?«

»Ich will damit nur sagen, daß die meisten Menschen keine Helden

sind und daß die meisten Menschen nicht aufrichtig sind. Ich sage nicht, daß ich gut oder bewunderungswürdig bin. Ich sage bloß, daß ich bin wie die meisten Menschen.«
»Aber *warum?*« wimmerte ich.
»Weil es so ist«, sagte er. »Einen Grund gibt es nicht.«
Darauf gab es keine Antwort, das wußte auch Horst. Ich begann, mich zu fragen, ob ich wohl auch so sei wie die meisten Leute. Hätte ich mich heroischer verhalten als er? Ich dachte daran, wie lange es gedauert hatte, bis ich damit aufhörte, geistreiche Artikel über Burgruinen und zahme, gefällige Sonette über Sonnenuntergänge und über Vögel und Wasserspiele zu schreiben. Auch ohne Faschismus war ich unehrlich. Auch ohne Faschismus unterstand ich der Zensur, und zwar meiner eigenen. Ich verbot mir selber, über das zu schreiben, was mich wirklich bewegte: meine Aufgewühltheit, wenn ich an Deutschland dachte, das Unglück in meiner Ehe, meine Sexualphantasien, meine Kindheit, meine negative Einstellung meinen Eltern gegenüber. Auch ohne Faschismus war es verdammt schwierig, an die Ehrlichkeit ranzukommen. Auch ohne Faschismus hatte ich imaginäre Papierstreifen über gewisse Abschnitte meines Lebens geklebt und mich beharrlich geweigert, genau hinzusehen. Ich nahm mir vor, nicht selbstgerecht über Horst zu urteilen, bis ich nicht gelernt hatte, mir selbst gegenüber aufrichtig zu sein. Vielleicht waren unsere Unterlassungssünden nicht die gleichen, doch die innere Haltung war in beiden Fällen die gleiche. Bevor ich mit dem, was ich schrieb, keinen Beweis für meine Aufrichtigkeit liefern konnte – welches Recht hatte ich dann, über *seine* Unaufrichtigkeit zu wüten? Der Artikel wurde so gedruckt, wie ich ihn geschrieben hatte, und wurde von Horst auch gewissenhaft übersetzt. Ich dachte, die Stadt Heidelberg würde in Rauch aufgehen, doch Schriftsteller neigen dazu, die Wirkung ihrer Arbeit zu überschätzen. Nichts geschah. Ein paar von meinen Bekannten ließen ironische Bemerkungen darüber fallen, wie sehr ich doch dazu neige, mich übermäßig für die Dinge zu engagieren. Das war alles. Ich fragte mich, ob überhaupt jemand *Heidelberg Alt und Neu* las. Wahrscheinlich nicht. Meine Artikel glichen Briefen, die man während eines Poststreiks abschickt, oder einem geheimen Tagebuch. Mir war, als hätte ich die Weltgeschichte aufgesprengt, doch niemand zuckte auch nur mit der Wimper. Der ganze ›Sturm und Drang‹ wurde zur schweigenden Windstille. Es war fast so wie die Veröffentlichung von Gedichten.

Ein Bericht vom Kongreß der Träume oder der Leiber

Ich bin Isadora, Flieg mit mir.
– National Airlines

Dr. Goodlove führt den Vorsitz bei dem Meeting, das im feuchten Souterrain der Universität stattfindet. Hier, in diesem fensterlosen Raum mit den amphitheatralisch ansteigenden, ausgeleierten, hölzernen Klappsitzen befleißigt er sich (immer in demselben löcherigen Hemd) seines offiziellen englischen Gehabes, sorgfältig Silbe um Silbe (englisch) artikulierend, vor sich die (polyglotten) Zuhörer, die sich, ein wenig spärlich, auf die Sitzreihen verteilen.
Er sieht aus wie Christus beim Abendmahl. Zu seiner Rechten und Linken dunkelgekleidete Psychoanalytiker mit Schlips und Kragen. Ernsten Gesichts beugt er sich zum Mikrophon vor, saugt an seiner Pfeife und faßt den ersten Teil des Meetings – den wir versäumt haben – noch einmal zusammen. Sein nackter Fuß schwingt vor und zurück, während die ausgelatschte Sandale friedlich unter dem Tisch liegt.
Ich gebe Bennett zu verstehen, daß ich in der letzten Reihe sitzen möchte, in der Nähe der Tür – und so weit fort wie möglich von der Hitze, die Adrian ausstrahlt. Bennett wirft mir einen mißbilligenden Blick zu, der besagt, daß ihm das nicht paßt, marschiert nach vorne und läßt sich neben einer hennahaarigen Teilnehmerin aus Argentinien nieder.
Ich sitze in der letzten Reihe und starre Adrian an. Adrian starrt zurück. Er saugt an seiner Pfeife, als sauge er an mir. Das Haar fällt ihm in die Augen. Er streicht es zurück. Mein Haar fällt mir in die Augen. Ich streiche es zurück. Er nuckelt an seiner Pfeife. Ich nuckle in Gedanken an seinem Schwanz. Unsere Augen scheinen durch kleine Blitze miteinander verbunden zu sein – wie in einem Raumfahrt-Comic. Kleine Hitzewellen verbinden unsere Becken wie in einem Porno-Comic.
Oder sieht er mich vielleicht gar nicht an?
»... was bleibt, ist natürlich das Problem der äußeren Abhängigkeit des Patienten von seinem Analytiker«, sagt ein Psychotherapeut links von Adrian.
Adrian grinst mich an.
»... äußerste Abhängigkeit, die nur durch die Realitätsanpassung des Patienten abgeschwächt werden kann, was aber, wenn man die Kafkaische Atmosphäre des Instituts in Betracht zieht, wohl kaum ins Gewicht fällt ...«
Kafkaisch? Ich dachte immer, es hieße Kafkaesk.
Ich bin sicher der erste Fall einer Neunundzwanzigjährigen im Klimakterium. Ich habe Wallungen. Fliegende Hitze. Ich habe das Gefühl, daß mein Gesicht knallrot ist, mein Herzschlag rast wie der Motor eines Sportwagens, meine Wangen prickeln wie von tausend

winzigen Nadelstichen. Die untere Hälfte meines Körpers hat sich verflüssigt und tropft langsam auf den Boden. Es handelt sich längst nicht mehr um feuchte Höschen – ich schmelze dahin.
Ich greife nach meinem Notizblock und fange an zu kritzeln.
»Ich heiße Isadora Zelda White Stollerman Wing«, schreibe ich, »und ich wünschte, ich hieße Goodlove.«
Das streiche ich durch.
Dann schreibe ich:

Adrian Goodlove
Dr. Adrian Goodlove
Mrs. Adrian Goodlove
Isadora Wing-Goodlove
Isadora White-Goodlove
Isadora Goodlove
A. Goodlove
Mrs. A. Goodlove
Dame Isadora Goodlove
Isadora Wing-Goodlove, Member of the Order of the British Empire
Sir Adrian Goodlove
Isadora und Adrian Goodlove
wünschen Ihnen
ein frenetisches
~~Weihnachtsfest~~
~~Chanuka~~
~~Wintersonnenwende~~
Julfest.

Isadora White Wing und Adrian Goodlove
sind außer sich vor Freude,
die Geburt ihrer Tochter
Sigmunda Keats Whitewing-Goodlove
– ein Kind der Liebe –
bekanntzugeben.

Isadora und Adrian
bitten Sie zu einer *Housewarming-Party*
in ihre neue Bleibe
35 Flask Walk
Hampstead
London NW 3
Hasch, LSD usw.
für den eigenen Bedarf
sind mitzubringen.

Ich streiche das alles hastig durch und blättere um. Mit so einem Quatsch habe ich mich nicht mehr abgegeben, seit ich ein fünfzehnjähriges, bis über beide Ohren verliebtes Ding war.
Ich hatte gehofft, nach dem Meeting mit Adrian sprechen zu

können, doch Bennett zerrte mich mit sich, bevor es Adrian gelungen war, sich aus dem Gedränge rund um das Podium zu befreien. Wir bildeten bereits ein recht barockes Trio. Bennett spürte meine explosiven Gefühle und setzte alles daran, mich so rasch wie möglich fortzubekommen. Adrian spürte meine explosiven Gefühle und sah Bennett immer wieder an, um festzustellen, wieviel er wußte. Und mir kam es bereits so vor, als würden die beiden mich in zwei Teile reißen. Dafür konnten sie natürlich nichts. Sie symbolisierten lediglich den Kampf, der sich in mir abspielte. Bennetts rechtschaffene, zwanghafte, langweilige Beständigkeit stand für meine eigene Panik vor Veränderungen, für meine Angst vor dem Alleinsein, für mein Verlangen nach Sicherheit. Adrians bizarres Benehmen, seine Hinterntätschelei stand für den Teil von mir, den es vor allem nach zügelloser Ungebundenheit verlangte. Es war mir nie gelungen, diese beiden Teile meines Wesens miteinander zu versöhnen. Mir war nicht mehr gelungen, als den einen Teil (zeitweise) zu unterdrücken – auf Kosten des anderen. Die bürgerlichen Tugenden: Ehe, Sicherheit, Arbeit gehen vor Vergnügen, hatten mich nie zufriedengestellt. Ich war zu neugierig und abenteuerlustig, um mich nicht an diesen Beschränkungen wund zu scheuern. Doch ich litt auch an nächtlichen Angstanfällen, die sich bis zur Panik steigern konnten – ausgelöst durch die Tatsache, daß ich so allein war. Und so endete es immer damit, daß ich mit jemandem zusammenlebte – oder heiratete.
Doch abgesehen davon glaubte ich wirklich, daß eine dauerhafte, innige Beziehung zu *einem* Menschen das Erstrebenswerte sei. Es entging mir keineswegs, daß es *à la longue* zu nichts führte, von einem Bett ins andere zu hüpfen und eine Menge seichter Affären mit einer Menge seichter Leute zu haben. Ich hatte die unaussprechlich trostlose Erfahrung gemacht, neben einem Mann aufzuwachen, mit dem ich unmöglich auch nur ein Wort hätte wechseln können – und das war schließlich auch kein sehr befreiendes Gefühl. Leider gab es wohl keinen Weg, die Vorzüge der Ungebundenheit mit denen der Dauerhaftigkeit in *einem* Leben zu vereinen. Die Tatsache, daß schon klügere Köpfe als ich über dieses Problem nachgegrübelt hatten, ohne eine schlüssige Antwort darauf zu finden, tröstete mich auch nicht sonderlich; es gab mir lediglich das Gefühl, daß meine Sorgen banal und alltäglich waren. Wenn ich wirklich etwas Besonderes wäre, dachte ich, würde ich mir nicht stundenlang den Kopf über Ehe und Ehebruch zerbrechen. Ich würde losziehen und das Leben mit beiden Händen packen und, was immer ich täte, weder Reue noch Schuldgefühl empfinden. Daß ich

mich mit diesen alten Hüten herumschlug, bewies mir nur, wie durchschnittlich ich war.

Am Abend begannen die vorgesehenen Festivitäten mit einem ›geselligen Beisammensein‹ aller Kongreßteilnehmer in einem Lokal in Grinzing. Es war eine höchst unelegante Angelegenheit. Große phallische Knackwürste mit Sauerkraut bildeten das Freudsche Hauptgericht. Zur Unterhaltung sangen die Wiener Studenten der Psychiatrie – die Gastgeber – unter anderem ›*When the Analysts Come Marching in* ...‹ (zur Melodie von ›*When the Saints*...‹). Der Text schien englisch zu sein – oder doch zumindest eine Sprache, von der ein Wiener Student annehmen könnte, es sei Englisch.
Alle lachten und applaudierten heftig, während ich dabei saß wie Gulliver unter den Yahoos. Ich runzelte die Stirn und dachte an das Ende der Welt. Wir würden allesamt in einer nuklearen Hölle untergehen, während diese Clowns hier saßen und ihre Psychoanalytiker ansangen. Trostlos. Adrian sah ich nirgends.
Bennett sprach mit jemand vom Londoner Institut über die Ausbildung von Psychoanalytikern, und schließlich stürzte ich mich in eine Unterhaltung mit meinem Gegenüber, einem chilenischen Analytiker, der in London studierte. Als er sagte, er sei aus Chile, fiel mir dazu bloß Neruda ein. Also unterhielten wir uns über Neruda. Ich steigerte mich in einen meiner hektischen Rede-Paroxysmen hinein und sagte ihm, was für ein Glück er habe, Südamerikaner zu sein, in einer Zeit, in der die größten lebenden Schriftsteller alle Südamerikaner seien. Ich dachte, was für eine gräßliche Angeberin ich doch wäre, doch er schien erfreut. Als hätte ich *ihm* ein Kompliment gemacht. Auf diesem absurden literarisch-chauvinistischen Gleis lief die Unterhaltung weiter. Wir sprachen über den Surrealismus und seine Beziehung zur südamerikanischen Politik – worüber ich weniger als nichts wußte. Doch im Surrealismus kannte ich mich aus. Er ist sozusagen mein Leben.
Als ich gerade etwas über Borges und seine *Labyrinthe* hervorsprudelte, tippte Adrian mir auf die Schulter. Wenn man vom Minotaurus spricht ... Dort stand er, dicht hinter mir – von Kopf bis Fuß gehörnt. Mein Herz machte einen Sprung – bis hinauf in die Nase. Ob ich tanzen wolle? Natürlich wollte ich tanzen, und nicht nur das.
»Ich hab Sie den ganzen Nachmittag gesucht«, sagte er. »Wo haben Sie gesteckt?«

»Bei meinem Mann.«
»Er sieht ziemlich angeschlagen aus, wie? Womit haben Sie ihn unglücklich gemacht?«
»Mit Ihnen, nehme ich an.«
»Vorsicht«, sagte er. »Lassen Sie nicht die Eifersucht ihr grauses Haupt erheben.«
»Das ist schon geschehen.«
Wir sprachen miteinander, als wären wir bereits ein Liebespaar, und in gewissem Sinne waren wir das auch. Wenn der Vorsatz so schwer wiegt wie die Tat, war das Urteil schon gefällt – wie bei Paolo und Francesca. Aber wo hätten wir hingehen sollen? Außerdem gab es keine Möglichkeit, sich zu verdrücken, fort von den Leuten, die uns beobachteten. Also tanzten wir.
»Ich tanze nicht besonders gut«, sagte er.
Das stimmte. Doch er machte es dadurch wett, daß er lächelte wie Pan. Er scharrte mit seinen kleinen gespaltenen Hufen. Ich lachte – eine Spur zu schrill.
»Tanzen ist wie ficken«, sagte ich, »es kommt nicht darauf an, wie es aussieht – Hauptsache, wie einem dabei ist.« Einfach toll, wie ich mir kein Blatt vor den Mund nahm! Und wozu diese Show einer weltgewandten Dame?
Ich schloß die Augen und überließ mich wollüstig dem Rhythmus. Ich wand mich wie eine Schlange, ließ mein Becken kreisen und stieß es immer wieder gegen das seine. Irgendwann, in den längst vergangenen Tagen des Twist, war mir plötzlich aufgegangen, daß *niemand* wußte, wie das eigentlich geht – also wozu Hemmungen? *Chuzpe* ist alles – sowohl beim Gesellschaftstanz wie im gesellschaftlichen Leben. Von da an wurde ich eine ›gute Tänzerin‹ – oder das Tanzen machte mir zumindest Spaß. Es war wirklich wie ficken: Rhythmus und Schweiß.
Adrian tanzte auch die nächsten fünf oder sechs Tänze mit mir, bis wir – total erschöpft und tropfnaß – soweit gewesen wären, miteinander ins Bett zu fallen. Dann tanzte ich mit einem der österreichischen Teilnehmer – um den Anschein zu wahren, was ohnehin immer schwieriger wurde. Und dann tanzte ich mit Bennett, der ein fabelhafter Tänzer ist. Ich genoß es, daß Adrian mir zusah, während ich mit meinem Mann tanzte. Bennett tanzte um so vieles besser als Adrian, und er tat es genau mit der Eleganz und Grazie, die Adrian abging. Wenn Adrian beim Tanzen ein hoffnungsloser Oldtimer war, so war Bennett ein stromliniger Jaguar XKE. Und Bennett war so verdammt *lieb* zu mir. Seit Adrian auf der Bildfläche erschienen war, war Bennett wieder so galant und dazu unablässig um mich

bemüht. Er machte mir von neuem den Hof. Das gestaltete das Ganze *noch* viel schwieriger. Wenn er doch bloß ein Ekel gewesen wäre, wie einer von diesen Ehemännern in Romanen – gemein und tyrannisch, ein Mann, der es *verdient*, daß man ihm Hörner aufsetzt! Statt dessen war er einfach entzückend. Und das Teuflische daran war, daß das meine Begierde nach Adrian um keinen Deut verringerte.

Meine Begierde hatte wahrscheinlich mit Bennett gar nichts zu tun. Warum mußte es immer ›entweder – oder‹ sein? Ich wollte sie einfach beide haben. Die *Wahl* war das Unmögliche.

Adrian brachte uns in seinem Wagen ins Hotel zurück. Während der Fahrt, die gewundene, abfallende, von Grinzing stadteinwärts führende Straße hinunter, sprach er über seine Kinder – zehn oder zwölf Jahre alt – die poetischerweise Anaïs und Nikolai hießen und bei ihm lebten. Die anderen beiden, Mädchen, und zwar Zwillinge, deren Namen er nicht nannte, lebten bei ihrer Mutter in Liverpool.

»Es ist arg für meine zwei, daß sie keine Mutter haben«, sagte er, »aber andererseits bin ich ihnen eine ganz gute Mama. Ich koche sogar recht gern. Mein Curry-Reis ist nicht von schlechten Eltern.«

Daß er so stolz darauf war, eine gute Hausfrau zu sein, entzückte und amüsierte mich. Ich saß in Adrians *Triumph* vorne auf dem Beifahrersitz, Bennett auf dem Notsitz hinter uns. Wenn er doch bloß verschwinden, sich auflösen, aus dem offenen Sportwagen hinausschweben und sich im Wald verlieren würde. Und natürlich haßte ich mich auch dafür, *daß* ich das wünschte. Warum bloß war alles so kompliziert? Warum konnten wir nicht freundschaftlich und offen darüber reden. »Du nimmst es mir doch nicht übel, Schatz, aber ich muß jetzt mit diesem schönen Fremden vögeln.« Warum konnte es nicht einfach und aufrichtig und ohne tierischen Ernst vor sich gehen? Warum mußte man sein ganzes Leben aufs Spiel setzen – für einen lumpigen Spontanfick.

Am Hotel angekommen, sagten wir einander Aufwiedersehen. Welche Heuchelei, mit einem Mann aufs Zimmer zu gehen, mit dem man *nicht* ficken möchte, und den, mit dem man möchte, allein und einsam zurückzulassen, und sich dann, im Zustand großer Erregung, von *dem* ficken zu lassen, mit dem man *nicht* ficken möchte, und sich dabei vorzustellen, er sei derjenige, mit dem man möchte. Das nennt man eheliche Treue. Das nennt man Monogamie. Das nennt man das Unbehagen in der Kultur.

Am nächsten Abend fand die offizielle Eröffnung des Kongresses statt, der, im Dämmerlicht des scheidenden Tages, ein Cocktail-Empfang im großen Innenhof der Hofburg – einem der Wiener Paläste aus dem 18. Jahrhundert – voranging. Das Palais war innen renoviert worden, so daß die für die Öffentlichkeit bestimmten Räume den ganzen herkömmlichen Charme amerikanischer Motel-Restaurants aufwiesen, doch im Innenhof waberten noch die Nebel des 18. Jahrhunderts.

Wir erschienen zur blauen Stunde – acht Uhr abends spät im Juli. Lange Tische säumten den Innenhof. Kellner, Tabletts mit Champagnergläsern (die leider, wie sich herausstellte, süßlichen deutschen Sekt enthielten) über ihren Köpfen balancierend, wanden sich durch die Menge. Selbst die Psychoanalytiker glitzerten in der violetten Dämmerung. Rose Schwamm-Lipkin trug einen rosafarbenen, perlenbestickten Abendpulli aus Hongkong, dazu einen roten Seidenrock und ihre schicksten orthopädischen Sandalen. Judy Rose glitt in einem BH-losen hautengen Hosenanzug aus Silberlamé an uns vorüber. Sogar Dr. Schrift trug eine weinrote samtene Smokingjacke und dazu eine riesige azaleenfarbene Frackschleife aus Seide. Und Dr. Frommer war in Frack und Zylinder erschienen.

Bennett und ich schoben uns durch die Menge, auf der Suche nach jemand, den wir kannten. Wir wanderten ziellos umher, bis einer der Kellner uns zuvorkommend sein Tablett mit Champagnergläsern hinhielt und uns etwas zu tun gab. Ich trank schnell und hastig, in der Hoffnung, in Windeseile betrunken zu sein – was mir meistens mühelos gelingt. Nach etwa zehn Minuten schwebte ich durch purpurnen Nebel dahin; in den Augenwinkeln sah ich Sektperlen spielen. Ich tat, als sei ich auf der Suche nach der Damentoilette (während ich in Wirklichkeit natürlich auf der Suche nach Adrian war). Ich fand Tausende von ihm; sie erstreckten sich in der langen barocken Spiegelgalerie (in deren Nähe sich die Damentoilette befand) bis ins Unendliche.

Er schimmerte in all den Spiegeln. Eine unendliche Anzahl von Adrians in beigefarbenen Cordhosen und pflaumenfarbenen Rollkragenpullovern und braunen Wildlederjacken. Eine unendliche Anzahl schmutziger Zehennägel in unzähligen indischen Sandalen. Eine unendliche Anzahl von Meerschaumpfeifen zwischen ebenso vielen makellos geschwungenen Lippen. Meine Traumnummer? Mein Mann unter dem Bett! Vervielfältigt wie die Liebenden in *Letztes Jahr in Marienbad.* Vervielfältigt wie Andy Warhols Selbstporträts, wie die tausendundein Buddhas im Tempel von Kioto. (Jeder Buddha hat sechs Arme, jeder Arm hat ein eigenes

Auge … wie viel Schwänze hatten wohl diese Millionen von Adrians? Und war jeder Schwanz ein Symbol für die unendliche Weisheit und das unendliche Erbarmen Gottes?)

»Hallo, Schätzchen«, sagt er, sich nach mir umwendend.

»Ich hab was für Sie«, sagte ich und überreichte ihm das Buch mit Widmung, das ich den ganzen Tag mit mir herumgetragen habe. Die Ränder der Seiten werden schon unansehnlich von meinen feuchten Handflächen.

»Wie süß von dir!« Er nimmt das Buch. Arm in Arm gehen wir durch die Spiegelgalerie. »*Galeotto fu il libro e chi lo scrisse*«, wie mein alter Kumpel Dante gesagt hätte. Die Gedichte hurten um Liebe, wie ihre Autorin. Das Buch meines Leibes war aufgeschlagen und der zweite Kreis der Hölle nicht fern.

»Weißt du«, sage ich, »wir werden uns wahrscheinlich nie wiedersehen.«

»Vielleicht tun wir es deshalb?« sagt er.

Wir gehen hinaus und in einen anderen Innenhof, der jetzt hauptsächlich als Parkplatz dient. Inmitten dunkler Schatten von Opels, Volkswagen und Peugeots umarmen wir einander. Mund an Mund und Leib an Leib. Sein Kuß ist zweifellos der nasseste Kuß in der Geschichte der Menschheit. Seine Zunge ist überall, wie das Weltmeer. Wir segeln davon. Sein Penis (der sich in seiner Cordhose aufbäumt) ist der hochaufragende rote Schornstein eines Ozeandampfers. Und ich streiche an ihm entlang, ächzend und stöhnend wie der Meereswind. Und ich sage all die törichten Dinge, die man sagt, wenn man sich auf einem Parkplalz abknutscht und versucht, ein Verlangen, eine Sehnsucht in Worte zu fassen, die nicht in Worte zu fassen ist – außer vielleicht im Gedicht. Und alles klingt so lahm. Ich liebe deinen Mund. Ich liebe dein Haar. Ich liebe deine Ohren. Ich muß dich haben. Ich muß dich haben. Alles, um nicht zu sagen: Ich liebe dich. Denn das hier ist fast zu schön, um Liebe zu sein. Zu prickelnd und köstlich für etwas so Ernsthaftes und Nüchternes wie Liebe. Mein ganzer Mund hat sich verflüssigt. Sein Mund schmeckt köstlicher, als die Brustwarze einem Baby schmeckt. (Und komm mir jetzt nicht mit deinen psychiatrischen Interpretationen, Bennett, ich schlag sofort zurück. Infantil. Regressiv. Zutiefst inzestuös. Zweifellos. Doch ich gäbe mein Leben dafür, wenn ich ihn nur immer weiter so küssen könnte, und wie willst du *das* analysieren?) Inzwischen hat er beide Hände in meinen Hintern geschlagen. Mein Buch hat er auf dem Kotflügel eines Volkswagens abgelegt und dafür meinen Hintern gepackt. Schreibe ich denn nicht deswegen? Um geliebt zu werden?

Ich weiß es nicht mehr. Ich weiß nicht einmal mehr, wie ich heiße.
»Ich kenne keinen Arsch wie deinen«, sagt er. Und das macht mich glücklicher, als wenn ich soeben den *National Book Award* verliehen gekommen hätte. Den *National Arsch Award* – den will ich haben! Den transatlantischen Arschpreis 1971.
»Ich komme mir vor wie Mrs. Amerika auf dem Kongreß der Träume«, sage ich.
»Du *bist* Mrs. Amerika auf dem Kongreß der Träume«, sagt er, »und ich will dich lieben, so intensiv ich kann, und dann verschwinden.« Gewarnt ist gewappnet, heißt es. Doch wer achtet schon darauf? Alles, was ich hörte, war das dumpfe Hämmern meines Herzens.

Der Rest des Abends war ein Traum aus Spiegelbildern und Sektkelchen und angetrunkenem Psychiatrie-Geschwätz. Wir gingen durch die Spiegelgalerie zurück zur Gesellschaft. Wir waren so erregt, daß wir uns kaum die Mühe machten, eine neue Verabredung zu treffen. Ich sah Bennett. Die rothaarige Argentinierin hatte ihn untergehakt, und er lächelte sie an. Ich trank noch ein Glas Sekt und machte mit Adrian einen Rundgang. Er stellte mich allen anwesenden Analytikern aus London vor und schwatzte eine Menge Zeug über meinen bis dato noch ungeschriebenen Artikel. Ob sie bereit wären, sich von mir interviewen zu lassen? Ob sie sich für meine journalistische Arbeit interessierten? Und die ganze Zeit lag sein Arm um meine Taille und seine Hand hin und wieder auf meinem Hintern. Sehr diskret benahmen wir uns nicht gerade. Jeder konnte es mitkriegen. Sein Analytiker. Mein Ex-Analytiker. Der Analytiker seines Sohnes. Der Analytiker seiner Tochter. Der frühere Analytiker meines Mannes. Mein Mann.
»Die Frau Gemahlin?« fragte einer der älteren Herren aus London.
»Nein«, erwiderte Adrian, »aber ich wünschte, sie wäre es. Wenn ich ganz großes Glück habe, wird sie es vielleicht noch.«
Ich schwebte dahin. In meinem Kopf summte es von Sekt und Heiratsgesprächen. Meine Gedanken kreisten um die Vorstellung, New York, diesem öden Kuhdorf, den Rücken zu kehren, und statt dessen in *swinging* London zu leben. Ich war nicht mehr recht bei Sinnen. »Sie ist mit irgendeinem Engländer durchgegangen«, hörte ich meine New Yorker Freundinnen sagen, nicht ohne Neid. Alle haben sie lauter Klötze am Bein: Kinder und Babysitter-Sorgen und Weiterbildungskurse und Lehrstellen und psychiatrische Behandlung und Patienten. Und ich flog auf meinem geklauten Besenstiel

durch die purpurnen Wolken von Wien. Ich war diejenige, die ihre Phantasien für sie zu Papier bringen mußte. Ich war diejenige, die ihnen immer komische Geschichten über meine verflossenen Liebhaber erzählte, diejenige, die sie nach außenhin beneideten und über die sie im stillen lachten. Ich sah im Geiste den Bericht über die Ereignisse in *Class News* vor mir:

Isadora White Wing und ihr neuer Mann, Dr. Adrian Goodlove, leben in London in der Nähe von Hampstead Heath – nicht zu verwechseln mit Heathcliff (dies für die Mathe-Studenten unter euch). Isadora würde zu gern gelegentlich etwas von ihren früheren Kommilitoninnen, die sich gegebenenfalls im Ausland aufhalten, hören. Sie arbeitet eifrig an einem Roman und wird demnächst auch einen neuen Gedichtband veröffentlichen. Im Augenblick nimmt sie am Internationalen Psychoanalytiker-Kongreß in Wien teil, wo sie ...

Alle meine Phantasien drehten sich um Heirat. Kaum war ich im Geist dabei, dem einen Mann davonzulaufen, da sah ich mich bereits an einen anderen gebunden. Ich war wie ein Schiff, das immer einen Anlaufhafen braucht. Ich konnte mir mich selbst ohne Mann einfach nicht vorstellen. Ohne Mann kam ich mir vor wie ein Hund ohne Herr, wurzellos, gesichtslos, konturlos.

Aber was war denn eigentlich an der Ehe so großartig? Ich war ja nun bereits zum zweiten Male verheiratet. Es hatte seine guten, aber auch seine schlechten Seiten. Die sogenannten Vorzüge der Ehe standen zumeist unter negativem Vorzeichen. Unverheiratet in einer Männerwelt zu leben, bedeutete eine solche Mühsal, daß *alles* andere besser sein mußte als das. Die Ehe *war* besser. Aber nicht viel. Ziemlich raffiniert, wie die Männer ledigen Frauen das Leben so unerträglich zu machen gewußt haben, daß die meisten mit Freuden sogar eine schlechte Ehe vorziehen würden. Fast alles bedeutete eine Verbesserung, verglichen mit der Strampelei, sich mit einem schlecht bezahlten Job durchschlagen zu müssen und sich in seiner Freizeit unattraktive Männer vom Leibe zu halten, während man verzweifelt bemüht ist, sich einen attraktiven zu angeln. Obwohl ich nicht daran zweifle, daß ledig zu sein für einen Mann die gleiche Einsamkeit bedeutet, so fällt bei ihm immerhin die zusätzliche Erschwerung der Lebensgefahr fort, die das Alleinsein für eine Frau darstellt, und es hat nicht automatisch Armut und unweigerlich den Status eines sozialen Parias zur Folge.

Würden die meisten Frauen überhaupt heiraten, wenn sie wüßten, was ihnen blüht? Ich denke an die jungen Frauen, die ihren Männern folgen, wohin der Beruf ihre Männer auch führt, und wie sie sich unversehens weit entfernt von ihren Freunden und Angehörigen wiederfinden. Ich sehe sie in Orten leben, wo sie keine Arbeit finden, wo sie die Sprache nicht sprechen. Ich sehe sie aus lauter Einsamkeit und Langerweile Kinder in die Welt setzen, ohne zu wissen, warum. Ich denke an ihre Männer, immer gehetzt und müde von der Jagd nach dem Geld. Ich denke daran, wie sie einander nach der Hochzeit seltener sehen als zuvor. Ich denke daran, wie sie abends ins Bett fallen, zu erschöpft zum Vögeln. Ich denke daran, wie sie sich schon im ersten Ehejahr fremder gegenüberstehen, als sie es, bevor sie einander heirateten, bei zwei Menschen auch nur für möglich gehalten hätten. Und dann denke ich an die beginnenden Wunschträume. Er schielt nach den vierzehnjährigen Lolitas im Bikini. Sie ist scharf auf den Fernsehmonteur. Das Baby wird krank, und sie treibt es mit dem Kinderarzt. Er vögelt seine masochistische kleine Sekretärin, die *Cosmopolitan* liest und sich für ein tolles Weib hält. Nicht: Wann begann alles schief zu laufen? Sondern: Wann war jemals alles in Ordnung?

Ein trübes Bild. Nicht alle Ehen sind so. Ich denke da an die Ehe, von der ich in meiner idealistischen Pubertät träumte (als ich glaubte, daß Beatrice und Sidney Webb sowie Virginia und Leonard Woolf eine vollkommene Ehe führten). Was wußte ich schon? ›Vollkommene Übereinstimmung‹, ›Kameradschaft‹, ›Gleichheit‹ – das war es, was ich von der Ehe verlangte. Wußte ich etwas davon, wie Männer sich hinter ihrer Zeitung verschanzen, während man den Tisch abräumt? Wie sie tun, als hätten sie zwei linke Hände, wenn man sie bittet, einen Saft-Cocktail zu mixen? Und wie sie, wenn sie Freunde mitbringen, von einem erwarten, daß man die Herren von vorn und hinten bedient, und sich andererseits das Recht herausnehmen, zu schmollen und sich zurückzuziehen, sobald man selbst einmal jemanden mitbringt? Welches idealistische, heranwachsende junge Mädchen könnte sich das alles wohl vorstellen, während es Shaw und Virginia Woolf und Beatrice und Sidney Webb liest?

Ich kenne einige gute Ehen. Meistens sind es zweite Ehen. Ehen, in denen beide Partner dem ›Ich-Tarzan‹-›Du-Jane‹-Schwachsinn entwachsen sind und ihr Bestes tun, den Alltag zu bewältigen, indem sie einander helfen, einander mit Rücksicht und Güte begegnen, den täglich anfallenden häuslichen Kleinkram ohne Murren erledigen, ohne sich allzu viele Gedanken darüber zu machen, wer was tut. Manche Männer erreichen diesen wunderbar lässigen Gemütszustand um die vierzig herum, oder nach ein paar Scheidungen. Vielleicht sind diejenigen Ehen die besten, in denen die Partner im mittleren Alter stehen. Wenn all der Unsinn wegfällt und man begreift, daß man einander lieben *muß*, da man eines Tages doch sterben wird.

Wir waren alle blau (ich dunkelblau), als wir uns in Adrians grünen *Triumph* quetschten und losfuhren, in irgendein Nachtlokal. Wir waren zu fünft: Bennett, Marie Winkleman (eine vollbusige Studiengenossin von mir, inzwischen Psychologin, die Bennett auf dem Fest aufgerissen hatte), Adrian (der uns fuhr, wenn man es so nennen kann), ich (mit zurückgelegtem Kopf, wie die erste Isadora nach ihrer Strangulation) und Robin Phipps-Smith (ein farbloser, krausköpfiger englischer Doktorand mit einem deutschen Brillengestell, der ununterbrochen davon redete, wie sehr er ›Ronnie‹ Laing verabscheue – was ihn Bennett teuer machte). Adrian dagegen war ein Laing-Anhänger; er hatte bei ihm studiert und konnte seinen schottischen Akzent wunderbar nachahmen – allerdings wußte ich damals noch nicht, wie Laing sprach.

Wir zickzackten durch die Straßen von Wien, über Kopfsteinpflaster und Straßenbahngeleise, und überquerten die schöne, schmutzigbraune Donau.

Wie die Diskothek hieß oder die Straße oder sonstwas, weiß ich nicht mehr. Ich habe Zustände, in denen ich meine Umgebung nicht mehr zur Kenntnis nehme, ausgenommen die Männer darin und die Vibrationen, die sie in meinen verschiedenen Körperteilen (Herz, Bauch, Brustwarzen, Möse) auslösen. Das Lokal flirrte von Silber. Chromfarbene Tapeten. Grellweißes Licht. Überall Spiegel. Gläserne Tische auf Gestellen aus Chrom. Mit weißem Leder bezogene Stühle. Ohrenbetäubende Rock-Musik. Nennen Sie das Beisl, wie Sie wollen: *The Mirrored Room, The Seventh Circle, The Silvermine, The Glass Balloon.* Ich weiß nur noch, daß es ein englischer Name war. Sehr schick und ebenso leicht zu vergessen.

Bennett, Marie und Robin sagten, sie wollten sich an einen Tisch setzen und Drinks bestellen. Adrian und ich begannen zu tanzen; unsere trunkenen Windungen wiederholten sich in den endlosen Spiegeln. Schließlich suchten wir uns einen toten Winkel zwischen zwei Spiegeln, wo wir uns küssen konnten, beobachtet einzig und allein von uns selbst in zahllosen Exemplaren. Ich hatte das deutliche Gefühl, meinen eigenen Mund zu küssen – wie damals, als ich, mit neun Jahren, mein Kopfkissen mit Speichel befeuchtete und die Stelle dann küßte, um eine Vorstellung davon zu bekommen, wie ein ›Zungenkuß‹ wohl schmecke.

Als wir uns auf die Suche nach dem Tisch mit Bennett und den anderen machten, befanden wir uns unversehens in einem Irrgar-

ten von ineinander übergehenden Nischen und abgeteilten Sitzekken. Immer wieder traten wir uns selbst entgegen. Wie in einem Traum gehörte keines der Gesichter an den Tischen jemandem, den wir kannten. Wir suchten und suchten, in zunehmender Panik. Mir war, als sei ich in eine Spiegelwelt versetzt, wo ich, wie die *Rote Königin,* laufen und laufen mußte, bis sich herausstellte, daß ich rückwärts lief. Und nirgends eine Spur von Bennett.
Blitzartig ging mir auf, daß er Marie nach Hause gebracht hatte, um mit ihr ins Bett zu gehen. Entsetzen überfiel mich. *Ich* hatte ihn soweit gebracht. Das war das Ende. Ich würde den Rest meines einsamen Lebens ohne Mann, ohne Kinder, ohne menschliche Anteilnahme zubringen.
»Gehn wir«, sagte Adrian. »Sie sind nirgends zu sehen. Sicher sind sie fortgegangen.«
»Vielleicht konnten sie keinen freien Tisch finden und warten draußen auf uns.«
»Schon möglich«, sagte er.
Doch ich kannte die Wahrheit. Bennett hatte mich verlassen. Für immer. Jetzt, in diesem Augenblick, umfaßte er mit beiden Händen Maries gewaltigen kellerbleichen Arsch und vögelte ihr Freudsches Gemüt.
Während meines ersten Trips nach Washington, mit zehn Jahren, bin ich meinen Angehörigen abhanden gekommen, während wir das FBI-Gebäude besichtigten. Ausgerechnet dort habe ich mich verirrt. Abteilung vermißte Personen. Fahndung veranlassen.
Die McCarthy-Ära war auf ihrem Höhepunkt, und ein FBI-Mann mit verkniffenem Mund erklärte den Anwesenden ausführlich, wie man am besten Kommunisten fängt. Ich lungerte vor einer Glasvitrine herum und war vertieft in den Anblick der darin ausgestellten Fingerabdrücke, als die ganze Gesellschaft um eine Ecke bog und verschwunden war. Ich wanderte umher, betrachtete mein Spiegelbild im Glas der Vitrine und versuchte, meine Angst zu bezwingen. Sie würden mich nie wiederfinden. Die Fingerabdrücke eines behandschuhten Verbrechers waren leichter aufzuspüren als ich. FBI-Beamte mit Bürstenhaarschnitt würden mich auf teuflische Weise verhören, bis ich gestand, daß meine Eltern Kommunisten seien (sie waren tatsächlich irgendwann Kommunisten gewesen), und wir alle würden unsere Tage wie die Rosenbergs beenden, in unseren feuchten Zellen *God Bless America* singen und daran denken, wie es wohl sei, auf dem elektrischen Stuhl zu sterben.
Und dann begann ich zu brüllen. Ich brüllte so lange, bis die ganze Gesellschaft zurückgerannt kam und mich dort fand – in einem Saal

mit lauter Hilfsmitteln zur Spurensicherung. Aber jetzt konnte ich nicht brüllen. Und außerdem war die Musik so laut, daß niemand mich gehört hätte. Plötzlich begehrte ich Bennett so heftig, wie ich vor wenigen Minuten Adrian begehrt hatte. Und Bennett war fort. Wir gingen hinaus und stiegen in Adrians Wagen.

Auf dem Weg zu seiner Pension geschah etwas Sonderbares. Oder, besser gesagt: es geschah zehnmal etwas Sonderbares. Wir verfuhren uns zehnmal. Und jedes Mal war einzig in seiner Art – nicht, daß wir etwa immerzu in die Runde gefahren wären. Und nun, da wir einander bis in alle Ewigkeit auf dem Halse hatten, schien das Bett im Augenblick an Dringlichkeit verloren zu haben.

»Ich habe nicht vor, dir von all den anderen Männern zu erzählen, mit denen ich im Bett war«, sagte ich. Ich kam mir recht kühn vor.

»Das ist recht«, sagte er und tätschelte mein Knie. Statt dessen fing er an, mir von all den Frauen zu erzählen, die *er* aufs Kreuz gelegt hatte. Das hatte ich nun davon.

Zunächst mal war da May Pei, die junge Chinesin, an die Bennett ihn erinnerte.

»May Pei – erst HI-FI und dann *bye-bye.*«

»Sehr witzig.«

»Witzig oder nicht – wie ging es denn aus?«

»Ich hab schwer dafür büßen müssen. Ich habe noch Jahre daran geknabbert.«

»Du meinst, nachdem Schluß war, hast du immer noch an ihr geknabbert? Nicht schlecht. Der Spukfick. Den könntest du dir patentieren lassen. Leute von historischen Berühmtheiten ficken lassen: von Napoleon, Karl II., Ludwig XIV. ... so ähnlich, wie Dr. Faustus die schöne Helena fickt ...« Ich alberte zu gern mit ihm herum.

»Halt den Mund, Votze – laß mich zu Ende erzählen, von May ...« und dann, während die Bremsen aufkreischten, drehte er sich zu mir: »Mein Gott, bist du schön ...«

»Sieh vor dich, auf die Straße, du Spinner«, sagte ich – verzückt.

Meine Gespräche mit Adrian klangen immer wie Zitate aus *Alice hinter den Spiegeln.* Etwa so:

Ich: »Wir scheinen immerzu im Kreise zu fahren.«

Adrian: »Darum geht es ja gerade.«

Ich: »Würdest du bitte meine Aktentasche tragen?«

Adrian: »Wenn du mir versprichst, daß du vorläufig nichts für mich trägst.«

Oder:

Ich: »Ich hab' mich hauptsächlich deswegen von meinem ersten Mann scheiden lassen, weil er verrückt war.«
Adrian (seine Laingschen Brauen runzelnd): »Aber das scheint mir ein guter Grund zu sein, jemanden zu *heiraten*, nicht, sich von ihm scheiden zu lassen.«
Ich: »Aber er sah jeden Abend fern.«
Adrian: »Ach so ... *dann* versteh ich gut, daß du geschieden bist.«

Wieso hatte May Pei Adrians Leben durcheinandergebracht?
»Sie ließ mich sitzen und ging zurück nach Singapur. Sie hatte ein Kind dort, das lebte bei seinem Vater, und das Kind hatte einen Autounfall gehabt. Sie *mußte* wohl zurück, aber sie hätte wenigstens schreiben können. Monatelang bin ich herumgegangen und hatte das Gefühl, daß es nur noch Roboter auf der Welt gibt. So deprimiert wie damals war ich nie. Das Aas heiratete dann zum Schluß den Kinderarzt, der das Kind behandelte – irgend so 'n amerikanisches Rindvieh.«
»Und warum bist du ihr nicht nachgereist, wenn sie dir so viel bedeutete?« Er sah mich an, als sei ich verrückt – als wäre ihm so etwas nie in den Sinn gekommen.
»Ihr nachreisen? Wieso?« (Er bog mit rauchenden Reifen um eine Ecke. Es war wieder mal die verkehrte Ecke.)
»Weil du sie liebtest.«
»Das Wort habe ich nie ausgesprochen.«
»Aber du hast es doch so empfunden, warum also nicht?«
»Meine Arbeit ist wie Hühnerhalten«, sagte er. »Es muß doch jemand da sein, der den Dreck wegmacht und die Körner streut.«
»Das ist Bockmist«, sagte ich. »Ärzte benutzen ihre Arbeit immer als Entschuldigung dafür, sich unmenschlich zu verhalten. *Die* Tour kenne ich.«
»Nicht Bockmist – Hühnermist«, sagte er. »Und welche Tour kennst du noch nicht?«
Ich lachte.
Nach May Pei kam eine ganze UN-Vollversammlung von Damen aus Thailand, Indonesien und Nepal. Dann gab es eine Afrikanerin aus Botswana und ein paar französische Psychoanalytikerinnen und eine französische Schauspielerin, die »eine Zeitlang in der Klapsmühle« war.
»*Wo* war sie?«
»In der Klapsmühle – du weißt schon, im Narrenhaus. Im Irrenhaus, meine ich.«

Adrian idealisierte den Irrsinn auf typisch Laingsche Weise. Schizophrene waren die wahren Dichter. Jeder tobende Irre ein Rilke. Er wollte, daß ich mit ihm zusammen Bücher schriebe. Über Schizophrene.
»Ich wußte doch, daß du was von mir willst«, sagte ich.
»Stimmt. Ich will mich deines Zeigefingers und deines niedlichen Däumchens bedienen.«
»Den kannst du dir sonstwo reinstecken.«
Wir sagten uns immerzu Grobheiten, wie Zehnjährige. Unsere einzige Möglichkeit, Zuneigung auszudrücken.
Was die Frauen in seiner Vergangenheit anging, so hätte Adrian gut in unsere Familie gepaßt. Vögele niemals eine Rassengenossin, schien sein Wahlspruch zu sein. Seine gegenwärtige Freundin (die, wie ich erfuhr, seine Kinder hütete) stand ihm in der Beziehung noch am nächsten: sie war Jüdin und stammte aus Dublin.
»Molly Bloom?« fragte ich.
»Wer?«
»Du weißt nicht, wer Molly Bloom ist???« Ich konnte es kaum glauben. Alle die kultivierten englischen Silben und er hat nicht einmal Joyce gelesen. (Ich habe auch lange Partien aus *Ulysses* überschlagen, aber ich erzähle jedem, daß es mein Lieblingsbuch sei. *Tristram Shandy* desgleichen.)
»Ich bin Analphabet«, sagte er höchst selbstzufrieden. Er sprach es wie Anal-phabet aus. Noch so 'n doofer Doktor, dachte ich. Wie die meisten Amerikaner nahm ich naiverweise an, daß ein englischer Akzent gleichbedeutend mit Bildung und Kultivierheit sei.
Na wenn schon. Literarisch gebildete Männer sind, wie sich später oft genug herausstellt, Charakterschweine. Oder Widerlinge. Aber ich war doch enttäuscht. Wie damals, als sich herausstellte, daß mein Analytiker noch nie etwas von Sylvia Plath gehört hatte. Da hatte ich nun tagelang über ihren Selbstmord geredet und daß ich geniale Gedichte schreiben und meinen Kopf in den Gasherd stekken wolle. Und er hatte wahrscheinlich die ganze Zeit dabei an Heringssalat gedacht.
Ob Sie es glauben oder nicht – Adrians mollige Freundin hieß zwar nicht Molly Bloom, dafür aber Esther Bloom. Sie war ein dunkler Typ und krankte, wie er sagte, an »allen jüdischen Leiden. Sehr sinnlich und neurotisch.«
Eine Art jüdischer Prinzessin (auf der Erbse?) aus Dublin.
»Und deine Frau – wie war die?« (Inzwischen hatten wir uns so hoffnungslos verfahren, daß wir einfach irgendwo an einem Randstein stehen blieben.)

»Katholisch«, sagte er, »eine Papistin aus Liverpool.«
»Hatte sie einen Beruf?«
»Sie war Hebamme.«
Eine eigenartige Kurzinformation. Ich wußte nicht genau, wie ich darauf reagieren sollte.
»Er war mit einer katholischen Hebamme aus Liverpool verheiratet«, sah ich mich schreiben. (In meinem Roman würde ich Adrian einen exotischeren Namen geben und ihn ein gutes Stück größer sein lassen.)
»Warum hast du sie geheiratet?«
»Weil ich ihr gegenüber Schuldgefühle hatte.«
»Auch ein Grund.«
»Doch, es ist einer. Als Medizinstudent hatte ich irgendwie dauernd ein schlechtes Gewissen. Puritanisch bis in die Knochen. Ich meine, es gab schon Mädchen, mit denen ich mich wohl fühlte – aber gerade das machte mir Angst. Eine war dabei, die mietete öfters eine riesige Scheune, lud dann Gott und die Welt ein und jeder sollte mit jedem ficken. Bei ihr war mir wohl – also mißtraute ich ihr natürlich. Und bei meiner späteren Frau fühlte ich mich schuldig – also heiratete ich sie. Ich war wie du. Ich traute dem Genuß und meinen eigenen Impulsen nicht. Ich hatte Todesangst, wenn ich mich glücklich fühlte. Und als die Angst übermächtig wurde, habe ich geheiratet. Genau wie du, Schätzchen.«
»Wie kommst du darauf, daß ich aus Angst geheiratet habe?« Ich ärgerte mich, weil er recht hatte.
»Ach, wahrscheinlich fandest du, daß du zuviel rumvögelst, einfach nicht nein sagen konntest und manchmal machte es dir sogar Spaß, und dann fühltest du dich schuldig. *Weil* es dir Spaß machte. Wir sind für das Leiden programmiert, nicht für den Genuß. Der Masochismus wird uns schon sehr früh eingepflanzt. Arbeiten mußt du und leiden – und das Schlimme daran ist, daß man es auch noch glaubt. Nun, das ist auch Bockmist. Ich habe sechsunddreißig Jahre gebraucht, bis ich begriffen habe, was für'n *Haufen* Bockmist das ist, und wenn es etwas gibt, das ich für dich tun möchte, dann ist es folgendes: ich möchte dich dazu bekehren, daß auch du das begreifst.«
»Du hast allerlei mit mir vor, wie? Du willst mich lehren, was Freiheit ist, was Genuß ist, du willst Bücher mit mir schreiben, mich bekehren ... Warum wollen Männer mich immer zu irgend etwas bekehren? Sehe ich so bekehrungsbedürftig aus?«
»Du siehst *rettungs*bedürftig aus, Schatz, in hohem Maße rettungsbedürftig. Du schlägst deine großen kurzsichtigen Augen zu mir

auf, als wäre ich Big Daddy, der Große Psychotherapeut. Du bist ständig auf der Suche nach einem Mentor, und wenn du ihn gefunden hast, wirst du so abhängig von ihm, daß du anfängst, ihn zu hassen. Oder du wartest, bis er seine Schwächen zeigt, und dann verachtest du ihn, weil auch er nur ein Mensch ist. Du sitzt da und beobachtest, machst dir im Kopf Notizen, siehst die Menschen als Romanfiguren oder ›Fälle‹ – ich kenn' das Spielchen. Du redest dir ein, daß du Material sammelst. Du redest dir ein, daß du die ›menschliche Natur‹ studierst. Die Kunst kommt vor dem Leben, wie auch immer. Eine andere Version von diesem puritanischen Bockmist. Nur, daß du noch 'n zusätzlichen Schlenker drin hast. Du hältst dich für eine Hedonistin, weil du abhaust und dich mit mir rumtreibst. Aber es ist und bleibt doch die gute alte Arbeitsmoral, denn im Grunde willst du nur über mich *schreiben*. Also ist es *doch* Arbeit, *n'est-ce pas*? Du kannst mit mir ficken und es Poesie nennen. Gar nicht so dumm. Auf diese Weise betrügst du dich selbst mit Erfolg.«

»Und du bist ganz groß darin, Analysen wie für 'ne Illustrierte loszulassen. Wie so 'n Fernsehpsychiater.«

Adrian lachte. »Ich kenne all das von mir selbst. Psychoanalytiker spielen nämlich genau dasselbe Spielchen. Sie sind darin wie Schriftsteller. Alles wird mit Abstand betrachtet, als Fall, als Studienobjekt. Auch sie haben gräßlichen Bammel vor dem Sterben – genau wie die Dichter. Ärzte hassen den Tod – deshalb werden sie Arzt. Und sie müssen dauernd Wirbel machen und immer auf'm Trab sein, um sich selbst zu beweisen, daß sie noch leben. Ich kenn' dein Spielchen, weil ich es selber spiele. Es ist kein solches Mysterium, wie du glaubst. Du bist ziemlich leicht zu durchschauen, weißt du.«

Es machte mich wütend, daß er mich noch zynischer sah als ich selbst. Ich glaube immer, mich am besten vor den Ansichten anderer Menschen über mich zu schützen, indem ich mich selbst möglichst negativ betrachte. Und dann stelle ich plötzlich fest, daß selbst dieses negative Bild noch geschmeichelt ist. Wenn ich verletzt bin, verfalle ich in mein Schul-Französisch: » *Vous vous moquez de moi.*«

»Da hast du verdammt recht. Paß auf – du sitzt in diesem Augenblick neben mir, weil dein Leben unehrlich und deine Ehe tot ist – oder sie liegt, von Lügen vergiftet, in den letzten Zügen. Und diese Lügen sind dein Werk. Und nun mußt du dich irgendwie retten. Aber es ist *dein* Leben, das du verpfuschst, nicht meines.«

»Ich dachte, du sagtest, ich wollte, daß *du* mich rettest?«

»Stimmt. Aber in *die* Falle gehe ich nicht. Irgendwann werde ich dich enttäuschen, und zwar nachhaltig, und dann wirst du mich noch mehr hassen, als du deinen Mann haßt ...«
»Ich hasse meinen Mann nicht.«
»Kann sein. Aber er langweilt dich – und das ist schlimmer, nicht wahr?«
Ich gab keine Antwort. Nun war ich wirklich deprimiert. Die Wirkung des Sekts begann nachzulassen.
»Warum versuchst du jetzt schon, mich zu bekehren? Du hast mich ja noch nicht mal umgelegt.«
»Weil dir das das Wichtigste ist.«
»Dummes Zeug, Adrian. Das Wichtigste ist mir im Augenblick, daß du mich aufs Kreuz legst. Und kümmere dich nicht um mein Innenleben.« Doch ich wußte, daß ich log.
»Wenn Sie umgelegt werden wollen, Gnädigste, werden Sie umgelegt.« Er ließ den Wagen anspringen. »›Gnädigste‹ ist eigentlich gut. Werd' ich jetzt immer zu dir sagen.«
Doch ich hatte kein Pessar und er keine Erektion, und als wir endlich in seiner Pension ankamen, waren wir von der langen Herumfahrerei beide zu Tode erschöpft.
Wir lagen auf seinem Bett und hielten uns umschlungen. Zärtlich und mit belustigtem Staunen betrachteten wir gegenseitig unsere Nacktheit. Das beste daran, nach so vielen Ehejahren mit einem anderen Mann zu schlafen, war die Wiederentdeckung des männlichen Körpers. Der Körper des eigenen Mannes ist eines Tages praktisch wie der eigene Körper. Man kennt alle Einzelheiten, alle Gerüche, den Geschmack, jede Falte, die Behaarung, die Muttermale. Adrian jedoch war wie ein fremdes Land. Meine Zunge begann, es zielstrebig zu erkunden. Ich fing bei seinem Mund an und glitt langsam abwärts. Sein sonnengebräunter kräftiger Hals. Seine Brust mit den rötlichen Löckchen. Sein Bauch, ein wenig dicklich – so anders als Bennetts bräunlich-magere Straffheit. Sein schlaffer, rosafarbener Penis, der leicht nach Urin schmeckte und sich in meinem Mund nicht aufrichten wollte. Seine rosigen, stark behaarten Hoden, die ich, einen nach dem anderen, in den Mund nahm. Seine muskulösen Schenkel. Seine sonnenverbrannten Knie. Seine Füße. (Die ich nicht küßte.) Seine schmutzigen Zehennägel. (Dito.) Dann fing ich wieder von oben an. Bei seinem wunderbar feuchten Mund.
»Wieso hast du so kleine, spitze Zähne?«
»Meine Mutter war ein Frettchen.«
»Was war sie?«

»Ein Frettchen.«
»Ach so.« Ich wußte nicht, was das ist, es war mir aber auch egal. Wir kosteten einander. Wir lagen Kopf bei Fuß und seine Zunge machte Musik in meiner Möse.
»Du hast eine wunderbare Möse«, sagte er, »und den herrlichsten Arsch, der mir je untergekommen ist. Nur schade, daß du keine Titten hast.«
»Danke.«
Ich hielt mich dran mit Saugen, aber kaum war sein Schwanz steif, wurde er auch schon wieder schlaff.
»Ich hab' eigentlich keine Lust, dich zu ficken.«
»Warum nicht?«
»Ich weiß nicht – mir ist einfach nicht danach.«
Adrian wollte um seiner selbst willen geliebt werden und nicht wegen seiner blonden Haare (oder wegen seines rosafarbenen Pimmels). Das hatte irgendwie etwas Rührendes. Er wollte keine Fickmaschine sein.
»Ich kann die schönsten Weiber ganz prima durchziehen, wenn mir so ist«, sagte er herausfordernd.
»Natürlich kannst du das.«
»Jetzt klingst du wie so 'ne beschissene Fürsorgerin.«
Ich hatte schon ein paarmal im Bett die Fürsorgerin spielen müssen. Zunächst mal bei Brian, nach seiner Entlassung aus der Heil- und Pflegeanstalt, als er zu vollgepumpt mit Thoracin (und zu schizoid) war, um überhaupt vögeln zu können. Einen Monat lang lagen wir im Bett und hielten Händchen. »Wie Hänsel und Gretel«, sagte er. Das war eigentlich auch rührend. Wie man sich Dodgson und Alice in einem Boot auf der Themse vorstellt. Es war aber auch irgendwie eine Erleichterung, nach Brians manischer Phase, in der er mich um ein Haar erwürgt hätte. Allerdings waren Brians sexuelle Vorlieben schon vor seinem Nervenzusammenbruch ein wenig merkwürdig. Er stand ausschließlich auf Blasen, am Ficken lag ihm nichts. Damals war ich noch zu unerfahren, um zu wissen, daß nicht alle Männer so sind. Ich war einundzwanzig und Brian fünfundzwanzig, und da ich immer davon gehört hatte, daß Männer sich mit sechzehn auf ihrem sexuellen Höhepunkt befinden, Frauen aber erst mit dreißig, so nahm ich an, daß Brians *Alter* daran schuld sei. Er baute bereits ab. Auf dem absteigenden Ast, dachte ich. Aber immerhin wurde ich dadurch eine Expertin auf diesem Gebiet.
Auch bei Charlie Fielding, dem Dirigenten, dessen Taktstock ebenfalls immer wieder den Kopf hängen ließ, hatte ich Fürsorgerin gespielt. Er wußte sich vor Dankbarkeit nicht zu lassen. »Du bist

wirklich einmalig«, sagte er in jener ersten Nacht immer wieder (womit er meinte, daß er erwartet habe, ich würde ihn vor die Tür setzen, hinaus in die Kälte, was ich nicht tat). Er machte es später wieder gut. Den Kopf hängen ließ sein Taktstock nur bei Premieren.

Aber Adrian? Adrian, die Sexbombe? Er sollte mein Spontanfick werden. Was war los? Das Merkwürdigste daran war, daß es mir eigentlich nichts ausmachte. Er war so schön, wie er da lag, und sein Körper roch so gut. Ich dachte daran, wie die Männer nun schon viele Jahrhunderte lang die Frauen um ihres Körpers willen angebetet, ihre Seele jedoch mißachtet hatten. Damals, als ich noch die Woolfs und die Webbs verehrte, war das für mich unfaßbar, doch jetzt verstand ich es. Weil es genau das war, was ich so oft über die Männer dachte. Ihr Innenleben war ein hoffnungsloses Durcheinander, aber ihre Körper waren *so* reizvoll, ihre Ansichten und Meinungen schier unerträglich, doch ihr Penis war seidig. Ich war mein Lebtag eine Feministin gewesen (meine ›Radikalisierung‹ datiert meiner Meinung nach aus dem Jahr 1955, als der beknackte Horace Mann [17], mit dem ich an jenem Abend ausgewesen war, mich in der U-Bahn fragte, ob ich vorhabe, Sekretärin zu werden), doch das große Problem dabei war, wie der Feminismus mit dem unstillbaren Hunger nach Männerkörpern zu vereinbaren ist. Das war nicht so einfach. Außerdem, je älter man wurde, desto deutlicher trat zutage, daß Männer eine tiefverwurzelte Angst vor Frauen haben. Die einen im geheimen, die anderen, ohne es zu verbergen. Was konnte bitterer sein, als eine emanzipierte Frau Auge in Auge mit einem schlaffen Schwanz? Die schwerwiegendsten Probleme in der Geschichte der Menschheit verblaßten neben diesen zwei Kernpunkten: die ewige Frau und der ewig schlaffe Schwanz.

»Mach ich dir Angst?« fragte ich Adrian.

»*Du*?«

»Nun ja, manche Männer behaupten, sie hätten Angst vor mir.«

Adrian lachte. »Du bist ein Schatz«, sagte er, »eine ›pussycat‹ – wie ihr Amerikaner sagt. Aber das ist es *nicht*.«

»Passiert dir das öfters?«

»Nein, Frau Doktor, und ich will jetzt nicht weiter verhört werden. Das ist einfach lächerlich. Ich *habe* kein Potenzproblem – ich bin bloß so *überwältigt* von deinem phantastischen Arsch, daß mir nicht nach ficken ist.«

Das letzte Mittel, den Gegner zu demütigen: der Schwanz, der einem (wem? ihm oder mir?) den Dienst verweigert. Die tödliche Waffe im Kampf der Geschlechter: der schlaffe Schwanz. Das

Banner des feindlichen Lagers: der Schwanz auf halbmast. Das Symbol der Apokalypse: der Atomsprengkopf-Schwanz, der sich selbst vernichtet. *Das* ist die fundamentale Ungerechtigkeit, die nie aus der Welt geschafft werden kann: nicht, daß das Männchen eine einmalige zusätzliche Attraktion, genannt Penis, besitzt, sondern daß das Weibchen eine einmalige Allwetter-Möse ihr eigen nennt. Weder Sturm noch Hagel noch das Dunkel der Nacht können ihr etwas anhaben. Sie ist immer da, immer bereit. Ziemlich beängstigend, wenn man darüber nachdenkt. Kein Wunder, daß Männer die Frauen hassen. Kein Wunder, daß sie das Märchen von der weiblichen Unzulänglichkeit erfunden haben.

»Ich weigere mich, aufgespießt zu werden wie ein Schmetterling«, sagte Adrian, ohne daran zu denken, welche Assoziation das sofort in mir auslöste. »Ich weigere mich, rubriziert zu werden. Wenn du dich dann schließlich hinsetzt, um über mich zu schreiben, wirst du nicht wissen, ob ich ein Held oder ein Anti-Held, ein Schuft oder ein Heiliger bin. Es wird dir nicht gelingen, mich in eine Kategorie einzuordnen.«

Und in diesem Augenblick verliebte ich mich leidenschaftlich in ihn. Sein schlaffer Schwanz hatte an Dinge gerührt, zu denen der prächtigste Ständer nie vorgedrungen wäre.

Paroxysmen der Leidenschaft oder Der Mann unterm Bett

Unter allen Erscheinungsformen von geradezu aberwitzigem Mut ragt der Mut junger Frauen hervor.
Andernfalls gäbe es weniger Ehen und noch weniger tollkühne Wagnisse, die alles über den Haufen werfen, selbst die Ehe …

– Colette

Nicht, daß es etwas so Ungewöhnliches für mich gewesen wäre, mich leidenschaftlich zu verlieben. In dem Jahr hatte ich mich immerzu Hals über Kopf in jemanden verliebt. Ich verliebte mich in einen irischen Dichter, der auf einer Farm in Iowa Schweine züchtete. Ich verliebte mich in einen Romanschriftsteller (1,80 m), der aussah wie ein Cowboy und ausschließlich Allegorien über die Folgen atomarer Strahlen schrieb. Ich verliebte mich in einen blauäugigen Literaturkritiker, der hingerissen von meinem ersten Gedichtband war. Ich verliebte mich in einen mürrischen Maler (dessen drei Frauen sich umgebracht hatten), dann in einen äußerst gepflegten, zuvorkommenden Professor der Philosophie (hauptsächlich die der Italienischen Renaissance), der Azeton schnüffelte und Studentinnen der ersten Semester aufs Kreuz legte, und anschließend in einen UN-Dolmetscher (Iwrith, Arabisch, Griechisch), in dessen riesiger Wohnung am Riverside Drive außer ihm noch seine fünf Kinder und seine bettlägrige Mutter lebten. Außerdem hatte er dort sieben unveröffentlichte Romanmanuskripte auf Eis liegen. Ich verliebte mich in einen bleichen angelsächsischen Biochemiker, der mich zum Lunch in den Harvard Club einlud und zwei Ehen mit Schriftstellerinnen hinter sich hatte – beide mit nymphomanen Neigungen.
Doch all das führte zu nichts. Ja, schon, es gab Knutschereien auf Autorücksitzen und lange, betrunkene Küsse in dreckstarrenden New Yorker Küchen, hinter Krügen mit lauwarmem Martini. Und allerlei Flirts, während man einen dickmachenden Lunch auf Spesenrechnung zu sich nahm. Und Kniffe in meinen Hintern zwischen den Bücherregalen der Butler Library. Und Umarmungen nach den Lesungen von Gedichten. Und verstohlenes Händchenhalten bei Vernissagen. Und lange, bedeutungsvolle Telefongespräche und Briefe, strotzend von Zweideutigkeiten. Es gab sogar einige unverblümte Anträge (meistens von Männern, die mich überhaupt nicht interessierten). Doch es führte zu nichts. Statt dessen ging ich nach Hause und schrieb Gedichte für den Mann, den ich wirklich liebte (wer immer das sein mochte). Schließlich hatte ich genug rumgevögelt, um zu wissen, daß der eine Schwanz sich nicht *so* sehr von dem anderen unterschied. Also was wollte ich denn – wonach suchte ich denn eigentlich? Und warum war ich so ruhelos? Vielleicht widerstand ich der Versuchung, mich mit einem dieser Flirts ins Bett zu legen, weil ich wußte, daß der Mann, auf den ich wartete, für mich weiterhin unerreichbar bleiben und es doch bloß wieder auf eine Enttäuschung hinauslaufen würde. Aber wer war der Mann, auf den ich so sehnsüchtig wartete? Ich wußte nur, daß meine verzwei-

felte Suche nach ihm schon mit sechzehn begonnen hatte.
Mit sechzehn, als ich mich als Fabianische Sozialistin bezeichnete, mit sechzehn, als ich mich weigerte, mit Jungs rumzuknutschen, die für ›Ike‹ waren, mit sechzehn, als ich über die *Rubaijat* und über die Sonette von Edna St. Vincent Millay Tränen vergoß – da träumte ich von dem vollkommenen Mann, dessen Körper *und* Geist gleichermaßen begehrenswert wäre. Er sah aus wie Paul Newman und hatte eine Stimme wie Dylan Thomas. Er hatte den Körper von Michelangelos *David* (»mit diesen unter der Haut spielenden steinharten Muskeln«, wie ich zu meiner Busenfreundin Pia Wittkin sagte, deren Lieblingsstatue eines nackten Mannes der *Diskuswerfer* war; wir studierten beide voll Enthusiasmus Kunstgeschichte). Er hatte den Verstand von George Bernard Shaw (oder doch zumindest das, was *mein* sechzehnjähriger Verstand sich unter dem Verstand George Bernard Shaws vorstellte). Er zog Rachmaninows Drittes Klavierkonzert und Frank Sinatras *In the Wee Small Hours of the Morning* jeder anderen je von Sterblichen geschriebenen Musik vor. Er teilte meine Leidenschaft für mittelalterliche Tapisserien *(Die Dame mit dem Einhorn!)*, den Film *Schach dem Teufel*, *die Cloisters*, jene von den Rockefellers in Spanien erworbene alte Abtei, die abgetragen und in der Nähe von New York wieder aufgebaut wurde, *Das andere Geschlecht* von Simone de Beauvoir, Magie und *mousse au chocolat*. Er teilte meine Verachtung für Senator Joe McCarthy, Elvis Presley und für meine philiströsen Eltern. Ich bin ihm nie begegnet. Mit sechzehn schien mir der Gedanke, daß ich ihm vielleicht nie begegnen würde, unerträglich. Später habe ich gelernt, mich zu behelfen und nicht auf das Dröhnen ferner Trommeln zu achten. Der Kontrast zwischen meinen Wunschvorstellungen (Paul Newman, Laurence Olivier, Humphrey Bogart, Michelangelos *David* und den pickligen Pubertätsjünglingen meiner Bekanntschaft entbehrte nicht der Komik. Bloß, daß ich weinen mußte. Auch Pia weinte. In der düsteren Wohnung ihrer Eltern am Riverside Drive teilten wir unseren Schmerz.
»Ich stell' ihn mir vor ... so irgendwie – du weißt schon ... als so 'ne Art Mischung zwischen Laurence Olivier als *Hamlet* und Humphrey Bogart in *Schach dem Teufel* – mit so 'nem tollen weißen Raubtiergebiß und einem einfach phantastischen Körper – so ähnlich wie der *Diskuswerfer*.« Sie deutete auf ihr wohlgepolstertes Bäuchlein.
»Was wirst du zur Trauung tragen?« fragte ich.
»Ich stell' mir – du weißt schon – so 'ne Art mittelalterliche Hochzeit vor. Ich trage so einen spitzen weißen Hut mit einem langen,

wehenden Schleier aus Chiffon dran – und ein rotes Samtkleid ... vielleicht weinrot – und nadelspitze Schuhe.« Sie zeichnete für mich die Schuhe auf, mit einem schwarzen Filzstift. Dann zeichnete sie das ganze Kostüm: ein hochgegürtetes Kleid mit einem sehr tiefen Ausschnitt und langen, hautengen Ärmeln, getragen von einem zauberhaften Geschöpf, dessen schwellend-üppige Brüste sich verführerisch aus dem Kleid hoben. (Zu der Zeit hatte Pia Übergewicht, aber vorne war sie flach wie ein Plättbrett.)

»Und das Ganze findet dann in den *Cloisters* statt«, fuhr sie fort. »Ich bin sicher, daß man die *Cloisters* mieten kann, wenn man bloß die richtigen Leute kennt.«

»Wo werdet ihr wohnen?«

»Ja, also da stell' ich mir ein ganz ausgefallenes, sehr altes Haus in Vermont vor – ein verlassenes Kloster oder eine Abtei ... so was in der Art ...« (Beide hielten wir es für ausgemacht, daß es in Vermont verlassene Klöster und Abteien gab.) »... mit so 'nem tollen rustikalen Eichenholzfußboden und einem Oberlicht im Dach. *Ein* Riesenraum, zugleich Studio und Schlafzimmer ... mit einem riesigen runden Bett mit schwarzen Seidenlaken. Und wir haben 'ne Menge Siamkatzen, mit Namen wie John Donne und Maud Gonne und Dylan – du weißt schon.« Ich wußte es oder glaubte es doch zu wissen.

»Jedenfalls ...«, fuhr sie fort, »... ich sehe mich selbst als so 'ne Art Mischung zwischen Gina Lollobrigida und Sophia Loren ...« (Pia war ein dunkler Typ.) »Was meinst du?« Sie hob mit beiden Händen ihr fettiges braunes Haar hoch, zog die Wangen ein, riß ihre großen blauen Augen auf und sah mich an.

»Ich finde, du bist eigentlich eher so 'ne Art Anna Magnani«, sagte ich, »erdhaft und bodenständig, aber unglaublich sinnlich.«

»Vielleicht«, sagte sie nachdenklich. Sie betrachtete sich lange im Spiegel.

»Ach, es ist einfach gräßlich«, sagte sie nach einer Weile. »Wir lernen aber auch nie jemanden kennen, der unserer auch nur annähernd würdig ist.« Und sie schnitt eine Grimasse.

Im letzten Jahr unseres Studiums der Musik und Kunstgeschichte nahmen Pia und ich noch einige ausgewählte einzelgängerische Außenseiter in unsere der Umwelt feindlich gesinnte Minderheit auf. Das war das Äußerste an eigener ›Clique‹, was wir je erreicht haben. Darunter war ein vollbusiges Mädchen namens Nina Nonoff, die als anerkennenswerte Besonderheit ihre nekrophile Leidenschaft für den Geist von Dylan Thomas zu bieten hatte sowie ihre angebliche Kenntnis chinesischer und japanischer Kraftausdrücke und ihren ›Kontakt‹ zu einem veritablen Yale-Studenten (Visionen von *football*-Wochenenden für uns alle – doch leider stellte sich heraus, daß der ›Kontakt‹ in dem Freund eines Freundes eines Bekannten ihres Bruders bestand). Ferner besaß Ninas Mutter eine große Sammlung von ›Sex-Büchern‹, zu denen wir auch *Mannbarkeitsriten in Samoa* und *Sex und Temperament* rechneten; jedes Buch, in dem das Wort ›Geschlechtsreife‹ vorkam, war okay. Und endlich die Tatsache (die wirklich ›Klasse‹ war), daß Ninas Vater in den vierziger Jahren die *Blue Wasp*-Serie fürs Radio geschrieben hatte. Jill Siegel dagegen war nicht dank irgendwelcher Besonderheiten ein Mitglied unserer Gruppe, sondern weil sie uns leid tat – ein Akt der Barmherzigkeit. Sie hatte wenig an Scharfsinn, Zynismus und Formulierungskunst beizusteuern, doch machte sie das durch kritiklose Loyalität sowie durch die schmeichelhafte Weise, in der sie selbst unsere albernsten Affektiertheiten nachäffte, wett. Gelegentlich gehörte auch Grace Baratto dazu, deren Hauptfach Musik war – wir hielten zwar nicht viel von ihrem Intellekt, doch sie erzählte uns phantastische Geschichten über ihre sexuellen Erfahrungen. Obwohl sie es leugnete, tuschelten wir hinter ihrem Rücken darüber, daß sie es höchstwahrscheinlich bereits ›getan‹ habe. »Zumindest ist sie ganz bestimmt eine *demi-vierge*«, sagte Pia. Ich nickte wissend. Später habe ich dann nachgeschlagen, was das bedeutet.

Von Jungen waren nur zwei zugelassen, und wir behandelten sie so geringschätzig wie möglich, damit sie begriffen, daß sie von uns bestenfalls geduldet wurden. Da sie mit uns in derselben Klasse saßen und keine ›echten‹ Studenten waren, machten wir ihnen deutlich, daß wir sie ausschließlich als ›platonische‹ Freunde betrachteten. John Stock war der Sohn alter Freunde meiner Eltern. Er war rundlich und blond und schrieb Kurzgeschichten. Sein Lieblingsausdruck war »Paroxysmen der Leidenschaft«. Das tauchte in jeder seiner Erzählungen mindestens einmal auf. Ron Pixer (den wir natürlich Wichser nannten) war in mich verliebt. Er war lang und mager und anglophil, mit einer riesigen Hakennase und einem schier unglaublichen Sortiment an Mitessern und Pickeln (die ich zu gern ausgedrückt hätte). Er war auf den *Punch* und die Luftpostausgabe des *Manchester Guardian* abonniert, trug (bei jeder Witterung) einen enggerollten Schirm, betonte das Wort ›banal‹ (eines seiner Lieblingsworte) auf der ersten Silbe und würzte seine Rede mit Ausdrücken wie ›verdammter Schweinehund‹ und ›rumgammeln‹.

Nachdem die Qual der Zulassungsprüfungen für das College und das Warten auf den Aufnahmebescheid überstanden waren, gammelten wir sechs rum, vorwiegend in der Wohnung meiner Eltern. Die langen, müßigen Wochen des Frühjahrstrimesters mußten totgeschlagen werden, während wir ungeduldig auf unsere Abschlußdiplome warteten. Wir saßen im Wohnzimmer auf dem Boden, vertilgten Berge von Früchten, Käse, Brote mit Erdnußbutter und Plätzchen, ließen Frank Sinatra stundenlang singen und schrieben gemeinsam »Kurzgeschichten«, die wir so pornographisch abfaßten, als unsere begrenzten Erfahrungen auf diesem Gebiet es zuließen. Wir dichteten auf meiner Olivetti-Schreibmaschine, die dabei von Schoß zu Schoß ging. Wenn John dabei war, waren natürlich die Paroxysmen der Leidenschaft an der Tagesordnung.

Nur wenige dieser Gemeinschaftskreationen sind erhalten geblieben, doch neulich fiel mir ein Fragment in die Hände, das mehr oder weniger den Geist vermittelt, den auch alle die verlorengegangenen Meisterwerke atmeten. Es hatte sich so eingespielt, daß wir uns, nach einer möglichst kurzen Einleitung, sofort in die Handlung stürzten, was dazu führte, daß der Aufbau der Geschichten meist an Folgerichtigkeit zu wünschen übrigließ. Eine der Spielregeln verlangte, daß jedem Autor nur drei Minuten zur Verfügung standen, worauf er die Schreibmaschine dem nächsten übergeben mußte, was die spastische Beschaffenheit der Prosa natürlich erhöhte. Da Pia gewöhnlich den Anfang machte, hatte sie das Vorrecht, die handelnde Person in groben Zügen zu skizzieren. Mit diesen Gegebenheiten hatten wir anderen uns dann abzufinden.

Dorian Fairchester Faddington IV war ein der Promiskuität huldigender Dichterling, von dem selbst seine besten Freunde sagten, er eile von Bett zu Bett mit gelegentlichen Abstechern an den Schreibtisch. Obwohl sexuell ein Allesfresser, der gelegentlich auch Kamele nicht verschmähte (wie neun von zehn richtigen Männern), bevorzugte er im allgemeinen Frauen. Hermione Fingerforth war eine Frau – das nahm sie jedenfalls an – und wann immer sie Dorian begegnete, dauerte es nicht lange, bis ihrer beider Lippen sich in komplizierten Küssen fanden.

»Die Haut ist das größte Organ des Körpers«, bemerkte sie einmal so ganz nebenbei, als sie beide auf Hermionens Dachterrasse in Flatbusch nackt in der Sonne lagen.

»Deine vielleicht«, erwiderte er und besprang sie in einem plötzlichen Paroxysmus der Leidenschaft.

»Raus, raus aus meiner Möse, verdammtnochmal!« brüllte sie, stieß ihn fort und hielt sich zum Schutze ihrer vielgerühmten Jungfräulichkeit einen Sonnenreflektor aus Alu-Folie vor dieselbe.

»Du willst wohl, daß ich zunächst einmal darüber reflektiere, was ich tue«, scherzte er.
»Herr des Himmels«, sagte sie böse, »Männer interessieren sich eben wirklich nur stoßweise für Frauen.«

Damals hielten wir das für das komischste Stück Prosa, das je geschrieben wurde. Es gab auch eine Fortsetzung dieses Dialogs – irgendwas mit einem Hubschrauber der Verkehrspolizei mit zwei Technikern für die Verkehrsdurchsage an Bord, der auf dem Dach landete, worauf das Ganze in eine Orgie ausartete, die aber nicht erhalten geblieben ist. Das hier wiedergegebene Fragment jedoch vermittelt immerhin etwas von unserer Gefühlslage in jener Periode unseres Lebens. Hinter all dem aufgesetzten, altklugen Zynismus und der Pseudo-Welterfahrenheit verbarg sich die süßlichste Romantik, seit Edward Fitzgerald sich endgültig mit Omar Khayyam identifizierte. Pia und ich warteten auf jemand, mit dem wir auch auf einer einsamen Insel glücklich wären, und wir wußten, daß John Stock und Ron Pixer nicht ganz *das* waren, was wir uns vorstellten.

Wir waren beide Bücherwürmer, und wenn das Leben uns enttäuschte, suchten wir unsere Zuflucht bei der Literatur – oder doch zumindest bei der verfilmten Literatur. Wir sahen uns selbst als Heldinnen und konnten nicht begreifen, wo all die Helden geblieben waren. Es gab sie in Büchern. Es gab sie im Film. Doch in unserem Leben glänzten sie offensichtlich durch Abwesenheit.

Die subjektiven Ansichten
einer Sechzehnjährigen über Geschichte und Literatur

I
Dorian Graw hatte Locken von Gold,
Rhett Butler jedoch war den Frauen hold …
Julien Sorel kannte sich aus in der Liebe,
Graf Wronsky (Russe!) reimte Liebe auf Hiebe.
Wie gerne gäb' ich mich hin den Galanen,
Doch sie sind zu beschäftigt – in den Romanen.

II
Julia, kaum sechzehn, war Romeo verfallen.
Nana in Paris, die trieb es mit allen.
Helenas Schönheit entfesselte Kriege.
Salomes Schleier führten zum Siege.
Die biblische Esther war hochgeehrt.
Maria hat der Menschheit – na, was schon? – beschert.
Marie Antoinette eilt' zu Spiel und Tanz,
Nur für mich (über sechzehn!) int'ressiert sich kein Schwanz.

Das Versmaß hinkte zwar beträchtlich, doch die Botschaft war unmißverständlich: wie gern wären wir vor einem Mann im Staube gekrochen, wenn wir nur Männer gekannt hätten, die es *wert* gewesen wären.

Die jungen Männer im College waren eigentlich noch schlimmer. John und Ron waren zwar Nulpen, aber zumindest gutartige Nulpen, die uns bewunderten und verehrten. Sie besaßen weder den Verstand von G. B. S. noch Körper wie Michelangelos *David*, aber sie waren uns ergeben und sahen in uns brillante, geistreiche, überlegene Geschöpfe. Doch im College begann der Kampf der Geschlechter im Ernst, und in uns gähnte die Kluft zwischen Körper und Geist immer tiefer.

Während meines ersten College-Jahres lernte ich meinen ersten Mann kennen und habe ihn, vier Jahre später – dazwischen lagen einige sogenannte Seitensprünge und ›Experimente‹ mit anderen –, nach meinem Abschluß geheiratet. Mit zweiundzwanzig war ich bereits ein weiblicher Ehekrüppel (das ist wörtlich zu nehmen) – meine Ehe war unter den schmerzlichsten Umständen in die Brüche gegangen. Pia lernte eine Reihe von Scheißkerlen kennen, die sie bumsten und anschließend enttäuschten. Sie schrieb mir aus dem College, in ihrer winzigen, verschnörkelten Handschrift, die längsten epischen Episteln, in denen sie mir jedes einzelne Arschloch minuziös schilderte, aber irgendwie konnte ich sie nie auseinanderhalten. Sie schienen alle hohlwangig und glatthaarig zu sein (blond!). Wie gewisse jüdische Männer, die ausschließlich auf *schicksen* stehen, so stand Pia ausschließlich auf Gojim; am schärfsten war sie auf die aus dem Mittelwesten. Es war, als handele es sich immer um denselben Mann. Huckleberry Finn ohne Floß. Blondes Haar, blaue Jeans, Cowboy-Stiefel. Und es endete immer damit, daß sie auf ihr herumtrampelten.

Nach und nach nahm unsere Frustration zu. Das war natürlich unvermeidlich, wenn man die absurden Wunschvorstellungen in Betracht zieht, von denen wir ausgegangen waren, doch ich glaube nicht, daß wir uns so sehr von anderen jungen Mädchen unterschieden (obwohl wir literarisch gebildeter als der Durchschnitt und sicherlich auch anspruchsvoller waren). Dabei wollten wir doch lediglich einen Mann, mit dem wir alles teilen konnten. Warum war das zuviel verlangt? Weil Männer und Frauen von Grund auf verschieden konstruiert sind? Oder hatten wir bloß den Richtigen noch nicht gefunden?

Im Sommer 65, als wir beide dreiundzwanzig waren und zusammen

Europa bereisten, hatte unsere Frustration einen solchen Grad erreicht, daß wir hauptsächlich deswegen mit Männern schliefen, um uns gegenseitig mit der Anzahl der Skalps an unserem Gürtel zu imponieren.
Pia in Florenz, in Abwandlung von Robert Browning:

In meiner Möse steht geschrieben:
Italien, ich muß dich lieben.

Wir schliefen mit Burschen, die vor den Uffizien Brieftaschen verkauften, mit zwei schwarzen Musikern, die in einer *pensione* an der Piazza wohnten, mit Angestellten der *Alitalia*, mit Angestellten von *American Express*. Eine Woche lang hatte ich es mit jenem verheirateten Italiener, Alessandro, der wollte, daß ich ihm beim Ficken »Scheiße vögeln Votze« ins Ohr flüsterte. Dabei mußte ich meistens hysterisch lachen und dann machte mir das Ficken keinen Spaß mehr. Die folgende Woche kam ein amerikanischer Professor der Kunstgeschichte dran; er hieß Michael Karlinsky und unterschrieb seine Liebesbriefe mit ›Michelangelo‹, hatte eine trunksüchtige amerikanische Frau in Fiesole, einen glänzenden, kahlen Schädel, einen Spitzbart und eine wahre Leidenschaft für *Granità di Caffee*. Er wollte Orangenschnitze aus meiner Möse essen, weil er das in *The Perfumed Garden* gelesen hatte. Und dann der Italiener (Tenor), der Gesang studierte und mir bei unserer zweiten Verabredung anvertraute, daß sein Lieblingsbuch de Sades *Justine* sei, und ob ich Lust habe, gewisse Szenen daraus mit ihm nachzuspielen. Wir waren durchaus dafür, Erfahrungen zu sammeln, Pia und ich – aber ich habe ihn nie wiedergesehen.
Das Schönste an diesen Abenteuern kam eigentlich erst später – wenn Pia und ich einander davon erzählten und dann zusammen Tränen lachten. Im übrigen waren sie recht freudlos. Männer hatten zwar für uns eine große Anziehungskraft, aber wenn es um gegenseitiges Verstehen und ein gutes Gespräch ging, waren Pia und ich ganz aufeinander angewiesen. Allmählich waren die Männer für uns nur noch Sexualobjekte.

Das war im Grunde tieftraurig. Schließlich nahmen wir die Lügen und Kompromisse und das vorsätzliche Rollenspiel als so selbstverständlich hin, daß uns unser Verhalten kaum noch bewußt war. Wir begannen unwillkürlich, Dinge vor unseren Liebhabern zu verbergen. Wir ließen sie, zum Beispiel, nie wissen, daß wir über sie sprachen, daß wir uns darüber unterhielten, wie sie im Bett waren, daß wir ihren Gang und ihre Art zu reden nachäfften.

Männer haben Weiberklatsch immer verabscheut, weil sie die Wahrheit vermuten. Es wird ihnen Maß genommen und die Maße werden miteinander verglichen. In den allerparanoidesten Gesellschaftsformen (Araber, orthodoxe Juden) werden die Frauen unter allerlei Textilien verborgen (oder sie bekommen eine Perücke aufgestülpt) und so gut wie möglich vor der Welt versteckt. Sie klatschen trotzdem: die Urform der Bewußtseinsbildung. Die Männer können darüber spotten, verhindern können sie es nicht. Klatsch ist Opium für die Unterdrückten.
Doch wer wurde nun eigentlich unterdrückt? Pia und ich waren ›frei‹ (ein Wort, das in diesem Zusammenhang ohne Anführungsstriche weniger als nichts bedeutet). Pia malte. Ich schrieb. Unser Leben bestand nicht nur aus Männern; wir hatten unsere Arbeit, unsere Reisen, unsere Freunde. Also warum lief unser Leben dann letzten Endes auf lange Klagelieder über die Männer hinaus? Warum schien unser Leben zu einer unaufhörlichen Männerjagd zu entarten? Wo gab es die Frauen, die *wirklich* frei waren, die nicht ihr Leben damit verbrachten, von Mann zu Mann zu stürmen, die sich mit und ohne Mann ›heil und ganz‹ vorkamen? Wir richteten den Blick hilfesuchend auf unsere zweifelhaften Heldinnen und siehe da: Simone de Beauvoir tut keinen Schritt, ohne sich zu fragen, *was wird Sartre dazu sagen?* Und Lillian Hellman möchte ein solcher Mann sein wie Dashiell Hammett, damit er sie so liebt, wie er sich selbst liebt. Und Doris Lessings Anna Wulf hat keinen Orgasmus, wenn sie nicht liebt, und das ist selten der Fall. Und der Rest – die schreibenden Frauen, die malenden Frauen ... die meisten waren menschenscheu, verkrampft, schizoid. Furchtsam und zaghaft im Leben, und mutig nur in ihrer Kunst. Emily Dickinson, die Brontës, Virginia Woolf, Carson McCullers ... Flannery O'Connor, die Pfauen züchtet und mit ihrer Mutter zusammenlebt. Sylvia Plath, die ihren Kopf in einen Backofen voller Chimären steckte. Georgia O'Keefe allein in der Wüste, eine nur scheinbar Überlebende. Was für eine Auslese! Streng und hart, selbstzerstörerisch, absonderlich. Wo war der weibliche Chaucer? Eine lebenslustige Dame mit Saft und Kraft und Liebesfähigkeit, und dazu auch noch Talent? Wer konnte uns leiten und führen? Colette mit ihrem gallischen Afro-*look*? Sappho, über die wir so gut wie nichts wissen? »Ich schmachte und vergehe«, heißt es in meiner kleinen Taschenausgabe ihrer Liebeslyrik. Das taten auch wir! Fast alle Frauen, die wir bewunderten, waren alte Jungfern oder Selbstmörderinnen. War es *das*, worauf es hinauslief?
Also ging die Suche nach dem Traum-Mann weiter.

Pia hat nicht geheiratet, ich dafür zweimal. Doch die Suche ging trotzdem weiter. Meine unzähligen Psychotherapeuten würden Ihnen, einer wie der andere, sagen können, daß ich auf der Suche nach meinem Vater sei. Aber war das nicht jeder? Diese Erklärung genügte mir nicht. Nicht, daß sie mir falsch erschienen wäre – sie war einfach zu simpel. Vielleicht war diese Suche wirklich so eine Art Ritual, bei dem die Reise mehr Gewicht hatte als das Ziel? Vielleicht war es so etwas wie die Suche nach dem Heiligen Gral? Vielleicht ging es gar nicht um einen Mann aus Fleisch und Blut, sondern um eine Art Fata Morgana, heraufbeschworen von unserer Sehnsucht und unserer inneren Leere? Wenn man hungrig zu Bett geht, träumt man vom Essen. Wenn man mit voller Blase zu Bett geht, träumt man, daß man aufsteht, um zu pinkeln. Wenn man mit wollüstigen Gedanken einschläft, träumt man, daß man aufs Kreuz gelegt wird. Vielleicht war der unerreichbare, nicht zu fassende Mann nichts als ein Phantom, eine Projektion unseres sehnsüchtigen Verlangens. Vielleicht war er so etwas wie der furchtlose Eindringling (der nur in der Einbildung existierende Mann, der auf Vergewaltigung aus ist), den Frauen unter dem Bett oder im Wandschrank vermuten. Oder vielleicht war es der Tod, der letzte Geliebte. In einem meiner Gedichte sah ich ihn als den Mann unter dem Bett.

Der Mann unter dem Bett
Der Mann, der seit Jahren dort liegt und wartet
Der Mann, der auf meinen schwebenden nackten Fuß wartet
Der Mann, lautlos wie Staubflocken, die durchs Dunkel schweben
Der Mann, dessen Atem dem Atem kleiner weißer Schmetterlinge gleicht
Der Mann, dessen Atem ich höre, wenn ich den Telefonhörer abhebe
Der Mann im Spiegel, dessen Atem Silber schwärzt
Der Knochenmann im Wandschrank, der mit den Mottenkugeln rasselt
Der Mann am Ende des Endes der Reihe

Heute abend bin ich ihm begegnet. Ich begegne ihm immer
Er steht im Bernsteindämmer der Bar
Wo die Krabbe sich krümmt wie ein winkender Finger
& auf ihrem Zahnstocherbesen durch die Luft reitet
Wenn das Eis birst & unter mir Tiefe sich auftut
Die dunklen Waken seines Gesichts
Dann blickt er mich an aus blicklosen Augen
Die Tiefe und er, sie warten seit Jahren
Mich hinabzuziehen in Nacht und Schwärze
& nun sagt er, er warte ja nur darauf
mich nach Hause zu bringen
Wir walzen durch Straßen
Der Tod und das Mädchen
Wir schweben durch Mauern, durch die Wand meines Zimmers

Wenn er mein Traum ist, wird er wieder in meinen Körper eingehen
Sein Atem haucht Nebellettern auf meine gläsernen Wangen
Ich schlinge mich um ihn gleich dem Dunkel
Ich atme in seinen Mund
& mache ihn wirklich

Nervöses Hüsteln

Unsere Erinnerungen ermangeln der scharfen Konturen der Faktizität. Um uns weiterzuhelfen, ersinnen wir kleine Fiktionen, höchst subtile, persönlich gefärbte Szenarien, die unsere Erfahrungen klären und ihnen Form verleihen. Das erinnerte Geschehen wird zur Fiktion, zu einem Gefäß, in dem bestimmte Gefühle ihren angemessenen Platz finden. Das steht für mich fest. Wenn es diese Hilfskonstruktionen nicht gäbe, würde die Kunst zu privat werden und der Künstler könnte sein Werk nicht hervorbringen, von einer verständnisvollen Aufnahme durch das Publikum ganz zu schweigen. Selbst der Film, die wahrheitsgetreueste aller Künste, unterliegt unserer eigenen Zensur.

– Jerzy Kosinski

Bennett schläft. Auf dem Rücken. Mit angelegten Armen. Marie Winkleman ist nicht bei ihm. Ich lege mich leise und verstohlen in mein eigenes Bett; durchs Fenster dringt blaues Licht. Ich bin zu glücklich, um schlafen zu können. Doch was werde ich morgen früh Bennett sagen? Ich liege im Bett und denke an Adrian (der soeben fortgefahren ist und sich inzwischen sicher wieder hoffnungslos verirrt hat). Ich bete ihn an. Je hoffnungsloser er sich verirrt, desto vollkommener erscheint er mir.

Ich erwache um sieben und bleibe noch zwei Stunden liegen, bis Bennett wach wird. Er stöhnt, furzt und steht auf. Er beginnt, sich schweigend anzuziehen und stampft dabei lärmend im Zimmer umher. Ich trällere vor mich hin und hüpfe zwischen Bade- und Schlafzimmer hin und her.

»Du warst ja gestern abend so plötzlich verschwunden?« sage ich munter. »Wir haben dich überall gesucht.«

»*Ich* war verschwunden?«

»Ja, in diesem Lokal – du warst plötzlich weg. Adrian Goodlove und ich haben dich überall gesucht wie verrückt ...«

»*Ihr* habt mich gesucht?« Es klang sehr bitter und sarkastisch. »Du und deine *liaisons dangereuses*«, sagte er. Er sprach es falsch aus. Ich wurde plötzlich von Mitleid erfaßt. »Da wirst du dir schon was Besseres ausdenken müssen.«

Angriff ist die beste Verteidigung, dachte ich. Der Rat Bathsebas an unzüchtige Ehefrauen: Immer zuerst den Mann anschuldigen.

»Und wo bist *du* mit Marie Winkleman geblieben, verdammtnochmal?«

Er sah mich düster an: »Wir saßen im Nebenraum und sahen zu, wie ihr auf der Tanzfläche praktisch im Stehen gevögelt habt. Dann seid ihr fort ...«

»Du warst noch *da*?«

»Ich saß an einem Tisch, gleich hinter der Trennwand.«

»Ich hab' keine Trennwand gesehen.«

»Du hast überhaupt nichts gesehen«, sagte er.

»Ich dachte, du wärst weggegangen. Wir sind *Stunden* rumgefahren und haben euch gesucht. Und dann hat er mich hier abgesetzt. Wir haben uns immerzu verfahren.«

»Aber sicher.« Er räusperte sich – eine Nervenreaktion, wenn er böse oder gereizt ist. Es klang wie Todesröcheln. Aber gedämpft. Es gab nichts in unserer Ehe, was ich mehr verabscheute als dieses Leitmotiv unserer schrecklichsten Augenblicke.

Wir frühstückten, ohne ein Wort zu wechseln. Ich wartete, leicht geduckt, auf die Schläge, die fallen mußten, doch es erfolgten keine weiteren Anklagen. Sein weichgekochtes Ei klapperte im Eierbecher. Sein Löffel klirrte in der Kaffeetasse. In der tödlichen Stille, die zwischen uns herrschte, erschien jeder Laut und jede Bewegung übertrieben, wie in einer Großaufnahme im Film. Wie er sein Ei köpfte, hätte ein Epos von Andy Warhol sein können. *Ei* würde es heißen. Sechs Stunden lang eine Männerhand, die einem Ei den Kopf abschlägt. In Zeitlupe.

Wie sonderbar, daß er jetzt schweigt, dachte ich, dabei hat er mich doch so oft wegen kleiner Unterlassungen angefahren, weil morgens der Kaffee nicht zur Zeit auf dem Tisch stand, weil ich versäumt hatte, diese oder jene Besorgung zu erledigen, weil ich ihn nicht auf ein Hinweisschild aufmerksam gemacht hatte, wenn wir in einer fremden Stadt den Weg nicht fanden. Doch jetzt: nichts.

Nichts als dieses nervöse Räuspern; er starrte in die offene Schädeldecke seines Frühstückseies. Sich räuspern war sein einziger Protest.

Dieses Hüsteln brachte mir die schrecklichste aller schrecklichen Episoden aus unserer gemeinsamen Vergangenheit in Erinnerung – unseren ersten Weihnachtsabend. Wir waren in Paris. Bennett war abgrundtief deprimiert, und das schon seit langem. Es begann eigentlich bereits in der ersten Woche nach unserer Eheschließung. Er haßte die Army. Er haßte Deutschland. Er haßte Paris. Er haßte auch mich, wie es schien, als sei ich für all das verantwortlich und nicht nur dafür. Wahre Eisberge von Ressentiments und Groll, die sich weit, weit unter dem Meeresspiegel erstreckten.

Während der ganzen langen Fahrt von Heidelberg nach Paris sprach Bennett fast kein Wort mit mir. Schweigen ist die stumpfeste aller stumpfen Waffen. Es ist, als würde ein Rammklotz einen in den Boden treiben – als treibe dieses Schweigen einen immer tiefer in sein eigenes Schuldgefühl hinein. Die innere Stimme klagt einen bitterer an, als eine Stimme von außen das je tun könnte.

Ich sehe die ganze Episode vor mir, wie einen gestochen scharfen Schwarzweiß-Film. Regie: vielleicht Bergman. In diesem Film spielen wir uns selber. Wenn wir doch bloß nicht immer wieder uns selbst spielen müßten!

Weihnachtsabend in Paris. Der Tag war weiß und grau. Am Vormittag waren sie in Versaillas spazierengegangen und hatten die nackten Statuen bemitleidet. Die Statuen waren grellweiß, die Schatten schiefergrau. Die gestutzten Hecken waren ebenso flach wie ihrer beider Schatten. Der Wind war schneidend und kalt. Ihrer beider Füße waren gefühllos. Die Schritte klangen hohl – hohl wie ihre Herzen es waren. Sie sind verheiratet, aber keine Freunde.

Jetzt ist es Abend. In der Nähe vom Odéon. In der Nähe von St. Sulpice. Sie gehen die Stufen der Métro hoch. Hallende Schritte von eisigen Füßen.
Sie sind beide Amerikaner. Er ist hochgewachsen und schlank, mit einem kleinen Kopf. Er sieht östlich aus, mit struppigem, schwarzem Haar. Sie ist klein und blond und nicht glücklich. Sie stolpert oft. Er stolpert nie. Er haßt ihr Stolpern. Jetzt wissen Sie alles. Außer der Story.
Wir stehen ganz oben auf einer Wendeltreppe in einem Hotel an der *rive gauche* und sehen hinunter, während die beiden zum fünften Stock hinaufsteigen, sie hinter ihm, immer in die Runde. Wir sehen ihre Scheitel sich ruckweise nähern, dann sehen wir ihre Gesichter. Der Gesichtsausdruck der Frau ist verstimmt und traurig. Seine Kinnbacken sind störrisch verhärtet. Er räuspert sich immer wieder nervös.
Sie sind nun auf der fünften Etage und gehen auf ihr Zimmer zu. Er öffnet die Tür. Es handelt sich um ein schäbiges Pariser Hotelzimmer, wie man es kennt, unwirtlich und vergammelt. Die Überdecke aus Chintz auf dem Bett ist verschossen, der Bodenbelag in den Ecken ausgefranst. Hinter einem Papp-Paravent Waschbecken und Bidet. Die Fenster gehen wahrscheinlich auf Dächer hinaus, doch sind sie mit schwerem, braunem Velours verhängt. Es hat nun wieder zu regnen begonnen; die heimlichen Morsezeichen des Regens ticken aufs Fensterblech.
Sie denkt sich, daß offenbar alle 20-Francs-Hotels in Paris denselben imaginären Innenarchitekten zu Rate gezogen haben. Das kann sie ihm nicht sagen. Er würde sie für verwöhnt halten. Doch zu sich selbst kann sie es sagen. Sie haßt das zu schmale Doppelbett mit der Kuhle in der Mitte. Sie haßt das harte Kopfpolster statt eines Kissens. Sie haßt den Staub, der ihr in die Nase steigt, wenn sie die Überdecke zurückschlägt. Sie haßt Paris.
Er zieht sich, zitternd vor Kälte, aus. Sie werden bemerken, wie schön sein gänzlich unbehaarter Körper ist, wie gerade sein Rücken, wie wohlgeformt seine bräunlichen Schenkel mit den langgestreckten Muskeln sind, wie edel seine Hände. Doch sein Körper ist nicht für sie. Vorwurfsvoll zieht er seinen Pyjama an. Sie steht in Strümpfen da.
»Warum mußt du mir das immer wieder antun? Ich fühle mich dann so allein.«
»Das ist deine eigene Schuld.«
»Wie meinst du das? Ich wollte heute abend froh und glücklich sein. Es ist Weihnachten. Warum bist du böse? Was hab ich getan?«

Schweigen.
»Was hab ich getan?«
Er sieht sie an, als sei die Tatsache, daß sie das nicht weiß, eine zusätzliche Kränkung.
»Gehn wir schlafen. Vergessen wir das Ganze.«
»Was soll ich vergessen?«
Er sagt nichts.
»Soll ich vergessen, daß du böse mit mir bist? Vergessen, daß du mich strafst – für nichts? Vergessen, daß ich einsam bin und friere, daß Weihnachten ist und daß du mir diesen Abend wieder mal verdorben hast? Ist es das, was ich vergessen soll?«
»Ich will nicht darüber reden.«
»Worüber? *Worüber* willst du nicht reden?«
»Sei still. Ich will nicht, daß du hier im Hotel so rumschreist.«
»Es ist mir scheißegal, was du willst oder nicht willst. *Ich* will anständig behandelt werden. Vielleicht hättest du zumindest die Güte, mir mitzuteilen, warum du so 'ne Scheißlaune hast. Und sieh mich nicht so an ...«
»Wie?«
»Als ob es die schwerste Sünde wäre, daß ich deine Gedanken nicht lesen kann. Ich *kann* deine Gedanken nicht lesen. Ich *weiß* nicht, warum du so 'ne Wut im Bauch hast. Ich kann nicht jeden Wunsch von dir erraten. Wenn du das von einer Frau verlangst, dann hast du die falsche Frau.«
»Das dürfte stimmen.«
»Was ist es denn? Sag es mir doch bitte.«
»Das solltest du auch so wissen.«
»Großer Gott! Erwartest du im Ernst von mir, daß ich Gedanken lesen kann? Ist das die Bemutterung, die du dir vorstellst?«
»Wenn du auch nur eine Spur von Einfühlungsvermögen hättest ...«
»Aber ich geb mir doch Mühe. Mein Gott, du gibst mir ja gar keine Gelegenheit.«
»Du schaltest ab. Du hörst nicht zu.«
»Es war irgendwas im Film, nicht wahr?«
»Was war im Film?«
»Wieder eine Gegenfrage. Mußt du mich eigentlich immer verhören wie so 'nen Verbrecher? Mußt du ein *Kreuzverhör* mit mir anstellen? ... Es war die Beerdigungsszene ... Wie der kleine Junge seine tote Mutter ansah. Das hat dich irgendwie ... Seitdem bist zu so deprimiert.«
Schweigen.

»Nicht wahr, das *war's* doch?«
Schweigen.
»Los, Bennett, du machst mich *rasend.* Bitte sag es mir. Bitte.«
»Was war mit der Szene im Film, die mich ›irgendwie‹ ...?« (Die Worte kommen einzeln wie kleine Almosen. Wie kleine, harte Kotstückchen.)
»Frag nicht, Bennett. *Sag* es mir!« (Sie schlingt die Arme um ihn. Er macht sich los. Sie fällt zu Boden und umklammert sein Bein. Es sieht weniger nach einer Umarmung als nach einer Rettungsszene aus: sie droht zu ertrinken und er überläßt ihr widerstrebend sein Bein als Halt.)
»Steh auf!«
(Sie weint.) »Nur, wenn du es mir sagst.«
Er macht sein Bein frei. »Ich geh schlafen.«
(Sie preßt ihr Gesicht an den kalten Fußboden.) »Bennett, *bitte* sei nicht so, sprich mit mir.«
»Ich bin zu wütend.«
»Bitte.«
»Ich kann nicht.«
»Bitte.«
»Je mehr du bittest, um so weniger berührt es mich.«
»Bitte.«
Sie liegen im Bett und denken. Das Polster an ihrem Gesicht ist naß. Sie zittert und schluchzt. Er scheint es nicht zu hören. Wenn sie in die Vertiefung in der Mitte des Bettes rollen, ist er der erste, der abrückt. Das geschieht immer wieder. Das Bett ist ausgehöhlt wie ein Einbaum.
Sie liebt die Wärme und Härte seines Rückens. Sie würde gern die Arme um ihn legen. Sie würde die ganze Szene gern vergessen, so tun, als sei nichts geschehen. Wenn sie miteinander schlafen, sind sie zumindest für eine Weile zusammen. Doch er will nicht. Er schiebt ihre Hand vom Schlitz seiner Pyjamahose fort. Er stößt sie von sich. Sie rollt wieder zurück. Er liegt nun am äußersten Rand des Bettes.
»Das ist keine Lösung«, sagt er.
Dem fallenden Regen lauschen. Von der Straße hin und wieder Gebrüll betrunkener Studenten auf ihrem Nachhauseweg. Nasses Kopfsteinpflaster. Paris kann so naß sein. Nach dem Kino heute abend waren sie in Notre-Dame. Eingezwängt zwischen nassen Wollmänteln und nassen Pelzmänteln. Mitternachtsmesse. Wasser von Schirmspitzen, das in ihrer beider Schuhe tropfte. Sie konnten weder vor noch zurück. Menschentrauben überall, auch

die Gänge sind verstopft. Keiner kann sich rühren. *Paix dans lu Monde,* sagt eine hohe, elektronisch verstärkte Stimme. Nichts schlimmer als der Geruch von nassem Pelz.

Er ist wieder in Washington Heights. Sein Vater ist gestorben. Er empfindet nichts. Sonderbar, daß er nichts empfindet. Es gehört sich nicht, daß man nichts empfindet, wenn jemand stirbt.

Ich hab dir doch gesagt, daß ich nichts empfunden habe, warum fragst du immer wieder? Weil ich dich ganz kennen will. Du hast nie jemand verloren. Bei dir ist noch nie einer gestorben. Haßt du mich *deswegen*? Wir lebten von der Wohlfahrt. Du lebtest in Central Park West, während wir von der Wohlfahrt lebten. Ist das meine Schuld? Kennst du das chinesische Beerdigungsinstitut in der Pell Street? Wenn Menschen sterben, dann kehren sie zu ihresgleichen zurück. Rassisten im Tode. Er hat nie an Gott geglaubt. Er ist nie in die Kirche gegangen. Sie beteten auf chinesisch. Und ich dachte: mein Gott, ich verstehe ja kein Wort. Der Sarg war offen, das ist wichtig. Sonst weigert man sich, an den Tod zu glauben. Psychologisch gesehen richtig. Aber es hat etwas Schauerliches an sich. Dann kamen die Verwandten und nahmen uns unser letztes Geld ab. Ihr habt doch das Geschäft, sagten sie, doch das Geschäft machte pleite. Ich war noch in der High School. Nach meinem Abschluß könnte ich ja arbeiten gehen, sagte die Fürsorgerin. Aber ich dachte: dann werd ich wohl Kellner werden müssen. Und ich kann nicht einmal Kellner in einem chinesischen Restaurant werden, weil ich kein Chinesisch verstehe. Ich werde ein Nichts sein, eine Null, dachte ich, ein armes Schwein, das es zu nichts bringt. Ich *muß* einfach studieren. Und du lebtest die ganze Zeit in Central Park West. Und verbrachtest die Wochenenden in Cambridge. Als ich studierte, mußte ich die Versuchstiere füttern. Weihnachtsabend. Jeder ging aus, amüsierte sich. Ich hockte im Labor und fütterte die gottverdammten Ratten.

Sie liegt sehr still neben ihm. Sie berührt sich, um sich zu beweisen, daß sie nicht tot ist. Sie denkt an die ersten beiden Wochen, nachdem sie sich das Bein gebrochen hatte. Damals onanierte sie häufig, um sich zu beweisen, daß sie noch etwas anderes spüren konnte außer Schmerz. Schmerz war damals ihre Religion. Etwas, dem sie sich bedingungslos überließ.

Sie läßt ihre Hand über den Bauch abwärts gleiten. Ihr rechter Zeigefinger berührt die Klitoris, während der linke Zeigefinger tief eindringt, wie ein Penis. Was empfindet ein Penis, umgeben von diesen weichen, nachgiebigen fleischigen Grotten? Ihr Finger ist

nicht dick genug. Sie steckt zwei Finger hinein und spreizt sie. Doch ihre Nägel sind zu lang. Sie kratzen.
Und wenn er nun wach wird?
Vielleicht möchte sie, daß er aufwacht und bemerkt, wie einsam sie ist.
Einsam, einsam, einsam. In diesem Rhythmus bewegt sie ihre Hand, spürt, wie die beiden Finger in ihr schlüpfrig werden und die Klitoris hart und rot. Können die Fingerspitzen Farben fühlen? So fühlt sich jedenfalls Rot an. Und drinnen ist es purpurn, fast tief violett. Als sei das Blut dort innen blau.
»An wen denken Sie, wenn Sie onanieren?« hatte ihr Psychoanalytiker, ein Deutscher, gefragt. *Ich denke, also bin ich.* Sie denkt eigentlich an niemand und an alle. An ihren Analytiker und an ihren Vater. Nein, nicht an ihren Vater. Sie kann nicht an ihren Vater denken. An einen Mann in einem Zug, an einen Mann unter dem Bett, an einen Mann ohne Gesicht. Sein Gesicht ist ein weißer Fleck. Sein Penis hat ein Auge. Es weint.
Sie spürt den Orgasmus krampfig an ihren Fingern saugen. Ihre Hand fällt zur Seite und sie sinkt in tiefen Schlaf.
Sie träumt, daß sie wieder in der Wohnung ist, in der sie aufwuchs, doch nun ist sie von einem Traumarchitekten entworfen.
Die Gänge, die zu den dreiwändigen Schlafzimmern führen, winden sich wie der Mäander und die Pantry ist ein Windkanal, in dem Wandschränke hängen, zu hoch, um sie zu erreichen. Die Wasserrohre röcheln wie asthmatische alte Männer, das Parkett atmet. Das Mattglas in der Tür des Schlafzimmers ist voller Gesichter, die aus O-förmigen Mündern ihre Seelenqual zum Mond hinaufweinen. Eine langgezogene Silbe aus Mondlicht gleitet vorwärts und versilbert den Fußboden, dann zerschellt sie mit dem Geräusch splitternden Glases. Die Gesichter in der Tür sind wölfisch. In den Mundwinkeln geronnenes Blut.
Im Badezimmer des Dienstmädchens steht eine Wanne auf Klauenfüßen; ein Kind kann sich leicht vorstellen, darin zu ertrinken. Von der Decke des Wohnzimmers hängen vier Messinglaternen herab. Die Decke ist viele Klafter hoch und mit oxydiertem Blattgold bedeckt. Über dem Wohnzimmer ist ein Balkon mit gedrehten Geländerstäben, die genau so weit auseinanderstehen, daß ein Kind hindurchschlüpfen und seinen Schwebeflug antreten kann. Eine Treppe höher und sie steht im Atelier, wo es nach Terpentin riecht. Die Decke läuft spitz zu wie ein Hexenhut. Genau in der Mitte hängt ein dornenbewehrter eiserner Lüster an einer schwarzen Kette. Er schaukelt im sausenden Zugwind zwischen dem trapezförmigen

nördlichen Fenster und dem trapezförmigen südlichen Fenster.
An der Wand Beethovens gipserne Totenmaske. Seine gewölbten Lider sind geschlossen. Sie steigt auf einen Stuhl und streicht mit dem Finger darüber hin. Schwarzer Ruß streift jetzt den Gips. Nun hat sie ihre Fingerabdrücke auf Beethovens Augen hinterlassen. Es wird ganz sicher etwas Schreckliches geschehen.
Auf dem Tisch ein Totenschädel, daneben ein Kerzenhalter. Ein Stilleben, das ihr Großvater arrangiert hat. Gibt es so etwas wie ein stilles Leben? *Nature morte.* Auf der Staffelei steht ein halbfertiges Ölbild: ›Schädel und Kerzenhalter‹. Was ist stiller? Der Schädel? Oder das stille Abbild des stillen Schädels? Welche Stille wird länger anhalten?
In der Ecke ein Wandschrank. Dort hängt die grüne, leere Army-Jacke ihres Mannes. Die Ärmel flattern im Wind. Ist er tot? Sie hat schreckliche Angst. Sie läuft zur Falltür des Ateliers und die Stufen hinunter. Plötzlich fällt sie und weiß, daß sie sterben wird, wenn sie unten aufschlägt. Sie will schreien, schlägt um sich und erwacht, verwundert darüber, daß sie nicht im Elternhaus, sondern in Paris ist. Er liegt immer noch neben ihr wie tot. Sie betrachtet sein schlafendes Gesicht, den langgestreckten Mund mit den aufgebogenen Winkeln, die wie getuschten Brauen – chinesische Schriftzeichen –, und sie denkt, daß sie nächstes Jahr um diese Zeit nicht mehr zusammen sein oder ein Kind haben werden, das ihr nicht gleicht.
»Fröhliche Weihnachten«, sagt er, die Augen öffnend.
Sie lieben sich. Ist Hoffnung?
Es friert; der nächtliche Regen hat die Straßen mit Glas überzogen. Sie kleiden sich für einen Spaziergang an. Unterwegs hält er sie fest um die Taille, doch sie gleitet trotzdem immer wieder aus. Er ermahnt sie, ›kleine Schritte‹ zu machen.
»Als hätte ich bandagierte Füße«, sagt sie.
Er lacht nicht.
Sie gehen die Ile St. Louis entlang und bewundern die Architektur.
Sie machen sich gegenseitig auf die sonderbaren Steinmetzarbeiten aufmerksam, die die Häuser in Höhe des zweiten Stockwerks zieren. Sie bleiben stehen, um drei angelnden alten Männern zuzusehen, die zappelnde kleine Fische aus der grauen angeschwollenen Seine ziehen. In einem elsässischen Restaurant essen sie zwei Dutzend Austern und anschließend Zwiebelkuchen, und der Wein steigt ihnen zu Kopf. Dann gehen sie wieder auf der spiegelglatten Straße und halten sich krampfhaft aneinander fest. Sie fragt sich, wo sie wohl hingehen könnte, wenn sie ihn verließe. Bruchstücke

des Traumes der vergangenen Nacht tauchen vor ihr auf: das Haus und die Wohnung, und sie weiß, daß sie dorthin nicht zurück kann. Sie kann nirgends hin. Nirgends. Sie drückt ihn an sich. »Ich liebe dich«, sagt sie.

Es dunkelt bereits, als sie in einem Lokal an der *rive gauche*, gegenüber von Notre-Dame, *bûche de Noël* und Kaffee bestellen. Denkt er daran, sie zu verlassen? Sie weiß nie, was er denkt. Sie tun, als sei dies ein heiterer, unbeschwerter Tag gewesen. Er hält sie fest um die Mitte, läßt sie keinen Augenblick los, während sie die vereisten Straßen überqueren.

»Kleine Schritte machen«, sagt er immer wieder. »Du wirst dir noch das Genick brechen, und ich mir dann auch.«

»Was würde ich ohne dich anfangen?« sagt sie.

Er räuspert sich nervös, erwidert aber nichts.

Hier wäre der Film vielleicht zu Ende, mit diesem Räuspern. Doch ich habe nicht vergessen, was anschließend noch alles geschah: der Wagen gab seinen Geist auf. Die Fahrt mit dem Zug, zurück nach Heidelberg; die vier französischen Soldaten in unserem 2.-Klasse-Liegewagen, die die ganze Fahrt lang rülpsten und furzten – es war fast, als trieben sie die Lokomotive damit an; der jähe Absturz neben mir (ich lag auf der obersten Pritsche). Ein plötzlicher Anfall von Diarrhöe zwang mich, die Furcht vor diesem Abgrund nicht weniger als sechsmal in dieser Nacht zu überwinden (wobei ich einmal dem zu unterst liegenden Soldaten genau zwischen die Beine trat, worauf er, wenn man die Umstände in Betracht zieht, äußerst liebenswürdig reagierte). Und dann unsere Rückkehr nach Heidelberg. Weihnachten war vorüber, und wir hatten uns damit abzufinden, daß der ganze Army-Dreh wieder von vorne anfing. (Im Urlaub bemühten wir uns immer, so zu tun, als seien wir irgendein amerikanisches Ehepaar, das sich zu seinem Vergnügen in Europa aufhält.)

Und dann, am Silvestertag, das Telegramm – abgefaßt, wie solche Botschaften abgefaßt zu sein pflegen, und ausgerechnet an diesem grauen, bedrückenden Samstagnachmittag, an dem die gesamte männliche Bevölkerung von Klein-Amerika eifrig mit dem Waschen des Familienautos beschäftigt war, die gesamte weibliche Bevölkerung mit Lockenwicklern im Haar umherging und die Deutschen auf der anderen Seite der Goethestraße bereits der ersten Flasche Schnaps den Hals brachen, um, wenn auch verfrüht, das neue Jahr zu begrüßen ...

GROSSVATER DIENSTAG SECHS UHR FÜNFZEHN GESTORBEN STOP
HERZMASSAGE MIT ERFOLG STOP DANN HERZVERSAGEN STOP
DARMBLUTUNGEN STOP KEINE HOFFNUNG STOP
BEISETZUNG 4. JANUAR STOP IN LIEBE MUTTER

Zuerst las ich das Telegramm, dann gab ich es Bennett. Ich hatte dieses beklemmende Gefühl, das ich immer habe, wenn ich weiß, daß etwas Schreckliches *mir* angelastet werden wird. Ich wußte, daß Bennett es irgendwie schaffen würde, mir die Schuld am Tod seines Großvaters zuzuschieben. Die Eltern meiner Mutter lebten noch.
Ich schlang meine Arme um Bennett; er entzog sich mir. Ich weiß noch ... ich dachte, ich sei weniger traurig darüber, daß sein Großvater gestorben war, als darüber, daß ich selbst, zur Strafe für seinen Tod, noch ein bißchen mehr würde sterben müssen. Bennett saß, das Telegramm in der Hand, im Wohnzimmer auf der Couch. Ich setzte mich neben ihn, sah ihm über die Schulter und überflog den Text noch einmal. ›Der Finger des Lebens schreibt und verschreibt sich ...‹, dachte ich. Ich hatte Bennetts Großvater kaum gekannt (ein uralter Chinese, 99 oder 100, der aussah, wie aus nachgedunkeltem Elfenbein geschnitzt, und kaum ein Wort Englisch konnte). Ich stellte mir vor, daß mein eigener Großvater gestorben sei, und fing an zu weinen. In Wirklichkeit weinte ich um mich selbst, die ich mit fünfundzwanzig Jahren eines langsamen Todes starb.
Bennett war vom Tode gezeichnet, er steckte bis zum Hals in Tod. Er trug seine Trauer mit sich herum wie einen unsichtbaren Rucksack. Wenn er sich mir zugewandt hätte, wenn er mir erlaubt hätte, ihn zu trösten, hätte ich es mit ihm gemeinsam tragen können. Doch er wandte sich ab. Und er gab mir die Schuld. Und diese Anschuldigung trieb mich von ihm. Aber ich wagte es nicht fortzugehen. Ich blieb und schloß mich immer mehr ab. Ich wandte mich immer intensiver meinen Phantasien und meiner Arbeit zu. Und damit begann ich, mich selbst zu entdecken. Bennett zog sich in seine Trauer zurück, er verbarrikadierte sich hinter ihr, und ich zog mich in mein Zimmer zurück um zu schreiben.
Den ganzen langen Winter trauerte er – um seinen Großvater, seinen Vater, seine Schwester, die mit sechzehn starb, um seinen zurückgebliebenen, mit achtzehn Jahren gestorbenen Bruder, seinen Freund, der mit vierzehn an Kinderlähmung starb; er betrauerte seine Armut und sein Verstummen. Er trauerte, weil er

eingezogen war, er trauerte um das Leben, das er in New York hinter sich gelassen hatte. Er betrauerte die Toten und seine eigene zwanghafte Beschäftigung mit dem Tod. Er betrauerte seine Trauer. Der starre Ausdruck auf seinem Gesicht war eine Art Totenmaske. So viele Menschen, die er geliebt (aber auch gehaßt) hatte, waren gestorben, und er trug diese Maske als Buße. Wieso durfte er leben, wenn sie tot waren? Also glich er sein Leben dem Tod an. Und sein Tod war auch mein Tod. Ich lernte es, durch Schreiben am Leben zu bleiben.

Das war der Winter, in welchem ich mit dem Schreiben ernst machte. Ich begann zu schreiben, als sei das meine einzige Hoffnung auf Überleben, auf Entkommen. Ich hatte, auf meine Weise, mein ganzes Leben lang schon geschrieben. Ich hatte schon immer Schriftsteller verehrt. Wenn ich ein Buch zu Ende gelesen hatte, küßte ich das Bild des Autors auf der Rückseite des Schutzumschlags. Alles Gedruckte stellte für mich eine heilige Reliquie dar, und Autoren waren Wesen von übermenschlichen Kenntnissen und ebensolcher Intelligenz. Pearl Buck, Tolstoi oder Carolyn Keene, die Autorin von *Nancy Drew.* Ich klassifizierte noch nicht so überheblich, wie man das später zu tun lernt. Unbelastet und leichtfüßig ging ich von einem Druckwerk zum anderen über, von *Alice hinter den Spiegeln* zu einem Horror-Comic, von den *Großen Erwartungen* oder *The Secret Garden* zum *Mad*-Magazin.

In meinem chaotischen Elternhaus lernte ich schon früh, daß ein Buch, das man sich zu gegebener Zeit vors Gesicht hält, als kugelsichere Weste, als Asbestschild, als Tarnkappe dienen kann. Ich lernte es, hinter Büchern Schutz zu suchen, der ›zerstreute Professor‹ zu werden, wie meine Eltern mich ohnehin nannten. Sie schrien mit mir herum, aber ich hörte sie nicht. Ich las. Ich schrieb. Ich war in Sicherheit.

Bennetts Großvater – jener tapfere alte Mann, der mit zwanzig aus China nach Amerika gekommen war, den ein Missionar, der versprach, ihm Englisch beizubringen (und es nie tat), zum Christentum bekehrte, dieser Großvater, der chinesischen Minenarbeitern in den Bergwerken des Nordwestens das Evangelium predigte, der seine Tage als Inhaber eines kleinen Souvenirladens in der Pell Street beschloß – und nie in den 99 oder 100 Jahren seines Lebens mehr als einige wenige Worte verständliches Englisch zu sprechen lernte und noch viel weniger zu schreiben – gab durch seinen Tod den Anstoß zu meiner Laufbahn als Schriftstellerin. Zuweilen ist der Tod der Beginn von etwas Neuem.

Während Bennett den langen Winter über schweigend trauerte,

schrieb ich. Ich verbrannte alle Gedichte aus meiner Studienzeit, selbst die veröffentlichten, ebenso alle mißglückten Entwürfe von Kurzgeschichten und Romanen. Ich wollte mich neu erschaffen, mir ein neues Leben durch Schreiben schaffen.

Ich vertiefte mich in die Werke anderer Schriftsteller. Ich ließ mir Bücher von Foyle's in London kommen, oder bat meine Freunde oder meine Eltern, mir welche aus New York zu schicken. Ich konzentrierte mich jeweils auf einen zeitgenössischen Dichter oder Romancier, machte mir durch mehrfaches Lesen seine Bücher zu eigen, achtete darauf, wie er sich von Buch zu Buch veränderte und imitierte alle paar Monate den Stil eines anderen Autors. Die ganze Zeit lebte ich in Angst und betrachtete mich selbst als Versager. Als ich – lang ist's her – siebzehn oder achtzehn war und Dreißigjährige für uralt hielt, hatte ich mir geschworen, mich umzubringen, wenn ich mit fünfundzwanzig noch kein Buch veröffentlicht haben würde. Und nun war ich bereits fünfundzwanzig! Und fing gerade erst an!

Eigene Arbeiten an literarische Zeitschriften zu senden, schloß sich für mich aus. Obwohl ich im College die ›Dichterin des Jahres‹ gewesen war und die üblichen Preise bekommen hatte, war ich nun davon überzeugt, daß nichts, was ich schrieb, gut genug sei, um es wem auch immer anzubieten. Ich betrachtete die Herausgeber von literarischen Zeitschriften als gottähnliche Wesen, die sich höchstens dazu herabließen, in Meisterwerken zu blättern. Und dieses glaubte ich, obwohl ich auf diese Zeitschriften abonniert war und sie auch getreulich Wort für Wort durchlas. Ich muß zugeben, daß ich viele Beiträge nicht gut fand, doch ich war davon überzeugt, daß meine eigenen Arbeiten viel, viel schlechter wären.

Ich lebte in einer von Phantomen bevölkerten Welt. Ich hatte imaginäre Affären mit Dichtern, deren Werke ich regelmäßig in jenen Zeitschriften las. Gewisse Namen gewannen für mich Leben. Ich las alle biographischen Angaben über die verschiedenen Autoren und hatte mit der Zeit das Gefühl, sie persönlich zu kennen. Es ist sonderbar, welch eine intime Beziehung man zu jemand haben kann, dem man nie begegnet ist – und wie irrig der Eindruck, den man von ihm gewonnen hat, oft ist. Später, als ich wieder in New York lebte und anfing, Gedichte zu veröffentlichen, lernte ich einige dieser magischen Namen in Fleisch und Blut kennen. Sie waren meistens ganz anders, als ich sie mir vorgestellt hatte. Geistige Größen stellten sich unter Umständen als kleine Geister heraus. Autoren düsterer Todespoeme waren zuweilen warmherzige, humorvolle Menschen. Autoren hinreißender Bücher waren oft unleidlich. Hochherzige, aufgeschlossene, altruistische Autoren stellten sich zuweilen als kleinkariert, monomanisch, rücksichtslos und neidisch heraus ... Nicht, daß es da feste Regeln gegeben hätte, aber Überraschungen waren immer zu erwarten. Es war eine höchst gefährliche Angelegenheit, den Charakter eines Schriftstellers danach zu beurteilen, was er schrieb. Doch so viel Realität kam erst später. In den Heidelberger Tagen ging ich völlig in einer literarischen Phantasiewelt auf, die auf die angenehmste Weise keinerlei Verbindung mit der höchst unangenehmen Wirklichkeit hatte. *Ein* Aspekt davon war mein eigenartiges Verhältnis zum *New Yorker.*

Zu der Zeit, von der ich schreibe, wurde der *New Yorker* (und alles andere Drittklassige) per Schiff über den Atlantik herangeschafft. Vielleicht war das der Grund, weshalb immer drei oder vier Nummern des *New Yorker* (keine weniger als drei Wochen alt) zugleich eintrafen – ein dickes Paket. Ich riß die Umhüllung herunter wie in Trance. Ich befolgte ein eigenes Ritual, um dieser ritualisierten Zeitschrift zu Leibe zu gehen. Sie hatte damals noch kein Inhaltsverzeichnis, bloß – Snobismus mit umgekehrtem Vorzeichen – jene gewisse kurze Zeile unter dem jeweiligen Beitrag, mit dem zaghaften Gedankenstrich davor. Ich begann von hinten, auf der Suche nach den Namen unter den langen Artikeln und den Kurzgeschichten und überflog (mit angehaltenem Atem) die Gedichte.

Der kalte Schweiß lief mir dabei herunter, begleitet vom dumpfen Schlagen meines Herzens. Was mich so in Angst versetzte, war die Möglichkeit, auf ein Gedicht oder eine Kurzgeschichte oder einen Artikel von jemandem zu stoßen, den ich *kannte.* Von jemandem, der im College als Vollidiot gegolten hatte oder als notorischer Nasenbohrer, oder der (in Kombination mit einem oder beiden der erwähnten Epitheta) *jünger* war als ich. Und wenn auch nur einen oder zwei Monate.

Ich *las* den *New Yorker* nicht nur, ich *lebte* ihn sozusagen – auf meine Art. Ich hatte mir eine ›*New Yorker*-Welt‹ geschaffen (irgendwo östlich von Westport und westlich von den Cotswolds-Bergen gelegen), wo Peter de Vries (leise vor sich hin kalauernd) bis ans Ende aller Tage sein Glas mit Piesporter hob, wo Niccolo Tucci (in weinroter, samtner Smokingjacke) auf italienisch mit Muriel Spark flirtete, wo Nabokov goldbraunen Portwein aus einem geschliffenen Kelch schlürfte (während ein roter Admiral sich auf seinem kleinen Finger niederließ) und John Updike über des Meisters schweizerische Schuhe stolperte und sich aufs liebenswürdigste entschuldigte (ein ums andere Mal versichernd, daß Nabokov zur Zeit der beste Englisch schreibende Schriftsteller amerikanischer Staatsangehörigkeit sei). Die indischen Schriftsteller hockten in einer Ecke beisammen und schnatterten à la Peter Sellers (und dünsteten einen durchdringenden Curry-Geruch aus), und die irischen Memoirenschreiber (in zünftigen dicken Fischerpullovern und mit Whiskey-Fahne) bemühten sich ostentativ, die steifen, zugeknöpften englischen Memoirenschreiber in Tweeds zu schneiden.

Oh, ich hatte auch um andere Magazine und literarische Zeitschriften einen Mythos gewoben, doch der *New Yorker* war schon seit meiner Kindheit so etwas wie ein Heiligtum für mich. (*Commentary*, zum Beispiel, veranstaltete ziemlich finstere Zusammenkünfte, auf denen gallig aussehende Semiten einander bis zur völligen Erschöpfung den Kopf vollredeten – über das Juden-, Neger- und Bewußtseins-Problem, während sie ganze Schüsseln mit gehackter Leber und Berge von geräuchertem Lachs aus Neu-Schottland vertilgten.) Diese Soireen amüsierten mich zwar, doch meine Ehrfurcht blieb dem *New Yorker* vorbehalten. Ich hätte es nie gewagt, ihm meine eigenen kümmerlichen Produkte anzubieten, und so war ich ebenso überrascht wie wütend, wenn ich in dieser Zeitschrift einen Beitrag von jemandem entdeckte, den ich von früher her kannte.

Auf jeden Fall hatte ich eine höchst exaltierte Vorstellung davon, was es heißt, *ein Schriftsteller* zu sein. Schriftsteller waren für mich eine mysteriöse Bruderschaft von Sterblichen, die – irgendwie ätherisch – sich leichtfüßiger auf dieser Erde fortbewegten als andere Menschen, fast, als hätten sie unsichtbare Flügel. Sie lächelten wissend und spöttisch und erkannten einander an einem gewissen Etwas, vielleicht vermittels einer Art Radar – so ähnlich, wie angeblich Fledermäuse sich orientieren. Jedenfalls nichts so Plumpes wie ein verstohlener Händedruck.

Bennett hatte indirekt auch etwas mit meiner Arbeit zu tun, obwohl er nur selten ein Wort davon las. In jenem Stadium hatte ich eigentlich nicht das Bedürfnis, daß jemand das von mir Geschriebene zur Kenntnis nahm (es war ja hauptsächlich eine Vorbereitung darauf, was ich einmal schreiben würde), aber das Bedürfnis, Anerkennung dafür zu finden, daß ich *überhaupt* schrieb, war durchaus vorhanden. Und diese Anerkennung fand ich bei Bennett. Zuweilen wußte ich nicht, ob er meine Schriftstellerei vielleicht nur guthieß, um ungestört seiner Depression leben zu können, oder ob es ihm Spaß machte, sich bei seiner Eliza Doolittle als Henry Higgins zu betätigen. Doch Tatsache war, daß er schon lange, bevor ich selbst an mich zu glauben begann, an mich glaubte. Es war, als würden wir uns während der langen Krise in unserer Ehe auf indirekte Weise durch meine Arbeit erreichen. Obwohl wir meine Erzeugnisse nicht zusammen lasen, erwiesen sie sich – im Hinblick auf unsere Weltflucht – als ein verbindendes Glied.

Beide lernten wir es, das Unbewußte ans Tageslicht zu heben. Bennett saß fast regungslos im Wohnzimmer und grübelte über den Tod seines Vaters nach, über den Tod seines Großvaters und über all die anderen Tode, die das Leben ihm aufgeladen hatte, als er kaum alt genug war, sein eigenes Leben zu tragen und zu begreifen. Ich saß in meinem Arbeitszimmer und schrieb. Ich lernte es, in die Tiefe meines Selbst zu tauchen und Bruchstücke aus der Vergangenheit zu bergen. Ich lernte es, das Unbewußte zu beschleichen und meine scheinbar ziellosen Gedanken und Phantasien wie mit einem Schmetterlingsnetz einzufangen. Dadurch, daß er mich aus seiner Welt ausschloß, hatte Bennett mir eine Reihe von anderen Welten in meinem eigenen Kopf *er*schlossen. Nach und nach ging mir auf, daß keines der Themen meiner Gedichte mich im Innersten berührte, daß eine tiefe Kluft gähnte zwischen dem, was mich wirklich anging, und dem, worüber ich schrieb. Warum? Wovor fürchtete ich mich? Am meisten vor mir selbst, wie es schien.

Ich begann in Heidelberg die Arbeit an zwei Romanen. Beide waren in der Ich-Form geschrieben, und in beiden war der Erzähler ein Mann. Ich nahm als gegeben an, daß der Standpunkt und die innere Sicht einer Frau niemanden interessierte. Außerdem wollte ich nicht riskieren, all das über mich zu lesen, was über alle (auch gute) Schriftstellerinnen geschrieben wird: »Intelligent, geistreich, lebendig, anrührend, ermangelt jedoch der Tiefe.« Ich wollte über *alles* schreiben. Ich wollte *Krieg und Frieden* schreiben – oder gar nichts. Keine ›fraulichen‹ Themen für mich. Schlachten und Stierkämpfe und Dschungel-Safaris – das war es, was mir vorschwebte. Bloß, daß ich genau nichts über Schlachten und Stierkämpfe und Dschungel-Safaris wußte (die meisten Männer allerdings auch nicht). Aufs äußerste frustriert, kümmerte ich dahin, weil ich glaubte, daß die Sujets, die mir geläufig waren, ›banal‹ und ›typisch weiblich‹ seien, die mir ungeläufigen hingegen ›bedeutend‹ und ›männlich‹. Was ich auch tat – ich war davon überzeugt, es würde mir mißlingen. Schrieb ich, würde es ein Fehlschlag werden, schrieb ich nicht, so war ich von vornherein ein Versager. Ich war wie gelähmt.

Dank einer Menge Glück, dank meiner Traurigkeit, meiner seltsamen Beziehung zu meinem Mann, meiner störrischen Entschlos-

senheit (an die ich damals durchaus nicht glaubte) gelang es mir in den folgenden drei Jahren, drei Sammelbände von Gedichten zu schreiben. Zwei davon warf ich weg, der dritte wurde veröffentlicht. Damit begann eine Reihe ganz neuer Probleme. Ich mußte, um nur eines zu nennen, mit meiner Angst vor Erfolg fertig werden, mit der fast schwerer zu leben war als mit der Angst vor Mißerfolg.
Wenn ich schreiben gelernt hatte – konnte ich dann nicht auch leben lernen? Adrian schien mich lehren zu wollen, wie ich leben sollte. Bennett schien mich lehren zu wollen, wie ich sterben sollte. Und ich wußte nicht einmal, was ich lieber wollte. Oder vielleicht schätzte ich die beiden falsch ein. Vielleicht war Bennett das Leben und Adrian der Tod. Vielleicht besteht das Leben aus Kompromissen und Trauer, während Ekstase unweigerlich in den Tod mündet. Trotz manichäischer Tendenzen konnte ich die Spieler ohne ihre Rückennummern nicht auseinanderhalten. Wenn ich Gut von Böse hätte unterscheiden können, hätte ich vielleicht auch wählen können, doch ich war unsicherer und verwirrter als je zuvor.

Geschichten aus dem Wiener Wald

Die Ketten der Ehe sind so bleischwer, daß es zwei Menschen braucht, um sie zu schleppen – manchmal sogar drei.

– Alexander Dumas

Und nun begann das Karussell sich zu drehen. Ich begleitete Bennett zu Arbeitssitzungen, mit dem festen Vorsatz, bis zum Ende auszuharren; ich schwor mir, daß ich Adrian nie wiedersehen würde, daß es vorbei war, daß ich mich ausgetobt hatte und nun Schluß sein mußte – und dann sah ich Adrian und alle guten Vorsätze waren beim Teufel. Ich stellte fest, daß ich auf dem besten Wege war, das Vokabular der gängigsten Liebesschnulzen, die Klischees der kitschigsten Hollywood-Filme in die Tat umzusetzen. Mein Herzschlag setzte aus. Mir wurde schwummerig, sobald er in meine Nähe kam. Er war mein Sonnenschein. Unsere Herzen hielten Händchen. Wenn wir uns im selben Raum befanden, war ich so erregt, daß ich kaum noch stillsitzen konnte. Es war eine Art Geistesverwirrung, etwas, das mich mit Haut und Haar verschlang. Ich dachte nicht mehr an den Artikel, den ich schreiben sollte, ich dachte an gar nichts mehr, außer an ihn.

Keine der Kriegslisten, zu denen ich in der Vergangenheit in solchen Fällen gegriffen hatte, schien in diesem Fall zum Erfolg zu führen. Ich versuchte, mich von ihm fernzuhalten, indem ich in Gedanken abgegriffene, verlogene Schlagworte wie ›eheliche Treue‹ und ›Ehebruch‹ in die Waagschale warf, mir sagte, daß meine Arbeit unter Adrian leiden würde, daß ich, wenn ich ihn nicht aufgab, zu glücklich sein würde, um schreiben zu können. Ich versuchte, mich selbst davon zu überzeugen, daß ich Bennett weh täte, mir selbst weh täte, mich in den Augen der Leute lächerlich machte. Was der Fall war. Aber nichts half. Ich war wie besessen. Sobald er irgendwo auftauchte und mich anlächelte, war ich verloren.

Am ersten Tag des Kongresses sagte ich nach dem Lunch zu Bennett, ich ginge schwimmen, und haute mit Adrian ab. Wir fuhren zu meinem Hotel; ich packte mein Badezeug, und was ich sonst noch so brauchte, zusammen, führte mein Pessar ein und fuhr dann mit Adrian zu seiner Pension.

In seinem Zimmer riß ich mir in einer knappen Minute die Kleider vom Leibe und legte mich aufs Bett.

»Wo brennt's denn?« fragte er.

»Bei mir.«

»Aber Schatz, wir haben doch Zeit.«

»Wie lange?«

»Solange du willst«, sagte er doppeldeutig. Das hieß: wenn er mich verließ, war ich selbst schuld. So sind Psychoanalytiker nun einmal. Bumst nie mit einem Analytiker, ihr jungen Dinger – wenn ich euch einen guten Rat geben darf.

Aber wie dem auch sei – es haute nicht hin. Jedenfalls nicht, wie

erwartet. Er blieb auf halbmast und wühlte hektisch in mir herum; er hoffte wohl, ich würde es nicht merken. Das Fazit war für mich ein höchst unzulänglicher Orgasmus sowie eine aufgeriebene Möse. Aber irgendwie war mir das sogar recht. Jetzt werde ich mich von ihm befreien können, dachte ich, im Bett taugt er nichts. Ich werde ihn vergessen.
»Was denkst du?« fragte er.
»Daß du mich prima durchgezogen hast.« Mir fiel ein, daß ich das gleiche einmal zu Bennett gesagt hatte, als es der Wahrheit viel näher gekommen war.
»Du bist eine ganz verlogene Heuchlerin. Warum lügst du? Ich weiß doch, daß es nicht stimmt. Im allgemeinen kann ich es viel besser.«
Seine Offenheit überrumpelte mich. »Okay«, sagte ich mürrisch, »du hast mich *nicht* prima durchgezogen. Ich gebe es zu.«
»Na also. Warum läßt du eigentlich immer so die Fürsorgerin raushängen? Um mein Ego zu streicheln?« Er sagte ›Eggoh‹.
Ich dachte darüber nach. Warum tat ich das? Ich nahm wohl an, daß man sich Männern gegenüber so verhalten muß. Tut man es nicht, brechen sie zusammen oder werden verrückt. Ich wollte nicht noch einen Mann in den Irrsinn treiben.
»Wahrscheinlich habe ich immer gedacht, daß das männliche Ego so empfindlich ist, daß man es hätscheln muß –«
»Also mein Eggoh ist nicht so empfindlich. Ich brech' nicht zusammen, wenn du mir sagst, daß ich dich nicht gut gevögelt habe – besonders, da es stimmt.«
»Ich glaube, ich hab noch nie jemand wie dich kennengelernt.«
Er lächelte zufrieden. »Nein, Schätzchen, sicher nicht, und es wird dir höchstwahrscheinlich auch kein zweites Mal blühen. Ich hab dir gesagt, daß ich ein Anti-Held bin. Ich bin nicht da, um dich zu retten – und dich auf einem weißen Zelter zu entführen.«
Wozu war er dann wohl sonst da, fragte ich mich. Zum Ficken jedenfalls nicht.
Wir fuhren in ein riesiges öffentliches Schwimmbad ein wenig außerhalb von Wien. Noch nie im Leben hatte ich soviel sonnenverbrannten Speck auf einem Haufen gesehen. In Heidelberg hatte ich die öffentlichen Bäder und Saunen geflissentlich gemieden, und wenn wir im Urlaub auf Reisen waren, hatten wir immer einen Bogen um die von Deutschen frequentierten Badeorte gemacht. Wir ließen Ravenna und die anderen teutonischen Hauptquartiere jedesmal links liegen. Dafür starrte ich neiderfüllt auf die konkaven Nabel an der französischen Riviera, auf die geldschweren Besitzer

sportlich-schlanker Taillen. Doch hier sahen wir uns umringt von Bergen von *Obers* und Sachertorte, die sich in Speck verwandelt hatten.
»Wie *Das Jüngste Gericht* von Michelangelo«, sagte ich zu Adrian.
»Du weißt schon ... an der Stirnwand der Sixtinischen Kapelle.«
Er streckte mir die Zunge heraus und schnitt eine Grimasse. »Nun *haben* die Leute mal 'n bißchen Spaß und tummeln sich in der frischen Luft und im Wasser, da mußt du natürlich deinen satirischen Blick auf sie richten und siehst nichts als Entartung und Verfall um dich her. Ich sollte dich Madame Savonarola nennen.«
»Du hast recht«, sagte ich zerknirscht. Konnte ich es nie lassen, alles auf diese Weise zu betrachten und zu analysieren und herunterzumachen? Ich konnte es nicht.
»Aber sie sehen doch wirklich aus wie auf dem *Jüngsten Gericht*«, sagte ich. »Das ist Gottes Rache an den Deutschen. Weil sie solche Schweine sind, läßt er sie auch aussehen wie Schweine.«
Und, bei Gott, das taten sie: nicht einfach nur fett, nicht bloß Hängebäuche und muskellose, schlaffe Arme und Doppelkinne und speckglänzende Schenkel – nein, das alles auch noch knallrosa. Verbrannt und brutzelnd. Röter als ein chinesisches Spanferkel. Sie sahen aus wie Ferkel. Oder wie der Schweinefötus, den ich in meinem zweiten Jahr Zoologie sezieren mußte – was fast zum Waterloo meiner College-Laufbahn geworden wäre.
Wir schwammen und küßten uns im Wasser zwischen all den andern ›Verdammten Seelen‹. Ich trug einen schwarzen knappen einteiligen Badeanzug mit einem V-förmigen Ausschnitt bis zum Nabel, und alle starrten mich an, die Frauen mißbilligend, die Männer begehrlich. Ich spürte Adrians Samen schleimig zwischen den Beinen; er tropfte in das gechlorte Wasser des Schwimmbekkens. Eine Amerikanerin, die den Deutschen englisches Sperma spendet. Eine Art pervertierter Marshall-Plan. Sein Samen soll ihr Wasser heiligen und sie taufen. Sein Samen soll sie von Sünden reinwaschen. Adrian der Täufer. Und ich Isadora Maria Magdalena. Doch zugleich fragte ich mich, ob ich vielleicht schwanger werden würde, weil ich so rasch nach dem Bumsen schwimmen gegangen war. Vielleicht würde das Wasser das Sperma in mich treiben, bis hinter mein Pessar? Hatte ich plötzlich Todesangst davor, schwanger zu werden, so wollte ich im nächsten Augenblick nichts lieber, als schwanger werden. Ich stellte mir das wunderschöne Kind vor, das wir gemeinsam zustande gebracht hatten. Es hatte mich gründlich erwischt.

Wir setzten uns unter einen Baum ins Gras und tranken Bier. Wir sprachen über unsere Zukunft – was immer das sein mochte. Adrian war der Ansicht, ich sollte meinen Mann verlassen und in Paris leben (da könnte er immer mal wieder rüberfliegen und mich besuchen). Ich könnte mir eine Dachkammer mieten und Bücher schreiben. Ich könnte nach London kommen und mit ihm zusammen Bücher schreiben. Wir würden dann ein Paar sein wie Simone de Beauvoir und Sartre: zu zweit und doch allein. So dummes Zeug wie Eifersucht müßten wir uns abschminken. Wir würden miteinander ficken *und* mit allen unsern Freunden. Besitz, Besitzgier und Machtansprüche würden für uns kein Problem sein. Und dann, eines Tages, würden wir eine Kommune gründen, für Schizophrene, Dichter und radikale Psychoanalytiker. Wir würden wie richtige Existentialisten leben, statt immer nur darüber zu reden, wir würden alle zusammen in Harmonie in einer Art von Höhle leben.

»Ach ja, ich verstehe – so à la *Yellow Submarine*«, sagte ich.

»Ja, warum nicht?«

»Du bist ein unverbesserlicher Romantiker, Adrian ... Walden Pond und all das.«

»Jetzt hör mir mal gut zu – ich sehe nicht recht, was an dem verlogenen Leben, das *du* führst, so großartig sein soll. Du bist gezwungen, immer so zu tun, als ob all der Quatsch wie Treue und Monogamie dir etwas bedeutet, lebst in tausend Widersprüchen, du läßt dich von deinem Mann erhalten wie so 'n verwöhntes Wunderkind und wirst es nie lernen, auf eigenen Beinen zu stehen. *Unser* Leben wäre zumindest ehrlich. Wir würden zusammen leben, aber außerdem auch ficken, mit wem es uns Spaß macht. Keiner würde den anderen ausbeuten, und keiner braucht sich schuldig zu fühlen, weil er abhängig ist ...«

»Dichter und Schizophrene und Psychoanalytiker?«

»Da gibt's doch keine allzu großen Unterschiede, oder?«

»Überhaupt keine.«

Der Existentialismus war Adrian innerhalb einer Woche durch Martine, die französische Schauspielerin, die in der Klapsmühle gewesen war, in Paris beigebracht worden.

»Das ging aber schnell«, sagte ich. »Existentialismus – leicht gemacht. So 'ne Art Blitzkursus, wie in der Berlitz-School. Wie hat sie das geschafft?«

Er erzählte mir, daß Martine, als er wieder einmal nach Paris gekommen sei, um sie zu besuchen, ihn zu seiner Überraschung nicht allein, sondern mit zwei Freunden in Orly abgeholt habe:

Louise und Pierre. Geplant war, daß sie die ganze Woche zu viert verbringen, nie allein sein, einander alles erzählen und kreuz und quer durcheinander ficken wollten, wie es sich gerade ergab, ohne irgendwelche ›lächerliche moralische Ausflüchte‹ vorzubringen.

»Sobald ich von meinen Patienten oder meinen Kindern oder meiner Freundin in England sprach, sagte sie ›Das ist nicht von allgemeinem Interesse‹. Sobald ich davon anfing, daß ich arbeiten, mein Brot verdienen, schlafen, dieses nervenaufreibende Experiment zumindest vorübergehend unterbrechen müsse, sagte sie ›Das interessiert jetzt nicht‹. Sie ließ keine der üblichen Entschuldigungen gelten. Anfangs war das Ganze ziemlich beängstigend.«

»Es klingt faschistisch. Und das alles im Namen der Freiheit.«

»Ich verstehe schon, was du meinst, aber es war eben nicht faschistisch, weil die Idee – Martines Idee – dahinter stand, man solle die Grenze dessen, was man gerade noch ertragen kann, immer weiter stecken. Man müsse bis auf den Grund der Erfahrung vorstoßen, auch auf die Gefahr hin, Angst und Schrecken vorzufinden. Martine war verrückt gewesen. In der Heil- und Pflegeanstalt hat sie sich am eigenen Schopf aus dem Dreck gezogen, wie man so sagt, und hatte danach eine ganze Reihe neuer Erkenntnisse. Sie bekam sich selbst wieder in den Griff und war nach ihrer Entlassung kräftiger und lebenstüchtiger als je zuvor. Und so etwas Ähnliches hat diese eine Woche auch bei mir bewirkt. Ich mußte mit dem beängstigenden Gefühl fertig werden, keine Pläne, kein Eigenleben zu haben, nicht zu wissen, was wir als nächstes tun würden, und die ganze Zeit über in allem und jedem abhängig zu sein von drei anderen Menschen. Das ließ bei mir eine ganze Reihe von Kindheitsproblemen wiederaufleben. Und der Sex – der Sex war zunächst auch beängstigend. Man wird mit seiner eigenen homosexuellen Komponente konfrontiert. Aber das Ganze war äußerst lehrreich, glaube ich.«

»Aber hat's denn Spaß gemacht? Es klingt eigentlich nicht so.« Ich fand es immerhin doch recht interessant.

»Nach den ersten traumatischen Tagen war's phantastisch. Wir gingen Arm in Arm und singend durch die Straßen. Wir teilten unser Essen, unser Geld – einfach alles. Keiner machte sich Gedanken über Arbeit oder Verantwortungen.«

»Und deine Kinder?«

»Die waren bei Esther in London.«

»So so, also *sie* mußte sich mit den Verantwortungen herumschlagen, während du den Existentialisten gespielt hast – wie Marie Antoinette, die sich als Schäferin gefiel.«

»Nein – so war es eigentlich nicht. Esther nahm sich durchaus die gleichen Rechte heraus. Sie ist zwischendurch immer mal wieder mit anderen Kerlen abgehauen und hat mich mit den Kindern sitzenlassen. Es beruhte also auf Gegenseitigkeit.«

»Nun ja, aber immerhin sind's ja *deine* Kinder, nicht wahr?«

»Besitz, Besitz, Besitz«, höhnte er; meine Art der Fragestellung sagte ihm offenbar wenig zu. »Ihr jüdischen Prinzessinnen seid alle gleich.«

»Den Ausdruck hast du von mir, und bei der ersten Gelegenheit wendest du ihn gegen mich an. Meine Mutter hat mich vor Männern wie dir gewarnt.«

Er legte den Kopf in meinen Schoß und wühlte seine Nase zwischen meine Beine. Ein paar dicke Deutsche unter einem anderen Baum feixten. Aber das war mir egal.

»Glitschig«, sagte er.

»Dein Glitsch«, sagte ich.

»Unser Glitsch«, verbesserte er mich.

Und dann sagte er plötzlich: »Ich möchte dir das geben, was Martine mir gegeben hat – eine neue Einsicht. Ich möchte dich lehren, dich nicht davor zu fürchten, was du in dir trägst.« Er schlug seine Zähne in meinen Schenkel. Sie hinterließen tiefe Abdrücke.

Als ich um halb sechs ins Hotel zurückkam, wartete Bennett auf mich. Er fragte mich nicht, wo ich gewesen war; er umschlang mich und begann, mich auszuziehen. Er drang in mich ein, in mich, in Adrians Sperma, in unser gleichschenkliges Dreieck. Er war noch nie so leidenschaftlich und zärtlich gewesen und ich selten so erregt. Daß er ein so viel besserer Liebhaber war als Adrian, lag auf der Hand, ebenso, daß sich, dank Adrian, unsere körperliche Beziehung gewandelt hatte, daß wir uns gegenseitig auf eine neue Weise würdigten. Wir gingen völlig ineinander auf. Plötzlich war ich für Bennett so kostbar, als hätte er sich gerade frisch in mich verliebt.

Wir nahmen zusammen ein Bad, bespritzten uns gegenseitig mit Wasser. Wir seiften einander den Rücken ein. Ich war ein wenig erschrocken über meine Promiskuität – daß ich so ohne weiteres von einem Mann zum anderen gehen konnte und dabei auch noch so wunderbar gelöst und wie berauscht war. Ich wußte, daß ich später dafür würde bezahlen müssen – mit Schuldgefühl und all dem Elend, das nur ich selbst mir in so hohem Maße aufzubürden imstande bin. Doch im Augenblick war ich glücklich. Ich fühlte mich zum erstenmal entsprechend gewürdigt. Ergeben vielleicht erst zwei Männer einen ganzen Menschen?

Eine der denkwürdigsten Veranstaltungen während des Kongresses

war der Empfang im Wiener Rathaus. Denkwürdig, weil es eine einmalige Gelegenheit war, 2000 oder mehr Psychoanalytiker sich den Bauch vollschlagen zu sehen, als hätten sie ein Jahr lang in Biafra gehungert. Denkwürdig, weil es eine einmalige Gelegenheit war, einigen gesetzten alten Analytikern zuzusehen, wie sie Rock'n'Roll tanzten – oder was sie dafür hielten. Denkwürdig, weil ich – in einem roten, mit Pailletten bestickten Abendkleid – unermüdlich von einem Ballsaal in den anderen schwebte, überall eine glitzernde Spur hinterlassend. Bald tanzte ich mit Bennett, bald mit Adrian und konnte mich immer noch zu nichts entschließen. Wo ich ging und stand, hinterließ ich verräterisches Beweismaterial.
Die höchst unelegant gewandete Gattin des Bürgermeisters von Wien (mit einer Figur wie ein vollgeschissener Damenstrumpf) begrüßte Anna Freud und die anderen Psychoanalytiker *aufs herzlichste* und ließ dann – in deutscher Sprache – einen Haufen gequirlter Kacke vom Stapel, wie *glücklich* die Stadt Wien sei, sie wieder alle in ihren Mauern versammelt zu sehen. Unter welchen Umständen sie 1938 die Stadt *verlassen* hatten, erwähnte sie natürlich nicht. Damals spielte kein Fünfzig-Mann-Orchester *An der schönen blauen Donau* für sie, auch wurden sie keineswegs *aufs herzlichste* verabschiedet, von Freibier ganz zu schweigen.
Als die kalten Platten aufgetragen wurden, stürzten ganze Horden von Psychoanalytikern in Abendkleidung muhend und grunzend auf die langen Tische zu.
»Schnell – die da drängen sich vor!« blökte eine Matrone mit einem Akzent, der verdächtig nach Flatbush roch, mit einer Prise Scarsdale und New School.
»Im Saal nebenan sind sie schon bei der Torte«, sagte eine andere, eine Zweihundert-Pfund-Beauté in einem kanariengelben seidenen Hosenanzug und glitzernd von Rheinkieseln. »Nicht *drängeln*!« sagte ein distinguiert (oder vielleicht nur abgeschlafft?) wirkender älterer Psychotherapeut in einem altmodischen Smoking und Kummerbund mit Schottenkaros, eingequetscht zwischen einer Frau, die einen Ausfall in Richtung Truthahnplatte, und einem Mann, der einen Ausfall in Richtung Vorspeisen machte. An allen Tischen sah man nichts anderes als lange Arme, die mit silberblitzenden Vorlegegabeln Eßbares aufspießten.
Während dieses erstaunlichen Schauspiels hielten sich oben auf ihrer Empore im großen Ballsaal die schmalzigen Geigen dran. Die pseudo-gotischen Bögen der hohen Decken wurden von Tausenden von Pseudo-Kerzen erhellt, und auf dem Parkett drehte sich eine Handvoll Unentwegter zu den Klängen eines Wiener Humpelwal-

zers. Ah, reisen, Abenteuer, Romantik! Ich strotzte von Wohlbefinden, wie eben eine Frau, die innerhalb von vierundzwanzig Stunden viermal von zwei verschiedenen Männern gevögelt worden ist, doch in mir herrschte ein Chaos von einander widerstreitenden Gefühlen, und es wollte mir nicht gelingen, diesen emotionalen Wirrwarr aufzulösen. Immer wieder dachte ich aufsässig, ich hätte jedes Recht darauf, mir alles zu schnappen, was mir während meines kurzen Erdenwandels an Vergnügen und Genuß geboten wurde. Warum sollte ich *nicht* hedonistisch denken und glücklich sein? Was war daran auszusetzen? Ich wußte, daß die Frauen, die das meiste aus dem Leben (und aus den Männern) herausholen, auch diejenigen sind, die am meisten vom Leben fordern, daß man, wenn man sich kostbar und begehrenswert gibt, die Männer einen auch kostbar und begehrenswert finden, und daß, wenn man sich weigert, als Fußmatte zu dienen, sie auch nicht auf einem herumtrampeln. Ich wußte, daß unterwürfige Frauen sich schlechter Behandlung aussetzen, und daß Frauen, die sich wie Fürstinnen geben, auch als solche behandelt werden. Doch kaum war diese aufsässige Stimmung verflogen, überkam mich Trostlosigkeit und Verzweiflung. Dann hatte ich panische Angst, *beide* Männer zu verlieren und mutterseelenallein zurückzubleiben, ich hatte Mitleid mit Bennett, verfluchte mich wegen meiner Treulosigkeit und verachtete mich selbst aus Herzensgrund. Dann wäre ich am liebsten zu Bennett gelaufen, um ihn um Vergebung anzuflehen, hätte mich ihm zu Füßen geworfen und ihm versprochen, ihm unverzüglich zwölf Kinder zu gebären (vor allem, um meine Abhängigkeit nicht zu verlieren), hätte ihm versprochen, ihm als ergebene Sklavin zu dienen – unter *jeder* Bedingung, solange sie mir Sicherheit garantierte. Das alles geradezu anwidernd unterwürfig und hönigsüß vorgebracht: das ganze Lügenpaket, das in dieser Welt als Fraulichkeit gilt.

Beide Verhaltensweisen waren unsinnig, und das wußte ich auch. Weder herrschen noch beherrscht werden. Weder Biestigkeit noch Unterwürfigkeit. Beides waren Fallen. Beides führte zu nichts, außer zu Einsamkeit. Und gerade diese sollte ja durch beide Verhaltensweisen vermieden werden. Doch was sollte ich tun? Je mehr ich mich selbst haßte, desto mehr haßte ich mich dafür, *daß* ich mich haßte. Es war hoffnungslos.

Mein Blick flog über die unzähligen Gesichter hin, um das von Adrian zu erspähen. Einzig und allein sein Gesicht konnte mein Sehnen stillen. Jedes andere erschien mir vulgär und abstoßend. Bennett wußte, was vor sich ging, und war gräßlich verständnisvoll.

»Du bist wie aus *Letztes Jahr in Marienbad*«, sagte er. »Hat es nun stattgefunden oder nicht? Das weiß nur ihr Analytiker.«
Er war davon überzeugt, daß Adrian für mich ›nur‹ einen Vaterersatz darstellte, und in dem Fall war die Sache *koscher.* Nur! Ich war also, kurz gesagt, bloß im Begriff, meinen Ödipuskomplex zu ›verarbeiten‹, sowie eine bislang ›unverarbeitete Transferenz‹ im Hinblick auf meinen deutschen Analytiker Dr. Happe (von Dr. Kolner, dem ich gerade die Freundschaft gekündigt hatte, ganz zu schweigen). *Das* konnte Bennett verstehen. Solange es bloß Ödipus war und nicht Liebe. Solange es Transferenz war und nicht Liebe.
Adrian war in gewisser Weise noch schlimmer.
Wir begegneten uns auf der Treppe unter einem gotischen Bogen. Auch er steckte randvoll mit Interpretationen.
»Du hetzt dauernd zwischen uns beiden hin und her«, sagte er. »Wer von uns ist wohl Mami, und wer Daddy?«
Ich verspürte plötzlich den irren Impuls, meine Koffer zu packen und beiden für immer den Rücken zu kehren. Es ging wohl weniger um die Frage der Wahl zwischen ihnen als um den Wunsch, mich von beiden zu befreien. In meine eigene Obhut entlassen. Mit dem Unsinn aufhören, von einem Mann zum anderen zu rennen. Zur Abwechslung mal auf den eigenen Füßen stehen. Warum war das wohl ein so beängstigender Gedanke? Die anderen Möglichkeiten waren schlimmer, oder? Ein Leben lang Freudsche Interpretationen oder ein Leben lang Laingsche Interpretationen. Welche Wahl! Genauso gut konnte ich mich mit einem religiösen Fanatiker zusammentun oder mit einem fanatischen Wissenschaftler oder einem doktrinären Marxisten. Jedes System wird zur Zwangsjacke, wenn man sich so verbohrt und humorlos daran klammert. Ich glaubte nicht an Systeme. Alles, was menschlich ist, ist unvollkommen und letzten Endes absurd. Aber woran glaubte ich denn dann? An Humor. Daran, über Systeme lachen zu können, über andere Menschen, über sich selbst. Sogar an das Lachen darüber, daß man nicht anders kann, als immerzu lachen. Ich glaubte an die Fähigkeit, das Leben als etwas Widersprüchliches, Vielseitiges, Variables, Komisches, Tragisches zu sehen, mit Augenblicken von unerhörter Schönheit, daran, das Leben als ein Früchtebrot zu sehen, mit köstlichen Zwetschgen und ranzigen Nüssen darin, das dazu da ist, gierig verschlungen zu werden, auch, wenn man sich nicht an den Zwetschgen gütlich tun kann, ohne sich gelegentlich an den Nüssen den Magen zu verderben. (In diesem Sinne äußerte ich mich auch Adrian gegenüber.)
»Das Leben als ein Früchtebrot! Du bist aber ganz schön oral fixiert,

wie?« Es war eher eine Feststellung als eine Frage.
»Dacht' ich's mir doch – *bedeutet* das schon wieder irgend etwas?«
Ich bekam einen nassen Kuß, und seine Zunge war eine von den Zwetschgen im Früchtebrot.

»Wie lange willst du mich weiter so quälen?« fragte Bennett, als wir wieder in unserm Hotel waren. »Auf die Dauer mach ich das nicht mit.«
»Es tut mir leid«, sagte ich. Es klang sehr lahm.
»Ich finde, wir sollten hier weg und die nächste Maschine nach New York nehmen. Dieser Wahnsinn muß ein Ende haben. Du bist in einem Zustand ... völlig von Sinnen, wie behext. Wir müssen zurück, nach Hause.«
Ich fing an zu weinen. Ich wollte nach Hause und wollte nie mehr nach Hause.
»Bitte, Bennett, bitte, bitte, bitte.«
»Bitte was?« fragte er scharf.
»Ich weiß es nicht.«
»Du hast nicht einmal den Mut, bei ihm zu bleiben. Wenn du ihn liebst, dann zieh gefälligst die Konsequenzen. Geh zu ihm und seinen Kindern nach London. Aber selbst dazu bist du nicht imstande. Du weißt einfach nicht, was du willst.« Er schwieg kurze Zeit. »Wir sollten sofort nach Hause zurück.«
»Was hätte das für einen Sinn? Du wirst mir nie mehr vertrauen. Ich habe alles verdorben. Es ist hoffnungslos.« Ich glaube, daß ich das auch wirklich glaubte.
»Wenn wir nach Hause fahren und du gehst gleich wieder zur Analyse ... wenn du dann verstehst, *warum* du das getan hast, es durcharbeitest ... vielleicht ist unsere Ehe dann noch zu retten.«
»Wenn ich gleich wieder zur Analyse gehe! Ist *das* die Bedingung?«
»Nicht meinetwegen – deinetwegen. Damit du so etwas nicht immer wieder tust.«
»Hab ich das vielleicht schon je getan? Jemals? Selbst, wenn du ganz gräßlich zu mir warst, selbst damals in Paris, als du nicht einmal mehr mit mir *gesprochen* hast, selbst diese ganzen Jahre in Deutschland, als ich so unglücklich war, als ich so dringend einen Menschen brauchte, als ich mich so einsam und ausgeschlossen fühlte, von dir mit deiner ewigen Depression – hab ich mich nie mit einem anderen eingelassen. Niemals. Und damals hast du es doch förmlich herausgefordert. Du hast immer wieder gesagt, du wüßtest nicht, ob du

eigentlich mit mir verheiratet sein wolltest. Du hast gesagt, du wüßtest nicht, ob du mit einer Schriftstellerin verheiratet sein wolltest. Du hast gesagt, du könntest dich nicht in meine Probleme hineindenken. Du hast nie gesagt, daß du mich liebst. Und wenn ich weinte und todunglücklich war und ich nichts dringender gebraucht hätte als menschliche Nähe und Zuneigung, hast du mich zum Psychoanalytiker geschickt. Jedesmal, wenn ich etwas von *dir* wollte, hast du mich zum Analytiker geschickt. Der Analytiker mußte bei dir für *alles* herhalten. Wenn mal so etwas Ähnliches wie Intimität zu entstehen drohte, hast du mich zu so 'nem gottverdammten Analytiker geschickt.«

»Und wo zum Teufel wärst du heute *ohne* Analytiker? Du würdest immer noch dasselbe Gedicht umschreiben und noch mal umschreiben. Du wärst immer noch unfähig, deine Arbeiten irgend jemand anzubieten. Du hättest nach wie vor Angst vor allen und allem. Als ich dich kennenlernte, ranntest du rum wie 'ne Irre, du konntest nicht systematisch arbeiten und stecktest voll mit tausend Plänen, aus denen nie etwas wurde. Ich habe dir ein Heim geboten, wo du in Ruhe arbeiten konntest, dich ermutigt, wenn du mutlos warst und dich selbst nicht leiden konntest, an dich geglaubt, wenn du selbst nicht an dich glaubtest, den ›gottverdammten‹ Analytiker bezahlt, damit aus dir ein vollwertiger Mensch wird, damit du dich entwikkeln und wachsen konntest, statt dich weiter mit deinen bescheuerten Angehörigen abzugeben. Gib mir nur ruhig die Schuld an all deinen Schwierigkeiten. Ich war der einzige, der dich je gestützt und ermutigt hat, und das ist nun der Dank – daß du hinter so 'nem Arschloch herrennst und mir vorjammerst, daß du nicht weißt, was du willst. Geh zum Teufel! Fahr mit ihm, wohin du willst. Ich fliege nach New York zurück.«

»Aber ich will *dich*«, schluchzte ich. Ich *wollte*, daß ich ihn wollte. Das wollte ich mehr als alles andere. Ich dachte an die lange Zeit, die wir miteinander verbracht hatten, auch an die schlimmen Zeiten, da wir einander getröstet und ermutigt hatten, ich dachte daran, wie er zu meiner Arbeit gestanden und mir den Rücken gestärkt hatte, wenn es aussah, als würde ich mich im nächsten Augenblick aus dem Fenster stürzen. Ich dachte daran, wie ich das Leben bei der Army mit ihm durchgestanden hatte. Die vielen investierten Jahre. Ich dachte an all das, was wir voneinander wußten und wie wir unser Bestes getan hatten, um nicht auseinanderzugehen, an die hartnäckige Entschlossenheit, die uns dabei half, wenn alles andere versagte. Selbst das, was wir gemeinsam durchlitten hatten, war ein stärkeres Band als alles, was zwischen mir und Adrian bestand.

Adrian war ein Traum. Bennett war meine Wirklichkeit. War er hart zu mir? Nun, die Wirklichkeit ist hart. Wenn ich ihn verlieren würde ... ich wüßte meinen eigenen Namen nicht mehr. Wir umschlangen einander und begannen, unter Tränen, uns zu lieben.

»Ich will dir ein Kind geben«, sagte er, während er tiefer und tiefer in mich eindrang.

Am nächsten Nachmittag war ich wieder mit Adrian zusammen; wir lagen auf einer Decke im Wald. Sonnenlicht drang durch die Bäume. »Hast du Bennett wirklich *gern*, oder siehst du in ihm bloß die Summe seiner guten Eigenschaften?« fragte Adrian.

Ich riß einen langen Grashalm ab und kaute darauf herum.

»Warum stellst du so inquisitorische Fragen?«

»Das war nicht inquisitorisch gemeint. Du bist so leicht zu durchschauen.«

»Ist ja großartig«, sagte ich.

»Ehrlich. Findest du denn nicht, daß auch das *Vergnügen* seine Berechtigung hat im Leben? Gibt es für dich denn nur dieses makabre Zeug wie ›meine Analyse – seine Analyse‹, ›wer mich liebt, liebt auch meine Leiden‹? Du und Bennett, ihr *jammert* so viel. Und ihr *entschuldigt* euch für so vieles. Du redest dauernd von Verpflichtungen und Pflichten und was er alles für dich *getan* hat. Warum sollte er nicht? Bist du vielleicht so 'ne Art Monstrum?«

»Manchmal denke ich, ja.«

»Warum denn, um Gottes willen? Du bist nicht häßlich, nicht dumm, du hast 'ne wunderbare Möse, ein entzückendes Bäuchlein, jede Menge blonde Haare und den herrlichsten Arsch zwischen Wien und New York – durch und durch Speck –« Zur Bekräftigung gab er mir eins hinten drauf. »Worüber brauchst *du* dir Sorgen zu machen?«

»Über alles. Ich bin so unselbständig, ich bin immer auf jemand angewiesen. Immer wieder stürzt mir die Seele ein. Diese Depressionen sind so schlimm, daß ich beinahe nicht wieder herausfinde. Außerdem ... kein Mann will an eine Frau gebunden sein, die *schreibt*. Diese Frauen taugen nichts. Wenn sie kochen sollen, träumen sie vor sich hin. Ihre Bücher sind ihnen wichtiger als Kinder. Sie vergessen, daß in einer Wohnung auch mal saubergemacht werden muß ...«

»Du lieber Gott! Du bist aber 'ne ganz schöne Feministin.«

»Oh, *reden* kann ich darüber ganz gut, und ich mach mir sogar vor, daß es mir ernst damit ist, doch ganz im geheimen bin ich wie die Frau in der *Geschichte der O.* Ich möchte mich willenlos irgendeinem Rohling unterwerfen. ›Frauen fliegen auf Faschisten‹, wie Sylvia Plath sagt. Wenn ich eigentlich kochen müßte, statt dessen aber Gedichte schreibe, fühle ich mich schuldig. *Alles* macht mir Schuldgefühle. Wenn ein Mann gründlich dafür sorgt, daß eine Frau sich schuldig fühlt, braucht er sie nicht zu schlagen. Das ist Isadora Wings erste Grundregel für den Kampf zwischen den Geschlechtern. Der ärgste Feind der Frau ist die Frau. Und Schuldgefühl ist die Hauptwaffe der Selbstquälerei. Weißt du, was Teddy Roosevelt gesagt hat?«

»Nein.«

»Zeigen Sie mir eine Frau ohne Schuldgefühle, und ich zeige Ihnen einen Mann.«

»Das hat Roosevelt nie gesagt.«

»Nein, aber *ich.*«

»Du hast einfach Angst vor ihm – das ist es.«

»Vor wem? Vor Roosevelt?«

»Nein, du Idiotin – vor Bennett. Und du willst es nicht zugeben. Du hast Angst, daß er dich verläßt, und du dann den Boden unter den Füßen verlierst. Du weißt nicht, daß du auch ohne ihn zurechtkommen kannst, das heißt, du *willst* es nicht wissen und hast Angst, dahinterzukommen, weil dann deine ganze läppische Theorie zusammenbricht und du dich nicht länger als schwaches, abhängiges Weib sehen kannst. Das wäre für dich das Allerschlimmste.«

»Du hast mich nie erlebt, wenn ich durchdrehe.«

»Na und?«

»Du solltest es mal erleben. Du würdest davonrennen, so schnell du kannst.«

»Warum? Bist du dann so unerträglich?«

»Bennett sagt, ja.«

»Warum ist er dann nicht davongerannt? Das ist alles bloß so 'n Quatsch, um dich bei der Stange zu halten. Ich hab's mal erlebt, wie Martine durchdrehte – schlimmer kann's bei dir auch nicht sein. Man muß bei Menschen nun mal auch eine Menge unangenehmer Dinge auf sich nehmen, wenn man die angenehmen haben will.«

»Das ist nicht schlecht – sprichst du mir das auf Band?«

»Auf Video-Tape vielleicht?« Wir küßten uns lange und ausgiebig. Dann sagte Adrian: »Für eine intelligente Frau bist du eigentlich knallverrückt.«

»Das ist das Netteste, was mir je einer gesagt hat.«

»Ich will damit bloß sagen, daß du alles haben könntest, was du willst – du weißt es bloß nicht. Du könntest die ganze Welt am Sack packen. Komm mit mir und du wirst sehen, wie wenig du Bennett

vermißt. Wir machen zusammen eine Odyssee. Ich entdecke Europa und du entdeckst dich.«
»Mehr nicht? Wann geht's los?«
»Morgen oder übermorgen, oder Sonnabend, sobald der Kongreß zu Ende ist.«
»Und wohin fahren wir?«
»Das ist es ja gerade. Keine Pläne. Wir fahren einfach los. Wie in *Die Früchte der Wut.* Wir werden Nomaden sein.«
»*Die Früchte des Zorns.*«
»Der Wut.«
»Des Zorns, wie in ›Gottes Zorn‹.«
»Der Wut.«
»Du irrst dich, Zuckerschnäuzchen. Du hast selbst gesagt, daß du ein Analphabet bist. Der Roman von Steinbeck heißt *Die Früchte des Zorns.*«
»Der Wut.«
»Okay, du hast zwar unrecht, aber lassen wir das.«
»Schon geschehen.«
»Du meinst also, wir sollen einfach so ins Blaue hineinfahren – ohne irgendwelche Pläne?«
»Der Plan ist, daß du herausfinden sollst, wie stark du bist. Der Plan ist, daß du anfängst, daran zu glauben, daß du sehr wohl auf deinen eigenen beiden Füßen stehen kannst – dieser Plan sollte jedem genügen.«
»Und was wird mit Bennett?«
»Wenn er vernünftig ist, haut er mit irgend'ner andern Biene ab.«
»Meinst du?«
»Das würde *ich* jedenfalls tun. Paß auf – es liegt doch auf der Hand, daß ihr beide eure Ehe neu überdenken müßt. Ihr könnt nicht das ganze Leben weiter so aneinander hinjammern. In Belfast und in Bangladesh mögen Menschen umkommen, aber das ist um so mehr Grund für euch zu lernen, euren *Spaß* zu haben – ab und zu soll das Leben nämlich auch Spaß machen. Du und Bennett, ihr seid wie zwei Weltuntergangspropheten: ›Laßt alle Hoffnung fahren – das Ende ist nahe.‹ Tut ihr denn nie etwas anderes, als trübe Gedanken wälzen – soviel vertane Zeit!«
»Er hat das Schlimmste von dir gesagt, was ihm einfiel«, sagte ich lachend.
»Ach, wirklich?«
»Er nannte dich ein Ersatzobjekt.«
»So so. Nun das gilt dann genausogut für ihn. Der Scheißkerl mit

seiner ewigen Psychologisiererei.«
»Das kannst du aber auch ganz gut, Liebling. Manchmal denke ich, daß ich euch *beide* abhängen sollte. FRAU IN FACHJARGON ERSTICKT. LIEBHABER UND EHEMANN WERDEN VERNOMMEN.«
Adrian lachte und tätschelte meinen Hintern. Hier brauchte er keinen Fachjargon. *Der* war kein Ersatzobjekt. Ein Anderthalbarsch. Noch nie hatte ich mich so über meinen dicken Hintern gefreut. Wenn die Männer bloß wüßten! Alle Frauen finden sich selbst häßlich, sogar gut aussehende Frauen. Ein Mann, der das begriffen hat, könnte mehr Weiber aufs Kreuz legen als Don Giovanni. Alle finden sie ihre Mösen häßlich. Alle sind sie mit ihrer Figur unzufrieden. Alle finden sie ihren Hintern zu ausladend, ihre Brüste zu klein, ihre Schenkel und Fesseln zu dick. Sogar Fotomodelle und Schauspielerinnen, sogar Frauen, die so schön sind, daß man sich nicht vorstellen kann, sie hätten in der Beziehung irgendwelche Sorgen, *machen* sich unentwegt Sorgen.
»Ich steh auf deinen dicken Arsch«, sagte Adrian. »Was hast du alles in dich hineinstopfen müssen, um so einen schönen, dicken Arsch zu kriegen. Mmmmhhh!« Er schlug seine Zähne hinein. Der Kannibale. »Was an deiner Ehe nicht stimmt«, sagte er zu meinem Hintern, »ist, daß sie nur aus harter Arbeit besteht. Habt ihr denn nie Spaß zusammen?«
»Klar, haben wir auch ... he, das tut weh.«
»Wann denn, zum Beispiel?« Er setzte sich auf. »Jetzt erzähl mir mal, wann.«
Ich dachte angestrengt nach. Der Krach in Paris. Der Autounfall in Sizilien. Der Krach in Paestum. Der Krach, als wir uns nicht einigen konnten, welche Wohnung wir mieten sollten. Der Krach, weil ich meine analytische Behandlung abbrach, der Krach wegen Skilaufen. Der Krach über unseren ständigen Krach.
»Wir haben *viel* Spaß zusammen gehabt. Was soll dieses Verhör überhaupt?«
»Du lügst. Deine ganze Analyse ist weggeworfenes Geld, wenn du dich weiterhin andauernd selbst belügst.«
»Wir haben Spaß im Bett.«
»Das aber sicher nur, weil ich dich nicht so durchziehe, wie sich's gehört.«
»Adrian, ich glaube, du hast ernsthaft vor, meine Ehe kaputtzumachen. Das ist wohl deine Masche, wie? Darauf stehst du, wie? Das ist *deine* Zwangsneurose. Bei mir mögen es Schuldgefühle sein. Bei Bennett ist es vielleicht der Zwang zum Psychologisieren. Aber *du*

hast dich auf Dreiecksverhältnisse spezialisiert. Mit wem lebte Martine damals, daß sie für dich so begehrenswert wurde? Wer vögelte Esther? Du bist ein Ehevampir, genau das bist du. Ein Aasgeier.«
»Ja, wenn ich Aas finde, freß ich's gern. Und das mit dem Aas hast du gesagt, nicht ich. Die Aasgeier-Metapher stammt von dir, Schnukkelchen. Und das abgestorbene Fleisch auch. *Und* von Bennett.«
»Ich glaube fast, Bennett gefällt dir besser, als du zugibst. Ich glaube, du bist scharf auf ihn.«
Adrian grinste. »Ich kann mich einfach nicht entschließen, ob ich nun schwul bin oder nicht«, sagte er.
»Ich fürchte, das stimmt.«
»Glaub, was du willst, Schatz. Dir ist alles recht, was dich daran hindert, das Leben zu genießen, damit du schön weiter leiden kannst. Diesen Typ kenne ich ... du bist die jüdische Masochistin, wie sie im Buch steht. Übrigens mag ich Bennett *wirklich*, bloß, daß er ein *chinesischer* Masochist ist. Es wird ihm gut bekommen, wenn du mit mir abhaust. Es wird ihm beweisen, daß er nicht immer so weitermachen kann – immerzu *leiden* und Freud zum Zeugen anrufen.«
»Wenn ich abhaue, hab ich ihn verloren.«
»Nur, wenn er nicht die Mühe wert ist.«
»Was willst du damit sagen?«
»Aber das ist doch klar wie Rotz. Wenn er dann nichts mehr von dir wissen will, ist er nicht der richtige Mann für dich. Wenn er dich zurücknimmt, wird es unter neuen Voraussetzungen geschehen. Kein Wühlen in Seelenmüll mehr. Keine Versuche mehr, einen anderen mit Schuldgefühlen zu manipulieren. Du hast nichts zu verlieren. Und unterdessen werden wir uns phantastisch amüsieren.«
Ich tat, als würde Adrians Vorschlag mich nicht weiter reizen, doch in Wirklichkeit tat er das schon. Sehr sogar. Wenn ich darüber nachdachte, schien es mir tatsächlich so, als wüßte Bennett alles über das Leben, außer, daß Freude und Vergnügen auch ihren Platz darin haben sollten. Für ihn war das Leben eine lange Krankheit, die durch Psychoanalyse geheilt werden sollte. Und wenn das nicht gelang – sterben mußte man schließlich sowieso. Die Seiten der Psychiatercouch schieben sich hoch, die Couch wird zum Sarg und sechs schwarzgekleidete Analytiker tragen ihn davon (und streuen Fachjargon in die offene Grube).
Bennett wußte alles über Ersatzobjekte und vollwertige Objekte, über Ödipus und Elektra, Schulangst und Platzangst, Impotenz und

Frigidität, Vatermord und Muttermord, Penisneid und Vaginaneid, Verarbeitung und freie Assoziation, Trauer und Melancholie, intra- und extrapsychische Konflikte, Nosologie und Ätiologie, *dementia senilis* und *dementia praecox,* Projektionen und Introjektionen, Selbstfindung und Gruppentherapie, Symptomatologie und Exazerbation, Gedächtnisverlust, Bewußtseinstrübungen und Dämmerzustände, pathologisches Lachen und Weinen im Traum, Schlaflosigkeit und krankhaftes Schlafbedürfnis, Neurosen und Psychosen, und er redete auch darüber, bis einem die Ohren verwelkten. Doch von Lachen und Scherzen, Kalauern und Witzereißen, Sich-Necken und Küssen, Singen und Tanzen, kurz von allem, was das Leben lebenswert macht – darüber wußte Bennett offenbar nichts. Als könne man es durch Psychoanalyse erzwingen, daß das eigene Leben glücklich wird. Als könne man auch ohne Lachen leben, solange es die Psychoanalyse gibt. Adrian konnte lachen, und zu jenem Zeitpunkt war ich bereit, meine Seele dafür zu verkaufen.

Das Lächeln. Wer hat doch gleich gesagt, daß das Lächeln das Geheimnis des Lebens ist? Adrian konnte grinsen wie ein Hanswurst. Ich selbst lachte immerzu. Wenn wir zusammen waren, hatten wir das Gefühl, daß wir jede Schwierigkeit bewältigen konnten – durch bloßes Lachen.

»Du mußt dich von ihm lösen«, sagte Bennett, »und wieder zur Behandlung gehen. Er ist nicht gut für dich.«

»Du hast recht«, sagte ich. *Was hatte ich da eben gesagt?* Du hast recht, du hast recht, du hast recht. Bennett hatte recht, und Adrian hatte auch recht. Männer haben mich immer gern gemocht, weil ich ihnen recht gebe. Und das nicht nur aus Liebenswürdigkeit. In diesem Augenblick meine ich es auch so.

»Wir wollen nach New York zurück, sobald der Kongreß vorüber ist.«

»Okay«, sagte ich und meinte es auch so.

Ich sah Bennett an und dachte, wie gut ich ihn doch kannte. Er war ernsthaft und nüchtern, manchmal sogar krankhaft ernsthaft und nüchtern, doch gehörte das auch zu den Dingen, die ich an ihm liebte. Seine äußerste Zuverlässigkeit. Seine Überzeugung, daß das Leben ein Puzzle-Spiel sei, das sich mit der nötigen Zielstrebigkeit in harter Arbeit zusammensetzen ließe. Das verband uns ebensosehr, wie das Lachen mich mit Adrian verband. Ich liebte Bennett und wußte es auch. Ich wußte, daß ich zu ihm gehörte und nicht zu Adrian. Was war es denn dann, das so übermächtig an mir zerrte,

Bennett zu verlassen und mit Adrian zu gehen? Warum trafen Adrians Argumente mich bis ins Mark?
»Du hättest ohne mein Wissen deine Affären haben können«, sagte er. »Ich habe dir jede Freiheit gelassen.«
»Ich weiß.« Ich ließ den Kopf hängen.
»Du hast es mir zuliebe getan, wie? Du mußt schrecklich böse auf mich gewesen sein.«
»Er ist sowieso meistens impotent«, sagte ich. Jetzt hatte ich sie beide verraten. Ich hatte Bennett an Adrian verraten, und Adrian an Bennett, hatte, als Zuträger vom einen zum andern, ihre Geheimnisse ausgeplaudert. Und ich hatte mich selbst am schlimmsten verraten, mich vor mir selbst entlarvt, als der Verräter, der ich war. Besaß ich denn keinen Funken Anstand? Ich wollte sterben. Der Tod war die einzig angemessene Strafe für Verräter.
»Ich hab mir schon gedacht, daß er impotent ist. Oder homosexuell. Jedenfalls ist es ganz offensichtlich, daß er Frauen haßt.«
»Woher willst du das wissen?«
»Von dir.«
»Bennett, weißt du, daß ich dich liebe?«
»Ja, und das macht es nur noch schlimmer.«
Wir standen voreinander und sahen uns in die Augen.
»Manchmal bin ich es so leid, immerzu ernst sein zu müssen. Ich möchte lachen. Ich will Freude am Leben haben.«
»Ich glaube, daß meine Schwermut letzten Endes jeden von mir treibt«, sagte er traurig. Und dann zählte er die Frauen auf, die ihn verlassen hatten. Ich kannte sie alle mit Namen. Ich schlang die Arme um ihn.
»Natürlich hätte ich ohne dein Wissen Affären haben können. Ich kenne eine Menge Frauen, die so leben ...« (In Wirklichkeit kannte ich nur drei, denen das zur lieben Gewohnheit geworden war.)
»Doch das wäre irgendwie noch schlimmer gewesen. Ein geheimes Leben zu führen und dann nach Hause, zu dir, zurückzukehren, als sei nichts geschehen. Das wäre noch schwieriger. Ich zumindest könnte es nicht ertragen.«
»Ich hätte spüren müssen, wie einsam du warst«, sagte er. »Wahrscheinlich bin ich selbst schuld.«
Dann schliefen wir miteinander. Ich stellte mir nicht vor, daß Bennett jemand anderer sei. Das war nicht nötig. Ich wollte mit Bennett schlafen.
Er hat unrecht, dachte ich später. *Ich* hatte versagt in unserer Ehe. Wenn ich ihn genügend geliebt hätte, hätte ich ihn von seiner Schwermut geheilt, statt mich von ihr verschlingen zu lassen und

nur den Wunsch zu haben, ihr zu entfliehen.
»Es gibt nichts Schwierigeres als die Ehe«, sagte ich.
»Ich glaube wirklich, daß ich dich dazu getrieben habe«, sagte er. Dann schliefen wir ein.

»Daß er so gräßlich verständnisvoll ist, macht die ganze Sache irgendwie noch schlimmer. Mein Gott, hab ich ein schlechtes Gewissen!«
»Und was gibt's sonst Interessantes?« sagte Adrian.
Wir hatten ein neues Schwimmbad entdeckt, in Grinzing, viel kleiner und intimer als das andere und mit relativ wenig dicken Deutschen. Wir saßen auf dem Rand des Schwimmbeckens und tranken Bier.
»Langweile ich dich? Wiederhole ich mich immerzu?« Rhetorische Fragen.
»Ja«, sagte Adrian, »aber ich laß mich gern von dir langweilen. Das ist unterhaltender, als von jemand anderem brillant unterhalten zu werden.«
»Es ist schön, daß wir uns immer etwas zu sagen haben. Ich brauch mir keine Mühe zu geben, um bei dir Eindruck zu schinden. Ich sage einfach, was ich denke.«
»Das ist gelogen. Gestern erst hast du mir was vorerzählt, wie gut ich im Bett war – was nicht stimmte.«
»Stimmt.« Das saß.
»Aber ich weiß, was du meinst. Wir können gut miteinander reden. Ohne Löcher und Zacken. Esther verfällt zuweilen in langes, düsteres Schweigen, und ich weiß nie, was sie denkt. Du bist offener. Du widersprichst dir zwar ununterbrochen, aber das gefällt mir irgendwie. Es ist menschlich.«
»Bennett sagt auch oft stundenlang kein Wort. Es wäre mir fast lieber, auch er würde sich widersprechen. Aber dazu ist er zu überlegen. Er würde nie etwas behaupten, bevor er sicher ist, daß es auch wirklich stimmt. So kann man nicht leben – mit dem Ehrgeiz, immer nur *Endgültiges* auszusprechen ... der Tod ist endgültig.«
»Komm, wir gehen noch mal ins Wasser«, sagte Adrian.

»Warum warst du so böse mit mir?« fragte Bennett mich am Abend dieses Tages.
»Weil ich das Gefühl hatte, von dir behandelt zu werden, als sei ich dein Eigentum. Weil du gesagt hast, du könntest dich nicht in mich hineindenken, weil du mir nie gesagt hast, daß du mich liebst. Weil du mich nie leckst. Weil du mir die Schuld an deinem ganzen Elend

gegeben hast. Weil du stundenlang in Schweigen versinkst und dich nie von mir trösten lassen willst. Weil du meine Freunde beleidigt hast. Weil du dich jeder Art menschlichem Kontakt entzogen hast. Weil du mir das Gefühl gabst zu ersticken.«

»An diesem Gefühl ist deine Mutter schuld, nicht ich. Ich habe dir jede Freiheit gelassen.«

»Das ist ein Widerspruch in sich. Ein Mensch ist nicht frei, wenn ihm die Freiheit ›gelassen‹ wird. Wer bist du, daß du mir meine Freiheit ›lassen‹ kannst?«

»Zeige mir einen Menschen, der vollkommen frei ist. Gibt es den? Deine Eltern haben dich geknebelt – nicht ich! Immer beschuldigst du mich dessen, was deine Mutter dir angetan hat.«

»Wann immer ich etwas an dir auszusetzen habe, wirfst du mit psychoanalytischen Erklärungen um dich. Und immer hat es mit meiner Mutter oder meinem Vater zu tun – und nicht damit, was zwischen uns vorgeht. Kann es nie zwischen *uns* bleiben?«

»Ich wünschte, daß es so einfach wäre. Aber das ist es nicht. Du stehst unter Wiederholungszwang – du hast deine Kindheit noch nicht verarbeitet, ob du das nun zugibst oder nicht – was glaubst du denn eigentlich, was dieser Adrian Goodlove für eine Rolle bei dir spielt? Er sieht genau aus wie dein Vater – oder sollte dir das noch nicht aufgefallen sein?«

»Es ist mir *nicht* aufgefallen. Er hat nicht die geringste Ähnlichkeit mit meinem Vater.«

Bennett schnaubte verächtlich durch die Nase. »Das ist einfach lächerlich.«

»Hör zu – ich werd mich nicht mit dir herumstreiten, ob er meinem Vater ähnelt oder nicht, aber heute ist es das erste Mal, daß du überhaupt irgendein Interesse an mir zeigst oder dich verhältst, als liebtest du mich vielleicht doch. Ich muß es also erst vor deiner Nase mit jemand treiben, sonst bin ich dir keinen Pfifferling wert. Das entbehrt nicht der Komik, wie? Hast du dafür keine psychoanalytische Theorie parat? Vielleicht handelt es sich dieses Mal um *deinen* Ödipuskomplex. Vielleicht bin *ich* deine Mutter und Adrian ähnelt *deinem* Vater. Warum setzen wir uns eigentlich nicht zusammen und diskutieren das in der Gruppe? Im übrigen glaube ich, daß Adrian in *dich* verliebt ist. Ich bin bloß so 'ne Art Mittelsmann. Eigentlich will er *dich*.«

»Das würde mich nicht im geringsten überraschen. Ich hab dir gesagt, ich halte ihn für schwul.«

»Warum gehen wir eigentlich nicht zu dritt ins Bett? Dann wird sich's ja herausstellen.«

»Nein danke. Aber wenn du auf so was Lust hast – ich halte dich nicht zurück.«
»Das könntest du auch gar nicht.«
»Los, geh doch«, brüllte Bennett voll Wut. Dazu hatte er sich noch nie hinreißen lassen. »Geh, hau doch ab mit ihm! Du wirst nie wieder etwas Vernünftiges schreiben. Ich bin der einzige Mensch in deinem Leben, der dich bis jetzt zusammengehalten hat – aber geh nur, geh! Du wirst dich so tief in die Scheiße reinreiten, daß du nie wieder etwas Vernünftiges zustande bringst.«

»Wie willst du über etwas schreiben, das die Menschen interessiert, wenn du solche Angst vor neuen Erfahrungen hast?« sagte Adrian. Ich hatte ihm gerade gesagt, daß ich mich nun doch dazu entschlossen hätte, mit Bennett nach Hause zu fahren. Wir saßen in Adrians *Triumph*; Adrian hatte ihn in einer kleinen Nebenstraße hinter der Universität geparkt. (Bennett nahm an einem Arbeitskreis teil, der über ›Aggression in Großgruppen‹ diskutierte.)
»Ich falle doch ununterbrochen von einer neuen Erfahrung in die andere. Das ist es ja gerade.«
»Dummes Zeug. Du bist eine ängstliche kleine Prinzessin. Ich biete dir eine Erfahrung, die dir helfen könnte, dich zu ändern, und über die du außerdem bestimmt auch gut schreiben könntest, und du läufst davon. Zurück zu Bennett, zurück nach New York. Zurück in deinen sicheren, kleinen Ehehafen. Mein Gott – bin *ich* froh, daß ich nicht verheiratet bin ... wenn es *dazu* führt. Ich dachte, daß du mehr Mumm hättest. Nachdem ich deine ›sinnlich-erotischen‹ – in Anführungsstrichen, wohlgemerkt – Gedichte gelesen habe, hätte ich mehr von dir erwartet.« Er warf mir einen verächtlichen Blick zu.
»Wenn ich *immer* nur sinnlich und erotisch sein würde, wäre ich zu müde, um darüber zu schreiben«, sagte ich entschuldigend.
»Du bist ein Windei«, sagte er, »ein richtiges Windei. Wenn du nicht endlich erwachsen wirst, wirst du *nie* etwas schreiben, was der Mühe wert ist. Dazu gehört vor allem Mut. Und du hast Angst, immer nur Angst.«
»Sei nicht so autoritär.«
»Wieso bin ich autoritär? Ich sage bloß, wie es sich in Wirklichkeit verhält. Wenn du nicht lernst, was Mut ist, kannst du deine Schreiberei gleich an den Nagel hängen.«
»Was verstehst *du* überhaupt davon?«
»Da ich einiges von dir gelesen habe, immerhin so viel, daß ich sehe, wie du dich in deinen Arbeiten stückweise preisgibst. Wenn du dich nicht vorsiehst, wirst du noch zum Fetisch für allerlei frustrierte

Typen werden. Du wirst eine Gefolgschaft von lauter Spinnern haben.«

»Bis zu einem gewissen Grade habe ich die schon. Meine Gedichte sind ein munteres Jagdgebiet für Gemüter, die ihr inneres Gleichgewicht verloren haben.« Das war zwar von Joyce, aber Adrian – als Analphabet – würde es nicht merken. In den Monaten nach der Veröffentlichung meines ersten Gedichtbandes hatte ich eine Menge höchst seltsamer Anrufe und Briefe erhalten, von Männern, die annahmen, daß ich all das, worüber ich schrieb, auch ausübte, mit jedem, zu jeder Zeit und überall. Ich war plötzlich – in bescheidenen Grenzen – öffentliches Eigentum. Das war ein höchst merkwürdiges Gefühl. In gewissem Sinne schreibt man natürlich, um die Welt zu verführen, aber wenn einem das gelingt, kommt man sich bald vor wie eine Hure. Die Kluft zwischen Leben und Werk scheint genauso unüberbrückbar zu sein wie immer. Und die Menschen, die man mit diesem Werk verführt hat, haben sich aus lauter falschen Gründen davon verführen lassen. Oder sind es die richtigen Gründe? Haben alle abwegigen Spinner der Welt einen vielleicht durchschaut?

»Ich hielt das, was wir vorhatten, eigentlich für 'ne gute Sache«, sagte Adrian, »aber nun ist es also gestorben, weil du so viel Schiß hast. Ich bin wirklich ziemlich enttäuscht von dir ... Nun ja, es ist ja nicht das erste Mal, daß eine Frau mich enttäuscht. Den ersten Tag, als ich dich sah, wie du dich da an der Anmeldung herumgestritten hast, hab ich gedacht: das ist aber 'n prima Weib – eine Kämpfernatur. *Die* läßt sich nicht überfahren. Aber ich hab mich geirrt. Du bist keine Abenteuerin. Du bist eine Prinzessin. Nimm's mir nicht übel, daß ich versucht habe, dein verkorkstes Glück im Winkel auffliegen zu lassen.« Er drehte am Zündschlüssel und ließ den Motor an, um seinen Worten Nachdruck zu verleihen.

»Du kannst mich mal, Adrian.« Es klang lahm. Aber etwas Besseres fiel mir nicht ein.

»Wenn du eine Schlangentänzerin wärst, würde ich sagen, du kannst dich selbst mal. Fahr nach Hause, sei wieder eine behütete, spießige kleine Hausfrau, die sich in ihrer Freizeit so 'n bißchen poetisch betätigt.«

Das war der bisher schlimmste Hieb.

»Und was glaubst du, was *du* bist – ein behüteter, spießiger kleiner Doktor, der in seiner Freizeit den Existentialisten spielt?« schrie ich fast.

»Schrei du ruhig, Schätzchen, das stört mich kein bißchen. Ich bin *dir* keine Rechenschaft über mein Leben schuldig. Was *ich* tue, weiß ich. *Du* bist diejenige, die sich zu nichts entschließen kann. Du bist diejenige, die nicht weiß, ob sie Isadora Duncan oder Zelda Fitzgerald oder Marjorie Morningstar sein will.« Er ließ den Motor dramatisch aufheulen.

»Bring mich nach Hause«, sagte ich.

»Mit Vergnügen, wenn du mir nur bitte genau sagen willst, *wo* das ist.«

Wir saßen eine Weile schweigend nebeneinander. Adrian ließ den Motor auf Hochtouren laufen, machte aber keine Anstalten loszufahren, und ich hockte schweigend und innerlich zerrissen auf meinem Sitz. In mir suchten meine Zwillingsdämonen die Überhand übereinander zu gewinnen. Würde ich nie *mehr* sein als eine Hausfrau, die in ihrer Freizeit schreibt? War das mein Schicksal? Würde ich auch weiterhin allen Abenteuern, die sich mir boten, ausweichen? Würde mein Leben immer eine einzige große Lüge sein? Oder würde es mir gelingen, wenn auch nur *einmal*, meine Phantasien und mein Leben in Einklang zu bringen?

»Und wenn ich's mir nun anders überlege?« sagte ich.

»Zu spät. Du hast alles verdorben. Es wird nie mehr werden, wie es war, und um ehrlich zu sein ... ich weiß gar nicht genau, ob ich überhaupt noch will, daß du mit mir gehst.«

»Du bist ganz schön hart, wie? *Ein* Augenblick der Unentschlossenheit, und schon gibst du mich auf. Du erwartest von *mir*, daß ich, ohne auch nur einen Moment zu zögern, *alles* aufgebe – mein Leben, meinen Mann, meine Arbeit – und mit dir kreuz und quer durch Europa gondele, nach irgendwelchen halbgaren Laingschen Theorien über Erfahrung und Abenteuer. Wenn du mich wenigstens liebtest.«

»Laß bloß die Liebe aus dem Spiel – damit vermurkst du alles noch mehr. Das ist wirklich das Letzte. Was hat Liebe damit zu tun?«

»Alles.«

»Quatsch. Du *sagst* Liebe, meinst aber Sicherheit. Laß dir sagen: Sicherheit gibt es nicht. Selbst wenn du bei deinem Mann bleibst und in dein spießiges kleines Leben zurückkehrst – wo steht denn geschrieben, daß er nicht morgen einen Herzinfarkt hat und tot umfällt oder mit 'ner anderen Biene abhaut oder dich ganz plötzlich nicht mehr liebt. Kannst du in die Zukunft sehen? Kannst du das Schicksal vorhersagen? Wieso glaubst du eigentlich, daß deine Sicherheit so sicher ist? Das einzige, was sicher ist: wenn du diese Erfahrung ungenutzt vorbeigehen läßt, wirst du, was das angeht, nie wieder eine Chance haben. Endgültig ist allein der Tod, wie du gestern selbst sagtest.«

»Ich dachte, du hättest nicht zugehört.«
»Dachtest du.« Er starrte aufs Lenkrad.
»Adrian, du hast in allem recht, außer, was die Liebe angeht. Die Liebe *hat* etwas damit zu tun. Daß Bennett mich liebt und du nicht, macht einen gewaltigen Unterschied.«
»Und wen liebst *du*? Hast du dich je so weit überwunden, ernsthaft darüber nachzudenken? Oder handelt es sich nur darum, wen du ausbeuten und manipulieren kannst? Handelt es sich nur darum, wer dir am meisten *gibt*? Dreht es sich vielleicht doch nur um Geld?«
»Das ist absurd.«
»Wirklich? Manchmal denke ich, es geht darum, daß du weißt, ich bin arm, daß ich Bücher schreiben will und es mir völlig unwichtig ist, mir eine Praxis aufzubauen – im Gegensatz zu euren reichen amerikanischen Doktoren.«
»Im Gegenteil, deine Armut spricht meinen Snobismus an – mit umgekehrtem Vorzeichen. Es gefällt mir, daß du arm bist. Und außerdem – wenn du es so schaffst wie Ronnie Laing, wirst du nicht arm bleiben. Du wirst es noch weit bringen, mein Lieber. Das ist bei Psychopathen immer so.«
»Jetzt klingt's, als ob du Bennett zitierst.«
»*Darin* sind wir uns einig, daß du ein Psychopath bist.«
»Wir, wir, wir – dieses selbstgefällige verblasene Fachartikel-›wir‹. Oh, Gott – es muß wirklich urgemütlich sein, eine langweilige Ehe zu führen und dieses überhebliche ›wir‹ zu benutzen. Doch ob es der Kunst förderlich ist? Führt diese ganze ›Gemütlichkeit‹ nicht zur Verdummung? Ist es nicht höchste Zeit, dein Leben zu ändern?«
»Jago – das bist du. Oder die Schlange im Garten Eden.«
»Wenn dein Leben das Paradies sein soll, dann danke ich Gott, daß mir das erspart geblieben ist.«
»Ich muß zurück.«
»Wohin?«
»Ins Paradies, zurück in meine gemütliche eheliche Langeweile, zurück zum Fachartikel-›wir‹, zurück in die Verdummung. Ich brauche das wie ein Fixer seine Spritze.«
»Genau so, wie du *mich* wie eine Spritze brauchst, wenn Bennett dich anödet.«
»Hör mal – du hast es selbst gesagt – es ist vorbei.«
»So ist es.«
»Na also, dann fahr mich zurück ins Hotel. Bennett wird bald da sein. Ich möchte nicht wieder zu spät kommen. Er hat gerade einen

Vortrag über ›Aggression in Großgruppen‹ gehört. Das könnte ihn auf gewisse Gedanken bringen.«
»Wir sind eine Kleingruppe.«
»Das stimmt, aber man kann nie wissen.«
»Du hättest wohl gern, daß er dich nach Strich und Faden verprügelt – dann könntest du dir so richtig als Märtyrerin vorkommen.«
»Schon möglich.« Ich imitierte Adrians Kühle, was ihn offensichtlich reizte.
»Paß auf – wir könnten doch auch in Kommune machen. Du und ich und Bennett. Wir könnten *á trois* durch Europa trampen.«
»Von mir aus gern, aber dazu müßtest du Bennett erst mal rumkriegen, und das dürfte nicht so einfach sein. Er ist ja bloß ein spießiger kleiner Arzt und mit einer spießigen kleinen Hausfrau verheiratet, die sich in ihrer Freiheit so 'n bißchen poetisch betätigt. Er ist kein *swinger* – wie du. Und jetzt bring mich bitte ins Hotel.«
Dieses Mal fuhr er nun wirklich los. Worauf die obligate Irrfahrt durch die abgelegenen Nebenstraßen von Wien begann.
Nachdem das etwa zehn Minuten so gegangen war, lachten wir wieder und waren beide bester Laune. Unsere gemeinsame Neigung zum Herumalbern hatte, wie immer, den Effekt, daß wir uns gegenseitig hinreißend fanden. Das konnte natürlich nicht von Dauer sein, aber für den Augenblick waren wir wie im Rausch. Adrian brachte den Wagen zum Stehen, beugte sich zu mir herüber und küßte mich. »Geh nicht ins Hotel – wir wollen die Nacht über zusammenbleiben«, sagte er.
Ich überlegte. Was war ich – eine ängstliche kleine Hausfrau? »Okay«, sagte ich (und bereute es augenblicklich). Aber schließlich, was machte die eine Nacht schon aus? Ich würde ja anschließend mit Bennett nach New York zurückfahren.

Der Abend, der nun folgte, hatte wieder etwas von jener traumhaften Verworrenheit. In einem Arbeiterlokal in der Nähe der Ringstraße fingen wir an zu trinken, küßten uns nach jedem Schluck Bier, und Adrian ließ das Bier aus seinem Mund in den meinen fließen und umgekehrt. Interessiert hörten wir einer ältlichen Schnapsjule zu, die sich über die Kosten des amerikanischen Raumfahrtprogramms ereiferte und meinte, daß die das Geld lieber hier auf der Erde ausgeben sollten (für den Bau von Krematorien?), statt es auf dem Mond zu verpulvern, aßen dann in einem Gartenlokal (und küßten uns während des Essens immerzu), fütterten uns gegenseitig mit herzhaften Bissen – Leberknödel und Bauernschnitzel – und machten uns anschließend, reichlich betrunken, auf

den Weg zu Adrians Pension, wo wir es zum erstenmal zufriedenstellend trieben.
»Ich glaube, ich würde dich lieben«, sagte er beim Ficken, »wenn ich an Liebe glaubte.«
Um Mitternacht herum fiel mir Bennett plötzlich ein, der inzwischen sechs Stunden im Hotel auf mich wartete, und ich stieg aus dem Bett, tappte hinunter zur Telefonzelle, borgte mir zwei Schillinge vom verschlafenen Nachtportier und rief im Hotel an. Bennett war nicht im Haus. Ich hinterließ die herzlose Nachricht »Bis morgen früh« und gab der Telefonistin die Adresse und Telefonnummer von Adrians Pension. Dann ging ich zurück, ins Bett, wo Adrian lag und schnarchte wie ein Schwein.
Etwa eine Stunde lang lag ich wach, in Angst und Qual, und hörte Adrian schnarchen; mein schlechtes Gewissen und der Abscheu vor meiner eigenen Treulosigkeit ließen mich keinen Schlaf finden. Um eins öffnete sich die Tür und Bennett kam ins Zimmer gestürzt. Ich brauchte ihn nur anzusehen, und ich wußte, daß er uns beide kaltmachen würde. Im tiefsten Innern war ich froh – ich verdiente den Tod, ebenso wie Adrian.
Statt dessen riß Bennett sich die Kleider vom Leibe, warf sich auf mich und vögelte mich wie wild – auf dem schmalen Bett, unmittelbar neben dem von Adrian. In der Halbzeit dieser bizarren Szene wachte Adrian auf und sah uns zu; seine Augen glänzten wie die eines Box-Fans bei einem ganz besonders sadistischen Kampf. Als Bennett gekommen war und noch keuchend auf mir lag, beugte Adrian sich vor und begann, seinen Rücken zu streicheln. Bennett nahm es widerspruchslos hin. Ineinander verschlungen (sechs Arme, sechs Beine) und naß von Schweiß schliefen wir schließlich ein.

Ich habe meinen Bericht so sachlich wie möglich gehalten, da keine noch so phantasievolle Ausschmückung das, was geschah, noch abwegiger gestalten könnte. Das Ganze ging wortlos vor sich – als führten wir drei eine Pantomime auf, in der jeder seinen Part schon so viele Jahre gespielt hatte, daß er ihm zur zweiten Natur geworden war. Wir führten lediglich das aus, was wir in Gedanken schon oft getan hatten. Die ganze Episode – von dem Augenblick an, da ich in unserm Hotel die Adresse von Adrians Pension hinterließ, bis zu dem Moment, als Adrian Bennetts wunderschönen bräunlichen Rücken streichelte – lief so unentrinnbar folgerichtig ab wie eine griechische Tragödie (oder wie eine Vorstellung im Kasperletheater). Ich kann mich an bestimmte Einzelheiten erinnern: an Adrians

pfeifendes Schnarchen, an Bennetts entstelltes Gesicht, als er in das Zimmer eindrang (und kurz darauf in mich), daran, wie wir drei, ineinander verknäuelt, fest umschlungen einschliefen, an die große Mücke, die sich an unserem Blut gütlich tat und deren Stiche mich immer wieder aufweckten. In der bläulichen Morgendämmerung stellte ich beim Erwachen fest, daß ich das Insekt im Schlaf erdrückt hatte. Der blutige Rorschach-Test auf dem Laken glich dem Menstruationsblut von Däumelieschen.
Am Morgen rückten wir schweigend und befremdet voneinander ab. Es war nichts geschehen. Es war ein Traum gewesen. Wir gingen die Wendeltreppe hinunter wie Pensionsgäste aus verschiedenen Zimmern, die sich zufällig im Flur begegnet sind.
Fünf Kongreßteilnehmer, Engländer und Franzosen, saßen unten in der Halle beim Frühstück. Sie wendeten den Kopf wie *ein* Mann und starrten uns an. Ich grüßte sie ein wenig zu herzlich – besonders Reuben Finkel, einen rothaarigen, schnurrbärtigen Engländer mit einem ganz gräßlichen Cockney-Akzent. Tückisch glotzend wie Humbert Humbert hatte er Adrian und mich mehrfach in Schwimmbädern und Cafés überrascht; ich hatte öfters den Eindruck gehabt, er spioniere, mit einem Fernglas bewaffnet, hinter uns her.
»Hallo, Reuben«, sagte ich. Auch Adrian sagte einige Worte, nur Bennett blieb stumm. Er ging, gefolgt von Adrian, schnurstracks auf die Ausgangstür zu, wie in Trance. Es schoß mir durch den Kopf, daß in der Nacht vielleicht mehr zwischen den beiden Männern vorgefallen war, doch ich schob den Gedanken rasch von mir. Warum?

Adrian bot uns an, uns ins Hotel zu fahren, was Bennett steif und förmlich ablehnte. Doch als wir kein Taxi auftreiben konnten, gab er *nolens volens* nach – ohne auch nur *ein* höfliches Wort oder ein Kopfnicken in Adrians Richtung aufzubringen. Adrian zuckte die Achseln und setzte sich ans Steuer; ich richtete mich irgendwie auf dem offenbar für Zwerge konstruierten Notsitz ein. Dieses Mal gab Bennett die Richtung an, und wir verfuhren uns nicht. Doch die ganze Fahrt über herrschte zwischen uns ein schreckliches Schweigen, abgesehen von Bennetts Anweisungen. Ich wollte sprechen. Etwas Gewichtiges war zwischen uns vorgefallen, und es hatte keinen Sinn, so zu tun, als sei es nicht geschehen. Es hätte der Beginn einer Art Verständigung, eines Einverständnisses zwischen uns sein können, statt dessen war Bennett offenbar fest entschlossen, das Ganze zu verdrängen. Auch Adrian versagte. Das ständige

Gerede der beiden über Analyse und Selbstanalyse war der reinste Bockmist. Sobald ihr eigenes Leben sie mit einem realen Vorfall konfrontierte, konnten sie nicht einmal darüber sprechen. Solange es für den psychiatrischen Voyeur die homosexuellen Neigungen von jemand anderem zu analysieren galt, das ödipale Dreiecksverhältnis eines anderen, den Ehebruch eines anderen, war alles in bester Ordnung. Doch angesichts der eigenen Komplexe und Verdrängungen verschlug es ihnen die Sprache. Beide starrten geradeaus wie siamesische Zwillinge, die an einer lebenswichtigen, jedoch unsichtbaren Stelle am Hals miteinander verbunden sind. Blutsbrüder. Und ich die Schwester, die einen Keil zwischen sie getrieben hatte. Die Frau, die sie zu Fall gebracht hatte. Pandora mit ihrer Büchse voller Übel.

Die Büchse der Pandora oder Meine beiden Mütter

Eine Frau ist ihre eigene Mutter. Das ist es.
– Anne Sexton

Natürlich hat alles mit meiner Mutter angefangen. Meine Mutter: Judith Stoloff White, auch Jiddy genannt. Als Mensch keineswegs undurchsichtig oder unverständlich, und doch schwer zu beschreiben. Meine Liebe für sie und mein Haß auf sie sind auf so verwirrende Weise miteinander verflochten, daß ich meine Mutter – als Individuum – kaum noch sehe. Ich weiß nie, wer eigentlich wer ist. Sie ist ich und ich bin sie und darum sind wir eins. Die Nabelschnur, die uns verbindet, ist nie durchtrennt worden und inzwischen in schwärzliche Verwesung übergegangen. Die Heftigkeit unserer inneren Not zwingt uns dazu, einander ständig bloßzustellen. Es drängt uns, einander aufzufressen. Es drängt uns, einander mit Liebe zu ersticken. Es drängt uns, in Panik laut schreiend voreinander davonzurennen, bevor eines von beiden geschieht.
Denke ich an meine Mutter, beneide ich Alexander Portnoy. Wenn ich nur eine *echte* jiddische Momme hätte, die leicht katalogisiert und dann ›abgelegt‹ werden kann – als stets verfügbarer literarischer Besitz. (Ich beneide Schriftsteller immer um ihre Angehörigen: Nabokov und Lowell und Tucci mit ihren Wandschränken voller eleganter aristokratischer Skelette, Roth und Bellow und Friedman mit ihren durchschnittlichen, alltäglichen Eltern, klebrig wie Passah-Wein, ölig wie fette Hühnerbrühe mit Matzen-Klößchen.)
Meine Mutter duftete nach *Joy* oder *Diorissimo*; sie kochte nur selten. Wenn ich versuche, das, was meine Mutter mich über das Leben lehrte, auf die Grundregeln zu reduzieren, so bleibt mir eigentlich nur Folgendes:
1. Vor allem: Sei nie *gewöhnlich*.
2. Die Welt – das heißt: Fressen und Gefressenwerden.
Also: Iß schneller!
›Gewöhnlich‹ war das schlimmste Schmähwort, das es für sie gab – auf was gemünzt auch immer. Ich erinnere mich daran, daß sie mich zum *shopping* mitnahm, und an ihren verächtlichen Blick, mit dem sie die Verkäuferinnen bei *Saks* erstarren ließ, wenn diese ihr sagten, daß ein bestimmtes Kleid oder Schuhmodell »sehr gern gekauft« würde. »Wir haben diese Woche schon fünfzig Paar davon verkauft.« Mehr brauchte meine Mutter nicht zu hören.
»Nein«, sagte sie dann, »das ist nichts für uns. Haben Sie nichts anderes, etwas Aparteres?« Und dann brachte die Verkäuferin Schuhe oder Kleider in den abwegigsten Farben zum Vorschein, die niemand anderer haben wollte – ein Zeug, das – ohne meine Mutter – verramscht worden wäre. Und später kam es dann zu einem fürchterlichen Krach zwischen uns, da ich mich ebenso heftig

danach sehnte, ›gewöhnlich‹ zu sein, wie sie ungewöhnlich.

»Diese Frisur ist aber *gräßlich*« (sagte sie, wenn ich mit Pia in den Frisiersalon ging und mit einem Pagenkopf wie aus dem *Seventeen*-Magazin zurückkam), »... so schrecklich *gewöhnlich.*« Nicht häßlich, nicht unkleidsam. *Gewöhnlich.* Gewöhnlichkeit war eine Geißel, die es um jeden Preis abzuwehren galt. Dazu war jedes Mittel recht. Eines davon war, seine Wohnung öfters neu einzurichten. Meine Mutter glaubte, daß alle Innenarchitekten (wie auch alle Modeschöpfer und Entwerfer von modischem und dekorativem Zubehör) einen Spionagering gebildet hatten, um hinter die neusten Ideen meiner Mutter zum Komplex Wohnungseinrichtung und Kleider zu kommen und diese Ideen dann ganz groß herauszubringen. Und, in der Tat, sie *hatte* ein schon nicht mehr recht geheures Gespür für Mode-Trends (oder bildete ich mir das nur ein, geblendet, wie ich es war, von ihrem Charisma?). Sie richtete das ganze Haus in Altgold ein, kurz bevor Altgold *die* Modefarbe für Vorhänge, Teppiche und Möbelbezüge wurde. Dann erregte sie sich lautstark darüber, daß jedermann ihre Ideen ›gestohlen‹ habe. Sie ließ die Halle mit spanischen Porzellanfliesen auslegen, bevor das »bei allen *yentas* von Central Park West« – mit denen sie nichts zu tun haben wollte – in Mode kam. Sie brachte aus Griechenland weiße Fellteppiche mit, bevor sie von den großen Warenhäusern importiert wurden. Sie entdeckte die schmiedeeisernen blumenverzierten Lüster (für unser Badezimmer), bevor ›all diese Dekorations-Schwuchteln‹, wie sie die Innenarchitekten geringschätzig nannte, darauf kamen.

Bei uns gab es bereits antike Messing-Kopfbretter an den Betten und Fenstervorhänge, die zur Tapete paßten, und rosa- und rotgestreifte Frottéetücher im Badezimmer, als diese Farbzusammenstellung noch als kühn und avantgardistisch galt. Am stärksten drückte ihre Angst vor ›Gewöhnlichkeit‹ sich in ihrer Kleidung aus. Als wir vier Geschwister älter wurden, waren meine Eltern viel geschäftlich unterwegs, und von diesen Reisen brachte meine Mutter immer den sonderbarsten Schnick-Schnack mit. Sie ging – Sandalen und balinesische Zehenringe an den Füßen und winzige baumelnde Jade-Buddhas an den Ohrläppchen – in einem chinesischen Seiden-Pyjama ins Theater. Bei Regenwetter lief sie mit einem Sonnenschirm aus geöltem Reispapier herum; sie ließ sich enge Toreador-Hosen aus japanischem handgefärbten Dekorationsstoff arbeiten. Irgendwann in meinen Teenager-Jahren ging mir auf, daß sie eher befremdend und häßlich aussehen wollte, als ansprechend, aber ›gewöhnlich‹. Oft gelang ihr das auch. Sie war eine hochgewachsene, spindeldürre Frau mit ausgeprägten Backenknochen und langem, rotem Haar, und ihre seltsame Aufmachung und ihr dick aufgetragenes Make-up ließen sie zuweilen wie eine Charles-Adams-Figur erscheinen. Ich hätte, natürlich, gern eine blondgebleichte Mama mit einem Teint wie Milch und Blut gehabt, die Bridge spielte oder zumindest eine rundliche, brünette Mom, mit einer glitzernden Phantasiebrille und Gesundheitsschuhen, die im Schulvorstand saß.

»Könntest du nicht *bitte* etwas anderes anziehen?« flehte ich, wenn sie sich zum Elternabend aufdonnerte – mit grellfarbigen Toreadorhosen, einem rosa-seidenen Pucci-Pulli und darüber einen mexikanischen Serap. (Mein Gedächtnis übertreibt wohl ein wenig – aber Sie verstehen schon, was ich meine.) Ich war in der siebten Klasse und befand mich auf dem Höhepunkt meiner Leidenschaft für das ›Gewöhnliche‹.

»Warum? Was hast du schon wieder an meiner Kleidung auszusetzen?«

Was hatte ich *nicht* daran auszusetzen!? Ich verschwand in ihrem riesigen Wandschrank und suchte vergebens nach etwas Gewöhnlichem. (Eine Schürze, ein Hauskleid! Ein Angora-Twinset! Etwas, das zu einer Mutter in einem Betty-Crocker-Werbespot paßt, zu einer *richtigen* Mutter eben.) Im Wandschrank roch es nach *Joy* und Mottenkugeln. Dort hingen Samtumhänge und Federboas und Wildleder-Slacks und aztekische Baumwollkaftane und japanische Seidenkimonos und irische Knickerbockers aus Tweed, doch nichts, das auch nur im entferntesten einem Angora-Twinset geglichen hätte.

»Ich hätte ja nur gern, daß du etwas Unauffälligeres anziehst«, sagte ich verlegen und hilflos, »damit die Leute dich nicht so anstarren.« Sie warf mir einen bösen Blick zu und richtete sich zu voller Größe (1,75 m) auf.

»Schämst du dich etwa deiner eigenen Mutter? Denn wenn dem so ist, tust du mir leid, Isadora. Wahrhaftig. Es bringt nichts ein, gewöhnlich zu sein. Damit steigt man nicht in der Achtung der Leute. Letzten Endes stellt sich immer heraus, daß die Leute hinter denen, die anders sind, herrennen, hinter denen, die ihrem *eigenen* Geschmack vertrauen und nicht mit der Masse gehen. Das wirst du schon noch lernen. Es führt zu gar nichts, der Vulgarität der Masse nachzugeben ...« Und wir fuhren, Duftschleppen von *Joy* hinter uns herziehend und mit im Fahrtwind flatternden mexikanischen Fransen (metaphorisch gesprochen), im Taxi zur Schule.

Wenn ich an all die Energie, all die fehlgeleitete schöpferische

Initiative denke, die meine Mutter in ihre Leidenschaft für ausgefallene Kleidung und ausgefallene Wohnungseinrichtungen investierte, wünschte ich, sie wäre statt dessen eine erfolgreiche Künstlerin geworden. Drei Generationen von frustrierten Künstlern: mein Großvater, der seine Modelle vögelte und fand, daß Picasso der letzte Dreck sei, und stur immer weiter *à la* Rembrandt malte, meine Mutter, die Dichtkunst und Malerei für kunstgewerbliche Kleidung und zwanghafte, ununterbrochene Neugestaltung ihrer Wohnung aufgab, meine Schwester Randy, die sich ihren Schwangerschaften hingab, als habe sie eine neue Kunstform erfunden (mit Lalah und Chloe als ihr nachfolgenden Jüngern).

Nichts ist unerträglicher als ein gescheiterter Künstler. Der Impetus bleibt, doch da er kein Ventil findet, ballt er sich zu innerer Wut zusammen und explodiert als gewaltiger, schwarzer Furz, der die Fenster der Seele verrußt. So schrecklich erfolgreiche Künstler oft sind – es gibt nichts, das grausamer oder eitler wäre als der erfolglose Künstler. Mein Großvater, wie ich schon sagte, übermalte immer wieder die Bilder meiner Mutter, statt sich neue Leinwände zu kaufen. Für eine Weile wich sie auf die Poesie aus, um ihm auf diese Weise zu entkommen, begegnete jedoch meinem Vater, der Songs schrieb und sich zwanglos ihrer poetischen Metaphern bediente und sie für seine Texte verwandte. Künstler sind etwas Gräßliches. »Laß dich nie, niemals mit einem Mann ein, der Künstler werden will«, sagte meine Mutter immer wieder. Sie wußte Bescheid.

Ein zusätzliches, nicht uninteressantes Streiflicht: meine Mutter sowie mein Großvater haben die Angewohnheit, die Bemühungen eines jeden achselzuckend abzutun, der sich seiner schöpferischen Arbeit freut oder auch nur einen bescheidenen Erfolg damit erzielt. Da gibt es, zum Beispiel, einen mittelprächtigen Schriftsteller (dessen Namen ich hier nicht nenne), einen guten Bekannten meiner Eltern. Er hat vier Romane geschrieben. Keiner davon ist stilistisch bemerkenswert, keiner ein Bestseller, keiner hat einen Preis gewonnen, doch scheint der Mann recht zufrieden mit sich zu sein und auf Cocktailpartys den Status eines Lokal-Gurus und den eines vorübergehenden Gastdozenten für moderne Literatur an irgendeinem College in New Jersey, dessen Name mir entfallen ist, zu genießen. Vielleicht schreibt er *gern.* Es gibt so seltsame Leute.

»Ich verstehe nicht, wie er dieses Zeug immer wieder runterleiern kann«, sagt meine Mutter etwa, »er ist ein so *gewöhnlicher* Schriftsteller. Er ist nicht dumm, durchaus kein Trottel...« (Meine Mutter würde nie von jemand sagen, er sei ›intelligent‹ – ›nicht dumm‹ ist das Äußerste, wozu sie sich aufschwingen kann), »...aber seine Bücher sind so *gewöhnlich* ... und eigentlich hat ihm bis jetzt kein einziges davon was eingebracht ...«

Und hier liegt der Hund begraben! Denn obwohl meine Mutter behauptet, daß Originalität ihr über alles gehe, gehört ihre eigentliche Hochachtung dem Geld und dotierten Auszeichnungen. Überdies schwingt in allen ihren Bemerkungen über andere Künstler der Unterton mit, daß es doch ziemlich sinnlos sei, auf diese Weise in seinen Bestrebungen fortzufahren, wenn die äußere Anerkennung sich in *so* bescheidenen Grenzen hielte. Ja, wenn ihr Bekannter, der Romancier, den Pulitzer-Preis oder den der North British Academy bekommen – oder die Filmrechte für ein Buch verkauft hätte – *das* wäre was. Natürlich setzte sie auch das herab. Doch die Hochachtung davor war ihr vom Gesicht abzulesen. Das schlichte, bescheidene *Tun* an sich, die damit verbundenen inneren Entdeckungen, die Freude an der Arbeit dagegen sagten ihr nichts. Nichts. Bei dieser Einstellung war es kein Wunder, daß sie sich Plüsch- und Polstermöbeln zuwandte.

Zurück zu ihrem Credo bezüglich des Fressens und Gefressenwerdens. Ich nehme an, daß sie sich zunächst mit den üblichen kommunistischen Ideen der Kunstschüler von Provincetown identifizierte, doch nach und nach, als Reichtum und Arteriosklerose in ihr Leben traten (etwa zur gleichen Zeit, wie das oft der Fall ist), konvertierte sie zu Überzeugungen eigener Machart, die sich aus zwei Teilen Robert Ardrey und einem Teil Konrad Lorenz zusammensetzten.

Ich glaube, daß weder Ardrey noch Lorenz das gemeint haben, was sie in deren Namen postulierte: eine Art Neo-Hobbesianismus, der folgende Thesen aufstellt: das Leben ist häßlich, gemein, brutal und kurz, und der Drang nach Status, Geld und Macht universal; Territorialismus unterliegt dem Instinkt, und deshalb ist Eigennutz das vornehmste Gesetz des Lebens. (»Verdrehe meine Worte nicht, Isadora – auch das, was die Leute *Alt*ruismus nennen, ist nichts anderes als *Ego*ismus unter anderem Namen.«)

Wie sehr all das die Wege zu Kreativität und rebellischem Verhalten für mich blockierte, liegt auf der Hand:

1. Ich konnte kein Hippie werden, weil meine Mutter bereits wie ein Hippie gekleidet war (und dabei an Territorialismus und die Allgemeingültigkeit des Kampfes glaubte).
2. Ich konnte nicht gegen den mosaischen Glauben rebellieren, weil er mir nie vermittelt wurde.
3. Ich konnte nicht über meine jüdische Mutter herziehen, weil das Problem tiefer lag als Judentum und Mütterlichkeit.

4. Ich konnte nicht Malerin werden, der Gefahr wegen, daß meine Bilder übermalt würden.
5. Ich konnte nicht Dichterin werden, der Gefahr wegen, daß das, was ich schrieb, verbrannt würde.
6. Ich konnte auch nichts anderes werden, weil das *gewöhnlich* war.
7. Ich konnte nicht Kommunistin werden, weil meine Mutter das bereits hinter sich hatte.
8. Ich wurde dadurch, daß ich Bennett heiratete, nicht einmal zum Rebellen (oder wenigstens zum Paria), da meine Mutter fand, diese Verbindung sei ›zumindest nicht *gewöhnlich*‹.

Welche Möglichkeiten blieben mir? In welchem beengten Winkel konnte ich das, was ich vermessenerweise mein eigenes Leben nannte, noch ausleben? Ich kam mir vor wie jene Kinder Hasch rauchender Eltern, aus denen die schlimmsten Spießer werden. Was mir noch blieb, war – vielleicht –, mit Adrian Goodlove kreuz und quer durch Europa zu ziehen und nie wieder nach New York zurückzukehren.

Und doch ... ich habe noch eine andere Mutter. Sie ist groß und mager, doch ihre Wangen sind weicher als Weidenkätzchen, und wenn ich auf der Fahrt nach Hause mein Gesicht in ihren Pelzmantel schmiege, weiß ich, daß mir auf dieser Welt nichts geschehen kann. Sie lehrt mich die Namen der Blumen. Sie umarmt und küßt mich, als irgend so ein Rüpel (Sohn eines Psychiaters) auf dem Spielplatz mein neues englisches Dreirad packt und es einen Abhang hinunterstößt, so daß es krachend gegen die Umzäunung prallt. Abends läßt sie sich von mir meine Schulaufsätze vorlesen und hält mich für die größte Schriftstellerin aller Zeiten, obwohl ich erst acht bin. Sie lacht über meine komischen Darbietungen, als sei ich Milton Berle und Groucho Marx und Irwin Corey in einer Person. Sie geht mit mir und Randy und Lalah und Chloe und zehn Freundinnen von uns zum Eislaufen auf dem zugefrorenen See im Central Park, und während alle anderen Mütter zu Hause sitzen und Bridge spielen und ihre Kinder vom Dienstmädchen abholen lassen, schnürt sie uns allen (mit klammen Fingern) unsere Schlittschuhstiefel zu, dann zieht sie ihre eigenen an und gleitet mit uns über den Weiher, warnt uns vor gefährlichen Stellen (dünnes Eis!), zeigt uns, wie man Achten läuft, und lacht und plaudert mit vor Kälte gerötetem Gesicht. Wie stolz ich auf sie bin!

Randy und ich prahlen vor den Freundinnen mit unserer Mutter – mit ihrem wallenden Haar und den großen braunen Augen sei sie noch so jung, daß sie kein Make-up brauche. Sie ist keine alte nörgelnde Mami, wie die anderen Mütter. Sie trägt Rollkragen-Pullover und Skihosen, genau wie wir. Sie bindet ein Samtband um ihr langes, offenes Haar, genau wie wir. Und wir nennen sie nicht einmal Mutter, weil wir so viel Spaß mit ihr haben. Sie ist einmalig.

An meinem Geburtstag (26. März, Widder, die Frühlingsriten) ist mein Zimmer, als ich erwache, in einen Blütenhain verwandelt. Um mein Bett stehen große Vasen mit Narzissen, Iris und Anemonen. Auf dem Boden liegen Berge von Geschenken, verpackt in leuchtendfarbigem Seidenpapier und mit Papierblumen besteckt. Auch Ostereier gibt es, handgemalt von meiner Mutter, die aussehen wie Schmuckeier von Fabergé. Dazu Schachteln mit Pralinen und Gelee-Eiern (»damit es ein süßes Jahr wird«, sagt sie, mich an sich drückend) und immer eine riesige, von ihr mit Wasserfarben gemalte Geburtstagskarte, auf der ich in all meiner Glorie zu sehen bin. Das schönste kleine Mädchen der Welt: langes blondes Haar, blaue Augen und die Arme voller Blumen. Meine Mutter schmeichelt mir, idealisiert mich – oder sieht sie mich wirklich so? Ich *bin* geschmeichelt, aber zugleich verwirrt. Bin ich für sie wirklich das schönste kleine Mädchen der Welt? Oder nicht? Und was ist mit meinen Schwestern? Und damit, daß sie manchmal so mit mir herumschreit, daß das Dach einzustürzen droht?

Meine andere Mutter schreit niemals, und ich habe alles, was ich bin, ihr zu verdanken. Mit dreizehn zieht sie mit mir durch alle Museen Europas, und mit ihren Augen sehe ich Turners Stürme und Tiepolos Wolken und Monets Heuschober und Rodins Statue von Balzac und Botticellis *Primavera* und Leonardos *Madonna in der Felsgrotte*. Mit vierzehn bekomme ich die *Gesammelten Gedichte von Edna St. Vincent Millay* zum Geburtstag, mit fünfzehn die von e. e. cummings, mit sechzehn William Butler Yeats, mit siebzehn Emily Dickinson, und als ich achtzehn wurde, sprechen meine Mutter und ich nicht mehr miteinander. Durch sie lerne ich die Werke von Shaw, Colette, Orwell und Simone de Beauvoir kennen. Am Eßtisch diskutiert sie hitzig über Marxismus mit mir. Sie läßt mich Ballett- und Klavierstunden nehmen und schenkt mir ein Abonnement für die New Yorker Philharmoniker (wo ich mich langweile und viel Zeit in der Damentoilette verbringe, um *Powder Pink*-Luxuslippenstift von Revlon auf meine dreizehnjährigen Lippen aufzutragen).

Jeden Sonnabend gehe ich zur Zeichenakademie und meine Mutter begutachtet meine Arbeiten auf das gewissenhafteste. Sie überwacht meine Laufbahn so sorgsam, als sei es ihre eigene: zunächst muß ich lernen, mit Kohle nach Gipsmodellen zu zeichnen, dann kommen Stilleben in Pastell und zum Schluß die Ölmalerei. Als ich meine Aufnahme in der Musik- und Kunstakademie beantrage, hilft mir meine Mutter bei der Auswahl meiner Bewerbungsarbeiten, begleitet mich zur Aufnahmeprüfung und redet mir gut zu, als ich ihr besorgt von jeder Einzelheit der Prüfung berichte. Als ich beschließe, daß ich außerdem auch noch Ärztin werden will, kauft sie mir Werke über Biologie. Als ich anfange, Gedichte zu schreiben, hört sie sich jedes Gedicht an und lobt es, als sei ich Yeats. Mein pubertäres Gefasel, worüber auch immer, ist für ihre Ohren Musik. Alle meine Zeichnungen, Glückwunschkarten, Posters, Ölbilder künden ihr eine große Zukunft für mich. Ganz sicher hatte *kein* Mädchen meines Alters eine hingebungsvollere Mutter, eine Mutter, die sich noch aufopfernder dafür einsetzte, daß ihre Tochter sich zu einer ausgewogenen Persönlichkeit entwickelte und, falls sie das wünschte, Künstlerin wurde. Warum packt mich dann immer die Wut, wenn ich an sie denke? Und warum gibt sie mir das Gefühl, daß ich nichts anderes als eine blasse Kopie von ihr bin? Daß ich nie einen eigenen Gedanken gedacht habe? Daß ich weder Freiheit noch Unabhängigkeit noch eine eigene Identität besitze?

Vielleicht war der Sex für meine Wut verantwortlich. Vielleicht war Sex die eigentliche Büchse der Pandora. Meine Mutter glaubte an freie Liebe, an Nackttänze im Bois de Boulogne und auf griechischen Inseln, an die Frühlingsriten. Das heißt, im Grunde glaubte sie natürlich *nicht* daran, denn warum hätte sie sonst gesagt, die Jungen würden mich nicht respektieren, wenn ich mich nicht ›kostbar‹ mache? Wenn ich ›mein Herz auf der Zunge‹ trüge, und mich ›unter Preis verkaufe‹, dürfe ich nicht erwarten, daß sie hinter mir her wären.

Sex. Ich fürchtete mich vor der gewaltigen Macht, die Sex über mich hatte, die Macht, meine Energien zu aktivieren, mich in Erregung zu versetzen und mir das Gefühl zu geben, ich sei knallverrückt! Wie verhielt es sich damit? Und wie reimte sich das auf ›sich kostbar machen‹?

Ich hatte nie den Mut, meine Mutter direkt danach zu fragen. Trotz ihres Bohème-Geredes spürte ich, daß sie Sex ablehnte, daß es etwas war, worüber man grundsätzlich nicht sprach. Also suchte ich Zuflucht bei D. H. Lawrence, bei *Liebe ohne Furcht* und *Mannbarkeitsriten in Samoa.* Doch Margaret Mead half mir auch nicht weiter. Was hatte ich mit all diesen Wilden gemein? (Eine ganze Menge, natürlich, aber zu der Zeit war mir das noch nicht bewußt.) Die faszinierenden Einzelheiten, die Eustace Chesser, Dr. med., zu bieten hatte (›Die Technik des Geschlechtsaktes‹, Defloration, Vorspiel, Nachspiel), waren schon besser, doch über *mein* moralisches Dilemma hatte er nicht allzuviel zu sagen: wie ›weit‹ durfte man gehen? Unter den BH oder nicht? Ins Höschen oder nicht? Ihn in den Mund nehmen oder nicht? Und wann, wenn überhaupt, durfte man schlucken? Es war alles so kompliziert. Und für Frauen schien es alles *noch* komplizierter zu sein. Im Grunde, glaube ich, war ich so wütend auf meine Mutter, weil sie mir nicht beigebracht hatte, Frau zu sein, mich nicht gelehrt hatte, den Heißhunger meiner Möse und den meines Kopfes miteinander in Einklang zu bringen.

So lernte ich also von *Männern* etwas über Frauen; ich sah die Frauen mit ihren Augen. Natürlich waren diese Autoren in dem Sinne keine Männer für mich, es waren Autoritäten, Götter, die alles wußten und denen man rückhaltlos vertrauen konnte.

Folglich glaubte ich ihnen *alles*, selbst wenn es mir meine eigene Inferiorität bewies. Von D. H. Lawrence alias Lady Chatterley lernte ich, was ein Orgasmus ist. Ich erfuhr von ihm, daß alle Frauen den ›Phallos‹ – wie er das Wort zu schreiben beliebt – anbeten. Von Shaw lernte ich, daß eine Frau nie eine Künstlerin sein kann, von Dostojewski, daß Frauen kein religiöses Gefühl besitzen, von Swift und Pope, daß sie *zuviel* davon besitzen (und deshalb nie wirklich rational denken können), von Faulkner, daß sie, der Gäa verwandt, Urmütter sind und eins mit dem Mond, den Gezeiten und den Saaten, von Freud, daß das Über-Ich der Frauen unzureichend entwickelt ist und sie immer ›unvollkommen‹ bleiben werden, weil ihnen genau *das* fehlt, was auf dieser Welt als einziges zu besitzen sich lohnt: ein Penis.

Doch was hatte das alles mit mir zu tun? Mit mir, die ich zur Schule ging und bessere Noten als die Jungen bekam und zeichnete und schrieb und sonnabends Stilleben in der Zeichenakademie malte und an den Wochentagen nachmittags unsere Schulzeitung redigierte (Redakteur für aktuelle Kurzgeschichten; noch nie war ein Mädchen Chefredakteur gewesen, doch war es uns auch noch nie in den Sinn gekommen, das in Frage zu stellen). Was hatten Mutter Erde und der Mond und die Gezeiten und die Anbetung des Lawrenceschen Phallos mit mir oder meinem Leben zu tun?

Meinen ersten ›Phallos‹ lernte ich mit dreizehn Jahren und zehn Monaten kennen – auf der mit avocado-grüner Seide bezogenen Wohnzimmercouch meiner Eltern im Schatten eines avocadogrünen Avocado-Bäumchens, das meine Mutter mit avocado-grünen Fingern aus einem Avocado-Kern gezogen hatte. Dieser ›Phallos‹ gehörte zu Steve Applebaum, der auf unserer High-School zwei

Klassen über mir war, und die blauen Adern auf seiner Kandinsky-violetten Unterseite bildeten ein höchst interessantes abstraktes Muster. Im Rückblick war er ein bemerkenswertes Exemplar seiner Gattung: beschnitten, natürlich, und riesengroß (doch was heißt riesengroß, wenn man keine Vergleichsmöglichkeiten hat?) und mit beeindruckendem Eigenleben. Sobald er sich unter dem straffen Reißverschluß von Steves Jeans als hügelartige Ausbuchtung bemerkbar machte (wir knutschten uns und fummelten ›unterhalb des Gürtels‹, wie man damals sagte), öffnete Steve langsam (um sich nicht zu verletzen?) den Reißverschluß und zog mit der einen Hand (die andere steckte unter meinem Rock in meiner Möse) das gewaltige purpurrote Ding aus seiner Umhüllung von Unterhosenstoff und blauen Brooks-Brothers-Hemdzipfeln und brachte es zwischen den kalten, metallisch glitzerndern Rändern seines Hosenschlitzes zum Vorschein. Dann steckte ich meine rechte Hand in die Vase mit Rosen, die meine blumenliebende Mutter immer auf dem Couchtisch stehen hatte, und meine von Wasser und schleimigen Blumenstengeln gesalbte Hand begann Steve mit rhythmischen Bewegungen einen herunterzuholen. Wie tat ich das wohl – genau? Mit drei Fingern? Oder mit der ganzen Hand? Jedenfalls wohl recht ungeschickt, fürchte ich (obwohl ich später eine Expertin auf diesem Gebiet wurde). Er warf in Ekstase den Kopf zurück (in beherrschter Ekstase: mein Vater sah im Wohnzimmer fern) und entlud sich in seine blauen Hemdzipfel oder in ein zu diesem Zwecke hastig hervorgeholtes Taschentuch. Die technischen Details sind mir entfallen, das Gefühl ist geblieben. Es war zum Teil Gegenseitigkeit (eine Hand wäscht die andere oder wie du mir, so ich dir), zum Teil spielte Macht eine gewisse Rolle. Ich wußte, daß ich mit dem, was ich tat, eine bestimmte Macht über Steve erlangte – eine Macht, die ich mit Malen oder Schreiben nie erlangt hätte. Und dann kam auch ich – vielleicht nicht gerade wie Lady Chatterley, aber immerhin.

Gegen Ende unserer Idylle wollte Steve (er war 17, ich war 14), daß ich ›ihn‹ in den Mund nehme.

»Gibt es wirklich Leute, die das tun?«

»Klar«, sagte er mit so viel Lässigkeit, wie er aufbringen konnte. Er ging zum Bücherschrank meiner Eltern und begann, nach van de Velde zu suchen (der sorgfältig hinter den *Kunstschätzen der Renaissance* versteckt war). Doch was dort darüber zu lesen stand, war zu schwierig für mich; ich konnte es nicht einmal richtig aussprechen. Und würde ich davon nicht schwanger werden? Vielleicht hatte meine Weigerung auch etwas mit der gesellschaftlichen

Erziehung zu tun, die meine Mutter mir – neben Kunstgeschichte – unermüdlich in kleinen, aber regelmäßigen Dosen verabreichte. Steve lebte in der Bronx, ich (in einer mehrstöckigen Wohnung), in Central Park West. Wenn ich einen ›Phallos‹ anbeten würde, dann sicher keinen aus der Bronx. Vielleicht einen vom Sutton Place?
Schließlich sagte ich Steve Lebewohl und verlegte mich aufs Onanieren, Fasten und Dichten. Ich sagte mir immer wieder, daß ich, wenn ich onanierte, zumindest ›rein‹ bliebe.
Steve bemühte sich weiterhin um mich, mit Flakons Chanel Nr. 5, Frank-Sinatra-Platten und kalligraphisch geschriebenen Zitaten aus den Gedichten von Yeats. Er rief mich immer an, wenn er betrunken war und, die nächsten fünf Jahre lang, an jedem meiner Geburtstage. (Entsprang eine solche Treue nur der Tatsache, daß ich ihm einen runtergeholt hatte?)
Inzwischen unterwarf ich mich – als Buße für meine Selbstbefriedigung – einer Art religiöser Konversion, die es mit sich brachte, daß ich hungerte (ich versagte mir sogar das Trinkwasser), *Siddhartha* las und zwanzig Pfund verlor (und mit ihnen meine Regel). Eine Furunkulose folgte und ich wurde, mit Schwären bedeckt wie Hiob, zum erstenmal zu einem Hautarzt geschickt, und zwar zu einer deutschen Emigrantin, die die denkwürdigen Worte sprach: »Die Haut ist der Spiegel der Seele«, und mich an den ersten meiner vielen Psychoanalytiker überwies, einen abgebrochenen Riesen namens Dr. Schrift.

Dr. Schrift (eben jener Dr. Schrift, der mit uns zusammen nach Wien geflogen war) war ein Anhänger von Wilhelm Stekel und stopfte die Schnürsenkel unter die Lasche seiner Schuhe. (Ich weiß nicht genau, ob das zum Stekelschen System gehörte.) Das Apartmenthaus, in dem er wohnte, hatte ein sehr dunkles, enges Treppenhaus mit goldfarbenen, ein Muschelmuster aufweisenden Tapeten, wie man sie etwa im Badezimmer eines alten Hauses in Larchmont findet. Wenn ich auf den Fahrstuhl wartete, starrte ich auf diese Tapete und fragte mich, ob der Hausbesitzer wohl einen größeren Posten davon bei einem Badezimmer-Tapeten-Ausverkauf besonders preisgünstig erstanden hätte. Welchen Grund gäbe es sonst, ein Treppenhaus mit goldenen Muscheln und winzigen, rosenfarbenen Fischen zu tapezieren?
Bei Dr. Schrift hingen zwei Reproduktionen von Utrillo und eine von Braque an der Wand. (Da es sich, wie gesagt, um meinen ersten Psychotherapeuten handelte, konnte ich nicht wissen, daß das die vom Verband der amerikanischen Psychoanalytiker empfohlenen

Standard-Reproduktionen sind.) Ferner hatte er einen modernen Schreibtisch (dänisch, ebenfalls vom Verband der Psychoanalytiker empfohlen) und eine bräunliche, mit Schaumgummi gepolsterte Couch mit der unvermeidlichen kleinen Plastikfolie für die Füße und einem harten, mit einer Papierserviette bedeckten Keilkissen für den Kopf.

Er bestand darauf, daß das Pferd, von dem ich träumte, mein Vater sei. Ich war vierzehn und hungerte mich zu Tode, als Selbstbestrafung dafür, daß ich auf der avocado-grünen Seidencouch meiner Eltern onaniert hatte. Er bestand darauf, daß der Sarg, von dem ich träumte, meine Mutter sei. Der Grund dafür, warum meine Periode ausgesetzt hatte? Ein Mysterium ...

»Weil ich keine Frau sein will. Weil es alles zu verwirrend ist. Shaw sagt, daß man nicht zugleich Frau und Künstlerin sein kann. Das Kinderkriegen verschleißt sie, sagt er. Und ich will Künstlerin werden. Das hab ich schon immer gewollt.«

Weil ich das damals nicht hätte in Worte fassen können, doch Steves Finger in meiner Möse ... das war ein herrliches Gefühl gewesen. Zugleich jedoch wußte ich, daß dieses ziehende Gefühl des Zerfließens *der Feind* war. Wenn ich mich diesem Gefühl auslieferte, hieß das, daß ich alle anderen Dinge, die ich wollte, aufgab. »Du mußt wählen«, sagte ich mit vierzehn streng zu mir selbst. *Geh in ein Kloster Ophelia.* Also onanierte ich, wie alle guten Nonnen. »Auf die Weise bin ich gegen die Macht der Männer gefeit«, dachte ich jeden Abend, wenn ich zwei Finger tief in mich versenkte.

Dr. Schrift verstand nur Bahnhof. »Sie müssen Ihr Frau-Sein akzeptieren«, zischte er mir aus dem Hintergrund zu. Doch mit vierzehn sah ich nur die Nachteile des Frau-Seins. Ich sehnte mich nach Orgasmen, wie die der Lady Chatterley. Warum wurde der Mond nicht fahl, warum ergossen sich nicht Flutwellen über das Angesicht der Erde? Wo war mein Wildhüter? Ich sah nichts als Betrug darin, eine Frau zu sein.

Ich streifte öfters durch das Metropolitan Museum auf der Suche nach einer bildenden Künstlerin, die mir den Weg weisen könnte. Mary Cassatt? Berthe Morisot? Warum konnten so viele Malerinnen, die auf Kinder verzichtet hatten, nichts anderes malen als Mütter mit Kindern? Es war hoffnungslos. Wenn man eine Frau war und Talent hatte, war das Leben eine Falle, ganz gleich, welchen Weg man einschlug. Entweder man versank in Häuslichkeit (und nährte Walter-Mitty-artige Fluchtphantasien) oder aus allem, was man schöpferisch tat, sprach die Sehnsucht nach Häuslichkeit. Man

entkam seinem Frau-Sein nicht, niemals. Das Wort KONFLIKT wird mit dem Herzblut der Frau geschrieben.
Weder meine gute noch meine böse Mutter konnte mich aus dieser Zwangslage befreien. Meine böse Mutter hielt mir vor, daß sie, wenn es mich nicht gegeben hätte, eine berühmte Künstlerin geworden wäre, und meine gute Mutter vergötterte mich und hätte mich um nichts auf der Welt missen mögen. Was ich von ihr lernte, lernte ich durch ihr Beispiel, nicht durch ihre Ermahnungen. Und die Lektion ließ an Deutlichkeit nichts zu wünschen übrig: Frau sein hieß gequält, frustriert und ständig gereizt und verärgert zu sein. Es hieß, aus zwei unvereinbaren Hälften zu bestehen – kurz: gespalten zu sein.
»Vielleicht glückt es *dir* besser«, sagte meine gute Mutter. »Vielleicht wirst *du* beides schaffen, Liebling. Was mich angeht ... ich habe es nicht geschafft.«

Freuds Haus

Es ist auch ein gar zu lebensunfähiger Gedanke, die Frauen genauso in den Kampf ums Dasein zu schicken wie die Männer. Soll ich mir mein zartes, liebes Mädchen zum Beispiel als Konkurrenten denken; das Zusammentreffen würde doch nur damit enden, daß ich ihr, wie vor siebzehn Monaten, sage, daß ich sie lieb habe und daß ich alles aufbiete, sie aus der Konkurrenz in die unbeeinträchtigte stille Tätigkeit meines Hauses zu ziehen.

– Sigmund Freud
(Brief an Martha Bernays vom 15. November 1883)

Adrian setzte uns wortlos am Hotel ab und brauste in seinem *Triumph* davon, neuen Irrfahrten entgegen. Wir gingen nach oben, um uns von den Sünden der vergangenen Nacht reinzuwaschen. Da an diesem Nachmittag keine Sitzungen stattfanden, an denen Bennett teilnehmen wollte, beschlossen wir, einen Spaziergang zu machen und uns das Haus anzusehen, in dem Freud gelebt hatte. Das hatten wir uns schon vorgenommen, bevor Adrian auf der Bildfläche erschien, doch in dem ganzen Wirbel war dieser Plan dann irgendwie untergegangen.

Wien war an diesem Morgen schön. Es war noch nicht heiß, aber sonnig, der Himmel blau, und viele amtlich aussehende Menschen eilten, Aktentaschen unter dem Arm (in denen sich vermutlich nichts Amtlicheres befand als Zeitungen und ihre Frühstücksbrote), zur Arbeit. Wir schlenderten durch den Volksgarten und bewunderten die gepflegten Rosenbäumchen und Blumenbeete. Wir tauschten Bemerkungen aus über die unvermeidliche Verwüstung dieser Beete, wenn sie sich in New York befänden, und schüttelten den Kopf, wenn wir die gesetzestreue Ordnungsliebe in deutschen und österreichischen Städten mit dem Vandalismus von New York verglichen. Wir führten unser altes, vertrautes Gespräch über Zivilisation und Unterdrückung einerseits und Impuls und impulsives Handeln andererseits. Für kurze Zeit herrschte zwischen uns jenes entspannte Einverständnis, das Adrian unsere ›eheliche Langeweile‹ genannt hatte. Darin irrte er sich. Als Einzelgänger fehlte ihm das Verständnis dafür, daß zwei Menschen sich zusammentun, und so konnte er Ehe nur mit Langeweile gleichsetzen. Was ihm fehlte, war jener gewisse Paarungsinstinkt, der zwei Menschen dazu veranlaßt, zusammenzuleben und die Lücken in der Seele des anderen auszufüllen, wobei beide an Kraft gewinnen.

Paarung hat nicht immer etwas mit Sex zu tun; das läßt sich bei Freunden beobachten, die zusammen wohnen, oder bei alten ›verheirateten‹ Homosexuellen, die kaum noch miteinander ins Bett gehen, und auch in einigen Ehen. Zwei Menschen, die einander stützen wie Strebepfeiler. Zwei Menschen, die voneinander abhängen, einander bemuttern und verwöhnen und vor der Außenwelt beschützen. Zuweilen wog das alle Nachteile der Ehe auf: in einer gleichgültigen Welt einen Freund zu besitzen.

Arm in Arm gingen Bennett und ich zu Freuds Haus. Zwischen uns bestand die stillschweigende Übereinkunft, nicht über die vergangene Nacht zu sprechen. Die vergangene Nacht hätte genausogut ein Traum gewesen sein können, und nun, da wir im Sonnenschein wieder zu zweit waren, löste dieser Traum sich auf wie Morgennebel.

Wir gingen die Treppe zu Freuds Sprechzimmer hinauf wie zwei Patienten zu einer Eheberatung.

Kulturelle Heiligtümer haben mich schon immer angezogen und bewegt; das Haus in Rom, in dem Keats starb, das Haus in Hampstead, in dem er lebte, Mozarts Geburtshaus in Salzburg, Alexander Popes Grotte, Rembrandts Haus im Amsterdamer Ghetto, Wagners Villa am Vierwaldstätter See, Beethovens karge Zwei-Zimmer-Wohnung in Wien ... Jeder Ort, an dem ein Genius das Licht der Welt erblickte, gelebt, geliebt, gearbeitet, gegessen, gefurzt, seinen Samen verspritzt hat oder gestorben ist – war mir heilig. So heilig wie Delphi oder der Parthenon. Im Grunde noch heiliger, denn das Wunder des Alltags fasziniert mich noch mehr als das Wunder großer Heiligtümer und Tempel. Daß Beethoven solche Musik schreiben konnte, während er in Wien zwei schäbige Zimmer bewohnte – *das* war das Wunder. Mit ehrfürchtiger Scheu hatte ich die verschiedenen Gebrauchsgegenstände – seinen irdischen Besitz – angestarrt; je irdischer, desto besser: den oxydierten Salzstreuer, die billige Uhr, das zerschlissene Ausgabenbuch. Die Alltäglichkeit seiner Bedürfnisse tröstete mich und gab mir Hoffnung. Ich schnüffelte in den Häusern der Großen herum wie ein Bluthund, um den Ruch des Genies aufzuspüren. Irgendwo zwischen Bade- und Schlafzimmer, irgendwann zwischen dem Verzehren eines Eies und der täglichen Entleerung läßt die Muse sich nieder. Zumeist erscheint sie nicht dann, wenn man es mit seinen banalen, von Hollywood geprägten Vorstellungen erwartet: während eines märchenhaften Sonnenuntergangs über Ischia, in der donnernden Brandung von Big Sur oder auf einem Berggipfel in Delphi (genau zwischen dem Nabel der Welt und der Stelle, wo Ödipus seinen Papa umbrachte), sondern sie schwebt herbei, während man Zwiebeln schneidet oder Aubergine-Gemüse ißt oder den Mülleimer mit der Literaturbeilage der *New York Times* auslegt. Die interessantesten modernen Schriftsteller wissen das. Leopold Bloom brät Kalbsnieren, scheißt und meditiert über das Universum. Francis Ponge erblickt die Seele des Menschen in einer Auster (wie Blake sie in einer Wiesenblume sah). Sylvia Plath schneidet sich in den Finger und erlebt eine Offenbarung. Doch Hollywood sieht den Künstler hartnäckig als Frauenliebling mit traumumflortem Blick und flatternder Bohème-Schleife, dazu Hintergrundmusik von Dmitrij Tiomkin und ein heftig orangefarbener Sonnenuntergang über dem Haupt des Helden – und, bis zu einem gewissen Grade,

versuchen wir alle (selbst diejenigen, die es besser wissen sollten), diesem Bild gerecht zu werden. Kurz: ich spielte also immer noch mit dem Gedanken, mit Adrian durchzugehen. Und Bennett, der das spürte, schleppte mich in die Berggasse 19 zu Freuds Haus, im (nochmaligen) Versuch, mich zur Vernunft zu bringen.
Ich stimmte mit Bennett darin überein, daß Freud ein intuitives Genie war, doch das psychoanalytische Dogma von seiner Unfehlbarkeit lehnte ich ab. Genies sind immer fehlbar, sonst wären es Götter. Und wer will schon Vollkommenheit? Oder Beständigkeit? Sobald man seiner Pubertät, Hermann Hesse, Kahlil Gibran und dem Glauben an die beispiellose Bösartigkeit seiner Eltern entwachsen ist, sollte man sich nicht mehr auf Beständigkeit kaprizieren. Doch ach – wie viele tun es doch! Wir sind bereit, unser Leben zu zerstören, weil wir diese Beständigkeit nicht haben. Wie ich.
So wanderten wir durch Freuds Haus, auf der Suche nach einer Offenbarung. Ich glaube, wir erwarteten so halb und halb, Montgomery Clift zu sehen, bärtig und gekleidet wie Freud, wie er die klammen, feuchten Höhlen seines eigenen Unbewußten erkundet. Was wir tatsächlich sahen, war enttäuschend. Die meisten Möbel hatten Freud nach Hampstead begleitet und gehörten nun seiner Tochter. Das Wiener Freud-Museum mußte sich mit Fotografien und mehr oder weniger leeren Räumen begnügen. Freud hatte fast ein halbes Jahrhundert lang hier gelebt, doch war keine Spur von ihm geblieben – nur Fotos und ein rekonstruiertes Wartezimmer mit den üppig gepolsterten Sitzgelegenheiten jener Epoche.
Auf einem der Fotos war das berühmte Sprechzimmer zu sehen, mit der von einem orientalischen Teppich bedeckten Psychoanalytiker-Couch, ägyptischen und chinesischen Figurinen und Fragmenten klassischer Skulpturen, doch das Sprechzimmer selbst war 1938 verschwunden, zugleich mit einer ganzen Ära. Wie sonderbar eigentlich, wenn man sich's genau überlegt, so zu tun, als sei Freud nie vertrieben worden und als könne man mit Hilfe einiger vergilbender Fotos eine Welt wiedererstehen lassen. Es erinnerte mich an meinen Besuch in Dachau: abgerissene Krematorien und flachshaarige deutsche Kinder, die lachend umhertollten und im frischgesäten Gras ihre mitgebrachten Butterbrote verzehrten. ›Man darf ein Volk nicht nach zwölf Jahren seiner Geschichte beurteilen‹, hatte ich in Heidelberg immer wieder zu hören bekommen.
Wir sahen uns also in den so sonderbar sterilen Zimmern um und starrten die Relikte aus Freuds Leben an: sein Doktordiplom, seine Wehrdienstbescheinigung, seine Bewerbung um die Privatdozentur, den Vertrag mit einem seiner Verleger, eine Liste seiner

Publikationen, die seinem Promotionsantrag beigefügt war. Und dann nahmen wir die Fotografien in Augenschein: Freud, eine Zigarre in der Hand, inmitten der ersten Gruppe von Psychoanalytikern, Freud mit einem seiner Enkelsöhne, Freud mit Anna Freud, Freud in London, sich auf den Arm seiner Frau stützend, kurz vor seinem Tod, Ernest Jones als junger Mann, sein Dressman-Profil zur Schau stellend, Sandor Ferenczi (etwa 1913), herrisch in die Welt schauend, Karl Abraham, sanft und umgänglich aussehend, Hanns Sachs, aufs Haar Robert Morley gleichend, und so weiter. Die Artefakte waren vorhanden, doch der ihnen innewohnende Geist hatte sich verflüchtigt. Ergeben pilgerten wir von einem Ausstellungsgegenstand zum anderen und dachten an unsere eigene verfahrene Affäre, die noch im Werden war.

Wir lunchten in einem ruhigen Lokal und bemühten uns aufs neue, den Schaden vom vergangenen Abend auszubügeln. Ich schwor mir, Adrian nie wiederzusehen. Bennett und ich behandelten einander mit der größtmöglichen Rücksichtnahme. Wir vermieden es peinlich, über irgend etwas von Belang zu reden. Statt dessen lästerten wir ein wenig über Freud. Ernest Jones behauptet, Freud hätte Schwierigkeiten damit gehabt, Leute richtig zu beurteilen, er sei ein schlechter Menschenkenner gewesen. Diese gewisse Naivität in bezug auf andere Menschen haben Genies häufig an sich. Freud konnte zwar die Geheimnisse der Träume ergründen, konnte aber auch einem ganz gewöhnlichen Schwindler aufsitzen. Er erfand zwar die Psychoanalyse, schenkte jedoch unweigerlich immer wieder Menschen sein Vertrauen, die ihn hintergingen und betrogen. Auch war er höchst indiskret. Er plauderte oft Dinge aus, die ihm unter dem Siegel der Verschwiegenheit anvertraut worden waren.

Plötzlich wurde uns klar, daß wir wieder über *uns* sprachen. Es gab an diesem Nachmittag kein Thema, das neutral genug gewesen wäre. Alles und jedes schlug auf uns zurück.

Nach dem Lunch gingen wir noch einmal zur Hofburg, um einen Vortrag über das Seelenleben des Künstlers zu hören. Der Vortragende vermittelte dem Auditorium eine postume kurzgefaßte Analyse von Leonardo, Beethoven, Coleridge, Wordsworth, Shakespeare, Donne, Virginia Woolf und die einer unbekannten, namentlich nicht genannten Künstlerin, die bei ihm in Behandlung gewesen war. Alles was er vorbrachte, beweise, wie er meinte, unumstößlich, daß Künstler, als Gruppe gesehen, labil und lebensuntüchtig seien, kontaktschwach, infantil, unkritisch, masochistisch, narzißtisch, schlechte Menschenkenner und hoffnungslos

verstrickt in ödipalen Konflikten. Infolge ihrer Übersensibilität hätten sie als Kinder ein überdurchschnittliches Verlangen nach Bemutterung und später fast immer das Gefühl, in dieser Beziehung zu kurz gekommen zu sein, unabhängig davon, wieviel Liebe und mütterliche Sorge ihnen auch zuteil geworden wäre. Als Erwachsene seien sie dazu verurteilt, ständig nach einer Mutter Ausschau zu halten, und da sie diese nicht fänden (nie, nie), suchten sie in ihrem schöpferischen Werk die Idealmutter zu erschaffen. Sie suchten in ihren Hervorbringungen ihre eigene Vergangenheit zu idealisieren, obwohl diese Idealisierung oft eher einer Brutalisierung gliche. Kurz: niemandes Familie sei so abgrundtief böse, wie der moderne autobiographische Romancier (oder Dichter) sie sähe. Seine Blutsverwandten herunterzumachen, das sei letzten Endes das gleiche, wie sie zu idealisieren. Es beweise nur erneut, wie sehr der Mensch in seiner eigenen Vergangenheit gefangen sei.
Auch im Ruhm suche der Künstler eine Kompensation für die vermeintliche, in der Jugend erfahrene Vernachlässigung. Doch dem wäre nie ein voller Erfolg beschieden. Von der Welt geliebt zu werden, sei kein Ersatz dafür, in der Kindheit von einem bestimmten Menschen geliebt worden zu sein. Zudem sei die Welt ein miserabler Liebhaber. So sei also auch der Ruhm letzten Endes eine Enttäuschung. Viele Künstler würden sich in Verzweiflung dem Opium zuwenden, dem Alkohol, homosexuellen Ausschweifungen, heterosexuellen Ausschweifungen, religiösem oder politischem Fanatismus, dem Selbstmord oder anderen Palliativen. Doch auch dies alles führe nicht wirklich zum Erfolg. Abgesehen vom Selbstmord – der in gewisser Weise immer zum Erfolg führe. Hier fiel mir ein Epigramm von Antonio Porchia ein, das – bei vorhandenem Esprit – jetzt fällig gewesen wäre:

> Ich glaube, die Seele ist die Summe ihrer Leiden,
> doch die Seele, die sich selbst von ihren Leiden heilt,
> stirbt.

Genauso verhalte es sich mit Künstlern. Bloß in noch höherem Maße.
Während der ganzen Darstellung der Labilität, Abhängigkeit, Unselbständigkeit, Naivität usw. des Künstlers drückte Bennett wiederholt meine Hand und warf mir wissende Blicke zu. Komm zu Daddy zurück. Daddy versteht alles. Wie ich mich danach sehnte, zu Daddy zurückzukehren! Doch wie ich mich ebenfalls danach sehnte, frei zu sein!
»Freiheit ist eine Illusion«, hätte Bennett gesagt (und hätte damit

zumindest einmal mit B.F. Skinner übereingestimmt), und, bis zu einem gewissen Grade, hätte auch ich ihm recht gegeben. Seelisches Gleichgewicht, Maßhalten, Beständigkeit ... auch ich glaubte daran. Doch was war dann jene andere Stimme in mir, die mich unablässig antrieb – zum Spontanfick, zu dahinjagenden Wagen, endlosen nassen Küssen und dem Rausch der Gefahr? Was war jene andere Stimme, die mir *Feigling!* zurief und mich anstachelte, die Brücken hinter mir abzubrechen, das Gift *auf einmal* hinunterzuschütten, statt es Tropfen für Tropfen zu trinken, bis auf den Boden meiner Ängste hinabzusteigen und festzustellen, ob es mir gelänge, mich am eigenen Schopf wieder hinaufzuziehen?

War es denn eine Stimme? Oder war es ein dumpfes Pochen, etwas noch Primitiveres als Worte? Eine Art pulsierendes Klopfen in meinen Eingeweiden, das ich mein ›Hunger-Morse‹ nannte. Als hielte mein Bauch sich für ein Herz. Und womit ich ihn auch zu füllen suchte – mit Männern, mit Büchern, mit Nahrung, mit Pfefferkuchenmännern, mit Gedichten über Traummänner und mit Männern, die diesen Gedichten entsprachen –, er gab keine Ruhe. Unersättlich. Ich war unersättlich. Nymphomanie des Gehirns. Hungerödem des Herzens.

Was war dieses klopfende, pochende Ding in mir? Eine Trommel? Oder das komplette Schlagzeug einer Band? War es komprimierte Luft unter einem gespannten Fell? War es eine Gehörshalluzination? War es vielleicht ein Frosch? Trommelte er nicht irgend etwas von einem Prinzen? Dachte er vielleicht, er *sei* ein Prinz? War ich mein ganzes Leben zum Hungern verurteilt?

Als der Vortrag über die Künstlerseele beendet war, applaudierten wir auf unseren wackligen Stühlen mit den vergoldeten Lehnen und standen dann, verstohlen gähnend, höflich herum.

»Ich muß mir eine Abschrift dieses Vortrags verschaffen«, sagte ich zu Bennett.

»Das erübrigt sich«, sagte er. »Es ist die Geschichte deines Lebens.«

Dabei fällt mir ein, daß ich einen weiteren Aspekt dieses Vortrags (dessen Autor, wie ich mich erinnere, ein gewisser Dr. Königsberger war) nicht erwähnt habe, und zwar den Teil, der sich mit dem Liebesleben des Künstlers beschäftigte, insbesondere mit seiner Tendenz, sich (mit beträchtlichem Ungestüm) innerlich an gänzlich ungeeignete ›Liebesobjekte‹ zu binden und diese heftig zu idealisieren – wie er seine Eltern idealisierte, von denen er glaubte, sie nie besessen zu haben. Dieses ungeeignete Liebesobjekt ist zumeist eine Projektion des liebenden Künstlers. Das Objekt seiner Leidenschaft ist in den Augen anderer oft genug ein ganz durchschnittlicher Mensch. Doch für den liebenden Künstler wird die/der Geliebte zu Vater, Mutter, Muse, zum Inbegriff der Vollkommenheit, einer Vollkommenheit, die zuweilen niedrige, ja selbst bösartige Züge aufweist, ihren Träger jedoch immer allmächtig, kurz, als Gottheit erscheinen läßt.

Was nun wohl der kreative Sinn dieser Leidenschaften sei, fragte Dr. Königsberger. Wir reckten die Hälse und beugten uns erwartungsvoll vor. Durch die Neuerschaffung der ödipalen Verliebtheit gelänge es dem Künstler, seinen ›Familien-Roman‹ neu zu erschaffen, und damit die idealisierte Welt seiner Kindheit. Die zahlreichen und oft rasch wechselnden Leidenschaften des Künstlers seien dazu bestimmt, die Illusion am Leben zu erhalten. Durch eine neue, heftige sexuell betonte Verliebtheit komme der Erwachsene der leidenschaftlichen Liebe, die er als kleines Kind für den Elternteil des anderen Geschlechts gehegt hätte, am nächsten.

Während dieser Ausführungen grinste Bennett vor sich hin. Ich schmollte vor mich hin.

Dante und Beatrice. Scott und Zelda. Humbert und Lolita. Simone de Beauvoir und Sartre. King Kong und Faye Wray. Yeats und Maud Gonne. Shakespeare und die Dunkle Dame. Shakespeare und Mr. W. H. Allen Ginsberg und Peter Orlovsky. Sylvia Plath und Schnitter Tod. Keats und Fanny Brawne. Byron und Augusta. Dodgson und Alice. D. H. Lawrence und Frieda. Aschenbach und Tadzio. Robert Ranke-Graves und die Weiße Göttin. Schumann und Clara. Chopin und George Sand. Auden und Kallmann. Hopkins und der Heilige Geist. Borges und seine Mutter. Ich und Adrian?

Am Nachmittag, um vier Uhr, erschien mein idealisiertes Liebesobjekt, um in einem der anderen Barocksäle einer Arbeitsgruppe vorzusitzen. Das würde dann die letzte Vorlesung sein. Am nächsten Morgen würden Anna Freud und ihre genialische Gefolgschaft noch einmal das Podium stürmen, um die erarbeiteten Resultate des Kongresses zusammenzufassen – für die Presse, die Teilnehmer und für die Schwachen, Lahmen und Blinden. Dann war der Kongreß zu Ende, und wir würden abreisen. Doch wer mit wem? Bennett mit mir? Adrian mit mir? Oder wir drei zusammen? Frisch, fromm, frei – Psychotherapie hoch drei?

Im Ausschuß unter Adrians Leitung ging es um Vorschläge für den nächsten Kongreß; es war ziemlich nervtötend, und ich machte mir nicht einmal die Mühe zuzuhören. Mein Blick wanderte von Bennett zu Adrian und wieder zurück, und ich versuchte, mich zu entscheiden. Ich war so aufgeregt, daß ich es nach etwa zehn Minuten nicht mehr aushielt, den Saal verließ und in der Vorhalle auf und ab lief. Das Schicksal fügte es, daß ich dabei auf meinen deutschen Psychotherapeuten, Dr. Happe, stieß. Er war gerade im Begriff, sich mit einer Umarmung von Erik Erikson zu verabschieden; offenbar hatten sie sich ein Weilchen freundschaftlich unterhalten. Er begrüßte mich und fragte, ob ich Lust habe, ein wenig zu plaudern.

Die hatte ich.

Professor Dr. med. Gunther Happe ist ein hochgewachsener, schlanker Mann mit einer Hakennase und einem Wust buschiger weißer Haare. In Deutschland ist er so eine Art Berühmtheit, erscheint oft auf dem Fernsehschirm, schreibt Artikel für populärwissenschaftliche Zeitschriften und ist bekannt als erklärter Feind des Neonazismus. Er ist einer jener radikalen, von Schuldgefühl durchdrungenen Deutschen, die die Nazizeit im Exil in London verbrachten, später jedoch zurückkehrten und sich bemühten, Deutschland vor der völligen Verrohung zu bewahren. Er gehört zu jener Sorte von Deutschen, von denen man nie hört: humorvoll, bescheiden und seinem Land gegenüber kritisch eingestellt. Er liest den *New Yorker* und spendet Geld für den Viet Kong. Er spricht ›think‹ wie ›sink‹ aus und ›business‹ wie ›bösyness‹, ist aber trotzdem kein Deutscher aus dem Witzblatt.

Als ich – in Heidelberg – damit begann, mich viermal die Woche in die überhohen Zimmer seiner schlecht geheizten Praxis zu begeben und mich dort auf die Couch zu legen, war ich vierundzwanzig und ein von Ängsten geschütteltes Nervenbündel. Ich hatte Angst, mit der Straßenbahn zu fahren, Angst, Briefe zu schreiben, Angst, Worte auf Papier zu setzen. Ich konnte es selbst kaum glauben, daß einige Gedichte von mir veröffentlicht worden waren und daß ich meine Examina *cum laude* und mit verschiedenen sonstigen Auszeichnungen bestanden hatte. Obwohl meine Freunde mich beneideten, da ich ihnen immer so fröhlich und selbstsicher erschien, fürchtete ich mich im stillen vor allem und jedem. Abends schaute ich in jeden Schrank, bevor ich es wagte, allein im Zimmer zu bleiben. Und selbst dann fand ich keinen Schlaf. Ich lag nächtelang wach und fragte mich, ob ich wohl im Begriff sei, auch meinen zweiten Mann in den Irrsinn zu treiben – oder ob es nur so *schien*?

Eine meiner genialsten kleinen Selbstquälereien war meine Art, Briefe zu schreiben. Oder vielmehr *nicht* zu schreiben, besonders Briefe, die meine Arbeit betrafen. Wenn (was ein- oder zweimal der

Fall war) ein Cheflektor oder ein Literatur-Agent mich schriftlich aufforderte, einige meiner Gedichte einzusenden, war äußerste Verzweiflung meine einzige Reaktion. Was sollte ich schreiben? Was sollte ich auf eine so schwierige Anfrage erwidern? In welcher Form sollte ich den Brief abfassen?

Eine dieser Aufforderungen lag, während ich über eine Antwort nachgrübelte, zwei volle Jahre in der Schublade. Ich versuchte es mit verschiedenen Entwürfen. ›Liebe Mrs. Jones‹, fing ich an. Aber war das nicht zu anmaßend? Vielleicht sollte ich ›Sehr geehrte Mrs. Jones‹ schreiben, das ›liebe‹ könnte so aufgefaßt werden, als wolle ich mich bei ihr einschmeicheln. Wie wär's *ohne* Anrede? Einfach gleich mit dem Text beginnen? Nein. Das wäre zu unfreundlich.

Wenn ich mich schon in dieser Weise mit der Anrede herumschlug, kann man sich unschwer vorstellen, welche Qualen mir erst die Abfassung des Textes bereitete.

Besten Dank für Ihren liebenswürdigen Brief, in dem Sie mich auffordern, Ihnen einige meiner Arbeiten einzusenden. Leider ...

Grundfalsch! Viel zu servil. Ihr Brief war nicht ›liebenswürdig‹, und warum sollte ich der Person schmeicheln und mich bei ihr bedanken? Lieber selbstsicher und selbstbewußt:

Ich erhielt soeben Ihren Brief mit der Aufforderung, Ihnen einige Gedichte zur Begutachtung zu überlassen ...

Zu selbstgefällig! (Ich knüllte einen weiteren Bogen zusammen.) Irgendwann hatte ich gelesen, daß man einen Brief nie mit ›ich‹ beginnen solle. Außerdem – wie konnte ich schreiben, ich hätte ihren Brief ›soeben erhalten‹, wenn er schon ein Jahr bei mir herumlag?

Ihr Brief vom 12. November 1967 hat mich sehr beschäftigt. Entschuldigen Sie bitte, daß die Antwort so lange auf sich warten ließ, aber ...

Zu persönlich. *Sie* legt ja wohl kaum Wert darauf, daß ich mich an ihrer Schulter über meine Schreibhemmungen ausweine. Was geht es sie an?

Endlich, zwei Jahre später und nach vielen weiteren mißglückten Versuchen, brachte ich einen ganz ekelhaft unterwürfigen, mit vielen Entschuldigungen gespickten Brief an die betreffende Cheflektorin zu Papier, zerriß ihn zehnmal, bevor ich ihn abschickte, tippte ihn elfmal ab, tippte meine Gedichte fünfzehnmal immer wieder aufs neue (*ein* Tippfehler, und ich knüllte die Seite zusammen – und ich hatte nie tippen gelernt) und schickte den verdammten braunen Umschlag nach New York. Postwendend erhielt ich eine wirklich herzliche Antwort (die selbst ich paranoide Person nicht mißdeuten konnte), in der die Dame mir mitteilte, daß meine Gedichte angenommen seien. Beigefügt war ein Scheck. Was glauben Sie, wie lange ich mich mit dem nächsten Brief herumgeschlagen hätte, wenn es eine Absage gewesen wäre?

So war es also um das strahlend selbstsichere Wesen bestellt, das sich in Heidelberg zu Dr. Happe in Behandlung begab. Allmählich lernte ich es, an meinem Schreibtisch sitzen zu bleiben und zu arbeiten. Allmählich lernte ich es, Manuskripte abzuschicken und Briefe zu schreiben. Ich kam mir vor wie das Opfer eines Schlaganfalls, das wieder schreiben lernt, und Dr. Happe war mein Lehrmeister. Er war sanftmütig und geduldig und humorvoll. Er lehrte mich, mich selbst nicht mehr zu hassen. Er war als Psychoanalytiker ein ebenso seltener Fall wie als Deutscher. *Ich* war es, die immerzu törichte Dinge sagte, wie zum Beispiel: ›Nun ja, wahrscheinlich sollte ich diese ganze dumme Schreiberei aufgeben und statt dessen ein Kind kriegen.‹ Und *er* war es, der mich immer wieder auf die Unrichtigkeit einer solchen ›Lösung‹ hinwies.

Ich hatte ihn zweieinhalb Jahre nicht gesehen, ihm jedoch meinen ersten Gedichtband geschickt, und er hatte mir einige Worte darüber geschrieben.

»So so«, sagte er, wie der Deutsche aus dem Witzblatt, der er nicht war, »ich stelle fest, daß es Ihnen keine Schwierigkeiten mehr bereitet, Briefe zu schreiben.«

»Nein, aber im übrigen habe ich Schwierigkeiten genug ...«

Und ich sprudelte die ganze verworrene Geschichte hervor – alles, was seit unserer Ankunft in Wien passiert war. Er sagte, er habe nicht die Absicht, das zu deuten. Er wolle mich nur daran erinnern, was er mir schon viele Male gesagt hätte:

»Sie sind keine Sekretärin, Sie sind eine Dichterin. Wieso nehmen Sie an, daß Ihr Leben ohne Komplikationen verlaufen soll? Wieso nehmen Sie an, daß es Ihnen gelingen würde, allen Konflikten aus dem Wege zu gehen? Wieso glauben Sie, Leid und Schmerzen würden Ihnen erspart bleiben? Oder gar Leidenschaften? Es spricht so manches für die Leidenschaft. Werden Sie denn nie imstande sein, sich selbst etwas zu gönnen und sich selbst etwas zu vergeben?«

»Offenbar nicht. Die Schwierigkeit ist, daß ich im Grunde eine Puritanerin bin. Alle Pornographen sind Puritaner.«

»Eine Pornographin sind Sie nun ganz bestimmt *nicht*«, sagte er.

»Nein, aber es klingt so gut. Die beiden *p's*. Die Alliteration.«

Dr. Happe lächelte. Ob ihm das Wort ›Alliteration‹ wohl ein Begriff war? Mir fiel ein, wie ich ihn immer wieder gefragt hatte, ob er mein Englisch verstünde. Vielleicht hatte er zweieinhalb Jahre kein Wort verstanden.

»Sie *sind* eine Puritanerin«, sagte er, »und zwar eine von der schlimmsten Sorte. Sie tun, was Ihnen gefällt, fühlen sich jedoch dabei so schuldig, daß Sie es nicht genießen können. Was soll dann das Ganze?«

»Genau das würde ich gern wissen.«

»Doch das schlimmste ist, daß Sie so hartnäckig darauf bestehen, Ihr Leben zu normalisieren. Selbst wenn man analysiert worden ist, braucht das Leben nicht unbedingt einfach zu sein. Warum erwarten Sie das? Vielleicht gehört dieser Mann bei Ihnen dazu. Warum wollen Sie alles wegwerfen, bevor Sie sich genügend Zeit gelassen haben, sich zu entscheiden. Können Sie denn nicht abwarten und sehen, wie die Sache weitergeht?«

»Das könnte ich, wenn ich vorsichtiger wäre, doch ich fürchte, gerade das ist mir immer schwergefallen – vorsichtig zu sein.«

»Außer beim Briefeschreiben«, sagte er. »Darin waren Sie äußerst vorsichtig.«

»Heute nicht mehr«, sagte ich.

Dann strömten die Leute hinaus auf den Gang, und wir standen auf, schüttelten uns die Hand und sagten Auf Wiedersehen. Ich mußte allein mit meinem Dilemma zurechtkommen, dieses Mal gab's keinen guten Daddy, der mir zu Hilfe geeilt wäre.

Die ganze folgende Nacht verbrachten Bennett und ich mit gegenseitigen Anschuldigungen und mit Erwägungen, ob wir uns, zumindest für eine Weile, trennen oder gemeinsam Selbstmord begehen sollten. Wir erklärten uns unsere gegenseitige Liebe und unseren gegenseitigen Haß, mit einem Wort: die Widersprüchlichkeit unserer Gefühle füreinander, wir schliefen miteinander, schrien uns an, weinten und liebten uns noch einmal. Es hat keinen Sinn, hier weiter ins Detail zu gehen. Irgendwann mag ich mir eine amüsante Ehe à la Oscar Wilde gewünscht haben, mit charmanten, geschickt eingefädelten kleinen Fehltritten, wie bei Iris Murdoch, aber ich muß gestehen, daß unsere Auseinandersetzungen eher an Sartres *Geschlossene Gesellschaft* erinnerten, oder, noch schlimmer, an *Bonanza.*

Am Morgen begaben wir uns, unausgeschlafen und erschöpft, in die Hofburg, um uns (es war der letzte Tag des Kongresses) die abschließenden Betrachtungen von Anna Freud und die der anderen

Würdenträger (unter ihnen Adrian, der eine kleine Abhandlung vom Blatt las, die ich ein paar Tage zuvor für ihn aufgesetzt hatte) über Aggression anzuhören.

Nach dieser Sitzung – während Bennett sich mit einigen Bekannten aus New York unterhielt – tuschelten Adrian und ich miteinander.

»Komm mit mir«, sagte er, »wir werden viel Spaß haben auf unserer Odyssee.«

»Es ist wirklich sehr verlockend, aber ich kann nicht.«

»Warum nicht?«

»Laß uns nicht wieder von vorn anfangen – *bitte.*«

»Ich bin nach dem Lunch noch da, Schatz ... falls du es dir anders überlegen solltest. Ich muß jetzt noch mit ein paar Leuten hier reden, und dann fahr ich in die Pension und pack meine Sachen. Nach dem Lunch gehe ich dann noch einmal in diese Pension, so um zwei herum. Wenn du nicht da bist, werd ich noch ungefähr eine Stunde auf dich warten. Versuch mit dir ins reine zu kommen, Herzchen. Hab keine Angst. Wenn Bennett mit uns fahren will, ist er natürlich auch herzlich willkommen.«

Er lächelte auf seine vertrackte Weise und warf mir eine Kußhand zu.

»*Ciao,* Schatz«, und fort war er. Bei dem Gedanken, ihn nie wiederzusehen, wurde ich schwach in den Knien.

Nun lag es also an mir. Er würde warten. Ich hatte dreieinhalb Stunden Zeit, über mein Schicksal zu entscheiden. Und über das seine. Und über das von Bennett.

Ich wünschte, ich könnte sagen, daß ich das auf charmante oder unbekümmerte oder selbst auf biestige Weise tat. Die lupenreine Biestigkeit kann auf ihre Weise auch Stil und einen gewissen Elan haben. Doch selbst als Biest bin ich ein Versager. Ich plärrte still vor mich hin. Ich wand mich, metaphorisch gesprochen, im Staube. Ich ging, unschlüssig und entschlußlos, mit mir zu Rate. Ich analysierte mich. Ich hing mir selbst zum Hals raus.

Während des Lunchs mit Bennett im *Volksgarten* litt ich Qualen. *Daß* ich Qualen litt, bereitete mir zusätzliche Qualen. Ich litt Qualen im *American Express,* wo wir um zwei Uhr versuchten, uns darüber klar zu werden, ob wir zwei Flüge nach New York oder zwei Flüge nach London buchen sollten, oder nur einen oder gar keinen.

Es war alles so trübsinnig und trostlos. Dann dachte ich an Adrians Lächeln und an die Möglichkeit, daß ich ihn nie wiedersehen würde, und an die sonnigen Nachmittage im Schwimmbad und an unsere

Flachsereien und nächtlichen Fahrten durch Wien, angetrunken und wie im Traum, und ich raste wie eine Irre aus dem *American Express* hinaus (und ließ Bennett stehen, wo er stand) und rannte durch die Straßen. Ich klapperte in meinen hochhackigen Sandaletten über das Kopfsteinpflaster, verstauchte mir den Knöchel und schluchzte mit verzerrtem, von verschmiertem Make-up entstelltem Gesicht laut vor mich hin. Ich wußte nur eines: Ich mußte ihn wiedersehen. Ich dachte daran, wie er mich damit aufgezogen hatte, daß ich immer auf Nummer Sicher ginge. Ich dachte daran, was er über persönlichen Mut gesagt hatte und daß man sich selbst auf den Grund gehen müsse, um festzustellen, was sich dort findet. Ich dachte an all die Verhaltensmaßregeln, nach denen ich gelebt hatte – die gute Schülerin und gewissenhafte Kunststudentin, die gehorsame Tochter, die schuldige treue Gattin, die Ehebruch nur in der Vorstellung trieb –, und ich beschloß, einmal im Leben Mut zu beweisen und meinen Gefühlen zu folgen, ungeachtet der Konsequenzen. Ich dachte daran, wie Dr. Happe gesagt hatte: ›Sie sind keine Sekretärin, Sie sind eine Dichterin – wieso erwarten Sie, daß Ihr Leben ohne Komplikationen verläuft?‹ Ich dachte an D. H. Lawrence, der mit der Frau seines Doktorvaters durchgebrannt war. An Romeo und Julia, die aus Liebe in den Tod gingen, an Aschenbach, der Tadzio durch die verseuchten Straßen Venedigs verfolgte, an all die realen und imaginären Menschen, die ihr Bündel geschnürt, die Brücken hinter sich abgebrochen hatten und hinaus in die Welt gezogen waren, ins Blaue hinein. Ich war eine von *ihnen!* Ich war kein ängstliches Hausmütterchen, ich nicht. *Ich* hatte Flügel.

Ich fürchtete, daß Adrian schon fort sein könnte, ohne mich. Ich lief schneller, verirrte mich in engen Nebenstraßen und bewegte mich, dem Straßenverkehr ausweichend, im Kreise. Ich war diese ganze Zeit in Wien so wirr und benommen gewesen, daß ich den Weg von einem markanten Punkt der Stadt zum anderen kaum wußte, obwohl ich Dutzende von Malen durch diese Straßen gekommen sein mußte. In meiner Panik sah ich nirgends Straßenschilder; ich stürmte weiter und hielt nach Gebäuden Ausschau, die ich kannte. All die verdammten Barockpaläste sahen einer wie der andere aus! Endlich erspähte ich ein Reiterstandbild, das mir bekannt vorkam. Dann kam ein Hof und ein Torweg (ich rang nach Luft) und dann noch ein Hof und noch ein Torweg (mir lief der Schweiß herunter), bis ich endlich, in einem dritten Hof (voller geparkter Wagen), Adrian stehen sah. Er lehnte seelenruhig an seinem *Triumph* und blätterte in einer Zeitschrift.

»Hier bin ich!« stieß ich keuchend hervor. »Ich hatte solche Angst, daß du ohne mich wegfahren würdest.«
»Aber das würde ich doch nie tun, Herzchen.«
(O doch! O doch!)
»Du wirst sehen, es wird wunderbar«, sagte er.
Dieses Mal fuhren wir geradewegs zum Hotel, ohne uns ein einziges Mal zu verfahren. Oben warf ich meine Sachen in den Koffer (das Paillettenkleid vom Ball, die feuchten Badeanzüge, Shorts, Nachthemden, Regenmantel, Jerseykleider für die Reise – alles zerknüllt und in hoffnungslosem Durcheinander). Dann setzte ich mich hin, um Bennett eine Nachricht zu hinterlassen. Was sollte ich schreiben? Schweiß und Tränen liefen mir übers Gesicht. Es wurde eher ein Liebes- als ein Abschiedsbrief. Ich schrieb, daß ich ihn liebe (was stimmte), daß ich nicht wüßte, warum ich von ihm fortginge (was stimmte), es jedoch einfach tun *müsse* (was stimmte). Ich hoffe, er würde mir verzeihen. Ich hoffe, daß wir nun, jeder für sich, Zeit haben würden, unser Leben neu zu überdenken, und daß wir es später vielleicht noch einmal miteinander versuchen könnten. Ich hinterließ ihm die Adresse des Hotels in London, wo wir ursprünglich zusammen absteigen wollten. Ich wüßte nicht, wo ich jetzt hinginge, aber irgendwann würde ich höchstwahrscheinlich in London auftauchen. Ich hinterließ ihm Dutzende von Telefonnummern – von Leuten, die ich in London aufsuchen wollte. Ich schrieb noch einmal, daß ich ihn liebte und hoffte, daß er mir verzeihen würde. (Der Brief war inzwischen über zwei Seiten lang.) Vielleicht schrieb ich immer weiter, damit ich nicht fort mußte. Ich schrieb, daß ich nicht mehr wußte, was ich täte (was stimmte). Ich schrieb, daß ich mir gemein vorkäme (was stimmte). Und als ich zum zehntenmal ›Ich liebe dich‹ hinschrieb, trat Bennett ins Zimmer.
»Ich geh fort«, sagte ich unter Tränen. »Ich war gerade dabei, dir zu schreiben. Aber das ist ja nun nicht mehr nötig.« Ich wollte den Brief zerreißen.
»Nicht!« sagte er und griff hastig nach den Blättern. »Das ist das einzige, was mir von dir bleibt.«
Jetzt brach das Schluchzen erst richtig aus mir heraus. »Bitte, bitte, verzeih mir, bitte«, flehte ich. (Henker bittet den zum Tode Verurteilten um Vergebung, bevor das Beil fällt.)
»Du brauchst meine Verzeihung nicht«, sagte er scharf. Er begann, seine Sachen in einen Koffer zu werfen, ein Hochzeitsgeschenk von dem Freund, durch den wir uns kennengelernt hatten. Eine glückliche Ehe und ein langer gemeinsamer Lebensweg.
Hatte ich diese Szene nur um ihrer Intensität willen herbeigeführt?

Nie hatte ich ihn mehr geliebt. Nie hatte mich stärker danach verlangt, bei ihm zu bleiben. Mußte ich ihn eben deshalb verlassen? Warum sagte er nicht: ›Bleib bei mir, bleib – ich liebe dich‹? Er tat es nicht.
»Ich kann nicht ohne dich in diesem Zimmer bleiben«, sagte er und warf Reisehandbücher und allerlei anderen Kram in seinen Koffer. Wir gingen, unser Gepäck schleppend, zusammen nach unten. Am Empfang blieben wir stehen, um die Rechnung zu bezahlen. Adrian wartete draußen. Wenn er doch wegfahren wollte! Doch er wartete. Bennett fragte mich, ob ich meine Reiseschecks und meine Amexco-Kreditkarte bei mir hätte. Ob alles in Ordnung sei? Damit wollte er sagen: ›Bleib, ich liebe dich.‹ Das war seine Art, es auszudrücken, doch ich, wie behext, war so verrannt, daß ich nur ›hau ab!‹ heraushörte.
»Ich muß eine Weile fort«, wiederholte ich und zögerte immer noch. »*Du* wirst nicht allein sein – ich wohl.« Es stimmte. Eine innerlich wirklich freie Frau wäre allein in die Bergeinsamkeit gegangen, um zu meditieren – und nicht mit Adrian Goodlove in einem zerbeulten Triumph davongefahren.
Ich stand immer noch zögernd herum, völlig verzweifelt.
»Worauf zum Teufel wartest du? Warum gehst du nicht endlich?«
»Wohin fährst du jetzt? Wo kann ich dich finden?«
»Ich fahre zum Flughafen. Ich fliege nach Hause. Vielleicht auch erst nach London, um zu versuchen, das Geld für den Charterflug zurückzubekommen. Aber vielleicht fliege ich auch direkt nach New York. Es ist mir egal. Das kann dir doch auch ganz egal sein.«
»Es ist mir *nicht* egal.«
»Das kann ich mir lebhaft vorstellen.«
Nun endlich griff ich nach meinem Koffer und ging fort. Was hätte ich sonst tun sollen? Ich hatte mich selbst in die Enge getrieben, mich selbst in diese äußerst mißliche Lage hineinmanövriert. Nun war eine Art Glücksspiel daraus geworden, eine Herausforderung, ein russisches Roulett, ein Test meines Selbstverständnisses als Frau. Ich konnte nicht mehr zurück. Bennett blieb ganz ruhig stehen – um das Gesicht zu wahren. Er trug einen leuchtend roten Rollkragenpullover. Warum rannte er nicht auf die Straße und schlug Adrian eins in die Fresse? Warum kämpfte er nicht um das, was ihm gehörte? Sie hätten sich im Prater duellieren und je einen Band Freud und Laing als Schild benutzen können. Sie hätten sich zumindest verbal duellieren können. *Ein* Wort von Bennett, und ich wäre geblieben. Doch er blieb stumm. Bennett ging davon aus, es sei

mein gutes Recht, ihn zu verlassen. Und ich mußte von diesem Recht Gebrauch machen, auch, wenn es mich mittlerweile verzweifeln ließ.

»Du hast über eine Stunde gebraucht, Herzchen«, sagte Adrian und brachte mein Gepäck im ›Heck‹ (wie er den Kofferraum seines Wagens nannte) unter. Und wir hetzten aus Wien heraus wie zwei Flüchtlinge, die sich vor den Nazis in Sicherheit bringen. Als wir am Flughafen vorbeikamen, hätte ich am liebsten gesagt: »Laß mich aussteigen! Ich komme nicht mit!« Ich dachte an Bennett, der in seinem roten Rollkragenpullover da irgendwo herumstand und auf ein Flugzeug wartete – irgendwohin. Doch es war zu spät. Ich war diesem Abenteuer nun auf Gedeih und Verderb ausgeliefert und hatte nicht die leiseste Ahnung, wohin es mich führen würde.

Existentialismus im Prüfstand

... und die Existentialisten erklären, daß sie völlig verzweifelt sind, doch das Schreiben geben sie nicht auf.

– W. H. Auden

Als ich mein Leben mit dem von Adrian Goodlove verband, betrat ich eine Welt, in der die Spielregeln *seine* Spielregeln waren – obwohl er, natürlich, so tat, als gäbe es überhaupt keine Regeln. Es war zum Beispiel verboten, danach zu fragen, was wir morgen unternehmen würden. Existentialisten sollten das Wort ›morgen‹ nie benutzen. Es war aus unserem Vokabular verbannt. Es war verboten, über die Zukunft zu sprechen oder sich zu verhalten, als gäbe es eine Zukunft. Es gab keine Zukunft. Es gab lediglich den Wagen und die Campingplätze und die Hotels und unsere Unterhaltung und die Aussicht durch die Windschutzscheibe (die Adrian die ›Frontscheibe‹ nannte). Und hinter uns lag die Vergangenheit, auf die wir immer häufiger zurückkamen – um die Zeit totzuschlagen und einander bei guter Laune zu halten (wie Eltern sich während langer Autofahrten geographische Fragespiele oder ›Lieder erraten‹ für ihre gelangweilten Kinder ausdenken). Wir erzählten uns lange Geschichten aus unserer Vergangenheit, die wir wie Romanciers ausschmückten und dramatisierten. Wir taten natürlich, als sagten wir die Wahrheit, die ganze Wahrheit und nichts als die Wahrheit, doch (laut Henry Miller) kann niemand die absolute Wahrheit sagen, und selbst unsere scheinbar allerpersönlichsten Enthüllungen waren zum Teil erfunden, kurz: Literatur. Wir erkauften uns die Zukunft, indem wir über die Vergangenheit sprachen. Zuweilen kam ich mir vor wie Scheherazade, die für ihren Gebieter allerlei Nebenhandlungen ersinnt, damit das Märchen nicht plötzlich zu Ende ist. Beide konnten wir (theoretisch) die ganze Unternehmung jeden Augenblick abbrechen, doch ich fürchtete, daß das eher von Adrian zu erwarten war und es also an mir lag, ihn bei guter Laune zu halten. Wenn es ums Ganze geht und ich viele Tage hintereinander mit einem Mann allein bin, wird mir mehr denn je klar, wie unemanzipiert ich letzten Endes bin. Ich bin eine Speichelleckerin von Natur. All meine hochtrabende Aufsässigkeit ist lediglich eine Kompensation meiner tiefverwurzelten Servilität.

Erst, wenn es einem verboten ist, über die Zukunft zu sprechen, geht einem auf, wie sehr die Zukunft für gewöhnlich die Gegenwart regiert, wieviel Zeit man im täglichen Leben damit verbringt, Pläne zu schmieden, und auf die Weise immer wieder versucht, die Zukunft in den Griff zu bekommen. Daß die Zukunft sich nicht greifen läßt, steht auf einem anderen Blatt. Der Gedanke an die Zukunft ist unsere liebste Ablenkung und Unterhaltung, dazu der allerbeste Zeitvertreib. Ohne Zukunft gibt es nur noch die Vergangenheit – und eine von zerplatzten Insekten verschmierte Windschutzscheibe.

Adrian bestimmte die Spielregeln, zeigte jedoch die Neigung, sie häufig zu ändern, wenn es ihm anders besser in den Kram paßte. In dieser Hinsicht erinnerte er mich an meine ältere Schwester Randy. Als wir beide klein waren (ich sieben, sie zwölf), lehrte sie mich würfeln, doch sie änderte die Spielregeln von Minute zu Minute, je nachdem, wie viele Augen sie geworfen hatte. Nach einem Spiel von zehn Minuten sah ich mich des gesamten mühsam gehorteten Inhalts meines Sparschweins beraubt, während sie (die mit nichts begonnen hatte) im Geld schwamm wie Sky Masterson. Wie strahlend Dame Fortuna mir auch vorübergehend zugelächelt hatte, ich war unweigerlich der Verlierer.
»Pasch – gewonnen!« brüllte meine Schwester.
»Nein, wirklich?« (Während ich meinen Dollar Taschengeld wie die vielzitierte Ameise hütete, verschwendete sie den ihren wie die Grille – aber es lief immer darauf hinaus, daß sie das Geld scheffelte und ich bankrott war.) Der Mißbrauch des Erstgeburtsrechtes. Und ich die ewige Nachgeborene. Übrigens war Adrian derselbe Jahrgang wie Randy (1937) und hatte einen Bruder, ebenfalls jünger als er. Somit hatte er jahrelang Gelegenheit zu lernen, wie man Menschen tyrannisiert. Während wir uns durch das Labyrinth des Alten Europa unseren Weg suchten, gelang es uns mühelos, wieder an die Verhaltensmuster von ehedem anzuknüpfen.
Wir lernten die karge österreichische Pension kennen, mit ihren weißen Spitzengardinen im Aufenthaltsraum und ihren Fensterbänken voller Kakteen, ihrer rotwangigen Wirtin (die immer fragte, wie viele Kinder wir hätten – als hätte sie vergessen, was wir ihrer Doppelgängerin vor einigen Stunden erzählt hatten), dem eigentümlichen Doppelbett mit der dreiteiligen Matratze (die Spalten befanden sich genau unter strategisch wichtigen Punkten des Körpers – wie Brüste und Genitalien –, so daß man unweigerlich mitten in der Nacht davon erwachte, daß eine Brustwarze oder ein Hoden, wie ich annehme, zwischen Teil I und Teil II oder zwischen Teil II und Teil III eingeklemmt war). Wir lernten die österreichischen Federbetten kennen, die einen nach dem Einschlafen in Schweiß schwimmen lassen und wie durch Hexerei zu Boden gleiten, sobald man endlich tief eingeschlafen ist, worauf man den Rest der Nacht mehr oder weniger damit verbringt, nach dem Federbett zu angeln, bis man morgens mit geschwollenen Lippen und Augen erwacht, was man dem Staub von Jahrhunderten und anderen, bedrohlicheren Allergenen zu verdanken hat, die sich in diesen Ungetümen angesammelt haben.
Wir lernten das Pensions-Frühstück kennen: zähe Brötchen, kleine

Stanniolpackungen mit Aprikosenmarmelade, karg bemessene Butterröllchen und Riesentassen voller Milchkaffee mit einer räudig aussehenden Haut darauf. Wir lernten die bescheideneren Campingplätze kennen, mit ihrem durchdringenden Latrinengeruch, den langen Zinkblechtrögen zum Gesichtwaschen und Zähneputzen, den trüben Tümpel, der sich Swimming-pool nannte (ein idealer Brutplatz für Mücken), in den Adrian sich unweigerlich hineinbegab, und den fidelen deutschen Bürgern, die uns in brillante Unterhaltungen über Adrians Mini-Zelt (in dessen stahlblauem Nylonschimmer wir schliefen) verwickelten und uns über unser Leben ausfragten wie fernsehreife Spione. Wir lernten die deutschen Autobahn-Raststätten kennen, die Portionsteller mit Sauerkraut und Bockwurst, die Bierfilze mit aufgedruckter Reklame, die übelriechenden Toiletten und die Seifen-, Handtuch- und Präservativautomaten. Wir lernten die deutschen Biergärten kennen, mit klebrigen Tischen und drallen Kellnerinnen mittleren Alters in Dirndln und angetrunkenen Fernfahrern, die mit obszönen Bemerkungen nicht sparten, wenn ich, leicht schwankend, die Toilette aufsuchte.
Ab Mittag waren wir meistens betrunken, schlingerten in unserem rechtsgesteuerten Wagen die Autobahn entlang und nahmen jede Kurve falsch. Volkswagen mit 130 fuhren fast auf unsere Stoßstange auf, ebenso Mercedes-Fahrer mit 170, die noch dazu aggressiv ihre Lichthupe betätigten, sowie BMWs, die ihrerseits die Mercedes überholen wollten. Ein Deutscher brauchte nur unser englisches Nummernschild zu sehen, und schon versuchte er, uns von der Fahrbahn zu fegen. Auch Adrian fuhr wie ein Verrückter, überholte auf der falschen Seite, kam immer wieder auf die Kriechspur und versuchte, provoziert von den Deutschen, diese seinerseits zu überholen. Ich stand Todesängste aus, fand es aber zugleich herrlich aufregend. Wir lebten auf des Messers Schneide. Es war zu erwarten, daß ein fürchterlicher Unfall unserem Leben ein Ende setzte und jede Spur von uns und unseren Sünden auslöschte. Aber eines wußte ich genau: *langweilen* tat ich mich nicht.
Wie alle Menschen, die sich in Gedanken unausgesetzt mit dem Tod beschäftigen, die das Fliegen verabscheuen, die jede noch so winzige Runzel im Spiegel studieren und eine krankhafte Angst vor Geburtstagen haben, die sich davor fürchten, an Krebs oder an einem Gehirnturmor oder an einem Schlaganfall zu sterben, bin ich insgeheim verliebt in den Tod. Wenn ich von New York nach Washington fliege, leide ich wie ein Tier, doch am Steuer eines Sportwagens fahre ich, ohne mit der Wimper zu zucken, 170 und

genieße jede entsetzenerregende Sekunde. Zu wissen, daß man unter Umständen seinen eigenen Tod herbeiführt, ist erregender als ein Orgasmus. So ähnlich müssen die Kamikazeflieger empfunden haben, wenn sie eine Massenvernichtung auslösten und sich damit selbst vernichteten, statt in Hiroshima oder Nagasaki, wohlbehalten in ihren Betten, darauf zu warten, daß das Unheil eines Morgens unversehens über sie hereinbräche.

Es gab einen Grund für unsere Trinkerei: meine Depressionen. Ich pendelte zwischen Euphorie und Verzweiflung hin und her (Haß auf mich selbst wegen meines Verhaltens gegenüber Bennett, dumpfe Verzweiflung über das Alleinsein mit einem Mann, der mich nicht liebte, Angst vor der Zukunft, die ich nicht erwähnen durfte). Also betranken wir uns, und während unserer alkoholisiert-verkicherten Albereien zog die Verzweiflung sich hinter graue Schleier zurück, ohne natürlich je ganz zu verschwinden, doch war sie auf diese Weise leichter zu ertragen. Wie man sich im Flugzeug betrinkt, um die Angst vor dem Fliegen zu mildern. Man glaubt zwar nach wie vor, daß man sterben wird, sobald das Motorengeräusch sich verändert, doch es geht einen nichts mehr an. Die Vorstellung ist fast angenehm. Man sieht sich selbst durch die flockigen Wolken abwärtsgleiten, hinein in ein blaues Meer voll der kostbarsten Kindheitserinnerungen.

Wir lernten die französischen Fernfahrer-Raststätten kennen, mit ihren Espresso-Maschinen, die einen ganz ausgezeichneten starken Kaffee spenden. Wir lernten die Freuden elsässischen Bieres und der dortigen Pfirsiche kennen; wir kauften sie in ganzen Steigen, von Bauern, die sie am Straßenrand feilhielten. Als die Schweinwerfer der Autos nicht mehr weißes, sondern senfgelbes Licht auf die Straße warfen und das Weißbrot wunderbar knusprig wurde, wußten wir, daß wir in Frankreich waren. Wir lernten den häßlichsten Teil des Landes kennen, jenes Ödland nahe der deutschen Grenze mit seinen schlecht gehaltenen, holperigen, gewundenen zweispurigen Straßen, die die Franzosen nicht reparieren lassen, weil sie meinen, die Deutschen seien ohnehin schnell genug in Paris. Wir lernten eine endlose Reihe billiger kleiner Hotels kennen, mit Zwei-Watt-Glühbirnen und von Fliegendreck getüpfelten Bidets (in die wir hineinpinkelten, weil wir keine Lust hatten, uns auf den Gang zu bequemen und die schmutzige Toilette zu benutzen, in der das Licht erst anging, nachdem man sich beim Kampf mit dem Türschloß die Nägel abgebrochen hatte). Wir lernten die komfortableren Campingplätze kennen, mit richtigen Toiletten und einer Bar mit Musikbox, aus der die Beatles blökten. Doch meistens (da es August geworden war und alle Bürger Europas mit ihren 2,5 Kindern Campingferien machten) waren die besseren Campingplätze überfüllt, und wir mußten unser Zelt am Wegrand aufschlagen (und im Hocken kacken, wobei das Unkraut uns am Hintern kitzelte und die Pferdebremsen einem beängstigend nah ums Arschloch herumschwirrten, um dann im Sturzflug auf der dampfenden Kacke zu landen). Wir lernten die *Autostrada del Sole* mit den alpdruckhaften, den Raststätten angeschlossenen Pavese-Verkaufsläden kennen, in denen sich, wie in einer Vision von Fellini, in Cellophan verpackte Bonbons und Spielzeug zu Bergen türmten, dazu ganze Fässer voller *panetone* in Silberpapier, mit grellfarbigen Schleifen verzierte Konfitürengläser zum Verschenken und Dreiräder mit Schleppen aus bunten Lutschbonbonketten. Wir lernten die italienischen Irren kennen, die zwar in ihrem Fiat *Cinquecenti* mit 170 über die Autobahn rasen, jedoch bei jedem Kruzifix am Wegrand halten, um sich zu bekreuzigen und einige Lire in die Sammelbüchse zu werfen. Wir lernten Dutzende von größeren und kleineren Flughäfen in Deutschland und Frankreich und Italien kennen, da ich, wenn der Zeitpunkt herankam, zu dem die Wirkung der zweiten Runde Bier nachließ und meine schlimme Depression wieder einmal ihr häßliches Haupt erhob (dazu die sekundären Symptome wie Kopfschmerzen und sonstige Katererscheinungen), unweigerlich in Panik geriet und kategorisch von Adrian verlangte, mich unverzüglich zum nächsten Flughafen zu bringen. Er sagte nie nein. O ja, er verstummte und tat, als sei er enttäuscht von mir, doch widersetzte er sich nie einem meiner klar und deutlich ausgesprochenen Wünsche. Ab ging's zum nächsten Flughafen oder *Aeroporto*, nicht ohne daß wir uns immer wieder verfuhren und x-mal nach dem Weg fragen mußten. Endlich angekommen, stellten wir unweigerlich fest, daß die nächste Maschine erst in zwei Tagen flog oder daß sie ausgebucht war (Europa im August: *tout le monde en vacances*) oder daß sie vor zwei Minuten gestartet war. Und dann gab es im Flughafen immer eine Bar, und wir tranken ein paar Biere, und Adrian küßte mich und neckte mich, machte seine Witzchen und kniff mich liebevoll in den Hintern und redete über unser gemeinsames Abenteuer. Und dann fuhren wir weiter – in bester Laune, solange sie anhielt. Schließlich wußte ich ja auch nicht genau, wo ich eigentlich sonst hin sollte.

Unsere Tour war kaum eine gemächliche Vergnügungsfahrt zu nennen. Daß wir lauter Umwege machten, im Zickzack oder im Kreise fuhren, kam daher, daß wir uns nicht nach Sehenswürdigkeiten oder Drei-Sterne-Attraktionen aus dem *Michelin* richteten, sondern nach meiner ständig wechselnden Stimmung und, in geringerem Maße, auch nach der von Adrian. Wir zickzackten von einer Depression zur anderen, zogen Schleifen um unsere alkoholisierten Euphorien und umkreisten unsere harmonischen, friedlichen Stunden. Unser Reiseplan war, geographisch betrachtet, völlig ohne Sinn und Verstand, doch sehe ich das erst jetzt, in der Rückschau, wenn ich mir die Orte, an denen wir waren, ins Gedächtnis zurückrufe. In Salzburg blieben wir gerade lange genug, um Mozarts Geburtshaus zu besichtigen, uns mit Leberknödeln vollzustopfen und eine unruhige Nacht zu verbringen, worauf wir nach München weiterfuhren. Wir zockelten kreuz und quer durch die Stadt und dann in die angrenzenden Alpen, besichtigten verschiedene von Ludwig dem Wahnsinnigen von Bayern erbaute Schlösser, kletterten, in einem plötzlichen Regenguß, die gewundene Straße nach Neuschwanstein hinauf, durchwanderten die erhabenen Baulichkeiten gemeinsam mit einer Horde von kartoffelförmigen Hausfrauen (in orthopädischen Schuhen), die sich, die Ellbogen gebrauchend, an uns vorbeischoben und, Gutturallaute ihrer wohlklingenden Sprache ausstoßend, vor Stolz über ihre glorreiche nationale Erbschaft – Wagner, Volkswagen und Wildschweine – tomatenrot anliefen.

Ich sehe die Umgebung von Neuschwanstein mit alpdruckhafter Klarheit vor mir: das Ansichtskarten-Gebirge, die an den gezackten Bergspitzen hängengebliebenen Wolken, die arthritischen Finger des vorjährigen Schnees, die die Berggrate plastisch hervorhoben, die schweigenden Gipfelhörner gegen den rauchblauen Himmel, die samtig-grünen Matten in den Tälern (im Winter Skigelände für Anfänger) und die Chalet-artigen braunen und weißen Häuser, verstreut wie Kinderspielzeug.

Deutschlands berühmtestes Schloß steht nicht in Schwetzingen oder Speyer, Heidelberg oder Hamburg, Baden-Baden oder Rothenburg, Berchtesgaden oder Berlin, Bayreuth oder Bamberg, Karlsruhe oder Kranichstein, Ellingen oder Eltz, sondern in Disneyland, Californien. Erstaunlich, wie Walt Disney und Ludwig der Wahnsinnige von Bayern sich in ihrer Mentalität gleichen. Ludwigs Neuschwanstein aus dem 19. Jahrhundert ist wie die verkitschte Beschwörung eines Mittelalters, das es nie gab. Disneys Schloß ist die (verkitschte) Fälschung einer (verkitschten) Fälschung.

Ganz besonders fasziniert war ich von Ludwigs zentralgeheizter Gipsgrotte zwischen Schlafzimmer und Arbeitsraum, mit ihren von neongrünem Licht angestrahlten gipsernen Stalaktiten und

Stalagmiten, den Fresken von Siegfried und Tannhäuser (im Verein mit fetten, blonden Göttinnen mit Brüsten, glatt wie Kunstharz, und ruhenden, blondbärtigen Kriegern, die in laubreichen Schluchten ihr Haupt an bemooste Felsen lehnen). Von Ludwigs Porträt mit den paranoiden Augen war ich wie hypnotisiert. Und allüberall in diesem Schloß gab es Zeugnisse für das, was an der Kultur der Deutschen spießig, gefühlsduselig und anwidernd ist – besonders der prahlerische, sich selbst hochjubelnde Glaube an die Geistigkeit ihrer ›Rasse‹: Wir sind ein geistiges Volk, wir empfinden tief, wir lieben die Musik, wir lieben den (deutschen) Wald, wir lieben das Geräusch marschierender Stiefel ...

Man achte auf die Cupidos und Tauben, die Tannhäuser umschwirren, der, ausgestreckt auf einem grauen Gipsfelsen, seinen seidenbekleideten Ellbogen auf die üppige Drapierung stützt, die von den mehr als üppigen Schenkeln der Venus herabfällt. Doch im besonderen achte man darauf, wie in diesem Schloß, diesen Wandmalereien, diesem Land (wie in Disneyland) *nichts* der Phantasie überlassen bleibt. Jedes Laubblatt ist scharf konturiert und schattiert, jede wirklichkeitsgetreue Brustwarze starrt einen an wie ein Idiotenauge, jede duftige Feder in Cupidos Fittichen ist förmlich mit Händen zu greifen. Keine Phantasie – das macht das Tier aus.

Nachdem wir München und Umgebung absolviert hatten, fuhren wir nordwärts bis Heidelberg (mit Unterbrechungen, auf Umwegen und im Zickzack), dann auf der Autobahn bis Basel (Schweizer Schokolade, Schwyzer Dütsch und das gestrenge, den Rhein überblickende Sandsteinmünster), dann nach Straßburg (Stadt der Gänseleber-Pastete – von gestopften Gänsen – und der großen Biere), dann eine wilde Zickzackfahrt über Nebenstraßen, die alle mehr oder weniger auf Paris zuliefen, dann durch Südfrankreich (über die Riviera) nach Italien bis Florenz, dann wieder nordwärts nach Verona und Venedig, über die Alpen, durch das Tessin nach Österreich und noch einmal durch Deutschland, dann nach Frankreich und schließlich und endlich nach Paris – unsere letzte gemeinsame Station –, wo mir die Wahrheit (oder eine der Wahrheiten) aufging, die mich jedoch nicht (noch nicht) frei machte.

So unglaublich diese Reiseroute auch erscheinen mag, es wird alles noch viel unglaublicher, wenn man bedenkt, daß die ganze Unternehmung nur zweieinhalb Wochen dauerte. *Gesehen* hatten wir so gut wie nichts. Die meiste Zeit fuhren wir. Und redeten. Und vögelten. Wenn ich sozusagen privat mit Adrian ins Bett wollte, war er impotent. Doch in der Öffentlichkeit – in Badehütten, auf Parkplätzen, auf Flughäfen, in Ruinen, Klöstern und Kirchen –

wurde er zum gierigen Supermann. Wenn er dabei nicht mindestens zwei Tabus zugleich verletzen konnte, interessierte ihn die Fickerei überhaupt nicht. So richtig auf Touren wäre er wohl erst gekommen, wenn er in einer Kirche seine Mutter hätte in den Arsch ficken können. Gebenedeit bist du unter den Weibern, und gebenedeit ist die Frucht deines Leibes usw.

Wir redeten und redeten und redeten. Psychoanalyse auf Rädern. Erinnerungen an vergangene Zeiten. Zum Zeitvertreib summierten wir: meine verflossenen Freunde, seine verflossenen Freundinnen, wie und warum wir es getrieben hatten (Gruppensex, Sex aus Liebe, Sex aus Schuldgefühl usw.), die verschiedenen Orte, wo wir es getrieben hatten (in der Toilette einer Boeing 707, im verlassenen jüdischen Betraum der alten *Queen Elizabeth*, in einer Abtei-Ruine in Yorkshire, in Ruderbooten, auf Friedhöfen ...). Ich muß zugeben, daß ich einiges davon frei erfunden habe, aber hier ging es um Unterhaltung, nicht um die absolute Wahrheit. Sie nehmen ja wohl nicht an, daß ich Ihnen in diesem Buch die lautere Wahrheit berichte? Adrian suchte – wie alle Psychotherapeuten, die ich je kennengelernt habe oder mit denen ich im Bett war – nach den ›Mustern‹ in meiner Vergangenheit. Ein sich wiederholendes, selbstzerstörerisches Verhaltensmuster, wenn möglich – doch jedes andere war ihm auch recht. Und ich tat natürlich mein Bestes, um ihn zufriedenzustellen. Das war auch weiter gar nicht schwierig. Wenn es um Männer ging, habe ich in einer gewissen Beziehung stets versagt – mir fehlte, was man wohl Vorsicht oder (hier vielleicht passender) den gesunden Menschenverstand nennt. Ich begegne einem Mannsbild, vor dem jede Frau mit einiger Selbstachtung sofort schreiend davonrennen würde, und es gelingt mir mühelos, irgend etwas Bezauberndes an seinen fragwürdigen Eigenheiten zu entdecken, etwas unwiderstehlich Anziehendes an seinen Manieren. Adrian hörte das alles sehr gern. Natürlich zählte er sich selbst nicht zu dieser Garnitur von Neurotikern, die ich gekannt hatte. Es wäre ihm nie in den Sinn gekommen, daß auch er bestimmten Verhaltensmustern unterworfen sein könnte.
»Ich bin der einzige Mann unter deinen Bekannten, den du nicht einordnen kannst«, sagte er triumphierend. Und dann wartete er darauf, daß ich die anderen rubrizierte. Und ich tat ihm den Gefallen. Oh, ich wußte, daß ich auf die Weise aus meinem Leben eine Posse (mit Gesang und Tanz) machte, ein Boulevardstück, einen Schmachtfetzen, einen Witz aus der Serie ›Schwarzer Humor‹. Ich dachte an die Sehnsucht, an Kummer und Qual, an all die

Briefe (abgeschickte und nicht abgeschickte), an die Weinkrämpfe, die Monologe am Telefon, an das Leiden, die vergeblichen Versuche, den Verstand walten zu lassen und sich selbst, den Partner und das gegenseitige Verhältnis zu analysieren: an all das, was in jede dieser Beziehungen – ob Rettungsboot, ob Vergnügungsdampfer – eingegangen war. Ich wußte, daß die Art, in der ich über sie redete, einen Verrat an ihrer Komplexität bedeutete, einen Verrat auch an ihrer Menschlichkeit mit all ihren Verwirrungen. Das Leben kennt keinen vorgefaßten Plan. Es ist weitaus interessanter als alles, was man darüber sagen könnte, weil die Sprache die Dinge von Natur aus ordnet, das Leben aber im Grunde keine Ordnung kennt. Selbst jene Schriftsteller, die der wunderschönen Anarchie des Daseins ihren Respekt zollen und sich bemühen, das wuchernde Leben auf Buchseiten einzufangen, können es nicht verhindern, daß es sich zum Schluß viel geordneter ausnimmt, als es je war, und sagen somit letzten Endes doch nicht die Wahrheit. Denn kein Schriftsteller kann je die Wahrheit über das Leben schreiben, nämlich, daß das Leben weitaus interessanter ist als jedes Buch. Und kein Schriftsteller kann die Wahrheit über Menschen erzählen – nämlich, daß sie weitaus interessanter sind als jede erfundene Figur.

»Jetzt hör schon auf, über diese Scheiß-Schreiberei zu philosophieren, und erzähl mir lieber was von deinem ersten Mann«, sagte Adrian.

»Okay, okay.«

Der Verrückte

Verliebte und Verrückte
Sind beide von so brausendem Gehirn,
So bildungsreicher Phantasie, die wahrnimmt,
Was nie die kühlere Vernunft begreift.
Wahnwitzige und Poeten und Verliebte
Bestehen aus Einbildung. Der eine sieht
Mehr Teufel, als die weite Hölle faßt:
Der Tolle nämlich; der Verliebte sieht
Nicht minder irr, die Schönheit Helenas
Auf einer äthiopisch braunen Stirn.
Des Dichters Aug', in schönem Wahnsinn rollend,
Blitzt auf zum Himmel, blitzt zur Erd' hinab,
Und wie die schwangre Phantasie Gebilde
Von unbekannten Dingen ausgebiert,
Gestaltet sie des Dichters Kiel, benennt
Das luft'ge Nichts und gibt ihm festen Wohnsitz.

– Shakespeare, *Ein Sommernachtstraum*

Sie müssen ihn sich vorstellen: klein, dunkel, dichter brauner Bart – eine Mischung aus Peter Lorre, Alfred Drake und Humphrey Bogart (wie Pia und ich gesagt hätten), zuweilen auch wie Edward G. Robinson im Film *Little Caesar*. Er drückte sich gern ›kerlig‹ aus wie die Filmhelden seiner Jugend. Er war, wie er es selbst nannte, ein ›Filmoholiker‹ und sah sich sogar in seiner Studienzeit zwei bis drei Filme am Tag an, am liebsten in den ›Kotzburgen‹, wie er die heruntergekommenen Kinos in der 42sten Straße bezeichnete, wo Wermutbrüder hingingen, um sich auszuschlafen, und Schwule (Brians Mutter nannte sie ›Schwüle‹), um sich auszublasen, und wo zwei oder sogar drei Filme hintereinander liefen – Kriegsfilme, Western oder historische Schinken.
Trotz seiner Vorliebe für schlechte Filme und seines Edward-G.-Robinson-Gehabes war Brian ein Genie, ein wahres Wunderkind mit einem IQ von über 200 (das beim Eintritt in die Columbia-Universität einen bis dato unerreichten Notendurchschnitt in den Aufnahmeprüfungen erzielte), beladen mit Debattier-Club-Trophäen, patriotischen Auszeichnungen (was immer das sein mag) von allen kalifornischen Schulen, die er besucht hatte, und – beginnend mit dem sechzehnten Lebensjahr – eine beeindruckende Anzahl von psychischen Zusammenbrüchen. Von letzteren erfuhr ich allerdings erst viel später, als wir schon verheiratet waren und er bereits wieder in einer Heil- und Pflegeanstalt saß. Diese Informationslücke hatte weniger mit Irreführung oder Täuschung zu tun als damit, daß er sich selbst nie als verrückt betrachtete. *Die Welt* war verrückt. Darin pflichtete ich ihm durchaus bei – allerdings nur bis zu dem Zeitpunkt, als er Anstalten machte, sich durchs Fenster in die Lüfte zu schwingen, nicht ohne mich dabei mitnehmen zu wollen.
Höchstwahrscheinlich verliebte ich mich zunächst in Brians bestechende Intelligenz und in das brillante verbale Feuerwerk, das er, wo er ging und stand, abbrennen ließ. Er war ein hervorragender Imitator, ein faszinierender Unterhalter, einer von jenen hochbegabten Erzählern – wie aus einem irischen Pub oder aus einem Theaterstück von J. M. Synge. Seine Beredsamkeit war ungeheuerlich; er war der Playboy der Westküste (direkt aus Los Angeles). Ich habe immer großen Wert auf *Worte* gelegt und oft den Fehler begangen, weitaus stärker an Worte als an Taten zu glauben. Für eine schlagfertige Antwort, einen guten Witz, ein geistreiches Reimpaar oder einen treffenden Vergleich gebe ich Herz (und Möse) her. Haben Sie je den amerikanischen Rock-Song *Baby Let Me Bang Your Box* gehört, der kurze Zeit den Äther beherrschte,

um gleich darauf für immer im Rundfunk-Orkus zu verschwinden? Er ging etwa so:

Baby let me bang your box
Baby let me play
on your pianer ...

Nun ja, in meinem Fall müßte es heißen:

Liebling, laß mich mit deinem Esprit vögeln
Liebling, laß mich schlafen, wenn du eine Atempause machst...

Es waren eindeutig Brians Gehirnwindungen, auf die ich flog. Sie wissen nicht, wie all die andern, an sich ebenfalls aufgeweckten Jungs zu der Zeit an der Columbia-Universität aussahen und sich trugen. Flanell-Hemden mit fünfundzwanzig schmierenden Kugelschreibern in der Brusttasche, dicke Brillengläser in fleischfarbenen Gestellen, Mitesser in den Ohren, Pusteln im Nacken, Hosen mit Bügelfalten, fettiges Haar und manchmal eine *yarmulke* – ein handgestricktes (von einer einsamen Haarklammer gehaltenes) Käppchen – auf dem Kopf. Sie pendelten zwischen der fetten Hühnersuppe ihrer Mütter in der Bronx und den Kollegs von Moses Hadas und Gilbert Highet in Morningside Heights hin und her, wo sie sich zwar genügend literarische und philosophische Kenntnisse aneigneten, um sich blanke A's zu holen, ihre tölpelhafte Ungehobeltheit, ihre Schuljungen-Abwehrhaltung, ihren gänzlichen Mangel an erotischem Fluidum jedoch nie zu verlieren schienen.
Auch Brian bekam blanke A's, doch hatte er, was ihnen abging: *Stil.* Sein Studium schien ihn nie Zeit zu kosten. Wenn er eine 10seitige Abhandlung zu schreiben hatte, nahm er zehn Seiten Maschinenpapier aus dem Paket und tippte die Sache in *einer* Sitzung herunter und bekam dann ein A dafür. Oft schrieb er diese 10-Seiten-Wunderwerke am selben Morgen, an dem er sie abzuliefern hatte. Und sein Wissen war schier unerschöpflich; ihm war schlechthin alles vertraut. Nicht nur die Geschichte des Mittelalters und die römische Geschichte, nicht nur die Philosophen der Renaissance und die Kirchenväter, nicht nur der Investiturstreit, nicht nur die Einkünfte der Krone im 14. Jahrhundert und der politische Augustinismus, Richard Löwenherz und Rollo, Herzog der Normandie, nicht nur Abälard und Alcuin, Alexander der Große und Alfred der Große, nicht nur Burckhardt und *Beowulf*, Averroës und Avignon, die Lieder der Goliarden und die Gregorianischen Reformen, Heinrich der Löwe und Heraklit, das Wesen der Häresie und die Werke

von Thomas Hobbes, Julian Apostata und Jacopone da Todi, das Nibelungenlied und die Geschichte des Nominalismus – sondern auch die guten Weinjahre und Restaurants, die Namen aller Bäume im Central Park, das jeweilige Geschlecht der Ginkgobäume am Morningside Drive, die Namen der Vögel, die Namen der Blumen, die Geburtsdaten von Shakespeares Kindern, den genauen Ort mit geographischer Länge und Breite, an dem Shelley ertrunken ist, die chronologische Folge aller Filme von Charlie Chaplin, die exakte Anatomie der Kuh (und demzufolge, welches Fleisch man im Supermarkt am besten kaufte), den Text jedes einzelnen Liedes, das Gilbert und Sullivan je geschrieben haben, die Köchelverzeichnisnummern aller Kompositionen von Mozart, die olympischen Sieger der letzten zwanzig Jahre, in welcher Sportart auch immer, die Durchschnittsleistung eines jeden bekannten amerikanischen Baseball-Spielers, alle Personen sämtlicher Romane von Dickens, das genaue Datum, wann die erste Mickymaus-Uhr auf dem Markt erschien, die Jahreszahlen und Modelle alter Autos und wie viele davon es noch gab und ihre jetzigen Besitzer (seine Favoriten: Bugattis und Hispano-Suizas); er wußte, was für Rüstungen im 16. Jahrhundert getragen wurden (und wodurch sie sich von den Rüstungen des 13. Jahrhunderts unterschieden), wie Frösche sich begatten und Koniferen sich befruchten, er kannte alle Positionen aus dem *Kamasutra*, die Namen aller Folterinstrumente des Mittelalters und so weiter und so fort, *ad infinitum*.
Klingt das abstoßend? Manche Leute fanden ihn abstoßend, doch es gab niemanden, der ihn nicht amüsant und unterhaltend gefunden hätte. Er war der geborene Clown, ein Kabarettist, ein Non-stop-Redner. Er vermittelte einem den Eindruck, als berste er immerzu vor Energie. Er konnte an einem Tag mehr Dinge erledigen als die meisten Menschen in zehn und schien sich ständig zu überkugeln vor Aktivität. Natürlich zog mich all das ungeheuer an – ich, mit meinem ›Hunger-Morse‹ und meiner Gier nach Wissen und neuen Erfahrungen. Wir lernten uns in der zweiten Woche meines ersten Studienjahres (er stand im zweiten) kennen und waren von Stund an mehr oder weniger unzertrennlich. Oh, ich behielt mir das Recht vor, hin und wieder mit anderen Leuten auszugehen, doch er sorgte dafür, daß ich so überwältigt war von seiner Anwesenheit, seiner Unterhaltung, seinen Geschenken, der Tatsache, daß er meine schriftlichen Arbeiten für mich tippte, daß er die College-Bibliothek auf den Kopf stellte, um ein Buch zu finden, das ich brauchte, so überwältigt von seinen Briefen und Anrufen und Blumen und an mich gerichteten Gedichten, in denen er mich seiner unwandelba-

ren Ergebenheit versicherte, daß die anderen jungen Männer mir unweigerlich wie ein fader Abklatsch von ihm erschienen.
In jenen Tagen gab es Bauernstiesel und Intellektuelle, organisierte Studenten und unabhängige Einzelgänger. Brian gehörte zu keiner dieser Kategorien – und zu allen. Er war ein Unikum, eine Type, eine wandelnde Enzyklopädie. Vielleicht war Sex das einzige Gebiet, auf dem sein Wissen zunächst eher theoretischer Natur war. Unsere ›Unschuld‹ verloren wir gemeinsam. Mehr oder weniger jedenfalls. Ich sage ›mehr oder weniger‹, weil es zweifelhaft ist, ob von der meinen noch viel übrig war – nach all den Jahren emsiger Fingerfikkerei und regelmäßiger Masturbation, und was Brian anging, so war er ein einziges Mal, mit sechzehn, in einem Bordell in Tijuana gewesen – ein Geburtstagsgeschenk seines Daddy, der ihn und eine ganze Horde seiner Freunde dorthin gefahren hatte (statt eine Kindergesellschaft zu geben, sozusagen).
Wenn man Brian davon reden hörte, so war das Ganze ein Fiasko gewesen. Die Hure hatte immerzu: »Nun mach schon, eil dich!« gesagt, und Brians Erektion schwand dahin, und sein Vater (so wollte es Ödipus) hatte die Dame vor ihm benutzt, und Brians Kumpel klopften dauernd an die Tür. Von einer gelungenen Initiation konnte also kaum die Rede sein; der Akt wurde nicht vollzogen, wie es in den wissenschaftlichen Kompendien heißt. Ich darf demnach doch wohl sagen, daß wir gemeinsam unsere Jungfräulichkeit verloren. Ich war siebzehn (und damit noch minderjährig, und Brian unterließ es nicht, mich listigerweise so ganz nebenbei darauf aufmerksam zu machen, daß man ihn dafür einbuchten könne) und er neunzehn. Wir kannten einander zwei Monate – zwei Monate, in denen wir unseren Trieben Gewalt antaten, im Riverside Park, unter den Tischen der Bibliothek für klassische Sprachen (wo wir – unter den wachsamen, blicklosen Augen von Sophokles, Perikles und Julius Caesar – zusammen ›arbeiteten‹), auf der Couch im Wohnzimmer meiner Eltern und zwischen den Bücherregalen der *Butler Library* (wo einige frevlerische Studenten es *richtig* trieben, wie ich später schaudernd erfuhr). Die ›letzte Gunst‹ (um diesen liebenswerten Ausdruck aus dem 18. Jahrhundert zu benutzen) schenkten wir einander in Brians Kellerwohnung am Riverside Drive, wo Kakerlaken (vielleicht waren es auch Wasserwanzen), größer als meine Faust (und sein Penis), herumliefen und Brians zwei Mitbewohner immer wieder an die Tür klopften, unter dem Vorwand, die *Sunday Times* haben zu wollen – ›wenn wir damit durch‹ wären.
Brians Zimmer – eines der sechs Zimmer dieses ausgedehnten *pied à*

terre – lag Wand an Wand mit dem Heizungskessel. Diese Wand war die einzige Wärmequelle. Sie war Tag und Nacht glühheiß, die anderen Wände dafür kälter als eine Hexentitte (Brians Ausdruck). Die Temperatur war nur dadurch zu regulieren, daß man das Fenster öffnete (das auf eine Art Betonschlucht, ein Stockwerk tiefer als das Straßenpflaster, hinausging) und Kaltluft einließ. Da der Wind vom Fluß her blies, war er kalt genug, der Hitze des Boilers entgegenzuwirken, der unseren jedoch nicht.
In diesem romantischen Ambiente ergötzten wir uns zum erstenmal aneinander. Wir ließen die Sprungfedern des Bettes quietschen, das Brian, voll bebender Erwartung, zwei Wochen zuvor bei einem puertoricanischen Trödler auf der Columbus Avenue erstanden hatte. Es lief natürlich darauf hinaus, daß ich ihn verführen mußte. Ich bin davon überzeugt, daß es seit Anbeginn der Welt nie anders war. Nachher weinte ich und fühlte mich schuldig, und Brian tröstete mich, wie Männer die Jungfrauen, von denen sie verführt wurden, seit Jahrtausenden getröstet haben. Wir lagen im Kerzenschimmer auf unserem Lager (bevor wir einander entkleideten, hatte Brian mit seinem Sinn für Romantik oder vielleicht aus einem angeborenen Gefühl für Symbolik eine Wachskerze auf dem Nachttisch entzündet) und lauschten dem Kreischen der herrenlosen Katzen in dem Betonschacht unterhalb des rußgeschwärzten Fensters. Hin und wieder sprang eines der Tiere auf eine überfüllte Mülltonne und warf dabei eine leere Bierdose herunter, und dann hallte das hohle, blecherne Scheppern im Zimmer wider.
Zu Beginn war unsere Romanze feinsinnig-geistig und pubertär. (Später klang unsere Rede und Gegenrede eher wie ein Dialog von Strindberg.) Im Bett lasen wir uns Gedichte vor, diskutierten über den Unterschied zwischen Leben und Kunst und zerbrachen uns den Kopf darüber, ob Yeats auch ein großer Dichter geworden wäre, wenn Maud Gonne ihn tatsächlich geheiratet hätte. Als der Frühling herankam, hielten wir zu zweit einen Shakespeare-Kurs ab, was, meiner Meinung nach, alle jungen Liebenden tun sollten. An einem strahlenden, jedoch ein wenig kühlen Tage im April lasen wir einander auf einer Bank im Riverside Park *Das Wintermärchen* vor.

> Wenn die Narzisse blickt herfür, –
> Mit Heisa! das Mägdlein über dem Tal –
> Ja, dann kommt des Jahres lieblichste Zier;
> Statt Winter bleich herrscht rotes Blut zumal.

Die Lerche, die singt Tirlirilirei, –
Mit Amselton, Heisa! Und Drossellieder –
Sind Sommerlust, ist mein Schätzchen dabei,
Wenn wir springen und tummeln im Grase nieder.

Brian war ein gefühlvoller Florizel und ich seine Perdita (»Dies fremde Kleid macht jeden deiner Reize/lebend'ger: keine Schäferin, nein, Flora/dem frühsten Lenz entsprossen ...«), als ein ganzer Schwarm von kleinen Jungen – schwarze und puertoricanische Kinder von etwa acht oder neun Jahren – neugierig näher kam und sich, anscheinend fasziniert von dieser Gratis-Vorstellung, zu uns auf die Bank oder vor uns ins Gras setzte.
Eines der Kinder hockte zu meinen Füßen und blickte ehrfürchtig und bewundernd zu mir auf. Ich war entzückt. Die Poesie war also doch die allumfassende Stimme der Welt. Es *war* etwas an Shakespeare, das selbst das primitivste, ungeschulteste Ohr ansprach. Alle meine Überzeugungen schienen somit bestätigt und gerechtfertigt. Beflügelt las ich weiter:

Doch wird Natur durch keine Art gebessert,
Schafft nicht Natur die Art: so, ob der Kunst,
Die, wie du sagst, Natur bestreitet, gibt es
Noch eine Kunst, von der Natur erschaffen.
Du siehst, mein holdes Kind, wie wir vermählen
Den edlern Sproß dem allerwildsten Stamm;
Befruchten so die Rinde schlechtrer Art
Durch Knospen edler Frucht. Dies ist 'ne Kunst
Die die Natur verbessert – mind'stens ändert:
Doch diese Kunst ist selbst Natur.

(Shakespeares Plädoyer für freien Zugang zu den Universitäten und/oder Rassenintegration?)
Nach einiger Zeit wurden die Kinder unruhig und liefen davon, und da es ohnehin zu kalt war, um noch länger sitzen zu bleiben, packten wir unseren Kram zusammen und gingen ebenfalls fort.
»War das nicht großartig, Darling?« fragte ich, während wir den Park verließen.
Brian lachte. »*Vox populi*, vox Rindvieh«, sagte er. Das war eine seiner Lieblingsredensarten; ich weiß nicht, wo er sie her hatte. (Jetzt glaube ich es zu wissen: es stammt von Bismarck.) Später entdeckte ich, daß aus meiner Handtasche, die während unserer Lesung offen auf der Bank gestanden hatte, die Geldbörse verschwunden war. Ich wußte nicht genau, ob eines der Kinder sie

geklaut oder ob ich sie vielleicht schon vorher verloren hatte. Für einen Augenblick kam mir der irre Gedanke, Brian hätte die Börse an sich genommen, um mir zu beweisen, daß das, was er über den ›Mann auf der Straße‹ dachte, richtig sei. Wie meine Mutter war auch Brian Hobbesianer. Zumindest, bis er feststellte, daß er Jesus Christus wäre, und in jeder Hinsicht einen umfassenden Gesinnungswandel durchmachte.

Sein Irrsinn? Was waren die ersten Symptome? Das ist schwer zu sagen. Eine alte Bekannte aus meiner Collegezeit sagte mir neulich, sie habe von Anfang an gewußt, daß etwas mit Brian nicht stimmte, und sie hätte sich ›nie mit ihm eingelassen‹. Aber genau das gefiel mir ja so gut an Brian: daß er so anders war als alle anderen. Er war exzentrisch, er glich in seiner Art niemandem, den ich kannte, er sah die Welt mit den Augen eines Dichters (obwohl er wenig Talent zum Dichten hatte). Das ganze Universum *lebte* für ihn, war von Geistern bewohnt. Früchte sprachen zu ihm. Wenn er einen Apfel schälte, so ließ er ihn durch einen Bauchrednertrick weinen. Das gleiche tat er mit Mandarinen, Orangen und selbst Bananen – er ließ die Früchte singen und sprechen und sogar Verse deklamieren.

Je nach Laune konnte er seine Stimme und sein Gesicht verändern. Manchmal war er Edward G. Robinson als Al Capone, manchmal Basil Rathbone als Sherlock Holmes, manchmal Grimfalcon der Zwerg (eine Figur, die wir gemeinsam erfunden hatten), manchmal Shakeswoof (ein weiterer imaginärer Freund: halb Shakespeare, halb kuscheliger Schäferhund – eine Art dichtender Vierbeiner) . . . Unsere langen Tage und Nächte bestanden aus einer Reihe von aufeinander eingespielten Imitationen und Einaktern – hauptsächlich von Brian aufgeführt. Ich war ein so dankbares Publikum! Wir konnten Stunden und Stunden spazierengehen – vom College nach Greenwich Village, über die Brooklyn Bridge (wobei wir natürlich Hart Crane deklamierten) und dann den ganzen Weg zurück nach Manhattan – ohne uns je zu langweilen. Nie saßen wir in einem Lokal schweigend und schlecht gelaunt an einem Tisch, wie man das bei jungverheirateten Paaren oft beobachten kann. Immer redeten und lachten wir. Das heißt, bis wir heirateten. Unsere Heirat verdarb alles. Vier Jahre lang ein Liebespaar und die besten Freunde und dazu das gemeinsame Shakespeare-Studium – das alles verdarben wir uns durch unsere Heirat. Ich wollte nicht heiraten. Die Ehe erschien mir immer als etwas, wofür ich in der Zukunft noch jede Menge Zeit haben würde. In der fernen Zukunft. Doch Brian wollte meine Seele besitzen. Er fürchtete, ich würde ihm davonfliegen. Also stellte er mir ein Ultimatum: Heirate mich, oder ich verlasse

dich. Und ich hatte Angst, ihn zu verlieren. Ich wollte fort von zu Hause, das Studium ging zu Ende, und ich wußte nicht, was zum Teufel ich sonst tun sollte – also heiratete ich ihn.
Wir hatten im Grunde kein Geld, von dem wir leben konnten. Mein Stipendium, eine kleine, mündelsicher angelegte Summe, an die ich erst in einigen Jahren herankam, und einige rasch fallende Aktien, die meine Eltern mir zum einundzwanzigsten Geburtstag geschenkt hatten – das war alles. Brian hatte, in einem Anfall von Wut auf das Establishment, sein Studium an den Nagel gehängt und sah sich nun genötigt, sich nach einem Job umzutun. Unser Leben änderte sich von Grund auf. Wir stellten fest, wie selten Eheleute einander sehen, sobald sie sich dem ›bürgerlichen Dasein‹ erst einmal angepaßt haben. Unsere Idylle war zu Ende. Die endlosen Spaziergänge, das gemeinsame Studium, die müßig im Bett verbrachten Nachmittage – all das gehörte einer glücklichen Vergangenheit an. Nun verbrachte Brian seine Tage (und halbe Nächte) damit, in einer kleinen Marktforschungsfirma zu schuften, sich mit dem Computer herumzuschlagen und mit besorgter Spannung die Antworten auf so weltbewegende Fragen zu erwarten, wie zum Beispiel, ob Frauen, die erst zwei Jahre studieren, mehr Waschmittel kaufen als solche, die ihr Studium bereits beendet haben. Er kniete sich mit der gleichen manischen Leidenschaft in die Marktforschung, wie er das bei der Geschichte des Mittelalters, oder was es sonst war, getan hatte. Er mußte einfach alles wissen und schwerer arbeiten als jeder andere, seinen Boß einbegriffen – der seinen Laden für mehrere Millionen Dollar in bar verkaufte, kurz nachdem Brian in die Anstalt eingeliefert worden war. Die ganze Transaktion erwies sich später als Schwindel. Doch da lebte Brians Chef bereits in der Schweiz, in einem alten Schloß mit einer neuen, jungen Frau, und Brian war amtlich für geistesgestört erklärt. Bei aller seiner bestechenden Intelligenz wußte Brian nicht (oder wollte es nicht wissen), was für ein Betrüger sein Arbeitgeber war. Soundso oft hockte Brian bis Mitternacht über den Computern. Inzwischen schwitzte *ich* in der *Butler Library* über einer ziemlich idiotischen wissenschaftlichen Arbeit; es ging um obszöne Worte in der englischen Poesie (oder, wie mein verkrampfter Studienberater das Thema formuliert hatte: ›Sexual-Slang in der englischen Poesie um die Mitte des 18. Jahrhunderts‹). Schon damals war ich eine pedantische Pornographin.
Unsere Ehe verschlechterte sich von Tag zu Tag. Brian hörte auf, mit mir zu schlafen. Ich bettelte und flehte und fragte ihn immer wieder, was ihm denn an mir nicht mehr gefiele. Ich begann, mich

selbst zu hassen: ich kam mir häßlich, ungeliebt und übelriechend vor – die klassischen Symptome einer Frau, die nicht gevögelt wird. Ich begann vom Spontanfick zu phantasieren, mit Portiers, Pennern, Fixern aus der Westend-Bar, mit Studenten, sogar (Gott soll schützen!) mit Professoren. Wenn ich im ›Proseminar über englische Literatur des 18. Jahrhunderts‹ hockte und irgendeinem gräßlichen Kommilitonen zuhörte, der sich über Nahum Tates Bearbeitungen von Shakespeare-Stücken auslaberte, stellte ich mir vor, wie ich jedes männliche mit-Glied (ha!) der Klasse abblies. Manchmal stellte ich mir sogar vor, daß ich mit Professor Harrington Stanton vögelte – einem gepflegten Mittfünfziger aus Boston mit einer weitverzweigten Familie mit besten Verbindungen in der Hinterhand, die sich durch Politik, Dichtkunst und Psychosen hervortat. Professor Stanton hatte eine dröhnende Lache an sich und sprach von James Boswell immer nur als Bozzy – als würde er jede Nacht mit ihm in der Westend-Bar saufen (wessen ich ihn allerdings auch dringend verdächtigte). Jemand hatte einmal von Stanton gesagt, er sei zwar ›höchst brillant‹, hätte aber ›nicht alle Tassen im Schrank‹. Das traf zu. Trotz seiner ausgezeichneten gesellschaftlichen Verbindungen pendelte er zwischen Normalität und Abnormität hin und her, und keine dieser beiden Verfassungen hielt so lange an, daß der Außenstehende genau wissen konnte, woran er war. Wie würde Professor Stanton wohl im Bett sein? Obszöne Ausdrücke aus dem 18. Jahrhundert faszinierten ihn. Vielleicht würde er mir ›Funzel‹, ›Gladen‹, ›Musse‹ (statt ›Votze‹, ›Hoden‹, ›Muschi‹) ins Ohr flüstern, während wir vögelten? Vielleicht würde sich herausstellen, daß er sich sein Familienwappen auf die Vorhaut hatte tätowieren lassen? Ich saß da und grinste bei dieser Vorstellung vor mich hin, und Professor Stanton strahlte mich an, weil er dachte, ich amüsiere mich über einen seiner Kalauer.
Doch wozu waren diese an sich eher rührenden Phantasievorstellungen gut? Mein Mann schlief nicht mehr mit mir. Er meinte, daß er ohnehin schon genug arbeiten müsse. Ich weinte mich jeden Abend in den Schlaf oder ich ging, nachdem er eingeschlafen war, ins Badezimmer, um zu onanieren. Ich war einundzwanzig und ein halbes Jahr alt – und verzweifelt. In der Rückschau sieht das alles so einfach aus. Warum suchte ich mir nicht einen anderen? Warum habe ich mir kein Verhältnis zugelegt oder Brian verlassen oder auf einem Arrangement bestanden, das uns beiden die sexuelle Freiheit zurückgegeben hätte? Doch ich war eine brave Tochter der fünfziger Jahre und hatte als Teenager (zu den Klängen von Frank Sinatras *In the Wee Small Hours of the Morning*) jahrelang der Selbstbefrie-

digung gefrönt und noch nie mit einem anderen Mann außer meinem Ehemann geschlafen. Ich hatte – nach irgendwelchen mysteriösen ungeschriebenen Anstandsregeln – das Petting ›oberhalb der Gürtellinie‹ und ›unterhalb der Gürtellinie‹ betrieben. Doch eine Affäre mit einem anderen Mann erschien mir so abwegig, daß ich sie nicht einmal in Erwägung zog. Überdies war ich davon überzeugt, daß Brians Versagen in der erwähnten Beziehung an *mir* lag und nicht an ihm. Entweder war ich eine Nymphomanin (weil ich öfter als einmal im Monat gefickt werden wollte), oder es lag an meiner Reizlosigkeit oder an Brians *Alter*. Ich war mit den verschiedenen sexuellen Mythen der fünfziger Jahre groß geworden, wie etwa:

A. Vergewaltigung gibt es nicht. Niemand kann eine Frau vergewaltigen, es sei denn, sie ist im letzten Augenblick damit einverstanden.

(Meine Mitschülerinnen pflegten das einander im Brustton der Überzeugung immer wieder mitzuteilen. Gott allein weiß, woher wir das hatten. Es war eine überkommene Weisheit, die wir wie Roboter weitergaben).

B. Es gibt zwei Arten von Orgasmen: den vaginalen und den klitoralen Orgasmus. Ersterer ist ›erwachsen‹ (d. h. gut). Letzterer ist ›unreif‹ (d. h. schlecht). Ersterer ist ›normal‹ (d. h. gut). Letzterer ist ›neurotisch‹ (d. h. schlecht).

Dieser pseudo-überlegene, pseudo-psychologisierende Moralkodex war calvinistischer als der ganze Calvinismus.

C. Männer erreichen mit sechzehn den Gipfel ihrer sexuellen Leistungsfähigkeit und bauen dann langsam ab ...

Brian war vierundzwanzig, der Höhepunkt somit längst überschritten. Und zwar bereits um acht Jahre. Wenn er mich mit vierundzwanzig nur einmal im Monat fickte, kann man sich unschwer vorstellen, was mich erwartete, wenn er erst vierunddreißig war! Geradezu beängstigend, darüber nachzudenken.

Vielleicht hätte die ›sexuelle Frage‹ keine solche Rolle gespielt, wenn sie nicht symptomatisch für all die anderen Dinge gewesen wäre, die in unserer Ehe nicht stimmten. Wir sahen einander so gut wie nie. Er hockte jeden Abend in seinem Büro, bis sieben, acht, neun, zehn, elf, zwölf Uhr nachts. Ich besorgte den Haushalt und brütete in der Bibliothek über meinem Sexual-Slang des 18. Jahrhunderts. Die ideale bürgerliche Ehe. Mann und Frau haben keine Zeit füreinander. Wir hatten geheiratet, weil wir so gern zusammen waren. Durch unsere Heirat war der einzige Grund für diese Heirat hinfällig geworden.

So ging es Monat für Monat weiter. Meine Depression nahm zu. Es fiel mir immer schwerer, morgens aufzustehen. Ich blieb in einer Art Dämmerzustand bis 12 Uhr mittags im Bett. Ich schwänzte fast alle meine Kollegs, ausgenommen das allerheiligste: das Proseminar. Die ganze Studiererei erschien mir inzwischen lächerlich. Ich hatte mich zum Weiterstudieren entschlossen, weil ich die Literatur liebte, doch es wurde nicht gern gesehen, daß man sich ernsthaft mit der Literatur beschäftigte. Das Hauptgewicht lag auf dem Studium der literarischen Kritik. Irgendein Professor schrieb ein Buch, in dem er ›nachwies‹, daß *Tom Jones* im Grunde eine marxistische Parabel sei. Ein anderer schrieb ein Buch, in dem er ›nachwies‹, daß *Tom Jones* eine *christliche* Parabel sei, ein dritter erbrachte den Nachweis, daß es sich bei *Tom Jones* um eine Parabel über die industrielle Revolution handele. Um die verschiedenen Prüfungen zu bestehen, mußte man die Namen der Professoren und ihre jeweiligen Theorien genau auseinanderhalten. Kein Aas interessierte es auch nur entfernt, ob man *Tom Jones* etwa gelesen hatte oder nicht, solange man die verschiedenen Theorien und ihre Erfinder herunterrasseln konnte. Und alle diese literaturkritischen Werke hatten Namen wie *Die Beredsamkeit des Gelächters* oder *Die humoristischen Faktoren bei Henry Fielding* oder *Die ästhetischen Folgerungen der Dialektik in der Satire*. Fielding hätte sich im Grabe umgedreht. Meine Reaktion darauf war, möglichst viel davon zu verschlafen.
Ich hatte schon immer, wie zwanghaft, die besten Noten nach Hause gebracht, und Prüfungen waren für mich kein Problem. Doch hier, im College, versperrte einem der aufgetürmte Scheißdreck jede Aussicht. Also schlief ich. Ich schlief mich durch die Klausuren im Mai. Ich schlief, statt an meiner Dissertation zu arbeiten. Die seltenen Male, die ich ins Kolleg ging, saß ich da und kritzelte Gedichte in mein Kollegheft. Eines Tages nahm ich meinen ganzen Mut zusammen und schüttete Professor Stanton mein Herz aus.
»Ich glaube, ich möchte doch nicht Professorin werden«, sagte ich und zitterte in meinen violetten kniehohen Wildlederstiefeln. Das war ein Sakrileg. Mein Woodrow-Wilson-Stipendium verpflichtete mich zur Universitätslaufbahn. Es war, als würde ich Gott, dem Vaterland, der Flagge abschwören.
»Aber Sie sind doch eine so vorzügliche Studentin, Mrs. Stollerman. Was wollen Sie denn sonst werden?«
(Ja, was wohl sonst? Was hatte das Leben wohl sonst noch zu bieten, außer *Die ästhetischen Folgerungen der Dialektik in der Satire?*)
»Ja ... mhh ... ich glaube, ich möchte lieber schreiben.« Es klang

ebensowenig nach einer Rechtfertigung, als hätte ich gesagt: »Ich glaube, ich möchte lieber meine Mutter ermorden.«
Professor Stanton machte ein beunruhigtes Gesicht. »Ach so, *das* also«, sagte er verärgert. Höchstwahrscheinlich fielen ihm andauernd irgendwelche Studenten mit ihren aussichtslosen schriftstellerischen Ambitionen auf den Wecker.
»Sehen Sie, Professor Stanton, ich habe mich auf die englische Literatur des achtzehnten Jahrhunderts spezialisiert, weil ich so viel für Satire übrig habe, aber ich glaube, ich möchte lieber Satiren *schreiben,* nicht sie einer literarischen Kritik unterziehen. Die Literaturkritik scheint mir irgendwie nicht sehr befriedigend zu sein.«
»Befriedigend!« stieß er hervor.
Ich schluckte.
»Wie kommen Sie darauf, daß ein Studium *befriedigend* sein soll? Literatur ist *Arbeit,* kein Vergnügen.«
»Ja«, sagte ich kleinlaut.
»Sie studieren, weil Sie gern und viel lesen, weil Sie die Literatur lieben – nun, Literatur bedeutet *harte Arbeit!* Sie ist kein spielerischer Zeitvertreib!« Professor Stanton hatte offenbar sein Thema gefunden.
»Ja, aber ... nehmen Sie's mir nicht übel, Professor Stanton, aber mir scheint, daß diese ganze Literaturkritik dem *Geist* solcher Autoren wie Fielding oder Pope oder Swift in keiner Weise gerecht wird. Ich meine ... ich muß mir immer wieder vorstellen, daß sie da in ihren Gräbern liegen und uns auslachen. Das wäre genau *das,* was sie komisch fänden. Wenn ich Pope oder Swift oder Fielding lese, bekomme ich Lust, selbst zu schreiben. Es regt mich dazu an. Gedichte zu schreiben. Diese ganze Literaturkritik kommt mir irgendwie läppisch vor. Es tut mir leid, aber so ist es nun einmal.«
»Wer hat *Sie* zum Wächter des Geistes von Pope bestellt? Oder von Swift? Oder von Fielding?«
»Niemand.«
»Warum zum Kuckuck beklagen Sie sich dann?«
»Ich beklage mich nicht. Ich denke bloß, daß ich mich vielleicht geirrt habe. Ich glaube, daß ich lieber selbst schreiben will.«
»Mrs. Stollerman, Ihnen bleibt noch jede Menge Zeit zum Schreiben, *nachdem* Sie Ihren *Dr. phil.* geschafft haben. Und dann haben Sie immer etwas, worauf Sie zurückkommen können – falls sich herausstellen sollte, daß Sie keine Emily Dickinson sind.«
»Wahrscheinlich haben Sie recht«, sagte ich und ging nach Hause, um weiterzuschlafen.

Im Juni wurde ich von Brian unsanft aus meinem Dauerschlaf gerissen. Ich weiß nicht mehr genau, wann es anfing, doch irgendwann Mitte Juni fiel mir auf, daß er noch manischer und exzentrischer war als sonst. Er schlief nun überhaupt nicht mehr und wollte, daß auch ich die ganze Nacht wach bleibe und über Himmel und Hölle mit ihm rede. Nicht, daß das für Brian so ungewöhnlich gewesen wäre. Himmel und Hölle hatten ihn schon immer brennend interessiert. Doch nun begann er, häufig über die Wiederkunft Christi zu sprechen, und zwar auf eine mir bisher nicht geläufige Weise. Was wäre, wenn Christus als ganz gewöhnlicher Marktforschungsangestellter auf die Erde zurückkäme?

Was wäre, wenn Ihm auch heute niemand Glauben schenken würde?

Was wäre, wenn er seine Identität damit unter Beweis stellen wollte, daß er auf dem Wasser des Central-Park-Sees wandelte? Würden die Abendnachrichten im Fernsehen das Ereignis bringen? Würde die Ansage lauten: *Ein Mensch wie du und ich?*

Ich lachte. Auch Brian lachte. Das wäre nur so eine Idee für einen Science-fiction-Roman, sagte er, nur ein Scherz. In den folgenden Tagen häuften sich die Scherze.

Was wäre, wenn er Zeus und ich Hera wäre? Oder er Dante und ich Beatrice? Wenn es uns beide doppelt gäbe – als Materie und als Antimaterie, dreidimensional und nulldimensional? Wenn nun die Leute in der U-Bahn tatsächlich auf telepathischem Wege mit ihm in Verbindung stünden und ihn bäten, sie zu erretten? Was wäre, wenn Christus wiederkäme und allen Tieren im Central-Park-Zoo die Freiheit schenkte? Wenn die Damhirsche auf der Fifth Avenue hinter Ihm herliefen und die Vögelchen sich singend auf Seine Schultern niederließen? Würden die Menschen *dann* glauben, wer Er war? Was wäre, wenn Er die Computer segnete und sie plötzlich, statt Informationen darüber, welche Hausfrauen die meisten Waschmittel kauften, Brotlaibe und Fische ausspien? Wenn die Welt in Wirklichkeit von einem gigantischen Computer gelenkt würde und niemand, außer ihm, Brian, wüßte es? Wenn dieser Computer, statt mit Elektrizität, mit Menschenblut arbeitete? Wenn wir alle, wie Sartre gesagt hat, bereits in der Hölle wären? Wenn wir alle von komplizierten Maschinen gelenkt würden, die von anderen komplizierten Maschinen gelenkt würden, die wiederum von anderen komplizierten Maschinen gelenkt würden? Was wäre, wenn es so etwas wie Freiheit für uns gar nicht gäbe? Wenn der Mensch sich seiner Freiheit nur durch den Kreuzestod versichern könne? Was wäre, wenn man eine ganze Woche lang mit geschlossenen Augen die New Yorker Straßenkreuzungen bei Rotlicht überquerte und nicht *eine* Schramme davontrüge? Würde das beweisen, daß man Gott sei? Was wäre, wenn in jedem Buch, das man willkürlich aufschlägt, einem die Buchstaben GOTT entgegenleuchten? Wäre das kein sicherer Beweis?

So ging es nun Nacht für Nacht. Brian betete seine Fragen immer wieder herunter – wie die Fragen des Katechismus. Was wäre, wenn? Was wäre, wenn? Was wäre, wenn? Hör mir zu. Schlaf nicht ein! Hör mir zu! Das Ende der Welt ist nahe, du wirst es noch verschlafen! Hör mir zu!

Sein fieberhaftes Bedürfnis nach einem ständigen Zuhörer führte sogar dazu, daß er mir ein oder zwei Male eine Ohrfeige gab, um mich zu wecken. Benommen und mit verquollenen Augen hörte ich ihm zu. Und hörte zu und hörte zu. Nach der fünften Nacht stand es für mich fest, daß Brian nichts mit Science-fiction im Sinn hatte. Er selbst war die Wiederkunft. Es dauerte eine Weile, bis mir diese Erkenntnis aufging. Und als ich so weit war, war ich nicht einmal vollkommen sicher, daß er *nicht* Gott sei. Wenn er jedoch Christus war, so war ich, seinem Gedankengang folgend, der Heilige Geist. Und wie verquollen meine Augen auch sein mochten – daß *das* irre war, wußte ich.

Am Freitag verließ Brians Chef übers Wochenende die Stadt und bevollmächtigte Brian, einen bedeutenden Geschäftsabschluß mit den Herstellern eines Herdreinigungsmittels, genannt ›Wunderschaum‹, zu tätigen. Es war vorgesehen, daß die ›Wunderschaum‹-Leute am Sonnabend mit Brian im Computer-Zentrum zusammentreffen sollten, doch wer nicht erschien, war Brian. Die ›Wunderschaum‹-Leute warteten. Dann riefen sie mich an. Dann riefen sie noch einmal an. Von Brian keine Spur. Ich rief nun meinerseits jeden, der mir einfiel, an, und dann saß ich bloß noch herum, kaute an den Nägeln und wußte, daß etwas Schreckliches passieren würde.

Um fünf Uhr ging das Telefon. Es war Brian, der mir ein ›Gedicht‹ vorlesen wollte, das er angeblich geschrieben hatte, während er zu Fuß den Central-Park-See überquerte. Es lautete:

Wenn ›Wunderschaum‹ nur aus Bläschen besteht,
Lohnt dann der Ärger, verdammtnochmal? Kaum.
Wir müssen was tun – die Welt, sie vergeht,
Und alles nur wegen ›Wunderschaum‹.

»Wie gefällt es dir, Schatz?« fragte er in aller Unschuld.

»Brian – ist dir eigentlich klar, daß die ›Wunderschaum‹-Leute den

ganzen Tag versucht haben, dich zu erreichen?«
»Ist es nicht großartig? Ich finde, das ist das Ganze *in nuce*. Ich werde es an die *New York Times* schicken. Die Frage ist nur, ob die *Times* ein Gedicht abdruckt, in dem das Wort ›verdammtnochmal‹ vorkommt. Was glaubst du?«
»Brian – ist dir eigentlich klar, daß ich den ganzen Tag hier hocke und dauernd rufen diese Leute an? Wo zum Teufel steckst du denn?«
»Bei ihm.«
»Bei wem?«
»Bei ihm. Beim Teufel. In der Hölle. Ebenso wie du und alle anderen Menschen. Wie kannst du dir da noch Gedanken über so was wie ›Wunderschaum‹ machen?«
»Und was, in Gottes Namen, wird aus dem Abschluß?«
»Ein Abschuß.«
»Ein was?«
»Ein Abschuß. Ich habe, in Gottes Namen, nicht weiter vor, mich weiter darum zu kümmern. Warum kommst du nicht in die Stadt, dann zeige ich dir mein Gedicht.«
»Wo bist du?«
»In der Hölle.«
»Okay, das weiß ich. Aber wo soll ich dich *treffen?*«
»Das solltest du wissen. Du hast mich doch hierhergeschickt.«
»Wohin?«
»In die Hölle. Wo ich jetzt bin. Wo du jetzt bist. Du hast'ne ziemlich lange Leitung, Baby.«
»Brian, bitte, sei vernünftig –«
»Ich bin durchaus vernünftig. Du bist diejenige, die sich wegen so 'nem bißchen Schaum aufregt. Du bist diejenige, die so 'n Wirbel macht wegen ein paar Anrufen.«
»Sag mir genau, *wo* du dort bist, in der Hölle, und ich komme. Ich schwöre es. Nur sag mir genau, wo.«
»*Weißt* du das denn nicht?«
»Nein. Wirklich, ich weiß es nicht. Sag's mir.«
»Ich glaube, du hältst mich zum Narren.«
»Brian, Darling, ich möchte dich sehen. Bitte.«
»Du kannst mich im Geiste sehen, jetzt in diesem Augenblick. Deine Blindheit ist dein eigenes Werk. Wie bei König Lear.«
»Bist du in einer Telefonzelle? Oder in einer Bar? Bitte sage es mir.«
»Du weißt es genau!«
So ging das Gespräch noch geraume Weile weiter. Brian hängte zweimal ein und rief dann wieder an. Schließlich war er bereit, die

Telefonzelle, von der aus er sprach, näher zu bezeichnen, aber das geschah in Form eines Ratespiels. Ich mußte dabei die verschiedenen Möglichkeiten auf ihren Wahrscheinlichkeitsgrad prüfen. Das kostete weitere zwanzig Minuten und diverse 5-Cent-Stücke. Endlich stellte sich heraus, daß er in der Gotham-Bar war. Ich stürzte aus dem Haus und in ein Taxi und fuhr hin. Er erzählte mir, wie er den Tag verbracht habe: er habe im Central Park puertoricanische und schwarze Kinder zu Ruderpartien auf dem See eingeladen, ihnen Eis spendiert, irgendwelchen Leuten im Park Geld geschenkt und Pläne für seine Flucht aus der Hölle geschmiedet. Er sei nicht wirklich auf dem Wasser gewandelt, habe jedoch ausgiebig darüber nachgedacht. Nun sei er bereit, ein neues Leben zu beginnen. Er hätte entdeckt, daß er über einen Schatz von übermenschlichen Energien gebiete. Andere Sterbliche brauchten Schlaf. Er nicht. Andere Sterbliche brauchten Jobs, Amt und Würden und all den andern Schnickschnack des täglichen Lebens. Er nicht. Er habe vor, das zu erfüllen, was ihm vom Schicksal schon immer vorherbestimmt gewesen sei: die Welt zu erretten. Ich müsse ihm dabei helfen.

Um die Wahrheit zu sagen: nichts davon, was er so redete, war mir besonders unangenehm. Ich fand es eher aufregend. Die Vorstellung, daß Brian seine Marktforschung aufgab und ich mein Studium, und wir uns dann zusammen aufmachten, um die Welt zu erretten, erschien mir völlig okay. Ich hatte ihm immer schon zugeredet, die Marktforschung an den Nagel zu hängen. Ich hatte versucht, ihn dazu herumzukriegen, mit mir nach Europa zu gehen und dort eine Weile umherzuziehen. Doch Brian hatte sich immer dagegen gesträubt. Er hatte sich in die Marktforschung gestürzt, als handle es sich um den letzten großen Kreuzzug.

Als wir an diesem Samstagabend durch die Straßen gingen, beunruhigte mich sein Verhalten weitaus stärker als seine wilden Reden. Er wollte, daß wir beide mit geschlossenen Augen bei Rotlicht die Kreuzungen überquerten (um zu beweisen, daß wir Götter waren). Er ging in Geschäfte hinein und bat den Inhaber, ihm verschiedene Gegenstände zu zeigen, die er dann längere Zeit betastete und über den grünen Klee lobte, worauf er, ohne etwas zu kaufen, den Laden verließ. Er betrat ein Café und befingerte erst alle Zuckerstreuer auf allen Tischen, bevor er sich hinsetzte. Die Leute starrten ihn an. Manchmal sagte der Besitzer oder ein Kellner: »Immer mit der Ruhe, Chef, immer mit der Ruhe«, oder sie warfen ihn hinaus. Alle spürten, daß da irgend etwas nicht stimmte. Seine innere Erregung teilte sich der Atmosphäre mit. Für Brian war das lediglich ein Beweis für seine Göttlichkeit.

»Sie wissen, daß ich Gott bin, verstehst du«, sagte er, »und haben keine andere Möglichkeit der Reaktion.«
Was die Sache für mich doppelt schwierig machte, war, daß ich halb und halb an seine Theorie glaubte. Außergewöhnliche Menschen werden von der breiten Masse oft für verrückt erklärt. Wenn Christus tatsächlich wiederkäme, *würde* er höchst wahrscheinlich im Irrenhaus landen. Ich war schon eine Laingianerin, lange bevor Laing überhaupt etwas publiziert hatte. Doch ich fürchtete mich auch zu Tode.
Als wir endlich um zwei Uhr morgens zu Hause ankamen, war Brian immer noch hellwach und äußerst erregt, ich dagegen sehr erschöpft. Er wollte nun seine Kraft unter Beweis stellen. Er wollte beweisen, daß er mich befriedigen könne. Er hatte mich etwa sechs Wochen nicht gefickt, aber nun fand er kein Ende. Er vögelte mich wie eine Maschine, wobei er seine Ejakulation zurückhielt, mich jedoch zu einem Orgasmus nach dem anderen nötigte. Nach dem dritten war ich wund gerieben und wollte nicht mehr. Ich bat ihn aufzuhören, doch er achtete nicht darauf. Er stieß und stieß zu, wie weiland Jack the Ripper. Ich weinte und flehte.
»Brian, bitte hör auf«, schluchzte ich.
»Du hast gedacht, ich könnte dich nicht befriedigen«, brüllte er mit wildem Blick. »Dir werd ich's zeigen!«
Und er drang erneut brutal in mich ein. »Dir werd ich's zeigen! Dir werd ich's zeigen!«
»Brian, bitte hör *auf*!«
»Ist das vielleicht kein Beweis? Beweist dir das nicht, daß ich Gott bin?«
»Hör auf«, winselte ich.
Als er endlich aufhörte, zog er sich heftig aus mir zurück und stieß mir sein immer noch erigiertes Glied in den Mund. Doch ich weinte zu sehr, um ihn blasen zu können.
Schluchzend lag ich auf dem Bett. Was sollte ich denn nur tun? Ich wollte nicht mit ihm alleinbleiben, aber wo sollte ich hin? Zum erstenmal kam mir die Überzeugung, daß er gemeingefährlich war. Plötzlich brach Brian zusammen und begann ebenfalls zu weinen. Er wolle sich selbst entmannen, sagte er. Er wolle, daß unsere Ehe geläutert, von jeder Fleischeslust befreit werde. Er würde Abälard sein und ich seine Heloise. Er wolle allen fleischlichen Begierden entsagen, um die Welt erretten zu können. Er wollte sanft und begierdelos sein wie ein Eunuch. Er wollte sanft wie Christus sein. Er wolle von Pfeilen durchbohrt werden wie der Heilige Sebastian. Er umklammerte mich mit beiden Armen und schluchzte in meinen

Schoß. Ich strich ihm übers Haar und hoffte, er würde nun endlich einschlafen. Statt dessen schlief *ich* ein.
Ich weiß nicht genau, wann ich wieder erwachte, doch Brian war hellwach, offensichtlich hatte er überhaupt nicht geschlafen. Ich taumelte ins Badezimmer, und das erste, was ich sah, war eine obszöne, mit Klebeband am Spiegel befestigte Zeichnung. Sie stellte einen zwergenhaften Mann dar mit einem Heiligenschein und einem riesigen erigierten Penis. Ein anderer Mann mit einem langen Bart war dabei, ihn zu blasen. Im Hintergrund ein gewaltiger Adler, der dem amerikanischen Wappenadler glich, bloß mit einer augenfällig menschlichen Erektion. Dazu die gekritzelte Überschrift: ›Vater, Sohn und Heiliger Geist.‹
Ich ging ins Schlafzimmer zurück und trat an meinen Schreibtisch. Auf dem Boden lag, wie Konfetti verstreut, der zerfetzte Inhalt meiner Zettelkästen (die alle Notizen für meine Doktorarbeit enthielten) und auf dem Tisch eine Reihe aufgeschlagener Bücher: die gesammelten Werke von Shakespeare und Milton. Bestimmte Worte, Sätze und Buchstaben waren in verschiedenen Farben mit Filzstift umrandet. Ich konnte zunächst kein System oder so etwas wie einen Code darin entdecken, doch dafür gab es hastig an den Rand geworfene zornige Anmerkungen, wie ›O Hölle!‹ oder ›Das Tier mit den zwei Rücken!‹ oder ›Weibervolk ist kein Volk!‹ Über Shakespeare und Milton verstreut lagen die Überreste einer in kleine Stücke gerissenen 20-Dollar-Note, dazu aus Kunstbüchern herausgerissene Reproduktionen – alles Darstellungen von Gott oder Jesus Christus oder dem Heiligen Sebastian.
Ich lief ins Wohnzimmer und fand dort Brian vor, der am Lautstärkeregler des Plattenspielers herummurkste. Er hatte die Goldbergvariationen, gespielt von Glenn Gould, aufgelegt und drehte den Apparat auf volle Lautstärke und dann wieder auf ganz leise, womit er eine Art Sirenen-Effekt erzeugte.
»Wie laut kann man Bach in unserer Gesellschaft spielen?« fragte er. »So laut?« Er drehte den Knopf bis zum Anschlag nach rechts. »So leise?« Er drehte den Knopf nach links, bis kaum noch etwas zu hören war. »Siehst du!? In unserer Gesellschaft kann man Bach *über*haupt nicht spielen!«
»Brian, was hast du mit meiner Doktorarbeit gemacht?« Es war eine rein rhetorische Frage. Ich wußte genau, was er damit gemacht hatte.
Brian murkste weiter am Plattenspieler herum und tat, als hätte er mich nicht gehört.
»Was hast du mit meiner *Doktorarbeit* gemacht?«

»Was glaubst du, wie laut kann man Bach in unserer Gesellschaft spielen, ohne daß man die Polizei auf den Hals bekommt?«
»Was hast du mit meiner *Doktorarbeit* gemacht?«
»So laut?« Er drehte den Knopf nach rechts.
»Was hast du mit meiner *Doktorarbeit* gemacht?«
»So leise?« Er drehte den Knopf nach links.
»Was hast du mit meiner *Doktorarbeit* gemacht?«
»So laut?«
»Brian!« schrie ich gellend. Ohne jeden Erfolg. Ich ging an meinen Schreibtisch zurück, setzte mich hin und starrte auf das von Brian arrangierte Stilleben. Am liebsten hätte ich ihn (oder mich selbst) umgebracht. Statt dessen weinte ich.
Brian kam herein.
»Wer, glaubst du, kommt in den Himmel?« fragte er.
Ich gab keine Antwort.
»Kommt Bach in den Himmel? Oder Milton? Kommt Shakespeare in den Himmel? Oder Shakeswoof? Oder der Heilige Sebastian, der Bastard? Kommt Abälard der Hämling in den Himmel? Oder Sindbad der Seefahrer? Oder Tindbad der Teefahrer? Oder Rindbad der Reefahrer? Und Norman Mailer? Und Stindbad der Stehler? Und Hindbad der Hehler? Und Zindbad der Zähler? Oder Joice? Oder James? Kommt Dante in den Himmel, oder war er schon dort? Und Homer? Und Yeats? Und der Prinz Kalender mit 'm Ständer? Kommt Rabelais in den Himmel, mit Raben? Und Villon mit schönen Knaben? Und Mozart, zart wie ein Federwölkchen? Und Scheerbart mit oder ohne Bart? Fährt El Greco auf einem Blitzstrahl gen Himmel? Und die Glühbirnen da?« Ich drehte mich um und sah ihn an. Er fuchtelte wild mit den Armen und hopste auf und nieder.
»Die Glühbirnen *kommen* in den Himmel! Sie *kommen* in den Himmel!«
»Brian, ich werd verrückt!« brüllte ich in letzter Verzweiflung.
»Du kommst auch in den Himmel!« schrie er, und dann packte er meine Hand und zog mich zum Fenster. »Auf zur Himmelfahrt! Komm! Komm!« Er stieß das Fenster auf und lehnte sich hinaus.
»Hör auf!« brüllte ich, nun völlig hysterisch. »Ich kann es nicht mehr aushalten!« und damit begann ich ihn zu schütteln. Er war nun wohl wirklich erschrocken, denn er legte die Hände um meinen Hals und drückte zu.
»Hör auf!« schrie er gellend. »Sonst kommt die Polizei!« Doch ich schrie nicht mehr. Er drückte noch stärker zu. Mir wurde es schwarz vor den Augen.

Warum er losließ, bevor ich tot war, weiß ich nicht. Vielleicht hatte ich einfach Dusel gehabt? Ich weiß keine Erklärung dafür. Ich weiß nur, daß ich, als er mich endlich losließ, am ganzen Leibe zitterte und nach Atem rang (und daß ich später große blaue Flecken an meinem Hals entdeckte). Ich stürzte in den Flur hinaus und in den Wandschrank, wo ich dann im Dunkeln hockte, mich in die Knie biß, schluchzte und ›o Gott, o Gott, o Gott‹ vor mich hin stöhnte. Und dann gelang es mir irgendwie, mich zusammenzureißen und den Hausarzt meiner Eltern anzurufen. Er war in East Hampton. Ich rief den Psychiater meiner Mutter an. Er war in Fire Island. Ich rief meinen eigenen Psychiater an. Er war in Wellfleet. Ich rief eine Freundin meiner Schwester Randy an, die Sozialarbeiterin mit psychiatrischer Ausbildung war. Sie sagte, ich müsse die Polizei kommen lassen oder einen Arzt – irgendeinen, Brian sei geistesgestört und möglicherweise gefährlich. Ich dürfe nicht mit ihm allein bleiben.

Wenn Sie vorhaben, an einem Sonntag im Juni krank zu werden, so begeben Sie sich dazu am besten in einen Badeort. Es war kein Arzt aufzutreiben. Schließlich hatte ich den Mann an der Strippe, der meinen Internisten vertrat. Er käme sofort, sagte er. Er kam fünf Stunden später. Diese ganze Zeit verhielt Brian sich erstaunlich friedlich. Er saß wie in Trance im Wohnzimmer und hörte sich Bach an. Ich saß im Schlafzimmer und versuchte, das Geschehene zu verarbeiten. Wir taten beide, als gäbe es den anderen nicht. Die Stille nach dem Sturm.

Zumindest hatte Brians Problem nun einen Namen. Das war fast so gut wie ein Heilmittel. Zu hören, Brian sei ›geistesgestört‹, hatte mich auf seltsame Weise erleichtert. Hier galt es, eine Krankheit zu behandeln, ein Problem zu bewältigen. Nun, da die Sache einen Namen hatte, war sie gleich weniger furchterregend. Auch verringerte es mein Schuldgefühl. Geisteskrankheit war niemandes Schuld. Es war gottgewollt. Das hatte etwas ungemein Tröstliches an sich. Alle Naturkatastrophen sind tröstlich, da sie uns unsere Ohnmacht bestätigen, die wir sonst vielleicht nicht wahrhaben wollten. Zuweilen ist es auf merkwürdige Weise beruhigend, den Grad seiner Machtlosigkeit zu erkennen.

Wir brachten den Nachmittag mit Hilfe von Johann Sebastian Bach hinter uns. »Die Zaubermacht der Musik vermag die Wogen im Busen zu glätten«, wie Congreve sagt (der sicherlich im Himmel mit Mozart Karten spielt). Wenn ich an all die unangenehmen Zustände und Depressionen denke, über die Bach mir hinweggeholfen hat, bin ich davon überzeugt, daß auch er im Himmel ist.

Dr. Steven Pearlmutter erschien um fünf Uhr – mit tausend Entschuldigungen und feuchten Handflächen. Von Stund an lag unser Leben in den Händen der Ärzte mit ihren überheblichen, kleinkarierten Kategorien. Dr. Pearlmutter versicherte mir, mein ›Gatte‹ sei ein ›sehr kranker junger Mann‹. Er würde ›versuchen, ihm zu helfen.‹ Dieser Versuch begann damit, daß er Brian eine Thorazine-Spritze verpaßte, worauf Brian aufsprang und wie ein geölter Blitz die Hintertreppe hinunterrannte (dreizehn Stockwerke) und weiter in den Riverside Park. Der Arzt und ich rannten hinter ihm her, spürten ihn auf, hielten ihn an und redeten ihm gut zu, hatten das Nachsehen, als er erneut davonstürzte, rannten erneut hinter ihm her, redeten ihm erneut gut zu und so fort. Die weiteren Einzelheiten sind ebenso unerquicklich wie sattsam bekannt. Brians Unterbringung in einer Heil- und Pflegeanstalt war nicht mehr zu umgehen. Er befand sich nun in einem Dauerzustand der Angst und des Schreckens, und seine Wahnvorstellungen wurden stündlich abwegiger. Die folgenden Tage waren ein einziger Alptraum. Brians Eltern kamen per Flugzeug aus Kalifornien herbeigeeilt und erklärten prompt, daß Brian nichts fehle, *ich* hingegen verrückt sei. Sie versuchten, ihn daran zu hindern, irgendwelche Medikamente einzunehmen, und machten sich dauernd über die Ärzte lustig (was, zugegebenermaßen, nicht weiter schwierig war). Sie drangen in ihn, mich zu verlassen und nach Hause zu kommen, nach Kalifornien – als würde er schlagartig gesunden, sobald ich nicht mehr in seiner Nähe wäre. Dr. Pearlmutter hatte Brian an einen Psychiater überwiesen, der sich fünf Tage lang tapfer bemühte, Brian vor dem Irrenhaus zu bewahren, ohne Erfolg. Brians Eltern, sein Chef, die ›Wunderschaum‹-Leute, seine wohlmeinenden ehemaligen Professoren und die Ärzte sorgten gemeinsam dafür, daß wir kein Leben mehr hatten. Brian wurde von seinen sogenannten Beschützern gehetzt wie ein Wild und drehte von Tag zu Tag mehr durch.

Am fünften Morgen nach Dr. Pearlmutters erster Visite entledigte Brian sich in der Nähe des Belvedere Tower im Central Park aller seiner Kleider und versuchte, das Bronzepferd des Königs Jagiello zu erklimmen und sich hinter den bronzenen König (mit gekreuzten Schwertern und allem Zubehör) zu setzen. Es endete damit, daß die Polizei ihn zur psychiatrischen Abteilung des Mount-Sinai-Krankenhauses brachte (Sirenen gellten, Thorazine floß in Strömen) und, abgesehen von einigen Wochenenden, an denen Brian von der Anstaltsleitung Urlaub bekam, haben wir nie wieder zusammen gelebt. Es dauerte noch etwa acht Monate, bis unsere

Ehe endgültig ausgeglüht war. Nach Brians Einlieferung in Mount Sinai zogen seine Eltern zu mir, überhäuften mich Tag und Nacht mit Vorwürfen, latschten jeden Abend mit ins Krankenhaus und ließen Brian und mich nie mehr als zehn Minuten allein. Besuche waren ohnehin nur von sechs bis sieben gestattet, und Brians Eltern hatten offensichtlich den Entschluß gefaßt, uns selbst diese eine Stunde nicht zu gönnen. Übrigens tat Brian, wenn wir allein waren, doch nichts anderes, als mich anzugreifen. Ich wäre Judas, sagt er. Wie hätte ich es zulassen können, daß man ihn seiner Freiheit beraube? Ob ich denn nicht wüßte, daß mir nun der Siebente Kreis blühe – der Kreis der Verräter? Ob ich denn nicht wüßte, daß ich ein Verbrechen begangen hätte, das, nach Dante, das niedrigste aller Verbrechen sei? Ob ich denn nicht wüßte, daß ich mich bereits in der Hölle befinde?

Viel schlimmer als dieser Sommer konnte die Hölle auch nicht sein. Das Diem-Regime war gerade gestürzt worden, und man las immerzu von Selbstverbrennungen der Buddhisten in einem merkwürdigen kleinen Land, dessen Name einem immer vertrauter wurde – Vietnam. In seinem Programm plädierte der Präsidentschaftskandidat Barry Goldwater dafür, die gesamte Ostküste der Vereinigten Staaten abzuschreiben, sie ihrem Schicksal zu überlassen und abzustoßen – hinaus aufs Meer. John F. Kennedy war noch kein Jahr tot. Die Nation setzte ihre letzte Hoffnung auf Goldwaters Gegenkandidaten, Lyndon B. Johnson, der dem Land möglicherweise den Frieden erhalten würde. Zwei junge Weiße namens Goodman und Schwerner gingen nach Mississippi, um dort, gemeinsam mit einem jungen Neger namens Chaney, beim Aufstellen der Wählerlisten mitzuhelfen, und alle drei endeten in einem schaurigen Massengrab. Harlem und Bedford-Stuyvesant standen in diesem langen, heißen Sommer, dem weitere, lange heiße Sommer folgten, zum ersten-, aber nicht zum letztenmal in Flammen. Inzwischen phantasierte Brian in der psychiatrischen Klinik davon, die Menschheit zu retten. Zweifellos hatte die Menschheit das nie nötiger gehabt.

Wir entfernten uns voneinander, langsam, aber unaufhaltsam. Nicht etwa, weil ich jemand anderen kennengelernt hätte. Die ganze Zeit, die Brian im Krankenhaus verbrachte, bin ich nicht ausgegangen. Ich hatte einen schweren Schock davongetragen und brauchte Zeit, um mich davon zu erholen. Doch langsam ging mir auf, wieviel ruhiger und zufriedener ich ohne ihn war, wie seine manische Aktivität an meinem Leben gezehrt hatte, wie seine wilden Phantasien mich meiner eigenen Phantasiewelt beraubt hatten. Ganz allmählich begann ich es als angenehm zu empfinden, meinen eigenen Gedanken zuzuhören. Ich begann, meinen eigenen Träumen zu lauschen. Mir war, als wäre ich fünf Jahre in einem Hallraum eingesperrt gewesen, und man hätte mich plötzlich daraus befreit.

Der Rest bestand größtenteils (wie im Drama) aus der Lösung des Knotens. Ich liebte Brian, und die Entdeckung, daß ich lieber ohne ihn als mit ihm lebte, erzeugte in mir ein ungeheures Schuldgefühl. Dazu kam, daß ich ihm, nach seinem Wunsch, mich zu erwürgen, wohl nie mehr vorbehaltlos vertraut habe. Ich *sagte* ihm, ich hätte ihm vergeben, doch etwas in mir hatte das nie getan. Ich hatte Angst vor ihm, und letzten Endes war es das, was unsere Ehe zugrunde richtete.

Das Ende schleppte sich hin. Doch Geld war, wie meistens, ein beschleunigender Faktor. Nach drei Monaten Mount Sinai kam das Blaue Kreuz nicht mehr für die Kosten auf, und Brian mußte verlegt werden. Er hatte die Wahl zwischen einer staatlichen Heil- und Pflegeanstalt (der bloße Gedanke daran entsetzte sowohl ihn wie mich) und einer Privatklinik (die etwa 2000 $ im Monat kostete). Wir standen vor einer Mauer aus imaginären Banknotenbündeln.

Zu diesem Zeitpunkt traten seine Eltern in Aktion, nicht um zu helfen, sondern um die Qual zu vergrößern. Wenn ich ihn nach Kalifornien gehen ließe, würden sie die Kosten der privaten Behandlung tragen. Andernfalls: keinen Penny! Mit diesem Ultimatum lebte ich eine Weile, bis ich einsah, daß mir keine Wahl blieb.

Im September traten wir unsere Pilgerfahrt nach Kalifornien an. ›Auf in den Goldenen Westen‹, nicht im Planwagen, sondern in einer Boeing 707, meinen Vater und einen Psychiater im Schlepptau. Die Fluggesellschaft hatte sich geweigert, Brian ohne Begleitung eines Psychiaters zu befördern – was bedeutete, daß wir zu viert erster Klasse fliegen mußten und abwechselnd Librium und geröstete Haselnüsse knabberten.

Es war ein denkwürdiger Flug. Brian war so unruhig, daß ich meine eigene Flugangst vergaß. Mein Vater schluckte pausenlos Librium und ermahnte mich, tapfer zu sein, und der Psychiater (ein sechsundzwanzigjähriger Assistenzarzt mit einem Engelsgesicht, der sich bis zur völligen Untauglichkeit mit uns identifizierte) war fahrig und nervös, und ich mußte ihm dauernd gut zureden. Mutter Isadora kümmerte sich um alle und alles, um die Götter und die Daddys, die versagt hatten.

In der Linda-Bella-Klinik in La Jolla wurde die Illusion eines freiwilligen Aufenthalts strikt aufrechterhalten. Alle Schwestern trugen Bermuda-Shorts und die Ärzte Sporthemden, Cordhosen und Golfmützen. Die Patienten waren ähnlich leger gekleidet und schlenderten in einer Kulisse umher, die an ein Luxus-Motel erinnerte, komplett mit Swimming-pool und Pingpong-Tischen. Das gesamte Personal gab sich betont fröhlich und war bemüht, so zu tun, als handle es sich hier um eine Art Kursanatorium und nicht um einen Ort, den man aufsuchte, wenn die Angehörigen nicht mehr wußten, wie sie mit einem zurechtkommen sollten. Die Ärzte hatten uns empfohlen, den Abschied kurz zu gestalten. Brian und ich sahen uns zum letztenmal in dem verlassenen Raum für Beschäftigungstherapie; er war damit beschäftigt, einen Lehmklumpen immer wieder vehement auf eine Tischplatte zu knallen.

»Du gehörst nicht mehr zu mir«, sagte er. »Früher war das anders.«

Ich dachte daran, wie quälend es gewesen war, zu ihm zu gehören, und daß ich dabei fast mein eigenes Selbst verloren hatte, aber das konnte ich ihm nicht sagen.

»Ich komme wieder«, sagte ich statt dessen.

»Warum?« schnauzte er.

»Weil ich dich liebe.«

»Wenn du mich liebtest, hättest du mich nicht hierhergebracht.«

»Das stimmt nicht, Brian, die Ärzte haben gesagt ...«

»Du weißt sehr gut, daß die Ärzte nichts von Gott wissen. Das erwartet auch keiner von ihnen. Aber ich dachte, daß *du* wohl etwas von ihm wüßtest. Du bist wie all die andern. Für wieviel Silberlinge hast du mich verkauft?«

»Ich möchte doch nur, daß du wieder gesund wirst«, sagte ich leise.

»Gesund? Ich bin gesund. Und wenn ich wirklich krank *wäre* und würde gesund – wie würden *die* das merken, krank, wie sie selber sind? Du hast alles vergessen, was du einmal gewußt hast. Sie haben auch bei dir Gehirnwäsche gemacht.«

»Ich möchte, daß du gesund wirst, damit du keine Medikamente mehr zu schlucken brauchst ...« sagte ich.

»Das ist Scheiße, was du da redest, und das weißt du auch genau. Sie pumpen dich erstmal mit Medikamenten voll, und dann benutzen sie die Medikation als Gradmesser für deine Gesundheit. Wenn du viel brauchst, geht es dir schlechter. Wenn wenig – besser. Die Logik beißt sich in den Schwanz. Und was sollen diese ganzen Medikamente überhaupt?« Er schlug mit der Faust auf den Lehmklumpen.

»Du hast recht«, sagte ich.

Und das meinte ich auch so. Die Theorien der Ärzte über Gesundheit und Krankheit waren fast noch abwegiger als Brians Hirngespinste. Und ganz gewiß waren die Ärzte so unsensibel und alltäglich, daß sie es nicht merken würden, wenn Brian tatsächlich Gott *wäre.*

»Es ist alles eine Frage des Glaubens«, sagte er. »Das ist es immer gewesen. Mein Wort oder das Wort der breiten Masse. Du hast dich für die breite Masse entschieden. Doch das macht es nicht wahr. Und, was schlimmer ist – du weißt es. Du tust mir leid. Du bist so verdammt *schwach.* Dir hat es schon immer an Rückgrat gefehlt.«

Er hämmerte den Lehmklumpen zu einem flachen Pfannkuchen.

»Brian – du mußt versuchen, meine Lage zu verstehen. Der Druck, unter dem ich stand, war so groß, daß ich dachte, ich drehe durch. Deine Eltern haben nichts anderes getan, als mich anzuschreien. Die Ärzte redeten auf mich ein, wie auf ein lahmes Pferd. Ich wußte schon gar nicht mehr, wer ich bin –«

»*Du* standest unter Druck? *Du! Wen* haben sie eingesperrt – dich oder mich? *Wen* haben sie mit Thorazine vollgepumpt – dich oder mich? *Wer* ist verraten und verkauft worden – du oder ich?«

»Wir beide.« Ich weinte. Große, dicke salzige Tropfen liefen über meine Wangen und in die Mundwinkel. Sie schmeckten gut. Tränen haben einen so tröstlichen Geschmack. Als könne man sich einen neuen Mutterschoß zusammenweinen und dann in ihm Zuflucht suchen. Alice in ihrem eigenen Tränensee.

»Wir beide! Daß ich nicht lache!«

»Und doch ist es so«, sagte ich, »wir haben beide gelitten. Du hast nicht das Monopol auf Leiden.«

»Geh«, sagte er, griff nach der flachen Lehmscheibe und begann, sie zu einer Schlange zu rollen, »geh in ein Kloster, Ophelia. Ertränke dich, von mir aus –«

»Du hast wohl ganz vergessen, daß du versucht hast, mich umzubringen, wie?« Ich wußte, daß ich das nicht hätte sagen sollen, aber nun war ich richtig wütend geworden.

»*Dein* Leben! Wenn du mich liebtest – wenn du auch nur eine Ahnung davon hättest, was das Wort Opfer bedeutet –, wenn du nicht so 'n verwöhntes Balg wärst, würdest du mir nicht mit deinem Scheiß-Leben kommen!«

»Brian, weißt du es *wirklich* nicht mehr?«

»Ob ich *was* weiß? Ich weiß, daß du mich hast einsperren lassen – *das* weiß ich –«

Plötzlich begriff ich, daß es zwei Versionen des Alptraums gab, der hinter uns lag – seine und meine –, und daß die beiden Versionen in keinem einzigen Punkt übereinstimmten. Brian hatte nicht nur

keinerlei Verständnis dafür, wie unglücklich ich war – es kam ihm überhaupt nicht zum Bewußtsein.
Er wußte nichts mehr von den Ereignissen, die zu seiner Verwahrung geführt hatten. Wie viele weitere Versionen unserer Wirklichkeit gab es? Meine Version, Brians Version, die seiner Eltern, die der Ärzte, der Schwestern, der Sozialarbeiter ... Es gab eine unendliche Anzahl Versionen, eine unendliche Anzahl von Wirklichkeiten. Brian und ich hatten miteinander einen Alptraum erlebt, und nun stellte sich heraus, daß wir nichts miteinander erlebt hatten. Wir hatten ein Labyrinth durch denselben Eingang betreten, uns gleich darauf jedoch in unterschiedlichen Gängen und Tunneln verloren, waren durch unterschiedliche Finsternisse getaumelt und schließlich an den entgegengesetzten Enden der Welt wiederaufgetaucht.
Brian fixierte mich mit kaltem Blick, als sei ich seine geschworene Feindin. Die Worte, mit denen wir uns endgültig verabschiedeten, weiß ich nicht mehr – und wenn es um mein Leben ginge.
Vor unserem Rückflug nach New York hatten mein Vater und ich noch den Nachmittag und den Abend hinter uns zu bringen. Wir mieteten einen Wagen und fuhren über die Grenze nach Tijuana, wo wir eine leicht angestaubte *piñata* kauften – einen knallrosa Stoff-Esel. Wir schlenderten durch die Straßen, machten uns gegenseitig auf das ›Lokalkolorit‹ aufmerksam und ließen die üblichen Bemerkungen über die Armut der Menschen und den Reichtum der Kirchen fallen.
Mein Vater (60) ist ein immer noch gut aussehender Mann, den man ohne weiteres um fünfzehn Jahre jünger einschätzen könnte; er ist stolz auf seine Figur und auf sein (sich lichtendes) Haar, und sein federnder, fast hüpfender Gang ist mit der Zeit auch für mich typisch geworden. Wir ähneln uns äußerlich, haben den gleichen Gang, haben beide einen Hang zu Wortspielen und Kalauerei und können uns trotzdem einander kaum mitteilen. Wir sind immer ein wenig verlegen, wenn wir zusammen sind – als wüßten wir beide von einem schaurigen Geheimnis in unserer Beziehung, über das wir nicht sprechen dürften. Was könnte das wohl für ein Geheimnis sein? Ich weiß noch, wie er an die Wand zwischen unsern Schlafzimmern klopfte, um mich zu trösten und mir die Furcht vor der Dunkelheit zu nehmen. Ich erinnere mich daran, wie er meine Laken wechselte, wenn ich, als Dreijährige, mal wieder mein Bett naßgemacht hatte, und wie er mir, als ich acht war und an Schlaflosigkeit litt, warme Milch brachte. Ich erinnere mich daran, daß er mir einmal (nachdem ich Zeuge eines fürchterlichen Streites zwi-

schen meinen Eltern gewesen war) sagte, sie würden ›um meinetwillen‹ zusammenbleiben ... Doch wenn es da sonst noch etwas gab – eine Kindheitsverführung oder sonst ein Urerlebnis –, so reicht selbst mein überanalysiertes Erinnerungsvermögen nicht soweit zurück. Zuweilen bringt der Geruch einer bestimmten Seife (oder sonst einer vertrauten Substanz des täglichen Gebrauchs) längst vergessene Kindheitserinnerungen wieder. Dann frage ich mich verwundert, wie viele weitere Erinnerungen sich wohl in den Schlupfwinkeln meines Gehirns vor mir verbergen. Ja, mein Gehirn erscheint mir dann als die letzte große *terra incognita,* und die Aussicht, dort unter Umständen eines Tages neue Welten zu entdecken, erfüllt mich mit freudigem Staunen. Man stelle sich das versunkene Atlantis und all die anderen versunkenen Eilande der Kindheit vor, die nur darauf warten, wieder ins Bewußtsein gehoben zu werden. Der innere Raum, den wir nie genug erforscht haben. Die Welten innerhalb der Welten innerhalb der Welten. Und das Wunderbare ist, daß sie auf uns warten. Wenn es uns nicht gelingt, sie zu entdecken, so liegt es daran, daß wir noch nicht die entsprechenden Transportmöglichkeiten haben – Raumschiff oder Unterseeboot oder Gedicht –, die uns dorthin bringen.
Das ist, zum Teil, der Grund, warum ich schreibe. Wie kann ich wissen, was ich denke, wenn ich nicht sehe, was ich schreibe? Meine Arbeit ist das Unterseeboot oder das Raumschiff, das mich zu den unbekannten Welten in meinem eigenen Kopf befördert. Und es ist ein endloses, nicht auszuschöpfendes Abenteuer. Wenn ich lerne, mir das richtige Vehikel zu konstruieren, kann ich sogar noch weitere unerschlossene Gebiete entdecken. Und jedes neue Gedicht ist ein neues Vehikel, das mir erlaubt, noch ein wenig tiefer zu tauchen (oder noch ein wenig höher zu fliegen) als das vorige.
Meine Ehe mit Brian war wohl an dem Tag zu Ende, als ich mit meinem kalauernden Vater durch die Straßen Tijuanas ging. Er bemühte sich nach bestem Vermögen, aufgeräumt und hilfreich zu sein, doch ich war tief in meinen Schuldgefühlen versunken. Mein Dilemma war groß: Wenn ich Brian nicht aufgab und versuchte, wieder mit ihm zusammenzuleben, würde ich verrückt werden, oder doch zumindest meine eigene Identität weitgehend aufgeben müssen. Wenn ich ihn sich selbst, seinem Irrsinn und den Mühewaltungen der Ärzte überließ, ließ ich ihn im Stich – und das in dem Augenblick, da er der Hilfe am dringendsten bedurfte. Im gewissen Sinne *war* ich eine Verräterin. Es war auf eine Wahl zwischen ihm und mir hinausgelaufen, und ich hatte mich für mich entschieden. Das daraus resultierende Schuldgefühl verfolgt mich immer noch.

Irgendwo in meinem Kopf verborgen (dort bei den versunkenen Kindheitserinnerungen) bewahre ich das strahlende Bild der idealen Frau, einer Art jüdischer Griselda. Sie ist Ruth und Esther und Jesus und Maria in einer Person. Sie bietet immer die andere Wange dar. Sie ist ein Vehikel, ein Gefäß, ohne eigene Bedürfnisse und Wünsche. Wenn ihr Mann sie schlägt, so hat sie Verständnis dafür. Wenn er krank ist, so pflegt sie ihn. Wenn die Kinder krank sind, so pflegt sie sie. Sie kocht, sie hält das Haus in Ordnung, sie kümmert sich um das Geschäft, führt die Bücher, hört jedem zu, der mit seinen Sorgen zu ihr kommt, geht auf den Friedhof, befreit die Gräber von Unkraut, arbeitet im Garten, schrubbt den Fußboden und sitzt still auf der obersten Empore der Synagoge, während die Männer Gebete skandieren, in denen es um die Inferiorität der Frau geht. Sie ist einfach zu allem befähigt, außer zur Selbsterhaltung. Und ganz im geheimen schäme ich mich, daß ich nicht bin wie sie. Eine gute Ehefrau hätte ihr Leben der Sorge um den Irrsinn ihres Mannes geweiht. Ich war keine gute Ehefrau. Ich hatte zuviel anderes zu tun.

Doch wenn ich an Brian etwas versäumt habe, so habe ich es an Charlie Fielding doppelt wiedergutgemacht. Was Masochismus angeht – guten, gesunden ›normalen weiblichen Masochismus‹ –, ist meine Beziehung zu Charlie (die dem Ende meiner Ehe mit Brian auf dem Fuße folgte) nicht zu schlagen. Nicht uninteressant, wie wir dem nächsten Kerl immer alles zukommen lassen, was wir vom vorigen übrighaben. Ein psychologischer Fall des faden zweiten Aufgusses.

Der Dirigent

Is it an earthquake or simply a shock?
Is it the good turtle soup or merely the mock?
Is it a cocktail – this feeling of joy,
Or is what I feel the real McCoy?
Have I the right hunch or have I the wrong?
Will it be Bach I shall hear or just a Cole Porter song?
– Cole Porter, ›At Long Last Love‹ (1938)

Charlie Fielding (›Charles‹, wenn er etwas zu unterschreiben hatte) war hochgewachsen (mit vorgeneigten Hängeschultern) und sah aus wie der Ewige Jude. Er hatte eine unglaublich lange, krumme Nase mit geblähten Nüstern, und um seinen kleinen, in den Winkeln herabgezogenen Mund lag stets ein säuerlicher Zug, eine Mischung aus Verachtung und Melancholie. Seine fahle Haut wirkte ungesund und war von Akne verwüstet, die ihm von Zeit zu Zeit immer noch zu schaffen machte. Er trug teure Tweed-Jacken, die auf seinen Schultern hingen wie auf Drahtbügeln, und in seinen Hosen waren die Knie ausgebeult. Die Taschen seines abgetragenen Chesterfield-Mantels waren immer mit Taschenbüchern vollgestopft. Aus seiner abgewetzten schweinsledernen Aktenmappe ragte die Spitze eines Taktstockes hervor.

Hätten Sie ihn in der U-Bahn gesehen oder bei Schrafft's, wenn er dort sein einsames Mahl zu sich nahm (und alles auf die Rechnung seines Vaters setzen ließ), so hätten Sie, wegen seines Gesichtsausdrucks, angenommen, er sei in Trauer. Er war es nicht – es sei denn, er trauerte schon im vorhinein um seinen Vater (dessen Geld er erben würde).

Zuweilen, während er auf sein Essen wartete (Huhn in Rahmsauce, Schokoladeneis mit heißem Sirup), entnahm er seiner Aktentasche eine Partitur und begann, den Taktstock in der rechten Hand, ein imaginäres Orchester zu dirigieren. Dieses tat er auf die selbstverständlichste Weise und offenbar ohne jede Absicht, die Aufmerksamkeit auf sich zu lenken. Er nahm die Anwesenheit der Menschen um sich her einfach nicht wahr.

Charlie (seine Mutter hatte ihn nach Bonnie Prinz Charlie genannt, und Charlie *war* ja letzten Endes auch ein jüdischer Prinz) lebte allein in einem 1-Zimmer-Apartment in East Village. In derselben Gegend, in der seine bitterarmen Vorfahren vor zwei Generationen gelebt hatten. Die Jalousien starrten von fettigem schwarzem Ruß, und wenn man über den nackten Fußboden ging, knirschte Kohlengrus unter den Füßen. Das Ambiente war spartanisch: eine Kochnische mit stets leeren Schubladen und Regalen, bis auf Packungen mit getrockneten Aprikosen und Tüten mit sauren Drops, ein gemietetes Klavier, ein schmales Bett, ein Tonbandgerät, ein tragbarer Plattenspieler, zwei Kartons mit Schallplatten (nicht ausgepackt, seit er sie vor zwei Jahren aus dem Elternhaus mitgenommen hatte). Eine Feuertreppe vor dem Fenster, das auf einen verrußten Hof hinausging. Jenseits des Hofes wohnten zwei Lesbierinnen mittleren Alters, die es zuweilen versäumten, die Vorhänge zuzuziehen. Charlie hatte jene mit Verachtung gemischte Abwehrhal-

tung Homosexuellen gegenüber, die man oft bei Menschen antrifft, denen ihre eigene Sexualität zu schaffen macht. Er war ständig scharf, wollte jedoch um keinen Preis vulgär sein. Seine Harvard-Erziehung hatte zum Ziel gehabt, jedwede Vulgarität, die tief in seinen Genen glühte, auszulöschen, und obwohl er dauernd vögeln wollte, wollte er das nicht auf eine Weise handhaben, die ihn hätte grob und roh erscheinen lassen – ob nun sich selbst oder den jungen Frauen gegenüber, die er zu verführen trachtete.
Ich habe ohnehin festgestellt, daß – es sei denn, ein Mann wäre ein anerkanntes Genie – die Harvard-Erziehung eine Behinderung fürs Leben darstellt. Nicht so sehr das, was die Leute da lernen, sondern das, wofür sie sich für den Rest ihres Lebens halten. Die ewige lastende Verpflichtung also, ein Harvard-Mann zu sein: das Fluidum, die Atmosphäre, das Aussprache-Problem, die sentimentalen Erinnerungen an die Ruderregatten auf dem River Charles ... All das bewirkt des öfteren einen gewissen Infantilismus und ist der tiefere Grund dafür, daß Harvard-Leute mit flatternder Krawatte durch die Korridore der Werbe-Agenturen stürmen und sich mit dem Schlangenfraß und den speckigen, vergammelten Polstersesseln im Harvard-Club abfinden, nur, um irgendeinem süßen jungen Ding mit der fabelhaften Bildungsstätte, die sie besucht haben, zu imponieren.
Auch Charlie litt an diesem Harvard-Syndrom. Er hatte dort mit durchaus mittleren Noten abgeschlossen, und doch fühlte er sich mir, mit meinem *cum laude* von der lumpigen, unfeinen Barnard-Universität, turmhoch überlegen. Er lebte in der Überzeugung, daß er in Harvard Bildung und Kultiviertheit mit Löffeln gefressen hätte und, trotz aller Fehlschläge im Leben, doch immer noch (und das sollte aus voller Brust von einem Gilbert & Sullivan-Chor gesungen werden) ein HAR-VARD-MANN sei – und bleibe.
Charlie schlief meistens bis zum Mittag, stand dann auf und frühstückte in einer der Milchstuben, die aus der Zeit übriggeblieben waren, als in dieser Gegend hauptsächlich Emigranten lebten. Doch zweimal die Woche erhob er sich, wenn auch ächzend und stöhnend, bereits um neun und fuhr mit der U-Bahn zu einer Musikschule, wo er Klavierunterricht gab und mit einem kleinen Chor arbeitete. Was er damit verdiente, war nicht der Rede wert. Er lebte in der Hauptsache von den Zinsen eines Investmentfonds, den sein Vater für ihn eingerichtet hatte. Charlie ließ sich, was sein Einkommen anging, nie in die Karten gucken – als handle es sich dabei um ein anrüchtiges Geheimnis. Doch ich hatte immer das

Gefühl, daß er durchaus weniger schäbig hätte leben können, wenn sein angeborener Geiz ihm nicht im Wege gewesen wäre.
Es *gab* allerdings ein anrüchiges Familiengeheimnis, und vielleicht war für ihn deshalb alles, was mit Geld zu tun hatte, von einer Aura von Peinlichkeit umgeben. Charlies Familie war über seinen Onkel Mel zu Geld gekommen – den berühmten pseudo-angelsächsischen Turniertänzer, der mit pomadisierten Haaren, einer operierten Nase und einer tanzenden *schickse* als Ehefrau durch die dreißiger Jahre schwebte. Mel Fielding hatte es sein Leben lang verstanden, sein Judentum geheimzuhalten, und er ließ seine Angehörigen nur unter der Bedingung an seinem Reichtum partizipieren, daß sie sich einer Nasenoperation unterzogen und ihren Namen Feldstein in Fielding umänderten. Was seine Nase anging, so weigerte sich Charlie und ging nur auf die Namensänderung ein. Sein Vater hingegen *ließ* sich die halbe Nase abschneiden (mit dem Erfolg, daß er zum Schluß aussah wie ein Jude mit einem lächerlichen Knopfnäschen). Aber das Wichtigste war, daß die Feldsteins aus Brooklyn wegzogen und sich im Beresford-Block (jenem vergoldeten Ghetto, dem Pseudo-Schloß) in Central Park West installierten.
Die Familie betrieb eine internationale Kette von Tanzschulen; einsame alte Menschen konnten die lebenslange Mitgliedschaft käuflich erwerben. Es handelte sich nicht eigentlich um aufgelegten Schwindel, ebensowenig wie Psychoanalyse oder die Religion oder Kommunikations-Zentren oder das Rosenkreuzertum als aufgelegter Schwindel bezeichnet werden können, doch auch dieses Unternehmen versprach den Menschen, daß ihre Einsamkeit, ihre Machtlosigkeit und ihre Leiden ein Ende nehmen würden, was dann natürlich bei vielen zu Enttäuschungen führte. Charlie hatte in seiner Studienzeit während einiger Sommer im ›Geschäft‹ mitgearbeitet, doch das war nur eine symbolische Geste gewesen. Er haßte alles, was nach einem geregelten Job roch, selbst dann, wenn dieser Job nur darin bestand, eine Achtzigjährige, die soeben für den Wucherpreis von einigen tausend Dollar Mitglied auf Lebenszeit geworden war, übers Parkett zu wuchten. Charlie war zu der Zeit, als ich ihn kennenlernte, sehr empfindlich, was Gesellschaftstanz anging. Er wollte nicht, daß es allgemein bekannt würde, womit sein Vater sein Geld verdiente. Nichtsdestoweniger ließ er in Gegenwart seiner oder meiner Freunde den Namen seines berühmten Onkels häufig fallen. Auch nach dem unvergleichlichen Rhythmus der Ambivalenz läßt sich's wunderbar tanzen.
Doch was tat Charlie denn nun eigentlich? Er bereitete sich auf eine große Zukunft vor. Er träumte von seinem Debüt als Dirigent – für

das er im übrigen sehr wenig tat – und er arbeitete an Symphonien. Es waren alles unvollendete Symphonien. Sonaten und Opern (letztere nach Werken von Kafka oder Beckett) wurden ebenfalls in Angriff genommen, doch auch diese blieben unvollendet. Er schrieb Jazz-Songs, die nie über die wenigen ersten Takte hinauskamen (die er jedoch unweigerlich mir zu widmen versprach). Vielleicht war er in den Augen anderer ein Versager – er selbst sah sich als romantische Figur. Er sprach über ›Stille, Exil und Verschlagenheit‹ (Stille: die unvollendeten Symphonien. Exil: er hatte die elterliche Wohnung im Beresford zugunsten des East Village aufgegeben. Verschlagenheit: sein Verhältnis mit mir). Er war dabei, die Prüfungen (und Anfechtungen) hinter sich zu bringen, denen alle großen Künstler am Beginn ihrer Laufbahn unterworfen sind. Als Dirigent hatte sich ihm, wie er sagte, die richtige Chance noch nicht geboten, und ein weiteres Handikap bestand seiner Meinung nach darin, daß er nicht homosexuell sei. Als Komponist galt es, sich mit der Stilkrise zu arrangieren, von der die Gegenwart geschüttelt wurde. Aber auch das würde sich finden. Man dürfe nicht in Jahren denken, sondern in Jahrzehnten.
Wenn er auf seiner Klavierbank oder bei Ratners (über einem Teller mit Kirsch-Pfannkuchen) ins Träumen geriet, sah Charlie sich selbst – wie er sein würde, wenn er es endlich geschafft hätte: graue Schläfen, weltgewandt und verbindlich, exzentrisch gekleidet. Nachdem er in der Met seine jüngste Oper dirigiert hätte, würde er es nicht für unter seiner Würde halten, ins ›Half Note‹ zu eilen, um mit aufstrebenden jungen Jazzmusikern eine *jam session* abzuhalten. Studentinnen, die ihn erkannten, würden ihn belagern und ihn um ein Autogramm angehen, und er würde sie mit geistreichen Bemerkungen abschlägig bescheiden. Im Sommer würde er sich in sein Landhaus in Vermont zurückziehen, unter einer schrägen Decke mit Oberlicht am Bechstein komponieren und dann sein Studio verlassen, um mit den Dichtern und den jungen Komponisten, die ihm nach Vermont gefolgt waren, eine sprühende Unterhaltung zu führen. Drei Stunden des Tages würde er der Abfassung seiner Autobiographie widmen – in einem Stil, der sich irgendwo zwischen Proust und Evelyn Waugh (seinen Lieblingsautoren) bewegte. Und dann würde es Frauen geben, Wagner-Heroinen mit dicken Hintern (mit Grübchen) wie aus einem Bild von Peter Paul Rubens. (Charlie hatte eine ausgesprochene Vorliebe für mollige, ja, sogar für dicke Frauen. Er fand mich immer zu mager und meinen Hintern zu klein. Wenn wir zusammengeblieben wären, wäre ich wohl an Elefantiasis zugrunde gegangen.) Nach den dicken Sopra-

nistinnen kamen die schöngeistigen Damen: Dichterinnen, die ihm ihre Bücher zueigneten, Bildhauerinnen, einzig und allein von dem Wunsch beseelt, er möge sich ihnen als Aktmodell zur Verfügung stellen, Romanschriftstellerinnen, die ihn so faszinierend fanden, daß sie ihn zur Hauptfigur ihrer Schlüsselromane machten. Heiraten würde er wohl nie, nicht einmal, um Kinder zu haben. Kinder seien *ennuyant*, wie er oft sagte (und es klang so, wie es hier steht). *Ennuyant* war eines seiner Lieblingsworte. Doch drückte dieses Wort nicht seine äußerste Mißbilligung aus (ebensowenig wie *banal*, das er ebenfalls schätzte). *Vulgär* war das Wort, womit er seine tiefste Verachtung zum Ausdruck brachte. Menschen konnten natürlich vulgär sein, ebenso wie Bücher und Musik und Malerei – doch für Charles konnte sogar Essen vulgär sein. Wie er einmal zu seinem berühmten Onkel sagte, als dieser ihn zum Essen ins *Le Pavillon* einlud: »Diese *Crèpes Suzette* sind *vul – gär*«, mit einer Pause zwischen den beiden Silben – als schwebe er zwischen *vul* und *gär* am Rande einer Offenbarung. Auch die Aussprache war etwas, worauf Charles größten Wert legte.

Doch das Wichtigste habe ich bis jetzt nicht berichtet, nämlich, daß ich irrsinnig in Charlie verliebt war (die Betonung liegt auf *irrsinnig*). Der Zynismus kam erst später. Für mich war er nicht ein großspuriger, verpickelter junger Mann, sondern eine höchst anziehende Persönlichkeit von ungeheurem Charme, ein zukünftiger Lenny Bernstein. Ich wußte, daß seine Familie (mit ihrem von Innendekorateuren in champagnerfarbener Seide ausgestatteten Salon – Schutzbezüge aus Plastik über den Möbeln) hundertmal vulgärer war als selbst die meine. Ich ahnte, daß Charlie eher snobistisch als intelligent war. Ich wußte, daß er sich nie wusch, nie ein Deodorant benutzte und sich höchst nachlässig den Hintern wischte (als erwarte er immer noch, daß seine Mommy ihm zu Hilfe eilen würde), doch ich war verrückt nach ihm. Ich ließ mich von ihm herablassend behandeln. Schließlich hatte er sich der umfassendsten aller Künste geweiht: der Musik. *Ich* war eine bescheidene, pedantische Skribentin. Und vor allem: er spielte Klavier – wie mein Klavier spielender Vater. Wenn er sich an den Flügel setzte, wurden meine Höschen feucht. Diese Continuos! Diese Crescendi! Dieses Dur! Dieses Moll!

Sie kennen den gräßlichen Ausdruck ›die Tasten kitzeln‹? Das war es, womit Charlie mich betaumelte. Manchmal vögelten wir sogar auf der Klavierbank – bei laufendem Metronom.

Wir lernten uns auf merkwürdige Weise kennen. Im Fernsehstudio. Gibt es etwas Komischeres als eine Lesung von Gedichten im

Fernsehen? Es ist weder Poesie noch Fernsehen, es ist ›bildend‹ – wenn Sie mir den Ausdruck gestatten.

Das Programm lief *live* über Kanal 13 und war eine Art Mischmasch aus den sieben Künsten – viel ›Leben‹ hatte hier keine davon aufzuweisen. Warum die Sache als bildend betrachtet wurde, blieb ein tiefes Geheimnis. Wir waren sieben junge ›Künstler‹, von denen jedem vier Minuten zur Verfügung standen, um seinen (oder ihren) Kram abzuziehen. Dann war da noch ein triefäugiger, Pfeife rauchender alter Sack – er hieß Phillips Hardtack oder so ähnlich –, der jeden von uns interviewte und so tiefschürfende Fragen stellte wie: »Was ist, Ihrer Meinung nach, Inspiration?«, oder: »Welchen Einfluß hatte Ihre Kindheit auf Ihre Arbeit?« Für diese (und noch etwa zehn andere) Fragen waren weitere vier Minuten vorgesehen. Außer als Moderator bei Sendungen dieser Art verdiente Hardtack sich seine Brötchen mit dem Schreiben von Buchkritiken und TV-Whisky-Reklame – zwei Tätigkeiten, die mehr miteinander gemein haben, als es auf den ersten Blick scheint. Der Scotch war immer ›leicht‹ und ›mild‹ und die Bücher immer ›realistisch‹ und ›voll Saft und Kraft‹. Man brauchte Hardtack nur anzustupsen, und schon purzelten die Adjektiva heraus. Zuweilen brachte er sie allerdings durcheinander und nannte ein Buch ›leicht‹ und ›mild‹, dafür den Scotch ›realistisch‹ und ›voll Saft und Kraft‹. Für zwanzig Jahre alten Scotch und hochbetagte Autoren, die ihre Memoiren publiziert hatten, behielt Hardtack sich das Wort ›reif‹ vor. Auf junge Autoren und Whisky fragwürdiger Provenienz reagierte er automatisch mit: ›Ermangelt der Ausgeglichenheit.‹

Die meisten der an dieser Sendung beteiligten ›Künstler‹ verdienten nichts Besseres als Hardtack. Da gab es einen jungen Narren, der sich ›Filmemacher‹ nannte und einen zittrigen, überbelichteten 4-Minuten-Film vorführte – offenbar zwei (oder vielleicht auch drei) Amöben, die, Pseudopodium vor Pseudopodium setzend, ein Tänzchen miteinander wagten; einen farbigen Maler, der sich als ›Aktivist‹ bezeichnete und nichts anderes als Stühle malte (ein seltsam pazifistisches Motiv für einen Aktivisten); eine Sopranistin mit sehr gelben, sehr vorstehenden Zähnen (Charlie hatte die Aufgabe, ihre tremolierende Puccini-Darbietung vier Minuten lang auf dem Flügel zu begleiten); ein Ein-Mann-Schlagzeugorchester namens Kent Blass, der wie ein Spastiker umhersprang und auf Trommeln, Xylophone, gläserne Aquarien, Kochtöpfe und Bratpfannen schlug; einen modernen Tänzer, der das Wort ›Tanz‹ ausschließlich mit dem bestimmten Artikel benutzte; einen gesellschaftlich engagierten Protestsänger, der seinem Brooklyn-Akzent mit Sprachunterricht zu Leibe gegangen war, mit dem bizarren Ergebnis, daß er nun ›Gott‹ wie ›Goott‹ aussprach – und dann gab es noch *mich.*

Ich sollte meine 4-Minuten-Poesie in einem Bilderrahmen aus grauem Sperrholz abziehen, und um diesen zu erreichen, mußte ich eine Art Schafott erklimmen. Direkt unter mir saß Charlie am Flügel und starrte mir unter den Rock. Während ich meine Gedichte las, brannten seine Augen Löcher in meine Schenkel. Am nächsten Tag rief er mich an. Ich konnte mich nicht an ihn erinnern. Dann sagte er, er wolle meine Gedichte vertonen, also ging ich mit ihm essen. Auf solche Tricks habe ich immer sehr naiv reagiert. »Kommen Sie doch zu mir, und ich werde Ihre Gedichte vertonen«, und ich komme immer. Oder gehe doch zumindest hin.

Doch Charlie setzte mich in Erstaunen. Als er mich abholte, sah er hager und knochig und ungewaschen und hakennäsig aus, im Restaurant jedoch entfaltete er ein umfassendes Wissen über Cole Porter und Rodgers & Hart und Gershwin: alle die Songs, die mein Vater auf dem Klavier gespielt hatte, als ich klein war. Selbst die unbekanntesten Cole-Porter-Songs, die fast vergessenen Rodgers & Hart-Songs aus verschollenen Musicals, die am wenigsten populären Gershwin-Songs – er kannte sie alle. Er kannte die Texte noch besser als ich mit meinem untrüglichen Gedächtnis für eingängige Wortfolgen. Und in diesem Augenblick verliebte ich mich sterblich in ihn, ich machte aus einem ungewaschenen, hakennäsigen Frosch einen Prinzen – noch dazu einen Klavier spielenden jüdischen Prinzen. Als er den letzten Vers von ›*Let's Do It*‹ zitierte und sich bei keinem Wort irrte, war ich bereit, es mit ihm zu tun. Ein simpler Fall von Ödipussy.

Wir gingen nach Hause und ins Bett. Doch Charlie war so überwältigt von seinem Glück, daß er versagte.

»Dirigiere mich«, sagte ich.

»Es scheint, daß ich meinen Taktstock verloren habe.«

»Dann mach es wie Mitropoulos – mit den Händen.«

»Du bist einmalig«, sagte er und wühlte unter der Decke herum, doch – Taktstock oder Hände – es war hoffnungslos. Seine Zähne schlugen aufeinander, und seine Schultern zuckten wie im Krampf. Er rang nach Luft, als leide er an einem Emphysem.

»Was ist los?« fragte ich.

»Es ist nur ... du bist so einmalig – ich kann es einfach nicht fassen.« Er schien abwechselnd zu schluchzen und zu ersticken. »Werden wir uns wiedersehen ... trotzdem?« fragte er flehend. »Versprichst du mir, daß du mir das nicht zum Vorwurf machst?«

»Für was für ein Monstrum hältst du mich?« Ich war baß erstaunt. Seine Hilflosigkeit hatte alle meine mütterlichen Gefühle geweckt. »Nur ein Unmensch würde dich deswegen rausschmeißen.«
»Die letzte, bei der mir das passiert ist«, brachte er unter Stöhnen heraus, »*hat* mich rausgeschmissen und meine Kleider hinter mir her. Eine Socke fehlte. Ich mußte mit einem entblößten Knöchel nach Hause fahren – mit der U-Bahn. Es war die erniedrigendste Situation meines Lebens.«
»Darling«, sagte ich und wiegte ihn in den Armen.
Wahrscheinlich hätte all dieses Schluchzen, Zittern und Luftschnappen mich auf Charlies emotionelle Labilität hinweisen sollen – aber da kennen Sie mich schlecht. Für mich war das nur eine Bestätigung seiner *Sensi*bilität. Der Prinz auf der Erbse. Alles durchaus verständlich. Premierengefährdung durch Lampenfieber. Wir konnten ja immer noch Cole Porter singen, statt zu vögeln. Doch statt dessen schlief er in meinen Armen ein. Er schlief, wie ich noch keinen Menschen habe schlafen sehen. Er schnaufte und prustete und furzte und schlug um sich. Er stöhnte und zitterte. Er drückte im Schlaf sogar an seinen Pickeln herum. Ich blieb die halbe Nacht wach und betrachtete ihn mit äußerstem Erstaunen. Am Morgen erwachte er mit einem Lächeln und fickte mich wie ein Hengst. Ich hatte den Test bestanden. Ich hatte ihn nicht vor die Tür gesetzt. Und dafür wurde ich nun belohnt.
Die folgenden acht Monate blieben wir zusammen und verbrachten die Nächte meist entweder bei ihm oder in meiner Wohnung. Die Annullierung meiner Ehe mit Brian stand bevor; ich lehrte Englisch an einer New Yorker Sprachenschule, während ich an der Columbia-Universität mein Abschlußexamen baute. Ich lebte immer noch in derselben Wohnung, in der Brian übergeschnappt war, und fand es gräßlich, nachts alleine zu sein. Wenn Charlie also nicht bei mir bleiben konnte, ging ich mit ihm nach East Village und teilte sein karges Lager.
Er liebe mich, sagte er, er vergöttere mich, sagte er, und doch hielt er Abstand. Ich witterte irgend etwas Befremdendes in seinen Liebeserklärungen, etwas Zögerndes, Unaufrichtiges. Das brachte mich auf die Palme, weil es das erste Mal war, daß jemand sich mir gegenüber zurückhielt. Ich war es gewohnt, die erste Geige zu spielen, und seine Unentschlossenheit machte mich rasend. Und das bewirkte, daß ich immer verrückter nach ihm wurde, und er seinerseits immer zurückhaltender. Die alte, uralte Geschichte.
Ich wußte, daß es in Paris eine andere Frau gab, eine frühere Freundin aus Radcliffe, die jetzt an der Sorbonne Philosophie

studierte. Laut Charlie waren sie mittlerweile nur gute Freunde. Es wäre vorbei, sagte er.
Sie war mollig und dunkelhaarig und hatte (laut Charlie) die höchst irritierende Angewohnheit, unmittelbar nach dem Ficken in Tiefschlaf zu sinken. Sie sei nach Paris gegangen, um sich von ihm, Charlie, abzusetzen, und habe nun einen französischen Freund, mit dem sie in der Rue de la Harpe zusammenlebe (für jemanden, den das alles überhaupt nicht mehr interessierte, war Charlie über die Einzelheiten recht gut informiert). Doch wenn das alles wahr *war*, warum schloß sie dann ihre Briefe mit ›ich liebe dich‹? Nur um ein As in der Hand zu behalten? Und *er*? War *sie* sein As (oder Arsch) in der Hand? Oder war *ich* es?
Ich war immer der Ansicht, daß es das Verwerflichste vom Verwerflichen sei, die Briefe anderer Leute zu lesen, doch die Eifersucht treibt einen zu den seltsamsten Dingen. An einem tristen Morgen in East Village, als Charlie schon früh weggegangen war, um Musikunterricht zu geben, schlüpfte ich wie ein Spion aus dem Bett und durchsuchte (mein Herz dröhnte wie eine von Saul Goodmans Kesselpauken) sein Apartment. Ich suchte natürlich nach Briefen mit Pariser Poststempeln – und fand sie, unter Charlies verräterisch grauen Unterhosen. Ihren Briefen nach zu urteilen, war Salome Weinfeld (genannt nach ihrem Großvater Sol?) ein literarischer Typ. Außerdem spielte sie ihr Spielchen mit Charlie, indem sie ihn einerseits wild vor Eifersucht machte, während sie ihn andererseits mit kleinen Almosen der Zuneigung an sich zu binden suchte.
Cher Charlie [schrieb sie]:
Wir [wir!] leben hier im sechsten Stock (Du würdest sagen im siebenten) des charmant verkommenen Bruchbudenhotels de la Harpe, bis wir eine billigere Bleibe gefunden haben. Paris ist himmlisch – Jean-Paul Sartre praktisch um die Ecke rum, Simone de Beauvoir, Beckett, Genet – kurz: *tout le monde*.
Darling, ich liebe Dich. Glaube nicht, daß ich mir, nur, weil ich mit Sebastien zusammenlebe (der übrigens ein phantastisches Kuskus zubereitet), nichts mehr aus Dir mache. Ich brauche bloß Zeit, um – ohne Dich – zu experimentieren, Atem zu holen, zu leben, mich zu dehnen und zu strecken und meine Muskeln zu spannen. [welche wohl!]
Ich vermisse Dich Tag und Nacht, ich denke an Dich, ich träume sogar von Dir. Du kannst Dir nicht vorstellen, wie frustrierend es ist, mit einem Mann zusammenzuleben, der nicht weiß, was ein Schinken-Sandwich mit Tomaten und grünem Salat ist, der nie einen *blintz* gegessen hat, der denkt, daß The Charles ein ehemaliger englischer König ist. Trotzdem ist er (Sebastien) süß und lieb und [hier war eine ganze Zeile dick mit schwarzer Tinte durchgestrichen] und läßt mich jeden Tag spüren, wie sehr ich Dich immer noch liebe.
Attends-moi, cheri Sally

Attends-moi – von wegen!
Doch wie konnte ich Charlie einen Brief zum Vorwurf machen, den ich unter seinen schmuddligen Unterhosen aufgestöbert hatte? Ich beschloß also, mich auf wachsames Warten zu verlegen. Ich verbarg meinen Groll. Ich war fest entschlossen, ihn – Schritt für Schritt – von seiner geheimen Brieffreundin loszueisen.
Im Juni fuhren wir zusammen nach Europa. Charlie wollte in Holland an einem Dirigenten-Wettbewerb teilnehmen und ich Freunde in Yorkshire besuchen. Anschließend war ich mit meiner alten Freundin Pia in Florenz verabredet, um mit ihr zusammen einen Roundtrip durch Südeuropa zu machen, und dann wollte ich in den Nahen Osten zu meiner Schwester Randy. Charlie und ich hatten die Absicht, zwei Wochen zusammen in Holland zu verbringen und uns dann zu trennen. Er würde wahrscheinlich nach Hause zurückfahren, um auf irgendeinem Musik-Festival ein Oratorium zu dirigieren, aber das stand noch nicht fest. Insgeheim hoffte ich, daß wir übereinkommen würden, alle unsere anderen Pläne aufzugeben und den Rest des Sommers miteinander umherzureisen.
Wir fuhren mit der alten *Queen Elizabeth*, in der Touristenklasse. Die prüde Cunard-Line wollte uns keine gemeinsame Kabine geben, es sei denn, wir könnten schwarz auf weiß beweisen, daß wir verheiratet wären (was wir natürlich *nicht* konnten). Außerdem war Charlie geizig. Um zu sparen, buchte er eine Koje in einer 4-Bett-Kabine mit drei alten Männern, und mir blieb nichts anderes übrig, als eine Koje in einer 4-Bett-Damenkabine zu nehmen. Ohne Fenster natürlich und direkt über dem Maschinenraum. Meine Mitreisenden waren eine Deutsche, die aussah und sprach wie die Kommandeuse von Buchenwald, eine hagere französische Krankenschwester, die schnarchte, und eine fünfzigjährige englische Lehrerin mit Wollweste, Tweedrock und Schuhen mit Profilsohlen. Sie benutzte Yardley's *English Lavender*, und die ganze Kabine stank danach.
Es erhob sich die bange Frage, wo wir während der fünfeinhalb Tage Überfahrt ficken sollten. Meine Kabine fiel aus, weil die französische Krankenschwester fast den ganzen Tag pennte und die beiden andern Damen sich bereits um neun Uhr abends zurückzogen. Einmal verzichteten wir auf unsern Lunch, um es in Charlies Kabine zu treiben, während die drei alten Zausel beim Essen waren. Doch einer von ihnen kam zurück und rüttelte, als wir gerade losgelegt hatten, ärgerlich an der Tür. Wild entschlossen begannen wir also, das ganze Schiff nach einem ungestörten Plätzchen abzusuchen. Man sollte glauben, daß das auf der *Queen Elizabeth*, einem alten

Dampfer voller Ecken und Winkel, ein leichtes gewesen wäre, doch dem war nicht so. Die großen Wäscheschränke waren verschlossen, die Rettungsboote hingen zu hoch, um hineinklettern zu können, die Gesellschaftsräume waren zu bevölkert, der Kindergarten steckte voller Gören, und eine unbesetzte Kabine war nicht zu finden. Ich schlug vor, in eine der 1.-Klasse-Kabinen zu schlüpfen, während die Leute abwesend waren. Doch Charlie hatte Schiß.
»Und wenn sie nun zurückkommen?« sagte er.
»Dann wäre ihnen das wahrscheinlich so peinlich, daß sie kein Wort sagen würden – oder sie nehmen an, sie hätten sich in der Kabine geirrt, und bis sie den Steward aufgetrieben haben, sind wir längst weg.«
Jesus, wie pragmatisch war ich im Vergleich zu Charlie! Was für ein Hosenscheißer er doch war! *Meine* Angst vorm Fliegen läßt es doch zumindest zu, *daß* ich fliege, sobald ich mich innerlich damit abgefunden habe, während des ganzen Fluges Todesängste auszustehen, doch *seine* Angst vorm Fliegen war so arg, daß er sich nicht einmal in die *Nähe* eines Flugzeugs traute. Das vor allem war der Grund, warum wir nun in dieser mißlichen Lage steckten.
Doch schließlich fanden wir doch noch ein Plätzchen, die einzige menschenleere Ecke an Bord. Sie hätte sich nicht besser für unsere Zwecke eignen können – sowohl symbolisch wie praktisch (abgesehen davon, daß dort kein Bett stand): der jüdische Betraum in der Touristenklasse.
»Aber das ist ja phantastisch!« rief ich aus, als wir den Lichtschalter gefunden und festgestellt hatten, wo wir uns befanden. Welch ein Ambiente! Kirchenbänke! Ein Davidsstern! Sogar eine Thora – um Christi willen! Jetzt kam ich erst richtig auf Touren.
»Ich stell mir jetzt vor, ich wär 'ne Vestalin oder so was«, sagte ich und öffnete Charlies Reißverschluß.
»Aber man kann nicht abschließen!« protestierte er.
»Wer soll hier schon reinkommen? Unsere angelsächsischen Mitreisenden und die anglikanische Besatzung doch ganz sicher nicht. Außerdem können wir ja das Licht wieder ausmachen. Jeder, der hier reinstolpert, wird denken, daß das dazugehört. Was wissen die schon vom Jahwe-Kult.«
»Wahrscheinlich wird man dich mit dem brennenden Dornbusch verwechseln«, sagte er mit aasigem Unterton.
»Sehr witzig.« Ich stieg aus meinem Höschen und löschte das Licht. Doch es war uns nur einmal beschieden, im Angesicht Gottes zu vögeln, denn als wir am nächsten Tag zu unserem kleinen Liebestempel zurückkehrten, war an der Tür ein Vorhängeschloß ange-

bracht. Warum, haben wir nie erfahren. Charlie war natürlich *ganz sicher* (auf seine paranoide Weise), daß jemand (Gott?) unsere hitzige Beiwohnung fotografiert und unser Stöhnen auf Band aufgenommen hatte. Den Rest der Reise war er in Panik. Er zweifelte keinen Augenblick daran, daß wir in Le Havre vom Sittendezernat der Interpol in Empfang genommen würden.

Die restliche Überfahrt war für mich ziemlich langweilig. Charlie hockte, die Nase in seinen Partituren, in einem der Salons und dirigierte ein imaginäres Orchester, und ich sah ihm zu – innerlich kochend vor Wut wegen Sally. Ich war sicher, daß er sie in Paris aufsuchen würde. Ich versuchte, den Gedanken von mir zu schieben, doch er tauchte immer wieder auf, wie ein Bonbon-Papier im Central-Park-See, das nicht sinken will. Was konnte ich tun? Ich versuchte zu schreiben, war jedoch unfähig, mich zu konzentrieren. Ich konnte an nichts anderes als an Sally denken – diese Superschlange. Sie hatte Charlie fest am Bändel, wie er *mich*. Alle Liebesprobleme ergeben sich aus falschen Konstellationen, verdammtnochmal. Es ist für jeden genug da, doch es kommt immer zu den falschen Leuten, zur falschen Zeit, am falschen Ort. Menschen, die geliebt werden, bekommen immer noch mehr Liebe, und die Ungeliebten immer nur weniger. Je mehr wir uns Frankreich näherten, desto eher war ich geneigt, mich zur zweiten Kategorie zu zählen.

Natürlich versagte Charlie beim Dirigentenwettbewerb. Und noch dazu in der ersten Ausscheidung. Trotz emsigen, demonstrativen Studierens konnte er keine Partitur im Kopf behalten. Er war, wie es schien, nicht zum Dirigenten geboren. Auf dem Podium erschlaffte er – wie in jener ersten Nacht im Bett. Sein ganzer Körper sackte zusammen. Die Schultern neigten sich vor, und sein Rücken wurde krumm wie ein zu lange gekochter Spargel. Der arme Charlie hatte kein Charisma. Ganz im Gegensatz zu Brian. Oft dachte ich (während ich Charlie auf dem Podium zusah), daß er phänomenal gewesen wäre, wenn er nur ein klein wenig von Brians Charisma besessen hätte. Allerdings hatte Brian keinerlei musikalische Begabung. Wenn ich doch die beiden miteinander hätte kombinieren können! Warum läuft es bei mir immer auf zwei Männer hinaus, die zusammen *einen* großen Mann ergäben? Ist *das* vielleicht das Geheimnis meines Ödipuskomplexes? Mein Vater und mein Großvater? Mein Vater, der sich immer an den Flügel zurückzieht, wenn ihm die häusliche Atmosphäre zu mulmig wird, und mein Großvater, dieses Dynamitfaß, der eisern sitzen bleibt und hitzig über

Marxismus, Modernismus, Darwinismus oder sonstige Ismen disputiert – als hinge sein Leben davon ab?
Bin ich dazu verurteilt, ein Leben lang zwischen zwei Männern hin und her zu hetzen? Der eine scheu, schüchtern, sanftmütig und mehr oder weniger indifferent und der andere so ungestüm und ruhelos, daß er *meinen* ganzen Sauerstoff verbraucht?
Eine typische Szene am Mittagstisch der White-Stoloffs. Meine Mutter Jiddy tritt lauthals für Robert Ardrey und den Territorialitätsgedanken ein. Mein Großvater Stoloff (den jeder Papa nennt) zitiert Lenin und Puschkin, um zu beweisen, daß Picasso ein falscher Fuffziger ist. Meine Schwester Chloe ruft Jiddy zu, sie solle den Mund halten, Randy schreit, Chloe solle den Mund halten, Bob und Lalah versorgen im oberen Stockwerk die Fünflinge, Pierre streitet sich mit Abel über die Wirtschaftslage, Chloe löchert Bennett mit Psychiatrie, Bennett hüstelt nervös und gibt sich unergründlich, Randy fällt über meine Gedichte her, meine Großmutter (Mama) sitzt und näht und ermahnt uns, nicht ›wie Müllkutscher‹ zu reden, und ich blättre in einer Zeitschrift, um mich, so gut es geht (und immer wieder mit Hilfe des gedruckten Wortes!), vor meinen Angehörigen zu schützen.

CHLOE: Immer muß Isadora was *lesen. Kannst du die verdammte Zeitschrift nicht weglegen?*
ICH: Warum? Damit ich ebenso rumschreie wie ihr?
CHLOE: Das wäre immer noch besser, als die ganze Zeit die Nase in so 'ne Scheiß-*Zeitschrift* zu stecken.
MEIN VATER (*Chattanooga Choo Choo* summend): Lies in einem Magazin, und du bist in Baltimore ...
CHLOE (den Blick himmelwärts gerichtet wie im Gebet): Und Daddy summt bloß immerzu oder macht faule Witze. Kann man denn hier nie ein seriöses Gespräch führen?
ICH (lesend): Wer will denn schon ein seriöses Gespräch führen?
CHLOE: Du bist ein ganz mißgünstiges Luder.
ICH: Für jemand, der die Psychiatrie verabscheut, kennst du dich in dem Jargon ganz gut aus.
CHLOE: Ach, leck mich doch sonstwo.
MAMA (sieht von ihrer Näharbeit auf): Ihr solltet euch was schämen. Ich habe meine Enkelinnen nie gelehrt, wie Müllkutscher zu reden.
PAPA (unterbricht seinen Disput mit Jiddy und hebt den Blick): Widerlich.
CHLOE (brüllt, so laut sie kann): WOLLT IHR JETZT ALLE MAL EINEN AUGENBLICK DIE SCHNAUZE HALTEN UND MIR ZUHÖREN?!

Aus dem Wohnzimmer ist Klavierspiel zu hören. Mein Vater spielt seine eigene Fassung von *Begin the Beguine,* die er vor vielen Jahren in der ersten Broadway-Inszenierung von *Jubilee* gespielt hat. ›*When they begin ... the ... Beguine ... It brings back the thrill of music so tennnderr ...*‹

Mit den Akkorden des leicht verstimmten Steinway-Stutzflügels unterlegt, weht seine Stimme zu mir herüber. Papa und Jiddy haben seine Abwesenheit gar nicht wahrgenommen.
»In *dieser Gesellschaft*«, sagt Jiddy, »werden die künstlerischen Maßstäbe von Presse- und Public-Relations-Leuten gesetzt – und das heißt, daß es überhaupt keine künst-«
»Ich habe *schon immer* gesagt«, unterbricht sie Papa, »daß es auf der Welt nur zwei Sorten Menschen gibt: Gauner und nicht ganz so schlimme Gauner...« Und mein Vater antwortet beiden mit einem gebrochenen Akkord.

In Amsterdam verabschiedeten Charlie und ich uns unter Tränen. Auf dem Hauptbahnhof. Er fahre nach Paris und Le Havre (und geradewegs zurück in die Staaten, wie er sagte). Doch ich glaubte ihm nicht. Ich fuhr nach Yorkshire – ob ich das nun gern tat oder nicht, und ich tat es äußerst ungern. Ein tränenreicher Abschied. Wir aßen holländische Matjes und weinten – beide.
»Es ist für uns beide das Beste, wenn wir uns für eine Weile trennen, Darling«, sagte er.
»Ja«, sagte ich. Ich lüge, den Mund voll Hering. Wir küssen uns, unter Austausch von nach Zwiebel schmeckendem Speichel. Ich steige in den Zug nach Hoek van Holland. Ich winke mit einer nach Hering riechenden Hand. Charlie wirft mir Kußhände zu. Er steht auf dem Bahnsteig, mit hängenden Schultern (aus der Tasche seines Trenchcoats ragt ein Taktstock), unter dem Arm die abgeschabte Aktentasche voller Partituren, in der Hand holländischen Matjes. Der Zug fährt ab. Auf dem Schiff von Hoek van Holland nach Harwich stehe ich im Nebel und flenne und denke daran, wie ich im Nebel stehe und flenne, und frage mich, ob ich je imstande sein werde, dieses Erlebnis in einem Buch zu verwerten. Mit einem langen, rosafarbenen Nagel hole ich noch ein Stückchen Hering aus meinen Zähnen und schnipse es dramatisch in die Nordsee.
In Yorkshire erreicht mich ein Brief von Charlie, der (natürlich) noch immer in Paris ist. »Darling«, schreibt er, »Du mußt nicht denken, daß ich Dich nicht mehr liebe, bloß weil ich Sally hier wieder getroffen habe...«
In einem großen zugigen englischen Landhaus logiere ich bei ein wenig verrückten englischen Freunden, die den ganzen Tag Gin kippen, um sich warm zu halten, und à la Oscar Wilde konversieren, und verbringe die folgenden zehn Tage in alkoholisierter Benommenheit. Ich schicke Pia ein Telegramm, daß ich früher als geplant nach Florenz komme, und beide rächen wir uns an unseren treulosen Liebhabern (der ihre ist in Boston), indem wir mit jedem Florentiner ins Bett gehen, außer mit Michelangelos *David*. Doch das macht die Sache nicht besser. Wir sind nach wie vor beide

todunglücklich. Charlie ruft mich in Florenz an und bittet mich um Verzeihung (er ist immer noch in Paris bei Sally), was eine weitere freudlose Orgie zur Folge hat ... Dann gehen Pia und ich in uns und beschließen, uns zu läutern. Wir machen uns Spülungen mit Weinessig aus weißem Chianti. Wir knien vor der Statue des Perseus in der Loggia dei Lanzi und flehen um Vergebung. Wir erklimmen Giottos Campanile und beten zum Geist von Giotto (jeder andere berühmte Geist hätt's genauso getan). Wir fasten zwei Tage und trinken nur San Pellegrino. Wir machen uns Spülungen mit San Pellegrino. Und endlich beschließen wir – als äußerstes Sühneopfer –, unseren treulosen Liebhabern unsere Pessare zuzuschicken, um zur Abwechslung bei *ihnen* Schuldgefühle zu erzeugen. Doch wie sollten wir die Dinger verpacken? Unter dem Bett in dem chaotischen Zimmer unserer *pensione* hat Pia eine alte *Motta Panetone*-Schachtel stehen. Ich suche und suche, kann aber keinen geeigneten Karton für mein Pessar finden, also lasse ich, ein wenig überstürzt, den ganzen Plan fallen. (Was hätte das schon für einen Sinn, Charlie und Sally mein Pessar in einer alten Kuchenschachtel zu schicken?) Doch Pia bleibt eisern. Sie kramt herum und sucht nach Packpapier und Klebestreifen. Sie kritzelt Adresse und Absender drauf. Sie erinnert mich an mich selbst, wie ich mit dreizehn heimlich (›bitte in diskretem Umschlag‹) eine *Kotex*-Damenbinden-Broschüre anforderte.

Wir marschieren zum American Express (mit mindestens der Hälfte der hier angestellten Florentiner, die uns, obszön lächelnd, zuwinkern, waren wir im Bett gewesen). Man sagt uns, daß wir eine Zolldeklaration ausfüllen müßten. Doch was sollen wir denn bloß da hineinschreiben? ›Ein Pessar, gebraucht‹? ›Ein Pessar, mißbraucht‹? ›Getragene Kleidung‹ vielleicht? Kann ein Pessar als Kleidungsstück bezeichnet werden? Pia und ich halten Rat. »Schließlich *trägt* man es doch«, sagt sie. Ich bleibe dabei, daß sie es als ›gebrauchter Gegenstand‹ nach Boston schicken solle, um auf diese Weise den Einfuhrzoll zu umgehen. Wenn ihr abtrünniger Freund nun Zoll für ihr abgelegtes Pessar bezahlen müsse? Wolle sie der Kränkung auch noch ihn schädigende Ausgaben hinzufügen, dem Schuldgefühl eine Beleidigung?

»Verrecken soll er, von mir aus«, sagt Pia. »Soll er doch Einfuhrzoll bezahlen, und ich hoffe, daß ihm die Sache so peinlich ist wie nur möglich.« Und damit schreibt sie in die Rubrik ›Inhalt‹: 1 florentinische Geldbörse aus Leder, Wert 100 $.

Kurz danach trennten sich unsere Wege. Ich fuhr nach Beirut zu Randy, und Pia reiste nach Spanien weiter, wo sie sich, da sie kein

Pessar mehr hatte, den Rest des Sommers mit Fellatio begnügen mußte. Blasen und geleckt werden erzeugten bei ihr nicht die geringsten Schuldgefühle. Das klingt irgendwie lächerlich, aber ich verstehe Pia sehr gut. Schließlich waren wir brave Töchter der fünfziger Jahre.

Von Arabern und anderen Wesen

Ich bin der junge Wüstenscheich.
Und bald gehörst du mir.
Sobald in deinem Zelt du schläfst,
Schlüpf ich hinein zu dir.

– aus ›*The Sheik of Araby*‹,
von Ted Snyder, Francis Wheeler und Harry B. Smith

Ich nahm den *rapido* nach Rom und flog von dort mit der *Alitalia* nach Beirut.
Ich weiß noch, daß ich sehr unruhig und nervös war – wegen allem: wegen des Fluges als solchem, natürlich, und dann wegen der Ungewißheit, ob Briefe von Charlie bei Randy auf mich warteten und ob die Araber wohl entdecken würden, daß ich Jüdin sei (obwohl auf meinem Visum deutlich in Blockbuchstaben ›Unitarier‹ zu lesen stand). Ich war mir allerdings nicht sicher, ob sie, wenn sie wußten, was *das* bedeutet, es nicht noch anrüchiger finden würden als mein Judentum, da die Hälfte der libanesischen Bevölkerung katholisch ist. Ich hatte Angst davor, als Betrügerin entlarvt zu werden, und obwohl ich weniger als nichts über die jüdische Lehre wußte, widerstand es mir, mein Glaubensbekenntnis zu verleugnen. Ich war davon überzeugt, daß ich den Schutz, den Jehova mir bislang gewährt hatte (nicht allzuviel, zugegebenermaßen), mit diesem schandbaren Betrug verspielen würde.
Ich war ferner davon überzeugt, daß all diese unbeschnittenen Florentiner mir die Syphilis verpaßt hatten. Oh, meine Phobien erstrecken sich auf so ziemlich alles: Flugzeugabstürze, Syphilis, Glassplitter schlucken, Fleisch- und Fischvergiftung, Araber, Brustkrebs, Leukämie, Nazis, Melanome ... Das Sonderbare an meiner Lues-Phobie ist, daß es nichts zur Sache tut, wie *wohl* ich mich fühle oder wie frei von Wunden und Narben meine Möse offensichtlich ist. Ich suche und suche und suche, und wie unbefriedigend das Ergebnis auch sein mag – ich bin trotzdem fest davon überzeugt, daß ich an irgendeiner schleichenden, atypischen Form der Syphilis leide. Im geheimen weiß ich ganz genau, daß meine Eileiter mit Narben bedeckt sind und daß meine Ovarien eintrocknen wie Samenkapseln im Herbst. Ich stelle mir das plastisch und in allen Einzelheiten vor. Alle meine ungeborenen Kinder, die dort verdorren! Verdorren am Rebstock, sozusagen. Das Schlimmste daran, eine Frau zu sein, ist das Verborgensein, die Heimlichkeit des eigenen Körpers. Man verbringt praktisch seine gesamte Pubertät in der Rückenbeuge vor dem Badezimmerspiegel, im Bemühen, die eigene Möse auszukundschaften. Und was sieht man? Die gekräuselte Gloriole aus Schamhaar, die purpurnen Schamlippen (wieso eigentlich Scham?), den rosenfarbenen Alarmknopf der Klitoris – doch man sieht nie genug! Das Wichtigste bleibt unsichtbar. Eine unerforschte Schlucht, eine unterirdische Höhle, in der die verschiedensten verborgenen Gefahren auf der Lauer liegen.
Wie sich herausstellte, war der Flug nach Beirut dazu vorgesehen, alle meine neurotischen Ängste zu mobilisieren. Über dem Mittel-

meer gerieten wir in ein Unwetter von homerischen Ausmaßen; der Regen peitschte gegen die Fensterscheiben, die Drinks schwappten durch die Maschine, und der Flugkapitän sprach alle paar Minuten beruhigende Worte ins Mikrophon, denen ich keine Sekunde lang glaubte. (Auf italienisch klingt ohnehin nichts so recht glaubwürdig – nicht einmal *Lasciate Ogni Speranza.*) Ich war durchaus darauf vorbereitet, sterben zu müssen, weil ich auf meinem Visumsantrag ›Unitarier‹ hingeschrieben hatte. Das war genau die Art von Gesetzesübertretung, für die Jehova einen am Wickel kriegte – das und das Rumvögeln mit *gojim.*

Jedesmal wenn wir in ein Luftloch gerieten und die Maschine etwa 150 Meter absackte (und mein Magen mir in den Hals stieg), schwor ich mir, Sex, Schinken und Flugreisen hinfort zu meiden, wenn ich die *terra firma* mit heiler Haut wiedergewinnen sollte.

Die übrigen Passagiere entsprachen auch kaum der Vorstellung, die ich von Menschen hatte, mit denen ich gern in den Tod ginge. Als es wirklich äußerst unangenehm wurde und es uns durcheinanderrüttelte wie Blattläuse, die sich an einem Modellflugzeug aus Pappe festklammern, fing irgend so ein angetrunkenes Rindvieh damit an, jedesmal wenn wir in die Tiefe sanken, ›Hin-ei-ei-ein‹ zu johlen, worüber einige andere Narren immer wieder hysterisch kicherten. Die Vorstellung, mit all diesen humorigen Arschlöchern zu Tode zu kommen und dann, mit dem Visumsvermerk ›Unitarier‹, in der Unterwelt zu landen, ließ mich während des restlichen Fluges inbrünstige Gebete murmeln. Auf Flugreisen mit heftigen Turbulenzen gibt es keine Atheisten.

Als wir Zypern überflogen, ließ das Unwetter erstaunlicherweise nach (oder wir hatten es hinter uns gelassen).

Neben mir saß ein schmieriger Ägypter (gibt es überhaupt andere?), und als sich herausgestellt hatte, daß er den Flug überleben würde, begann er, mit mir zu flirten. Er erzählte mir, daß er in Kairo eine Zeitschrift herausgäbe und in Geschäften nach Beirut unterwegs sei. Er behauptete, nicht die geringste Angst gehabt zu haben, da er immer eine blaue Perle gegen den bösen Blick bei sich trage. Blaue Perle oder nicht, *mein* Eindruck war gewesen, daß er die Hosen gestrichen voll gehabt hatte. Er versicherte mir, daß sowohl er wie ich ›Glücksnasen‹ hätten; ein Flugzeug mit uns beiden an Bord *könne* gar nicht abstürzen. Er berührte meine Nasenspitze, dann seine eigene und sagte: »Sehen Sie – bringt Glück.«

›Mein Heiland, jetzt auch noch ein Nasenfetischist‹, dachte ich. Die Vorstellung, daß unsere Nasen sich glichen, war auch nicht eben schmeichelhaft. Die seine war riesig und gekrümmt wie die von

Nasser (alle Ägypter sehen für mich wie Nasser aus), während meine Nase, auch wenn es sich bei ihr nicht um ein ausgesprochenes Stupsnäschen handelt, doch zumindest klein und gerade ist. Sie mag der Traumvorstellung eines Schönheitschirurgen nicht genau entsprechen, ist aber andererseits auch keine Nasser-Nase. Möglicherweise verrät ihre stumpfe Spitze den genetischen Beitrag irgendeines schweinegesichtigen polnischen Wüstlings, der eine meiner Urgroßmütter in grauer Vorzeit während eines längst vergessenen Pogroms vergewaltigt hat.

Der Unterhaltungsstoff meines Ägypters beschränkte sich indessen nicht auf Nasen. Er warf einen Blick auf das *Time Magazine*, das während des ganzen Unwetters aufgeschlagen (jedoch ungelesen) auf meinem Schoß gelegen hatte, deutete auf ein Foto des (damaligen) UN-Botschafters Goldberg und sprach die historischen Worte: »Der ist Jude.« Mehr sagte er nicht, doch Tonfall und Miene drückten unmißverständlich aus, daß es für ihn auch nicht mehr darüber zu sagen *gab*.

Ich sah ihn (über meine polnische Nase hinweg) streng an, und wären mir zwei Cents dafür geboten worden, so hätte ich gesagt: ›Ich auch‹, doch niemand bot mir zwei Cents. In diesem Augenblick verkündete unser italienischer Flugkapitän, daß wir in Kürze in Beirut landen würden.

Ich zitterte noch ein bißchen – die Nachwirkung des kleinen (imaginären) Wortwechsels –, als ich eine hochschwangere Randy hinter der gläsernen Trennwand erspähte. Ich hatte, was die Paß- und Zollformalitäten anging, das Schlimmste erwartet, doch es gab nicht die geringsten Schwierigkeiten. Mein Schwager Pierre schien mit allen Beamten auf bestem Fuße zu stehen, und ich rauschte wie eine VIP durch alle Sperren. Das war 1965, und die Lage im Nahen Osten war noch nicht so gespannt, wie sie es nach dem Sechs-Tage-Krieg wurde. Solange man nicht über Israel einreiste, konnte man im Libanon umherfahren, als sei man in Miami Beach – mit dem das Land in der Tat eine gewisse Ähnlichkeit hat, bis hin zu dem Überfluß an *yentas*.

Randy und Pierre fuhren mit mir davon – in ihrem leichenschwarzen, vollklimatisierten Cadillac, den sie aus den Staaten hatten kommen lassen. Auf dem Weg nach Beirut kamen wir an einem Flüchtlingslager vorbei, wo die Menschen in Übersee-Kisten lebten und eine Menge schmutziger, halbnackter, an ihren Fingern saugender Kinder umherlief. Randy war sofort mit einer hochfahrenden Bemerkung bei der Hand, was für ein unangenehmer Anblick das doch sei.

»Ein unangenehmer Anblick? Mehr nicht?« sagte ich.
»Ach, spiel dich doch nicht so auf«, sagte sie scharf. »Die edelmütige Philanthropin. Bist du vielleicht Eleanor Roosevelt?«
»Danke fürs Kompliment.«
»Es hängt mir einfach zum Hals raus, daß jeder Krokodilstränen über die armen Palästinenser vergießt. Warum bedauerst du nicht lieber *uns*?«
»Das tue ich«, sagte ich.
Gegen die Stadt Beirut als solche ist nichts zu sagen, doch so hinreißend, wie Pierre sie beschrieben hatte, ist sie wiederum nicht. Fast alles in Beirut ist neu. Es gibt Hunderte von kubischen Häusern mit marmornen Terrassen, und überall sind die Straßen aufgerissen, um noch mehr davon hinzubauen. Im August ist es unerträglich heiß und feucht, und das spärlich vorhandene Gras ist braun und verdorrt. Das Mittelmeer ist blau (jedoch nicht blauer als die Ägäis – egal was Pierre sagt). Manche Durchblicke in Beirut erinnern ein wenig an Athen – ohne die Akropolis. Eine ausgedehnt-wuchernde orientalische Stadt, in der Neubauten neben verfallenden, alten Häusern aus dem Boden schießen. Was einem in Erinnerung bleibt, sind Coca-Cola-Reklamen vor Moscheen, Shell-Tankstellen, die ihr Benzin in Arabisch anpreisen, verschleierte Damen im Fond von Chefrolets und Mercedes-Benz-Wagen mit gerafften kleinen Gardinen, monotone arabische Musik im Hintergrund, Fliegen allüberall und Frauen im Minirock mit hochtoupiertem, blond gebleichtem Haar, die durch die Hamra Street flanieren, in der alle Kinos amerikanische Filme zeigen und die Buchläden gestopft voll sind mit *Penguin Books, Livres de Poche,* amerikanischen Paperbacks und den letzten Porno-Romanen aus Kopenhagen und Kalifornien. Es scheint, als hätten Ost und West sich hier gefunden, doch statt des faszinierend Neuen, das daraus hätte entstehen können, sind beide vor die Hunde gegangen.
In Randys weitläufiger Etagenwohnung erwartete mich die ganze Familie – außer meinen Eltern, die in Japan waren, jedoch jeden Tag eintreffen konnten. Trotz ihrer zahlreichen Schwangerschaften benahm Randy sich nach wie vor, als sei sie die erste Frau in der Geschichte der Menschheit mit einem Uterus. Chloe hing apathisch herum und wartete auf Briefe von Abel (sie waren schon seit Chloes vierzehntem Lebensjahr miteinander ›gegangen‹). Lalah litt an Dysenterie und sorgte dafür, daß jedermann sämtliche Einzelheiten eines jeden Anfalls mitkriegte – bis hin zur Farbe und Konsistenz der Scheiße. Die Kinder waren außer Rand und Band wegen der vielen Gäste und der Beachtung, die diese ihnen schenkten; sie

rannten auf der Terrasse umher und beschimpften das Dienstmädchen auf arabisch (worauf das Mädchen ihre Koffer packte und mindestens einmal am Tage kündigte). Und Pierre – der aussieht wie Kahlil Gibran auf seinen geschmeichelten Selbstporträts – wandelte in einem seidenen Hausmantel durch die riesige Wohnung mit den Fußböden aus Marmor und machte schlüpfrige Bemerkungen über die alte östliche Sitte, die dem Mann, der die älteste Schwester heiratet, alle jüngeren Schwestern ebenfalls zugesteht. Wenn er uns nicht mit den alten Sitten des Nahen Ostens traktierte, las er uns Übersetzungen seiner Gedichte vor (es scheint, daß alle Araber dichten), die für meine Ohren klangen, als seien sie im Selbstverlag erschienen.

Meine Liebste gleicht einer Weizengarbe,
die über Nacht in Blüte steht.
Ihre Augen: Topase im Weltraum …

»Das Dumme ist bloß«, sagte ich beim sirupartigen arabischen Kaffee zu Pierre, »daß Weizengarben im allgemeinen nicht in Blüte stehen.«

»Dichterische Freiheit«, erwiderte er ernst.

»Laßt uns an den Strand gehen!« schlug ich vor, doch alle waren zu müde und lethargisch und fanden es zu heiß. Es lag auf der Hand, daß ich sie nie nach Baalbek oder zu dem berühmten Zedernhain kriegen würde, von Damaskus und Kairo ganz zu schweigen. Israel lag gleich jenseits der Grenze, doch wir hätten über Zypern hinfliegen müssen, und das schien mir nach meinem letzten Flug untragbar. Und dazu das Problem der Wiedereinreise in den Libanon. So tat ich also nichts sonst, als mit den anderen in Randys Wohnung herumzuhängen und auf Briefe von Charlie zu warten – die nur selten kamen. Dafür schrieben mir all die andern Typen: der verheiratete Florentiner, der wollte, daß ich ihm Zoten ins Ohr flüsterte, der amerikanische Professor, der behauptete, ich hätte sein ganzes Leben verändert, einer der Angestellten vom *American Express,* der sich eingeredet hatte, ich sei eine reiche Erbin. Ich wollte Charlie oder keinen. Und Charlie wollte Sally. Ich war verzweifelt. Die Hälfte der Zeit, die ich in Beirut verbrachte, hätschelte ich meine Lues-Phobie, inspizierte im Spiegel meine Möse oder hockte auf Randys weißem Marmor-Bidet und machte mir Spülungen.

Als meine Eltern, beladen mit Geschenken, aus dem angeblich mysteriösen Fernen Osten eintrafen, verschlimmerte sich die Lage. Die ersten drei Tage war Randy froh, sie zu sehen, und dann stürzten sie und Jiddy sich in einen ihrer Marathon-Kräche und gruben mal wieder Dinge aus, die vor zwanzig oder fünfundzwanzig Jahren passiert waren. Randy warf meiner Mutter alles nur Denkbare vor: daß sie ihr nicht oft genug die Windeln gewechselt und daß sie es zu *oft* getan hätte; daß sie sie zu früh mit Klavierstunden geplagt habe und daß sie nicht früh *genug* Skilaufen hätte lernen dürfen. Sie fielen übereinander her wie zwei Rechtsanwälte bei Gericht, die die Vergangenheit einem Kreuzverhör unterwerfen. Immer wieder fragte ich mich, warum um Gottes willen ich zu diesen Menschen zurückgekehrt war, um mich *auszuruhen?* Ich sehnte mich von ihnen fort. Ich kam mir vor wie ein menschlicher Pingpong-Ball. Immerzu riß ich mir Kerle auf, um meinen Angehörigen zu entwischen, und dann rannte ich zu meiner Familie zurück, um den Kerlen zu entwischen. Wenn ich zu Hause war, wollte ich weg, und wenn ich weg war, wollte ich nach Hause zurück. Wie soll man das nennen? Ein existentielles Dilemma? Die Unterdrückung der Frau? *La condition humaine?* Es war unerträglich und ist es nach wie vor: ich hetze, um mein Gleichgewicht bemüht, hin und zurück, über das Netz meiner eigenen Ambivalenz. Sobald ich den Boden berühre, möchte ich wieder hochschnellen und zurückfliegen. Was tue ich also? Ich lache. Bloß, daß es weh tut, wenn ich lache – aber das weiß außer mir niemand.

Meine Eltern blieben nur etwa eine Woche, dann reisten sie weiter, nach Italien, um sich die Erzeugnisse einer Sektkühlerfabrik anzusehen. Zu ihrem Glück haben sie ein Import-Export-Geschäft, das es ihnen ermöglicht, ihren Kram zu packen und davonzufliegen, sobald die mörderische Familienfehde sich ausweitet, bis hin zu Bombendrohungen. Sie kommen, beladen mit Geschenken und schönen Gefühlen, angeflogen, und sobald die Kacke wieder mal am Dampfen ist, fliegen sie davon. Der ganze Vorgang nimmt etwa eine Woche in Anspruch. Den Rest des Jahres verschmachten sie vor Sehnsucht nach ihren in aller Welt verstreuten Kindern und fragen sich, warum die meisten von ihnen so weit fort von zu Hause leben. Während der Jahre, die ich in Deutschland verbrachte und Randy in Beirut, ließ meine Mutter sich wehmütig darüber aus, warum wohl zwei ihrer Küken es vorzögen, ›in Feindesland‹ (wie sie sich ausdrückte) zu leben.

»Weil es dort gastlicher ist als zu Hause«, sagte ich und zog mir damit ihre ewige Feindschaft zu. Es *war* eine biestige Bemerkung – das gebe ich zu –, doch stand mir je etwas anderes als *Worte* zur Verfügung, um mich gegen meine Mutter zu verteidigen?

Als meine Eltern fort waren, wimmelte es bei Randy immer noch von Menschen: vier Schwestern, Pierre, sechs Kinder (im Jahre 1965 waren es erst sechs), ein Kinderfräulein und ein Dienstmädchen.

Es war so glühheiß, daß wir die vollklimatisierte Wohnung kaum je verließen. Es drängte mich nach wie vor, mir dies und jenes in der Umgebung anzusehen, doch die allgemeine Lethargie wirkte ansteckend. Morgen, nahm ich mir vor, fliege ich nach Kairo, doch ich fürchtete mich davor, die Reise allein zu unternehmen, und weder Lalah noch Chloe wollten mich begleiten.

Diese deprimierende Situation hielt noch eine weitere Woche an. Einmal fuhren wir alle zusammen an einen kleinen, felsigen Strand, der zu einem Clubhaus gehörte, und Pierre ließ sich so hochtrabend-schwärmerisch über das blaue Mittelmeer aus, daß ich hätte kotzen können. (Er hielt uns unentwegt Vorträge, wie herrlich das Leben in Beirut wäre und daß er froh sei, hier der ›kommerziellen Einstellung Amerikas‹ entronnen zu sein.)

Im Club stellte er uns einem seiner Freunde als seine ›vier Frauen‹ vor, und das gab mir ein so beklemmendes Gefühl, daß ich am liebsten stehenden Fußes nach Hause gereist wäre. Doch wo war ›zu Hause‹? Bei meinen Eltern? Bei Pia? Bei Charlie? Bei Brian? Oder in meiner Einsamkeit?

Unsere Familienlethargie schien gänzlich planlos, und doch war sie gewissen Regeln unterworfen. Um ein Uhr standen wir auf und lauschten dem Geschrei der Kinder, spielten ein wenig mit ihnen, nahmen einen gewaltigen *brunch* zu uns, bestehend aus tropischen Früchten, Joghurt, Eiern, Käse aller Art und arabischem Kaffee, lasen die Pariser Ausgabe der *Herald-Tribune*, und zwar rund um die Löcher, die die Zensur hatte hineinschneiden lassen. (Jede Erwähnung von Israel oder der Juden war verboten – ebenso Filme mit jenen zwei berühmten Juden: Sammy Davis jr. und Elizabeth Taylor.) Dann begannen wir zu überlegen, wie wir den weiteren Tag verbringen wollten, und waren uns darin etwa so einig wie Araber, die einen Überfall auf Israel planen. Man hätte jederzeit hohe Summen wetten können, daß jedes einzelne Familienmitglied etwas anderes wollte: Chloe wollte an den Strand, Pierre nach Byblos, Lalah nach Baalbek, die älteren Knaben ins archäologische Museum, die Kleinen in den Vernügungspark, und Randy legte bei jedem Vorschlag ihr Veto ein. Bis wir das ausdebattiert hatten, war es ohnehin zu spät, um überhaupt irgend etwas zu unternehmen. Also aßen wir zu Abend und sahen dann entweder im Fernsehen *Bonanza* (mit arabischen und französischen Untertiteln, die fast den ganzen Bildschirm ausfüllten), oder wir gingen in irgendeinen

obskuren Film in der Hamra Street.
Zuweilen wurde unsere nachmittägliche Debatte durch die Ankunft von Pierres Mutter und Tanten unterbrochen – drei betagte Damen in Schwarz (mit gewaltigen Busen und flaumigen Schnurrbärten), die einander so sehr ähnelten, daß man sie kaum auseinanderhalten konnte. Sie hätten ein prächtiges Gesangstrio abgegeben, aber sie kannten nur *ein* Lied. Und das ging so: ›Wie Ihnen gefällt Libanon? Libanon besser wie New York?‹ Diese Nummer zogen sie unermüdlich immer wieder ab – um ganz sicherzugehen, daß man den Text auch wirklich verstanden hatte. Ach, sie waren soweit recht nett, aber es war nicht ganz einfach, sich mit ihnen zu unterhalten. Sobald sie erschienen, brachte Louise (das Dienstmädchen) den Kaffee, Pierre fiel plötzlich eine dringende geschäftliche Verabredung ein, und Randy verschwand (sich auf ihren delikaten Zustand berufend) ins Schlafzimmer, um ein Nickerchen zu machen. Lalah, Chloe und ich konnten nun zusehen, wie wir die Lage meisterten, indem wir endlose Variationen des Kehrreims ›Ja – der Libanon ist besser als New York‹ zu Gehör brachten.
Ich weiß nicht, ob es die Hitze war oder die Luftfeuchtigkeit, das Zusammensein mit meinen Angehörigen, die Tatsache, daß ich mich ›in Feindesland‹ befand oder die Depression wegen Charlie – ich war wie gelähmt, und es war mir einfach nicht möglich, mich aufzuraffen und irgend etwas zu tun. Ich hatte das Gefühl, als sei ich ins Land der Lotus-Esser verfrachtet worden, und würde nun, hier in Beirut, an schierer Trägheit zugrunde gehen. Der eine Tag ging in den anderen über, das Wetter war schwül und drückend, und es schien sinnlos, gegen das Verlangen anzukämpfen, einfach so herumzusitzen, sich mit den andern zu kabbeln, sich Sorgen wegen der Syphilis zu machen und in die Röhre zu gucken. Es bedurfte schließlich einer Krise, um uns mit einem Ruck aus der Lethargie herauszureißen.
Es handelte sich zugegebenermaßen um eine kleinere Krise, doch jede Krise hätte ihren Zweck erfüllt. Es begann ganz einfach. Eines Tages sagte Roger, der Sechsjährige, *»ibn sharmuta«* zu Louise. Roh übersetzt heißt das: »Deine Mutter ist eine Hure« (oder, im weiteren Sinne: »Du bist ein Bankert«), aber wie immer man es übersetzt – im Nahen Osten ist es die schlimmste aller Beleidigungen.
Louise hatte Roger baden wollen, und er hatte angefangen zu brüllen. Inzwischen hatte Pierre einen Wortwechsel mit Randy; er sagte, nur Amerikaner seien der schwachsinnigen Meinung, der Mensch müsse jeden Tag baden. Jeden Tag zu baden sei ›*unnatür-*

lich‹ (sein Lieblingswort) und würde die wunderbare natürliche Produktion der Talgdrüsen lähmen.

Randy schrie zurück, sie wolle nicht, daß ihr Sohn zum Himmel stinke wie sein erlauchter Vater, und gab Pierre zu verstehen, daß er sie keinen Augenblick irreführen könne, was seine schmierigen Gewohnheiten anginge.

»Was für schmierige Gewohnheiten meinst du, hä?«

»Ich meine damit, daß ich *ganz* genau weiß, daß du, wenn ich dir sage, daß ich nicht mit dir schlafen will, bevor du unter der Brause warst, dann zwar ins Badezimmer gehst und das Wasser laufen läßt, dich aber bloß auf die verdammte Klobrille hockst und eine *Zigarette* rauchst, sonst gar nichts.« Es klang bösartig und gemein und löste einen heftigen, lautstarken Streit aus.

Roger hatte natürlich mitgekriegt, worum es ging, und setzte sich dagegen zur Wehr, sich von Louise im Badezimmer in die Enge treiben zu lassen, bevor sein Fall höheren Orts verhandelt und das Urteil gesprochen worden war. Doch Louise ließ nicht locker, und Roger warf ihr in seiner Wut einen nassen Waschlappen ins Gesicht und brüllte: *»ibn sharmuta!«*

Natürlich begann Louise zu weinen. Dann sagte sie, sie kündige hiermit, und ging in ihr Zimmer, um zu packen. Pierre befleißigte sich nun seiner besten französischen Filmstar-Manieren und versuchte, sie mit süßen Worten zum Bleiben zu überreden, jedoch ohne Erfolg. Dieses Mal war sie nicht umzustimmen. Pierre ließ seinen Ärger nun an Roger aus – was wirklich ungerecht war, da Roger seinen Vater unentwegt ›ibn sharmuta‹ brüllen hört, wenn sie zusammen im Auto sitzen. (In Beirut gibt es keine Verkehrsregeln, dafür wird aber jede Menge geflucht.) Außerdem amüsierte es Pierre im allgemeinen, wenn die Kinder auf arabisch fluchten.

Der Nachmittag endete damit, daß alle herumschrien oder weinten, bis der Fußboden von Tränen schwamm, und wieder einmal gingen wir nicht *sightseeing*, ja, nicht einmal an den Strand. Aber immerhin hatte der Zwischenfall uns eine Aufgabe zugewiesen: wir mußten Louise in ihr Bergdorf zurückfahren (ins ›Dorf seiner Väter‹, wie Pierre es nannte) und versuchen, ein noch argloseres Mädchen als Ersatz für sie aufzutreiben.

Nach der obligaten allgemeinen Schimpfkanonade zwängten wir uns am nächsten Vormittag in den Wagen und fuhren, zunächst am Meer entlang, in die Berge. In Byblos stiegen wir aus, um die Kreuzritterburg zu bewundern; unsere trägen Gedanken kreisten um Phönizier, Ägypter, Assyrer, Griechen, Römer, Araber, Kreuzfahrer und Türken. Wir aßen in einem nahe gelegenen Fischrestaurant zu Mittag und fuhren dann weiter, die sonnendurchglühten Berghöhen hinauf – auf einer Straße, die aussah (und uns entsprechend durchrüttelte), als sei auch sie eine archäologische Entdeckung.

Karkabi, Pierres vielgerühmtes ›Dorf seiner Väter‹, ist ein so winziges Nest, daß man leicht hindurchfahren könnte, ohne es überhaupt zu bemerken. Die ›Stadt‹ hat erst im Jahre 1963 Elektrizität bekommen, und das E-Werk mit seinem hohen Turm ist das bemerkenswerteste Gebäude (und damit *die* Sehenswürdigkeit, auf die die Einwohner einen am eifrigsten und voll Stolz hinweisen).

Als wir auf dem Dorfplatz ankamen (wo ein ausgemergelter Esel im Kreis trottete und damit eine steinerne Kornmühle in Gang hielt), drängten sich die Leute, einander puffend und knuffend, um unseren Wagen und versuchten, ihn zu berühren, verrenkten sich die Hälse, um einen Blick auf uns zu erhaschen, und benahmen sich, alles in allem, auf deprimierende Weise servil. Man sah, *wie* Pierre das genoß. Es war *sein* Wagen und wahrscheinlich hoffte er, sie würden alle glauben, wir seien *seine* vier Frauen (obwohl sie natürlich wußten, daß dem nicht so war). All das wurde noch deprimierender, wenn man sich überlegte, daß jeder zweite Einwohner zumindest ein Vetter oder eine Cousine von Pierre und dazu Analphabet war und barfuß umherlief – war es dann eine Kunst, ihnen zu imponieren?

Pierre drosselte die Geschwindigkeit auf ein Minimum und fuhr mit seinem angeberischen Straßenkreuzer möglichst langsam weiter (damit alle Gaffer sich sattsehen konnten). Dann hielt er vor dem ›Haus der Väter‹, einem kleinen, weißgekalkten Ziegelbau, mit Weinranken auf dem Dach. Die kleinen quadratischen Fensteröffnungen waren weder verglast, noch befand sich Fliegendraht davor, sondern lediglich ein gußeisernes Gitter, durch das die Fliegen ungehindert ein und aus schwirrten – aber natürlich mehr ein als aus.

Unsere Ankunft verursachte hektische Betriebsamkeit. Pierres Mutter und die Tanten begannen wie von der Tarantel gestochen mit der Zubereitung von *tabuli und humus*, und Pierres Vater – der etwa achtzig ist und den ganzen Tag Arrak trinkt – ging mit seiner Flinte auf Vogeljagd fürs Abendessen und hätte sich um ein Haar selbst erschossen. Inzwischen brachte Pierres englischer Onkel Gavin – ein *cockney*, den es in den Libanon verschlagen und der im Jahre 1923 Tante Françoise geheiratet hatte (und seitdem, diesen Schritt bis ans Ende seiner Tage bereuend, in Karkabi lebt) – ein

Kaninchen zum Vorschein, das er an diesem Morgen geschossen hatte, und begann, es auszunehmen.
Das Haus hatte nur etwa vier Zimmer, mit weißgetünchten Wänden und einem Kruzifix über jedem Bett (Pierres Angehörige sind maronitische Christen), dazu mit Kußspuren übersäte Bilder der verschiedensten Heiligen, die auf glattem, glänzendem Papier gen Himmel fuhren und mehrere, aus Zeitschriften herausgeschnittene, zerknitterte Fotos der englischen Königsfamilie. Und dann war da noch Jesus höchstselbst; er trug eine Toga, und sein Gesicht war unter den fettigen Spuren der unzähligen Küsse kaum zu erkennen.
Während das Essen zubereitet wurde, führte Pierre uns nach draußen, um uns ›sein Reich‹ zu zeigen. Randy beharrte darauf, zu Hause zu bleiben und die Füße hochzulegen, doch wir anderen trabten gehorsam über Stock und Stein hinter Pierre her (gefolgt von einer Horde barfüßiger Vettern, die immer wieder begeistert auf das Elektrizitätswerk deuteten). Pierre schnauzte sie auf arabisch an; er war auf bukolischere Dinge aus. Und er fand sie, gleich hinter der nächsten felsigen Anhöhe, wo ein unverfälschter lebender Schäfer unter einem wurmstichigen Apfelbaum unverfälschte lebende Schafe hütete. Mehr brauchte Pierre nicht. Er begann ›Poesie‹ zu speien, als sei er Kahlil Gibran und Edgar Guest in einer Person. Ein Schäfer! Schafe! Ein Apfelbaum! Wie *bezaubernd!* Wie *bukolisch!* Homer und Vergil und die Bibel zugleich. Also gingen wir auf den Schäfer zu – ein etwa fünfzehnjähriger, verpickelter Junge – und stellten fest, daß er Frank Sinatra lauschte, dessen Stimme aus einem kleinen japanischen Transistorapparat drang, gefolgt von arabisch gesungenen Werbesprüchen. Dann holte unsere mollige, siebzehnjährige Chloe ihre Mentholzigaretten hervor und bot ihm eine davon an; er akzeptierte sie gnädig und bemühte sich, dabei so *cool* und weltmännisch auszusehen wie nur möglich. Und dann griff dieser *bezaubernde* Schäfer in seine *bezaubernde* Tasche und brachte ein *bezauberndes* Feuerzeug zum Vorschein. Als er Chloe Feuer gab, wußte man genau, daß er praktisch sein ganzes Leben im Kino verbracht hatte.
Nach dem Abendessen kamen sämtliche Verwandte zu Besuch (d. h. fast die ganze Stadt), die meisten, um fernzusehen (da Pierres Tante zu den wenigen Leuten in Karkabi gehört, die einen Fernseher besitzen). Doch an diesem Abend kamen sie nicht zuletzt, um *uns* zu betrachten. Die meisten von ihnen standen ein wenig verlegen herum und starrten uns an; einige berührten zaghaft mein Haar (oder das von Chloe oder Lalah), und die Laute, die sie dabei hören

ließen, sollten uns zu verstehen geben, daß sie blondes Haar hinreißend fanden. Oder sie tätschelten an uns herum, als seien sie blind. Mein Gott, von einem Dutzend schnurrbärtiger libanesischer Frauen von zweihundert Pfund Lebendgewicht betätschelt zu werden, ist ein Erlebnis, das man nicht so leicht vergißt. Ich war in Panik. Konnten sie durch Tätscheln feststellen, daß wir *Juden* waren? Ich war *ganz sicher*, daß sie das konnten. Doch ich irrte mich. Denn als es Zeit wurde, uns zu beschenken, bekam ich einen silbernen Rosenkranz, eine handgestrickte rosafarbene Angorajacke, Größe 46 (die mir bis zu den Knien reichte), und eine blaue Perle an einer Kette (gegen den bewußten bösen Blick). Ich hätte mich im Augenblick davor gehütet, welches Amulett auch immer *nicht* in Empfang zu nehmen. Die Fürsprache einer *jeden* Gottheit wurde von mir dankbar akzeptiert.
Als die Schenkerei vorüber war, hockte sich alles vor den Fernseher, der eine Folge von uralten amerikanischen Filmen zu bieten hatte – unter anderem mit Lucille Ball, die ihre künstlichen Wimpern klimpern ließ, und Raymond Burr als Perry Mason. Auf dem Bildschirm wütete ein Schneesturm aus Untertiteln. Vor lauter Buchstaben waren die Schauspieler kaum zu sehen.
Wenn man diese rustikalen Menschen beobachtete, wie sie sich für Lucille Ball und Raymond Burr begeisterten, war man tatsächlich geneigt, an die Universalität der Kunst zu glauben. Ich freute mich schon auf den Tag, an dem Amerika seine gloriose Zivilisation auch auf andere Sonnensysteme ausdehnen würde. Man stelle sich vor, wie all die intergalaktischen Typen in hingerissener Bewunderung Lucille Ball und Raymond Burr anstaunen!
Die Verwandten saßen wie angenagelt auf ihren Stühlen und dachten nicht ans Fortgehen. Sie tranken Kaffee und Wein und Arrak, bis Tante Françoise im Geiste ihre fetten Händchen rang. Wir waren alle zu Tode erschöpft und wollten ins Bett. Statt daß die Gäste nun tatsächlich rausgeschmissen wurden, verließ Onkel Gavin unauffällig das Zimmer, kletterte aufs Dach und fummelte so lange an der Fernsehantenne herum, bis auf dem Bildschirm nur noch zuckende Zickzacklinien zu sehen waren, worauf die Verwandten sich innerhalb weniger Minuten verabschiedeten. Man gab mir zu verstehen, daß Onkel Gavin ziemlich häufig aufs Dach klettert.
Es war nicht ganz einfach, für jeden von uns ein Bett zu finden. Randy, Pierre und die Kinder sollten im Haus von Pierres Vater schlafen, das am Fuß der Anhöhe lag, und Lalah und Chloe im Nachbarhaus bei einer anderen Tante ein Doppelbett teilen. Mir

war (solo) ein winziger Anbau von Tante Françoises Haus zugedacht. Ich hätte es allerdings vorgezogen, bei Lalah und Chloe zu schlafen, statt allein in dieser mir nicht ganz geheuren Kammer unter einem Kruzifix und billigen Drucken der erlauchten Queen. Doch drei Menschen waren selbst für das Doppelbett zuviel, also fand ich mich mit meinem Schicksal ab und ergötzte mich vorm Einschlafen an Vorstellungen von Skorpionen, die an der Wand hochrennen, und von giftigen Spinnenbissen, dazu an Visionen, wie ich mir das Genick brechen würde, wenn ich nachts ohne Taschenlampe das Plumpsklosett hinter dem Haus aufsuchen mußte. Oh, es gab keinen Mangel an Dingen, die auch einem weniger von Phobien geplagten Gemüt als dem meinen viele Stunden der Schlaflosigkeit bereitet hätten.

So hatte ich etwa anderthalb Stunden in blühender Hysterie dagelegen, als die Tür sich knarrend öffnete.

»Wer ist da?« fragte ich mit klopfendem Herzen.

»Schsch.« Ein dunkler Schatten näherte sich. Der Mann unter dem Bett.

»Um Gottes Willen!« Ich hatte Todesangst.

»Schsch – ich bin's bloß – Pierre.« Er stand nun vor mir und setzte sich dann auf den Bettrand.

»Jesus – ich dachte schon, es wäre ein Lustmörder oder so was.« Er lachte. »Jesus war kein Lustmörder.«

»Wohl kaum ... Wo brennt's denn?« Nicht die passendste Wortwahl unter den gegebenen Umständen.

»Du kamst mir so deprimiert vor«, sagte er mit geheuchelter Besorgtheit.

»Das bin ich wohl auch. All der Irrsinn mit Brian im vergangenen Sommer, und jetzt Charlie ...«

»Es tut mir so leid, meine kleine Schwester so traurig zu sehen«, sagte er und strich mir übers Haar. Aus irgendeinem Grunde lief mir bei der ›kleinen Schwester‹ ein Schauder über den Rücken.

»Du weißt doch, daß du für mich schon immer meine kleine Schwester warst, nicht wahr?«

»Nein, das wußte ich eigentlich nicht, aber trotzdem vielen Dank. Das ist alles halb so schlimm. Mach dir keine Sorgen. Ich werde bald nach Hause zurückfahren und unterwegs wieder ein paar Tage in Italien Station machen. Ich fliege ja über Rom. Ich fürchte, das Klima hier bekommt mir nicht. Lalah und Chloe fliegen sowieso nächste Woche nach New York zurück, und hier bei euch wird es immer heißer und heißer ...« Aus lauter Nervosität schwatzte ich weiter drauflos. Inzwischen hatte Pierre sich neben mir ausgestreckt und seine Arme um mich gelegt. Was sollte ich tun? Wenn ich ihn abwehrte, wie einen ganz gewöhnlichen Wüstling, würde ich ihn *beleidigen*, doch wenn ich den Weg des geringsten Widerstandes wählte und ihm nachgab, so war das *Inzest*. Ganz davon zu schweigen, daß Randy mir höchstwahrscheinlich den Hals umdrehen würde. Was sollte ich denn bloß sagen? Was verlangte die Etikette in einer solchen Situation?

»Ich finde diese Idee eigentlich weniger gelungen«, sagte ich lahm. Pierre hatte seine Hände nun unter meinem Nachthemd und streichelte meine Schenkel. Ich blieb dabei innerlich nicht ganz so unbeteiligt, wie ich ihm gern erschienen wäre.

»Welche Idee?« fragte er lässig. »Schließlich ist es nur *natürlich*, daß ein Bruder seine kleine Schwester liebt...« Und er fuhr fort, das zu tun, was nur natürlich ist.

»*Was* hast du gesagt?« Ich setzte mich mit einem Ruck auf.

»Nur, daß es völlig *natürlich* ist, wenn ein Bruder seine kleine Schwester liebt ...« Es klang, als hielte Albert Ellis einen Vortrag.

»Pierre«, sagte ich sanft, »hast du nie *Lolita* gelesen?«

»Ich kann seinen hochgestochenen Stil nicht leiden«, sagte Pierre, verärgert über die Ablenkung.

»Aber das hier wäre *Inzest*«, sagte ich mit Nachdruck.

»Schsch – du wirst sie noch alle aufwecken ... Mach dir keine Gedanken, du wirst nicht schwanger werden. Wenn du willst, machen wir's auf griechisch.«

»Ich hab keine Angst davor, *schwanger* zu werden, Herrgottnochmal – es geht um den *Inzest*!«

Meine Argumente schienen Pierres Entschlossenheit in keiner Weise zu beeinträchtigen.

»Schsch!« Er drückte mich auf das Kissen zurück. Er reagierte genauso wie einige der Männer, die ich in Italien kennengelernt hatte. Wenn man sich ihnen verweigerte, weil es einen wirklich nicht interessierte, dachten sie, es ging um die Angst vor der Schwangerschaft und schlugen einem allerlei andere Möglichkeiten vor – Analverkehr, Fellatio, mutuelle Masturbation –, irgend etwas, bloß kein NEIN. Pierre schob sich langsam zum Kopfende des Bettes hinauf und hielt seinen erigierten Penis vor meinen Mund... Jetzt ging's um die Wurst, sozusagen. In mir tobte ein Kampf. Es wäre so verdammt *bequem* gewesen nachzugeben. Ihn abblasen und damit fertig. Es war eigentlich so *einfach*! Was machte mir einmal mehr oder weniger blasen schon aus?

»Ich *kann* nicht«, sagte ich.

»Los«, sagte Pierre. »Ich sag dir, wie man's macht.«

»Das meinte ich nicht. Ich meinte, ich kann *moralisch* nicht, ich kann nicht ...«

»Es ist wirklich ganz einfach«, sagte er.

»Ich weiß, daß es einfach ist«, sagte ich.

»Paß auf«, sagte er, »du brauchst nur ...«

»Pierre!!« brüllte ich. Pierre zog hastig seine Pyjamahose hoch und machte, daß er raus kam.

Während mein Schrei noch in der Luft lag, saß ich eine Minute lang wie erstarrt im Bett und wartete, was nun geschehen würde. Nichts. Das Haus blieb still. Dann griff ich nach Schlafrock und Pantoffeln, schlich mich ins Freie und machte mich auf die Suche nach Lalah und Chloe. Ich war fest entschlossen, dem Libanon so schnell wie möglich den Rücken zu kehren, den Nahen Osten zu verlassen, um meinen Fuß nie wieder auf diesen Boden zu setzen.

Ich suchte mir, bei jedem Schritt über Steine und Baumwurzeln stolpernd, mühsam meinen Weg, die kleine Anhöhe hinunter zu dem Haus, in dem meine Schwestern schliefen. Allmählich gewöhnten meine Augen sich an die Dunkelheit, und ich sah die Dächer von Karkabi, überragt vom Turm des E-Werks. Zivilisation! In der Hälfte der Viehställe und auf den Weiden von Karkabi waren vermutlich in diesem Augenblick die Jungs dabei, ihre Schafe oder ihre Schwestern zu vögeln. Und was war dagegen zu sagen? Im Grunde gar nichts, nahm ich an, bloß *ich* konnte so etwas nicht. War ich so prüde? Warum so viel Aufhebens und moralische Bedenken um so 'n bißchen Blasen? Weil, wenn man erst mal den Mann seiner Schwester bläst, man als nächstes den Mann seiner *Mutter* bläst, und – guter Gott! – das ist Daddy!

Doch Ihr Psychiater besteht darauf, daß es Ihr Daddy ist, den sie *eigentlich* wollen. Warum ist es dann so undenkbar? Vielleicht sollten Sie Daddy blasen und die Sache hinter sich bringen? Vielleicht ist das der einzige Weg, die eigene Angst zu überwinden?

Im Haus von Tante Simone schlich ich am Vorderzimmer vorbei (vorbei an Tante Simone und Onkel George, die melodisch vor sich hin schnarchten) und traf Lalah und Chloe aufrecht im Bett sitzend an. Sie lasen einander aus einem Porno-Taschenbuch vor, mit dem Titel *Mädchen und Orgien*. Auf dem Bett verstreut lagen noch etwa zehn andere Bücher mit Titeln wie *Inzest mit Teenagern, Partnertausch in der Familie, Meine Schwester und ich, Meine Tochter – meine Frau, Willige Unschuld, Der Lange und der Kurze, Die Straße der molligen Schnallen, Hinein, wo's geht, Eine Reise um die Welt, Briefe der Wollust*.

Lalah las gerade einen besonders poetischen Absatz vor. Keine von beiden nahm von mir auch nur die geringste Notiz.

Seine Hüften rotierten nun immer schneller (las Lalah mit theatralischem Ausdruck), *da der Höhepunkt sich näherte. Ich spürte seinen Körper gegen den meinen stoßen, sein steifer Schwanz füllte meine Lustgrotte völlig aus, und ich hätte schreien können vor Wonne. Ich spürte die Explosionen in meinem Inneren nahen, und der Mösensaft strömte aus meinem Liebeskanal und schmierte seinen heißen Kolben, der nun ungehindert vor und zurück glitt ...*

Warum wurden die Menschen in Porno-Heften nie von den Skrupeln geplagt, die mich plagten? Sie waren nichts als riesige Geschlechtsorgane, die im Dunkeln blindlings ineinanderstießen.

»Könntet ihr dies Zeug vielleicht einen Augenblick beiseite legen und mir zuhören?« sagte ich kategorisch.

»Ist das nicht 'n Knüller?« sagte Lalah und schwenkte das Buch hin und her.

»Hört zu, Kinder, hier spricht das *Leben*, also könnt ihr eure Porno-Hefte beiseite legen und mir euer lüsternes Ohr leihen ...« Lalah sah Chloe an, Chloe sah Lalah an, und beide begannen zu lachen, als wüßten sie etwas, das ich nicht wußte.

»Also – worum handelt es sich?« Sie lachten immer noch wie in geheimem Einverständnis.

»Los, ihr Idiotinnen – sagt mir, warum ihr lacht!«

»Du willst uns erzählen, daß Pierre versucht hat, dich zu verführen ...«, sagte Lalah kichernd.

»Woher *weißt* du das?«

»Weil er's bei mir auch versucht hat«, sagte sie.

»Und bei mir auch«, sagte Chloe.

»Das ist nicht euer Ernst.«

»Doch, es *ist* unser Ernst«, sagte Lalah. »Schön wär's ja, wenn nicht ...«

»Ja, *und*??«

»Ich hab ihn aus dem Bett rausgelacht, und Chloe *sagt*, sie auch ... aber ob man ihr das nun glauben soll ...«

»Du gemeines Aas«, schrie Chloe.

»Okay, okay ... ich glaube dir.«

»Wollt ihr damit sagen, daß ihr trotzdem einfach *da*geblieben seid?«

»Warum denn nicht?« sagte Lalah obenhin. »Im Grunde ist er ganz harmlos ... Bloß immer so 'n bißchen angespitzt, weil Randy ununterbrochen hochschwanger ist.«

»Angespitzt? Das nennst du 'n bißchen angespitzt? Ich nenne das Blutschande.«
»Mein Gott, Isadora, jetzt hab dich doch nicht so. Er ist ja doch bloß dein Schwager ... Da ist es doch keine *Blutschande!*«
»Nicht?« Ich glaube, ich war ein wenig enttäuscht.
»Das zählt so gut wie gar nicht«, sagte Lalah geringschätzig, »aber du wirst es schon schaffen, daß es sich auf dem Papier um Grade fürchterlicher ausnimmt.« (Schon damals haßte Lalah meine Arbeit).
»Ich werde mein Bestes tun«, sagte ich.

Auf dem Rückweg nach Beirut mit dem neuen Dienstmädchen tat Pierre gelassen und unbekümmert, als wäre nichts gewesen, und machte uns im Vorbeifahren auf die verschiedenen Sehenswürdigkeiten aufmerksam.
Araber, dachte ich, *gottverdammte Araber.* Was für ein unangemessen großes Schuldgefühl *ich* hatte wegen meiner läppischen sexuellen Ausschweifungen! Und doch gibt es Menschen auf der Welt, und zwar eine ganze Menge, die genau das tun, wonach ihnen zumute ist, und sich trotzdem nie auch nur einen Augenblick schuldig fühlen – solange sie nicht ertappt werden. Warum bin ich mit einem so hypertrophischen Über-Ich geschlagen? Bloß weil ich Jüdin bin? Was hat Moses den Juden doch damit angetan, daß er sie aus Ägypten führte und ihnen den Monotheismus, Matzenbrei und ein immerwährendes Schuldgefühl verpaßte! Hätte er sie nicht ruhig weiter ihre Katzen und Stiere und Falken anbeten oder sie wie die anderen Primaten leben lassen können (mit denen sie – woran meine Schwester Randy mich immer wieder erinnerte – so eng verwandt sind)? Ist es denn ein Wunder, daß jedermann die Juden dafür haßt, daß sie die Schuld in die Welt gebracht haben? Wären wir nicht *ohne* Schuldgefühl auch ganz gut zurechtgekommen? Wir hätten uns im Urschlamm gesuhlt, Mistkäfer angebetet und gefickt, wann immer uns der Sinn danach stand. Man denke an die Ägypter, die die Pyramiden bauen ließen, zum Beispiel. Haben *die* sich den Kopf darüber zerbrochen, ob sie als Arbeitgeber auf Chancengleichheit geachtet haben? Wäre es *ihnen* je in den Sinn gekommen, sich zu fragen, ob ihre sterblichen Überreste das Leben all der unendlich vielen Tausende, die beim Pyramidenbau umkamen, *wert* waren? Verdrängung, Ambivalenz, Schuldgefühl. »Was geht's mich an?« fragt der Araber. Kein Wunder, daß sie die Juden ausrotten wollen. Wer wollte das nicht?
In Beirut bereiteten wir uns auf die Heimreise vor. Lalah und Chloe

hatten in den Staaten einen Charter-Rückflug gebucht, also mußten sie zusammen fliegen. Und ich hatte auf meinem *Alitalia*-Rundflugticket noch die Strecke Beirut–Rom–New York.

Ich unterbrach meine Reise, wie geplant, in Rom und verbrachte noch eine Woche in Florenz, bevor ich nach New York zurückflog, um die Sache mit Charlie ins reine zu bringen. Sogar in der Augusthitze und trotz der vielen Touristen blieb Florenz für mich eine der schönsten Städte, die ich kannte. Ich traf Alessandro wieder, und dieses Mal war unsere sechs Tage währende Affäre auch ohne Liebe fast vollkommen. Auf meine Bitte unterdrückte er seine Manie für obszöne Worte, und wir fanden ein reizendes Zimmer in einem Gasthaus in Fiesole, wo wir jeden Nachmittag von eins bis vier die Liebe pflegten (eine höchst zivilisierte *après lunch*-Sitte). Vielleicht lag es an meiner Wut auf Charlie, oder vielleicht hatte Pierre mich tatsächlich auf Touren gebracht – meine Nachmittage mit Alessandro entbehrten dieses Mal nicht einer gewissen Inspiration. Ich war zum erstenmal in meinem Leben imstande, mich im Bett voll auszugeben und es nach allen Regeln der Kunst (inklusive Zärtlichkeit) mit jemandem zu treiben, ohne mir einreden zu müssen, ich sei verliebt. Eine Art Waffenstillstand zwischen meinem Ich und meinem Über-Ich.

Wenn Alessandro dann zu seiner Frau nach Hause ging, war ich für den Abend mir selbst überlassen. Ich besuchte Konzerte im Palazzo Pitti, ging mit einigen der Typen aus, die ich bei meinem letzten Aufenthalt in Florenz kennengelernt hatte, und Professor ›Michelangelo‹ (Karlinsky) mit dem Flammenbart stellte mir erneut leidenschaftlich nach. Trotz der Hitze und des buntscheckigen Sortiments von ›Freunden‹ fand ich Florenz wunderbar, und es gab Augenblicke, in denen ich eigentlich überhaupt nicht mehr weg wollte. Doch in New York erwarteten mich ein bedrückender Lehrauftrag und meine Doktorarbeit, die mich ankotzte, und ich war immer noch zu sehr ein von seinem Über-Ich tyrannisiertes Schulmädchen, um nicht das, was mich ankotzte, zu wählen, statt das, was mir Spaß machte. Aber vielleicht ging es auch nur um Charlie: Ich war außer mir über seine Untreue, konnte es jedoch kaum erwarten, ihn wiederzusehen.

Kurz nachdem wir uns dann wiedergesehen hatten, machten wir Schluß miteinander. Ich war wohl nicht imstande, ihm sein ›Doppelleben‹ zu vergeben, obwohl ich jetzt einsehe, daß es sich nur wenig von meinem Verhalten unterschied und ich vielleicht mehr Verständnis hätte aufbringen sollen. Alessandro schrieb immerzu aus Florenz von ›*divorzio*‹, doch ich hatte zu viele italienische Filme gesehen, um ihm zu glauben. Eines Tages kreuzte ›Michelangelo‹ plötzlich auf, doch er sah in dem trüben, verschleierten New Yorker Sonnenlicht so viel weniger attraktiv aus, daß ich es nicht über mich brachte, die Affäre fortzusetzen. Die braunen und bernsteinfarbenen Schatten von Florenz hatten Wunder an ihm gewirkt – was jeder E.-M.-Forster-Fan ohne weiteres verstehen wird. September und Oktober waren grau und freudlos. Ich ging viel aus, jedoch mit einer deprimierenden Art von Männern: mit geschiedenen Männern, Muttersöhnchen, Neurotikern, Psychotikern, Psychoklempnern. Die einzige Möglichkeit für mich, nicht in Trübsal zu verfallen, war, diese Männer in meinen Briefen an Pia auf recht bösartige Weise im Detail zu schildern. Dann, im November, kam Bennett Wing in mein Leben geschneit, und damit schienen alle meine Probleme mit einem Schlage gelöst. Schweigsam wie die Sphinx und von großer Sanftmut und Zartheit, Erlöser und Seelenarzt zugleich. Ich ließ mich in die Ehe sinken, wie ich (in Europa) in die Betten gesunken war. Es schien sich um ein weiches Bett zu handeln; seine Tücken blieben zunächst verborgen.

Unterwegs mit meinem Anti-Helden

Ich will! Ich will!
– William Blake

Ich erzählte Adrian alles. Die ganze verworrene Geschichte von der hektischen Suche nach dem nicht existierenden Mann und wie ich mich stets dort wiederfände, wo ich begonnen hätte: in meinem eigenen Kopf. Ich schilderte ihm detailliert meine Schwestern, meine Mutter, meinen Vater, meine Großeltern, meinen Mann, meine Freunde ... Wir fuhren und redeten, fuhren und redeten.
»Wie lautet deine Prognose?« fragte ich, der ewige Patient auf der Suche nach dem vollkommenen Arzt.
»Dich müßte es mal so richtig durcheinanderwirbeln, Schatz«, sagte Adrian, nicht zum erstenmal, »du mußt in dich selbst hinabsteigen und dein eigenes Leben aus der Tiefe zu bergen suchen.«
Tat ich das nicht bereits? Was war denn diese verrückte Herumzieherei anderes als eine Reise in die Vergangenheit?
»Du bist noch nicht tief genug hinabgestiegen«, sagte er. »Du mußt bis auf den *Grund* gehen, bis auf den steinigen Grund, und dich dann langsam wieder hocharbeiten.«
»Jesus, ich hab das Gefühl, daß ich das schon getan habe.«
Adrian lächelte, die Pfeife zwischen den geschwungenen, rosenfarbenen Lippen, sein unvergleichliches Lächeln. »Du warst noch nicht tief genug«, sagte er, als wüßte er einiges von dem, was mich noch erwartete.
»Wirst du mir dabei helfen?« fragte ich.
»Wenn du darauf bestehst, Darling.«
Diese seine überlegene Indifferenz war es, die mich rasend machte, mich so aufs äußerste frustrierte, mich immer fester an ihn kettete. Trotz aller seiner Zärtlichkeiten und seiner Hinterntätschelei wirkte Adrian immer irgendwie unbeteiligt. Ich saß neben ihm und starrte wie gebannt auf dieses wunderschöne Profil und fragte mich, was um alles in der Welt in diesem Kopf wohl vor sich ginge und warum es mir nicht gelang, das zu ergründen.
»Ich möchte wissen, was in deinem Kopf vorgeht«, sagte ich, »und es gelingt mir nicht. Das bringt mich noch um den Verstand.«
»Aber *warum* willst du das denn? Was, glaubst du, würde das bewirken?«
»Ich will mich ja nur einem Menschen wirklich *nahe*, mich ihm zugehörig fühlen, mich einmal im Leben als ein *Ganzes* empfinden. Ich möchte jemanden wirklich lieben.«
»Wieso glaubst du, daß Liebe irgend etwas ändert an den Dingen?«
»Vielleicht ändert es nichts«, sagte ich, »aber trotzdem will ich lieben. Ich will mich *ganz* fühlen.«

»Aber bei Brian hattest du doch das Gefühl, daß du zu ihm gehörtest, und auch das führte zu nichts.«
»Brian war verrückt.«
»Jeder ist ein bißchen verrückt, wenn man erst mal in seinen Kopf hineinsieht«, sagte Adrian. »Der eine mehr, der andere weniger.«
»Wahrscheinlich ...«
»Sieh mal – wie wär's, wenn du damit aufhörtest, nach Liebe zu fahnden, und statt dessen versuchtest, dein eigenes Leben zu leben?«
»Was soll das schon für ein Leben sein – ohne Liebe?«
»Du hast deine Arbeit, du schreibst, du unterrichtest, du hast deine Freunde ...«
Bla, bla, bla, dachte ich.
»Meine ganze Schreiberei läuft auf das Bemühen hinaus, geliebt zu werden. Ich weiß, das ist verrückt. Ich weiß auch, daß das unweigerlich zu Enttäuschungen führt. Aber so ist es nun mal: ich will, daß jeder mich liebt.«
»Bei dem Spiel kannst du nur verlieren«, sagte Adrian.
»Ich weiß, aber es ändert nichts, *daß* ich das weiß. Warum *ändert* die Tatsache, daß ich etwas weiß, niemals etwas?«
Adrian gab keine Antwort. Die Frage war auch wohl gar nicht an ihn gerichtet gewesen, ich hatte sie den blauen, schattenhaften Bergen zugeworfen (wir fuhren über den Gotthard; unter uns lag der Piz Orsino).
»Morgens«, sagte Adrian schließlich, »morgens, wenn ich aufwache, weiß ich nie, wie du heißt.«
Das war nun also die Antwort. Sie fuhr mir wie ein Messer ins Herz, die ich jede Nacht schlaflos und zitternd neben ihm lag und mir immer wieder meinen eigenen Namen vorsagte, um nicht zu vergessen, wer ich war.

»Der Haken am Existentialismus ist«, sagte ich, während wir über die *autostrada* fuhren, »daß man den Gedanken an die Zukunft nicht abstellen kann. Handlungen *haben* Folgen.«
»*Ich* kann den Gedanken an die Zukunft abstellen«, sagte Adrian.
»Wie machst du das?«
Er zuckte die Achseln. »Weiß nicht. Ich kann es einfach. Heute fühle ich mich großartig, zum Beispiel.«
»Warum fühle ich mich dann so gräßlich, wenn du dich großartig fühlst?«
»Weil du Jüdin bist.« Er lachte. »Das Auserwählte Volk. In anderen

Dingen seid ihr vielleicht nur mittelmäßig, aber im Leiden immer ganz groß.«
»Armleuchter.«
»Wieso? Nur, weil ich dir die Wahrheit sage? Sieh mal – du willst Liebe, du willst Intensität, du willst Gefühl, du willst Nähe und Verbundenheit – und womit begnügst du dich? Mit Leiden. Doch zumindest *leidest* du intensiv ... Die Patientin *liebt* ihre Krankheit. Sie *will* nicht geheilt werden.«

Was mir so im Wege stand, war, daß ich immer in allem die Erste sein wollte. Die beste Geliebte. Die größte Hungerkünstlerin. Die leidensfähigste Märtyrerin. Das bedauernswerteste Opfer, die größte Närrin ... Daß ich mich selbst andauernd in die Nesseln setzte, war meine eigene Schuld, weil ich immer die Erste sein wollte. Ich mußte unbedingt den verrücktesten ersten Mann und den unergründlichsten zweiten Mann haben, das gewagteste Buch schreiben und nach seiner Veröffentlichung die entsetzlichsten Ängste durchstehen ... Ich konnte nichts halb tun. Wenn ich mich selbst zum Narren machte, indem ich mich mit so einem herzlosen Kerl einließ, so mußte das vor den Augen der vollzählig versammelten Psychoanalytiker der ganzen Welt geschehen. Und dann, um die Sache auf die Spitze zu treiben, mußte ich mit diesem Mann losziehen, mit ihm eine alkoholisierte Autoreise unternehmen, die uns beide leicht das Leben kosten konnte. Vergehen und Strafe, fein säuberlich in *einem* Päckchen verschnürt. Falls unzustellbar, zurück an den Absender. Und wer war der Absender? Ich. Ich. Ich.

Und dann, um das Maß voll zu machen, reifte in mir die Gewißheit, ich sei schwanger. Das fehlte mir gerade noch. Mein Leben war ein einziges Chaos. Mein Mann steckte Gott weiß wo. Ich war allein mit einem fremden Mann, dem ich kaum etwas bedeutete. Und war schwanger. Das glaubte ich zumindest. Was wollte ich mir eigentlich beweisen? Daß ich alles ertragen konnte – was es auch sei? Warum mußte ich aus meinem Leben immer wieder einen Durchhalte-Test machen?
Es gab keinen wirklichen Grund dafür zu glauben, ich sei schwanger. Meine Periode war nicht ausgeblieben. Doch ich brauche nie einen realen Grund, um etwas zu glauben. Ich brauche auch nie einen realen Grund, um in Panik zu geraten. Jedesmal, wenn ich mein Pessar herausnahm, betastete ich meinen Muttermund, um irgendwelche Anzeichen zu entdecken. Warum wußte ich nie, was in mir vorging? Warum war mein Körper für mich ein solches

Mysterium? Ob in Österreich, in Italien, in Frankreich, in Deutschland – ich betastete meine Cervix und erwog die Möglichkeiten. Ich würde feststellen, *daß* ich schwanger war. Ich würde während der ganzen Schwangerschaft nicht wissen, ob das Baby blond und blauäugig sein würde wie Adrian oder schlitzäugig wie Bennett. Was würde ich tun? Wer würde mich aufnehmen? Ich hatte meinen Mann verlassen; er würde mir nie verzeihen und nie wieder mit mir leben wollen. Und meine Eltern würden mir niemals helfen, ohne einen so hohen emotionellen Preis dafür zu fordern, daß ich wieder Kind werden müßte, um auf sie zu rechnen. Und meine Schwestern würden der Meinung sein, daß mir, bei meinem liederlichen Leben, nur recht geschähe. Und meine Freunde würden Mitleid heucheln und hinter meinem Rücken über mich lachen. Isadora hat's erwischt!

Oder ich würde eine Abtreibung vornehmen lassen. Eine verpfuschte Abtreibung, an der ich sterben würde. Blutvergiftung. Oder für immer unfruchtbar. Plötzlich wollte ich von ganzem Herzen ein Kind haben. Adrians Kind. Bennetts Kind. Mein Kind. Ein Kind, von wem auch immer. Ich wollte schwanger sein. Ich wollte *dick* sein, *hoch*-schwanger. Schlaflos lag ich in Adrians Mini-Zelt und weinte. Er schnarchte vor sich hin. Wir schliefen diese Nacht am Wegrand, irgendwo in Frankreich, und es hätte genausogut auf dem Mond sein können. So einsam fühlte ich mich, so zutiefst hilflos und verlassen.

»Niemand, niemand, niemand, niemand ...«, stöhnte ich und schlang die Arme um mich selbst – das große Kind, das ich war. Ich versuchte, mich selbst in Schlaf zu wiegen. Von heute an, dachte ich, werde ich meine eigene Mutter sein müssen, mein eigener Trost, meine eigene Kinderfrau. Vielleicht war es das, was Adrian meinte, als er sagte, ich müsse in die Tiefe meines Selbst tauchen, bis auf den Grund, und mich dann am eigenen Schopf wieder hinaufziehen. Lernen, die eigene Existenz zu ertragen. Lernen, sich selbst zu bemuttern. Nicht immer Hilfe bei einem Therapeuten suchen, bei einem Liebhaber, einem Ehemann, bei Vater oder Mutter.

Ich wiegte mich hin und her. Ich sagte mir meinen Namen vor, um nicht zu vergessen, wer ich war: »Isadora, Isadora, Isadora, Isadora ... Isadora White Stollerman Wing ... Isadora Zelda White Stollerman Wing ... cand. phil., Dr. phil., *summa cum laude.* Isadora Wing, vielversprechende junge Dichterin. Isadora Wing, vielversprechende junge Märtyrerin. Isadora Wing, Intelligenzbestie, Möchtegern-Emanzipierte, Stipendiatin, Ex-Frau von Jesus Christus. Isadora Wing mit ihrer Angst vorm Fliegen. Isadora Wing, leicht füllige Sexbombe, ein schwerer Fall von Kurzsichtigkeit des geistigen Auges. Isadora Wing, mit ihrer unersättlichen Möse, dazu Löcher im Kopf und im Herzen. Isadora Wing mit dem pochenden Hunger in Kopf und Möse. Isadora Wing, deren Mutter wollte, daß sie fliegt. Isadora Wing, deren Mutter sie an den Boden kettete. Isadora Wing, Berufspatientin auf der Suche nach Erlösern, Sinnenlust und Sicherheit. Isadora, Kämpferin gegen Windmühlen, professionelle Leidtragende, gescheiterte Abenteuerin ...«

Ich muß geschlafen haben. Als ich die Augen wieder aufschlug, drang Sonnenlicht durch das leuchtende Blau des Zeltes. Adrian schnarchte immer noch. Sein blond behaarter Arm lag lastend quer über meiner Brust, und jeder meiner Atemzüge wurde mir dadurch auf unangenehme Weise bewußt. Die Vögel zwitscherten. Wir waren in Frankreich. An irgendeinem Wegrand. An einem Kreuzweg meines Lebens. Was tat ich hier? Warum lag ich in einem Zelt, in Frankreich, mit einem Mann, den ich kaum kannte? Warum lag ich nicht zu Hause im Bett, mit meinem Ehemann? Eine Woge von Zärtlichkeit wallte in mir auf, als ich an meinen Mann dachte. Was tat er wohl im Augenblick? Ob er mich vermißte? Oder hatte er mich vergessen? Hatte er eine andere gefunden? Irgendeine Durchschnittsfrau, die sich nicht in Abenteuer stürzen mußte, um ihre Standfestigkeit zu beweisen? Irgendeine Durchschnittsfrau, die sich damit begnügte, das Frühstück zuzubereiten und ihre Kinderchen großzuziehen – sparsam, pflichtbewußt und mit allen häuslichen Tugenden begabt. Irgendein durchschnittliches amerikanisches Mädchen aus dem *Seventeen-Magazine?*

Plötzlich wollte ich nichts lieber als dieses Mädchen sein, dieses brave Hausmütterchen, die glorifizierte amerikanische Mutter, das Maskottchen aus *Mademoiselle*, die würdige Dame aus *McCall's*, so ein niedliches kleines Ding aus *Cosmo*, das weibliche Wesen, das sich die Medaille für ›beste Hausfrau‹ auf den Hintern hat tätowieren lassen und deren Gehirn auf Werbeslogans programmiert ist. *Das* war die Lösung! Durchschnittlich zu sein! Unauffällig! Sich mit Kompromissen abzufinden, mit Fertigmahlzeiten zu begnügen und abends Schnulzen im Fernsehen. Im Geiste sah ich mich selbst als eine glückliche, zufriedene Hausfrau. Eine Vorstellung wie aus dem Mini-Hirn eines Reklamefachmanns. Ich in einer baumwollnen Hemdbluse mit Küchenschürze, wie ich meinen Mann und meine Kinder bediene, während das allgegenwärtige Fernsehen die Tugenden des amerikanischen Heims, der amerikanischen Familie und der amerikanischen Hausssklavin mit ihrem verwirrten Gehirnchen in die Gegend posaunt.

Ich dachte daran, wie heimat- und wurzellos ich mir in der vergangenen Nacht vorgekommen war, und plötzlich schien die erlösende Antwort auf alle quälenden Fragen vor mir aufzuleuchten: *Sei gewöhnlicher Durchschnitt!* Sei eine ungefährdete kleine Hausfrau in einem sicheren kleinen Haus, und du wirst nie wieder verzweifelt an einem Wegrand in Frankreich erwachen.
Doch dann verging das Phantasiegebilde, zersprang, wie Seifenblasen eben zerspringen. Ich dachte an all die Morgenstunden in New York, an denen ich neben meinem Mann erwacht war und mich genauso einsam gefühlt hatte, an all jene einsamen Morgenstunden, an denen wir uns, über unseren Orangensaft und unsere Kaffeetassen hinweg, angestarrt hatten. An all jene einsamen Augenblicke, teelöffelweise geschluckt, dazu Wäscherechnungen, leere Toilettenpapierrollen, schmutziges Geschirr, zerbrochene Teller, Kontoauszüge, leere Whiskyflaschen. Auch in der Ehe konnte man einsam sein. Auch in der Ehe war man oft allein und verlassen. Alle jene glücklichen Hausfrauen, die das Frühstück für ihren Mann und die Kinder zubereiten, träumen davon, mit einem Liebhaber davonzulaufen und in Frankreich in einem Zelt zu schlafen! Ihre Köpfe sind randvoll mit Wunschvorstellungen. Sie machen das Frühstück, die Betten und bereiten das Mittagessen vor, und dann gehen sie einkaufen und besorgen sich McCall's mit der letzten Fortsetzung von ›Wie Jackie Onassis ihren Tag verbringt‹. Ununterbrochen träumen sie von Flucht. Ununterbrochen brodelt es in ihnen von Ressentiments. Ihr Leben ist von Wunschvorstellungen durchtränkt.
Gab es denn gar keinen Ausweg? War Einsamkeit allgegenwärtig? War Ruhelosigkeit ein unumgänglicher Bestandteil des Lebens? War es besser, sich das einzugestehen, statt immer wieder Scheinlösungen zu suchen? Die Ehe ist keine Therapie gegen Einsamkeit. Kinder wachsen auf und gehen ihrer Wege. Liebhaber sind kein Allheilmittel, Sex keine endgültige Lösung. Wenn man aus seinem Leben eine einzige lange Krankheit macht, ist die Endlösung der Tod. Plötzlich war alles sonnenklar. Ich lag hier in diesem Zelt, in diesem Doppelschlafsack neben diesem schnarchenden Fremden und dachte und dachte und dachte. Was nun? Wie sollte mein Leben weitergehen? Wohin führte mich mein Weg?
Am Nachmittag waren wir betrunken und in bester Bierlaune. Wir hielten, um bei einem Bauern am Wege Pfirsiche zu kaufen. Es stellte sich heraus, daß er sie nur in großen Steigen abgab, und so fuhren wir in einem mit Pfirsichen vollgeladenen *Triumph* weiter. Eine große Ladung Pfirsiche nahm den ganzen Rücksitz ein. Gierig

begann ich die Früchte zu essen und entdeckte, daß sie fast alle madig waren. Ich lachte und aß weiter, um die Würmer herum. Die madigen Pfirsichhälften warf ich aus dem Fenster. Ich war zu betrunken, um mir Sorgen über Würmer oder Schwangerschaft oder die Ehe oder die Zukunft zu machen.
»Mir geht's edelprima!« sagte ich zu Adrian.
»So ist's recht, Schatz. Jetzt kommst du endlich auf den Trichter.«

Doch gegen Abend, als die Wirkung des Bieres nachließ, wurde ich wieder traurig. Die Art, in der wir die Zeit verbrachten, die Herumfahrerei, unser Trinken – all das erschien mir so sinn- und planlos. Ich wußte nicht einmal, welchen Tag wir hatten. Seit Wien hatte ich keine Zeitung mehr gesehen. Ich hatte mich kaum gewaschen oder die Wäsche gewechselt. Und was ich am allermeisten vermißte, war meine Arbeit. Seit Wochen hatte ich kein Gedicht mehr geschrieben und mir war, als würde ich dazu auch nie wieder fähig sein. Ich dachte an meine klapprige, rote elektrische Schreibmaschine in New York, und Sehnsucht durchzuckte mich wie ein Stich. *Das* war meine große Liebe! Ich sah mich schon zu Bennett zurückkehren, nur, um wieder vor meiner Schreibmaschine sitzen zu können. Wie Leute, die ›wegen der Kinder‹ zusammenbleiben oder weil sie sich nicht entschließen können, wer die Sozialwohnung behalten darf.

An diesem Abend fanden wir einen richtigen Campingplatz. (*Le Camping*, wie die Franzosen sagen.) Nicht besonders luxuriös, aber immerhin mit einem kleinen Badesee, einer Snack-Bar und Duschmöglichkeit. Ich lechzte danach, mich zu säubern, und sobald Adrian unser ›Territorium‹ abgesteckt hatte, machte ich mich auf den Weg zur Duschkabine. Als der Schmutz an mir herunterlief, sprach ich auf telepathischem Wege mit Bennett. »Verzeih mir«, sagte ich zu ihm, wo er auch gerade sein mochte (und zu mir, wo immer *ich* war).
Als ich zu unserm Zelt zurückkam, hatte Adrian eine Bekanntschaft gemacht. Das heißt, zwei Bekanntschaften. Es handelte sich um ein amerikanisches Ehepaar. Sie: auf eine etwas vulgäre Weise hübsch, rothaarig, sommersprossig, vollbusig, Jüdin mit Brooklyn-Akzent. Er: bärtig, brünett, struppig, dicklich, mit Brooklyn-Akzent, dazu ein beschwingter Börsenmakler, der in Rauschgift dilettierte. Sie eine beschwingte Hausfrau, die in Ehebruch dilettierte. Sie hatten ein Eigenheim in Brooklyn Heights, einen VW-Bus, drei Kinder, die zur Zeit in einem Ferienlager waren, und nach vierzehn Ehejah-

ren juckte es beide heftig nach Abwechslung. Adrian war schon im besten Zuge, die Frau (Judy) mit seinem englischen Akzent und den Laingschen Theorien (die für mich inzwischen schon recht abgedroschen klangen) zu betaumeln, und sie sah aus, als wäre sie durchaus bereit, sich jeden Augenblick mit ihm auf die Luftmatratze zu legen.
»Hallo«, sagte ich und strahlte meine Landsleute (und Glaubensgenossen) an.
»Hallo«, erwiderten sie wie aus einem Munde.
»Und nun?« sagte Adrian. »Was zuerst? Bett oder Bier?«
Judy kicherte.
»Laßt euch ja nicht stören«, sagte ich. »Wir halten nichts von persönlichen Bindungen und Besitzansprüchen.« Ich fand, daß ich Adrian recht gut kopierte.
»Wir wollten uns gerade ein Steak grillen«, sagte ihr Mann (Marty) fahrig. »Dürfen wir Sie dazu einladen?« Im Zweifelsfalle erst essen. Den Typ kannte ich.
»Super«, sagte Adrian. Der perfekte Hausfreund. Ich sah ihm an, daß die Aussicht, Judy vor den Augen ihres Mannes zu vögeln, ihn erregte. Das war genau seine Masche. Seit Bennett in der Versenkung verschwunden war, hatte Adrians Interesse an mir ein wenig nachgelassen.
So tischten sie uns also Steaks und ihre Lebensgeschichte auf. Sie hatten beschlossen, vernünftig zu sein, sagte Marty, statt sich, wie die meisten ihrer Freunde, scheiden zu lassen. Sie hatten beschlossen, einander jede Menge Freiheit zuzubilligen. Auf Ibiza, wo sie den Juli verbracht hatten, hatten sie allerlei ›Gruppenspaß‹ mitgemacht, wie er sich ausdrückte. Armer Kerl, er sah nicht sehr glücklich dabei aus. Er leierte den Hippie-Sexualkatechismus herunter wie ein Konfirmand die Zehn Gebote. Adrian grinste. Die hier waren bereits konvertiert. Weitere Anstrengungen erübrigten sich also.
»Und ihr?« fragte Judy.
»Wir sind nicht verheiratet«, sagte ich. »Wir glauben nicht an die Ehe. Er ist Jean-Paul Sartre, und ich bin Simone de Beauvoir.«
Judy und Marty sahen einander an. Diese Namen hatten sie schon mal gehört, wußten aber nicht mehr, wann und wo.
»Wir sind berühmt«, sagte ich verschlagen. »In Wirklichkeit ist er R. D. Laing und ich bin Mary Barnes.«
Adrian lachte, doch mir war klar, daß ich Judy und Marty damit verprellt hatte. Der schiere Selbstschutz. Ich spürte eine Kraftprobe herannahen, und mir blieb nichts anderes übrig, als meine ›Intellek-

tualität‹ in die Waagschale zu werfen. Das einzige, was mir noch geblieben war.
»Also gut«, sagte Adrian. »Wie wär's, wenn wir erst mal die Partner tauschten?«
Marty machte ein betretenes Gesicht. Das war zwar für mich nicht sehr schmeichelhaft, aber, ehrlich gesagt, war ich auf ihn auch nicht gerade wild.
»Bedient euch«, sagte ich zu Adrian. Ich wollte ihn in die selbstgegrabene Grube fallen sehen – was immer das auch heißt (genau habe ich das nie gewußt). »Aber ich glaub fast«, fuhr ich fort, »daß *ich* erst mal passe. Wenn du willst, guck ich gern zu.« Ich hatte beschlossen, Adrian mit seinen eigenen Waffen zu schlagen. Kühl, unbeteiligt, all der Quatsch.
Marty sprang auf. Er fühlte sich plötzlich bemüßigt, seine Männlichkeit zu verteidigen. »Ich finde, entweder beiderseitiger Partnertausch oder gar nicht«, stotterte er.
»Tut mir leid«, sagte ich, »ich möchte kein Spielverderber sein, aber ich habe im Augenblick einfach keine Lust.« Fast hätte ich hinzugefügt: »Außerdem habe ich möglicherweise Syphilis ...«, aber ich wollte Adrian seinen Spaß nicht verderben. Soll er doch. Ich war hart im Nehmen. Ich würde das schon durchstehen.
»Sollten wir das nicht in der Gruppe ausdiskutieren?« sagte Judy. Jungejunge, was für eine Ex-Pfadfinderin!
»Ich habe meine Entscheidung bereits getroffen«, sagte ich. Ich war sehr stolz auf mich. Ich wußte, was ich wollte, und hatte nicht vor, klein beizugeben. Ich sagte nein, und mir war wohl dabei. Sogar Adrian war stolz auf mich. Das sah ich an seinem Grinsen. Er war dabei, meinen Charakter zu formen. Er hatte mich schon von Anfang an vor mir selbst retten wollen.
»Also«, sagte ich, »sollen wir euch zusehen oder uns ans Wasser setzen und uns ein bißchen unterhalten? Mir ist beides recht.«
»Ans Wasser«, stieß Marty rauh hervor.
»Aber nicht *ins* Wasser«, sagte ich.
Ich winkte Adrian und Judy munter zu, als sie in den VW-Bus kletterten und die Vorhänge zuzogen. Dann nahm ich Marty an die Hand und führte ihn zu dem verdammten Tümpel, wo wir uns auf einen großen, flachen Stein setzten.
»Wollen Sie mir Ihre Lebensgeschichte erzählen oder lieber von Judys Seitensprüngen?«
Er machte ein finsteres Gesicht.
»Nehmen Sie die Dinge immer so leicht?« fragte er und nickte in Richtung des VW-Busses.

»Im Grunde bin ich eine gräßliche Unke und Nervensäge, doch mein Freund da ist dabei, meinen Charakter zu formen.«
»Wie meinen Sie das?«
»Er versucht mir abzugewöhnen, mich selbst zu quälen, und vielleicht glückt ihm das sogar – aber wenn, dann nicht aus den Gründen, die er annimmt.«
»Versteh ich nicht«, sagte Marty.
»Entschuldigung. Ich greife vor. Das ist eine lange, traurige Geschichte und außerdem nicht so wahnsinnig originell.«
Marty blickte sehnsüchtig zum Bus hinüber. Ich nahm seine Hand in die meine.
»Ich will Ihnen ein kleines Geheimnis verraten – höchstwahrscheinlich passiert da drin nur sehr wenig. Er ist nicht der Supermann, für den er sich hält«, sagte ich.
»Impotent?«
»Häufig ja.«
»Das macht die Sache zwar nicht viel besser, aber es war nett von Ihnen, mir das zu sagen.«
Ich sah Marty an. Er war eigentlich gar nicht so übel. Ich dachte daran, wie oft ich mich nach fremden Männern gesehnt hatte, nach fremder Umgebung, nach fremden Riesenschwänzen. Doch ich empfand nichts als Gleichgültigkeit. Ich wußte, daß mit Marty zu vögeln mich keinen Schritt näher an die Wahrheit heranbringen würde, die ich suchte – wie die auch aussah. Mich verlangte nach einem überirdisch-wunderbaren Liebesakt, in dem einer für den anderen Gebetsmühle, Achterbahn, Mondrakete wird. Marty war da wohl nicht ganz der richtige. Aber gab es den überhaupt?
»Wie kommen Sie eigentlich hierher?« fragte er. »Sie sind doch Amerikanerin?«
»Das eine schließt das andere nicht aus … Um die Wahrheit zu sagen, so habe ich für das hier meinen besonders liebenswerten Mann verlassen.«
Marty hob den Kopf. Leichtes Erschrecken glitt, gleich einer Schockwelle, über sein Gesicht. Hatte ich es letzten Endes doch nur deswegen getan – um kaltschnäuzig sagen zu können, »ich habe meinen Mann verlassen«, und dann die Schockwellen des Schrecks zu registrieren, die zwischen mir und irgendeinem Fremden fluktuierten? War es nichts anderes als Exhibitionismus? Und ein recht schäbiger Exhibitionismus obendrein.
»Wo leben Sie?«
»In New York.«
»Und was tun Sie?«

Die sonderbare Intimität, die die Situation mit sich brachte – mit einem Fremden draußen zu sitzen und darauf zu warten, bis unsere miteinander vögelnden Partner fertig waren –, verlangte nach einem Zugeständnis, also überwand ich mich.
»New Yorkerin, Jüdin, aus einer höchst neurotischen großbürgerlichen Familie, in zweiter Ehe mit einem Psychotherapeuten verheiratet, keine Kinder, neunundzwanzig Jahre alt, soeben einen Band sogenannter erotischer Gedichte veröffentlicht, mit dem Erfolg, daß wildfremde Männer mich in der Nacht anrufen, um mir eindeutige Anträge zu machen, und daß es einen riesigen Wirbel um mich gab – Vorträge an verschiedenen Colleges, Interviews, Briefe von Geistesgestörten und ähnliches – und dann drehte ich durch. Ich fing an, meine eigenen Gedichte zu lesen, und versuchte, eins zu werden mit dem Bild, das ich in diesen Gedichten von mir gab. Ich versuchte, meine Phantasievorstellungen auszuleben, und glaubte mit der Zeit, daß ich eine Fiktion sei, eine von mir erfundene Figur.«
»Toll«, sagte Marty beeindruckt.
»Der springende Punkt ist bloß, daß Phantasien eben Phantasien sind und daß man nicht jeden Tag des Jahres in Ekstase verbringen kann. Selbst wenn man die Tür hinter sich zuschlägt und weggeht, selbst wenn man mit jedem vögelt, der greifbar ist, bedeutet das nicht unbedingt, daß man der Freiheit näherkommt.«
Klang das nicht wie von Bennett? Welche Ironie!
»Ich wünschte, Sie würden Judy das beibringen«, sagte Marty.
»Niemand kann jemandem etwas beibringen«, sagte ich.

Später, als Adrian und ich in unserem Zelt lagen, fragte ich ihn über Judy aus.
»Ein langweiliges Stück«, sagte er. »Liegt da und tut, als wäre man gar nicht vorhanden.«
»Wie fand sie dich?«
»Wie soll ich das wissen?«
»Interessiert dich das nicht?«
»Ich hab sie gefickt, wie man nach dem Essen eine Tasse Kaffee trinkt.
Nicht einmal sehr guten Kaffee, in diesem Falle.«
»Warum dann das Ganze?«
»Warum nicht?«
»Weil, wenn du alles auf diese Ebene der Gleichgültigkeit herunterziehst, alles sinnlos wird. Das ist nicht Existentialismus, das ist Erstarrung. Auf die Dauer wird dadurch eines so sinnlos wie das andere.«

»Na und?«
»Und du hast zum Schluß das Gegenteil von dem, was du wolltest. Du suchtest Intensität und hast statt dessen Gefühllosigkeit. Du schneidest dich ins eigene Fleisch.«
»Das ist wohl eine Strafpredigt«, sagte Adrian.
»Stimmt«, sagte ich, ohne mich zu entschuldigen.
Am nächsten Morgen waren Judy und Marty verschwunden. Sie hatten nachts ihren Krempel im Wagen verstaut und waren auf und davon wie die Zigeuner.
»Ich habe dich gestern abend belogen«, sagte Adrian.
»Und zwar?«
»Ich habe Judy überhaupt nicht gevögelt.«
»Wieso das denn?«
»Weil mir nicht so war.«
Ich lachte hämisch. »Du meinst, du konntest nicht.«
»Nein, das meine ich *nicht*. Ich meine, daß ich keine Lust dazu hatte.«
»Es ist mir vollkommen gleichgültig«, sagte ich, »ob du es getan hast oder nicht.«
»Das ist dummes Zeug.«
»Das denkst *du*.«
»Du bist einfach wütend, weil ich der erste Mann bin, den du nicht gängeln kannst. Du hältst es nie lange mit jemandem aus, der sich deiner Herrschsucht entzieht.«
»Quatsch. Ich stelle bloß zufällig ein bißchen höhere Ansprüche an das Leben, oder wie du es nennen willst, als du. Ich durchschaue dein Spielchen. Was Spontaneität und Existentialismus angeht, bin ich vollkommen deiner Meinung – aber das hier hat mit Spontaneität nichts zu tun, es ist die schiere Verzweiflung. Das hast du zu mir gesagt, als wir das erste Mal zusammen im Bett waren, und jetzt sage ich dir dasselbe. Es ist nichts weiter als Verzweiflung und Depression, im Gewande der Freiheit. Es macht nicht einmal Spaß. Es ist kläglich. Diese ganze Reise ist kläglich.«
»Du kannst eben immer alles nur negativ sehen«, sagte Adrian.
Später schwammen wir im Teich und ließen uns anschließend von der Sonne trocknen. Adrian streckte sich im Gras aus und blinzelte ins Licht. Ich lag mit dem Kopf auf seiner Brust und sog den Duft seiner sonnenwarmen Haut ein. Plötzlich schob sich eine Wolke vor die Sonne, und leichter Regen begann zu fallen. Wir rührten uns nicht. Die Regenwolke zog vorüber und hinterließ große Tropfen auf unseren Körpern. Als die Sonne wieder zum Vorschein kam und uns erneut beschien, spürte ich die Tropfen verdunsten. Ein Weber-

knecht stelzte über Adrians behaarte Schulter. Ich setzte mich mit einem Ruck auf.
»Was ist?«
»Ein Tier ... wie gräßlich!«
»Wo?«
»Auf deiner Schulter.«
Er sah, ohne den Kopf zu bewegen, zur Seite, packte das Insekt an einem seiner langen Beine, ließ es in der Luft baumeln und sah zu, wie es, gleich einem Wasser tretenden Schwimmer, die Beine streckte und krümmte.
»Nicht totmachen!« bat ich.
»Ich dachte, du hast Angst vor diesen Viechern.«
»Hab ich auch, aber ich will nicht, daß du es tötest.« Ein Schauder überlief mich.
»Und wie wär's damit?« sagte er und riß der Spinne ein Bein aus.
»O Gott – *nicht!* Ich *hasse* es, wenn Leute das tun!«
Er rupfte ein Bein nach dem anderen ab, wie die Blütenblätter eines Gänseblümchens.
»Sie liebt mich, sie liebt mich nicht ...«, sagte er.
»Ich *hasse* das«, sagte ich, »*bitte* nicht ...«
»Ich dachte, du haßt *Spinnen.*«
»Ich hab's nicht gern, wenn sie auf mir rumkrabbeln – aber ich kann's auch nicht vertragen, wenn jemand sie totmacht, und mir wird richtig übel, wenn ich sehe, wie du das Tier auf diese Weise verstümmelst. Ich kann's nicht mit ansehen«, und damit sprang ich auf und lief zum Wasser zurück.
»Ich verstehe dich nicht!« rief Adrian hinter mir her. »Warum bist du bloß so idiotisch *empfindlich*?«
Ich tauchte unter.
Wir sprachen erst nach dem Mittagessen wieder miteinander.
»Du hast alles verdorben«, sagte Adrian, »mit deiner ewigen Nörgelei und Schwarzseherei und deiner Überempfindlichkeit.«
»Okay, dann setz mich in Paris ab, und ich fliege von dort nach New York zurück.«
»Mit Vergnügen.«
»Ich hätte dir gleich sagen können, daß ich dir auf den Wecker fallen würde, sobald ich irgendwelche menschlichen Regungen zeige. Was willst du eigentlich – eine Frau aus Kunststoff?«
»Sei nicht albern. Ich will nur, daß du endlich erwachsen wirst.«
»Was *du* darunter verstehst.«
»Was wir *beide* darunter verstehen.«
»Der vorbildliche Demokrat«, sagte ich sarkastisch.

Wir begannen einzupacken und warfen mit Gepolter Zeltstangen und sonstiges Zubehör in den Wagen. Das nahm etwa zwanzig Minuten in Anspruch, während derer wir kein einziges Wort wechselten. Dann setzten wir uns hinein.
»Wahrscheinlich bedeutet es dir weniger als nichts, daß ich deinetwegen mein ganzes Leben durcheinandergebracht habe – weil ich dich so gern hatte.«
»Das hast du nicht meinetwegen getan«, sagte er, »ich war nur ein Vorwand.«
»Ich hätte es nie fertiggebracht, wenn ich dich nicht so über die Maßen gern gehabt hätte.« Und dann – und dabei durchzuckte es mich von Kopf bis Fuß – dachte ich daran, wie heftig ich ihn in Wien begehrt hatte. Meine Zitterknie. Das Wühlen im Bauch. Mein wie wild klopfendes Herz. Das Gefühl zu ersticken. Ich dachte an all das, was er in mir geweckt und wie er mich betört hatte, ihm zu folgen. Ich sehnte mich nach dem Adrian unserer ersten Begegnung. Der Mann, der neben mir saß, war eine Enttäuschung.
»Der Mann unter dem Bett kann nie der Mann im Bett sein«, sagte ich. »Sie schließen einander aus. Sobald er erst einmal in Fleisch und Blut dasteht, ist er nicht mehr der Mann, den man begehrte.«
»Wovon zum Teufel redest du?«
»Meine Theorie über den Spontanfick«, sagte ich. Und ich erklärte es ihm, so gut ich konnte.
»Ich habe dich also enttäuscht?« sagte er, legte seine Arme um mich und zog mich hinunter, bis mein Kopf auf seinen Schenkeln lag. Ich roch den Wildgeruch seiner schmutzigen Hose.
»Wir wollen aussteigen«, sagte ich.
Wir gingen ein paar Schritte und setzten uns unter einen Baum. Mein Kopf lag in seinem Schoß. Ohne besondere Absichten begann ich an seinem Hosenschlitz herumzuspielen. Ich zog den Reißverschluß halb auf und nahm seinen schlaffen Penis in die Hand.
»Er schläft«, sagte er.
Ich drehte den Kopf und sah ihn an, seine grüngoldenen Augen, das blonde Haar, das ihm in die Stirn fiel, die Lachfalten in seinen Mundwinkeln, seine sonnengebräunten Wangen. Für mich war er immer noch wunderschön. Mein Verlangen nach ihm, das zum Teil aus Erinnerung an Vergangenes bestand, war darum nicht weniger schmerzlich. Wir küßten uns lange; seine in meinem Mund kreisende Zunge machte mich schwindeln. Wie lange wir einander auch küßten – sein Penis blieb schlaff. Er lachte sein strahlendes Lachen, und auch ich lachte. Ich wußte, daß er sich mir nie rückhaltlos geben, daß ich ihn nie wirklich besitzen würde. Nicht zuletzt deswegen war

er für mich so begehrenswert. Ich würde über ihn schreiben, über ihn reden, an ihn denken ... *besitzen* würde ich ihn nie. Der unerreichbare Mann.

Wir fuhren in Richtung Paris. Ich bestand darauf, nach Hause zu fliegen, doch Adrian versuchte, mich zum Bleiben zu überreden. Er bangte nun um meine Anhänglichkeit. Er spürte, daß ich ihm entglitt. Er wußte, daß ich bereits dabei war, ihn in mein Tagebuch einzutragen, zur späteren Verwendung. Als wir uns den Vororten von Paris näherten, sahen wir unter den Autobahnüberführungen allerlei gekritzelte Inschriften. Eine davon lautete: FEMMES! LIBERONS-NOUS!

Verführt & verlassen

Das Stimmrecht, dachte ich, bedeutet uns Frauen wenig.
Was wir haben sollten, sind Waffen.

– Edna O'Brien

Wieder in Paris.
Staubbedeckt von der Fahrt kommen wir an. Zwei Landstreicher aus einem Roman von John Steinbeck, zwei staubige Komödianten aus einem Roman von Colette.
Am Straßenrand pinkeln ist in der Theorie entzückend rousseauisch, doch in der Praxis bleibt man davon klebrig im Schritt. Für eine Frau hat es zudem den Nachteil, daß man sich in die Schuhe pinkelt. Oder auf dieselben.
Wir kommen also klebrig, staubig und ein bißchen bepißt in Paris an. Wir sind wieder ineinander verliebt – jenes zweite Stadium der Liebe, das aus der wehmütigen Rückerinnerung an das erste Stadium lebt. Jenes zweite Stadium der Liebe, in das man eintritt, sobald man voll Verzweiflung spürt, daß die Liebe stirbt und der Gedanke an einen weiteren Verlust unerträglich scheint.
Adrian tätschelt mein Knie.
»Wie geht's dir, Schatz?«
»Prima, Schatz.«
Wir wissen nicht mehr, was echt und was gespielt ist. Wir sind mit den Rollen, die wir spielen, eins geworden.
Ich bin mittlerweile fest entschlossen, auf die Suche nach Bennett zu gehen und neu mit ihm zu beginnen, falls er mich noch haben will. Doch ich habe keine Ahnung, wo Bennett steckt. Ich werde versuchen, ihn telefonisch zu erreichen. Ich nehme an, daß er nach New York zurückgeflogen ist. Er haßt es, in Europa herumzuziehen – fast so sehr wie ich.
Am Gare du Nord versuche ich, ein Gespräch mit Voranmeldung zu bekommen. Doch ich habe mein ganzes Französisch vergessen, und das Englisch der Telefonistin läßt sehr zu wünschen übrig. Nach einem absurden Dialog, vielen Mißverständnissen, Piepsen in der Leitung und falschen Verbindungen werde ich endlich mit meiner eigenen Wohnung verbunden.
Die Telefonistin fragt nach *›le Docteur Wing‹*, und weit, weit fort, wie vom Grunde des Atlantischen Ozeans höre ich die Stimme des jungen Mädchens, dem wir die Wohnung für die Sommermonate vermietet haben.
»Er ist nicht hier. Er ist in Wien.«
»Madame, le Docteur est à Vienne«, wiederholt die Beamtin.
»Ce n'est pas possible!« schreie ich – doch damit hat sich mein Französisch auch bereits erschöpft. Während die Telefonistin auf mich einredet, verstumme ich immer mehr. Als ich vor vielen Jahren – in meiner Studentenzeit – Europa bereiste, konnte ich diese Sprache sprechen. Jetzt kann ich kaum noch englisch.

»Er *muß* da sein!« rufe ich. Wo kann er denn sonst sein? Und was, um Gottes willen, wird aus meinem Leben – ohne ihn?
Ich melde rasch ein Gespräch an mit Bennetts ältestem Freund Bob, dem wir unseren Wagen für den Sommer geliehen haben. Er wäre der erste, den Bennett anrufen würde. Er ist, zu meiner Überraschung, zu Hause.
»Bob – ich bin's – Isadora – ich bin in Paris. Ist Bennett da?«
Bobs Stimme, von weit her: »Ich dachte, er wär bei dir.« Dann Stille. Die Verbindung ist unterbrochen. Aber es ist doch nicht ganz still. Ist es das Rauschen des Weltmeeres, das ich höre – oder bilde ich mir das nur ein? Ich spüre ein dünnes Rinnsal von Schweiß zwischen meinen Brüsten. Plötzlich taucht Bobs Stimme wieder auf.
»Was ist los? Habt ihr euch ...« Ein gurgelndes Geräusch. Dann wieder Stille. Ich sehe im Geiste einen riesigen Fisch an dem transatlantischen Kabel nagen. Jedesmal, wenn der Fisch kräftig zubeißt, ist Bobs Stimme weg.
»Bob!«
»Ich kann dich nicht verstehen. *Ich sagte: habt ihr euch gestritten?*«
»Ja. Aber es ist zu kompliziert, das jetzt zu erklären. Es ist gräßlich. Und alle meine ...«
»*Wie?* Ich kann dich nicht verstehen ... Wo ist Bennett?«
»Aber das wollte ich doch gerade von *dir* wissen.«
»*Was*? Das hab ich nicht verstanden.«
»*Scheiße!* Ich verstehe dich auch so schlecht ... Hör zu, wenn er anruft, sag ihm, daß ich ihn liebe.«
»*Wie?*«
»Sag ihm, daß ich ihn überall suche.«
»*Was?* Ich kann dich nicht verstehen.«
»Sag ihm, daß ich mich nach ihm sehne.«
»*Wie?* Ich kann dich nicht verstehen.«
»Sag ihm, daß ich mich nach ihm sehne.«
»*Was?* Ich kann nichts verstehen.«
»Sag ihm, daß ich mich nach ihm sehne.«
»*Was?* Was hast du eben gesagt?«
»Es ist hoffnungslos.«
»Ich kann dich nicht *verstehen.*«
»Sag ihm nur, daß ich ihn liebe.«
»Wie? Diese Verbin ...«
Wir werden nun endgültig getrennt. Die Stimme der Telefonistin läßt mich wissen, daß ich 129 neue Francs und 34 Centimes zu bezahlen habe.

»Aber ich habe doch nichts verstehen können!«
Die Telefonistin besteht darauf, daß ich trotzdem zahlen müsse. Ich gehe an den Kassenschalter, werfe einen Blick in meine Geldbörse und stelle fest, daß ich überhaupt keine Francs habe, weder alte noch neue. Ich muß also – mein Gott, ist das lästig! – Geld wechseln, und nachdem ich mich noch eine Weile herumgestritten habe, zahle ich zum Schluß doch. Es ist einfach *zu* anstrengend, noch weiter zu protestieren.
Ich blättre die Scheine hin wie Bußgeld. Ich würde jede Summe bezahlen, um in diesem Augenblick zu Hause zu sitzen und mir das Ganze in aller Ruhe durch den Kopf gehen zu lassen. Das ist mir eigentlich immer das allerliebste. Warum sollte ich mir selbst etwas vormachen? Ich bin keine Existentialistin. Wirklich *real* werden die Geschehnisse für mich erst, nachdem ich sie niedergeschrieben und sie dabei ein wenig zurechtgerückt und ausgeschmückt habe. Ich warte immer darauf, daß die Dinge vorbei sind, damit ich nach Hause gehen und sie zu Papier bringen kann.
»Na, wie sieht's aus?« sagt Adrian, der aus der Herrentoilette kommt.
»Das einzige, was ich sicher weiß, ist, daß er nicht in New York ist.«
»Vielleicht ist er in London.«
»He – das wäre möglich.« Mein Herz klopft heftig bei dem Gedanken, ihn wiederzusehen.
»Warum fahren wir nicht zusammen nach London«, schlage ich vor, »und trennen uns als gute Freunde.«
»Weil ich finde, daß du das allein durchfechten mußt«, sagt Adrian, der Moralist. Ich wittere hinter seinem Einwand nichts Verdächtiges; er erscheint mir durchaus plausibel. In gewissem Sinne hat er recht. Ich habe mich selbst in diese Lage hineinmanövriert – warum sollte *er* mir heraushelfen?
»Komm, gehen wir einen trinken, vielleicht fällt uns dann was ein.«
»In Ordnung.«
Und wir setzen uns in den *Triumph* und brausen davon; auf meinen Knien liegt die Karte von Paris, das Verdeck ist zurückgeschlagen, die Sonne vergoldet die Stadt – wie in einer Filmversion unserer Story. Ich dirigiere Adrian zum Boul'Mich und freue mich, daß ich die Straßen und die berühmten Gebäude wiedererkenne und weiß, wo wir jeweils abbiegen müssen. Allmählich fällt mir mein Französisch auch wieder ein.
»Il pleure dans mon coeur/Comme il pleut sur la ville!« rufe ich lauthals; daß mir diese zwei Zeilen des einzigen französischen

Gedichts, das ich in all den Jahren Französischunterricht auswendig zu lernen geschafft habe, wieder einfallen, euphorisiert mich geradezu. Plötzlich (und nur, weil ich Paris wiedersehe) fliege ich dahin – höher als ein Drachen im Herbstwind. »Sie hatte schon bei der Geburt eine Adrenalinspritze im Leibe«, wie meine Mutter zu sagen pflegte. Und es stimmte. Wenn ich nicht zutiefst deprimiert war, barst ich vor Energie und wußte mich vor Gekicher und Alberei nicht zu lassen. »Wieso denn ›*il pleut*‹? fragt Adrian. »Es ist der strahlendste Tag seit Wochen.« Doch meine gute Laune wirkt ansteckend, und noch bevor wir das Lokal erreicht haben, sind wir beide in Hochstimmung. Wir parken den Wagen in der Rue des Ecoles (die einzige, nicht allzu abgelegene Parklücke, die wir finden können) und lassen unseren gesamten Krempel im Wagen liegen. Ich zögere einen Augenblick, denn wir können den *Triumph* nicht richtig sichern – er hat ja nur ein Stück Segeltuch als Dach –, aber was gehen mich schließlich Beständigkeit und Besitz an? *Freiheit ist nur eine andere Bezeichnung dafür, daß man nichts mehr zu verlieren hat* – stimmt's?

Wir steuern auf ein Café auf der Place St. Michel zu und plappern einander vor, wie wunderbar es doch ist, wieder einmal in Paris zu sein, daß Paris sich nie verändert, daß die Cafés noch genau dort sind, wo sie das vorige Mal waren, und die Straßen dort, wo man sie verlassen hat, und daß Paris eben immer Paris bleibt.

Zwei Bier pro Nase, und wir küssen uns demonstrativ in aller Öffentlichkeit. (Jeder mußte denken, daß wir der Welt leidenschaftlichstes Liebespaar seien.)

»Mein Über-Ich ist in Alkohol löslich«, sagt Adrian und wird wieder zu dem selbstsicheren Casanova, der er in Wien war. Und beide lachen wir, eine Spur zu laut.

»Wir wollen nie nach Hause zurückfahren«, schlage ich vor. »Wir wollen für immer hier bleiben und unsere Tage in Freuden verbringen.«

»Die Rebe ist der einzig wahre Existentialist«, erwidert Adrian und drückt mich an sich.

»Oder Hopfen und Malz. Oder Malz und Hopfen. Das weiß ich nie so genau.«

»Hopfen und Malz«, sagt er kategorisch und nimmt noch einen großen Schluck Bier.

»Hopfen und Malz verloren«, sage ich und nehme auch einen Schluck.

Im Biernebel rumpeln wir durch Paris. Wir essen Kuskus zu Mittag und abends Austern und trinken dazwischen unzählige Biere und

halten unzählige Male an, um zu pinkeln, rasen durch den Jardin des Plantes und rund um das Pantheon herum und durch die engen Gassen in der Nähe der Sorbonne. Wir rumpeln durch den Jardin du Luxembourg. Auf einer Bank nahe der Fontaine de l'Observatoire ruhen wir uns schließlich aus. Wir sind beschickert und zufrieden. Wir betrachten die Bronzepferde, die sich inmitten des Wasserschwalls der Fontäne aufbäumen. Ich habe jenes merkwürdige Gefühl der Unverletzbarkeit, das der Alkohol einem verleiht, und mir ist, als spiele sich mein gegenwärtiges Leben in einem romantischen Film ab. Mir ist wunderbar locker und frei und dreherig zumute. New York ist weiter entfernt als der Mond.
»Suchen wir uns ein Hotel und gehen ins Bett«, sage ich. Kein plötzliches Aufwallen von Leidenschaft, sondern lediglich der Wunsch, diesem romantischen Schwebezustand einen Abschluß zu geben. Wir könnten es doch noch einmal versuchen. Alle unsere bisherigen Bemühungen in dieser Sache waren letzten Endes immer enttäuschend. Es erscheint mir so traurig, daß wir – all die Zeit über, die wir zusammen waren – so viel für so wenig aufs Spiel gesetzt haben. Oder ging es vielleicht gerade *da*rum?
»Nein«, sagt Adrian, »dazu haben wir keine Zeit.«
»Was heißt das, wir haben keine Zeit?«
»Ich muß heute abend fahren, wenn ich morgen früh in Cherbourg sein will.«
»Wieso mußt du denn morgen früh in Cherbourg sein?« Etwas Schreckliches dämmert durch meine alkoholisierte Hochstimmung herauf.
»Um Esther und die Kinder abzuholen.«
»Das soll wohl ein Witz sein?«
»Nein, das ist kein Witz.« Er sieht auf seine Uhr. »Sie fahren wohl gerade jetzt aus London ab. Wir wollen ein bißchen Ferien machen, in der Bretagne.«
Ich starre ihn an, wie er seelenruhig auf die Uhr sieht. Sein ungeheuerlicher Verrat verschlägt mir die Sprache. Hier sitze ich – betrunken und ungewaschen und weiß nicht einmal, welchen Tag wir haben –, und er hat vor, eine Verabredung einzuhalten, die er vor über einem Monat getroffen hat.
»Soll das heißen, daß du das schon die ganze Zeit gewußt hast?«
Er nickt.
»Und du hast *mich* in dem Glauben gelassen, wir wären zwei umherziehende Existentialisten, während du die ganze Zeit gewußt hast, daß du an einem bestimmten Tag Esther abholen wirst?«
»Na schön, wenn du es unbedingt *so* sehen willst ... Es war nicht

ganz so bösartig geplant, wie du zu glauben scheinst.«
»Was war es dann? Wie konntest du mich glauben lassen, daß wir beide einfach so rumziehen – wohin es uns gerade treibt? Wenn du die ganze Zeit über eine feste Verabredung mit Esther hattest?«
»*Du* hast dein Leben umgekrempelt, Schatz, nicht ich. Ich habe nie gesagt, daß ich vorhabe, *mein* Leben auf den Kopf zu stellen, um bei dir zu bleiben.«
Mir war zumute wie nach einer Ohrfeige. Mir war, als wäre ich wieder sechs Jahre alt und meine sogenannte beste Freundin hätte mein Fahrrad zu Klump gefahren. Es war der schlimmste Verrat, den ich mir vorstellen konnte.
»Du hast also die *ganze Zeit* über von Freiheit und Sich-dem-Zufall-Überlassen geredet und wußtest, daß du an einem bestimmten Tag Esther treffen wirst? Du bist der schlimmste Heuchler, der mir *je* begegnet ist!«
Adrian fing an zu lachen.
»Was ist daran so komisch?«
»Deine Wut.«
»Ich könnte dich umbringen«, schrie ich.
»Das glaub ich dir aufs Wort.«
Ich holte aus und schlug mit den Fäusten auf ihn ein. Er packte meine Handgelenke und hielt sie fest.
»Ich wollte dir nur etwas bieten, worüber du schreiben kannst«, sagte er lachend.
»Du Dreckskerl!«
»Ist das vielleicht nicht der passendste Abschluß für deine Geschichte?«
»Du bist wirklich ein *Schwein.*«
»Komm, Schatz, nimm es nicht so tragisch. Die Moral von der Geschichte bleibt ja doch dieselbe, nicht wahr?«
»Deine Moral gleicht einer Alpenstraße. Nichts als Haarnadelkurven.«
»Mir scheint, *das* hab ich auch schon mal irgendwo gehört«, sagte er.
»Na schön. Dann fahr ich eben mit.«
»Wohin?«
»Nach Cherbourg. Dann eben Ferien *à cinq* in der Bretagne. Jeder wird mit jedem vögeln, ohne irgendwelche lächerlichen moralischen Ausflüchte – wie du vor langer Zeit in Wien sagtest.«
»Unsinn, du fährst nicht mit.«
»Ich *fahre* mit!«
»Du fährst *nicht* mit. Ich will es nicht.«

»Was soll das heißen, du *willst es nicht?* Was für einen Mist redest du da? Vor Bennett hast du angegeben wie 'n Waggon Sülze in der Kurve. *Du* hast mich dazu ermutigt, mein Leben umzukrempeln, wie du es nennst, und mit mir loszuziehen, und nun bist du auf einmal ängstlich bemüht, *dein* sicheres kleines Familienleben intakt zu halten! Wieviel soll ich mir *noch* von dir bieten lassen? *Du* bist es gewesen, der mir was von Ehrlichkeit und Offenheit vorgeredet hat, und daß man nicht in tausend Widersprüchen leben soll. Aber sicher fahr ich mit dir nach Cherbourg. Ich will Esther und die Kinder kennenlernen, und alles Weitere wird sich finden – wir werden eben improvisieren.«

»Kommt nicht in Frage. Ich nehme dich nicht mit. Ich setz dich mit Gewalt aus 'm Wagen raus, wenn's sein muß.«

Ich sah ihn ungläubig an. Warum fiel es mir so schwer zu glauben, er würde so hart und gefühllos sein? Er meinte offenbar wirklich, was er sagte. Ich wußte, er würde mich tatsächlich aus dem Wagen rausschmeißen, wenn es sein mußte. Und vielleicht auch noch lachend davonfahren.

»Aber findest du es denn nicht selbst gräßlich, ein solcher Heuchler zu sein?« Meine Stimme hatte einen flehenden Unterton, als wüßte ich bereits, daß ich das Spiel verloren hatte.

»Es kommt nicht in Frage, daß ich die Kinder auf diese Weise enttäusche«, sagte er. »Das ist mein letztes Wort.«

»*Mich* auf diese Weise zu enttäuschen, macht dir wohl gar nichts aus?«

»Du bist erwachsen. Du bist dem *ge*wachsen. Die Kinder nicht.«

Was hätte ich *da*rauf noch antworten können? Ich konnte kreischen und brüllen, daß auch ich noch ein Kind sei, daß ich durchdrehen, daß ich verrückt werden würde, wenn er mich verließe. Vielleicht würde ich das auch wirklich werden. Aber ich war nicht Adrians Kind, und es war nicht seine Pflicht, mich zu retten. Jetzt war ich niemandes Baby mehr. Befreit. Vollkommen frei. Es war das beängstigendste Gefühl meines Lebens. Als stünde ich am Rand des Grand Canyon, verlöre den Halt und hoffte, noch fliegen zu lernen, bevor ich in der Tiefe zerschellte.

Erst als er fort war, gelang es mir, mein Entsetzen in beide Hände und damit in Besitz zu nehmen. Wir schieden nicht als Feinde. Als ich verstand, daß ich endgültig geschlagen war, haßte ich ihn nicht mehr. Ich begann mich darauf zu konzentrieren, wie ich das Alleinsein am besten in den Griff kriegen konnte. Sobald ich keine Hilfe mehr von ihm erwartete, stellte ich fest, daß ich mich besser in ihn hineinfühlen konnte. Ich war nicht sein Kind. Es war sein gutes

Recht, seine Kinder zu beschützen. Selbst vor mir – wenn er mich als Bedrohung empfand. Er hatte mich verraten, doch das hatte ich die ganze Zeit schon vorausgeahnt, und in gewissem Sinne hatte ich mich zweifellos seiner als eines Schurken bedient, wie er sich meiner als Opfer. Er hatte mir, perverserweise, als Werkzeug gedient – meine Freiheit hatte ich *ihm* zu verdanken. Als ich ihn fortfahren sah, wußte ich, daß ich mich erneut in ihn verlieben würde, sobald die Entfernung zwischen uns groß genug war.

Er war auch nicht etwa weggefahren, ohne mir behilflich gewesen zu sein. Zusammen hatten wir uns um einen Flug nach London bemüht und erfahren, daß für die nächsten zwei Tage alle Maschinen ausgebucht seien. Ich konnte also bis Mittwoch warten oder mich nach Zügen für Dienstag erkundigen. Oder ich konnte zum Flughafen fahren und mich auf die Warteliste setzen lassen. Möglichkeiten gab es genug. Doch zunächst galt es, dieses unsinnige Herzklopfen zu ertragen, bis ich Bennett wiedergefunden hatte – oder irgend jemand. Vielleicht mich selbst.

Ich schleppte meinen Koffer zurück ins Café auf der Place St. Michel. Ich stellte – ohne männliche Begleitung – plötzlich fest, wie bleischwer er war. Ich hatte beim Packen nicht damit gerechnet, unter Umständen allein reisen zu müssen. Mein Koffer war vollgestopft mit Reiseführern, einem kleinen Diktiergerät – für den Artikel, den ich nicht geschrieben hatte –, meiner elektrischen Trockenhaube, zehn Exemplaren meines ersten Gedichtbandes usw. Einige davon waren für einen literarischen Agenten in London bestimmt. Die anderen schleppte ich aus Unsicherheit mit mir herum – als Identitätsausweis sozusagen, für Leute, die ich eventuell kennenlernen würde, dazu bestimmt, als Beweis dafür zu dienen, daß ich keine beliebige Durchschnittsfrau, daß ich etwas Besonderes sei, und überdies dazu bestimmt, mir alle Wege zu ebnen. Ich klammerte mich auf klägliche Weise an meinen Ausnahmestatus, denn ohne diesen wäre ich ja nur eine der vielen einsamen, auf der Suche befindlichen, ruhelosen Frauen gewesen.

»Hab ich deine Adresse?« fragte Adrian, bevor er in seinem *Triumph* davonfuhr.

»Sie steht in dem Gedichtband, den ich dir geschenkt habe. Auf dem hinteren Schutzblatt.«

Doch er hatte das Buch verloren. Das Exemplar mit meiner Widmung (hineingeschrieben mit pinkrosa Filzstift). Es erübrigt sich zu sagen, daß er es nie zu Ende gelesen hatte.

»Augenblick – ich geb dir ein anderes.«

Ich begann mitten auf der Straße, den Reißverschluß meines

riesigen Segeltuchkoffers zu öffnen. Cremetöpfe rollten auf den Gehsteig, und hinter ihnen quollen lose Blätter hervor, Zettel mit Notizen für Gedichte, an denen ich zur Zeit arbeitete, Tonbänder, Filme, Lippenstifte, Taschenbücher und ein Michelin-Führer mit Eselsohren. Ich stopfte das ganze Zeug in den lappigen italienischen Koffer zurück, grub ein Exemplar meiner Gedichte heraus und brach ihm den jungfräulichen Rücken.

Für Adrian den Achtlosen (schrieb ich hinein)
der Bücher verschusselt.
Mit Liebe und vielen Küssen
seine ihm zugetane Sozialarbeiterin
aus New York –

Und aufs hintere Schutzblatt schrieb ich erneut meine New Yorker Adresse und Telefonnummer, wohl wissend, daß er wahrscheinlich auch dieses Exemplar verlieren würde. So gingen wir auseinander. Verlust auf Verlust. Mein Leben, das ich auf die Straße ergoß, und nichts als ein dünner Band Verse zwischen mir und der Leere.

Im Café stellte ich meinen Koffer neben mich und verlangte ein Bier. Ich war wie benommen und sehr erschöpft – fast zu erschöpft, um so unglücklich zu sein, wie ich es von mir selbst erwartete. Und nun noch die Suche nach einem Hotel. Es dämmerte bereits. Mein Koffer war schwer wie Blei, und ich sah mich im Geiste durch die Straßen stolpern, das schwere Ding hinter mir herzerrend, und keuchend Wendeltreppen erklimmen und nach Zimmern fragen, die alle schon belegt sein würden. Ich legte den Kopf auf den Tisch. Ich hätte vor lauter Erschöpfung weinen mögen, doch ich wußte, daß ich mich nicht zu auffällig betragen durfte. Ich bekam ohnehin bereits jene Art spöttischer Blicke zu spüren, denen eine Frau ohne männliche Begleitung ausgesetzt ist. Und ich war zu müde und abgekämpft, um das mit Gelassenheit hinzunehmen. Wenn mich jetzt einer anquatschte, würde ich wahrscheinlich laut schreien und um mich schlagen. Worte galten nicht mehr für mich. Ich war des Debattierens und Streitens und der diplomatischen Schachzüge gründlich müde. Der erste Mann, der sich mir mit einem zynischen oder anzüglichen Blick näherte, konnte mit einem Tritt in die Eier oder einem Kinnhaken rechnen. Ich würde mich nicht ängstlich ducken, wie mit dreizehn Jahren, auf dem Weg zur Schule, wenn Exhibitionisten sich in der ausgestorbenen U-Bahn vor mir postierten und ihre Hose öffneten. Ich fürchtete tatsächlich, sie würden *beleidigt* sein und schreckliche Rache an mir nehmen, wenn ich nicht wie angenagelt sitzen bliebe. Also blieb ich sitzen, sah in die andere Richtung, tat, als merkte ich nichts, tat, als hätte ich keine Angst, tat, als läse ich, und hoffte insgeheim, das Buch würde mich beschützen. Später, in Italien, wenn Männer mir in den Ruinen nachstiegen oder auf der Straße im Wagen hinter mir herfuhren (und den Schlag öffneten und *vieni, vieni* flüsterten), fragte ich mich jedesmal, warum ich mir dann so besudelt und erniedrigt vorkäme, von meiner Wut ganz zu schweigen. Im Grunde hätte es mir schmeicheln sollen – als Beweis, daß ich als Frau auf Männer wirkte. Meine Mutter hatte immer gesagt, wie sehr sie sich in Italien als Frau bestätigt gefühlt hätte. Warum kam *ich* mir dann vor wie ein gejagtes Wild? Es muß an *mir* liegen, dachte ich, irgend etwas stimmt bei mir nicht. Und dann quälte ich mir ein Lächeln ab und warf mein Haar in den Nacken, um meine Dankbarkeit zu demonstrieren. Und dann kam ich mir vor wie eine Betrügerin. Warum war ich nicht dankbar dafür, daß man mir nachstellte?

Doch jetzt wollte ich allein sein, und wenn irgend jemand mein Verhalten anders auslegen sollte, würde ich darauf reagieren wie ein wildes Tier. Selbst Bennett mit all seinem vorgeblichen psychologischen Verständnis und all seinem ›Einfühlungsvermögen‹ behauptete, die Männer würden dauernd hinter mir herrennen, weil ich meine ›Verfügbarkeit‹ zur Schau trüge – wie er sich ausdrückte. Weil ich mich so sexy kleide, oder weil die Art, wie ich mein Haar trüge, leichtfertig wirke, oder *irgendwas.* Kurz, ich verdiene es nicht besser, als angequatscht zu werden. Es waren die altbekannten Schlagworte vom Kampf der Geschlechter, die altbekannten Schmonzetten der fünfziger Jahre: *Vergewaltigung gibt es nicht; ihr Weiber wartet nur darauf.*

Ich saß lange hinter meinem Bier. Als ich zufällig aufblickte, sah ich in die Augen eines Mannes am Nebentisch. Es handelte sich um einen jener eitlen Renommierblicke, welche besagen: Ich weiß, was du brauchst, Baby ..., um die gleiche lockende Gefallsucht, auf die ich bei Adrian mit vollen Segeln geflogen war, doch jetzt kotzte es mich an. Im Augenblick sah ich nichts anderes als autoritäres Gehabe und Sadismus darin. Plötzlich schoß mir der Gedanke durch den Kopf, daß vielleicht 90 Prozent aller Männer, die sich so geben, in Wirklichkeit ihre Impotenz damit bemänteln. Aber ich verspürte nicht die geringste Lust dazu, diese Hypothese auf ihren Wahrheitsgehalt zu prüfen.

Ich runzelte die Stirn und senkte den Blick. Sah er denn nicht, daß ich niemanden wollte? Sah er denn nicht, daß ich müde und schmutzig und abgekämpft war? Sah er denn nicht, daß ich mich an

mein Bierglas klammerte, als sei es der Heilige Gral? Warum blieb ein Mann, wenn man ihn abwies – ihn ernsthaft und ohne Vorbehalte abwies – hartnäckig bei dem Glauben, es handle sich lediglich um Koketterie?
Ich dachte zurück an die Tage, als ich von Männern im Eisenbahnabteil phantasierte. Es blieb zwar bei den Phantasien; sie in die Tat umzusetzen, hätte ich nie gewagt. Ich hatte ja sogar erst viel später den Mut, darüber zu *schreiben*. Aber angenommen, ich *hätte* mich an einen dieser Männer herangemacht, und angenommen, er hätte mich abgewiesen, hätte weggesehen, mir seine ablehnende Haltung zu verstehen gegeben. Was dann? Ich wäre über diese Zurückweisung zutiefst geknickt gewesen, hätte mich im Unrecht geglaubt, hätte mich beschuldigt, eine schlechte Frau zu sein, eine Hure, eine Schlampe, jemand, der öffentliches Ärgernis erregt ... Um es noch genauer zu sagen: ich hätte es sofort auf meinen eigenen Mangel an Attraktivität bezogen, nicht auf das Widerstreben des Mannes, und wäre tagelang am Boden zerstört gewesen, weil ich abgewiesen worden war. Und trotzdem nimmt ein Mann an, die Abweisung einer Frau sei nur Teil eines Spieles. Jedenfalls eine Menge Männer nimmt das an. Wenn ein Mann nein sagt, so heißt das nein. Wenn eine Frau nein sagt, heißt das ja oder doch zumindest vielleicht. Es gibt sogar einen alten Witz darüber. Und, ganz allmählich, beginnen die Frauen, an dieses Bild von sich zu glauben. Und schließlich, nachdem sie Jahrhunderte im Schatten solcher Unterstellungen gelebt haben, wissen sie nicht mehr, was sie wollen, und können sich nie zu etwas entschließen, was es auch sei. Und die Männer verschlimmern die Sache, indem sie sich, nicht faul, über die Entschlußlosigkeit der Frauen lustig machen und behaupten, biologische Gegebenheiten, Hormone und prämenstruale Spannungen seien der Grund.
Plötzlich – unter dem lüsternen Blick des fremden Mannes – wußte ich, was ich bei Adrian falsch gemacht und warum er mich verlassen hatte. Ich hatte die Grundregeln mißachtet. Ich hatte mich ihm aufgedrängt. Jahre der Phantasien über Männer ohne den leisesten Versuch einer Realisierung – und dann, zum ersten Mal in meinem Leben – *mache* ich den Versuch. Ich bedränge einen Mann, den ich heftig begehre, und was geschieht? Er wird schlaff wie eine ins Wasser gefallene Nudel und zeigt mir die kalte Schulter.
Männer und Frauen, Frauen und Männer. Daraus kann nie etwas werden, dachte ich. Früher, in jenen Tagen, als die Männer Jäger und Tarzane waren und die Frauen sich ihr ganzes Leben lang Sorgen über Schwangerschaften und den Tod im Kindbett machten,

mußten die Frauen oft gegen ihren Willen genommen werden. Die Männer klagten darüber, daß ihre Frauen kalt, abweisend, frigide wären ... Sie wünschten sich hemmungslose, zur Lust bereite Frauen. Nun lernen es die Frauen endlich, hemmungslos und lustbereit zu sein – und was geschieht? Die Männer versagen im Bett. Es war hoffnungslos. Ich hatte Adrian begehrt wie noch nie einen Mann zuvor, und die Intensität meines Verlangens machte das seine zunichte. Je mehr ich bereit war, aufs Spiel zu setzen, um bei ihm sein zu können, desto weniger war er dazu bereit. War das wirklich alles so simpel? Lief alles darauf hinaus, was meine Mutter mir vor Jahren gesagt hatte, über ›sich kostbar machen‹? Es stimmte zumindest insofern, als die Männer, die mich am meisten geliebt hatten, mir am unwichtigsten gewesen waren. Doch worin lag da der Reiz? Was sollte das alles? Ließen sich Liebe und Sexualität denn nie vereinen, und sei es nur für kurze Zeit? Was war der tiefere Sinn dieser sich ständig wiederholenden Verluste, dieses immerwährenden Kreislaufs von Begierde und Gleichgültigkeit, Gleichgültigkeit und Begierde?

Ich mußte mir ein Hotel suchen. Es war spät und schon dunkel und mein Koffer nicht nur eine große Behinderung – er verstärkte den Eindruck, ich sei Freiwild. Ich hatte vergessen, wie gräßlich es war, als Frau ohne Begleitung durch die Gegend zu ziehen: die spöttischen, lüsternen Blicke, die Pfiffe hinter einem her, die Hilfsangebote, die man nicht anzunehmen wagte, aus Angst davor, eine sexuelle Verpflichtung einzugehen. Das schreckliche Gefühl wehrloser Ohnmacht. Kein Wunder, daß ich von einem Mann zum anderen gehetzt war und immer wieder heiratete. Wie hatte ich Bennett verlassen können? Wie hatte ich das alles bloß vergessen können?

Ich schleppte mein Monstrum von Koffer um die Ecke herum, in die Rue de la Harpe (die Schatten von Charlies Freundin Sally!), und bekam zu meiner Überraschung gleich im ersten Hotel ein Zimmer. Die Preise waren seit meinem letzten Aufenthalt in Paris enorm gestiegen, und man gab mir das letzte freie Zimmer im obersten Stockwerk (eine anstrengende Kletterpartie mit diesem Scheißkoffer). Falls ein Brand ausbricht, ist dieses Hotel eine Falle, dachte ich mit masochistischem Vergnügen, und im obersten Stockwerk hatte ich wohl die allergeringste Chance, mit dem Leben davonzukommen. Vor meinem geistigen Auge ein wahrer Bildersturz: Zelda Fitzgerald, die bei einem Brand in der Irrenanstalt umgekommen war (ich hatte gerade eine Biographie über sie gelesen); das schäbige Hotelzimmer im Film *Außer Atem*; mein Vater, der mir, bevor ich mit neunzehn zum erstenmal allein nach Europa reiste, ernste Warnungen mit auf den Weg gab, er habe *Außer Atem* gesehen und wisse also, was amerikanische Mädchen in Europa erwarte; der schlimme Krach mit Bennett, am Weihnachtsabend vor fünf Jahren in Paris; Pia und ich, mit dreiundzwanzig Jahren im selben Hotel; meine erste Reise nach Paris, als ich dreizehn war (mit Eltern und Schwestern in einer Luxussuite im Georges V, und alle putzten wir uns die Zähne mit *Perrier*); die Geschichten meines Großvaters, wie er sich als bettelarmer Kunststudent in Paris von Bananen ernährt habe; meine Mutter, die nackt im Bois de Boulogne tanzte (wie sie sagt) ...

Mein Glück bei der Zimmersuche hatte mich ein wenig aufgemuntert, doch als ich es nun in Augenschein nahm und daran dachte, daß ich die Nacht hier allein verbringen müßte, verzagte ich. Eigentlich handelte es sich nur um ein halbes Zimmer – geteilt durch eine Sperrholzwand (Gott weiß, was sich auf der anderen Seite befand). Ein durchgelegenes schmales Bett mit einer sehr staubigen Chintzdecke. An den Wänden alte, gestreifte Tapeten, verschossen und voller Flecken.

Ich schleppte meinen Koffer hinein und machte die Tür zu. Ich mußte erst eine Weile am Türschloß herummurksen, ehe es mir gelang, mich einzuschließen. Endlich sank ich aufs Bett und begann zu weinen. Ich war mir bewußt, daß ich mich so richtig von Herzen ausweinen, ein ganzes Meer von Tränen weinen wollte, um darin zu ertrinken. Doch selbst mein Tränenfluß war blockiert. Ein sonderbarer Knoten im Magen ließ mich unaufhörlich an Bennett denken. Es war fast, als seien wir am Nabel miteinander verbunden, so daß ich mich nicht einmal meinen Tränen hingeben konnte, ohne an ihn zu denken und mir Sorgen um ihn zu machen. Wo war er? Konnte ich denn nicht einmal mehr richtig weinen, ehe ich ihn wiedergefunden hatte?

Was das Weinen angeht, so ist das Sonderbarste daran (möglicherweise handelt es sich da um ein Relikt aus der Kindheit), daß wir ohne einen Zuhörer – oder doch zumindest einen potentiellen Zuhörer – nicht von ganzem Herzen weinen können. Wir gestatten uns nicht, so verzweifelt zu weinen, wie wir es eigentlich wollen. Vielleicht fürchten wir uns davor, im Tränensee zu versinken, ohne daß sich eine rettende Hand böte. Oder vielleicht sind Tränen – wie Worte – eine Form der Kommunikation und erfordern einen Zuhörer.

Du mußt schlafen, sagte ich streng zu mir selbst. Doch schon spürte ich, wie ich mich in eine Panik hineinsteigerte, die die schlimmsten nächtlichen Angstzustände meiner Kindheit heraufbeschwor. Ich spürte, wie mir der Kern meines Seins entglitt, zurück in die Vergangenheit, so sehr mein erwachsenes, rationales Ich auch protestierte. *Du bist kein Kind mehr,* sagte ich laut, doch das unsinnige Pochen meines Herzens wollte nicht aufhören. Ich war in kaltem Schweiß gebadet. Ich saß wie angewurzelt auf dem Bett und konnte mich nicht rühren. Ich wußte, daß ich dringend ein Bad nehmen mußte, doch ich tat es nicht, aus Angst, das Zimmer zu verlassen. Ich mußte ganz furchtbar pinkeln, doch ich fürchtete mich davor, hinaus auf die Toilette zu gehen. Ich wagte es nicht einmal, meine Schuhe auszuziehen (der Mann unter dem Bett könnte mich am Fuß packen). Ich wagte es nicht, mir das Gesicht zu waschen (wer wußte, was hinter jenem Vorhang lauerte?). Ich vermeinte, einen Schatten sich auf dem Flachdach vor dem Fenster bewegen zu sehen. Geisterautos aus Licht überquerten die Decke. Im Gang rauschte eine Toilette, und ich fuhr hoch. Ich hörte Schritte im Flur. Szenen aus *Der Mord in der Rue Morgue* tauchten vor mir auf. Mir fiel ein namenloser Film ein, den ich vor etwa fünf Jahren im Fernsehen gesehen hatte: ein Vampir, der durch die Wand gehen konnte. Kein Türschloß hielt ihn auf. Ich sah ihn sich in der verschmutzten, fleckigen Tapete materialisieren und wieder auflösen. Erneut wandte ich mich um Hilfe an mein erwachsenes Ich. Ich versuchte, kritisch und rational zu denken. Ich wußte, wie Vampire zu interpretieren waren. Ich wußte, daß der Mann unter dem Bett zum Teil mein Vater war. Ich dachte an Groddecks *Buch vom Es.* Die Angst vor dem Eindringling ist der Wunsch nach dem Eindringling. Ich dachte an all die Sitzungen bei Dr. Happe, in denen wir über meine Nachtangst (Pavor nocturnus) gesprochen hatten. Ich dachte an die Phantasien meiner Pubertätszeit, in denen ich von einem fremden Mann erstochen oder erschossen wurde. Ich saß an meinem Schreibtisch, und der Mann fiel mich an, immer von rückwärts. Wer war er? Warum war mein Leben von männlichen Phantomen bevölkert?

»Gibt es denn keinen Ausweg aus dem Labyrinth der Gehirnwindungen?« fragte Sylvia Plath, bar jeder Hoffnung, in einem ihrer letzten, verzweifelten Gedichte. Wenn ich in einer Falle saß, so waren es meine eigenen Ängste, die mich umstellten. Für alles eine Erklärung suchen zu müssen, war das Schlimmste am Alleinsein. Manchmal schien es mir, als wäre ich zu jedem Kompromiß bereit, als würde ich jede Schmach auf mich nehmen, mich mit jedem beliebigen Mann zusammentun, nur, um nicht allein sein zu müssen. Aber warum? Was war so Schreckliches am Alleinsein?

Versuche, die Gründe zu erforschen, sagte ich mir. *Versuche es zumindest.*

ICH: Warum ist es so schrecklich, allein zu sein?

ICH: Weil ich meine Identität verliere, wenn es keinen Mann gibt, der mich liebt.

ICH: Das ist ganz offensichtlich nicht wahr. Du schreibst, die Menschen lesen, was du schreibst, und es gibt ihnen etwas. Du unterrichtest, und deine Schüler brauchen und schätzen dich. Du hast Freunde, die dich lieben. Selbst deine Eltern und deine Schwestern lieben dich – auf ihre merkwürdige Weise.

ICH: All das ändert nichts an meiner Einsamkeit. Ich habe keinen Mann. Ich habe kein Kind.

ICH: Aber du weißt doch, daß Kinder kein Gegenmittel gegen die Einsamkeit sind.

ICH: Ich weiß.

ICH: Und du weißt auch, daß Kinder nur begrenzte Zeit zu ihren Eltern gehören.

ICH: Ich weiß.

ICH: Und du weißt, daß Männer und Frauen einander nie ganz besitzen können.

ICH: Ich weiß.

ICH: Und du weißt, daß du es gräßlich fändest, wenn ein Mann dich völlig mit Beschlag belegte und dir die Luft zum Atmen nähme...

ICH: Ich weiß – doch ich sehne mich verzweifelt danach.

ICH: Aber wenn du es hättest, würdest du dir wie gefangen vorkommen.

ICH: Ich weiß.

ICH: Du verlangst unvereinbare Dinge.

ICH: Ich weiß.

ICH: Du willst Freiheit, und du willst Bindung.

ICH: Ich weiß.

ICH: Es gibt sehr wenig Menschen, die das je erreichen.

ICH: Ich weiß.

ICH: Wieso glaubst du, *du* müßtest glücklich sein, wenn doch die meisten Menschen es nicht sind?

ICH: Ich weiß nicht. Ich weiß nur eins: wenn ich aufhöre, auf Liebe zu hoffen, aufhöre, auf sie zu warten, aufhöre, sie zu suchen, dann wird mein Leben so leblos und platt wie ein Frauenkörper nach einer Brustamputation. Ich nähre mich von dieser Hoffnung, diese Hoffnung nährt mich. Sie hält mich am Leben.

ICH: Und was ist mit der Befreiung der Frau?
ICH: Was soll damit sein?
ICH: Du glaubst an Unabhängigkeit?
ICH: Ja.
ICH: Also?
ICH: Ich fürchte, ich würde alles aufgeben, meine Prinzipien, meine Überzeugungen, ich würde meine Seele verkaufen für einen Mann, der mich wirklich liebt ...
ICH: *Heuchlerin!*
ICH: Du hast recht.
ICH: Du bist nicht besser als Adrian.
ICH: Du hast recht.
ICH: Macht es dir denn gar nichts aus, so viel Heuchelei in dir selbst zu entdecken?
ICH: Doch.
ICH: Warum bekämpfst du sie dann nicht?
ICH: Das tue ich, jetzt im Augenblick. Aber ich weiß nicht, welche Seite gewinnen wird.
ICH: Denk an Simone de Beauvoir!
ICH: Ich bewundere die Stärke ihrer Leidensfähigkeit, doch ihre Bücher sind voll von Sartre, Sartre, Sartre.
ICH: Denk an Doris Lessing!
ICH: Anna Wulf hat keinen Orgasmus, wenn sie nicht liebt ... was ist sonst noch dazu zu sagen?
ICH: Denk an Sylvia Plath!
ICH: Sie ist tot. Wer will ein solches Leben oder einen solchen Tod, selbst, wenn man nachher eine Heilige wird?
ICH: Wärst du nicht bereit, für eine gute Sache zu sterben?
ICH: Mit zwanzig wäre ich dazu bereit gewesen, ja. Aber nicht mehr mit dreißig. Ich glaube nicht an den Tod für ein großes Ziel. Ich glaube nicht an den Tod um der Poesie willen. Früher habe ich Keats verehrt, weil er jung gestorben ist. Heute glaube ich, es ist mutiger, alt zu werden.
ICH: Na schön, dann denk an Colette.
ICH: Ein gutes Beispiel. Doch sie ist eine der sehr wenigen.
ICH: Warum versuchst du nicht trotzdem, ihr zu gleichen?
ICH: Ich versuche es.
ICH: Als erstes mußt du lernen, allein zu sein ...
ICH: Ja, und wenn du es gründlich gelernt hast, weißt du nicht mehr, wie du dich der Liebe öffnen sollst, wenn sie dann *doch* eines Tages zu dir kommt.

ICH: Wer sagt, daß das Leben leicht ist?
ICH: Niemand.
ICH: Warum hast du dann solche Angst vor dem Alleinsein?
ICH: Wir drehen uns im Kreise.
ICH: Das ist eines der Probleme, die das Alleinsein mit sich bringt.

Hoffnungslos. Vernunftgründe richten nichts gegen meine Panik aus. Mein Atem kommt in kurzen Stößen; mir bricht der Schweiß aus. *Versuche deine Panik zu beschreiben,* sagte ich mir. *Stell dir vor, du sitzt am Schreibtisch. Schreibe von dir in der dritten Person.* Aber es ist mir nicht möglich. Ich nähere mich dem brodelnden Krater der Panik; er droht, mich zu verschlingen. Ich habe das Gefühl, von wilden Pferden zerrissen, gevierteilt zu werden: meine Arme und Beine fliegen in verschiedene Richtungen davon. Schaurige Folterphantasien peinigen mich. Chinesische Bandenhäuptlinge, die ihren Feinden die Haut bei lebendigem Leibe abziehen lassen. Jeanne d'Arc auf dem Scheiterhaufen. Französische Protestanten, die gerädert werden. Widerstandskämpfer, denen die Augen ausgestochen werden. Nazis, die Juden mit Elektroschocks foltern, mit Injektionen, mit ›Operationen‹ ohne Narkose. Südstaatler, die Neger lynchen. Amerikanische Soldaten, die Vietnamesen die Ohren abschneiden. Indianer, die gefoltert werden. Indianer, die foltern. Die Geschichte der Menschheit: ein Strom von Tränen, Blut und Eiter und dazu die Schreie der Opfer.
Ich schließe die Augen, so fest ich kann, doch die Bilder spulen sich immer von neuem ab, nun auf der Innenseite meiner brennenden Lider. Ich habe das Gefühl, bei lebendigem Leibe geschunden zu sein, mir ist, als seien meine inneren Organe den Elementen ausgeliefert, als sei meine Schädeldecke entfernt worden und selbst mein Gehirn bloßgelegt. Jeder einzelne Nerv signalisiert Schmerz. Schmerz ist die einzige Realität. *Das ist nicht wahr,* sage ich mir. Denk an die Zeiten, als du dich noch freuen konntest, als du gern lebtest, als du so intensiv Freude empfinden konntest, daß du glaubtest zu bersten. Doch ich kann mich nicht daran erinnern. Ich bin gekreuzigt, an das Kreuz meiner überhitzten Phantasie geschlagen. Ihre Ausgeburten sind genauso entsetzlich wie die Geschichte der Menschheit.
Ich erinnere mich daran, wie ich mit dreizehn Jahren zum erstenmal nach Europa reiste. Wir verbrachten sechs Wochen in London, wo wir unsere Verwandten besuchten, die Sehenswürdigkeiten besichtigten und im *Claridge* eine haushohe Rechnung auflaufen ließen, die ›Onkel Sam begleichen wird‹, wie mein Vater sagte. Welch

reicher Onkel. Doch ich verbrachte die ganze Zeit in Angst und Schrecken wegen all der Folterwerkzeuge, die wir im Tower, und all der wächsernen Greuel, die wir bei Madame Tussaud sahen. Ich hatte noch nie zuvor Daumenschrauben und Streckbänke gesehen. Ich hätte mir so etwas auch gar nicht *vorstellen* können.

»Verwenden die Menschen diese Dinge heute noch?« fragte ich meine Mutter.

»Nein, Liebling. Die wurden in früheren Zeiten benutzt, als die Menschen noch barbarisch waren. Die Zivilisation hat inzwischen große Fortschritte gemacht.«

Das war im zivilisierten Jahr 1955; seit den von den Nazis entfesselten Massenvernichtungen war nur etwa ein Jahrzehnt vergangen. Es war die Zeit der Atomversuche und der Hamsterkäufe, zwei Jahre nach dem Krieg in Korea und kurz nach dem Höhepunkt der Hexenjagd auf Kommunisten mit ihren schwarzen Listen, die die Namen vieler Freunde meiner Eltern enthielten. Doch meine Mutter, die die echten Leinenlaken, zwischen denen ich zitternd lag, glatt strich, bestand an jenem regnerischen Abend in London auf der ›Zivilisation‹. Sie wollte mich schonen. Wenn die Wahrheit zu schrecklich war, fand sie sich bereit, mich anzulügen.

»Gott sei Dank«, sagte ich und schloß die Augen.

Und Onkel Sam, der so viele steuerfreie Spesen ermöglichte, hatte erst vor zwei Jahren die Rosenbergs auf den elektrischen Stuhl gebracht – im Namen der Zivilisation. Waren das die ›früheren Zeiten‹ – vor zwei Jahren? Meine Mutter und ich taten – in stillschweigender Übereinkunft –, als sei dem so, während wir uns mit einem Gutenachtkuß umarmten, bevor sie das Licht löschte.

Doch wo war meine Mutter jetzt? Sie hatte mir damals nichts ersparen können, und sie konnte es auch heute nicht, aber wenn sie plötzlich aufgetaucht wäre, würde ich wohl imstande sein, diese Nacht zu überstehen. Nacht für Nacht muß überstanden werden. Wenn ich doch nur, wie Scarlett O'Hara, es bis morgen aufschieben könnte, über all das nachzudenken.

Auf der Traumleiter

Es stellt sich mir dar, wie folgt: Das Schreckliche ist nicht – obwohl es natürlich schrecklich sein kann, aber es ist nicht zerstörend, nicht vergiftend –, etwas entbehren zu müssen, das man unbedingt haben möchte ... Das Schreckliche ist, so zu tun, als sei das Zweitklassige das Erstklassige. Zu tun, als brauche man keine Liebe, *wenn* man sie braucht, oder so zu tun, als sei man mit seinen Hervorbringungen zufrieden, wenn man genau weiß, daß man Besseres leisten könnte.

– Doris Lessing, *The Golden Notebook*

Als mir klar wurde, daß an Schlaf nicht zu denken war, beschloß ich aufzustehen. Als Expertin der Schlaflosigkeit wußte ich, daß ihr bisweilen mit einer List beizukommen war: man mußte so tun, als *wolle* man gar nicht schlafen. Dann konnte es geschehen, daß der Schlaf, gekränkt wie ein verschmähter Liebhaber, auf einen zugekrochen kam und seine Verführungskünste spielen ließ.
Ich setzte mich im Bett auf, steckte mein Haar mit einer Spange hoch und entledigte mich meiner verschmutzten Kleider. Ich ging festen Schrittes auf den Vorhang zu, zog ihn mit gespielter Beherztheit zur Seite und sah um mich. Niemand. Ich hockte mich auf das Bidet und entließ wahre Ströme aus meiner Blase, voll Staunen darüber, wie lange ich es ausgehalten hatte, ohne sie zu entleeren. Dann wusch ich mich, wundgerieben und verklebt, wie ich war, und säuberte das Bidet. Ich benetzte mein Gesicht mit Wasser aus dem Hahn und wischte flüchtig mit einem Schwamm über mich hin. Der Schmutz lief in Streifen an meinen Armen hinunter, wie damals, als ich ein Kind war und den ganzen Tag im Freien gespielt hatte. Ich ging zur Tür und vergewisserte mich, daß sie gut verschlossen war.
Als jemand im Nebenzimmer hustete, wäre ich vor Schreck fast an die Decke gesprungen. *Nimm dich zusammen,* befahl ich mir. Und dann wurde mir vage bewußt, daß es immerhin ein Zeichen wiederkehrenden Lebens sei, wenn man imstande ist, aufzustehen und sich zu waschen. Wirklich Verrückte liegen bloß da, in ihrer eigenen Pisse und Scheiße. Auch ein Trost. Ich klammerte mich an Strohhalme. *Du bist immer noch besser dran als so mancher andere,* sagte ich zu mir und mußte lachen.
Nackt und ein wenig munterer, da ich mir nun zumindest etwas sauberer vorkam, stellte ich mich vor den hohen, halbblinden Spiegel. Während der tagelangen Fahrt im offenen Wagen hatte die Sonne mich auf die merkwürdigste Weise verbrannt. Meine sich schälenden Knie und Schenkel waren feuerrot, ebenso Nase und Wangen; Schultern und Unterarme wie knusprig gebraten, doch der Rest war fast weiß. Eine sonderbare Flickendecke.
Ich starrte mir in die Augen; da ich wochenlang die Sonnenbrille nicht abgesetzt hatte, waren sie weiß umrandet. Wieso konnte ich nie genau feststellen, welche Augenfarbe ich hatte? Hatte das etwas zu bedeuten? Lag *das* vielleicht auf irgendeine Weise meinen Schwierigkeiten zugrunde? Blaugrau mit gelblichen Einsprengseln. Nicht ausgesprochen blau, nicht wirklich grau. Schieferblau, sagte Brian immer, und dein Haar ist weizenfarben. ›Weizenhaar‹ nannte er es, wenn er mir über den Kopf strich. Brian hatte die braunsten Augen, die ich je gesehen habe – die Augen eines

byzantinischen Heiligen in einem Mosaik. Kurz bevor er gänzlich durchdrehte, stand er stundenlang vor dem Spiegel und starrte sich in die Augen. Er knipste wie ein Kind das Licht an und aus und versuchte, die plötzliche Erweiterung seiner Pupillen zu beobachten. Er sprach damals ganz sachlich von einer Spiegelwelt, einer Welt der Antimaterie, in die er eintreten könne. Seine Augen seien der Schlüssel zu dieser Welt. Er glaubte, daß ihm die Seele durch seine Pupillen ausgesogen werden könnte, wie man das Eiweiß aus einem durchstochenen Ei saugt.
Mir fiel ein, wie sehr Brians Verrücktheit mich angezogen hatte, wie fasziniert ich von seiner Vorstellungswelt gewesen war. Damals schrieb ich keine surrealistischen Gedichte, sondern eher recht konventionelle, deskriptive Poesie mit einer Menge allzu gesuchter Wortspielereien. Doch später, als ich begann, in der Tiefe zu schürfen, und meiner Phantasie freien Lauf ließ, spürte ich des öfteren, daß ich die Welt durch Brians Augen sah und daß sein Irrsinn die Quelle meiner Inspiration war. Ich hatte das Gefühl, mit ihm zusammen verrückt geworden zu sein, es jedoch überwunden zu haben. So nah hatten wir einander gestanden. Und wenn ich mich schuldig fühlte, so deswegen, weil ich es geschafft hatte, in die Tiefe zu steigen und wieder hinauf zu finden, wohingegen *er* in der Falle saß. Als sei ich Dante (und er Ugolino, eine seiner Lieblingsfiguren aus dem *Inferno*) und könne nun, aus der Hölle wiedergekehrt, seine Geschichte erzählen, Gedichte schreiben, die ich aus seinem Wahnsinn gekeltert hatte, während er endgültig in ihm versunken war. *Du saugst jeden aus*, beschuldigte ich mich selbst, *du benutzt jeden. Jeder benutzt jeden,* antwortete ich darauf.
Ich dachte daran, wie abgrundtief schlecht ich mir vorgekommen war, weil ich mich von Brian hatte scheiden lassen, und daß ich damals das Gefühl gehabt hatte, ich *verdiene* es nicht anders, als den Rest meines Lebens mit seinem Wahnsinn zu verbringen. Meine Eltern und die von Brian und die Ärzte hatten mich so eingeschüchtert, daß ich diesen Vorsatz notgedrungen aufgab. *Sie sind erst zweiundzwanzig,* hatte Brians Psychiater zu mir gesagt, *Sie dürfen Ihr Leben nicht wegwerfen.* Und ich hatte mich dagegen gewehrt. Ich hatte ihn beschuldigt, uns beide zu hintergehen, Verrat an unserer Liebe zu begehen. Tatsache war, daß ich ohne weiteres bei Brian hätte bleiben können, wenn die Geldfrage und die Proteste unserer beider Eltern nicht gewesen wären. Ich spürte, daß ich zu ihm gehörte, daß ich es verdiente, auf diese Weise meines eigenen Lebens verlustig zu gehen. Es wäre mir damals nie in den Sinn gekommen, daß ich überhaupt ein eigenes Leben hatte, und es ist

mir schon immer schwergefallen, Menschen aufzugeben, wie schlecht sie mich auch behandeln. Irgend etwas in mir bestand immer darauf, ihnen noch eine Chance zu gewähren. Oder vielleicht war es auch Feigheit. Eine Art Lähmung des Willens. Ich blieb, und statt entsprechend zu *handeln, schrieb* ich mir die Wut von der Seele. Daß ich Bennett verließ, war die erste wirklich selbständige Handlung meines Lebens, und selbst die war zum Teil durch Adrian und meine heftige, sexuell betonte Leidenschaft für ihn ausgelöst worden.

Offenbar barg es Gefahren, sich im Spiegel zu lange in die eigenen Augen zu starren. Ich trat einen Schritt zurück, um meinen Körper prüfend zu betrachten. Wo endete er, und wo begann die ihn umgebende Luft? Irgendwo hatte ich in einem Artikel über Gestalt und Wirkung des menschlichen Körpers gelesen, daß wir in Streß-Zuständen – oder in Augenblicken der Ekstase – die Grenzen unseres eigenen Körpers verlieren. Wir vergessen, daß unser Körper in seinen Begrenzungen gefangen ist. Dieses Gefühl war mir durchaus vertraut; ich erkannte es als einen bedeutsamen Bestandteil meiner Ängste wieder. Anhaltender Schmerz konnte die gleiche Wirkung zeitigen. Als ich das Bein gebrochen hatte, hatte ich ebenfalls die Beziehung zu der Begrenzung meines Körpers verloren. Es ist paradox: extremer körperlicher Schmerz oder extremer körperlicher Genuß führen zu dem Gefühl, daß man seinem eigenen Körper entgleitet.

Ich suchte mein physisches Ich zu ergründen, eine Bestandsaufnahme zu machen, damit ich wieder wußte, wer ich war – wenn ich von meinem Körper sagen konnte, daß *ich* das war. Mir fiel eine Geschichte über Theodore Roethke ein, wie er sich, allein in seinem alten, großen Haus, vor dem Spiegel an- und auszieht, um zwischen dichterischen Eingebungen seinen nackten Körper prüfend zu betrachten. Vielleicht war das eine erfundene Geschichte, doch für mich klang sie wahr. Der eigene Körper ist innig mit dem verbunden, was man schreibt, obwohl die exakte Natur dieser Verbindung schwer deutbar ist – es kann Jahre dauern, bis man die Zusammenhänge begreift. Es gibt hochgewachsene, magere Dichter, die kurze, komprimierte Gedichte schreiben, doch das lediglich mit dem Gesetz der Umkehrung erklären zu wollen, wäre zu einfach. In gewissem Sinne ist jedes Gedicht der Versuch, die Grenzen seines eigenen Körpers auszudehnen. Der eigene Körper wird zur Landschaft, zum Himmel und endlich zum Kosmos. Vielleicht ist das der Grund, warum ich so oft nackt schreibe.

Ich hatte während unserer seltsamen Reise abgenommen, doch

nach modischen Gesichtspunkten war ich immer noch zu dick, nicht gerade unförmig, doch für einen Bikini hatte ich immerhin etwa zehn Pfund zuviel drauf. Mittelgroße Brüste, ein dicker Hintern, tiefliegender Nabel. Ich wußte (wie man Dinge weiß, die man nicht so recht glaubt), daß ich als attraktiv galt und daß manche Männer sogar meinen dicken Hintern reizvoll fanden, doch ich verabscheute jedes überflüssige Gramm Fett an mir. Es war ein lebenslanger Kampf gewesen: zunehmen, abnehmen, noch mehr zunehmen. Jedes Gramm Fett zuviel war der Beweis für meine Schwäche und Trägheit und mein Sichgehenlassen. Jedes überflüssige Gramm bewies, wie recht ich hatte, mich selbst zu verabscheuen, bewies, wie verächtlich und abstoßend ich war. Übergewicht hat etwas mit Sex zu tun – soviel wußte ich. Als ich mich, mit vierzehn, auf achtzig Pfund heruntergehungert hatte, geschah das aus sexuell gefärbtem Schuldgefühl. Selbst, als ich soviel abgenommen hatte, wie ich wollte – und *mehr* –, versagte ich mir das Trinkwasser. Ich wollte mich *leer* fühlen. Wenn mein Magen nicht gerade ohrenbetäubend knurrte, haßte ich mich für meine Gefräßigkeit. Klarer Fall von Schwangerschaftspsychose – wie mein Gatte, der Psychoanalytiker sagen würde – oder vielleicht von Schwangerschaftsphobie. Mein Unbewußtes glaubte, ich wäre dadurch, daß ich Steve einen runtergeholt hatte, schwanger geworden, und ich wurde dünner und dünner, um mich selbst davon zu überzeugen, daß dem nicht so sei. Oder vielleicht *sehnte* ich mich auch nach Schwangerschaft, hegte den primitiven Glauben, daß alle Körperöffnungen einer Natur seien, und fürchtete, *alles*, was ich zu mir nähme, würde, wie Sperma, in mir Wurzel schlagen und ich daraufhin Frucht tragen.
Du bist, was du ißt. Der Krieg zwischen den Geschlechtern begann damit, daß ein Mann seine Zähne in den Apfel eines Weibes schlug. Pluto lockte Persephone mit sechs Granatapfelsamen in die Hölle. Sobald sie die erst einmal gegessen hatte, war der Handel nicht rückgängig zu machen. Essen heißt sein Schicksal besiegeln. Augen zu, Mund auf. Runter damit. Iß, Liebling, iß. »Du brauchst ja nur deinen Namen zu essen«, sagte meine Großmutter immer. »Meinen *ganzen* Namen?« »I ... «, schmeichelte sie ... (ein Mundvoll verabscheuter Leber) ... »S...« (ein Batzen zerdrückter Kartoffeln und Mohrrüben) ... »A ...« (noch mehr harte, zu lange gebratene Leber) ... »D...« (noch ein Batzen kaltgewordenen Kartoffel-Mohrrüben-Pürees) ... »O ...« (ein matschiges Brokkoli-Röschen) ... »R ...« (sie führt erneut ein Stück Leber an meinen Mund, und ich stürze vom Tisch fort) ... »du wirst noch Beriberi kriegen!« ruft sie hinter mir her. Jeder in meiner Familie kann ein ganzes Reper-

toire von Mangelkrankheiten herbeten (von denen man in New York schon seit Jahrzehnten nichts mehr gehört hat). Meine Großmutter ist eher ungebildet, weiß jedoch Bescheid über Beriberi, Skorbut, Pellagra, Rachitis, Trichinose, Spul- und Bandwürmer, und was es da sonst noch so gibt. Alles, was man durch essen oder nicht-essen bekommen kann. Sie hatte sogar meine Mutter davon überzeugt, daß ich unweigerlich an Skorbut erkranken würde, wenn ich nicht jeden Tag ein Glas frischen Orangensaft tränke, und unterhielt mich immerzu mit Geschichten von der Britischen Marine und Zitronen.

Du bist, was du ißt.

Mir fiel ein, was ich in einer von Bennetts medizinischen Fachzeitschriften gelesen hatte. Es hatte den Anschein, daß Miss X sich bereits seit Wochen strikt daran hielt, nicht mehr als 600 Kalorien am Tag zu sich zu nehmen, und trotzdem nicht an Gewicht verlor. Ihr Arzt stand vor einem Rätsel; er dachte zunächst, sie mogele, und so verlangte er, daß sie alles genau aufschrieb, was sie äße. Der Arzt kam zu der Überzeugung, sie mogele *nicht*. »Sind Sie ganz sicher, daß Sie auch wirklich *alles* notiert haben, jeden Mundvoll?« »Mundvoll?« wiederholte sie. »Ja«, sagte der Arzt streng. »Ich wußte nicht, daß *das* auch Kalorien hat«, sagte sie.

Na schön. Die Dame war natürlich – Sie ahnen es bereits – eine Prostituierte, die täglich mindestens zehn bis fünfzehn Mundvoll Ejakulat schluckte, und die in *einem* kräftigen Schuß enthaltenen Kalorien genügten zum endgültigen Rausschmiß aus dem Schlankheitsclub der *Weight Watchers*. Wie viele Kalorien waren es doch gleich? Ich weiß es nicht mehr. Doch es stellte sich heraus, daß zehn bis fünfzehn Ejakulate einer Mahlzeit von sieben Gängen im *Tour d'Argent* entsprachen, obwohl sie, *ça va sans dire*, dort dafür hätte bezahlen müssen, statt daß *sie* dafür bezahlt wurde. Und auf der ganzen Welt gehen unglückliche Menschen aus Mangel an Eiweiß zugrunde! Wenn die wüßten! Sowohl das Ernährungsproblem in Indien als auch das Überbevölkerungsproblem wäre mit *einem* großen Schluck gelöst. Frisch geschluckt ist halb gewonnen. Außerdem als Schlummertrunk wärmstens zu empfehlen.

Hatte ich mich jetzt etwa selbst zum Lachen gebracht?

»Ho ho ho«, sagte ich zu meinem nackten Spiegelbild.

Und dann, belebt durch diesen kleinen Ausbruch von aufgesetzter Heiterkeit, begann ich in meinem Koffer zu wühlen und holte alle meine Notizbücher und Zettel und Gedichte hervor.

»Jetzt werde ich doch mal versuchen rauszukriegen, wie ich eigentlich hierher geraten bin«, sagte ich zu mir selbst. Wie kam ich dazu, nackt und angeröstet wie ein halbgares Hühnchen, in diesem schofelen Pariser Bumshotel zu hocken? Und wo zum Teufel würde ich als nächstes landen?

Ich saß, alle meine Kladden, Notizbücher und Gedichte um mich herum, auf dem Bett, und begann, in einem dicken Ringbuch zu blättern; die Eintragungen reichten fast vier Jahre zurück. Der Inhalt war ein wirres Durcheinander. Tagebuchnotizen, Einkaufslisten, eine Liste zu beantwortender Briefe, Entwürfe von wütenden Briefen, die ich nie abgeschickt hatte, erste Skizzen zu Gedichten – ein kaum entzifferbares Chaos. Die Eintragungen waren mit Filzstiften in allen Farben gemacht. Doch auch, was die Farben anging, konnte von einem System keine Rede sein. Knallrosa, Giftgrün und Marineblau schienen die bevorzugten Farben, doch auch Schwarz, Orange und Violett waren reichlich vertreten. Düstere blauschwarze Tinte fehlte; einen Bleistift hatte ich offenbar nie benutzt. Ich mußte beim Schreiben den Fluß der Feuchtigkeit unter meinen Fingern spüren. Und ich wollte meinen flüchtigen Eintragungen *Dauer* verleihen. Ich blätterte die Seiten hastig um, auf der Suche nach irgendeinem Schlüssel zu meiner üblen Lage. Die ersten Notizen datierten noch aus meinen Heidelberger Tagen. Ich fand qualvolle Schilderungen von Krächen zwischen Bennett und mir, wörtliche Wiedergaben unserer schlimmsten Szenen, Beschreibungen meiner Analyse bei Dr. Happe, Beschreibungen meines Unvermögens zu schreiben. Mein Gott – ich hatte fast vergessen, wie unglücklich ich damals war und wie einsam. Ich hatte vergessen, wie kalt und abgewandt Bennett gewesen war, und wie wenig gewillt, mir in irgendeiner Weise zu helfen. Warum bloß war eine schlechte Ehe für mich so viel anziehender gewesen als *keine* Ehe? Warum hatte ich mich so krampfhaft an mein Elend geklammert? Warum hatte ich geglaubt, daß das alles sei, was ich besaß?

Ich las immer weiter, und allmählich zog mich das Geschriebene in seinen Bann wie ein spannender Roman. Ich vergaß fast, daß *ich* es war, die das alles geschrieben hatte. Und dann dämmerte mir eine merkwürdige Erkenntnis. Ich gab mir nicht mehr die Schuld an allem. So einfach war das. Vielleicht beruhte mein Davonlaufen gar nicht auf Bösartigkeit, noch war es als Treulosigkeit zu bezeichnen, für die ich Abbitte tun müßte. Vielleicht handelte es sich um eine Art Treue mir selbst gegenüber. Ein drastisches, jedoch notwendiges Mittel, mein Leben zu ändern.

Man braucht sich nicht dafür zu entschuldigen, daß man seine eigene Seele besitzen will. Die eigene Seele gehört zu dir – in Glück und Unglück. Schließlich und endlich ist sie dein einziger Besitz.

Die Ehe ist eine so komplizierte Sache, weil sie in gewisser Weise immer eine *folie à deux ist.* Zuweilen weiß man kaum noch, wo die eigenen Verrücktheiten enden und die des Partners beginnen. Man neigt dazu, sich selbst zuviel Schuld zuzuschreiben, oder zuwenig, oder Schuld für die falschen Dinge auf sich zu nehmen. Und man neigt dazu, Abhängigkeit mit Liebe zu verwechseln.

Ich las immer weiter, und von Seite zu Seite wuchsen meine Erkenntnisse. Ich wußte, daß ich zu der Ehe, die in diesem Notizbuch beschrieben war, nicht zurückkehren wollte. Wenn Bennett und ich es noch einmal miteinander versuchen sollten, so mußte das unter ganz anderen Voraussetzungen geschehen. Und wenn nicht, nun, dann wußte ich, daß ich es überleben würde.

Bei dieser Erkenntnis flammte kein Blitzlicht in meinem Kopf auf. Auch machte ich keinen Luftsprung vor Freude und rief nicht *heureka*! Ich saß ganz ruhig da und sah auf die von mir beschriebenen Blätter. Ich wußte, daß ich nicht die Gefangene meiner eigenen Aufzeichnungen sein wollte.

Auch war es ermutigend zu sehen, wie sehr ich mich in den vergangenen vier Jahren verändert hatte. Ich war mittlerweile imstande, Verlagen meine Arbeiten anzubieten. Ich hatte keine Angst mehr davor, einen Wagen zu lenken. Ich war imstande, lange Stunden mit mir allein zu verbringen und zu schreiben. Ich unterrichtete, hielt Vorlesungen, ich reiste. Wie groß meine Flugangst auch war – ich ließ es nicht zu, daß diese Angst mich überwältigte. Vielleicht würde ich sie eines Tages ganz verlieren. Wenn einige Dinge sich ändern konnten, so konnten es auch andere. Welches Recht hatte ich, die Zukunft vorherzusagen, und dazu noch so negativ? Mit dem Älterwerden würde ich mich wahrscheinlich in hunderterlei, heute noch gar nicht vorhersehbaren Dingen ändern. Ich brauchte nur zu warten.

Es war einfach genug, sich in einem Anfall von Verzweiflung umzubringen, einfach genug, die Märtyrerin zu spielen. Schwieriger war es, nichts zu tun. Das Leben zu ertragen. Zu warten.

Ich schlief ein. Ich glaube, daß ich mich dabei tatsächlich mit der Wange auf mein Ringbuch gelegt habe, denn ich weiß noch, daß ich in der bläulichen Morgendämmerung aufwachte und den Abdruck einer Spirale auf meiner Wange spürte. Ich schob das Notizbuch zur Seite und schlief wieder ein. Und träumte.

Es waren merkwürdige, ausgefallene Träume, voller Fahrstühle, im Raum schwebender Plattformen, ungeheuer steiler glitschiger Treppen, Tempel, Berge und Stufenpyramiden, die ich erklimmen mußte, dazu Ruinen ... Ich hatte das unbestimmte Gefühl, daß ich mir diese Träume *verordnete*, als eine Art Therapie. Ich weiß noch, daß ich ein paarmal aufwachte und wieder einschlief, mit dem Gedanken: Jetzt werde ich den Traum träumen, der mir die Entscheidung abnimmt. Doch um was für eine Entscheidung handelte es sich? Jede Wahl schien auf diese oder jene Weise so unbefriedigend. Jede Wahl schloß eine andere Wahl aus. Es war, als würde ich meine Träume bitten, mir zu sagen, wer ich sei und was ich tun solle. Ich erwachte mit wild klopfendem Herzen und schlief wieder ein. Vielleicht hoffte ich, daß ich als jemand anderer aufwachen würde.

Gewisse Einzelheiten aus diesen Träumen weiß ich heute noch, wie, zum Beispiel, daß ich, hoch in der Luft zwischen zwei Wolkenkratzern, eine schmale Planke überqueren mußte, um jemandem das Leben zu retten. Wessen Leben? Mein Leben? Das von Bennett? Das von Chloe? Der Traum gab darauf keine Antwort. Doch ich wußte: wenn ich versage, ist es mit meinem eigenen Leben vorbei. In einem anderen Traum griff ich in mich hinein, um mein Pessar herauszunehmen, und dort, über meiner Gebärmutter, schwebte eine riesige Kontaktlinse. Gebärmutter mit Aussicht. Der Muttermund war in Wirklichkeit ein Auge. Und ein kurzsichtiges Auge obendrein.

Dann erinnere ich mich noch an den Traum, in dem ich wieder im College war, um mein Diplom aus den Händen von Millicent McIntosh in Empfang zu nehmen. Ich stieg viele Stufen hinauf; die Treppe glich eher der Treppe eines Inka-Tempels als der der *Low Library*. Ich schwankte auf meinen sehr hohen Absätzen und fürchtete, über meinen langen Talar zu stolpern.

Als ich mich dem Katheder näherte und Mrs. McIntosh mir eine zusammengerollte Urkunde entgegenstreckte, ging mir auf, daß ich nicht lediglich promoviert wurde, sondern daß mich noch eine besondere Ehrung erwartete.

»Ich muß Ihnen sagen, daß die Fakultät das nicht gutheißt«, sagte Mrs. McIntosh. Und da wußte ich, daß der Prüfungsausschuß mir das Recht auf drei Ehemänner zugleich zugestand. Sie saßen im Auditorium, in schwarzen Talaren, schwarze Barette auf dem Kopf: Bennett, Adrian und ein Mann, dessen Gesicht undeutlich blieb. Sobald ich mein Diplom erhalten hatte, würden sie anfangen zu applaudieren.

»Nur Ihre vorzüglichen wissenschaftlichen Leistungen machen es uns unmöglich, Ihnen diese Vergünstigung vorzuenthalten«, sagte Mrs. McIntosh, »doch die Fakultät gibt sich der Hoffnung hin, daß Sie aus freien Stücken darauf verzichten.«

»Aber warum?« rief ich. »Warum darf ich sie nicht alle drei haben?«
Und dann hielt ich eine lange, sachliche Rede über die Ehe und meine sexuellen Bedürfnisse und daß ich eine Dichterin sei und keine Sekretärin. Ich stand vor dem Katheder und schrie meine Argumente ins Auditorium. Mrs. McIntosh machte dazu ein ernstes, mißbilligendes Gesicht. Dann stieg ich vorsichtig die steilen Stufen hinab, vorgebeugt und in ständiger Angst zu fallen. Ich blickte in das Meer von Gesichtern, und plötzlich fiel mir siedendheiß ein, daß ich die Urkunde vergessen hatte. Panik ergriff mich; ich wußte, daß ich alles verspielt hatte: meine Promotion, mein Stipendium, meinen Harem von drei Männern.
Der letzte, mir noch gegenwärtige Traum ist der allermerkwürdigste. Ich stieg dieselben Stufen hinauf, um mein Diplom in Empfang zu nehmen. Dieses Mal stand nicht Mrs. McIntosh vor dem Katheder, sondern Colette. Doch Colette war eine Negerin mit krausem rotem Haar, das ihren Kopf wie eine strahlende Aureole umgab.
»Es gibt nur einen Weg, im Leben weiterzukommen«, sagte sie, »und der hat nichts mit der Anzahl der Ehemänner zu schaffen.«
»Was muß ich tun?« fragte ich in Verzweiflung. Ich wußte, daß ich zu *allem* bereit war.
Sie überreichte mir ein Buch mit meinem Namen auf dem Deckel.
»Das war nur ein sehr schwacher Anfang«, sagte sie, »aber es *ist* zumindest ein Anfang.«
Ich entnahm ihren Worten, daß ich noch einen langen Weg vor mir hatte.
»Warte«, sagte sie und öffnete ihre Bluse. Plötzlich begriff ich, daß die wahre Reifeprüfung fürs Leben darin bestand, hier, vor aller Augen, mit ihr zu schlafen, und das schien im Augenblick das Natürlichste von der Welt zu sein. In heftiger Erregung ging ich auf sie zu. Dann schwand der Traum.

Bluthochzeit oder Sic transit

Die grundlegende Schwierigkeit der Frauen besteht darin, daß sie sich immer wieder bemühen müssen, sich den Theorien der Männer über Frauen anzupassen.

– D. H. Lawrence

Als ich um die Mittagsstunde erwachte, quoll Blut zwischen meinen Beinen hervor. Benommen und noch nicht recht bei mir, wußte ich doch, daß ich die Schenkel fest zusammenpressen mußte, da sonst das Blut zu strömen beginnen und die Matratze verunreinigen würde. Ich wollte aufstehen und nach einer Binde suchen, doch es erwies sich als schwierig, sich aus diesem durchgelegenen Bett herauszuwühlen, ohne dieSchenkel auch nur ein wenig zu öffnen. Ich stellte mich mit einem Ruck auf die Beine, und die schwärzlichroten Rinnsale begannen, sich an der Innenseite meiner Schenkel ihren Weg nach unten zu suchen. Ein dunkler Blutfleck glitzerte auf dem Boden. Ich lief zu meinem Koffer und hinterließ eine Spur von glitzernden Flecken. Im Unterleib verspürte ich jenes vertraute, dumpfe Ziehen.

»Scheiße«, sagte ich und tastete nach meiner Brille, damit ich bei der Tampax-Suche etwas sehen konnte. Doch selbst die verdammte Brille war nicht zu finden. Ich steckte die Hand in meinen Koffer und fing an, darin herumzuwühlen. In meiner Wut zerrte ich die einzelnen Kleidungsstücke heraus und warf sie auf den Boden.

»Verdammte Scheiße!« schrie ich. Der Fußboden sah inzwischen aus wie nach einem schweren Verkehrsunfall. Wie sollte ich denn all dieses Blut je aufwischen? Überhaupt nicht. Nichts wie raus aus Paris, bevor die Direktion etwas merkt.

Was für einen Haufen unnützen Kram ich doch in meinem Koffer hatte! Ich konnte ja meine Gedichte als Monatsbinde verwenden, nicht wahr? Welch entzückender Symbolgehalt. Aber leider nicht sehr saugfähig.

Ah – was ist das hier? Eines von Bennetts T-Shirts. Ich faltete es zu einer Art Binde zusammen und trieb eine (eine!) Sicherheitsnadel auf, die das Ding irgendwie zusammenhielt. Wie würde ich wohl aus Paris rauskommen – mit einer Windel am Leibe? Es würde mir nichts anderes übrigbleiben, als x-beinig zu gehen. Die Leute würden denken, ich müßte dringend pinkeln. O Gott, es stimmt – Missetaten zahlen sich nicht aus. Da hatte ich mich nun gefragt, ob ich, als Strafe für mein Davonlaufen mit Adrian, neun Monate lang die Ungewißheit würde ertragen müssen, welche Hautfarbe das Baby haben würde, und statt dessen trage ich nun selbst eine Windel. Warum kann mein Leid nicht zumindest *würdig* sein? Wenn andere Schriftsteller leiden, so ist das ethisch oder kosmisch oder avantgardistisch, mein Leid jedoch ist die reinste Burleske.

In meinen Trenchcoat gehüllt, humple ich hinaus auf den Gang mit aneinander gepreßten Knien, damit meine Windel nicht rutscht. Dann fällt mir plötzlich ein, daß alles, was zwischen mir und dem

Bettelstab steht, sich in meiner Handtasche befindet: Reisepaß, Amexco-Kreditkarte, Reiseschecks – und ich humple zurück in mein Zimmer. Dann – x-beinig – wieder in den Gang hinaus. Barfuß, die Handtasche fest unter dem Arm, greife ich nach der Toilettenklinke und beginne zu rütteln.
»*Un moment, s'il vous plaît.*« Eine genierte Männerstimme. Amerikanischer Akzent. Es ist schließlich August, und wahrscheinlich gibt es im Augenblick in ganz Paris keinen einzigen Franzosen.
»Okay, okay«, sage ich und schließe die Schenkel fester um Bennetts T-Shirt.
»*Pardon?*« Er hat mich nicht verstanden. Er versucht es immer noch mit irgendwelchen französischen Floskeln, während er das letzte Klümpchen Scheiße herauspreßt.
»Alles okay«, brülle ich, »ich bin Amerikanerin.«
»*Je viens, je viens*«, murmelt er.
»*Je suis Americaine!*«
»*Pardon?*«
Es wird allmählich peinlich. Wenn das so weitergeht, werden wir beide nicht wissen, was wir tun sollen, wenn er endlich rauskommt. Ich entschließe mich, es mit der Toilette eine Etage tiefer zu versuchen, und humple, so schnell ich kann, die Wendeltreppe hinunter. Diese Toilette ist nicht besetzt, dafür gibt's hier keinen Fetzen Klosettpapier. Also nehme ich die nächste Treppe in Angriff. Inzwischen kann ich's schon ganz gut. Welche Anpassungsfähigkeit wir in Augenblicken der Bedrängnis entwickeln! Wie damals, als ich mir das Bein gebrochen hatte und im Geiste alle jene genialen Stellungen erfand, um mit einem Gipsbein vögeln zu können.
Voilà! Papier! Doch was für ein abscheuliches Papier! Apropos ›die Weltgeschichte durch die Toilettenbrille‹: diese Toilette erinnert eher an ein Burgverlies, und ins Klosettpapier scheinen tote Wanzen eingepreßt zu sein. Ich schließe mich ein, reiße das winzige Fenster auf, werfe Bennetts blutgetränktes T-Shirt in den Hof (und denke flüchtig an sympathetische Magie und an all die Stammesriten im *Goldenen Zweig* ... wird ein böser Medizinmann Bennetts Unterhemd, das mit meinem Blut getränkt ist, finden, und uns *beide* mit einem Zauberbann belegen?). Dann setze ich mich aufs Klosett und bastle mir aus vielen Lagen Toilettenpapier eine Art Monatsbinde zurecht.
Die Absurditäten, denen unser Körper uns ausliefert! Außer vor Schmerz gekrümmt mit einem Anfall von Diarrhoe in einer stinkenden öffentlichen Bedürfnisanstalt zu hocken, weiß ich nichts Entwürdigenderes, als bei Eintritt der Periode kein Tampax zur

Hand zu haben. Merkwürdig daran ist, daß ich die Menstruation als solche nicht immer in dieser Weise betrachtet habe. Meine erste Regel konnte ich kaum erwarten; ich sehnte mich nach ihr, ja, *betete* um sie. Immer wieder schlug ich im Lexikon Stichworte wie ›Periode‹ und ›Menstruation‹ nach und vertiefte mich in die entsprechenden Erläuterungen. Immer wieder sprach ich das folgende kleine Gebet: *Laß mich bitte heute unwohl werden.* Oder ich sagte (wenn ich fürchtete, daß jemand mich hören könnte): *L.m.b.h.u.w., l.m.b.h.u.w., l.m.b.h.u.w.* Dieses pflegte ich, auf der Toilette sitzend, vor mich hin zu summen, während ich immer wieder an mir herumwischte, mit der Hoffnung, zumindest einen winzigen Blutfleck zu entdecken. Aber nichts dergleichen. Randy hatte bereits ihre Periode (oder ›wurde unwohl‹, wie meine emanzipierte Mutter und Großmutter sagten), ebenso wie alle anderen Mädchen aus meiner (siebenten) Klasse. Und die in der achten Klasse, in die ich das nächste Jahr aufrückte, natürlich auch. Was für große Busen und BHs der Größe C und krauses Gespinst zwischen den Beinen! Welch erregende Diskussionen über ›Kotex‹ und ›Camelia‹ und ›Tampax‹ (letzteres betraf allerdings nur die allerkühnsten unter uns). Ich hatte zu alldem nichts beizusteuern. Mit dreizehn hatte ich lediglich einen ›Trainings-BH‹ (Training wofür?), den ich nicht ausfüllte, und einige wenige krause rotbraune Schamhaare (nicht einmal blonde, obwohl ich doch eine echte Blondine war), dazu das Wenige an Wissen über Sex, das ich in nächtelangen Dauergesprächen mit Randy und ihrer Busenfreundin Rita aufgeschnappt hatte. Und so nahmen die Gebete auf dem Klo ihren Fortgang. *L.m.b.h.u.w., l.m.b.h.u.w., l.m.b.h.u.w.* Und dann, mit dreizehneinhalb (uralt, im Vergleich zu Randy, die bereits mit zehneinhalb soweit war), ›trat es ein‹, endlich, und zwar auf der *Ile de France*, mitten auf dem Atlantik, als wir *en famille* von jener aberwitzig teuren, obwohl steuerlich absetzbaren Europareise zurückkehrten.

Wir vier Schwestern teilten, belästigt vom Lärm der Maschinen, eine Innenkabine (während unsere Eltern eine Außenkabine auf dem Bootsdeck bewohnten), und zweieinhalb Tage nach der Abreise von Le Havre wurde ich plötzlich zur Frau. Was nun? Lalah und Chloe (die eine der beiden Doppelkojen teilten) sollen nichts davon mitkriegen – da meine Mutter findet, sie seien noch zu jung –, und so begeben Randy und ich uns wiederholt wie zwei Verschwörer in den Drugstore und schleichen dann in der Kabine umher, auf der Suche nach einem geeigneten Versteck für unseren Einkauf. Ich bin natürlich so entzückt von meinem neuen Spielzeug, so euphorisiert von meinem neuerworbenen ehrenvollen Status – der Zugehörigkeit zu der Welt der Erwachsenen –, daß ich meine Binde mindestens zwölfmal am Tage wechsle und die Dinger fast schneller aufbrauche, als wir sie beschaffen können. Und der Augenblick der Wahrheit ist gekommen, als der Steward (ein gramzerfurchter, überforderter Franzose mit einem Gesicht wie Fernandel und einem Temperament wie Kardinal Richelieu) entdeckt, daß das Klosett völlig verstopft ist und überläuft. Bis jetzt hatte mich die Tatsache, daß ich menstruierte, nicht weiter bedrückt, im Gegenteil. Erst als der Steward (der sicher nicht allzu begeistert darüber war, eine Kabine betreuen zu müssen, die dem Schlafsaal eines Mädchenpensionats glich) mich wütend anbrüllte, wurde ich zu einer potentiellen Radikalen.

»Was Sie aben gesteckt in der *commode?*« schrie er (oder etwas in der Art). Und dann mußte ich ihm *zusehen,* wie er die sich bereits auflösenden Binden Klumpen für Klumpen herauszog. Wußte er *wirklich* nicht, worum es sich handelte? Oder wollte er mich demütigen? War es wirklich nur ein Sprachproblem? (*Comment dit-on* Kotex *en français?*) Oder benutzte er meine Menarche dazu, seine eigene Frustration abzureagieren? Ich stand mit rotem Gesicht da und murmelte immer wieder *drugstore, drugstore,* was (wie ich mittlerweile weiß) ein französisches Wort ist.

Inzwischen kicherten Lalah und Chloe sich halb tot. (Sie wußten, daß da etwas ›Unanständiges‹ vor sich ging, auch, wenn sie die Einzelheiten nicht begriffen. Sie wußten, daß da etwas nicht stimmte, warum würde ich wohl sonst zehnmal am Tage auf die Toilette rennen, und warum würde dieser gräßliche Mann sonst so mit mir herumschreien?) Wir dampften auf New York zu, im Kielwasser eine blutige Spur von Monatsbinden hinterlassend – für die Fische.

Für meine dreizehnjahrealten Begriffe war die *Ile de France* das romantischste Schiff der Welt, da sie, gänzlich unerwartet, in ›*These Foolish Things*‹ auftaucht – jenem verträumt-romantischen Song (auf dem Klavier gespielt von meinem verträumt-romantischen Vater):

A tinkling piano in the next apartment
Those stumbling words that told you
What my heart meant ...

(Die Poesie, mit der ich großgezogen wurde!) Irgendwann in diesem sentimentalen Lied heißt es: ›*Die* Ile de France *mit all den Möwen rundum ...*‹ Ich ahnte nicht, daß diese Möwen einmal nach meinen blutigen Monatsbinden tauchen würden, und ebensowenig wußte ich, daß die *Ile de France* – wie sich herausstellte, als ich endlich meinen Fuß auf ihr Deck setzte – ein völlig veralteter Kasten war und auf den Wellen tanzen würde wie ein leeres Faß, so daß fast alle Passagiere seekrank wurden. Die Stewards verloren fast den Verstand. Im Speisesaal befand sich zu den Mahlzeiten so gut wie niemand, dafür klingelte es ununterbrochen aus allen Kabinen. Ich sehe mich als mollige Dreizehnjährige mit meiner Tüte voller blutiger Binden unter dem Arm auf dem schwankenden, schlingernden Deck der *Ile de France*, die mich – ein blutendes Kind – nach Manhattan zurücktrug.

Meine Damen und Herren: Meine Menarche.

Anderthalb Jahre später versuchte ich, mich zu Tode zu hungern, und hatte keine Regel mehr. Der Grund? Die Angst davor, Frau zu sein, wie Dr. Schrift sagte. Also gut, warum nicht? Okay. Ich *hatte* Angst davor, Frau zu sein. Keine Angst vor dem Blut (*da*rauf freute ich mich ja – zumindest so lange, bis ich deswegen angebrüllt wurde), sondern vor all dem Unsinn, der offenbar dazugehörte. Wie, zum Beispiel, daß ich, wenn ich Kinder bekäme, nie eine Künstlerin werden könnte, oder die Verbitterung meiner Mutter oder die sterbenslangweilige, ausschließliche Konzentration meiner Großmutter auf Nahrungsaufnahme und Ausscheidungen oder daß mich ein verbitterter Jüngling fragte, ob ich vorhabe, Sekretärin zu werden. Sekretärin! Ich war fest entschlossen, nie tippen zu lernen. (Und ich *habe* es auch nie gelernt. Im College tippte Brian meine Arbeiten. Später tippte ich selbst, mit zwei Fingern, oder ich ließ für mich tippen, gegen Bezahlung. Oh, das war alles höchst lästig und unbequem und hat mich horrende Summen gekostet – doch was bedeuten Geld und Unbequemlichkeit, wenn es um ein Prinzip geht? Und das hieß in diesem Falle: Ich bin keine Tippse und werde es auch nie werden. Selbst zu meiner eigenen Bequemlichkeit nicht, wie sehr es mir auch das Leben erleichtert hätte.)

Also: Wenn menstruieren hieß, daß man tippen mußte, so würde ich eben aufhören zu menstruieren! *Und* aufhören zu tippen! Oder beides! Und wenn Kinder haben hieß, vergrämt zu Hause zu hocken, dann würde ich eben keine Kinder haben! Und wenn ich mich damit ins eigene Fleisch schnitte. Ich würde das Kind buchstäblich mit dem Bade ausschütten. Auch das war natürlich ein Grund, warum ich jetzt hier in Paris saß. Ich hatte mich selbst von allem abgeschnitten – von meiner Familie, von meinen Freunden, meinem Mann – nur, um mir zu beweisen, daß ich *frei* sei. So frei wie ein vom Kurs abgekommener Satellit im Weltraum. Frei wie ein

Luftpirat, der, am Fallschirm über Death Valley, in das Tal des Todes hinunterschwebt.
Ich wickelte den Rest des Klosettpapiers von der Rolle, stopfte ihn in meine Handtasche und machte mich auf den Weg in mein Zimmer zurück. Doch in welchem Stockwerk befand es sich? Mein Kopf war leer. Alle Türen sahen gleich aus. Ich lief zwei Treppen hinauf, blindlings weiter und stieß die Tür in der Ecke auf. Ein dicker Mann mittleren Alters saß nackt auf einem Stuhl und schnitt sich die Zehennägel. Er hob, leicht erstaunt, den Kopf.
»Entschuldigung!« sagte ich und warf die Tür hastig wieder zu. Ich stürmte eine weitere Treppe hoch, fand mein Zimmer und verschloß die Tür. Ich mußte immerzu an den Gesichtsausdruck des dicken Mannes denken. Belustigung, kein Schreck. Ein mildes Buddha-Lächeln. Die Sache hatte ihn nicht im mindesten beunruhigt.
So *gab* es also Menschen, die mittags aufstanden, sich die Zehennägel schnitten und nackt in einem Hotelzimmer saßen, ohne jeden neuen Tag als Apokalypse zu erleben. Erstaunlich! Wenn jemand in mein Zimmer hineingestürmt wäre und mich dabei angetroffen hätte, wie ich mir, nackt, die Zehennägel schneide ... ich wäre vor Schreck gestorben. Oder? Vielleicht war ich stärker, als ich glaubte.
Doch ich war auch schmutziger, als ich glaubte. Obwohl Auden sagt, daß jeder Mensch den Geruch seiner eigenen Fürze liebt, beleidigte meine Ausdünstung allmählich meine Geruchsnerven. Da ich kein Tampax hatte, kam ein Bad nicht in Frage, doch ich mußte jedenfalls etwas mit meinem Haar tun, das mir in schlaffen, fettigen Strähnen um den Kopf hing. Und meine Kopfhaut juckte, als hätte ich Läuse. Ein neuer Anfang. Ich würde mir zumindest die Haare waschen, mich mit Parfum überschütten wie die stinkenden Höflinge von Versailles und mich auf den Weg machen. Doch auf welchen Weg? Auf die Suche nach Bennett? Auf die Suche nach Adrian? Auf die Suche nach Tampax? Auf die Suche nach Isadora?
»Halt den Mund und wasch dir die Haare«, sagte ich. »Eins nach dem anderen.«
Zum Glück hatte ich genügend Shampoo bei mir, und obwohl das Waschbecken klein und das Wasser kalt war, gab das Haarewaschen mir doch das Gefühl, wieder über der Situation zu stehen.
Eine Stunde später hatte ich gepackt, war angezogen und zurechtgemacht und hatte mir einen Schal um mein feuchtes Haar gewunden. Um mich noch besser gegen den bösen Blick zu schützen, setzte ich meine Sonnenbrille auf. Ich hatte eine neue improvisierte Monats-

binde aus Toilettenpapier an meinem Höschen festgesteckt. Es war nicht gerade das Behaglichste, was sich denken läßt, aber immerhin – ich war bereit, meine Rechnung zu begleichen und, meinen Koffer schleppend, der Welt entgegenzutreten.

Gott sei für das Sonnenlicht gedankt, dachte ich, als ich auf die Straße trat. Als ehemaliger Druide wußte ich, daß man den Göttern auch für kleine Gunstbezeigungen danken mußte. Ich hatte die Nacht überlebt! Ich hatte sogar geschlafen. Einen Augenblick lang gestattete ich mir den Luxus zu glauben, daß nun alles in Ordnung kommen würde.

Nicht denken, sagte ich mir. *Nicht denken, nicht analysieren und nicht grübeln ... Nimm dich zusammen und konzentriere dich darauf, wie du am schnellsten nach London kommst. Sieh zu, daß du erstmal diesen Tag überstehst.*

Ich schleppte meinen Koffer in eine Drogerie, kaufte Tampax, dann schleppte ich mich (samt Koffer) zur Place St. Michel, in das Café von gestern abend. Ich ließ den Koffer neben einem Tisch stehen und ging hinunter in die Toilette, um mir ein Tampon einzulegen. Einen Augenblick lang hatte ich Angst um meinen Koffer, doch dann beschloß ich, es darauf ankommen zu lassen. Es würde ein Omen sein. Stand er noch da, sobald ich (mit Tampax zugestöpselt, wie es sich gehört) zurückkam, würde alles gut werden.

Er stand noch da.

Ich setzte mich neben meinen Koffer und bestellte einen Cappuccino und eine Brioche. Es war inzwischen ein Uhr, und ich war ganz ruhig, fast euphorisch. Von wie wenig unsere Zufriedenheit doch abhängt: eine Drogerie, die auf hat, ein nicht gestohlener Koffer, eine Tasse Cappuccino! Plötzlich wurden mir all die kleinen Freuden des Lebens ganz deutlich bewußt. Das wunderbare Aroma des Kaffees, das strahlende Sonnenlicht, die Leute, die sich an den Straßenecken in Positur stellten, damit man sie bewundere. Es hatte den Anschein, als sei das gesamte Quartier Latin fest in der Hand der Amerikaner. Von rechts und links hörte ich Gespräche über Semesterprüfungen an der Universität von Michigan, und wie gefährlich es sei, an spanischen Stränden zu schlafen. Eine Gruppe von farbigen Frauen mittleren Alters, Blumenhüte auf dem Kopf, überquerte die Place St. Michel, Richtung Seine und Notre-Dame. Junge amerikanische Ehepaare mit Babys und Rucksäcken gingen vorbei. »Picasso war *ganz zweifellos* Brustfetischist ...«, sagte ein schlanker Oscar-Wilde-Typ in tailliertem Hemd zu seinem Begleiter (der, nach dem letzten Schrei, von Kopf bis Fuß mit den jüngsten Cardin-Kreationen ausstaffiert war).

Sicher hat er auch ein kleines C auf seinem Mini-Slip, dachte ich. Welch ein Bild! Wie die Pilger aus Chaucers ›Canterbury-Geschichten‹. Die Frau aus Bath als schwarze amerikanische Dame auf der Wallfahrt nach Notre-Dame; der Landjunker als blondbärtiger Student mit einem lieben Gesicht, das Buch *Der Prophet* in der Hand; die Priorin als wunderschöne Studentin der Kunstgeschichte, frisch aus dem Internat für Höhere Töchter mit Tanz- und Anstandsunterricht, ein oder zwei Opernbälle (in schmutzigen Jeans, um ihre aristokratische Vergangenheit und ihr aristokratisches Profil vergessen zu machen); der lüsterne Mönch als Straßenprediger für makrobiotische Ernährung und natürliche Lebensweise; der Pater als Hare-Krishna-Jünger mit einer Kugel aus Haaren auf dem Kopf und der Müller als ehemaliger politischer Aktivist an der Universität von Chicago, der heute auf der Straße Handzettel für die französische Frauenbewegung verteilt ... (»Warum sind Sie Feminist?« fragte ich neulich einen Bekannten, der sich, wie ich weiß, begeistert für diese Bewegung engagiert. »Weil man heutzutage auf die Weise am leichtesten zu einem guten Fick kommt«, sagte er.) Chaucer hätte sich hier ganz zu Hause gefühlt. Nichts, was ihn befremdet hätte.

Und ich fühlte mich so nüchtern und klar im Kopf, daß ich entschlossen war, mich dessen zu erfreuen, bevor die Panik wiederkehrte. So war ich also doch nicht schwanger. Einerseits war das traurig – unwohl werden war immer ein bißchen traurig –, aber es war auch ein neuer Anfang. Ich hatte noch einmal eine Chance.

Ich bestellte einen zweiten Kaffee und betrachtete die vorbeiflutende Menge. So viel Unschuld auf Reisen! Ein Paar küßte sich an der Straßenecke; ich sah den beiden zu und dachte an Adrian. Sie starrten einander in die Augen, als offenbare sich dort das Geheimnis des Lebens. Was sehen Liebende eigentlich in den Augen des Partners? Einander? Ich dachte an meine absurde Vorstellung, daß Adrian mein geistiges Double sei und wie verkehrt das gewesen war. Das war es, wonach mich ursprünglich verlangt hatte: nach einem Mann, der mich ergänzte, mich *ganz* machte. Ein Papageno für Papagena. Vielleicht war das die trügerischste aller meiner wahnhaften Selbsttäuschungen. Andere Menschen können uns nicht ergänzen. Das müssen wir selbst tun. Wenn wir dazu nicht die Kraft haben, wird das Suchen nach Liebe zum Suchen nach Selbstvernichtung; und dann bemühen wir uns, uns selbst davon zu überzeugen, daß Selbstvernichtung gleich Liebe ist.

Jetzt wußte ich, daß ich nicht hinter Adrian herrennen, nicht nach Hampstead gehen würde. Ich wußte, ich würde mein Leben nicht einer großen, selbstzerstörerischen Leidenschaft zum Opfer bringen. Ein Teil von mir wollte das, und ein anderer Teil verachtete Isadora, weil sie *nicht* zu den Frauen gehörte, die alles für die Liebe aufgeben. Aber es hatte keinen Sinn so zu tun als ob. Ich war nun einmal keine solche Frau. Totale Selbstzerstörung lag mir einfach nicht. Vielleicht würde ich nie eine romantische Heldin sein, aber ich würde weiterleben. Und das war im Augenblick das Allerwichtigste. Ich würde nach Hause zurückkehren und über Adrian schreiben. Ich würde ihn dadurch, daß ich ihn aufgab, behalten.

Ich muß gestehen, daß ich Adrian anfallsweise ganz schrecklich vermißte. Ich sah jenes Paar sich küssen und glaubte, Adrians Zunge in meinem Mund zu spüren. Auch all die anderen, abgedroschenen Symptome fehlten nicht: Immer wieder dachte ich, ich sähe seinen Wagen auf der anderen Straßenseite, und vielleicht würde ich nachher sogar hinüberlaufen, um mir das Kennzeichen anzusehen. Einen Augenblick vermeinte ich, im Café seinen Hinterkopf zu entdecken, und dann starrte ich plötzlich in ein fremdes Gesicht. Immer wieder fielen mir irgendwann sein Geruch ein, sein Lachen, seine Witzchen ...

Aber das würde sich mit der Zeit geben. Das tat es immer, leider. Die Herzenswunde, zunächst so überaus empfindlich gegen die leiseste Berührung, schließt sich, schillert dann in allen Regenbogenfarben und tut nicht mehr weh. Wir vergessen. Wir vergessen sogar, daß wir ein Herz haben – bis zum nächsten Mal. Und dann, wenn es wieder soweit ist, fragen wir uns, wie wir es je vergessen konnten. Wir denken: Das hier ist stärker, das hier ist besser ... weil wir im Grunde nicht mehr genau wissen, wie es das letzte Mal war.

»Warum hörst du nicht auf, an die Liebe zu denken, und versuchst statt dessen, ein eigenes Leben zu führen?« hatte Adrian mich gefragt. Und ich hatte ihm widersprochen. Aber vielleicht hatte er doch recht gehabt. Hatte die Liebe mir je etwas anderes als Enttäuschungen gebracht? Oder vielleicht hatte ich von der Liebe immer die falschen Dinge erwartet. Ich wollte mich an einen Mann verlieren, wollte nicht mehr ich selbst sein, wollte auf ausgeliehenen Schwingen in den Himmel fliegen. Isadora Icarus wäre das passende Pseudonym. Und die geliehenen Flügel versagten immer dann, wenn ich sie am nötigsten gebraucht hätte. Vielleicht sollte ich mir doch eigene anschaffen.

»Du hast deine Arbeit«, hatte er gesagt. Auch damit hatte er recht gehabt. Oh, er hatte in vielem recht gehabt, aber immer aus den falschen Gründen. Zumindest hatte ich eine lebenslange Verpflichtung mir selbst gegenüber, eine Berufung, eine mein Leben bestimmende Passion. Und das war mehr, als die meisten Menschen haben.

Ich nahm ein Taxi zum Gare du Nord, brachte meinen Koffer zur Gepäckaufbewahrung, wechselte Geld und erkundigte mich nach Zügen. Es war inzwischen fast vier geworden, und um zehn Uhr abends ging ein Zug mit Fähr-Anschluß, keiner von den schicken Schnellzügen mit einem klangvollen Namen, aber es war der einzige Zug nach London, der in Frage kam. Ich kaufte mir eine Fahrkarte, wußte aber immer noch nicht, warum ich eigentlich nach London fuhr. Ich weiß nur, daß ich aus Paris weg mußte. Und ich hatte allerlei in London zu erledigen – ich mußte mit dem erwähnten Agenten sprechen und wollte verschiedene Leute besuchen. Schließlich lebten in London außer Adrian auch noch andere Menschen.

Wie ich den restlichen Nachmittag hinter mich brachte, weiß ich nicht mehr genau. Ich las die Zeitung, ging durch die Straßen, aß irgendwo etwas. Als es dunkel wurde, kehrte ich zum Bahnhof zurück und schrieb, während ich auf die Abfahrt des Zuges wartete, in meinem Notizbuch. Ich hatte in meiner Heidelberger Zeit so oft und so lange auf Bahnhöfen geschrieben, daß ich begann, mich fast wieder in der Welt zu Hause zu fühlen.

Als der Zug einfuhr, standen hier und da kleine Gruppen von Menschen auf dem Bahnsteig. Sie hatten jenen verlorenen Gesichtsausdruck, den Reisende haben, wenn sie zu einer Zeit von irgendwo wegfahren, zu der sie sonst schlafen gehen. Eine alte Frau weinte und küßte ihren Sohn. Zwei ungepflegt aussehende junge Amerikanerinnen zogen ihre Koffer auf Rädern hinter sich her. Eine Deutsche fütterte ihr Baby aus einem Marmeladenglas und sagte *Ferkelchen* zu ihm. Alle sahen sie aus wie Flüchtlinge. Ich auch.

Ich hievte meinen riesigen Koffer in den Zug und schleppte ihn auf der Suche nach einem leeren Abteil durch die Gänge. Endlich fand ich eines; es roch nach alten Fürzen und fauligen Bananenschalen. Der Gestank der Menschheit. Und ich trug das meine zu diesem Gestank bei. Was hätte ich dafür gegeben, ein Bad nehmen zu können.

Ich wuchtete meinen Koffer hoch, um ihn ins Gepäcknetz zu befördern, schaffte es aber nicht. Meine Schultergelenke taten weh. In diesem Augenblick erschien ein junger, blauuniformierter Bahnbeamter und nahm mir den Koffer aus der Hand. *Er* schaffte es mit *einem* Schwung.

»Vielen Dank«, sagte ich und griff nach meiner Geldbörse. Doch er

ging an mir vorbei, ohne das zur Kenntnis zu nehmen.
»Sie sind allein?« fragte er doppeldeutig. Es wurde nicht deutlich, ob er meinte, »wollen Sie allein bleiben?« oder »reisen Sie allein?« Dann zog er alle Rollos herunter. Wie nett von ihm, dachte ich. Er will mich darauf hinweisen, wie ich mir die Leute vom Leibe halten kann, damit ich das Abteil für mich allein habe. Gerade, wenn man beginnt, an den Menschen zu verzweifeln, taucht jemand auf, der einem, völlig unerwartet, einen Liebesdienst tut. Er klappte die Armlehnen hoch, um mir ein Lager zu bereiten. Dann strich er mit der Hand über die Sitze, wie um mir zu zeigen, daß ich mich dort hinlegen könne.
»Ich weiß nicht recht, ob das sehr anständig ist ... den anderen gegenüber«, sagte ich. Ich hatte plötzlich ein schlechtes Gefühl, daß ich ein ganzes Abteil für mich allein haben wollte. Doch er hatte mich nicht verstanden, und zu mehr reichte mein Französisch nicht.
»*Vouz êtes seule*«, fragte er noch einmal, wobei er versuchte, mich auf den Sitz zu drücken. Plötzlich hatte er seine Hand zwischen meinen Beinen und wollte mich mit Gewalt zum Liegen bringen.
»Was *tun* Sie?« schrie ich, sprang auf und stieß ihn von mir. Ich wußte sehr genau, was er tat, doch ich hatte es erst nach einigen Sekunden begriffen.
»Sie Schwein!« fauchte ich ihn an. Er lächelte schief und zuckte die Achseln, als wolle er sagen: ›Probieren kann man's ja schließlich.‹
»*Cochon!*« brüllte ich, für den Fall, daß er mich nicht verstanden hatte. Er lachte ein wenig gequält. Er hatte mich ja nicht direkt vergewaltigen wollen und begriff wohl nicht, warum ich so wütend war. Schließlich war ich ja doch allein, nicht wahr?
In einem Anfall von Energie sprang ich auf den Sitz und riß meinen Koffer aus dem Gepäcknetz, der mir dabei fast auf den Kopf gefallen wäre. Ich stürmte aus dem Abteil, während er mit seinem schiefen Lächeln dastand und immer wieder die Achseln zuckte.
Ich war wütend auf mich selbst, wegen meiner Vertrauensseligkeit. Wie hatte ich ihm auch noch für seine scheinbare Besorgtheit *danken* können, wo doch jeder Vollidiot begriffen hätte, daß er, sobald die Rollos heruntergezogen waren, nichts Eiligeres zu tun haben würde, als mich an die Möse zu fassen? Ich war wirklich so 'ne Art Landpomeranze – ungeachtet meines weltkundigen Gehabes. Ich war etwa so weltkundig wie eine Achtjährige. Isadora im Wunderland. Die ewige Naive.
»Mensch, bist *du* dämlich«, sagte ich zu mir, während ich den Gang

hinunterging auf der Suche nach einem anderen Abteil. Dieses Mal wollte ich eines voller Menschen. Mit Nonnen oder mit einer zwölfköpfigen Familie oder mit beidem. Ich wünschte, ich hätte den Mut gehabt, ihm eine zu knallen. Wäre ich doch nur eine von jenen vorausblickenden Frauen, die eine Sprühdose mit Tränengas bei sich tragen oder Karate gelernt haben. Oder vielleicht brauchte ich einen Hund, der mich bewachte. Einen großen Hund, der zu allerlei Diensten abgerichtet ist. Wahrscheinlich hätte man von dem mehr als von einem Mann.

Erst, als ich mich schließlich installiert hatte, einer zufriedenen kleinen Familie gegenüber – Papa, Mama, Baby –, ging mir auf, wie komisch die Episode im Grunde gewesen war. Mein Spontanfick! Mein Fremder im Zug! Hier hatte sich mir die Erfüllung meines Wunschtraums geboten. Des Wunschtraums, der mich, als ich in Heidelberg lebte, drei Jahre lang an einen vibrierenden Sitz im Zug gefesselt hatte, und statt mich zu erregen, hatte das Ganze mich bloß angewidert!

Unbegreiflich, nicht wahr? Ein Tribut an die Unergründlichkeit der Psyche. Oder vielleicht hatte meine Psyche sich in einer Weise verändert, die ich nicht hatte voraussehen können? Fremde Männer in Zügen hatten für mich nichts Romantisches mehr. Vielleicht war an Männern überhaupt nichts Romantisches mehr.

Die ganze Reise nach London war das reine Fegefeuer. Zunächst waren da meine Mitreisenden: ein spießiger amerikanischer Professor, seine verdruckste Frau und ihr sabberndes Baby. Der Mann begann, mich auszufragen. Ob ich verheiratet sei? Was sollte ich darauf antworten? Ich wußte nicht mehr genau, ob ja oder nein. Für einen wortkargeren Menschen wäre die Situation nicht weiter schwierig gewesen, doch ich gehöre zu den Schwachköpfen, die wie zwanghaft jedem x-Beliebigen, der sie danach fragt, ihre Lebensgeschichte erzählen.

Es bedurfte meiner ganzen Willenskraft, um das eine Wort ›nein‹ herauszubringen.

»Wieso ist eine so nette junge Frau wie Sie nicht verheiratet?«

Ich lächelte. Isadora, die Sphinx. Sollte ich ihm einen kleinen Vortrag über die Ehe und die Unterdrückung der Frau halten? Sollte ich um Mitgefühl buhlen und sagen, daß mein Liebhaber mich hatte sitzenlassen? Sollte ich auf tapfer machen und sagen, daß mein Mann leider in Wien an seinem eigenen Fachjargon erstickt wäre? Sollte ich die beiden überfordern und Andeutungen über lesbische Mysterien fallen lassen, die zweifellos ihren Horizont überstiegen hätten?

»Ich weiß es nicht«, sagte ich und lächelte, bis mir fast der Kiefer gebrochen wäre.
Rasch das Thema wechseln, dachte ich, bevor ich ihnen *alles* erzähle. Wenn ich etwas nicht kann, dann ist es Versteck spielen.
»Und wo fahren *Sie* hin?« fragte ich munter.
Sie wollten ihren Urlaub in London verbringen. Der Mann redete, und die Frau stillte das Baby. Der Mann gab Grundsätzliches über die Politik zum besten, und die Frau schwieg. »Warum ist eine nette junge Frau wie Sie nicht ledig geblieben?« dachte ich. Gib Ruhe, Isadora, misch dich nicht ein ... Es war, als wiederholten die Räder des Zuges: gib Ruhe ... gib Ruhe ... gib Ruhe ...
Der Mann war Professor der Chemie. Er lehrte als Austauschprofessor der Fulbright-Stiftung in Toulouse. Das französische System gefiele ihm eigentlich ausgezeichnet. »Disziplin«, sagte er. Davon könnten wir in Amerika ruhig etwas mehr haben – ob ich das nicht auch fände?
»Nein, eigentlich nicht«, sagte ich. Er machte ein irritiertes Gesicht. Ich ließ ihn wissen, daß ich zufällig auch an einem College gelehrt hätte.
»Ach, wirklich?« Das gab mir in seinen Augen einen neuen Status. Ich war vielleicht eine befremdliche, alleinstehende Person, aber zumindest doch kein Heimchen hinterm Herd wie seine Frau.
»Aber sind Sie nicht auch der Meinung, daß unser amerikanisches Erziehungssystem auf einem falschen Demokratieverständnis beruht?« fragte er, ganz gallige Überheblichkeit.
»Nein«, sagte ich, »ich bin nicht Ihrer Meinung.«
O Isadora, allmählich schaffst du dir wirklich ein dickes Fell an. Wann hast du zum letztenmal ›ich bin nicht Ihrer Meinung‹ gesagt – und das auch noch so gelassen? Ich fange an, mir recht gut zu gefallen, dachte ich.
»Wir wissen noch nicht genau, wie wir die demokratischen Grundregeln in unseren Bildungsstätten handhaben sollen«, sagte ich, »aber das ist noch lange kein Grund, zu einem elitären System zurückzukehren, wie sie es hier haben ...« (ich machte eine flüchtige Handbewegung in Richtung der dunklen Landschaft hinter dem Fenster) »... und schließlich ist Amerika das erste Land in der Geschichte der Menschheit, das diese Probleme angesichts einer so heterogenen Bevölkerung bewältigen muß. Amerika ist nicht mit Frankreich oder Schweden oder Japan zu vergleichen ...«
»Aber glauben Sie wirklich, daß diese ausufernde Toleranz das Richtige ist?«
Ah, *Toleranz* – das Schlüsselwort des Puritaners.

»Ich glaube, es gibt bei uns zuwenig *wirkliche* Toleranz«, sagte ich, »und zuviel bürokratische Desorganisation, die sich als Toleranz tarnt. Wirkliche Toleranz, konstruktive Toleranz, das ist etwas ganz anderes.« Sei bedankt, D. H. Lawrence Wing.

Er sah verwirrt aus. Was ich damit meine? (Die Frau wiegte das Baby und schwieg. Zwischen den beiden schien die stillschweigende Abmachung zu bestehen, daß sie den Mund hielt, während er den Intellektuellen herauskehrte. Mit einer stummen Frau ist es nicht schwer, ein Intellektueller zu sein.)

Was ich damit meinte? Ich meinte mich selbst, natürlich. Ich meinte, daß wirkliche Toleranz die Unabhängigkeit fördert. Ich meinte, daß ich entschlossen war, mein Schicksal selbst in die Hand zu nehmen. Ich meinte, daß ich kein Schulmädchen mehr sein wollte. Aber all das sagte ich nicht. Statt dessen schwatzte ich weiter über Erziehung und Demokratie und die üblichen quatschigen Verallgemeinerungen.

Nach dieser todlangweiligen Unterhaltung hatten wir die halbe Strecke nach Calais zurückgelegt. Dann löschten wir das Licht und schliefen.

Zu irgendeiner unmenschlichen Zeit wurden wir vom Schaffner geweckt, weil wir an Bord mußten. Als wir den Zug verließen, war es so neblig, und ich war so müde, daß ich, wäre mir befohlen worden, geradenwegs in den Kanal zu marschieren, nicht die Widerstandskraft aufgebracht hätte, mich zu weigern. Ich erinnere mich daran, daß ich meinen Koffer durch endlose Gänge schleppte, daß ich auf dem Deck des stampfenden Schiffes versuchte, in einem Liegestuhl zu schlafen, und dann am feuchten frühen Morgen Schlange stand, während die Beamten der Einreisebehörde unsere Papiere prüften. Zwei Stunden lang starrte ich mit verquollenen Augen auf die weißen Klippen von Dover, während wir, in der Reihe stehend, darauf warteten, einen Stempel in unseren Paß zu bekommen. Dann mußte ich meinen Koffer noch durch einen endlosen betonierten Gang schleppen, um zum Zug zu gelangen. Als die *British Railways* sich endlich meiner erbarmten, kroch und hielt und kroch und hielt der Zug vier Stunden lang bis Waterloo-Station. Die Landschaft war öde, trostlos und von Ruß geschwärzt. Ich dachte an William Blake und an seine *Dunklen Satansmühlen.* Ich roch, daß ich in England war.

Ein viktorianischer Ausklang

... achte nicht auf die erklärenden Ausführungen des Autors, lausche vielmehr den leisen, sehnsüchtigen Rufen der Protagonisten, die durch das dunkle Dickicht ihres Geschickes irren.

– D. H. Lawrence

Das Hotel war ein altes, verwohntes viktorianisches Gebäude in der Nähe von St. James. Der Fahrstuhl – eine vorsintflutliche Art von Käfig – surrte wie ein überdimensionaler Brummer, die Gänge waren wie ausgestorben, und auf jeder Etage stand ein mannshoher Spiegel.
Ich fragte am Empfang nach Dr. Wing.
»Ein Herr dieses Namens wohnt nicht bei uns, Madam«, sagte der hochaufgeschossene, magere Portier, der aussah wie Bob Cratchit.
Mein Mut sank.
»Sind Sie sicher?«
»Hier, Sie können sich selbst überzeugen – wenn Sie wollen ...«, er schob mir das Gästebuch hin. In diesem Spukhaus waren nur etwa zehn Menschen abgestiegen. Das schien auch durchaus verständlich – *swinging* London hatte dieses Hotel noch nicht erreicht.
Ich überflog die Eintragungen. Strawbridge, Henkel, Harbellow, Bottom, Cohen, Kinney, Watts, Wong ... *Das* war er. Es mußte Wong sein – ein Versehen, das auf der Hand lag. Alle Chinesen sehen gleich aus, und alle heißen sie Wong. Ich spürte mich Bennett plötzlich sehr nahe – Bennett, der sich sein ganzes Leben mit dieser Art Unsinn herumzuschlagen hatte und darüber nicht bitter geworden war.
»Vielleicht der Gast auf Zimmer 60?« sagte ich und deutete auf den falsch geschriebenen Namen.
»Oh, der Herr aus Japan?«
Idiot, dachte ich. Nie können sie sie auseinanderhalten.
»Ja, würden Sie bitte hinaufrufen?«
»Und ... wen darf ich melden?«
»Seine Frau.«
Das Wort ›Frau‹ hatte hier im 19. Jahrhundert offenbar noch Gewicht. Mein Freund Bob Cratchit stürzte ans Telefon.
Möglicherweise handelte es sich wirklich um einen Japaner. Toshiro Mifune vielleicht? Mit Samurai-Schwert und Haarknoten? Oder einer der Frauenschänder aus *Rashomon?* Der Geist von Yukio Mishima, aus dessen Wunden noch immer das Blut fließt?
»Es tut mir leid, Madam, aber es meldet sich niemand«, sagte der Portier.
»Dürfte ich in seinem Zimmer auf ihn warten?«
»Aber natürlich, Madam.«
Er schlug auf eine Tischglocke, die auf dem Tresen stand, worauf der Hausdiener erschien. Noch so eine Dickens-Figur. Er war kleiner als ich, und sein pomadisiertes Haar schimmerte wie poliert.

Ich folgte ihm in den Fahrstuhlkäfig, und wir surrten langsam aufwärts, bis er endlich im sechsten Stock hielt.

Es war eindeutig Bennetts Zimmer: seine Jacken und Krawatten hingen in Reih und Glied im Schrank. Auf der Frisierkommode ein Stapel von Theaterprogrammen, seine Zahnbürste und Shampoo auf dem Rand des altmodischen Waschbeckens. Seine Pantoffeln auf dem Boden. Seine Unterwäsche und Socken zum Trocknen auf der Heizung. Es schien, als sei ich gar nicht fort gewesen. *War* ich fort gewesen? Hatte Bennett sich so gut mit meiner Abwesenheit abgefunden, daß er seelenruhig ins Theater gehen und dann nach Hause kommen und seine Socken waschen konnte? Das Einzelbett war noch nicht gemacht, sah aber fast unberührt aus.

Ich sah mir die Theaterprogramme näher an. Er hatte jedes Stück in ganz London gesehen. Er hatte nicht durchgedreht oder irgend etwas Unsinniges getan. Er war derselbe zuverlässige Bennett geblieben. Ich seufzte auf vor Erleichterung – oder war es Enttäuschung?

Ich ließ das Bad einlaufen, entledigte mich meiner verschmutzten Kleider, die, auf dem Weg ins Badezimmer, zu Boden fielen – ein Stück nach dem anderen.

Die Badewanne war lang und tief und hatte Klauenfüße. Ein wahrer Sarkophag. Ich versank im Wasser bis zum Kinn.

»Guten Tag, liebe Füße«, sagte ich, als meine Zehen am unteren Ende der Wanne zum Vorschein kamen. Meine Arme taten weh vom Kofferschleppen und waren voller blauer Flecken und meine Füße voller Blasen. Das Wasser war so heiß, daß ich einen Moment dachte, ich würde ohnmächtig. »FRAU, DIE IHREN MANN VERLIESS, ERTRANK IN SEINER BADEWANNE«, schrieb ich in Gedanken für den *National Enquirer*. Ich hatte nicht die leiseste Vorstellung davon, was als nächstes geschehen würde, und im Augenblick war mir das auch gleichgültig.

Mir war, als schwebte ich schwerelos in der tiefen Wanne, und ich spürte, daß etwas sich verändert hatte, daß etwas Sonderbares mit mir geschehen war, doch ich konnte es nicht genau definieren.

Ich betrachtete meinen Körper. Unverändert. Das rosige V meiner Schenkel, das Dreieck aus krausem Haar, der Tampax-Faden, der im Wasser trieb wie eine winzige Angelschnur, der weiße Bauch, die schwimmenden gewichtlosen Brüste mit den vom heißen Wasser geröteten, prallen Brustwarzen. Ein sympathischer Körper. Und er gehörte mir. Ich beschloß, ihn zu behalten.

Ich schlang meine Arme um mich. Es war die Angst, die mich verlassen hatte. Der kalte Stein, den ich neunundzwanzig Jahre lang in der Brust getragen hatte, war fort. Nicht von einem Augenblick auf den anderen und vielleicht auch nicht für immer, doch er war fort.

Vielleicht war ich nur gekommen, um ein Bad zu nehmen. Vielleicht würde ich wieder weggehen, bevor Bennett zurückkam. Oder vielleicht würden wir zusammen nach Hause fahren und versuchen, miteinander ins reine zu kommen. Oder vielleicht würden wir zusammen nach Hause fahren und uns scheiden lassen. Es war nicht vorauszusehen, wie das Ganze enden würde. In viktorianischen Romanen wird geheiratet. In Romanen aus dem 20. Jahrhundert läßt man sich scheiden. Gibt es ein Ende, in dem keines von beiden geschieht? Ich mußte über mich selbst lachen, weil ich so ›literarisch‹ dachte. ›Das Leben kennt keinen vorgefaßten Plan‹, ist einer meiner Lieblingssätze. Zumindest nicht, solange man lebt. Und wenn man tot ist, geht der Plan einen nichts mehr an.

Aber was immer geschah – ich wußte, ich würde es überleben. Vor allem wußte ich, daß ich weiterarbeiten würde. Am Leben bleiben hieß, immer wieder neu geboren zu werden. Das war nicht leicht, und es war immer schmerzhaft. Doch es gab keine andere Wahl, außer den Tod.

Was würde ich sagen, wenn Bennett jetzt ins Zimmer träte? »Ich bin nur gekommen, um zu baden?« Würde ich, nackt, wie ich war, den richtigen unverbindlichen Ton treffen? Wie unverbindlich kann ein nackter Mensch sein?

»Wenn du dich erniedrigst, bist du wieder dort, wo du angefangen hast«, hatte Adrian gesagt. Ich wußte, daß ich das nicht tun würde. Mehr wußte ich allerdings nicht. Doch das war genug.

Ich ließ heißes Wasser zulaufen und seifte mir den Kopf ein. Ich dachte an Adrian und warf ihm in Gedanken eine Kußhand zu. Ich dachte an den unbekannten Erfinder der Badewanne. Ich war irgendwie sicher, daß es eine Frau gewesen sein mußte. Und war der Erfinder des Stöpsels ein Mann?

Ich summte vor mich hin und spülte mir die Seife aus dem Haar. Als ich es das zweitemal einseifte, trat Bennett ins Zimmer.

Bitte umblättern:

auf den nächsten Seiten informieren wir Sie über weitere interessante Fischer Taschenbücher.